BASTEI LÜBBE
TASCHENBUCH

ÜBER DIE AUTORIN:

Jodi Perry wurde 1972 in Sydney geboren, wo sie bis heute mit ihrer Familie lebt. Ihren ersten Roman schrieb sie 2013 für ihre Schwester, er war nicht zur Veröffentlichung bestimmt. Doch Familie und Freunde ermunterten sie, ihren Traum wahr zu machen und Schriftstellerin zu werden. Seitdem hat sie unter dem Namen J. L. Perry zahlreiche Liebesromane veröffentlicht – und das mit großem Erfolg: Mehrere ihrer Titel standen auf der amerikanischen Bestsellerliste. *Dein Herz vergisst nicht* ist ihr Debüt unter dem Namen Jodi Perry und ihr erster Roman, der ins Deutsche übersetzt wurde.

JODI PERRY

Dein Herz vergisst nicht

Roman

Aus dem australischen Englisch
von Kerstin Ostendorf

BASTEI LÜBBE
TASCHENBUCH

BASTEI LÜBBE TASCHENBUCH
Band 17831

Dieser Titel ist auch als E-Book erschienen

MIX
Papier aus verantwortungsvollen Quellen
FSC www.fsc.org
FSC® C083411

Vollständige Taschenbuchausgabe

Deutsche Erstausgabe

Titel der englischen Originalausgabe: »Nineteen Letters«

Textredaktion: Heike Peetz, Berlin
Titelillustration: © Rosemary Calvert/gettyimages;
© Shutterstock: Lana Veshta | Vilor | Flaffy |
Makisarsi | T-Part | Skorik Ekaterina
Umschlaggestaltung: Kirstin Osenau
Satz: two-up, Düsseldorf
Gesetzt aus der Minion
Druck und Verarbeitung: CPI books GmbH, Leck – Germany
ISBN 978-3-404-17831-5

3 5 4 2

Sie finden uns im Internet unter www.luebbe.de
Bitte beachten Sie auch: www.lesejury.de

Dieses Buch ist Rebecca Saunders gewidmet.
Danke, dass du das Risiko mit mir eingehst.

Wenn du jemanden liebst, dann lass ihn frei.
Kommt er zu dir zurück, dann ist er dein;
Wenn nicht, dann ist er es nie gewesen.

RICHARD BACH

Neunzehn. Diese Zahl hat irgendwas an sich. Sie hat uns nicht nur zusammengebracht und für immer miteinander verbunden, sondern auch dazu beigetragen, uns wieder auseinanderzureißen.

Der neunzehnte Januar 1996. Ich werde ihn nie vergessen. Das war der Tag, an dem wir uns kennengelernt haben. Ich war sieben, und sie war sechs. Es war der Tag, an dem sie nebenan einzog und an dem ich mich zum ersten Mal in ein Mädchen verknallt habe.

Genau neunzehn Jahre später wurden all meine Träume wahr, als ich sie zur Frau nahm. Sie war die Liebe meines Lebens. Meine Seelenverwandte. Mein Ein und Alles. Der Grund dafür, dass ich mich jeden Morgen darauf freute aufzuwachen.

Dann geschah die Tragödie. Neunzehn Tage nach unserer Hochzeit hatte sie einen Unfall, der unsere Leben für immer veränderte. Als sie aus dem Koma erwachte, erinnerte sie sich nicht an mich, an uns, an die Liebe, die wir geteilt hatten.

Ich war am Boden zerstört. Sie war meine Luft, und ohne sie konnte ich nicht atmen.

Der Funke, der ihre Augen erfüllt hatte, wenn sie mich ansah, war erloschen. Für sie war ich nun ein Fremder. Ich hatte nicht nur meine Frau verloren, ich hatte auch meine beste Freundin verloren.

Aber ich weigerte mich, diese Tragödie als unser Ende zu akzeptieren. Stattdessen fing ich an, ihr Briefe zu schreiben, Geschichten aus unserem Leben. Wie wir uns kennengelernt haben.

Über die glücklicheren Zeiten und alles, was wir zusammen erlebt haben.

Was wir hatten, ist viel zu schön, um vergessen zu werden.

Dies ist unsere Geschichte …

EINS

Jemma

Es ist ein nasser und trostloser Morgen – das ist das Erste, was ich höre, als das Radio anspringt und mich darauf aufmerksam macht, dass es an der Zeit ist aufzustehen.

Trostlos trifft es nicht mal ansatzweise. Der Gedanke, nicht mehr jede Minute des Tages mit meinem hinreißenden Ehemann verbringen zu können, hat meinem Tag schon jetzt einen Dämpfer verpasst. Ich kann nicht glauben, dass unser gemeinsamer Urlaub schon zu Ende ist. Ich möchte heute Morgen nicht wieder zur Arbeit gehen und die kleine Blase verlassen, in der Braxton und ich in den letzten vier Wochen gelebt haben.

Bis zu unserer Hochzeit waren wir vollkommen mit unseren Karrieren, dem Bau unseres Traumhauses und der Organisation unserer Feier beschäftigt. Es war so viel, dass wir kaum noch Zeit füreinander hatten. Die Zweisamkeit, die wir genießen, seit wir uns das Jawort gegeben haben, ist genau das, was wir brauchten.

»Guten Morgen, Mrs Spencer.«

Er dreht sich auf die Seite und zieht mich näher an seinen warmen, herrlichen Körper. Vor genau neunzehn Tagen haben wir uns das Eheversprechen gegeben, und ich habe immer noch das Gefühl zu schweben.

»Morgen, Mr Spencer.« Ich lehne meine Stirn an seine. »Ich

will noch nicht zur Arbeit gehen. Ich halte den Gedanken nicht aus, den ganzen Tag ohne dich zu verbringen.«

Er lacht leise und knabbert an meinem Schmollmund. »Mir geht es ganz genauso. Unser Urlaub ist viel zu schnell vergangen. Wir hätten uns zwei Monate freinehmen sollen statt nur einen.«

Obwohl er in den letzten neunzehn Jahren eine Konstante in meinen Leben war, verfalle ich immer noch in einen Rausch, wenn ich an unsere gemeinsame Zukunft denke.

Ich habe Braxton kennengelernt, als meine Eltern und ich ins Haus neben seinem gezogen sind. Wir waren noch Kinder, aber seitdem sind wir unzertrennlich. Er ist mein Ein und Alles. Das war er schon immer, und das wird er immer bleiben. Er ist nicht nur die Liebe meines Lebens, er ist auch mein bester Freund, mein Seelenverwandter, mein Mann fürs Leben.

Mit seinem Filmstar-Aussehen ist er ein echter Traummann. Ich fahre mit den Fingern durch sein sandblondes Haar, während mein Blick über das perfekt geformte Gesicht wandert, die großen blauen Augen, umgeben von sonnengebräunter Haut. Sein Lächeln lässt mir die Knie weich werden. Der Schneidezahn ist ein kleines bisschen nach innen gebogen, aber das tut seinem strahlenden Colgate-Lächeln keinen Abbruch.

Als er merkt, dass ich ihn anstarre, breitet sich auf seinem Gesicht das sexy Grinsen aus, das ich so liebe. Es betont das niedliche Grübchen in seiner linken Wange. Bis heute schafft er es immer noch, mich dahinschmelzen zu lassen, aber seine innere Schönheit berührt mich dabei am meisten.

»Ich könnte mich natürlich auch krankmelden«, sage ich und werde schon munterer, obwohl ich weiß, dass es in Wirklichkeit nicht möglich ist. Heute kommt schon früh ein Kunde zu mir, und ich muss mich noch vorbereiten.

»Wenn ich heute Vormittag nicht dieses verfluchte Meeting hätte, wäre ich dabei«, antwortet Braxton lächelnd.

»Ich werde dich vermissen.«

»Ich dich auch, Jem. Die letzten vier Wochen waren für mich der Himmel.«

Ich seufze. »Ich würde alles dafür geben, jetzt wieder auf Kauai zu sein.«

Meine Finger wandern durch seine Haare und über sein Gesicht, während ich spreche. Der Strand war schon immer unser Lieblingsort. Deswegen haben wir unser Traumhaus mit Blick aufs Meer gebaut. Das beruhigende Geräusch der Wellen, die gegen den Strand schlagen, während ich abends in den Schlaf sinke, und der süße Geruch der Seeluft, wenn ich morgens aufwache ... das ist bereinigend. Es ist auch einer der Gründe, weswegen wir uns für Hawaii entschieden haben – eine wunderschöne Villa am majestätischen Tunnels Beach –, um dort die ersten zwei Wochen unseres Ehelebens zu verbringen.

»Ich auch.« Er sieht mich sehnsüchtig an. »Wir fahren über Weihnachten noch mal hin, versprochen.«

»Das wäre schön.« Meine Fingerspitzen tänzeln über sein Schlüsselbein, bevor sie sich über seine Schulter bewegen. Als ich sie seinen starken Rücken hinuntergleiten lasse, stöhnt er.

Ich seufze erneut, als ich daran denke, dass Weihnachten erst in zehn Monaten ist, aber andererseits haben wir ja noch den Rest unseres Lebens, um solche Momente zu erleben wie auf Hawaii.

Ich entknote unsere Beine und halte kurz inne. Ich möchte nicht gehen. Langsam atme ich aus. »Ich sollte jetzt wohl besser duschen.«

»Möchtest du dabei Gesellschaft?«

Er streckt die Hand nach mir aus, dreht sich auf den Rücken und zieht mich mit sich. Ich lache, als er mit den Augenbrauen wackelt. Dann setze ich mich auf ihn, bevor ich seinen Mund mit meinem bedecke. Die Dusche kann warten. Viel wichtiger ist jetzt, meinen Mann zu lieben.

Ich rutsche nach vorne und richte mich gerade auf. Seine starken Hände umfassen meine Hüfte, und wir stöhnen gleichzeitig, als ich auf ihn sinke.

Langsam bewege ich meinen Körper auf seinem. Unsere Blicke treffen sich. »Ich liebe dich, Brax.«

»Ich liebe dich auch, Jem. So sehr.«

Er nimmt meine Hände und verschränkt seine Finger mit meinen. Wir hatten immer eine starke Verbindung, aber wenn wir so verbunden sind wie jetzt, werden wir eins. Ich werde nie genug von den Gefühlen bekommen, die er in mir erweckt.

Manchmal fühle ich mich schuldig, weil wir zusammen so perfekt sind. Keiner unserer Freunde hat so eine Beziehung wie Braxton und ich. Was wir haben, ist unzerstörbar. Manchmal überwältigen mich meine Gefühle für ihn. Ich bin mir nicht sicher, wie wir ohneeinander überleben würden.

Als ich meinem Make-up noch rasch den letzten Schliff gebe, erhasche ich einen Blick auf Braxton im Spiegel. Er lehnt sich an den Türrahmen und beobachtet mich dabei, wie ich mich fertig mache. Er trägt eine graue Jogginghose, die ihm tief auf den Hüften hängt, und kein Shirt. Mein Puls beschleunigt sich, während mein Blick über seine nackte Brust wandert, über jeden Muskel, der seinen Oberkörper definiert – vom perfekten V über dem Hosenbund bis zum Waschbrettbauch. Eine meiner Lieblingsbeschäftigungen ist es, ihm beim Trainieren in dem kleinen Fitnessraum zuzuschauen, den er sich in der Garage eingerichtet hat. Ich glaube nicht, dass ihm überhaupt bewusst ist, wie sexy er ist. Er hat schon früher nie bemerkt, wie all die Mädchen für ihn geschwärmt haben. Ich hingegen schon.

Unsere Blicke treffen sich, und der bewundernde Ausdruck in

seinen Augen bringt die Schmetterlinge in meinem Bauch zum Flattern. Die Liebe, die ich für diesen Mann empfinde, strömt durch jede Faser meines Körpers. Das ist reine Euphorie.

»Wie lange stehst du schon da?«, frage ich, während sich meine Mundwinkel zu einem Lächeln heben.

»Ich bewundere bloß meine wunderschöne Frau.« Ich liebe es, wenn er mich seine Frau nennt.

Er stößt sich vom Türrahmen ab und pirscht sich an mich heran. Seine Arme legen sich um meine Taille, und er zieht mich an sich. Ein leises Stöhnen entfährt mir, als seine Lippen sich einen Weg über meinen Nacken bahnen. Ich lege den Kopf zur Seite, damit er besseren Zugang hat.

»Ich bin jetzt schon spät dran«, hauche ich.

»Ich wünschte, du müsstest nicht gehen.« Sein warmer Atem auf meiner Haut verursacht mir Gänsehaut.

»Ich auch.«

»Die nächsten acht Stunden werden sich wie eine Ewigkeit anfühlen.«

Ich seufze zustimmend. »Ich weiß.«

Seine Zunge gleitet über die empfindliche Stelle hinter meinem Ohr und schickt mir Schauer über den Rücken. Das hat er mit Absicht getan. »Nimm dir für heute Abend nichts vor, ich möchte dich zum Essen ausführen.«

»Du führst mich aus? Wohin?«

»Ins *Sea Shanty*.« Er stöhnt, als er an meinem Ohrläppchen saugt.

»Gibt es dafür einen besonderen Anlass?«

»Unser Jubiläum.«

Ich reiße die Augen auf, und im Spiegel schauen wir uns an. »Unser was?« Meine Gedanken rasen. *Welches Jubiläum?*

Er dreht mich in seinen Armen, damit ich ihn direkt ansehe, und zieht eine kleine schwarze Schachtel aus der Hosentasche.

»Das hättest du eigentlich heute Abend bekommen sollen, aber ich möchte, dass du es jetzt schon hast. Alles Liebe zum neunzehnten Jubiläum, Süße.«

Meine Hände zittern leicht, als ich ihm die Schachtel abnehme. Jetzt fällt mir auf, dass wir heute seit neunzehn Tagen verheiratet sind, und ich lächele breit. Die Zahl Neunzehn hatte schon immer eine besondere Bedeutung für uns.

Mir kommen Freudentränen, als ich den Deckel öffne. In der Schachtel liegt eine Kette aus Weißgold mit einem diamantenbesetzten Anhänger, auf dem die Zahl Neunzehn abgebildet ist.

»Oh, Braxton, sie ist wunderschön ... Ich liebe dich.«

Er lächelt und streicht mir eine Haarsträhne hinters Ohr. »Ich kann es nicht erwarten, den Rest meines Lebens mit dir zu verbringen, Jem.«

»Gleichfalls.«

Ein Kloß formt sich in meiner Kehle, und ich muss die Tränen zurückhalten. Mit der Hand fächere ich mir Luft zu. Ich habe keine Zeit, mein Make-up zu erneuern.

Er nimmt mir die Schachtel aus der Hand und holt die Kette heraus. »Dreh dich um, und halt die Haare hoch.« Ich komme seinem Wunsch nach und halte meine langen braunen Haare auf dem Kopf fest, damit er die Kette schließen kann. »Perfekt«, sagt er und gibt mir einen sanften Kuss auf die Haut am unteren Nacken.

Meine Fingerspitzen tasten nach dem Anhänger, während ich ihn im Spiegel bewundere. »Danke ... Ich werde gut darauf achtgeben.«

Er schlingt mir wieder die Arme um die Taille, legt sein Kinn auf meine Schulter und sieht mich durch den Spiegel an. »Weißt du, ich habe nachgedacht ...«

»Das könnte gefährlich werden.«

Ich lache, als er mich in die Seite knufft.

»Ich möchte, dass du die Pille absetzt.«

Ich fühle, wie sich mein Herzschlag beschleunigt, und drehe mich zu ihm um. »Wirklich?«

»Ja. Es ist Zeit, es noch mal zu versuchen, Jem. Ich möchte unser Baby in dir wachsen sehen.«

Mit dem Finger wische ich mir über die Wange, um eine Träne aufzuhalten. »Ich möchte das auch, aber was ist mit meinem Job? Wir haben gerade einen zweiten Kredit aufgenommen, um das Haus zu bauen … wir brauchen das Geld.«

Braxton atmet aus, bevor er weiterspricht. »Ich weiß, wie viel dir deine Karriere bedeutet, aber du investierst so viel für Andrew, diesen Mistkerl. Wir wissen beide, dass er dich nicht zu schätzen weiß. Warum denkst du nicht mal darüber nach, dich selbstständig zu machen und von zu Hause aus zu arbeiten? So könntest du dich um unseren Sohn kümmern und gleichzeitig noch immer das tun, was du so liebst.«

»Oder unsere Tochter«, sage ich lächelnd.

»Solange unser Baby gesund ist, ist mir das Geschlecht egal.«

Ich senke den Kopf, als Erinnerungen an diesen einen Tag in mir hochkommen. Ich möchte das so sehr, aber ich habe Angst.

»Können wir beim Abendessen weiter darüber reden? Andrew wird mich zusammenstauchen, wenn ich nicht bald im Büro auftauche.«

»Das sollte er lieber nicht wagen!«

Mit dem Finger fahre ich über Braxtons gerunzelte Stirn und versuche, sie glatt zu streichen. Ich mag seinen Beschützerinstinkt. Er hasst es, wie mein Boss mich behandelt, dennoch würde er sich nie einmischen, weil er weiß, wie sehr ich meine Arbeit als Innenarchitektin liebe.

Bis ich fahrbereit bin, ist der Regen etwas schwächer geworden, aber Braxton besteht trotzdem darauf, mich mit dem Schirm zum Auto zu bringen, damit ich nicht nass werde.

»Tschüss«, sage ich widerwillig, als wir an meinem Auto ankommen.

»Lass dich nicht länger von Andrew festhalten als nötig.«

»Mach ich nicht«, sage ich und lege meine Lippen auf seine. »Viel Glück bei deinem Meeting. Sie werden den neuen Entwurf lieben.«

»Ich hoffe es.« Er öffnet die Fahrertür und hält den Regenschirm näher ans Auto, um mich vor dem Regen zu schützen. »Fahr vorsichtig, die Straßen sind bestimmt rutschig.«

»Mach ich. Hör auf, dir Sorgen zu machen.«

»Ich werde mir immer Sorgen machen, wenn es um dich geht, Jem. Es ist meine Aufgabe, auf dich achtzugeben.«

Ich lächele zu ihm hoch, als ich sitze. »Ich liebe es, wie sehr du mich liebst.«

»Das wird sich nie ändern.« Er zwinkert mir zu und schließt dann die Tür.

Mein Herz fühlt sich schwer an, als ich ihm noch einen Kuss zuwerfe und rückwärts aus der Einfahrt fahre … Ich vermisse ihn jetzt schon.

♥

Auf dem Weg zu Arbeit fahre ich vorsichtig, aber dennoch schneller als sonst. Ich weiß, dass ich das nicht tun sollte, da die Straßen vom vielen Regen rutschig sind, aber der Gedanke an all die Arbeit, die sich während eines Monats Urlaub angestaut haben muss, verursacht mir Bauchschmerzen. Allein die Vorstellung, Andrew an diesem Morgen in einer seiner Stimmungen anzutreffen, lässt rasend schnell die Ruhe verschwinden, die ich gefühlt habe, während ich weit weg von ihm war. Braxtons Idee, mich selbstständig zu machen, gefällt mir immer besser.

Ich lächele vor mich hin, als mir seine Worte noch einmal

durch den Kopf gehen. Mit der Hand streiche ich mir sanft über den Bauch. Ich kann mir nichts Schöneres vorstellen, als wieder ein Baby von ihm in meinem Bauch heranwachsen zu fühlen.

»Scheiße«, murmele ich, als der Himmel wieder seine Schleusen öffnet. Ich stelle die Scheibenwischer auf die höchste Stufe, aber trotzdem sehe ich kaum etwas. Nicht mal den Wagen direkt vor mir kann ich richtig erkennen. Als mein Handy klingelt, schrecke ich auf. Mit der rechten Hand umklammere ich das Lenkrad, während ich mich über den Beifahrersitz beuge und mit der linken blind in meiner Tasche wühle, um das Handy zu finden.

Ich weiß genau, dass es Andrew ist, der sich fragt, wo ich bleibe. Ich hätte vor fünfzehn Minuten da sein sollen. Meine Brust verengt sich bei dem Gedanken daran.

Für den Bruchteil einer Sekunde schaue ich von der Straße auf den Bildschirm. Ich hatte recht, es ist Andrew. Als ich versuche, den Anruf anzunehmen, ertönt ein wütendes Hupen und das Kreischen von Bremsen. Mein Kopf knallt auf die linke Schulter, als mein Körper brutal zur Seite geschleudert wird. Das abscheuliche Knirschen von Metall ist ohrenbetäubend.

Bilder von Braxton und unserem gemeinsamen Leben flattern vor meinem inneren Auge vorbei. Ich habe das Gefühl, dass meine rechte Körperseite zerquetscht wird. Mein Kopf schlägt gegen das Fahrerfenster, und das Geräusch von splitterndem Glas tönt mir in den Ohren.

Oh Gott. Ich will nicht sterben.

»Braxton … Braaaax«, schreie ich. Dann wird die Welt um mich herum still, und ich gebe der Dunkelheit nach.

ZWEI

Braxton

Ich trinke einen Schluck starken schwarzen Kaffee und starre aus den bodentiefen Fenstern, die unsere Hausrückseite zieren. Ich trinke aus meiner Lieblingstasse. Jem hat sie mir an unserem ersten offiziellen Valentinstag vor acht Jahren gekauft. Die Beschriftung auf der Vorderseite bringt mich immer noch zum Lächeln. *Du bist niedlich, kann ich dich behalten?*

Das Innere der Tasse ist inzwischen fleckig von dem ganzen Kaffee, den ich daraus getrunken habe, und das Herz auf der Vorderseite ist zum Teil verblasst, aber ich liebe diese Tasse und alles, wofür sie steht. Allerdings nicht halb so sehr, wie ich meine Frau liebe.

Das Meer ist weniger als vierzig Meter von der Stelle entfernt, an der ich stehe, aber es schüttet so, dass ich es dennoch nicht sehen kann. Ein ungutes Gefühl befällt mich, und ich habe keine Ahnung weshalb. Ich bin nicht besorgt wegen des anstehenden Meetings, ich bin sogar zuversichtlich, dass wir den Deal so gut wie in der Tasche haben. Trotzdem, irgendetwas fühlt sich falsch an.

Vielleicht ist es der Gedanke, dass Jemma bei diesem Wetter unterwegs ist, der mir nicht gefällt. Ich weiß, sie fühlt sich manchmal von mir erdrückt, aber das liegt nur daran, dass ich sie liebe. Noch nie habe ich irgendjemanden oder irgendetwas so sehr geliebt wie sie. Sie ist wie ein fehlender Teil meiner eigenen Seele.

Ich nehme das Handy aus der Tasche, suche in den Kontakten nach ihrer Nummer. Bei dem Regen hatte sie sicher einigen Verkehr auf dem Weg zur Arbeit, aber trotzdem müsste sie jetzt angekommen sein.

Als ihre Mailbox anspringt, bin ich nicht besorgt. Ihr Boss ist ein aufgeblasenes Arschloch, also hat sie vermutlich das Handy ausgestellt, um keinen Ärger zu bekommen. So wie er manchmal mit ihr spricht, würde ich ihm am liebsten den Hals umdrehen, aber ich weiß, dass Jem das nicht wollen würde. Sie liebt ihren Job, und ich möchte, dass sie glücklich ist.

Ich schreibe ihr eine Nachricht.

Wollte nur mal hören, ob du gut im Büro angekommen bist. Ist es schlimm, dass ich dich jetzt schon vermisse? Das tue ich nämlich. Kann unser Date heute Abend kaum erwarten. Ich hoffe, du hast einen tollen Tag. Ruf mich an, wenn du kannst.

Es wird mich beruhigen zu hören, dass es ihr gut geht. Ich muss mich nachher vollkommen auf das Meeting konzentrieren können. Dieser Deal bedeutet mir alles, und meinem Geschäftspartner Lucas auch – es ist der Durchbruch, den wir brauchen, um mit unserer Firma einen Schritt weiterzukommen.

Auf den Straßen wird es chaotisch sein, also gehe ich in die Küche und gieße den Rest Kaffee in einen Thermobecher, bevor ich mir meine Aktenmappe und die Pläne für das neue Shoppingzentrum, das wir entworfen haben, aus meinem Arbeitszimmer schnappe. Das ist das erste Mal, dass Lucas und ich von unserem gewöhnlichen Angebot, Wohn- und Bürogebäude zu entwerfen, abweichen. Wenn wir das hier durchziehen, wird es der größte Deal sein, den wir je geschlossen haben, und wir werden mit unserem kleinen Architekturbüro in die oberste Liga katapultiert.

Lucas und ich sind noch jung und haben noch eine große Karriere vor uns, aber das hält uns nicht davon ab, uns nach dem großen Durchbruch zu sehnen. Den haben wir schon immer angestrebt. Vor acht Jahren haben wir uns an der Uni kennengelernt, und es hat sofort zwischen uns gestimmt. Er ist nicht nur mein Geschäftspartner, sondern wie ein Bruder für mich. Unsere Ideen sind innovativ, und wir haben keine Angst davor, Grenzen zu überschreiten. Genau das verschafft uns einen Vorteil gegenüber der Konkurrenz: Wir sind Visionäre, könnte man sagen. *L&B Architectural Designs* hat aufregende Zeiten vor sich, das spüre ich im tiefsten Inneren.

Wenn wir den Deal heute dingfest machen, braucht Jemma gar nicht mehr zu arbeiten, wenn sie nicht möchte. Allerdings liebt sie ihre Arbeit. Sie hat ein außergewöhnliches Auge fürs Detail und ist dabei, sich ihren Platz unter den besten Innenarchitekten des Landes zu erkämpfen.

Ist es verrückt, dass sogar unsere Karrieren Hand in Hand gehen? Ich entwerfe beruflich Häuser, und Jemma designt die Innenräume. Das ist nichts, was wir geplant hätten, es ist einfach noch ein Grund, warum wir füreinander geschaffen sind.

Als mein Handy klingelt, nehme ich es aus der Tasche. Ich erwarte, Jemmas Nummer auf dem Bildschirm zu sehen, stattdessen ist es Lucas.

»Hey, Kumpel«, sage ich. »Ich fahre jetzt gleich los.«

»Deswegen rufe ich an. Ich bin vor fünf Minuten losgefahren. Der Verkehr ist furchtbar. Es gab einen Unfall an der Kreuzung Main Street und Riley Street. Es muss etwas ziemlich Ernstes sein, weil die Straßen in beide Richtungen gesperrt sind. Der Verkehr wird komplett umgeleitet.«

Das ungute Gefühl in meinem Magen wird stärker. Das ist der Weg, den Jemma zur Arbeit nimmt. Aber ich bemühe mich, normal zu klingen, als ich antworte.

»Ich fahr sofort los. Hoffentlich kommt einer von uns pünktlich an.«

Ich wähle erneut Jemmas Nummer, erwische aber wieder nur die Mailbox. Dieses Mal hinterlasse ich ihr eine Nachricht: »Jem, ich bin's. Ruf mich an, sobald du das abhörst. Ich muss wissen, dass es dir gut geht.«

Ich versuche, nicht panisch zu klingen, bin mir aber ziemlich sicher, dabei zu versagen. Ich hatte schon immer das Bedürfnis, sie zu beschützen, und das wird sich auch nie ändern.

Ich lasse das Handy wieder in die Tasche meiner Anzugjacke gleiten, nehme die Aktenmappe und klemme mir die Rolle mit den Entwürfen unter den Arm. Dann schnappe ich mir den Thermobecher. Letzte Nacht habe ich lange wach gesessen und mir den finalen Entwurf angesehen, um sicherzugehen, dass alles *perfekt* ist. Ich bin sicher, dass unsere Klienten die Änderungen, die ich seit dem ursprünglichen Entwurf vorgenommen habe, lieben werden.

Ich sehe auf die Uhr, als ich zur Tür gehe. *Jemma ist vor einer Stunde und zwanzig Minuten losgefahren.* Ich sage mir, dass ich überreagiere, dass sie bestimmt schon sicher bei der Arbeit angekommen ist.

Warum habe ich dann einen solchen Knoten im Magen?

Es nieselt inzwischen nur noch, als ich über den Rasen im Vorgarten laufe. Den Becher stelle ich auf das Autodach und fische dann in meiner Tasche nach dem Schlüssel. Als die Entwürfe und meine Aktenmappe auf dem Rücksitz verstaut sind, nehme ich mir den Kaffee und schließe die Hintertür.

Ich halte inne, als ein Auto hinter mir in die Einfahrt fährt. Es ist nicht irgendein Auto – es ist ein Polizeiwagen. Angst ergreift mich, als Bilder meiner Frau vor meinem geistigen Auge auftauchen, und innerlich drehe ich durch. Mein Verstand sagt mir, dass ich mich beruhigen muss und nicht in Panik verfallen darf, bevor ich Grund dazu habe, aber mein Herz weiß schon, dass mich keine guten Neuigkeiten erwarten.

»Mr Spencer?« Ein Polizist steigt aus dem Wagen und kommt auf mich zu. Er kennt bereits meinen Namen, was mich auch nicht gerade beruhigt. Ich öffne den Mund, um etwas zu sagen, aber es kommt kein Ton heraus. Das Herz schlägt mir hart gegen die Rippen, und ein Teil von mir möchte fliehen, damit ich nicht hören muss, was er sagen wird. Ich hole tief Luft und halte dann den Atem an, als er vor mir steht.

»Sind Sie Braxton Spencer?«

Wieder fehlen mir die Worte, aber diesmal schaffe ich es, zu nicken.

»Ich bin Officer Martin. Es tut mir leid, Ihnen diese Nachricht überbringen zu müssen«, sagt er und legt mir eine Hand auf die Schulter. Ich stoße die angehaltene Luft aus und warte darauf, dass er weiterspricht. »Ihre Frau hatte einen Unfall.«

Ich fühle geradezu, wie mir die Farbe aus dem Gesicht weicht. Meine Beine drohen unter mir nachzugeben. Lucas' Worte kommen mir in den Sinn. *Es muss etwas ziemlich Ernstes sein, weil die Straßen in beide Richtungen gesperrt sind. Der Verkehr wird komplett umgeleitet.*

Der Thermobecher fällt mir aus der Hand und schlägt auf dem Boden auf. Entfernt nehme ich das Brennen von heißer Flüssigkeit wahr, die sich in den Stoff meiner Hose saugt. Die Welt um mich herum scheint sich in Zeitlupe zu bewegen. Der Officer hält mich am Arm fest, um mich zu stützen.

»Ist … Ist alles okay mit ihr?« Ich bin nicht sicher, ob ich die Antwort überhaupt hören möchte, aber ich muss es wissen.

»Sie wurde mit dem Rettungswagen ins Krankenhaus gebracht.«

»Ich muss zu ihr. Sind ihre Verletzungen schlimm? Ist sie … am Leben?« Ich verfalle ins Plappern.

»Das können nur die Ärzte beantworten, Mr Spencer. Ich kann Ihnen nur sagen, dass ihr Auto seitlich gerammt wurde, nachdem sie ein Stoppschild überfahren hat. Sie musste aus dem Fahrzeug geschnitten werden, aber ja, sie war noch am Leben.«

Ich reibe mir mit zitternden Händen das Gesicht, und mir dreht sich der Magen um. Ich glaube, ich muss mich übergeben.

»Es tut mir leid, Mr Spencer. Das ist der Teil meines Jobs, den ich am meisten hasse. Wenn Sie möchten, bringe ich Sie zu ihr.«

»Bitte.«

Das kann nicht passieren. Vor nicht einmal zwei Stunden habe ich mit meiner Frau geschlafen und mich nicht nur auf unseren gemeinsamen Abend, sondern unsere ganze Zukunft gefreut. Wir wollten eine Familie gründen. Aber jetzt, von einem Augenblick auf den anderen, scheinen jede Hoffnung und jeder Traum, den wir geteilt haben, ungewiss.

Meine Lider schließen sich, als ich den Kopf im Polizeiwagen gegen die Lehne sinken lasse. Ich bete nicht oft, aber genau das tue ich jetzt. Ich würde alles tun, um mein Mädchen zu retten. *Alles.*

Ich fühle mich wie betäubt.

Bitte, Gott, mach, dass es ihr gut geht. Bitte mach, dass es ihr gut geht.

»Braxton«, höre ich, als ich in dem kleinen Raum umhergehe, in den ich nach meiner Ankunft im Krankenhaus gebracht wurde. Ich habe das Gefühl, wahnsinnig zu werden, während ich auf Antworten, auf Neuigkeiten, auf irgendetwas warte. Mein Kopf schnellt hoch, als Jemmas Mutter Christine in den Raum gerast kommt. »Oh, Braxton!« Sie fällt mir schluchzend in die Arme und weint hysterisch an meiner Brust.

Jemma ist ihr einziges Kind. Natürlich ist sie erschüttert, aber ich versuche gerade angestrengt, mich zusammenzureißen, und ihr Verhalten ist dabei überhaupt nicht hilfreich.

Ich erinnere mich nicht mal an die Fahrt ins Krankenhaus. Alles steht in der Schwebe, und ich kann meine Gedanken nicht sortieren. Entfernt erinnere ich mich daran, dass der Officer mich gefragt hat, ob ich jemanden kontaktieren wolle. »Ihre Eltern«, habe ich gemurmelt. Abgesehen von mir sind sie alles, was Jemma hat.

Das Universum kann doch nicht so grausam sein, sie mir zu nehmen, wo unser Leben als Ehepaar gerade erst angefangen hat. Oder?

»Gibt es Neuigkeiten?«, fragt Christine und tritt einen Schritt zurück. »Sie verraten mir nichts.«

»Ich habe noch nichts Neues gehört.« Nachdem die Krankenschwester mich in diesen Raum geführt hat, hat sie gesagt, der Doktor komme bald, um mit mir zu sprechen, aber seitdem habe ich noch nichts gehört. Nicht ein einziges verdammtes Wort.

Mit einem Blick auf die Uhr stelle ich fest, dass es erst zwanzig Minuten her ist, aber es fühlt sich wie eine Ewigkeit an. In diesem Moment hängt alles, was mir wichtig ist, an einem seidenen Faden.

Minuten später fliegt die Tür erneut auf. Mein Herzschlag beschleunigt sich auf ein ungesundes Level. Ich weiß nicht, ob ich bereit bin. So dringend ich wissen muss, wie es ihr geht, klammere ich mich gleichzeitig an den Gedanken, dass keine Neuigkeiten gute Neuigkeiten sind.

Erleichterung durchströmt mich, als ich Jemmas Vater Stephen in der Tür stehen sehe. Er wirkt traurig und atemlos.

»Was machst du denn hier?«, blafft Christine mit zusammengekniffenen Augen.

Die beiden hatten mal eine Ehe, die ich beneidet habe, jetzt ertragen sie es nicht mehr, im selben Raum zu sein. Vielmehr erträgt es Christine nicht, im selben Raum wie Stephen zu sein. Auf unserer Hochzeit mussten wir sie an gegenüberliegenden Enden des Raumes platzieren. Jemmas Mutter drohte, nicht zu kommen, wenn sie irgendwo in Stephens Nähe sitzen müsse. Es ist hart zu sehen, was diese Feindseligkeit in Jemma auslöst. Sie liebt ihre Eltern beide und hasst es, in ihre Streitigkeiten hineingezogen zu werden. Es ist lächerlich. Stephen hat Mist gebaut, aber er bereut es. Er ist ein guter Mann, ich habe ihn schon immer gemocht. Ich billige sein Verhalten nicht – er hat einen großen Fehler gemacht –, aber Christine ist auch nicht ganz unschuldig daran, und es ist nicht fair, dass wir alle darunter leiden müssen. Vor allem zu diesem Zeitpunkt. Jetzt müssen wir uns auf Jemma konzentrieren.

»Sie ist auch meine Tochter, Chris. Ich habe ein Recht darauf, hier zu sein.«

»Hm«, schnaubt sie.

Ich gehe zu Jemmas Vater und schüttele ihm die Hand. »Wir haben noch nichts gehört. Hoffentlich kommt gleich der Arzt und kann uns etwas sagen.«

Er neigt den Kopf. »Mein kleines Mädchen … mein Mäuschen«, flüstert er.

Ich muss meine eigenen Tränen zurückkämpfen, während ich ihn anschaue. *Sie muss es einfach überstehen.* Ein anderes Ergebnis kann ich mir gerade nicht mal vorstellen.

DREI

Braxton

»Ich halte das nicht aus«, murmele ich. Ich drücke die Tür auf und stürme in den Flur, um nach einer Schwester oder einem Arzt zu suchen – irgendjemandem, der mir Antworten geben kann.

Außerdem brauche ich eine Pause von den beiden. Christine ist in einem Stuhl zusammengesunken und weint. Stephen hat versucht sie zu trösten, aber die vernichtenden Blicke, die sie ihm zugeworfen hat, haben dafür gesorgt, dass er sich in eine andere Ecke des Zimmers zurückgezogen hat. Sie leidet – das tun wir alle. Keiner von uns weiß, in welchem Zustand sich Jemma befindet, aber ich weiß, dass sie Liebe und Unterstützung von uns allen brauchen wird. Sie findet es furchtbar, was aus ihrer ehemals eng verbundenen Familie geworden ist, und die ewige Streiterei ihrer Eltern würde sie nur aufregen.

Ich halte direkt auf das Schwesternzimmer zu und zwinge mich zu einem kleinen Lächeln, als die Schwester vom Computerbildschirm vor sich aufsieht. »Hi. Meine Frau, Jemma Spencer, wurde vorhin hierhergebracht. Gibt es neue Informationen über ihren Zustand? Ich wäre wirklich dankbar, wenn Sie mir helfen könnten. Wir warten schon seit fast einer halben Stunde. Bitte sagen Sie mir irgendetwas.«

Sie sieht mich mitleidig an, bevor sie etwas auf der Tastatur tippt. »Sie wird gerade vom Notfallteam untersucht. Ich schau mal, ob jemand zu Ihnen kommen und mit Ihnen sprechen kann.«

Notfallteam. Dieses Wort fühlt sich wie ein Messer in meinem Herzen an. »Kann ich zu ihr?« Sie hat bestimmt Angst, und ich weiß, dass sie mich bei sich haben wollen würde. Und ich muss bei ihr sein.

»Im Moment nicht, Mr Spencer, tut mir leid. Ich schicke gleich jemanden, der Ihnen Auskunft geben kann.«

Verzweifelt will ich die Schwester anschreien und sie zwingen, mich zu Jemma zu bringen. Zum Glück gewinnt die Vernunft die Oberhand. Die Schwester macht nur ihre Arbeit.

»Danke.«

Ich drehe um und kneife mich in die Nase, als ich zurück zu diesem bedrückenden Raum der Folter laufe. Allein bei dem Gedanken, wieder da reinzugehen, fühle ich mich, als würde ich ersticken. Ich halte kurz an und kreise ein paarmal mit den Schultern. Ich fühle mich verloren und völlig allein. Jemma war schon immer mein Fels in der Brandung, wir haben bisher jede Hürde zusammen genommen. Ich sehne mich nach ihrem Trost, was ironisch ist – ich bin nicht derjenige, der einen Autounfall hatte, derjenige, an dem gerade irgendwo in diesem trostlosen Krankenhaus das Notfallteam arbeitet.

Noch hilfloser fühle ich mich, als ich den hoffnungsvollen Blicken von Jemmas Eltern begegne. »Tut mir leid, noch keine Neuigkeiten.«

Christine vergräbt nur das Gesicht in den Händen und weint weiter.

»Warum dauert das so lang?«, fragt Jemmas Vater.

Ich wünschte, ich wüsste es. In meinem Herzen weiß ich, dass ihre Verletzungen ernst sind, aber ich weigere mich, weiter darüber nachzudenken. Ich bin nicht sicher, wie viel ich noch aushalte oder wie lange ich mich noch zusammenreißen kann.

Fünfzehn qualvolle Minuten später kommt endlich ein Arzt in den Raum. *Bitte lass es gute Neuigkeiten sein.* Ich weiß, dass ich mich an einen Strohhalm klammere, wenn es nicht ernst wäre, wären wir nicht im Krankenhaus.

»Hi. Ich bin Doktor Bolton. Ich leite das Notfallteam, das sich um Mrs Spencer kümmert«, sagt er und sieht uns an.

»Ich bin Braxton Spencer, ihr Ehemann.« Ich schüttele seine Hand. »Wie geht es ihr?«

»Sie hat ernsthafte Verletzungen.« Bei seinen Worten rutscht mir das Herz in die Hose, aber zumindest bedeutet das, dass sie noch lebt. Ich muss mich auf alles Positive konzentrieren, nur so halte ich das hier aus. »Bitte setzen Sie sich doch.«

»Ich bin Stephen Robinson, ihr Vater«, sagt er und schüttelt dem Arzt die Hand. Dann deutet er auf Christine. »Und das ist meine Frau Christine.«

»Ex-Frau«, keift Christine.

Kurz treffen sich unsere Blicke – ich gebe mir keine Mühe, meinen Ärger zu verbergen –, ich schüttele den Kopf und setze mich.

»Tut mir leid, Braxton.« Sie legt die Hand auf mein Bein. »Entschuldige.«

Ich ignoriere sie und richte meine Aufmerksamkeit auf den Arzt. »Wir haben es geschafft, sie zu stabilisieren«, sagt er.

Nervös streiche ich mit den Händen über meine Hose. Das klingt nicht gut, aber in diesem Moment ist es mir ehrlich gesagt egal, in welchem Zustand ich sie zurückbekomme. Ich muss sie nur zurückbekommen.

»Was meinen Sie mit ›stabilisieren‹?«, fragt Stephen. »Wie schlimm sind ihre Verletzungen?«

»Sie sind ernst«, antwortet er. »Seit sie eingeliefert wurde, hat sie das Bewusstsein immer wieder verloren. In ihrem Gehirn scheint es eine Schwellung zu geben, sie hat innere Blutungen,

Verletzungen und zahlreiche gebrochene Knochen. Sie wurde betäubt, und wir bringen sie gerade nach unten, um weitere Untersuchungen durchzuführen.«

»Himmel.« Der Hoffnungsschimmer, an den ich mich geklammert habe, seitdem der Officer an meinem Haus angekommen ist, schwindet schnell. »Sie wird durchkommen, oder?«

Er sieht mich mitleidig an. »Es steht auf Messers Schneide. Die nächsten achtundvierzig Stunden sind kritisch, aber ich versichere Ihnen, dass wir unser Möglichstes tun, um Ihre Frau zu retten.«

Ich kann mich zu keiner Antwort durchringen, als die Worte des Doktors bei mir ankommen. Achtundvierzig Stunden? So lange kann ich nicht warten. Die letzten vierzig Minuten haben mich fast umgebracht. Die nackte Panik ergreift mich. Ich darf Jemma nicht verlieren, das geht einfach nicht. Ich reibe mit der Hand über meine verkrampfte Brust. Ohne sie kann ich nicht atmen. Sie ist meine Luft.

Sie muss durchkommen. Sie muss.

♥

Eine Stunde vergeht, und wir warten immer noch auf Informationen. Wie lange kann eine Untersuchung dauern? Ich kann mich nicht beruhigen und tigere pausenlos durch den Raum, seit der Arzt ihn verlassen hat. Bald werde ich einen Pfad in den Linoleumboden getreten haben.

Ich werde aus meinen wirbelnden Gedanken gerissen, als mein Handy in der Tasche klingelt. Auf dem Bildschirm sehe ich Andrews Nummer. Wahrscheinlich fragt er sich, warum Jemma noch nicht bei der Arbeit ist. Es sieht ihm nicht ähnlich, mich anzurufen – unser letztes Gespräch war nicht sehr nett. Jemma hatte Feierabend gemacht, und als er irgendetwas im Büro nicht finden konnte, hatte er sie angerufen. Als sie nicht abnahm, hatte er meine Nummer gewählt. Er hatte die Dreistigkeit besessen, mir zu sagen, wenn sie nicht innerhalb der nächsten Stunde wieder im Büro sei, um es zu finden, werde er sie feuern. Er war genauso unverschämt wie immer, und es hat mir große Freude bereitet, ihm endlich meine Meinung zu sagen. Er konnte von Glück reden, dass jemand wie sie für ihn arbeitete, und das wusste er. Das war das erste und letzte Mal, dass er mit mir so über sie gesprochen hat.

Ich habe große Lust, seinen Anruf zu ignorieren, aber ich weiß, dass Jem das nicht wollen würde. »Andrew«, sage ich kurz angebunden, als ich abnehme. Ich möchte ihm keine Gelegenheit geben zu antworten. »Jemma hatte auf dem Weg zur Arbeit einen Autounfall. Sie kommt heute nicht.«

»Ich brauche sie hier«, schnaubt er verärgert, und ich werde wütend.

»Nun, das ist nicht möglich.«

»Kann ich Montag mit ihr rechnen?«

»Nein, am Montag wird sie auch nicht kommen.« Ich möchte einfach auflegen, aber zügle meine Wut Jemma zuliebe. »Es ist ernst. Wir sind im Krankenhaus. Ich weiß nicht, wann sie wiederkommen wird.« Damit beende ich das Gespräch. Mehr Erklärung braucht er nicht.

Als ich das Handy wieder in die Tasche schieben will, klingelt es erneut. Mein Daumen schwebt schon über dem roten Hörerzeichen, weil ich davon ausgehe, dass es wieder Andrew ist, aber dann sehe ich stattdessen Lucas' Nummer auf dem Display. *Mist, unser Meeting.*

»Wo zur Hölle bist du?«, schreit er ins Telefon. »Ich versuche seit fast einer Stunde, dich anzurufen. Bitte sag mir nicht, dass du noch im Stau stehst. Ich habe sie so lange hingehalten, wie ich konnte. Wir brauchen die Pläne.«

»Lucas.« Ich bin so froh, seine Stimme zu hören, auch wenn er mich anschreit. Ich brauche etwas von seiner Stärke, weil ich kurz davor bin zusammenzubrechen. Ich gehe durch die Tür auf den Flur. »Es tut mir leid, Kumpel. Ich hätte anrufen sollen ... ich hab es vergessen.«

»Mensch, Brax. *Du hast es vergessen?* Was ist los?«

»Ich bin im Krankenhaus.«

»Was?« Er hält inne. »Warum?«

»Dieser Unfall ...« Meine Stimme bricht. »Das war Jemma.«

»Schwachsinn ... das kann nicht sein.«

Es wird still in der Leitung, und der Schock, den ich empfunden habe, als ich zum ersten Mal davon erfahren habe, überfällt mich erneut. Es laut auszusprechen macht es zu real, und ich weiß, wie sehr Lucas die Neuigkeit treffen muss. Er verehrt Jemma, und ich bin sein bester Freund. Als wir aufwuchsen, waren es immer nur Jem und ich, und dann bin ich an die Uni gegangen und habe sie zurückgelassen. Das war das erste Mal, dass wir getrennt waren, und es war schwer. Wir haben jeden Tag miteinander telefoniert und uns jedes Wochenende besucht, aber es war nicht dasselbe. Ohne sie tat ich mich schwer. Ich war verloren – und Lucas war für mich da. Jemma war meine andere Hälfte, aber mir war nie klar gewesen, wie sehr ich auch einen männlichen Kumpel, einen besten Freund brauchte, bis ich ihn fand.

»In welchem Krankenhaus bist du? Ich komme sofort.«

Ein kleines Lächeln schleicht sich auf meine Lippen. In den acht Jahren, in denen wir befreundet sind, hat er mich noch nicht ein Mal im Stich gelassen. »Nein. Beende das Meeting, das ist wichtig. Du kannst hier nichts tun. Wir warten noch immer auf Neuigkeiten vom Arzt.«

»Ich kann für dich da sein. Ich weiß, was sie dir bedeutet. Sie ist dein Leben.«

»Das ist sie«, flüstere ich, und mir kommen die Tränen, aber ich weigere mich strikt zu weinen. Ich muss stark für sie sein. »Lucas, ich glaube nicht, dass ich ohne sie überlebe.«

»Halte durch. Jem ist eine Kämpferin. Sie schafft das schon.«

Er hat ja keine Ahnung, wie dringend ich diese Worte hören musste.

»Das hoffe ich so sehr.«

VIER

Braxton

Mich packt die Angst, als ich der Schwester den Flur entlang zur Intensivstation folge. Jemmas Eltern sind dicht hinter mir. Endlich dürfen wir sie sehen, aber nur nacheinander. Ich bin dankbar, dass sie nicht protestiert haben, als ich sagte, dass ich der Erste sein möchte.

Ich versuche, mich auf das Schlimmste gefasst zu machen. Ich bin nicht sicher, was ich vorfinden werde, wenn ich das Zimmer betrete, aber ich weiß, dass es nicht einfach wird. Meine wunderschöne Frau, die sich heute Morgen mit einem Lächeln und einem Kuss von mir verabschiedet hat, wird nicht dieselbe Person sein, die ich jetzt gleich sehen werde.

Als der Doktor endlich zurückkam, um uns über ihren Zustand zu informieren, haben wir erfahren, dass sie aufgrund der Schwellung im Gehirn in ein künstliches Koma versetzt wurde. Ich habe dem Arzt eine Million Fragen gestellt, aber er konnte nicht viel sagen, außer dass die nächsten paar Tage eine Geduldsprobe würden und dass Jemma auf der Intensivstation überwacht werde.

Sie hat schlimme Verletzungen. Der Chirurg hat die offenen Wunden genäht, aber sie können noch nicht operieren, bevor die Schwellung zurückgegangen ist. Sie wird Klammern im rechten Arm und im Bein brauchen sowie eine künstliche Hüfte, weil die Knochen zerschmettert sind. Sosehr ich den Gedanken verabscheue, dass mein Mädchen so verletzt und übel zugerichtet ist – damit können wir umgehen. Sie ist am Leben, und Knochen heilen. Jetzt ist unsere Hauptsorge, dass sie durch die nächsten Tage kommt. Wie der Arzt schon sagte: Sie ist jung, und sie ist stark. Ich weiß, dass sie kämpfen wird. Das muss sie.

Die Schwester hält an und dreht sich zu mir um, als wir an Jemmas Zimmer ankommen. Mein Herz schlägt so schnell, dass ich das Pochen in meinen Ohren hören kann. Mitfühlend lächelt sie mich an. »Das ist das Zimmer Ihrer Frau, Mr Spencer.«

»Danke.«

Ich drehe mich noch mal um und nicke Jemmas Eltern zu. Es gibt keine Worte, die uns jetzt trösten könnten. Christines traueriger Blick trifft meinen, und sie schafft es, sich zu einem Lächeln zu zwingen und mir mit der Hand über den Arm zu streicheln. Das ist die warmherzige und fürsorgliche Frau, die ich mag und vermisse.

»Viel Glück«, sagt sie. »Wir warten hier draußen auf dich, wenn du uns brauchst.«

Ich halte vor der Tür noch einmal kurz an und wappne mich innerlich. Ich schaffe das. Dann zwinge ich mich weiterzugehen, Schritt für Schritt. Ich atme scharf ein, als mein Blick auf Jemma fällt. Meine Knie drohen unter mir nachzugeben, als ich zum Bett gehe. Die Person, die da vor mir liegt, hat nicht einmal Ähnlichkeit mit meiner Frau.

Ich bin nicht sicher, was ich erwartet habe, als ich hier reingekommen bin, aber mit Sicherheit nicht das hier. Die sterilen weißen Laken sind bis unter ihr Kinn hochgezogen, sodass ich nur ihr schlimm zugerichtetes Gesicht sehe. Sie ist an mehrere Maschinen angeschlossen, und ein dicker weißer Schlauch führt in ihren Mund.

Ich stehe da und starre sie ewig lange an, zu verängstigt, um näherzugehen. Es ist ein unwirkliches Gefühl. Die rechte Seite ihres Gesichts und die Stirn sind dick bandagiert. In ihren Haaren entdecke ich getrocknetes Blut, und sofort wende ich den Blick ab. Ich ertrage es nicht. Ihr Gesicht ist so geschwollen. Ich kann nicht mal beschreiben, wie sehr es mich schmerzt, sie so zu sehen.

An der Wand steht ein Stuhl. Ich hole ihn neben Jemmas Bett. Ihre linke Seite ist immer noch perfekt, immer noch sie selbst. Mir kommen die Tränen, als ich ihr vorsichtig mit dem Finger über die linke Gesichtshälfte streichle.

Ich habe mir vorher fest vorgenommen, stark für sie zu bleiben, aber jetzt überfällt mich die Traurigkeit so sehr, dass ich es nicht mehr kann. Ich habe solche Angst. Langsam beuge ich mich vor und lege meine Lippen sanft auf ihre Wange. Jemma ist so leblos, so blass, und ihre Haut fühlt sich an meinen Lippen kühl an. Ich schiebe meine Hand unter die Decke und suche nach ihrer.

Am liebsten möchte ich sie in die Arme nehmen und sie anflehen, gesund zu werden, aber ich habe zu viel Angst, sie anzufassen. Ich möchte sie nicht noch mehr verletzen, als sie eh schon verletzt ist. Mein ganzes Leben lang war ich für sie da und habe sie beschützt, aber das eine Mal, an dem sie mich am meisten gebraucht hätte, war ich nicht da. Mir ist klar, dass ich nichts hätte tun können, um den Unfall zu vermeiden. Keiner hätte ihn voraussehen können, aber das nimmt mir nicht meine Schuldgefühle.

Die Worte des Officers von heute Morgen kommen mir in den Sinn. *Ich kann Ihnen nur sagen, dass ihr Auto seitlich gerammt wurde, nachdem sie ein Stoppschild überfahren hat.*

»Jem«, flüstere ich an ihrer Haut. »Ich brauch dich, Baby. Verlass mich nicht.« Ich schmecke das Salz meiner Tränen. »Kämpf für uns … kämpf für dich … bitte *kämpf*.«

Mein Herz zieht sich zusammen, als ich mein Gesicht eine lange Zeit an ihres halte. Selbst die leichteste Berührung gibt mir Stärke, und ich kann nur hoffen, dass es ihr genauso geht.

Ich schrecke auf, als sich eine Hand auf meine Schulter legt. Da merke ich, dass die Schwester neben mir steht. »Mrs Spencers Eltern würden jetzt gerne reinkommen und ihre Tochter sehen.«

»Okay.« Ich lehne mich im Stuhl zurück und wische mir die Tränen aus dem Gesicht.

»Sie können wieder reinkommen, wenn die beiden sie gesehen haben.«

Ich warte, bis sie den Raum verlassen hat, dann beuge ich mich noch einmal vor. »Deine Eltern sind hier und möchten dich sehen«, flüstere ich. »Ich warte draußen. Ich gehe nirgendwohin.« Erneut streife ich ihre Wange mit meinen Lippen, dann stehe ich auf. »Ich liebe dich.«

Ich habe das Gefühl, dass mein Herz in Scherben liegt, als ich den Raum verlasse. In der Tür komme ich an Christine vorbei. Sie will nach meinem Arm greifen, aber ich streife ihre Hand ab.

»Wie geht es ihr?«, fragt sie. Als Antwort schüttele ich den Kopf. Ich fühle mich taub, habe keine Worte dafür, wie es ihr geht. Christine wird es sofort selbst sehen.

Stephen klopft mir auf den Rücken, als er an mir vorbeigeht. Ich weiß, dass sein düsterer Gesichtsausdruck sich in meinem spiegelt. Mir tut es leid, was sie jetzt gleich sehen werden. Jemma war immer ihr kleines Mädchen. Es wird nicht leicht für sie sein, sie in diesem Zustand zu sehen.

»Braxton.« Ich werfe einen Blick über die Schulter zurück, während ich zu der Stuhlreihe an der Wand gehe. *Lucas.* Keiner von uns sagt etwas, als er vor mir stehen bleibt und mich fest umarmt. So hat er mich noch nie umarmt, aber ich bin zu dankbar, um verlegen zu werden. Ich brauche etwas, irgendetwas, was mich zusammenhält. »Sie wird es schaffen, Kumpel.«

Ich bin so froh, dass er da ist.

Mein Handy vibriert in der Tasche, und ich hole es heraus. Es ist eine Nachricht von Jemmas Freundin Rachel. Sie ist auf dem Weg hierher aus New York.

»Geh doch für ein paar Stunden nach Hause und ruh dich aus«, sagt Stephen und legt mir die Hand auf die Schulter. »Du siehst schrecklich aus.«

»Oh, na danke.«

Seit dem Unfall sind drei Tage vergangen, und ich bin meiner Frau nicht von der Seite gewichen. Ich gehe nach Hause, wenn ich sie mitnehmen kann, vorher nicht. Obwohl es offenbar gegen die Krankenhausregeln verstößt, hat mich die Schwester heute duschen lassen. Dadurch fühle ich mich wieder etwas mehr wie ein Mensch. Lucas ist zu uns nach Hause gefahren und hat mir Toilettenartikel und frische Kleidung mitgebracht. Er hat auf dem Weg zur Arbeit im Krankenhaus angerufen und abends auf dem Rückweg noch einmal. Er kann hier nicht viel tun, aber ich bin dankbar, dass er sich im Büro um alles kümmert, obwohl es mir im Moment schwerfällt, überhaupt an irgendetwas anderes als Jem zu denken.

»Du weißt schon, wie ich das meine«, sagt Stephen. »Jemma wird dich brauchen, wenn sie aufwacht, und wenn du so weitermachst, hältst du das nicht durch.« Er hat recht. Ich habe kaum geschlafen oder gegessen, aber ich kann nicht gehen. In Wahrheit kann ich nicht normal atmen, bis ich sicher weiß, dass sie wieder gesund wird.

»Ich bleibe bei ihr.«

Die ersten achtundvierzig Stunden hat sie überlebt, und mit jedem Tag, der verstreicht, werde ich zuversichtlicher. Sie liegt immer noch im künstlichen Koma, aber der Arzt hat heute Morgen neue Untersuchungen durchgeführt, und dabei ist herausgekommen, dass die Schwellung zurückgeht. Ich weiß, dass sie einen langen Genesungsweg vor sich hat, wenn sie das Bewusstsein wiedererlangt, aber sie wird dabei nie allein sein. Ich, ihre Eltern, Lucas und ihre beste Freundin Rachel – wir werden sie bei jedem Schritt des Weges begleiten.

»Du brauchst eine Pause«, beharrt Stephen.

Keiner von uns funktioniert zurzeit richtig. Stephen und Christine sind von frühmorgens bis spätabends da, aber im Gegensatz zu mir fahren sie zum Schlafen nach Hause.

»Meine Güte«, keift Christine. »Seine Frau liegt im Krankenhaus. Warum sollte er weggehen wollen? Er kümmert sich um die Frau, die er liebt. Im Gegensatz zu dir wird er sein Eheversprechen halten.«

Ich vergrabe den Kopf in den Händen und zwinge mich dazu, mir auf die Zunge zu beißen. Ich habe die bissigen Kommentare so satt, die sie Stephen in den letzten Tagen an den Kopf geworfen hat. Ich verstehe es ja, wirklich: Sie hat ihn angebetet, bis er ihr das Herz gebrochen hat. Aber gerade jetzt sehen wir doch, wie kurz das Leben ist. Keiner von uns weiß, was uns am nächsten Tag erwartet. Und Jemma ist ihr einziges Kind – wenn irgendetwas sie wieder näher zusammenbringen kann, dann ist es doch sicher der geteilte Schmerz und die Liebe zu ihrer Tochter. Christine muss das hinter sich lassen und irgendwie versuchen, ihm zu vergeben. Der Hass und die Feindseligkeit, die sie mit sich herumträgt, lässt diese einst mitfühlende und liebevolle Person verbittert und reizbar werden. Ich erkenne diese Frau, die mal so gut zu mir war, als ich meine eigene Mutter verlor, kaum wieder.

Ich habe Mitleid mit ihnen. Es ist offensichtlich, dass sie sich noch lieben, das könnte ein Blinder sehen. Aber wie es scheint, wird Christine ihn für den Rest seines Lebens für diesen Fehler bezahlen lassen. Es ist so traurig. Die Liebe, die sie füreinander empfunden haben, ist viel zu wertvoll, um sie so zu vergeuden.

»Ich hole mir einen Kaffee«, murrt Stephen und geht zur Tür. Er bewegt sich nur noch auf sehr dünnem Eis. So nah wie jetzt hat seine Frau ihn nicht mehr an sich rangelassen, seit sie sich vor zwei Jahren getrennt haben.

»Du solltest wirklich nicht so streng mit ihm sein«, sage ich zu Christine. Ich habe mich in den letzten Jahren rausgehalten, aber jetzt ist es fast unmöglich.

Sogar während des ganzen Hochzeits-Fiaskos habe ich es geschafft, meine Meinung für mich zu behalten. Christine konnte oder wollte nicht wahrhaben, dass Jemmas Vater auf unserer Hochzeit so oder so anwesend sein und seine Tochter zum Altar führen würde, ob Christine einverstanden war oder nicht. Der Druck hat Jemma fast zerstört – ich habe sie mehr als einmal im Arm gehalten, während sie aus Frust über ihre Mutter geweint hat -, aber ich weiß, wie sehr sie ihre Eltern liebt, also bleibe ich für gewöhnlich ruhig. Aber nicht jetzt.

»Dieser Mist muss wirklich aufhören«, sage ich. »Ich werde nicht zulassen, dass du Jemma damit stresst, wenn sie wach ist.«

Christines Augen werden kurz schmal, und sie öffnet schon den Mund, um zu antworten, hält dann jedoch inne. Ich sehe, wie ihr Körper zusammensackt, und weiß, sie sieht ein, dass ich recht habe. Jemma muss jetzt unsere Priorität sein.

»Du hast recht.« Sie atmet laut aus. »Ich habe versucht, den Schmerz loszulassen, aber das kann ich nicht.«

Ich stehe vom Stuhl auf und gehe zu ihr. »Ich weiß, dass das nicht einfach für dich ist, Christine, aber sag mir eins: Fühlst du dich besser, wenn du ihn die ganze Zeit so runtermachst?«

»Nein«, flüstert sie. »Fühle ich mich nicht.«

Das hier ist nicht sie. Nicht die echte Christine, die mütterliche, die ich immer geliebt habe. Als meine eigene Mutter gestorben ist, ist Christine eingesprungen und hat sich um mich gekümmert, als wäre ich ihr eigenes Kind. Sie war immer wundervoll zu mir und meinem Vater. Stephen und sie beide.

»Versuch einfach, ein bisschen netter zu sein«, sage ich und lege ihr die Hand auf die Schulter. »Wir müssen für Jemma alle zusammenhalten, wenn sie aufwacht.«

»Ich weiß.« Ihr reumütiger Gesichtsausdruck sagt mir, dass sie es zumindest versuchen wird.

♥

Ich öffne die Augen, als die Krankenschwester gerade das Zimmer verlässt. Abgesehen von dem kleinen Lichtstreifen hinter Jemmas Bett ist das Zimmer in Dunkelheit getaucht. Ich dehne meinen Nacken und setze mich in der Liege auf, die mir als provisorisches Bett dient. Ich sehne mich nach dem Tag, an dem ich wieder in meinem eigenen bequemen Bett schlafen kann, mit meiner Frau in den Armen. Die Uhr sagt mir, dass es erst kurz nach zwei Uhr am Morgen ist.

Ich stehe auf und ziehe die Liege zu Jemma hinüber, weil ich näher bei ihr sein möchte. Wenn sie nicht an so viele Maschinen angeschlossen wäre, würde ich sofort zu ihr ins Bett klettern und sie im Arm halten. Ich vermisse so vieles an ihr – ihr Lächeln, ihr Lachen, ihre Berührungen, ihre Liebe –, aber mehr als alles andere vermisse ich es, mit ihr aufzuwachen. Sie gehört schon zu meinem Leben, so weit ich zurückdenken kann, und es ist hart für mich, sie hier zu haben, ohne dass sie anwesend ist.

Ich beuge mich über sie und lege die Lippen auf ihre Stirn. »Bitte komm bald zu mir zurück.« Ich lege mich wieder auf die Liege und schiebe meine Hand unter ihre Decke. Ich brauche den Kontakt. Vielleicht hilft er mir einzuschlafen. Ich muss möglichst stark sein, wenn sie aufwacht. »Ich liebe dich«, flüstere ich und verschränke meine Finger mit ihren. Wir sind noch nie eingeschlafen, ohne diese Worte zueinander zu sagen.

FÜNF

Braxton

Ich gehe den Flur auf und ab. Heute ist es so weit. Der Arzt und zwei Schwestern sind gerade bei meiner Frau. Die Schwellung im Gehirn ist vollkommen zurückgegangen, deswegen beginnen sie jetzt damit, sie aus dem Koma zu holen. Sie werden auch die Maschinen abschalten, die sie bisher am Leben gehalten haben. Ich sollte erleichtert sein, bin es aber nicht – ich habe wahnsinnige Angst. So optimistisch ich auch zu sein versuche, es gibt einfach keine Garantie, dass sie es schafft.

Christine, Stephen und Lucas sitzen alle da und beobachten mich. Bestimmt mache ich sie nervös, aber ich kann nicht stillhalten. Ich habe tausend Knoten im Magen.

»Braxton!« Als ich aufsehe, entdecke ich Rachel, Jemmas beste Freundin, die auf mich zurennt. Rachel ist vor einem Jahr für ihren Job nach New York gezogen, aber ich war mir sicher, dass sie herkommt, sobald sie von dem Unfall erfährt. Jemma und sie stehen sich so nahe wie Schwestern. Deswegen habe ich bis zu dem Tag nach dem Unfall gewartet, um sie anzurufen. Ich wollte nicht, dass sie grundlos zurückfliegt. Sie war erst vor drei Wochen hier, als Jemmas Brautjungfer.

Es tut weh daran zu denken, wie wir sie vom Flughafen abgeholt haben, als sie für die Hochzeit angereist ist. Sie und Jemma skypen jede Woche, hatten sich aber seit fast einem Jahr nicht mehr gesehen. Als Rachel von der Zollkontrolle kam, ließ Jemma meine Hand los und rannte zu ihr. Sie hielten sich in den Armen und weinten.

Dieses Mal muss es hart für Rachel gewesen sein, hier anzukommen – aus einem so anderen Grund und ohne jemanden, der sie begrüßte. Aber ich war mit meinen Sorgen beschäftigt und habe einfach nicht daran gedacht, jemanden zu schicken, der sie abholt.

Wir sagen nichts, als sie mir in die Arme fällt und schluchzt. Ich fühle, wie ihr Körper bebt, oder vielleicht ist es auch meiner, ich bin mir nicht sicher. In diesem Moment weiß ich nur, dass ich am Rande der Erschöpfung stehe, verängstigt bin und Schwierigkeiten habe, mich zusammenzunehmen.

»Wie geht es ihr?«, fragt sie und guckt mich durch einen Tränenschleier an. Sie hat mir in den letzten Tagen ständig geschrieben. Meine Antwort war immer dieselbe: *Keine Veränderung. Kritisch, aber stabil.* Mehr konnte ich ihr nicht sagen. Es war eine Geduldsprobe für uns alle.

»Der Arzt ist gerade bei ihr«, sage ich. »Die Schwellung ist zurückgegangen, deswegen holen sie Jem jetzt aus dem Koma.«

Der Arzt hat ausführlich mit mir gesprochen, bevor er hineingegangen ist. Sie werden Jem die Medikamente, die sie im Koma gehalten haben, nicht mehr geben, sie aber weiterhin am Tropf lassen und ihr Schmerzmittel verabreichen, damit sie sich nicht zu schlecht fühlt. Es kann zwischen zwölf und zweiundsiebzig Stunden dauern, bis sie richtig wach wird.

Ich möchte nur, dass dieser Albtraum ein Ende hat.

♥

Viele Stunden sind vergangen, und sie ist immer noch nicht wach. Zuletzt wurde der Schlauch entfernt, der ihr beim Atmen geholfen hat. Die Blutergüsse und Schwellungen in ihrem Gesicht sind schon zurückgegangen. Obwohl sie immer noch weit entfernt ist von der Jemma, die ich kenne, bin ich dankbar, eine Verbesserung zu sehen.

In den letzten Tagen wurde ich immer gebeten, den Raum zu verlassen, während ihre Wunden versorgt wurden. Also steht es mir noch bevor, zu sehen, wie sie unter ihren Bandagen aussieht. Ich bin mir nicht sicher, ob ich das will.

Abgesehen davon bin ich die ganze Zeit bei ihr gewesen. Christine hat ihr Bestes gegeben, nett zu Stephen zu sein, aber meiner Meinung nach hätte sie sich noch ein bisschen mehr Mühe geben können. Sie, Lucas und Rachel haben sich in Jemmas Zimmer abgewechselt. Die Regeln auf der Intensivstation sind streng. Normalerweise darf nicht mehr als eine Person ins Zimmer, aber für uns haben sie eine Ausnahme gemacht. Christine ist mit Rachel zusammen bei Jemma gewesen und Lucas mit Stephen. Ich bin etwas erleichtert, dass Jemmas Eltern nicht gemeinsam erscheinen, so ist es für alle einfacher.

Am Abend ermuntere ich sie alle, nach Hause zu gehen und sich auszuruhen. Nur ich gehe nicht. Ich kann nicht. Christine protestiert zuerst, aber am Ende überzeugt Rachel sie, dass es so am besten ist. Christine liebt Rachel wie eine Tochter, und ich bin froh, dass sie sich gegenseitig unterstützen können. Rachel hier zu haben wird mir etwas Freiraum geben, so kann ich meine ganze Energie in die Genesung meiner Frau stecken. Christine hat keinen Führerschein, und als Stephen aus dem gemeinsamen Zuhause auszog, mussten Jem und ich sie immer herumfahren.

Ich sitze an Jemmas Bett und halte ihre Hand, als eine der Nachtschwestern hereinkommt. »Mr Spencer«, sagt sie und nickt mir zu. »Es überrascht mich, dass sie noch wach sind.«

Ich lächele sie halbherzig an. Ich kann nicht leugnen, dass ich müde bin. Es fällt mir schwer, überhaupt die Augen offen zu halten, aber ich möchte nicht einschlafen, falls Jemma aufwacht. Sie wird verwirrt und verängstigt sein und sich fragen, wo sie ist und wie sie hergekommen ist. Ich muss hier sein, um sie zu beruhigen.

»Es könnte ein paar Tage dauern.«

»Ich weiß.« Das ist alles, was ich sage.

»Sie sind ein guter Ehemann, Mr Spencer. Ihre Frau hat Glück, Sie zu haben.«

»Mir scheint eher, dass ich der Glückliche von uns beiden bin.«

»Kann ich noch irgendetwas für Sie tun?«

»Nein, alles in Ordnung. Danke.«

»Versuchen Sie sich etwas auszuruhen, Mr Spencer. Ich werde jede Stunde nach Ihrer Frau sehen. Wenn sich ihr Zustand verändert, wecke ich Sie sofort.«

»Vielen Dank.«

Fünfzehn Minuten nach Mitternacht verlässt sie das Zimmer. Das heißt, es ist jetzt fast vierzehn Stunden her, dass der Arzt die Medikamente abgesetzt hat, die sie im Koma hielten. Ich kann jetzt nicht schlafen. Es mag vielleicht Tage dauern, aber es besteht auch die Chance, dass sie jeden Moment wach wird.

♥

Ich schrecke aus dem Schlaf hoch, als jemand meine Hand drückt. Meine Lider sind schwer, und ich bin wie betäubt. Ich sitze immer noch an Jemmas Bett. Ein Blick auf die Uhr zeigt mir, dass es erst kurz nach fünf Uhr morgens ist. Dann trifft mich die Erkenntnis. Jemand hat meine Hand gedrückt.

»Jemma«, sage ich und setze mich aufrecht hin. »Jemma, Baby.« Ich beuge mich zu ihr und drücke leicht die Hand, die immer noch in meiner liegt. Aber es passiert nichts. Keine Bewegung. Ich muss es mir eingebildet haben.

Ich atme aus und lege meine Stirn an ihre Schulter. »Wach auf, bitte.« Meine Stimme bricht, als ich versuche, meine Gefühle zu unterdrücken. Ich bin nicht sicher, wie viel mehr ich noch aushalte. »Bitte, Jem«, flüstere ich. »Ich brauche dich.«

Minuten verstreichen. Ich lasse meinen Kopf so liegen und kämpfe die ganze Zeit mit den Tränen. Langsam verliere ich den Verstand, aber vielleicht liegt das auch am Schlafentzug. Ich bin körperlich und geistig am Ende. Dann lehne ich mich in meinem Stuhl zurück, reibe mir mit der freien Hand über das Gesicht und spüre die langen Barthaare. Ich habe mich noch nie so lange nicht rasiert.

Zugegebenermaßen würden eine warme Dusche und eine Rasur mich wahrscheinlich beleben. Jem war noch nie ein Fan von Bärten. Sie fand meine gelegentlichen Stoppeln sexy, aber das war auch alles.

Sanft löse ich meine Hand aus ihrer und stehe auf, um mich zu strecken. Ich drücke den Rücken durch, strecke die Arme hoch in die Luft und versuche den Schmerz zu vertreiben, der sich in meinen Muskeln eingenistet hat. Normalerweise versuche ich, täglich zu trainieren, aber das geht nicht, während ich hier bin.

Jetzt ist es kurz nach sieben. Die Schwester hat gerade Jemmas Vitalfunktionen überprüft – immer noch keine Änderung. Sie sagte mir, der Arzt komme in Kürze, wenn er seine Runde macht. Ich bin nervös. Ein paar Minuten lang tigere ich auf und ab, dann halte ich neben ihrem Bett an.

»Jem, Baby. Hörst du mich?« Ich beuge mich über sie und streichele ihr mit dem Finger über das Gesicht. »Du musst aufwachen.« Aus meiner Stimme spricht die Verzweiflung. »Bitte.«

Ich behalte sie im Blick, als ich mich zu voller Größe aufrichte. Dieses Wartespiel macht mich wirklich wahnsinnig. Dann sehe ich eine Bewegung. Oder zumindest glaube ich das. Vielleicht bilde ich es mir auch nur ein, genau wie den Händedruck. Ich reibe mir die Augen, bevor ich sie wieder anschaue. Diesmal weiß ich, dass ich mir nichts einbilde. Ihre Augenlider flattern leicht, dann stöhnt sie leise. Mein Herzschlag beschleunigt sich, als ich mich wieder über sie beuge. »Mach die Augen auf, Jem«, flehe ich und nehme unter der Decke ihre Hand.

Ich kann gar nicht beschreiben, wie sehr ich mich freue, als sie meiner Bitte nachkommt. Mit einem ausdruckslosen Blick sieht sie mich direkt an. Wenn man bedenkt, was sie durchgemacht hat, überrascht es mich nicht.

Auf meinen Lippen breitet sich ein großes Lächeln aus.

»Willkommen zurück«, flüstere ich, und mir steigen Tränen in die Augen.

Sie scannt mit dem Blick die Umgebung. Ich will mir gar nicht vorstellen, wie verwirrt sie sein muss. Ich versuche mich zusammenzureißen, aber ich bin so von meinen Gefühlen überwältigt, dass mir das mit jeder Sekunde schwererfällt.

Sanft streichele ich ihr erneut über das Gesicht, und wieder sieht sie mich an. Das vertraute Funkeln in ihren Augen fehlt, aber ich weiß ja, dass es wiederkommen wird. Ich lege meine Stirn an ihre, während mir Tränen über die Wangen laufen.

So habe ich nicht mehr geweint, seit meine Mum gestorben ist. Aber diese Tränen sind anders. Es sind Freudentränen, keine der Trauer. Tränen der Dankbarkeit und Erleichterung, nicht der Schuld. All die Ungewissheit, die ich in den letzten Tagen gefühlt habe, löst sich in Nichts auf. Sie ist zurück. Sie lebt. Endlich kann ich wieder atmen.

»Ich habe dich so vermisst, Jem.«

»Stopp.« Ihre Stimme ist kratzig und klingt überhaupt nicht nach *meiner* Jemma. »Runter von mir«, befiehlt sie und drückt schwach gegen meine Brust.

So barsch hat sie noch nie mit mir gesprochen, und zuerst denke ich, ich hätte sie irgendwie verletzt. »Jem.« Verwirrt weiche ich zurück.

»Wer sind Sie?«, fragt sie mit ängstlicher Stimme.

Mein Herz bleibt stehen. »Ich bin's, Braxton … dein Ehemann.«

Sie sagt kein weiteres Wort, und das muss sie auch nicht. Die Angst in ihren Augen sagt mir alles, was ich wissen muss. Die Erleichterung, die ich Sekunden zuvor gespürt habe, wird schnell von Panik abgelöst.

Sie erinnert sich nicht an mich.

Sie weiß nicht, wer ich bin.

SECHS

Braxton

Eine Woche später …

Ich stelle den Motor aus, lehne die Stirn gegen das Lenkrad und bete still, dass heute der Tag ist, an dem meine Frau sich wieder erinnern wird. Seit dem Horrormoment, als sie aufgewacht ist und sich nicht an mich erinnern konnte – und auch nicht an sonst irgendjemanden, nicht einmal an ihre Eltern –, befinden wir uns in einer Abwärtsspirale.

Jeden Abend war ich gezwungen, ohne sie nach Hause zu fahren. Eigentlich habe ich geschworen, nicht nach Hause zu fahren, bis sie mitkommen kann, aber das Problem ist: Sie möchte nicht mit mir kommen. Zumindest im Moment.

In der ersten Nacht hat sie mich praktisch mit Gewalt aus dem Zimmer entfernen lassen. Für sie bin ich jetzt ein Fremder, und genauso behandelt sie mich auch. Ich bin mir ziemlich sicher, wenn es nach Jemma ginge, würde sie mich davon abhalten, überhaupt zu ihr zu kommen. Ich schwanke zwischen völliger Trostlosigkeit und Entschlossenheit. Es schmerzt wahnsinnig, aber ich weigere mich zu akzeptieren, dass dies unser Ende sein soll.

Vielleicht erinnert sie sich nicht mehr an unsere Liebe oder an alles, was wir zusammen erlebt haben, aber ich schon. An jeden Moment … jede Sekunde. Ich trage genug Liebe für uns beide in mir.

Christine und Stephen sind vollkommen am Boden zerstört wegen Jemmas Gedächtnisverlustes, und genau wie ich haben sie Schwierigkeiten, damit umzugehen. Es ist ein harter Schlag für sie nach all den anderen Erschütterungen, die sie bereits durchgemacht haben. Sie tun mir wirklich leid.

Jemmas Arzt hat gestern Abend lange mit mir geredet, bevor ich das Krankenhaus verlassen habe. Er hat von einer retrograden Amnesie gesprochen. Dabei sagte er, dass es nicht ungewöhnlich für einen Patienten sei, nach einer Kopfverletzung Erinnerungslücken zu haben. Aber unglücklicherweise gibt es kein magisches Heilmittel. Es kann sein, dass ihr Gedächtnisverlust nur vorübergehend ist, aber es besteht auch die Möglichkeit – und das ist meine größte Angst –, dass ihre Erinnerung nie zurückkehrt.

Jedenfalls gebe ich uns nicht auf. *Niemals.* Optimismus ist gerade alles, was ich noch habe. Wir gehören zusammen, und ich bin mir sicher, dass sie das mit der Zeit auch erkennen wird. Mein Herz gehört ihr, so wie mir ihres gehört.

Als sie den Unfall hatte, habe ich mich gefürchtet, dass sie nie aufwachen würde und ich sie verliere. Ich habe nicht einmal an die Möglichkeit gedacht, dass sie aufwachen könnte und ich sie trotzdem verliere.

Es ist erst sieben Uhr, als ich über den langen, vertrauten Krankenhausflur zu ihrem Zimmer gehe, deswegen ist noch nicht viel los. Ich achte darauf, jeden Morgen rechtzeitig zum Frühstück da zu sein, damit ich ihr Essen zerkleinern kann. Sie kann es mit nur einem funktionierenden Arm nicht selbst machen. Ich merke ihr an, dass sie das hasst, aber sie muss etwas essen. Die alte Jemma hatte immer einen starken Willen und war unabhängig. Das liebe und bewundere ich an ihr, deswegen bin ich froh, dass sie diesen Charakterzug nicht verloren hat. Irgendwo steckt die alte Jemma noch da drin, ich muss nur einen Weg finden, sie herauszuholen.

»Morgen, Mr Spencer«, sagt eine der Schwestern.

»Morgen.« Ich gehöre hier beinahe zum Inventar. Jemma wurde vor vier Tagen auf eine normale Station verlegt. Sie haben sie lange genug auf der Intensivstation behalten, um ihr Hüftgelenk zu ersetzen und die gebrochenen Knochen zu klammern. Die Operation war erfolgreich, und innerhalb von vierundzwanzig Stunden konnte sie schon wieder stehen und gehen – wenn auch nur langsam und mit Hilfe.

Mein Magen zieht sich zusammen, als ich näher komme. Die Liebe, die ich sonst immer in ihren Augen gesehen habe, wurde von einem ausdruckslosen Blick ersetzt; das heißt, wenn ich sie überhaupt dazu bekomme, in meine Richtung zu schauen. Die meiste Zeit tut sie so, als ob sie schläft, damit sie nicht mit uns sprechen muss. Sie zeigt allen die kalte Schulter, einschließlich ihrer Eltern. Es bricht mir das Herz, und nicht nur für Christine, Stephen und mich: Ich mag mir kaum vorstellen, wie verwirrt und einsam Jemma sich fühlen muss.

»Morgen«, sage ich, als ich in ihr Zimmer komme. Sie ist wach und starrt an die Decke. Ich hasse es, dass ihr Gesicht sich nicht mehr aufhellt, wenn sie mich sieht. Ich hasse es, dass sie nicht mehr ihr wunderschönes Lächeln lächelt.

Kurz wandert ihr Blick zu mir, bevor sie ihn wieder auf die Decke richtet. »Hi«, antwortet sie so leise, dass ich sie kaum höre. Trotzdem zwinge ich mich zu lächeln. Ich kann sie nicht sehen lassen, wie sehr mich das alles trifft – ich muss ihr Kraft geben. Ich möchte sie in die Arme ziehen und ihr sagen, dass sie durchhalten soll, dass alles wieder gut wird, aber ich weiß es besser. Meine Hoffnung schwindet zwar, aber dennoch will ich nicht glauben, dass dies unsere Zukunft ist.

»Das Frühstück ist heute spät dran«, sage ich und setze mich neben ihr Bett. Dabei versuche ich, mich nicht von der Unbehaglichkeit der Situation überwältigen zu lassen.

»Ich habe ihnen gesagt, dass ich nichts möchte.« Sie sieht mich immer noch nicht an.

Ich rücke mit dem Stuhl vor und will ihre Hand nehmen, bin aber nicht überrascht, als sie ihren Arm wegzieht. »Du musst etwas essen. Das brauchst du, um deine Stärke wiederzuerlangen. Du willst doch nicht für immer hierbleiben.« Jetzt fällt ihr Blick auf mich, aber sie sagt nichts. »Du kannst es doch bestimmt nicht erwarten, endlich nach Hause zu kommen.« Denn ich weiß, dass ich es nicht erwarten kann, sie endlich wieder bei mir zu haben.

»Nach Hause? Welches Zuhause? Ich habe keins. Warum sollte ich es nicht erwarten können, an einen Ort zu kommen, an den ich mich nicht einmal erinnere?«

Die Bitterkeit in ihren Worten tut weh, und ich will wieder nach ihrer Hand greifen, kann mich jedoch bremsen. »Dein Zuhause ist bei mir, Jem.« Bei dem leeren Blick, den sie mir zuwirft, senke ich den Blick, und Stille umgibt uns. Die Luft ist in diesem Raum so dick, dass man sie mit einem Messer zerteilen könnte.

»Musst du nicht irgendwo sein, bei der Arbeit oder so?«, sagt sie schließlich. Sie wartet nicht einmal auf eine Antwort, bevor sie sich auf die Seite dreht, mit dem Rücken zu mir.

♥

»Lass mich dir helfen«, biete ich an, als sie Anstalten macht, vom Bett aufzustehen.

Heute verlässt sie die Krankenstation und wird in das Rehazentrum gebracht. Sie hat eine intensive Therapie vor sich, aber es bedeutet, dass sie der Rückkehr zu mir einen Schritt näher kommt. Ich klammere mich immer noch an die Hoffnung, dass diese Tortur bald vorbei ist und wir wieder zu dem zurückkehren können, was wir vor dem Unfall hatten. Ohne Hoffnung hat ein

Mann gar nichts. Ich würde mich auch mit etwas zufriedengeben, was unserem früheren Zustand nur entfernt nahekommt.

»Ich bin kein Pflegefall!«, keift sie und entzieht mir ihren Arm.

»Tut mir leid«, flüstere ich und trete zurück. Ich schiebe die Hände in meine Hosentaschen, damit ich nicht in Versuchung komme, sie noch einmal zu berühren.

Als sie es schafft aufzustehen, dreht sie sich zu mir um. Ich höre ihren Seufzer, bevor sie spricht. »Nein, *mir* tut es leid«, sagt sie und senkt den Kopf. »Du warst immer nur nett zu mir. Es tut mir leid, wie ich dich behandelt habe, das war unangebracht.«

»Ist schon okay«, sage ich und gehe wieder einen Schritt auf sie zu. Sie tut mir leid. Das ist ja schon die Hölle für mich, ich will mir gar nicht vorstellen, was sie durchmacht.

»Ich fühle mich nur so …« Sie sieht immer noch auf den Boden, aber mir entgeht nicht, wie ihre Stimme bricht. Ich lege den Finger unter ihr Kinn, um ihren Kopf sanft anzuheben, bis sich unsere Blicke treffen. Ein Kloß formt sich in meiner Kehle, als ich die Tränen in ihren wunderschönen Augen entdecke. »Ich fühle mich so verloren.«

»Oh Jem.« Instinktiv ziehe ich sie in meine Arme. Das ist das erste Mal seit dem Unfall, dass sie mir erlaubt, sie im Arm zu halten, und ich bin unendlich dankbar, dass sie sich nicht zurückzieht. Ich brauche das genauso sehr wie sie. Es fühlt sich an, als würden wir beide ertrinken und als wüsste keiner, wie wir wieder an die Oberfläche kommen.

♥

»Wann geht morgen dein Flug?«, frage ich Rachel, als wir uns in die Cafeteria im Krankenhaus setzen. Ich bin froh, dass ich sie und Jemmas Eltern als Stützen hier habe. Sie sind ein Geschenk des Himmels. Hier hängen wir normalerweise rum, während

Jemma in der Physiotherapie steckt. Das Essen ist nicht toll und der Kaffee bestenfalls mittelmäßig, aber das ist alles, was sie anbieten. Ich verlasse das Krankenhaus nicht, um etwas Besseres zu finden. Mir ist es viel wichtiger, in Jemmas Nähe zu sein, also ist dieser Ort, der so weit weg von unserem eigentlichen Zuhause ist, vorübergehend unser Zuhause.

Ich verbringe den ganzen Tag hier, von Sonnenaufgang bis Sonnenuntergang. Wenn Jemma es erlauben würde, wäre ich rund um die Uhr hier. Ich habe versprochen, ihr in Gesundheit und in Krankheit treu zu sein, und genau das habe ich vor.

»Der Flug geht um drei«, antwortet Rachel mit dem Blick auf den Tisch gerichtet. Sie wird still, und ich sehe zu, wie sie nervös an der Serviette vor sich zupft. Ich weiß, dass es ihr nicht leichtfällt zu gehen, für sie ist es auch schlimm, dass Jemma sich nicht an ihre Freundschaft erinnert. Ich lege meine Hand auf ihre.

»Fühl dich nicht schuldig, weil du gehst, Rach. Du weißt, dass ich mich um sie kümmern werde. Du hast ein Leben in New York. Jemma weiß, wie viel dir deine Karriere bedeutet.« Ich halte kurz inne. Nun, Jemma wusste es mal. »Sie würde nicht wollen, dass du bleibst und alles riskierst, wofür du so hart gearbeitet hast.«

»Sie braucht mich, sie braucht dich, sie braucht uns alle.« Rachel legt das Gesicht in die Hände und weint. »Sie weiß es vielleicht nicht, aber sie braucht uns.« Ich stehe schnell auf und laufe um den Tisch herum zu ihr, um sie in den Arm zu nehmen. »Wenn ich an ihrer Stelle wäre, wäre sie bei mir.«

»Geh«, sage ich bestimmt. »Es wird schon alles wieder gut.«

Das muss es. Ich bin mir nicht mehr sicher, wen ich zu überzeugen versuche. Rachel drückt mich fest, antwortet aber nicht.

Wir fahren auseinander, als wir ein lautes Husten neben uns hören. Der wütende Ausdruck in Lucas' Augen, während er von Rachel zu mir blickt, schockiert mich.

»Störe ich?« Er sieht Rachel an, während er spricht. Sie lässt ihre Arme hängen und blickt zu Boden. Ich weiß nicht, was mit den beiden los ist, aber irgendetwas ist passiert. Sie standen sich mal nahe, so nahe, dass Jemma und ich schon hofften, sie kämen zusammen. Sie sind unsere besten Freunde, und wir haben über die Jahre viel zu viert unternommen, einschließlich Reisen im Inland und ins Ausland. Die Feindseligkeit, die jetzt immer offensichtlich ist, wenn die beiden im selben Raum sind, ergibt keinen Sinn.

Rachel blickt keinem von uns in die Augen, als sie nach ihrer Handtasche greift. »Ich sehe mal nach, ob Jemma wieder in ihrem Zimmer ist.«

»Geh bloß nicht wegen mir«, blafft Lucas, als sie auf den Ausgang zugeht.

»Du musst sie im Auge behalten«, sagt er zu mir und deutet auf sie. Im nächsten Moment perlt der Hass oder vielleicht auch nur der Ärger über sie von ihm ab. Die beiden standen sich nahe, genau bis zu unserer Hochzeit. An dem Tag schien noch alles in Ordnung zu sein, sie haben sogar zusammen getanzt.

»Rachel im Auge behalten? Warum?«

»Sei einfach vorsichtig«, antwortet er, knöpft seine Anzugjacke auf und setzt sich an den Tisch.

»Was ist zwischen euch vorgefallen? Im Ernst, Mann, sprich mit mir.«

»Da gibt es nichts zu besprechen«, sagt er und winkt der Kellnerin.

Es steckt mehr dahinter, als beide vorgeben, aber ich gebe ihm die Atempause, die er so offensichtlich braucht. »Wie läuft das Geschäft?«, frage ich. »Ich fühl mich mies, dass ich dich damit so hängen lasse.«

»Verschwende daran bloß keinen Gedanken. Die Verträge werden gerade unterschrieben.«

»Super«, sage ich und lächele. Auch wenn mein Herz nicht

vollständig bei der Sache ist, freue ich mich ehrlich für uns. Wir haben hart gearbeitet, um so weit zu kommen, dass dieser große Deal unterschrieben wird. Wenn die Dinge anders lägen, würden wir gerade feiern – zu dritt: ich, Jem und Lucas. »Es tut mir leid, dass du dich alleine um alles kümmern musst.«

»Hör auf damit. Du bist genau da, wo du sein musst. Ich bin sowieso der Kopf unserer Firma.« Er sagt es mit ernstem Gesichtsausdruck, aber ich weiß, dass er mich nur ärgern will, so wie immer.

»Halt die Klappe, Arschloch«, blaffe ich.

Er wirft den Kopf in den Nacken und lacht, weil ich immer anbeiße. *Immer.*

SIEBEN

Braxton

Einen Monat später …

Meine Schritte federn beim Gehen, während ich die letzten Einkäufe ins Haus trage. Ich war heute früh auf und bin einkaufen gegangen, um Jems Lieblingsspeisen zu besorgen. Zumindest hat sie diese Dinge mal geliebt. Es gibt immer noch keine Anzeichen eines wiederkehrenden Gedächtnisses. Unsere Beziehung ist, gelinde gesagt, immer noch angespannt. Ich bin nicht mal sicher, dass sie mich einen Freund nennen würde, aber ich verbiete mir, darüber nachzudenken. Das ist zu schmerzhaft.

Heute ist Jemmas letzter ganzer Tag in der Reha. Endlich kommt sie nach Hause. Dies ist ihr Traumhaus, ich habe es ihr gebaut. Sie liebt es hier. Ich hoffe inbrünstig, dass es genau der Anstoß ist, den ihre Erinnerung braucht.

Gestern ist Rachel vorbeigekommen, um mir dabei zu helfen, das Haus vorzubereiten. Zu meiner Überraschung ist sie letzte Woche aus New York zurückgekommen. Offenbar hat ihre Firma ihr Sonderurlaub genehmigt. Ich vermute, dass noch mehr dahintersteckt, aber ich bin unendlich dankbar, sie hierzuhaben. Sie hat mir wirklich geholfen, den Kopf über Wasser zu halten.

Ich möchte, dass für Jemmas Rückkehr alles perfekt ist. Das Haus ist genau so, wie es war, als sie es verlassen hat, außer, dass ich ihr das Gästezimmer hergerichtet habe. Sie gehört zu mir und in unser Bett, aber ich weiß, dass sie noch nicht sofort so weit sein wird. Ich vermisse sie … nein, ich lechze nach ihr, aber wenn sie Zeit braucht, werde ich sie ihr geben. Ich bin schon überglücklich, sie einfach wieder zu Hause zu haben.

Als die Einkäufe eingeräumt sind, suche ich in dem Schrank unter der Spüle nach Vasen. Auf dem Heimweg habe ich bei drei verschiedenen Floristen gehalten, um Jemmas Lieblingsblumen zu kaufen; jede Blüte, die ich finden konnte. Das sind dieselben Blumen, die ich ihr bei unserem ersten Date geschenkt habe, und seitdem bei jedem Date – und sie hat diese Blumen für ihren Brautstrauß gewählt. Sie hat den lebhaften Kontrast zwischen den sattgelben Rosen und den hellvioletten Schwertlilien schon immer bewundert.

So verzweifelt ich auch hoffe, dass sie sich an diese Zeiten erinnert – dafür tue ich es nicht. Ich tue es, weil ich ihre Reaktion sehen möchte, das Aufleuchten ihrer Augen, so wie früher. Dieser Blick. *Scheiße. Ich vermisse diesen Blick.* Er ist kostbar, ein Blick purer Schönheit. Das Glücksgefühl, das ich ihr dann vom Gesicht ablesen kann, ist ansteckend.

Ich schließe die Augen und erinnere mich. Ich muss mich an diese Erinnerungen klammern, um das durchzustehen. Eines Tages wird sie mich wieder lieben, davon bin ich fest überzeugt. Alles andere ist unvorstellbar.

♥

Als ich durch die Automatiktüren des Rehazentrums gehe, bin ich unendlich nervös – aber ich lächele. »Guten Morgen«, sage ich zu Olivia, der jungen Empfangsdame.

»Guten Morgen, Mr Spencer.«

Wie schon im Krankenhaus ist das Personal hier ebenfalls

großartig zu Jemma. Ich hätte mir kein besseres Team wünschen können, das sich um meine Frau kümmert.

Ich muss mich noch an die Gefühle gewöhnen, die mich jetzt immer überfluten, wenn ich sie sehe: eine Mischung aus Liebe, Euphorie und blanker Angst. Nach dem Unfall habe ich mir gesagt, dass ich dankbar sein werde, egal, in welchem Zustand ich sie zurückbekomme, und das bin ich, aber auf das hier war ich einfach nicht vorbereitet. Wie kann sie das Band, das uns verbindet, so einfach vergessen? Wie kann sie es nicht fühlen, obwohl ich es noch fühle? Für mich ist es stärker denn je. Wie konnte sie vergessen, wie sehr sie mich liebt? Ich weiß, dass sie mich genauso sehr geliebt hat, wie ich sie liebe. Ihre Liebe habe ich jeden Tag gespürt. Wie kann sie über Nacht einfach verschwunden sein?

»Guten Morgen, meine Damen«, sage ich, als ich Jemmas Zimmer betrete. Mein Blick wandert zu Christine und Rachel und landet dann auf Jem, und mein Lächeln gefriert mir sofort, als ich ihre Miene sehe. Ich drehe den Kopf etwas und schaue wieder Christine an, dann Rachel. Ihre Gesichter sehen alle gleich traurig aus. Mir wird schwer ums Herz. Irgendetwas geht hier vor sich. Lassen sie Jemma nicht nach Hause?

»Ist alles okay?«, frage ich Jemma, als ich zum Bett gehe. »Ist etwas passiert?«

Sie senkt den Kopf, und ich bin entsetzt, dass sie mich nicht angucken kann. »Wir müssen reden«, sagt sie so leise, dass ich es kaum höre.

»Klar«, antworte ich, obwohl mein Herz mir sagt, dass mir nicht gefallen wird, was sie zu sagen hat. Reden war etwas, worin wir immer gut waren. Wir haben uns selten gestritten. In neunzehn Jahren kann ich die Male, die wir uns gestritten haben, wahrscheinlich an einer Hand abzählen.

»Wir lassen euch mal kurz allein«, sagt Rachel und schiebt

Christine zu der Tür, durch die ich gerade hereingekommen bin. Der mitleidige Blick, den Rachel mir zuwirft, besorgt mich nur noch mehr.

Ich sehe zu, wie Jemma ihre Beine langsam über die Seite des Betts manövriert und sich hinsetzt. Der Gips wurde abgenommen und durch eine Plastikschiene ersetzt. Sie humpelt beim Gehen noch, aber die Ärzte sagen, dass es mit der Zeit besser wird, wenn ihr Bein wieder kräftiger wird. Sie wird an fünf Tagen die Woche herkommen, aber ich habe mit Lucas vereinbart, dass ich nur an den Nachmittagen arbeite, damit ich sie zu ihren Terminen bringen kann.

»Komm, setz dich«, sagt sie und klopft auf die Matratze neben sich. Es sollte mich zum Lächeln bringen, dass sie mich bittet, sich neben sie zu setzen, aber das tut es nicht. Ich kenne sie besser, als sie sich selbst kennt, und das, was sie mir jetzt gleich sagt, ist nichts Angenehmes.

Sobald ich sitze, nimmt sie meine Hand. Obwohl ich mich innerlich dafür rüste, was kommt, schaffe ich es, kurz die Augen zu schließen und ihre Berührung zu genießen.

Sie seufzt schwer, bevor sie den Blick hebt und mich ansieht. »Ich kann dir gar nicht genug für alles danken, was du in den letzten sechs Wochen für mich getan hast. Ich weiß, dass ich nicht die freundlichste oder einfachste Patientin war.« Sie atmet noch einmal durch, und ich sehe, dass es ihr davor graut, zu sagen, was sie sagen will. »Ich habe nicht darüber nachgedacht, bis Rachel es erwähnt hat, aber sie sagte, du freust dich darauf, mich wieder zu Hause zu haben.« Sie hält inne, bevor sie weiterredet. »Das ist nicht mehr mein Zuhause, Braxton. Ich weiß nicht mehr, wo ich hingehöre.« Und da ist es. Ich fühle, wie etwas in mir zerbricht, als die Bedeutung ihrer Worte bei mir ankommt. »Ich komme heute nicht mit dir nach Hause. Ich, ähm …« Ihr Blick wandert wieder zum Bett, bevor sie weiterredet. »Ich denke, unter den

Umständen ist es das Beste, wenn ich mit meiner Mutter nach Hause gehe.«

Ich könnte schwören, dass ich merke, wie mein Herz entzweibricht. *Sie kommt nicht nach Hause.*

Ich stehe vom Bett auf und reibe mir mit der Hand über die Brust, als der Schmerz wiederkommt. Es fällt mir schwer, weiterzuatmen.

»Es tut mir so leid, Braxton.« An ihrer Stimme wird deutlich, dass es ihr ebenfalls wehtut. Vielleicht nicht so sehr wie mir, aber auf jeden Fall etwas.

»Ist schon okay.« Es ist nicht okay, aber ich kann sie nicht noch mehr verletzen. Nichts daran ist okay.

♥

Ich packe den Rest ihrer Kleidung in einen Koffer und ziehe den Reißverschluss zu. Sie wollte nicht einmal zum Haus kommen, um ein paar Sachen zu packen. Stattdessen hat sie Rachel geschickt. Das ist nur ein weiterer Stich ins Herz für mich.

Meine Augen wandern durch das Zimmer, als ich den Koffer vom Bett hebe. Auch wenn ich ein paar ihrer Besitztümer wegnehme, wird sie noch hier sein, in diesem Raum, in diesem Haus.

Meine Beine sind schwer, als ich die Treppe hinuntersteige und ins Wohnzimmer gehe, wo Rachel auf mich wartet. Ich fühle mich, als ob ich aufgebe, als ob ich das hier zulasse, indem ich den Koffer überreiche. Aber andererseits – was kann ich schon tun? Ich kann Jemma nicht zwingen, mich zu lieben.

Rachel steht mit dem Rücken zu mir und starrt die Blumen an, die ich für Jemmas Heimkehr gekauft habe. Ich habe die Vasen strategisch im Haus verteilt. Ich wollte, dass sie lächelt, egal, in welchen Raum sie kommt. Aber das wird nicht passieren, da sie sich weigert, das Haus überhaupt zu betreten.

»Hier sind ihre Sachen«, sage ich und setze den Koffer vor mir ab. Darin sind Kleidung, Schuhe, Unterwäsche, Toilettenartikel und ihr Make-up. Nichts davon gehört mir, und trotzdem zögere ich, es Rachel zu geben. Es hat nur materiellen Wert, und im Gegensatz zu allem anderen ist es unbedeutend, aber trotzdem fühlt es sich an, als ob ich meine Frau dadurch ein bisschen mehr verliere. Es ist nur eine Frage der Zeit, bis sie nach mehr fragt. Ehe ich es bemerke, wird nichts mehr übrig sein. Nichts als Erinnerungen und ein gebrochenes Herz.

Rachel dreht sich zu mir um, und ich kann die Traurigkeit in ihren Augen von hier aus erkennen. Ich glaube, sie fühlt auch, dass dies der Anfang vom Ende für Jemma und mich ist, aber keiner von uns kann es laut aussprechen.

»Die Blumen sind wunderschön. Sie hätte sie geliebt.«

Ihre gequälte Stimme schickt mir Schauer über den Rücken und vertieft die Verzweiflung, die ich bereits fühle. In mir ist noch ein winzig kleines Licht. Auch wenn es schon wesentlich schwächer geworden ist, ist es noch da. Ich klammere mich mit allem, was ich habe, an dieses winzige Stück Hoffnung.

Ich senke den Kopf und fahre mir durch die Haare. Die alte Jemma hätte die Blumen wirklich geliebt – bei dieser neuen Version bin ich mir nicht so sicher. Die alte Jem hätte alles gegeben, um nach Hause zu können. Sie hätte es gehasst, von mir getrennt zu sein, und genauso Probleme damit gehabt wie ich. Wie kann das Leben so grausam sein? Es hat uns das genommen, was uns beiden das meiste bedeutete: unsere Liebe.

»Oh, Braxton.« Rachel kommt durch den Raum und bleibt vor mir stehen. Ein erstickter Schluchzer aus tiefster Kehle entweicht mir, als ich sie weinen höre. Sie nimmt mich fest in den Arm, und all meine Stärke verschwindet, als ich zusammenbreche. Ich weine um Jemma … um mich … um uns.

Ist dies wirklich das Ende?

Ich fühle mich unangenehm berührt, als ich mich zurückziehe und mit dem Handrücken die Tränen wegwische. Ich zeige keine Schwäche, vor niemandem. Nicht mal vor Jemma. Wir haben alle unsere Dämonen, die wir vor dem Rest der Welt verstecken.

Rachel sieht mich an, und ich drehe mich schnell von ihrem tränenüberströmten Gesicht weg. Ich finde es schrecklich, das Mitleid in ihren Augen zu sehen. Ich brauche einen Drink, irgendetwas, um den Schmerz zu dämpfen.

Also gehe ich in die Küche und nehme die erste Flasche, die ich finde, und ein Glas aus dem Regal. Rachel regt sich nicht, beobachtet mich aber die ganze Zeit. Ich fülle das Glas bis zum Rand auf und weiß gleichzeitig, dass es nicht reichen wird. Die ganze Flasche würde nicht reichen.

Dann lege ich den Kopf in den Nacken und trinke das Glas in zwei großen Schlucken leer. Es brennt auf dem Weg nach unten, aber das empfinde ich als angenehm. Sofort fülle ich das Glas nach, aber bevor ich es an die Lippen heben kann, taucht Rachel neben mir auf und legt ihre Hand um mein Handgelenk. »Nicht. Das ist keine Antwort.«

Ich möchte meinen Arm ihrem Griff entwinden und ihr sagen, dass sie sich um ihre eigenen Angelegenheiten kümmern soll, aber das tue ich nicht. Ich weiß, dass sie auch leidet. Das ist für keinen von uns leicht. Sie hat vielleicht ihre Freundin verloren, aber mein Verlust ist viel größer. Ich habe mein Leben verloren, *mein Ein und Alles.*

»Bitte sag mir, dass du sie nicht aufgibst, Braxton.«

Ich atme aus, etwas anderes kann ich nicht. Ich finde keine Worte. In diesem Moment bin ich verzweifelt und bade in Selbstmitleid, aber tief im Inneren weiß ich, dass ich nicht aufgegeben habe. Ich könnte uns nie aufgeben. Und wenn ich den Rest meines Lebens brauche, um sie zurückzugewinnen, dann ist das so. Ich werde alles geben, egal, wie lang der Weg ist.

»Du musst hierfür kämpfen, Brax.«

Ich stelle das Glas hin. »Wie kann ich für etwas kämpfen, an das sie sich nicht einmal erinnert?«

»Sorge dafür, dass sie sich erinnert.«

Ich schnaube sarkastisch. Wenn es nur so leicht wäre.

»Das ist mein Ernst, Braxton. Rede mit ihr. Erinnere sie an alles, was ihr erlebt habt.«

»Sie will nicht mit mir reden.« Ich glaube, das trifft mich am meisten – dass sie nicht mal mit mir reden kann. Uns haben noch nie die Worte gefehlt, bis jetzt. Wir haben immer über alles gesprochen, bis jetzt. Wir waren vollkommen in das Leben des jeweils anderen verwickelt, bis jetzt.

»Bring sie dazu, zuzuhören«, drängt Rachel. »Erinnere sie daran, was ihr beide hattet. Schreib ihr einen verdammten Brief, wenn es sein muss. Gib nur nicht auf. Ihr zwei seid füreinander bestimmt.«

»*Waren* füreinander bestimmt«, sage ich leise.

»Nein, das stimmt nicht, das seid ihr immer noch! Eure Liebe ist etwas Besonderes.«

Ich schweige und denke über ihre Worte nach. Vielleicht hat sie recht. Auch wenn Jemma nicht zuhört, wenn ich rede, wird sie vielleicht lesen, was ich schreibe. Sie muss wissen, wie unser gemeinsames Leben aussah. Was wir hatten, ist viel zu schön, um vergessen zu werden.

ACHT

Jemma

Als es hartnäckig an meiner Zimmertür klopft, stehe ich widerwillig vom Bett auf. Ich dachte, wenn ich sie nur lang genug ignoriere, wird sie schon weggehen. Auch wenn ich nicht viel über diese Frau weiß, die behauptet, meine Mutter zu sein, ist eines sicher: Sie ist unnachgiebig.

Mein Bein steckt immer noch in dieser albernen Schiene, also bewege ich mich nur langsam. Mittlerweile genieße ich die Hydrotherapie schon fast, die mein Arzt verordnet hat, um mein Bein zu stärken – wenn auch nur, weil es bedeutet, die verhasste Schiene kurz los zu sein. Die Schattenseite der Therapie ist, dass ich dazu gezwungen bin, Zeit mit Braxton zu verbringen. Das liegt nicht daran, dass er ein unangenehmer Mensch ist, im Gegenteil, er ist immer freundlich und nett. Es ist eher seine Miene, wenn wir zusammen sind, die ich kaum aushalte. Der flehende, fast verzweifelte Ausdruck in seinen Augen. Als ob er mich still anfleht, mich zu erinnern. Dann fühle ich mich immer ganz erdrückt von Schuldgefühlen.

Ich werde nie seinen Gesichtsausdruck vergessen, als ich ihm sagte, dass ich nicht mit ihm nach Hause gehe. Seine Bestürzung hat an mir gezehrt. Ich konnte zusehen, wie er innerlich zerbrach – geräuschlos und ohne eine einzige Träne. Es war schrecklich, dabei zuzusehen, vor allem in dem Wissen, dass ich der Grund dafür war. Ich hoffe, so etwas nie wieder mit ansehen oder fühlen zu müssen.

Er ist so gut zu mir. So geduldig. Ihn zu verletzen ist das Letzte, was ich möchte, aber er muss sich auch in mich hineinversetzen. Ich kenne ihn nicht. Ja, in den letzten Wochen ist er mir vertrauter geworden, und ja, er wirkt wie ein wundervoller Mann – lieb, fürsorglich und loyal –, aber das reicht einfach nicht.

Ich wurde plötzlich in eine Welt geworfen, die ich nicht kenne, an die ich mich nicht erinnere, und das ängstigt mich zu Tode. Ich kenne niemanden, aber noch schlimmer ist, dass ich mich nicht einmal selbst kenne.

Was ist meine Lieblingsfarbe oder mein Lieblingsessen? Ich wäre schon froh, mein Lieblings-Irgendwas zu wissen. Nur einen Schnipsel von der Person, die ich mal war. Bin ich nett? Oder bin ich eigentlich ein Miststück? Obwohl diese Leute jeden Tag lächelnd und mit Liebe im Herzen zu mir zurückkommen, tendiere ich zur Miststück-Theorie. Ich habe die Zuneigung nicht wirklich erwidert, die mir zu Genüge gezeigt wurde. Heißt das, dass ich gefühllos bin, oder bin ich einfach innerlich leer? Leer fühle ich mich auf jeden Fall.

»Oh, gut, du bist wach«, sagt Christine lächelnd, als ich die Tür öffne. Ich muss mich zwingen, nicht die Augen zu verdrehen. Wenn ich es nicht gewesen wäre, hätte sie nicht aufgehört zu klopfen, bis ich aufgewacht wäre.

»Ich habe mich nur ausgeruht.« Vielmehr habe ich mich vor ihr versteckt, aber das muss sie nicht wissen. Sie war immer nur nett zu mir, seit ich hier bin. Sie hat mir den Abstand gegeben, den ich brauchte, und versucht mich nicht zu sehr zu bedrängen. Genau wie Braxton scheint sie sich nicht sicher zu sein, wie sie mich behandeln soll.

Ich glaube, herzukommen war die richtige Entscheidung. Ich musste das tun, was am besten für mich war … was sicher war.

Ich habe keine Ahnung, wie der echte Braxton Spencer hinter verschlossenen Türen ist. Mein Instinkt sagt mir, dass er ein guter Mensch ist. Die Seite, die ich sehe, wenn wir zusammen sind, wirkt nicht erzwungen oder unecht, aber die Wahrheit ist, dass ich nicht weiß, ob das der echte Braxton ist. Ich weiß gar nichts über ihn.

»Die hier sind gerade für dich angekommen«, sagt sie und hält einen herrlichen Blumenstrauß aus gelben und lila Blumen hoch. Ohne zu wissen, welche Blumen das sind oder von wem sie überhaupt kommen, halte ich den Atem an. Ich kann es nicht erklären, aber … sie lösen irgendetwas in mir aus. Was genau, weiß ich selbst nicht.

»Es ist so schön, dich lächeln zu sehen«, sagt meine Mutter. »Ich habe dein hübsches Lächeln vermisst.«

Mein Blick wandert von den Blumen zu ihr, und überrascht entdecke ich Tränen in ihren Augen. Lächele ich? Das war mir nicht bewusst. Und warum weint sie? Ich sehe mir ihr Gesicht genauer an, um die Antwort zu finden, entdecke aber nur Traurigkeit. Denkt sie an mein altes Ich? Die Tochter, die ich mal war, und nicht die Hülle, die sie jetzt noch von ihr hat.

»Sie sind wunderschön«, sage ich in dem Versuch, den Gedanken auszublenden, dass ich alle nur verletze.

»Das sind sie.«

Ich spüre, dass mehr hinter ihren Worten steckt, dass diese speziellen Blumen eine Bedeutung haben und ich sie kennen sollte. Aber vielleicht interpretiere ich da zu viel rein.

»Sie sind von Braxton.«

Mein Lächeln erstarrt, und die Angst kommt wieder hoch. Das Gefühl ist schon vertrauter. Abgesehen von Taubheit habe ich seit dem Erwachen aus dem Koma noch nicht viele Gefühle erfahren, aber diese Angst halte ich kaum aus.

»Auf der Karte steht: *Ich hoffe, du hast dich gut eingefunden.*«

Sie zeigt darauf. »Er ist so ein guter Mann. Er war schon immer so aufmerksam.«

»Das war sehr nett von ihm«, antworte ich und nehme den Blumenstrauß. Sie hat nicht viel über meine frühere Beziehung zu Braxton gesagt, aber ihre subtilen Andeutungen entgehen mir nicht. Sie ist ganz offensichtlich in ihn vernarrt.

»Du hast ihn wirklich geliebt, weißt du?« Manchmal ist sie auch nicht ganz so subtil.

»Wirklich? Und woher weißt du das? Konntest du spüren, wie es in meinem Inneren aussah?«

Ihre Augen weiten sich leicht. »Nein, Jemma. Ich habe es gesehen. Jeder konnte es sehen.« Damit dreht sie sich um und geht. Sofort fühle ich mich schlecht, ihr gegenüber so aggressiv gewesen zu sein.

Ich ziehe die Tür zu und schließe ab, dann gehe ich zum Fenster. Ich weiß nicht, warum ich diese Blumen in meiner Nähe haben möchte, aber das möchte ich. Wieder lächele ich, als ich sie mitten auf die Kommode stelle. Dann kann ich sie vom Bett aus bewundern.

Mein Blick fällt auf die kleine rechteckige Karte, die an einem silbernen Band hängt, das die weiße Keramikvase ziert. Irgendetwas an der Handschrift kommt mir bekannt vor, was verrückt ist. Ich nehme an, dass es Braxtons Schrift ist, da die Blumen von ihm kommen. Ist es überhaupt möglich, dass ich mich an seine Handschrift, aber nicht an ihn erinnere?

♥

»Wie schmeckt's?«, fragt Christine hoffnungsvoll.

Ich schneide ein kleines Stück vom Hähnchenschnitzel ab und stecke es mir zögerlich in den Mund. Ich wohne schon seit fast einer Woche hier, und es hat sich noch nicht viel verändert. Ich fühle mich immer noch verloren … genau wie meine Erinnerung.

Christine wartet geduldig auf meine Antwort, als ich das Essen langsam kaue. Es schmeckt sogar gut. *Wirklich gut.* Ich schätze, ich habe es schon mal gegessen. Christine wirkte fast aufgeregt, als sie ankündigte, dass es Hähnchenschnitzel zum Abendessen gebe. Irgendwie ist alles eine Art Experiment, dadurch, dass ich wieder von Neuem erfahren muss, was das Leben so zu bieten hat. Geschmäcke, Gerüche, Geräusche und Gefühle. So vieles im Leben ist mir fremd.

»Lecker«, sage ich, als ich geschluckt habe. Sie sieht mich so an, als erwarte sie, dass ich es weiter ausführe, aber das tue ich nicht. Stattdessen schiebe ich mir eine Gabel voll Kartoffelbrei in den Mund.

»Das ist dein Lieblingsessen! Ich habe es dir immer zu besonderen Gelegenheiten gekocht, so wie an deinem Geburtstag oder wenn es dir nicht so gut ging.«

Diese Information heitert mich überhaupt nicht auf, sie erinnert mich nur daran, was ich alles verloren habe. Wann ist mein Geburtstag?

Ich weiß, dass sie es versucht, aber ich wünschte, sie würde aufhören. Nichts, was sie tut, hilft – schon gar nicht ein Hähnchenschnitzel. Ich habe die Hoffnung praktisch aufgegeben, dass meine Erinnerung wiederkehrt. Sicher hätte es sonst schon einen zumindest minimalen Durchbruch gegeben. Ich fühle mich, als würde ich immer tiefer und tiefer in diesen Abgrund fallen, der jetzt meine Existenz ist.

Stille macht sich zwischen uns breit, als wir weiteressen. So ist es am besten. Vor allem, wenn sie möchte, dass ich dieses Essen verdaue.

»Oh, das hätte ich fast vergessen«, sagt sie nach dem Essen und steht auf. »Ein Päckchen ist für dich angekommen.« Mein

Blick folgt ihr, als sie durch den Raum läuft und es holt. Ich habe keine Ahnung, warum jemand mir ein Paket schicken sollte. »Es ist gekommen, als du dich hingelegt hast. Ich wollte dich nicht stören.«

Das ist die Ausrede, die ich benutze, um mich allein in meinem Zimmer einzuschließen. *Ich bin müde, ich lege mich hin.* Mein Widerwille, Gesellschaft zu haben, hilft auch nicht gerade. Ich habe es sogar geschafft, Rachel zu vertreiben. Die ersten drei Nächte hat sie hier übernachtet, bis sie ihre Sachen gepackt hat und ins Hotel gezogen ist. Sie hat mir versichert, nicht vor mir wegzurennen und mir nur den Freiraum geben zu wollen, den ich ihrer Meinung nach brauche. Vielleicht stimmt das. Ich verstehe nicht, warum diese Leute so viel geben, obwohl sie doch so wenig von mir zurückbekommen.

»Hier«, sagt meine Mutter und stellt ein großes, cremefarbenes Paket vor mich hin. »Bist du fertig?«

Sie zeigt auf meinen Teller, und ich nicke, bevor ich antworte. »Ja, danke.«

Mit den Augen scanne ich die Handschrift auf dem Päckchenaufkleber. Es ist von Braxton. Ich finde es ironisch, dass ich noch lesen kann, obwohl ich meine Erinnerung verloren habe. Ich habe keine Ahnung, wer es mir beigebracht hat, geschweige denn, welche Schule ich überhaupt besucht habe.

Ich verstehe einfach nicht, warum dieser Teil meines Gehirns in Ordnung ist, aber alle Personen, Orte und all die wichtigen Erinnerungen aus meiner Vergangenheit vollkommen ausgelöscht sind. Ich habe zahllose Tests machen müssen, und der Arzt fand keinen Hinweis auf eine bleibende Gehirnverletzung, aber es ist ja offensichtlich, dass eine vorliegt.

Ich drehe das Päckchen um, und plötzlich ist mir unbehaglich zumute. Ich habe Braxton heute Morgen gesehen, als er mich zur Reha fuhr. Er hat das Päckchen nicht erwähnt, aber ich habe ihm auch nicht die Gelegenheit gegeben, ein Gespräch zu führen. So ist es einfach leichter. Leichter für alle. Ich möchte ihm keine falschen Hoffnungen machen, wenn es keine Hoffnung gibt.

Als ich aufschaue, merke ich, dass meine Mutter mich von der anderen Seite der Küche aus skeptisch anblickt. Ich wünschte, sie würde aufhören, mich so zu beobachten. Das ist nervtötend. Mag sein, dass sie mich noch als ihre Tochter in Erinnerung hat, jemanden, den sie aufgezogen und geliebt hat, aber mir bedeutet sie nichts. Die Person, die sie geliebt hat, ist nicht mehr da. Ich sehe vielleicht aus wie die Jemma, die sie mal geliebt hat, aber diese Jemma gibt es nicht mehr.

»Ich lege mich hin«, sage ich und stehe auf.

»Okay, Kleines.« Sie zwingt sich zu einem Lächeln, so wie immer, wenn ich nach oben verschwinde.

Meine Vergangenheit, meine Eltern, mein Ehemann, meine Freunde, meine Feinde, mein erster Kuss, meine Errungenschaften und Misserfolge, meine Vorlieben und Abneigungen … die Liste der Dinge, an die ich mich nicht erinnere, ist endlos. Ich sollte dankbar sein, den Unfall überlebt zu haben, aber das bin ich nicht. Ich habe keine Ahnung, wohin ich gehöre. Auch wenn ich das niemals laut aussprechen würde, wünscht sich ein großer Teil von mir, nie aufgewacht zu sein. Das klingt vielleicht egoistisch, aber genau so fühle ich mich. Da ist kein Licht am Ende des Tunnels, nur Dunkelheit.

Nachdem ich meine Zimmertür abgeschlossen habe, lasse ich mich aufs Bett fallen. Dies ist offensichtlich der Raum, in dem ich aufgewachsen bin. Christine sagte, dass sie ihn genauso gelassen habe, wie er war, als ich für das Studium ausgezogen bin. Es stehen überall kleine Andenken an meine Vergangenheit. Trophäen, Medaillen, Fotos, Banner, Stofftiere. Nichts davon ist mir vertraut.

Statt mich zu beruhigen, verfolgen sie mich. Es ist eine Vergangenheit, an die ich mich nicht erinnere. Dinge, die wahrscheinlich mal eine große Bedeutung für mich hatten, bedeuten jetzt gar nichts mehr. Ich hasse es hier drin, aber gleichzeitig ist es der einzige Ort, an dem ich mich wirklich sicher fühle. Ich kann mich einschließen und mich einfach dem tauben Gefühl hingeben. Dann muss ich niemandem vortäuschen, dass es mir gut geht oder dass ich zurechtkomme, denn das ist nicht der Fall. Ich habe das Gefühl, in einem See aus Nichts zu ertrinken, was ironisch ist. Wie kann man in Nichts ertrinken?

Ich starre ewig lange auf das Päckchen auf meinem Schoß. Einerseits bin ich neugierig, was drin ist, aber gleichzeitig auch angespannt. Laut Christine war Braxton die Liebe meines Lebens. Er mag das mal gewesen sein, aber wenn ich ihn jetzt anschaue, fühle ich nichts. Das finde ich merkwürdig. Wenn ich ihn mal so geliebt habe, wie alle behaupten, müsste mein Herz das nicht noch fühlen?

Ich warte, bis mein Magen sich beruhigt, dann finde ich endlich den Mut, das Päckchen zu öffnen. Auch wenn ich mich noch so verzweifelt erinnern will, ist es beängstigend, wenn die anderen mir etwas über meine Vergangenheit erzählen oder mir etwas zeigen. Ich habe das Gefühl, alle zu verletzen, wenn ich mich dann nicht erinnere. Verstehen sie nicht, wie sehr ich mir wünsche, dass die Dinge anders lägen?

Ich halte den Atem an, als ich das Paket aufreiße und den Inhalt langsam herausnehme und auf das Bett lege. Es ist eine kleine rechteckige Schachtel mit einer Karte daran sowie ein weiterer, kleinerer Umschlag. Auf der Karte an der Schachtel steht *Öffne mich zuerst*, also nehme ich sie.

Anbei findest du ein Erinnerungsarmband. Im Moment ist es leer, aber mit der Zeit wirst du verstehen, warum ich es so genannt habe. Da du dich nicht wohl dabei fühlst, mit mir zu sprechen, habe ich mich entschieden, dir stattdessen zu schreiben. Ich hoffe, dass du dir die Zeit nimmst, meine Briefe zu lesen, wenn du so weit bist. Es sind Briefe über unsere Vergangenheit und über die glücklicheren Zeiten, die wir zusammen verbracht haben. Erinnerungen an dein Leben aus meiner Perspektive. Das ist meine Art, dir ein bisschen was von dem wiederzugeben, was du verloren hast. Egal, ob diese Briefe dich zu mir zurückführen oder nicht – du musst wissen, was wir mal hatten und wie unser gemeinsames Leben aussah.

Ich klappe die Karte zu und denke über seine Worte nach. Es rührt mich, dass er sich diese Mühe macht, aber ich bezweifele, dass ein paar Briefe helfen können. Ich verstehe nicht, wie er hier jeden Tag mit einem Lächeln im Gesicht auftauchen kann, wenn ich ihn so behandele, wie ich es tue. Er ist ein besserer Mensch als ich; ich hätte mich schon vor Wochen aufgegeben.

Meine Finger verharren über dem Deckel, dann atme ich noch einmal tief durch und öffne die Schachtel. Ich fahre über das Armband aus Weißgold. Er hat nicht gelogen, als er schrieb, dass es leer sei. So wie ich. Ich befühle die Glieder weiter. Ich weiß, das ist nur ein Versuch, etwas hinauszuzögern. Ich habe Angst, den Brief zu lesen, möchte nicht ausflippen, wenn ich von den Dingen lese, an die ich mich nicht erinnere. Dennoch möchte ein anderer Teil von mir unbedingt wissen, was Braxton zu sagen hat.

ERSTER BRIEF

Liebste Jemma,
der neunzehnte Januar 1996 war ein bedeutender Tag in unserer Vergangenheit. Ich werde ihn nie vergessen. Das war der Tag, an dem wir uns kennenlernten, und der Tag, der mein Leben für immer veränderte.

Damit du dir ein klareres Bild davon machen kannst, was für einen Einfluss dieser Tag auf mein Leben hatte, sollte ich dir zuerst einmal beschreiben, wie mein Leben aussah, bevor wir uns kennenlernten.

Genau wie du bin ich ein Einzelkind. Mein Vater John Spencer hatte einen Eisenwarenladen im Ort. Den hat er geerbt, als sein Vater starb. Eisenwaren waren nie sein Ding, aber er wollte den Traum meines Großvaters am Leben halten und hat seine eigenen Ziele im Leben aufgegeben, um genau das zu tun. Mein Vater ist ein guter Mann, einer der besten.

Man konnte mit Eisenwaren nicht viel Geld machen, deswegen waren wir ziemlich knapp bei Kasse. Abgesehen von den zwei gelegentlichen Aushilfen hat er den Laden alleine geführt, und das bedeutete viele Stunden, die er nicht zu Hause und bei seiner Familie war. Wenn ich an ihn denke, erinnere ich mich hauptsächlich an seine Abwesenheit, aber ich verstehe, warum das so war.

Er brach schon zur Arbeit auf, bevor ich aufstand, und an manchen Abenden war ich schon im Bett, wenn er wiederkam. Als ich in die Schule kam, hat meine Mutter Grace einen Job als Rezeptionistin angenommen, damit wir besser über die Runden kamen. An einem Abend hörte ich, wie mein Dad zu meiner Mum sagte, dass wir Gefahr liefen, unser Haus zu verlieren.

Trotzdem hatte ich eine tolle Kindheit. Ich war zwar zufrieden, aber wenn ich an die Zeit denke, bevor du nebenan eingezogen bist, erinnere ich mich hauptsächlich an meine Einsamkeit. Als meine Eltern arbeiteten, war ich oft allein zu Hause. In unserer Straße lebten keine anderen Kinder. Ich habe mich immer auf die Schule gefreut, weil ich da mit den anderen Kids spielen konnte. Dann bist du gekommen, und alles hat sich geändert.

Ich erinnere mich noch lebhaft an diesen Tag. Es war ein heißer Sommertag, ein Freitagnachmittag. Im Gegensatz zu den meisten Kindern habe ich mich nie auf die Wochenenden gefreut. Klar, ich konnte samstagmorgens Cartoons im Fernsehen schauen, aber wenn sie vorbei waren, gab es für mich nicht viel zu tun. Mein Vater war im Laden, und meine Mutter nutzte diese Zeit, um die Hausarbeit nachzuholen, die Wäsche zu machen und das Essen für die kommende Woche vorzubereiten. Ich verbrachte die Tage damit, im Hof alleine Ball zu spielen.

Die Sonntagnachmittage waren mir die liebsten. Meine Mum kochte jeden Sonntag einen Braten, und es war auch der einzige Tag, an dem mein Vater den Laden früh schloss. Es war unser Familienabend. Wenn das Wetter gut war, spielte er im Hinterhof mit mir Fußball, bis Mum uns zum Essen rief.

Wenn ich die Augen schließe, kann ich mich noch an die leckeren Aromen erinnern, die das Haus erfüllt haben, wenn der Braten im Ofen war. Nach dem Abendessen haben wir immer Brettspiele gespielt. Ich vermisse diese Zeiten.

Es waren Schulferien, und ich langweilte mich zu Tode. Ich las auf dem Sofa und schaute fern, als ich das laute Rumpeln eines Motors von draußen hörte. Ich sprang auf und sah einen großen Truck durchs Fenster, der in der Einfahrt nebenan parkte. Ich erinnere mich nicht mehr an den Firmennamen – ich war erst sieben –, aber ich erinnere mich an die fetten blauen Großbuchstaben und das Wort UMZUGSUNTERNEHMEN an der Seite.

Ich hätte aufgeregt sein müssen, neue Nachbarn zu bekommen, aber das war ich nicht. Ich vermisste das alte Ehepaar, Mr und Mrs Gardener, die vorher nebenan gewohnt hatten. Sie hatte am Wochenende immer Schoko-Cookies gebacken und mir eine Ladung mit einer Extraportion Schokostücken gebracht. Bis heute vermisse ich diese Plätzchen.

Ich wollte keine neuen Nachbarn. Ich musste immer an die Cookies denken, die ich nie wieder essen würde. Cookies sind einem Siebenjährigen sehr wichtig.

Meine Schultern hingen, und ich bin mir ziemlich sicher, dass ich schlurfte, als ich in die Küche lief, um mir ein Glas Milch zu holen. Der Gedanke an die Plätzchen machte mich durstig.

Ich hatte erst einen Schluck getrunken, als das Telefon klingelte. Schnell kletterte ich auf die Anrichte und griff nach dem Hörer, der an der Wand hing. Ich wusste schon, dass es entweder Mum oder Dad wären. Sie riefen mehrmals am Tag an, um sicherzugehen, dass es mir gut ging. Meine Eltern hassten es, dass ich so oft alleine war, aber wir brauchten das Geld, das ihre Jobs einbrachten.

»Nebenan ziehen neue Nachbarn ein«, erzählte ich meinem Dad.

»Oh, ja, Joe hat das erwähnt.« Joe Pentecoast war der örtliche Makler und ein Freund meines Vaters. »Ich glaube, sie haben eine Tochter ungefähr in deinem Alter.«

Diese Worte weckten sofort mein Interesse. Jemanden in meinem Alter im Nachbarhaus zu haben überwog sogar mein Verlangen nach Schoko-Cookies.

Sobald ich aufgelegt hatte, stürzte ich die Milch hinunter und schnappte mir das Fahrrad aus dem Schuppen. Ich wollte unbedingt einen Blick auf dich erhaschen und schob das Fahrrad über den Bürgersteig. Ich war nicht mal enttäuscht, dass du ein Mädchen warst, so erfreut war ich über die Aussicht, eine neue Freundschaft zu schließen.

Ich trieb mich im Vorgarten herum, sah aber nichts von dir. Da kletterte ich auf mein Fahrrad und fuhr in Kreisen auf der Straße, während ich darauf wartete, dass du aus dem Haus kamst. Doch dein Vater und die Männer vom Umzugsunternehmen waren die einzigen Menschen, die ich sah.

Es verging viel Zeit, und ich wollte schon aufgeben und wieder ins Haus gehen, aber aus irgendeinem Grund wurde mein Blick von einem der Fenster in der oberen Etage angezogen. Ich glaube, mein Herz setzte wirklich einen Schlag aus, als ich dich gegen das Glas gelehnt stehen sah, wie du zu mir herunterblicktest.

Ein strahlendes Lächeln erschien auf deinem Gesicht, und ich erwiderte es sofort. Ich weiß noch genau, wie sehr mein Herz raste. Doch ich war so auf dich fokussiert, dass ich nicht bemerkte, wie nah ich dem Bordstein gekommen war, bis es zu spät war. Bevor ich verstand, was passierte, flog ich über das Lenkrad und landete mit einem dumpfen Knall auf dem Asphalt.

Kurz blieb ich liegen. Ich wollte nicht weinen, egal, wie weh es tat. Ich hatte mich schon genug blamiert.

Schließlich fand ich die Kraft, mich zu bewegen, und zuckte zusammen. Als ich versuchte aufzustehen, fiel ein Schatten über mich. Mein Blick fuhr zu dir hoch, und ich schwöre dir, du sahst aus wie ein Engel, als die Sonne einen hellen Heiligenschein um dein hübsches Gesicht herum formte.

»Geht es dir gut?«, hast du gefragt und dich heruntergebeugt. Mir ging es nicht gut, aber ich zwang mich zu lächeln und versuchte abzuwinken. »Oh mein Gott, du blutest«, sagtest du schnell.

Ich schaute auf mein abgeschürftes Knie, und das Blut, das an meinem Bein hinablief, ließ die Milch, die ich zuvor getrunken hatte, in meiner Kehle aufsteigen. Ich befahl mir immer wieder selbst, mich nicht vor dir zu übergeben, hatte ich doch schon für einen furchtbaren ersten Eindruck gesorgt. Wenn ich hätte zurückspulen können, hätte ich irgendeinen coolen Stunt mit dem Rad gemacht, statt damit hinzufallen.

»Komm, kannst du stehen?« Du hast deine Hand ausgestreckt und mir aufgeholfen, und dann hast du mein zerbeultes Rad von der Straße geschoben, als ich zu meinem Haus gehumpelt bin. »Ich helf dir die Treppe hoch.«

»Ist schon gut«, sagte ich und versuchte, tapfer auszusehen. Nichts war gut, ich hatte Schmerzen … und fühlte mich gedemütigt. Du bist an mir vorbeigerannt und hast gegen die Tür gehämmert. Ich musste mich am Geländer festhalten, um die Stufen hochzukommen. »Was machst du da?«, fragte ich.

»Ich sag deiner Mum Bescheid. Du bist schlimm verletzt.«

Meine Eltern wollten nicht gern, dass ich anderen Leuten erzählte, wenn ich allein zu Hause war, aber ich habe es dir trotzdem gesagt. »Meine Mum ist nicht zu Hause … sie arbeitet.«

Deine Augen weiteten sich, daran konnte ich sehen, dass du geschockt warst, aber das hielt dich nicht davon ab, die Tür zu öffnen und geradewegs in mein Haus zu spazieren. Selbst damals wusste ich, dass es extrem leichtsinnig von dir war, das Haus eines Fremden einfach so zu betreten, aber ich musste über dich lächeln. In dem Moment wusste ich, dass wir gute Freunde werden würden.

Nachdem du mich auf einen Stuhl in der Küche verfrachtet und mir ein feuchtes Tuch auf das blutende Knie gelegt hattest, bist du nach nebenan gerannt, um deine Mum zu holen.

Deine Mum war nicht begeistert, dass ich in so jungem Alter allein zu Hause gelassen wurde, und sie sagte meiner Mum das auch sofort, als sie diese später am Nachmittag kennenlernte.

Deine Mutter stellte den Erste-Hilfe-Koffer, den sie mitgebracht hatte, auf den Tisch und reinigte die Wunde. Sie war an diesem Tag sehr lieb zu mir, genau wie du.

»Das wird wehtun«, sagte sie, als sie etwas Desinfektionsmittel auf einen Wattebausch träufelte.

Das war nicht gelogen, es tat höllisch weh. Es fühlte sich an, als würde sie mein Knie mit glühender Kohle behandeln anstatt mit einem weichen Wattebausch. Je mehr sie drückte, desto schlimmer wurde es. Die Tränen, die ich zuvor noch hatte zurückhalten können, drohten jetzt endgültig zu laufen.

Du hast neben mir gestanden, und aus dem Augenwinkel habe ich gesehen, dass du mich beobachtet hast, aber ich schaute dich nicht an. Als meine Sicht verschwamm, drückte ich die Augen fest zu. Ich wollte dich nicht sehen lassen, wie ich weinte.

Als mir eine Träne aus dem Augenwinkel lief, drehte ich meinen Kopf schnell von dir weg. Ich habe nicht erwartet, dass du meine

Hand nehmen würdest, aber genau das hast du getan. Das habe ich dir noch nie erzählt, aber es hat geholfen. Das hat es wirklich. Also … danke.

Du hast nicht losgelassen, bis deine Mum fertig war. »Du warst so tapfer«, hast du gesagt, als deine Mum alles wegräumte.

Nach diesen Worten fühlte ich mich so viel besser. »Ich bin Braxton«, sagte ich und hielt dir die Hand hin. »Braxton Spencer.« Wenn wir beste Freunde werden sollten, musstest du meinen Namen wissen.

»Jemma … Jemma Isabella Rosalie Robinson«, hast du stolz verkündet.

»Das ist ein hübscher Name.«

Ich fühlte, wie ich rot wurde, als die Worte meinen Mund verlassen hatten. Für einen Siebenjährigen war es ein lächerlicher Satz, aber es war die Wahrheit. Dein Name war fast so hübsch wie du selbst.

»Wenn es deinem Bein morgen besser geht, möchtest du dann rüberkommen und spielen?«

»Ja«, antwortete ich, ohne zu zögern.

Du hast mich mit diesem wunderschönen zahnlosen Lächeln angestrahlt, und mein Herz raste zum zweiten Mal an diesem Tag. Eines Tages werde ich dieses Mädchen heiraten – das war der erste Gedanke, der mir in den Sinn kam.

Dieser Gedanke wurde in den darauffolgenden Jahren nur stärker.

Was wir hatten, ist viel zu schön, um vergessen zu werden.

Immer dein,

Braxton

Meine Kehle schnürt sich zu, als ich auf das kleine Fahrrad in meiner Hand blicke. Der Anhänger lag in dem Briefumschlag, zusammen mit einem Foto von uns als Kinder, wie wir auf unseren Fahrrädern sitzen. Jetzt ergibt das Erinnerungsarmband Sinn.

Ein kleines Lächeln schleicht sich auf meine Lippen, als ich das Foto anschaue. Meine beiden Schneidezähne fehlen, und das zahnlose Lächeln, das Braxton in dem Brief erwähnt, ist deutlich zu sehen. Wir sehen so glücklich aus. Ich schlucke hart, aber der Kloß in meiner Kehle bleibt. Diese kleine Geste hat mich überrascht und irgendwie auch überwältigt. Er hatte recht: Auf gewisse Weise hat er mir so ein kleines Stück meines Lebens wiedergegeben. Einen kleinen und doch bedeutenden Moment meiner Vergangenheit.

Ich war bisher alles andere als nett zu Braxton, seit ich aus dem Koma erwacht bin, und dennoch hat sein Bemühen nicht nachgelassen, obwohl ich ihn ständig abgewiesen habe. Ich war so mit meinem eigenen Verlust beschäftigt, dass ich nicht darüber nachgedacht habe, wie hart es ihn getroffen haben muss.

Ich lege den Brief an meine Brust und drücke ihn fest, als ich mir ein stilles Versprechen gebe. Morgen werde ich mir mehr Mühe geben, wenn ich ihn sehe.

NEUN

Braxton

Ich klopfe zweimal an, dann drehe ich den Türknauf und trete ein. Dabei hoffe ich, dass er einen guten Tag hat, ich kann wirklich eine Aufmunterung gebrauchen.

»Hi«, sage ich lächelnd, als mein Blick auf den älteren Mann im Stuhl am Fenster fällt. Ich kann nicht glauben, wie sehr er in den letzten zwei Jahren gealtert ist. Er wird immer derselbe Mann für mich bleiben, aber er sieht viel älter aus, als er mit seinen zweiundfünfzig Jahren ist. Traurigerweise hat diese Krankheit ihn wirklich umgehauen.

»Hallo, junger Mann.« Seine grünen Augen leuchten auf, als er langsam aufsteht und die Hand ausstreckt, um mich zu begrüßen.

Wenn er weiß, wer ich bin, nennt er mich normalerweise »mein Sohn«, also ist mir sofort klar, dass er heute keinen guten Tag hat. Es fällt mir schwer, mich mit seiner Krankheit abzufinden, erst recht seit Jemmas Unfall. Jetzt bin ich für die beiden wichtigsten Menschen in meinem Leben ein Fremder. Es ist schon fast ironisch, und gleichzeitig bricht es mir das Herz.

Ich bleibe vor ihm stehen und nehme seine Hand in meine. Sein schwacher Händedruck versetzt mir einen Stich ins Herz. Ich hasse das, was aus meinem Vater geworden ist. Den ehemals lebhaften Mann, der er mal war, gibt es nicht mehr.

Vor einiger Zeit wurde bei ihm Alzheimer in einem frühen Stadium diagnostiziert, und seitdem schreitet es schnell fort. Ich habe mal gedacht, es wäre eine Alte-Menschen-Krankheit, aber jetzt weiß ich, dass sogar so junge Menschen wie ich davon betroffen sein können. So ist mein Vater letztendlich hier gelandet. Mir ist es unendlich schwergefallen, ihn in ein Pflegeheim zu geben, aber ich hatte keine Wahl.

Am Anfang haben wir versucht, ihn davon zu überzeugen, bei uns einzuziehen, aber er wollte sein Haus nicht verlassen – das Zuhause, in dem er mit meiner Mutter gelebt hat, und das konnte ich ihm nicht verdenken. Ich habe Pfleger eingestellt, die nach ihm sahen, aber als er anfing, Tag und Nacht davonzulaufen und umherzuwandern, war es nicht länger sicher für ihn. Er brauchte Vollzeitpflege, und die konnten weder Jemma noch ich bieten.

Als das Unvermeidbare schließlich eintraf, haben Jem und ich uns ein Dutzend verschiedene Einrichtungen angesehen, bevor wir uns schließlich für diese entschieden. Es war uns wichtig, dass er die bestmögliche Pflege bekommt, sonst hätte ich es nicht durchziehen können.

»Setzen Sie sich«, sagt er und deutet auf den Stuhl gegenüber von seinem. Es erstaunt mich, dass er nicht weiß, wer ich bin, und dennoch so offen ist. Ich bin dankbar, dass ihm die Krankheit diesen besonderen Charakterzug nicht genommen hat. Er wurde schon immer für seine bodenständige und freundliche Art geschätzt.

»Du hast eine schöne Aussicht hier«, sage ich und schaue aus dem großen Erkerfenster neben uns. Sein Zimmer überblickt die schön gepflegten Gärten. Jemma hat darauf bestanden, dass er ein Zimmer mit Blick auf die Bäume bekommt. Außerdem liebt Dad die einheimischen Vögel, die von den Blumen in den Gärten angezogen werden. Einer der Nachteile dieser Einrichtung ist das

Verbot von Haustieren, aber das war ein geringer Preis für all die Vorteile, die dieses Haus bietet.

Sein geliebter Regenbogenpapagei Samson ist bei Jemma und mir eingezogen. Es hat Jem ganz schön viel Geduld abverlangt, Samson in den ersten Tagen zum Essen zu bewegen, aber seitdem ist er ein Teil unseres Zuhauses.

»Ja«, sagt er mit einem breiten Lächeln. »Die Vögel kommen oft her und besuchen mich, ich mag sie gern.« Er hebt den Arm und zeigt in den Garten. »Sehen Sie diesen hohlen Baumstamm da drüben?«

»Ja«, antworte ich und folge seinem Blick.

»Da drin lebt eine große Blauzungenechse. Eine echte Schönheit«, sagt er und zeigt mir mit den Händen, wie groß sie ungefähr ist. »Ich kann hier stundenlang sitzen und ihr zusehen, wie sie in der Sonne badet.«

»Das ist schön.« Ich muss lächeln, als ich ihn anschaue. Er wirkt hier glücklich, und das besänftigt meine Schuldgefühle ein kleines bisschen.

Mit gemischten Gefühlen halte ich vor dem Haus von Jemmas Mutter an. Obwohl Jem jetzt hier lebt, werde ich es nie als ihr Zuhause bezeichnen. Ihr Zuhause ist bei mir.

Der Brief sollte inzwischen angekommen sein, aber ich habe keine Ahnung, wie sie darauf reagiert hat oder ob sie ihn überhaupt gelesen hat. Ich hoffe es aber sehr. Ohne sie fühle ich mich so verloren. Es ist ein täglicher Kampf, an den ich mich nie gewöhnen werde. Ein großer Teil von mir fehlt, und ich fühle mich, als würde ich sie betrauern, dabei ist sie noch am Leben.

Nach Rachels und Lucas' anhaltendem guten Zureden – einzeln, versteht sich, sie sprechen immer noch nicht miteinander – bin ich schließlich wieder zur Arbeit zurückgekehrt. Ich fange immer mittags an, damit ich meinen Dad besuchen und Jemma zu ihren täglichen Physio-Terminen in das Rehazentrum bringen kann. Dann arbeite ich bis in die Nacht hinein, um Versäumtes nachzuholen. Zu Hause wartet niemand auf mich, und ich kann in letzter Zeit sowieso nicht schlafen. Ich habe jeden Quadratzentimeter des Hauses liebevoll und sorgsam für Jem gestaltet, und jetzt hasse ich es, ohne sie darin zu leben. Während ich arbeite, muss ich mich zumindest nicht in dem Elend suhlen, zu dem mein Leben geworden ist.

Ich bleibe ein paar Minuten im Auto sitzen. Normalerweise sehne ich mich danach, Jem zu sehen, auch wenn sie dieses Verlangen nicht erwidert, aber heute bin ich zögerlich. Diese Briefe könnten meine letzte Hoffnung sein, und ich bin nicht sicher, ob ich einen weiteren Rückschlag verkrafte.

Schließlich steige ich aus. Indem ich hier rumsitze, werde ich nie die Antworten finden, die ich suche. Eines ist jedoch sicher: Egal, wie es ausgeht, ich werde nicht aufgeben.

Als ich um das Auto gehe, merke ich überrascht, dass sich die Haustür schon öffnet und Jemma herauskommt. Der Arzt hat ihr einen Gehstock verschrieben, aber sie ist stur und weigert sich, ihn zu benutzen. Sie humpelt noch, aber sie kommt schon viel besser zurecht, und jedes Mal, wenn ich sie sehe, hat sie Fortschritte gemacht.

»Guten Morgen«, sage ich und gehe ihr entgegen. Ich biete ihr meine Hand an, als sie die Stufen erreicht. Auch wenn ich weiß, dass sie das nicht mag, kann ich nicht aufhören, ihr helfen zu wollen.

»Morgen«, antwortet sie und nimmt zum ersten Mal meine Hand. Ihre Berührung ist nur kurz, aber ich koste sie aus und lächele. Jeder Kontakt, egal wie kurz, ist mir willkommen.

Ich öffne die Beifahrertür, und sie sieht mir in die Augen, lächelt und dankt mir. Irgendetwas ist heute anders an ihr. Kann es möglicherweise an dem Brief liegen? Als sie nach dem Anschnallgurt greift, fällt mein Blick auf ihr Handgelenk. Ich versuche, nicht allzu enttäuscht zu sein, dass sie das Armband nicht trägt, das ich ihr geschenkt habe.

Eigentlich will ich unbedingt wissen, ob sie den Brief gelesen hat, aber weil sie das Armband nicht trägt, beiße ich mir auf die Zunge. Es hat keinen Sinn, mir noch mehr Herzschmerz einzuhandeln.

Normalerweise vermeidet sie es, mich anzuschauen, aber heute beobachtet sie jede meiner Bewegungen, als ich mich auf die Fahrerseite setze, sodass ich weiter überlege, was heute los ist.

»In welchem Haus hast du gelebt?«, fragt sie, als ich rückwärts aus der Einfahrt fahre.

Sie hat den Brief gelesen.

Ihre Worte entfachen einen Funken Hoffnung in mir. Sie hätte auch ihre Mutter fragen können, aber sie hat die Frage für mich aufgespart. Es ist die erste Frage, die sie mir stellt, seit sie aus dem Koma erwacht ist. Es ist, als wollte ein Teil ihrer selbst sich nicht erinnern und auch nicht erinnert werden. Sie hat uns alle abgewiesen, sobald wir ihre Vergangenheit erwähnt haben, aber es wirkt, als wäre heute der Anfang von … irgendetwas.

»In dem da.« Ich lehne mich vor und zeige auf das zweistöckige rote Backsteinhaus nebenan. Es war schlimm für mich, als ich es verkaufen musste, um das Zimmer meines Vaters im Pflegeheim bezahlen zu können. Mein Magen zieht sich immer noch jedes Mal zusammen, wenn ich es sehe. Einige meiner besten – und meiner schlimmsten – Erlebnisse hängen mit diesem Haus zusammen, aber es zu verkaufen war die einzige Garantie dafür, dass mein Vater die Pflege bekommt, die er braucht.

»Leben deine Eltern noch hier?«

Ich sehe sie kurz an, bevor ich mich wieder auf die Straße konzentriere. »Nein.« Ich hoffe, dass sie mit der Antwort zufrieden ist, weil ich nicht näher darauf eingehen möchte. Es ist zu deprimierend. Für meine Familie gab es kein Happy End.

Sie sieht aus ihrem Fenster und schaut sich das Haus aufmerksam an, als wir daran vorbeifahren. Es sieht noch genauso aus wie zu den Zeiten, als ich dort gelebt habe. Kommt es ihr bekannt vor?

»Sind wir auf dieselbe Schule gegangen? Ist sie hier in der Nähe?«

»Ja und ja«, sage ich und muss lächeln. »Wir können auf dem Rückweg daran vorbeifahren, wenn du möchtest.«

»Gerne.«

Kurz schließe ich die Augen und bedanke mich im Stillen. Mein Brief hat etwas in ihr geweckt, da bin ich mir sicher. Der Funke Hoffnung wächst. Ich kann es kaum erwarten, ihr wieder zu schreiben. Unsere wunderschöne Vergangenheit habe ich gerade mal angedeutet.

ZEHN

Braxton

»Scheiße!«

Ich zerreiße noch ein Stück Papier. Der erste Brief war einfach – es erschien mir sinnvoll, am Anfang zu beginnen –, aber jetzt, da ich weiß, sie wird die Briefe auch lesen, hat sich mein Ansatz geändert. Ich möchte so viel wie möglich in diesem Brief unterbringen. Es gibt so viel, was ich sagen möchte.

Die Ellbogen habe ich auf den Schreibtisch vor mir gestützt, und das Gesicht vergrabe ich in den Händen. Ich darf nichts überstürzen.

Mit dem Gedanken im Hinterkopf setze ich den Stift schließlich an. Ihr Interesse war geweckt, als wir an der Grundschule ankamen. Sie ist sogar aus dem Auto gestiegen und um die Schule herumgegangen. Es ist merkwürdig und traurig zugleich, diese alten, vertrauten Dinge mit einem frischen Blick zu sehen.

ZWEITER BRIEF

Liebste Jemma,
der siebzehnte März 1997 war ein Höhepunkt in unseren jungen Leben. Zu dem Zeitpunkt waren wir seit über einem Jahr Nachbarn, und unsere Freundschaft wurde mit jedem Tag stärker.

Dadurch, dass ich ein Jahr älter war als du, waren wir in unterschiedlichen Klassen, und wir haben in der Schule nie zusammen gespielt. Allerdings habe ich immer gelächelt, wenn wir aneinander vorbeigingen, weil es mich schon glücklich machte, dich nur zu sehen.

Auf dem Schulhof warst du mit Mädchen aus deiner Klasse zusammen, und ich habe mit meinen Kumpels gespielt. Am Anfang hatte ich Angst, meinen Freunden von dir zu erzählen. Für sie war ein Mädchen wie ein hochansteckender Risikopatient Du warst das für mich nie, vom ersten Tag an fand ich dich anders. Du warst lustig, unkompliziert und unglaublich lieb.

Seit deine Mutter wusste, dass ich nachmittags allein zu Hause war, bestand sie darauf, dass ich bei euch blieb, bis meine Mum von der Arbeit kam. Ich habe mich jeden Tag auf diese Stunde gefreut, weil du dann ganz mir gehört hast. Du wirktest genauso glücklich, bei mir zu sein.

In diesen Momenten musste ich nicht so tun, als ob ich dich nicht mochte, denn das tat ich sonst. Oft. Es wäre unmöglich für mich gewesen, das nicht zu tun. Ich war in einem Alter, in dem man sehr beeinflussbar ist, und einem achtjährigen Jungen bedeutet sein Ruf alles.

Wir konnten nicht wissen, dass dieses Jahr die Spielregeln für uns ändern würde. Ein Vorfall auf dem Schulhof veränderte alles. Es war ein Vorfall, der meinen Ruf komplett aufs Spiel setzte.

Es war Montag. Das weiß ich nur noch, weil ich den ganzen Sonntag mit dir und deinen Eltern am Strand verbracht habe. Ich schwebte immer noch wie auf Wolken deswegen und bin dich auf dem Schulhof suchen gegangen. Unauffällig, natürlich.

Als die Schulklingel ertönte, führte ich meine Kumpel zu der Wiese hinter der Schule, weil ich wusste, dass du dort immer mit deinen Freundinnen Gummitwist oder Seilhüpfen spieltest. Es war ein riskanter Zug von mir, aber das war ein Risiko, das ich bereit war einzugehen. Ich wollte nur einen kurzen Blick auf dich erhaschen, um damit bis zum Ende des Tages durchzuhalten. Es klingt albern, wenn ich es so sage, aber genau so habe ich gefühlt, wenn es um dich ging … so fühle ich noch heute.

Als ich dich nicht entdeckte, machte ich mir Sorgen. Nenn es einen sechsten Sinn, aber ich wusste sofort, dass irgendetwas nicht stimmte. Ich ließ meine Freunde stehen, um dich suchen zu gehen. Ich suchte überall – auf dem Schulhof, in der Bibliothek, ich habe sogar im Krankenzimmer nachgesehen, falls du verletzt warst. Aber ich fand dich nirgends, und langsam wurde ich panisch.

Also rannte ich zu deinen Freundinnen und fragte, ob sie dich gesehen hätten. Eine von ihnen sagte, du seist zum Klassenraum zurückgegangen, weil du dein Lunchpäckchen dort vergessen hättest, also machte ich mich auf den Weg dahin. Ich weiß noch, dass ich immer zwei Stufen auf einmal nahm in meiner Eile.

Sobald ich oben ankam, hörte ich dich. Du hast geweint. Ich rief deinen Namen und rannte los. Als du um die Ecke kamst, überfiel mich eine Mischung aus Erleichterung und Verwirrung. Es war das erste Mal, dass ich dich weinen sah. »Was ist los?«, fragte ich und legte dir die Hand auf die Schulter.

»Larry … Larry Wilson.« Als du dein Gesicht an meine Brust gelehnt hast, habe ich dich in die Arme genommen. Mehr Informationen waren nicht nötig. Der Plünderer. So wurde Larry Wilson hinter seinem Rücken genannt. Er war der Schultyrann, und er regierte den Schulhof mit eiserner Faust. Er war in der fünften, und auch wenn er erst zehn Jahre alt war, war er riesig. Selbst die Sechstklässler hatten Angst vor ihm. Er war dafür berüchtigt, sich die Schwachen vorzuknöpfen und sich von ihnen zu nehmen, was immer er wollte. In diesem Fall: deinen Lunch.

Ich hatte noch nie solchen Ärger gespürt wie in dem Moment. Auch wenn ich noch nicht wusste wie – Larry Wilson würde dafür bezahlen, was er dir angetan hatte.

Vorsichtig brachte ich dich zu der großen Bank an der Wand und setzte dich ab. »Magst du Schinken, Käse und Gurke?«, fragte ich dich.

»Ja«, hast du schniefend geantwortet. Dann hast du dir die Tränen vom Gesicht gewischt.

Nachdem ich mein Sandwich ausgepackt hatte, reichte ich dir die Hälfte. Du hattest Glück, dass Montag war; meine Mum kaufte sonntags immer Fleisch im Feinkostladen. Normalerweise reichte es bis Mitte der Woche, an den restlichen Tagen gab es nur langweilige Hefepaste.

Als wir fertig gegessen hatten, begleitete ich dich zu deinen Freundinnen und machte mich dann auf die Suche nach dem Plünderer. Das Adrenalin trieb mich an. Ein klar denkender Braxton hätte nie in Betracht gezogen, es mit dem Schulgiganten aufzunehmen, aber dich so aufgelöst zu sehen hat genau das in mir bewirkt.

Kurz überdachte ich meinen Plan, als ich vor ihm stand. Er war fast genauso breit wie groß und überragte mich bei Weitem. Aber dann dachte ich an dein tränenüberströmtes Gesicht, und das gab mir genug Mut, um mich mit ihm anzulegen.

Ich straffte die Schultern und atmete tief durch, bevor ich sprach. »Warum hast du Jemmas Lunch gestohlen?«

Er lachte und stieß mich vor die Brust, sodass ich stolperte. »Geh mir aus dem Weg, du Loser«, knurrte er, und in mir drehte etwas durch.

Ich holte aus, schlang die Arme um seine Mitte und rammte ihm die Schultern in den Bauch. Das Adrenalin in meinen Venen sorgte dafür, dass ich mich unbesiegbar fühlte.

Ich hörte das laute Keuchen der anderen Schüler, als Larry mit einem Schlag auf die dreckige Erde krachte. Jetzt war ich auf ihm. Ein paar Kids fingen an zu rufen: »Kämpfen! Kämpfen! Kämpfen!« Es dauerte nicht lang, bis sich eine Menge um uns herum bildete.

Wir sahen uns kurz in die Augen, und der Ärger, den ich in sei-

nem Blick gespiegelt sah, spornte mich nur noch mehr an. Er würde mich wahrscheinlich genauso auffressen wie deinen Lunch, aber ich wollte nicht ohne Kampf aufgeben.

Als er versuchte, sich freizumachen, nahm ich ihn in den Schwitzkasten und war überrascht von meiner eigenen Stärke. »Gefällt es dir, kleinen Mädchen das Essen wegzunehmen?«, sagte ich, als ich nach einer Handvoll Dreck griff. In dem Moment, als er den Mund öffnete, um zu antworten, stopfte ich den Dreck in sein Großmaul. Je stärker er protestierte, desto mehr Dreck bekam ich hinein.

»Runter von mir«, sagte er in einem erstickten Schluchzer, und ihm stiegen Tränen in die Augen. Jetzt war er nicht mehr so tough.

»Nicht, bis du sie runterschluckst.«

So etwas Gemeines hatte ich noch nie gemacht, aber er hatte es verdient.

Die Menge zeigte mit dem Finger auf ihn und lachte, als der Plünderer versuchte, den Dreck hinunterzuschlucken. Ein Teil von mir hatte tatsächlich Mitleid mit ihm, aber der Schmerz, den er all den anderen Schülern zugefügt hatte, überwog das, was ihm in diesem Augenblick widerfuhr. Ich wusste immer, dass es nur eine Frage der Zeit war, bevor er bei jemandem zu weit ging. Ich hätte nur nie gedacht, dass ich derjenige sein würde.

»Hey, auseinander.« Der Aufsichtslehrer packte mich am Shirt und zog mich auf die Füße. »Du gehst jetzt sofort ins Büro des Schulleiters!«

Ich wusste, dass ich in großen Schwierigkeiten steckte, aber das war es wert gewesen. Bis heute erinnere mich immer noch an die Ehrfurcht in den Augen der anderen, als ich hocherhobenen Hauptes ins Schulgebäude ging, um meine Strafe anzunehmen. In den paar Minuten fühlte ich mich wie der König der Welt.

Weil das mein erstes Vergehen war, kontaktierte die Schule meine Eltern nicht. Trotzdem musste ich den Rest der Woche mit-

tags nachsitzen. Es war ein geringer Preis. Nach diesem Tag schikanierte der Plünderer dich nie wieder.

Ich werde nie vergessen, wie ich mich fühlte, als ich am ersten Tag des Nachsitzens den Klassenraum verließ. Du hast im Flur direkt vor meinem Mittagspause-Gefängnis im Schneidersitz an der Wand gelehnt. Du sahst so verloren und traurig aus.

»Was machst du hier?«, fragte ich, als ich dir auf die Füße half.

»Es ist meine Schuld, dass du nachsitzen musst.«

»Nein, ist es nicht, Jem. Du hast ihn nicht gezwungen, Dreck zu schlucken.«

»Ist es wohl.«

»Bist du deswegen hier?«

»Ja. Ich bin der Grund für das hier, also ist es nur fair, wenn ich auch nachsitze.« Du bist einen Schritt auf mich zugekommen, hast dich auf die Zehenspitzen gestellt und mir einen sanften Kuss auf die Wange gegeben. »Das werde ich dir nie vergessen.«

Ich bin ziemlich sicher, dass genau das der Augenblick war, in dem ich mich in dich verliebt habe. Es war offensichtlich, dass du mich gernhattest, und du hast keine Ahnung, wie dringend ich jemanden wie dich in meinem Leben brauchte. Es war beruhigend zu wissen, dass du mir den Rücken freihalten würdest, genau wie ich es umgekehrt für dich tat.

Nach diesem Tag wurden wir unzertrennlich. Ich war das Risiko nur eingegangen, um dich zu verteidigen, und wusste nicht, dass ich am Ende als Schullegende daraus hervorgehen würde. Für dich hätte ich es sofort wieder getan, Jem. Es gibt nichts, was ich für dich nicht tun würde.

An diesem Tag wurde unsere Verbindung für immer in Stein gemeißelt.

Was wir hatten, ist viel zu schön, um vergessen zu werden.

Immer dein,

Braxton

Nur weil sie sich nicht an unsere Verbindung erinnern kann, heißt es nicht, dass sie nicht da ist. Die ganzen alten Gefühle sind irgendwo tief in Jem vergraben, das weiß ich. Du kannst jemanden nicht einfach an einem Tag so sehr lieben und am nächsten Tag nichts mehr für ihn empfinden. Das ist nicht möglich. Es wird nur etwas Zeit brauchen, diese Gefühle wieder an die Oberfläche zu bringen.

Ich lese den Brief noch einmal, bevor ich ihn zusammenfalte und in den Umschlag stecke. Dann nehme ich den kleinen Sandwich-Anhänger vom Schreibtisch und betrachte ihn in meiner Handfläche. Ich merke, wie ich lächele, als ich an diesen Tag zurückdenke.

Diese Briefe sind dafür gedacht, Jem dabei zu helfen, Stücke ihrer Erinnerung zurückzubekommen, aber mir helfen sie ebenfalls. Vielleicht ist sie in diesem Moment für mich unerreichbar, aber diese wertvollen Erinnerungen noch einmal zu durchleben, die ich mit ihr über die Jahre gemacht habe, wird mir die Kraft geben weiterzumachen, bis ich Jem wiederhabe.

ELF

Braxton

Sobald Jemma in meinem Auto sitzt, legt sie mit ihren Fragen los. »Hast du Larry Wilson wirklich Dreck schlucken lassen?« Ohne sie anzuschauen, kann ich die Belustigung in ihrer Stimme hören.

»Ja. Er hat den Rest des Tages im Krankenzimmer verbracht. Gerüchten zufolge hat er sich auf die Schuhe des Direktors übergeben.«

»Oh mein Gott«, sagt sie und bedeckt den Mund mit der Hand, um ihr Kichern zu dämpfen. Ihr Lachen zu hören macht mich glücklicher, als ich mich seit Wochen gefühlt habe.

»Hat er danach mit dem Mobben aufgehört?«

»Eine Zeit lang«, sage ich und werfe ihr einen Blick zu. »Aber alte Gewohnheiten lassen sich nur schlecht ablegen. Dich hat er in Ruhe gelassen, und das war alles, was für mich zählte.«

Sie lächelt süß, als sie mich vom Beifahrersitz aus anschaut. »Danke, dass du dich für mich eingesetzt und dein Sandwich mit mir geteilt hast.«

»Ich werde immer für dich da sein, Jem, was auch passiert.«

Ich freue mich, dass die Briefe uns eine Möglichkeit eröffnen, miteinander zu kommunizieren. Ich glaube, auf ihre eigene Weise beginnt sie, sich damit abzufinden, was passiert ist. Vielleicht geschieht es nicht so schnell, wie ich es gern hätte, aber ich hoffe, dass die Briefe ihr dabei helfen, wieder zu der Person zurückzufinden, die sie mal war.

Sie schweigt eine Weile, und als sie endlich wieder spricht, bin ich erleichtert. »Sind wir oft zum Strand gegangen, als wir klein waren?«

»Ja«, antworte ich, während ich am Rehazentrum einparke. »Er war einer deiner Lieblingsorte. Deine Eltern haben uns oft mitgenommen, als wir Kinder waren, und als wir später alt genug waren, sind wir allein hingegangen. Deswegen haben wir unser Haus am Strand gebaut. Du bist jeden Morgen im Sand gejoggt.«

»Wirklich?« Sie dreht mir den Kopf zu. Als ich sehe, wie sie die Stirn in Falten legt, weiß ich, dass sie versucht, sich zu erinnern.

Ich würde ihr unser Zuhause zwar gern zeigen, bin aber nicht sicher, ob sie dazu schon bereit ist. Ich sehe die kleinen Fortschritte, die sie gemacht hat, seit ich ihr die Briefe schreibe, und ich möchte nichts tun, das ihre Entwicklung gefährden könnte.

»Ich kann dich auf dem Rückweg an unserem Lieblingsstrand vorbeifahren, wenn du möchtest. Das ist kein großer Umweg.«

»Das wäre schön«, antwortet sie lächelnd.

Sie legt die Hand an den Türgriff. »Lass mich das machen.« Ich ziehe die Schlüssel aus dem Zündschloss und steige aus.

Als ich die Beifahrertür öffne, halte ich ihr meine Hand hin. Sie lächelt mich an, als ihre anmutigen Finger meine Hände umschließen. Ihr Lächeln war schon immer mein Verderben. In diesem Sekundenbruchteil kommt mir alles so perfekt vor, genau so, wie es immer war. So sehr, dass ich vergesse, dass es eben nicht der Fall ist.

»Ich liebe dich, Jem«, sage ich, ohne nachzudenken. Es sind Worte, die mir lange Zeit so selbstverständlich über die Lippen kamen – uns beiden.

Ich verstehe überhaupt nicht, was ich gesagt habe, bis sich ihr

Gesichtsausdruck verändert und sie mir die Hand entzieht. Mit drei kleinen Worten habe ich den ganzen Fortschritt zerstört, den wir in dieser Woche gemacht haben.

»Hey«, sagt Lucas, als er in mein Büro kommt und sich in den Stuhl mir gegenübersetzt. »Alles okay, Kumpel? Du wirkst heute etwas neben der Spur.«

»Das bin ich seit Jemmas Unfall«, erwidere ich trocken und lasse mich im Stuhl zurücksinken.

»Ich weiß. Wie läuft es mit euch?«

Ich zucke mit den Schultern. »Es ist ein ganz schönes Durcheinander. Immer wenn wir einen kleinen Schritt vorwärts machen, passiert irgendetwas, und wir sind wieder ganz am Anfang.«

Die Luft fühlt sich dick an, als ich mir im Stillen Vorwürfe mache. Nach diesen drei Worten haben sich die Dinge drastisch geändert. Sie hat sich vollkommen zurückgezogen und ist kalt und abweisend geworden.

»Weißt du was?« Lucas schlägt mit der Hand auf meinen Schreibtisch und holt mich so aus meinen Gedanken zurück.

»Was?« Ich schaue ihn an.

»Wir machen heute früher Schluss. Ich lad dich auf ein paar Drinks ein, und wenn du Glück hast, gebe ich dir vielleicht sogar das Abendessen aus.«

Ich weiß zu schätzen, was er versucht, aber ich habe überhaupt keine Lust auszugehen. »Ich kann nicht …«

Er unterbricht mich, bevor ich überhaupt dazu komme, ihm zu sagen, wie weit ich mit der Arbeit hinterherhinke. Heute bin ich zu fast nichts gekommen.

»Keine Ausreden.« Er sieht auf die Uhr und steht dann auf. »Mach noch fertig, woran du gerade arbeitest. In zehn Minuten gehen wir.« Ich öffne erneut den Mund, um zu protestieren, aber er hebt nur die Hand. »Wir machen das heute Abend, ohne Wenn und Aber. Ich vermisse meinen Freund. Außerdem haben wir unseren großen Deal noch gar nicht gefeiert. Wir haben uns abgerackert, um diesen Vertrag zu bekommen.«

Dagegen kann ich nichts sagen. Er hat mit allem recht. »Okay.«

»Gut. Du brauchst das genauso dringend wie ich.« Er nickt mir zufrieden zu, bevor er sich umdreht und zur Tür geht.

»Lucas«, sage ich schnell. »Danke.«

♥

»Eine Flasche von eurem besten Scotch und zwei Gläser bitte«, sagt Lucas zum Barkeeper, bevor er mir signalisiert, mich auf einen der schwarzen Lederhocker an der langen weißen Granitbar zu setzen.

Ich bin zum ersten Mal hier und sehe mich interessiert um. Hinter der Bar hängt ein deckenhoher, leuchtend gelber Spritzschutz, der in Verbindung mit den schwarzen Regalen an der Wand sehr eindrucksvoll wirkt. Durch die perfekt positionierte Beleuchtung sticht er richtig hervor.

Mein erster Gedanke ist, dass Jemma es hier gefallen würde und ich sie mal herbringen muss. Dann komme ich in der Wirklichkeit an. Ich habe es immer geliebt, wie ihre Augen aufleuchteten, wenn wir in eine neue Lokalität kamen. Sie hatte immer ein Notizbuch dabei, sodass sie zeichnen oder sich Notizen machen konnte, wenn ihr etwas ins Auge fiel. Sie war so leidenschaftlich, was ihre Arbeit und alles, was mit Design zu tun hatte, betraf.

»Wie hast du diese Bar gefunden?«, frage ich Lucas.

Sie ist viel edler als die Bars, in denen wir sonst etwas trinken gehen. Ich frage mich, ob er unsere üblichen Treffpunkte extra meidet, wegen der Erinnerungen, die ich damit verbinde. Oder vielleicht hat er diesen Ort ausgesucht, weil er besser zu unserem feierlichen Anlass passt.

Wir haben so lange von diesem Moment geträumt, und unsere harte Arbeit hat sich endlich ausgezahlt. Unser relativ kleines Architekturbüro wurde plötzlich in die oberste Liga katapultiert. Es ist eine Schande, dass ich nicht mal in diesem Augenblick, in dem ich darüber nachdenke, was das für uns bedeutet, aufgeregt sein kann. Die Achse, um die sich meine Welt dreht, hat sich verschoben, und bis das in Ordnung gebracht ist, wird alles aus dem Lot sein.

»Einer unserer Klienten hat mich hergebracht. Das war, als …« Er winkt ab, als ob er nicht mehr darüber reden möchte. »Schon gut.« Mir ist klar, dass er etwas sagen wollte, das mit Jemma zu tun haben muss. Ich mache ihm keinen Vorwurf daraus, dass er heute nicht darüber sprechen möchte. Es ist für uns alle schwer.

»Wir haben einen schönen *Chivas Regal 25*«, sagt der Barkeeper und stellt ihn vor uns hin. »Der kostet sechshundert Dollar.« Lucas zuckt nicht mal mit der Wimper. Er meinte es ernst, als er von dem besten Scotch sprach. Zur Eröffnung unserer Firma haben wir damals eine Flasche getrunken, die nur einen Bruchteil von dieser gekostet hat, aber da waren wir noch am Anfang und hatten nicht viel Geld. Alles, was wir hatten, haben wir in das Architekturbüro gesteckt.

Die Flasche haben wir damals zu viert geteilt, weil Jemma und Rachel beide mit uns gefeiert haben. Ich schmunzele, als ich an den Abend denke. Jemma ist so ein Leichtgewicht, und nach gerade mal zwei Gläsern war sie betrunken. Sie war bei jeder Feier an meiner Seite, bei jedem wichtigen Ereignis, seit wir Kinder waren. Es fühlt sich falsch an, sie nicht hier zu haben.

Lucas reicht dem Barkeeper unsere Firmen-Kreditkarte und schenkt jedem von uns etwas Whisky ein. »Auf unseren Erfolg«, sagt er und hält sein Glas in die Luft.

Ich hebe mein Glas ebenfalls und stoße mit ihm an, bevor ich die geschmeidige, lächerlich teure bernsteinfarbene Flüssigkeit schlucke. Vielleicht helfen mir ein paar Gläser mehr davon, in Feierlaune zu kommen, denn jetzt gerade fühle ich mich überhaupt nicht danach.

Nach ein paar Gläsern Scotch fange ich an, entspannter zu werden, aber mein Fauxpas bei Jemma spukt mir immer noch im Kopf herum.

»Also, erzähl mal«, sagt Lucas und schenkt mir nach. »Warum bist du so mies drauf? Abgesehen vom Offensichtlichen, meine ich.«

Ich zucke mit den Schultern und setze das Glas an die Lippen, damit ich nicht antworten muss. Ich möchte ihn nicht mit meinen Sorgen belasten. Er hat selbst genug damit zu tun, unsere Firma allein zu führen.

»Hey, ich bin's!« Er legt mir die Hand auf die Schulter. »Du kannst mir alles erzählen. Ich weiß, wie hart das für dich ist, und ich mache mir Sorgen um dich. Wenn du so weitermachst ...« Er verstummt, aber ich weiß schon, was er sagen wollte: ... *ist es nur eine Frage der Zeit, bis du zusammenbrichst.*

Wenn ich die Dunkelheit zuließe, die tief in meinem Inneren um sich greift, dann ja, dann wäre es so. Aber das ist es ja gerade – ich lasse sie nicht zu. Ich weigere mich aufzugeben. Uns aufzugeben.

Ich kippe den Scotch herunter und stelle das Glas wieder auf die Theke. Die Wahrheit ist, ich muss mit jemandem reden. Es fällt mir immer schwerer, stark zu bleiben. Heute Abend kann ich nicht stark bleiben. Ich habe das Gefühl, dass mir alles, was mir wichtig ist, entgleitet: meine Frau, mein Vater. Meine Welt fällt zusammen, und ich weiß nicht, wie ich sie aufhalten kann.

»Ich schreibe Jem Briefe.«

Ich erwarte fast, dass Lucas lacht, aber das tut er nicht. Er hat sich immer über mich lustig gemacht, Scherze über die Tiefe meiner Liebe zu dieser Frau gemacht. Er versteht es nicht, noch nicht. Eines Tages wird er irgendjemanden treffen, der ihn genauso in die Knie zwingt. Dann wird er nicht wissen, wie ihm geschieht.

»Was für Briefe? Liebesbriefe? Meinst du nicht, das ist ein bisschen viel unter den Umständen?«

»Es sind nicht wirklich Liebesbriefe. Na ja, irgendwie schon. Es sind Briefe über unser Leben. Wie wir uns kennengelernt haben und so.«

»Hat sie sie gelesen?«

»Ich habe ihr erst zwei geschrieben, aber ja.«

»Und? Das verstehe ich nicht. Das ist doch gut, oder nicht?«

»Ja, und ich glaube, dass sie ihr helfen. Sie fing gerade an, sich mir zu öffnen.« Ich atme tief aus, bevor ich weiterspreche. »Aber heute Morgen habe ich es versaut. Ich habe ihr gesagt, dass ich sie liebe. Und ich glaube, das hat sie in Panik versetzt.«

»Oh.«

»›Oh‹ trifft es gut. Danach hat sie sich wieder von mir zurückgezogen. Nach der Physio sagte sie, sie sei müde und wolle direkt nach Hause. Den ganzen Weg lang hat sie kein einziges Wort gesagt und nur aus dem Fenster gestarrt, so wie vor den Briefen.«

Lucas schaut in seinen Drink und denkt nach, bevor er antwortet. »Ich verstehe, dass es schwer für dich ist, dich zurückzuhalten, obwohl du noch so viel fühlst, aber versetz dich mal in sie hinein. Wahrscheinlich war das total unangenehm für sie. Was hast du erwartet – dass sie dir auch ihre Liebe gesteht?«

»Nein … Ja … Ich weiß es nicht. Ich möchte einfach, dass alles wieder ist wie früher.«

»Ich weiß, du armer Kerl. Ich wünsche mir das auch für dich, aber es kann sein, dass es nie wieder so sein wird. Ich sage das ungern, aber du musst darauf vorbereitet sein.« Ich lasse meine

Schultern sinken und blicke zu Boden. Ich weiß, dass er recht hat, aber es trifft mich trotzdem wie ein Schlag in den Magen. Ich möchte glauben, dass eines Tages alles wieder so sein wird wie früher. Daran muss ich glauben. »Ihr müsst eine neue Definition von ›normal‹ finden.«

Ich will aber das alte ›normal‹, ich verzehre mich danach.

»Was ist, wenn ich sie nie wieder zurückkriege? Wie soll ich damit klarkommen?«

»Du wirst so damit klarkommen wie immer. Wie du klargekommen bist, als deine Mum gestorben ist oder dein Dad krank wurde, oder als Jem den Unfall hatte. Das wirst du. Du wirst nicht aufgeben, Spencer. Das weißt du genauso gut wie ich. Du wirst niemals aufgeben.«

ZWÖLF

Jemma

»Ihr habt schon den Geschirrspüler eingeräumt, lasst mich den Rest machen«, sagt Christine und bedeutet uns, die Küche zu verlassen. Dieses Haus fühlt sich noch lange nicht wie mein Zuhause an, aber dennoch fange ich an, mich hier wohlzufühlen.

»Du hast uns ein leckeres Abendessen gekocht, ist doch nur fair, dass wir sauber machen«, antwortet Rachel. »Es sind nur ein paar Töpfe … Jemma und ich machen das schon.«

Ich bin dankbar, dass sie mich immer fordert. Alle anderen behandeln mich wie ein rohes Ei, nur Rachel nicht. Obwohl sie nicht mehr mit im Haus wohnt, kommt sie jeden Tag vorbei.

Sie kommt immer am frühen Nachmittag, weil sie weiß, dass ich morgens bei der Reha bin und mich nach dem Mittagessen hinlege. Die Zeit nutzt sie, um zu arbeiten, und dann besteht Christine darauf, dass sie zum Abendessen bleibt. So langsam mag ich es, wenn Rachel hier ist. Ich genieße ihre Gesellschaft und kann mir gut vorstellen, warum wir mal Freundinnen waren.

»Ich bestehe darauf. Jetzt geht und guckt Fernsehen oder so. Ihr habt mich gehört, ab mit euch.«

Wir lachen beide, als Christine das Geschirrtuch nach uns wirft. Ich habe schon gelernt, dass es keinen Sinn hat, mit Christine zu diskutieren, wenn sie sich bereits entschieden hat. Da kann man nicht gewinnen. Sie ist wahnsinnig stur.

»Wollen wir in mein Zimmer gehen?«

»Dein Zimmer?« Rachels Augen weiten sich. »Natürlich.« Ihre offensichtliche Euphorie wegen meiner simplen Einladung, in meinem Zimmer rumzuhängen, rührt an meinem immer präsenten Schuldgefühl. Ich werfe einen Blick über die Schulter zu Christine, als wir aus der Küche gehen, und merke, dass sie uns hinterherlächelt. Ich denke, auf unsere unterschiedlichen Arten passen wir uns alle bestmöglich an die neue Situation an. »Du scheinst auf den Treppen jetzt gut zurechtzukommen.«

Am ersten Tag hier mussten Rachel und Christine mich praktisch in mein Zimmer tragen. Christine wollte mir erst ein Bett im Wohnzimmer aufstellen, aber ich sehnte mich nach der Zuflucht eines eigenen Zimmers.

»Die Physio und die Hydrotherapie haben total geholfen.«

»Das freut mich.«

Sie folgt mir in mein Zimmer, und ich signalisiere ihr, sich auf mein Bett zu setzen. Sonst gibt es keine Sitzmöglichkeit. Das Wohnzimmer wäre wahrscheinlich die bessere Option gewesen, aber ich habe meine Gründe dafür, sie nach oben eingeladen zu haben. Ich muss mit jemandem reden, und Christine ist emotional zu involviert, um mir den Rat zu geben, den ich suche.

Rachel hingegen wirkt wie ein ehrlicher Mensch, der mit seiner Meinung nicht hinterm Berg hält, und ich brauche eine unvoreingenommene Meinung zu dieser unangenehmen Situation. Ich weiß nicht, wie ich damit umgehen soll, ohne Braxton noch mehr zu verletzen als ich es eh schon getan habe.

»Braxton hat mir heute gesagt, dass er mich liebt«, sage ich, als wir uns setzen.

Ein trauriger Ausdruck erscheint auf ihrem Gesicht. »Wirklich? Und das war für dich …«

»Unangenehm.«

»Armer Kerl. Oh, versteh mich nicht falsch«, sagt sie und hält die Hände in die Luft. »Ich verstehe dich auch … euch beide. Ich verstehe, warum es dir unangenehm war, aber du musst dir vor Augen halten, dass diese Gefühle für ihn immer noch sehr lebendig sind. Du warst sein Leben.«

»Ich weiß.« Ich senke den Blick. »Alles ist so ein Chaos. Ich hoffe, eines Tages können wir beide wieder so etwas wie Normalität finden.«

»Du willst das vielleicht nicht hören, aber du hast ihn genauso sehr geliebt. Ich habe euch darum beneidet, was ihr hattet. Und ich bin ziemlich sicher, dass es jedem so ging, der euch kennt. Zusammen wart ihr … spektakulär.« Sie beendet ihren Satz mit einem Seufzen, was ihre Worte nur noch unterstreicht.

Wir verfallen in Schweigen. Ich habe keine Antwort, und sie weiß wahrscheinlich nicht, was sie noch sagen soll.

»Hast du einen Freund?«, frage ich in dem Versuch, die Unterhaltung von mir wegzulenken. Sie war meine beste Freundin, es fühlt sich komisch an, dass ich das nicht weiß.

»Nee. Ich habe keine Zeit für Beziehungen.«

Mein Blick fällt auf ihr dunkles Haar, ihr Gesicht, die mandelförmigen braunen Augen und die feinen Gesichtszüge, die makellose Haut. Ich meine, ich betrachte sie wirklich genau. Das habe ich auch bei Braxton und meinen Eltern gemacht. Ich bin immer auf der Suche nach einem Zeichen, einem Aufflackern von etwas … irgendetwas. Jedes Mal habe ich nur erlebt, was ich jetzt erlebe: gar nichts. Es ist, als sähe ich eine Fremde an, jemanden, den ich nicht mal erkennen würde, wenn er auf der Straße an mir vorbeilief. Werden sie sich je wieder vertraut für mich anfühlen?

»Das ist doch Unsinn«, sage ich mit Belustigung in der Stimme. »Du verbringst deine Tage damit, hier rumzusitzen. Es ist nicht, als hättest du wenig Zeit.«

»Wenn ich in New York bin und arbeite, habe ich das schon. Mein Job ist anspruchsvoll und erlaubt nicht wirklich Zeit für ein Privatleben.«

»Das ist traurig. Braxton hat erwähnt, dass du in Übersee arbeitest. Was machst du noch mal?«

In ihren Augen flackert Betrübnis und Enttäuschung auf, bevor ihr Blick sich auf mein Bett senkt. Ich sehe ihre Hände an, während sie das Muster meiner Tagesdecke mit den Fingern nachmalt. Es ist derselbe Blick, den ich immer ernte, wenn ich mich an etwas nicht erinnere. »Ich bin Modedesignerin. Wir haben immer gescherzt, dass du nach der Uni das Zuhause von Leuten verschönerst, und ich dasselbe mit den Bewohnern mache …«

Ihre Worte versiegen, als sie merkt, dass der Witz jetzt nicht mehr bei mir ankommt.

»Erzähl mir was von uns – über unsere Freundschaft. Wo haben wir uns kennengelernt?«

Ihre düstere Miene wird schnell von einem Lächeln abgelöst. Wenn ich mich nicht mehr an die Menschen erinnere, ist es vielleicht an der Zeit, sie mich erinnern zu lassen.

»An der Uni. Wir hatten uns beide für Unterkünfte außerhalb des Campus beworben und wurden als Mitbewohner eingeteilt. Es hat schon an unserem ersten Tag Klick bei uns gemacht …«

♥

Nur weil ich in den letzten paar Tagen Abstand zu Braxton gehalten habe, heißt das nicht, dass ich nicht darauf brenne, ihm mehr Fragen zu stellen, oder mich nicht auf den nächsten Brief freue. Ich hoffe wirklich, dass einer unterwegs ist. Die Briefe haben Neugier in mir erweckt. Einen Wissensdurst. Ich war nicht sicher, ob ich es so toll finden würde, an meine Vergangenheit erinnert zu werden, aber je mehr ich herausfinde, desto mehr will ich wissen. Wer bin ich wirklich? Wie war ich? Ich kenne nur die leere Hülle, zu der ich geworden bin.

Mit Braxton läuft es im Moment nicht so gut. Er ist immer noch lieb und ein Gentleman, hat sich aber von mir zurückgezogen. Es ist fast witzig: Am Anfang gab es Zeiten, da wünschte ich mir, er würde aufhören, mit mir kommunizieren zu wollen, aber jetzt gefällt es mir gar nicht. Ich vermisse sein bedeutungsloses Geplauder.

»Deine Schiene?« Ich wette, das Lächeln, das ich auf Braxtons Gesicht sehe, ist auf meinem gespiegelt. Er steht vom Stuhl in der Empfangshalle auf und kommt zu mir. Mein leichtes Humpeln ist noch da, aber der Physiotherapeut meinte, dass es sich mit der Zeit lege.

»Ich bin so froh, sie los zu sein«, sage ich und schaue auf meine Füße. Ich habe die zweite Sandale die ganze Woche in der Tasche getragen und jedes Mal gehofft, dass diesmal der Tag wäre, an dem ich diese verdammte Schiene endlich loswerde.

Mein rechtes Bein wirkt etwas dünner als das linke, aber vielleicht sieht es auch nur so aus, weil die Haut heller ist. Ich bin froh, dass mein Kleid lang genug ist, um die schrecklichen Narben zu verdecken. Mein Körper ist von ihnen übersät. Mein Arm, die Hüfte … eine Gesichtshälfte. Sie sind ein ständiges Andenken an den Unfall. Einen Unfall, an den ich mich nicht einmal erinnere.

Dennoch kann ich mit ihnen umgehen. Bei den Narben in meinem Inneren bin ich mir dagegen nicht so sicher.

»Er sagte, mein Bein sei gut verheilt und ich bräuchte sie nicht mehr. Ich muss weiterhin zur Physio, aber es fühlt sich gut an, die Schiene endlich los zu sein.«

»Das sind tolle Neuigkeiten.« Er streckt den Arm nach mir aus, bevor er mitten in der Bewegung innehält. Als er einen Schritt zurückgeht und die Hände in die Hosentaschen seiner

Jeans schiebt, wird mir klar, dass er mich umarmen wollte, es sich dann aber anders überlegt hat.

»Was ich mich gefragt habe«, sage ich, als wir zu seinem Auto laufen. »Steht dein Angebot noch, mir den Strand zu zeigen? Ich würde gerne hingehen, wenn du Zeit hast.«

»Wirklich?«

»Ja.«

Sein glücklicher Gesichtsausdruck bringt mein Herz zum Lächeln. Ich möchte nicht, dass es komisch zwischen uns ist. Das Letzte, was ich will, ist ihn zu verletzen. Ich möchte daran arbeiten, mit ihm befreundet zu sein, aber das ist auch alles, was ich ihm im Moment anbieten kann.

»Hättest du jetzt direkt Lust?«

»Ja! Gerne.«

Als ich die Sanddünen hinter einigen der Grundstücke sehe, an denen wir vorbeikommen, und merke, wie nah wir dran sind, werde ich immer aufgeregter.

»Die Häuser auf deiner Seite gehen hinten alle auf den Strand raus«, sagt er, als hätte er meine Gedanken gelesen.

»Sie sind wunderschön.«

Er fährt langsamer, und ich nutze die Gelegenheit, um mir jedes Haus anzusehen, an dem wir vorbeifahren. Die schiere Größe einiger Gebäude verrät mir, dass es ganz schön teuer sein muss, in dieser Gegend zu wohnen. Für meinen Geschmack fühlen sie sich zu extravagant an, was albern ist, weil ich meinen Geschmack nicht mal kenne.

Weiter unten an der Straße fällt mir ein weißes, zweistöckiges, mit Schindeln verkleidetes Haus ins Auge. Es ist nicht so opulent wie die anderen, aber ich habe mich schon entschieden, dass dies mein Lieblingshaus ist. Es hat Charakter und einen Alte-Welt-Charme, aber gleichzeitig etwas Modernes an sich. Der Kontrast der weißen Schindeln und der himmelblauen Fensterläden und

Rahmen passt hervorragend zu seiner Strandlage, und das Ganze wird abgerundet durch einen weißen Lattenzaun an der Vorderseite des Grundstücks.

Alle Gedanken an das Haus sind vergessen, als Braxton vor einem kleinen Waldstück an den Straßenrand fährt.

»Ein schmaler Weg führt durch den Wald. Dort sind wir als Kinder immer zum Strand gelaufen. Willst du ihn sehen?«

Noch bevor er zu Ende gesprochen hat, bin ich abgeschnallt und habe die Finger an den Türgriff gelegt. »Ja.«

»Warte, ich öffne dir die Tür«, sagt er und schnallt sich schnell selbst ab. Auch wenn ich sehr wohl in der Lage bin, die Tür selbst zu öffnen, finde ich es gleichzeitig niedlich, dass er immer darauf besteht. Mir ist auch aufgefallen, dass er dasselbe für Christine macht, wenn sie mit im Auto ist.

Mein Blick folgt ihm, als er um den Wagen herumläuft. Wage ich zu behaupten, dass er wirklich gut aussieht? Sein gutes Aussehen ist mir schon in dem Moment aufgefallen, in dem ich im Krankenhaus die Augen geöffnet habe. Da ist irgendwas an seinen großen blauen Augen und der Weise, wie er mich anschaut, das einfach … *beruhigend* ist.

Ich nehme seine Hand, als er mir aus dem Wagen hilft. Ich mag es, wie perfekt meine Hand in seine passt. Es fühlt sich sicher an.

Seine Laune ist besser geworden, seit ich vorgeschlagen habe herzukommen, und das gefällt mir. »Hier entlang«, sagt er. Er lässt meine Hand los und deutet auf den kleinen Weg, der in die grasbewachsene Düne getrampelt ist. Zugegeben, als er mich loslässt, fühle ich einen kleinen Stich der Enttäuschung.

Wir gehen still nebeneinanderher. Die einzigen Geräusche sind das Knistern von trockenen Blättern unter unseren Schuhen und das entfernte Rauschen des Ozeans. Ich nutze diese Zeit, um die salzige Frische in der Luft tief einzuatmen. Dabei schaue ich hoch in das grüne Blattwerk der Bäume, wo die Blätter in der Brise tanzen. Ich fühle schon, wie ich mich entspanne.

Der Boden wird weicher, und als wir am Ende ankommen, wird der Weg etwas breiter. Die plötzliche Helligkeit der Sonne, die vom Sand reflektiert wird, lässt mich blinzeln.

Wir halten an, und ich gebe meinen Augen einen Moment Zeit, sich an das Licht und den weiten offenen Strand vor uns zu gewöhnen. »Da wären wir«, sagt Braxton.

Ich halte den Atem an, während mein Blick über den Sand zu den aufschlagenden Wellen wandert. Ein unbekanntes, warmes Gefühl kommt in mir auf, als ich das alles aufnehme. »Es ist wunderschön«, flüstere ich. Ich bin nicht mal sicher, ob wunderschön ausreicht, um es zu beschreiben, aber auf jeden Fall liebe ich diesen Ort.

Eine Weile lang stehe ich einfach nur da und starre wie gebannt zum Horizont. Schließlich schaffe ich es, den Blick von der Schönheit vor mir loszureißen und Braxton anzuschauen. Er hat ein breites Lächeln auf dem Gesicht, während er mich beobachtet. »Warum siehst du mich so an?«

Er öffnet den Mund, will etwas sagen, aber schließt ihn dann wieder. »Nur so«, sagt er schulterzuckend. Mein Blick fällt auf das niedliche Grübchen in seiner linken Wange, als er mich nervös angrinst. »Es ist nur so schön, dich lächeln zu sehen.«

Ich weiß, dass mehr hinter diesem Blick steckt, will ihn aber nicht bedrängen. Das Letzte, was ich möchte, ist, dass es wieder komisch zwischen uns ist.

»Können wir zum Wasser hinuntergehen?«

Normalerweise fährt er immer zur Arbeit, wenn er mich wieder bei Christine abgesetzt hat, aber ich bin noch nicht bereit, diesen Ort wieder zu verlassen. Es gefällt mir, wie ich mich hier fühle.

»Na klar.« Er hebt ein Bein an und streift sich den Schuh und die Socke vom Fuß. Ich komme nicht umhin zu bemerken, was für schöne Füße er hat. Dann folgt die andere Seite, und ich setze mich langsam auf den Sand. Grinsend ziehe ich mein Bein an die Brust. Das zeigt, wie weit ich seit dem Unfall gekommen bin – vor einem Monat hätte ich das noch nicht tun können.

Sobald ich mir die Sandalen ausgezogen habe, setze ich sie neben mir ab und lasse die Zehen im Sand kreisen. Braxton bückt sich und krempelt die Jeans hoch, bevor er mir wieder auf die Füße hilft.

»Danke.« Ich will meine Sandalen aufheben, aber er hält mich auf.

»Lass sie einfach hier. Wir können sie auf dem Weg zum Auto wieder einsammeln.«

Wir laufen zum Wasser, und ich keuche, als eine kleine Welle angespült kommt und das kalte Wasser über meine Füße läuft. Ich liebe das Gefühl des feuchten Sandes zwischen den Zehen.

»Hast du Lust zu einem Spaziergang über den Strand?«

»Ja«, antworte ich begeistert. Ich möchte die Zeit hier so lang ausdehnen wie möglich. Für eine Frau, die nicht weiß, wo sie hingehört, fühle ich mich hier ganz schön Zuhause.

»Super. Etwas weiter unten ist ein Felstümpel, den ich dir gern zeigen würde.«

»Na, dann los.«

Wir gehen schweigend, aber es ist in keiner Weise unangenehm. Eigentlich fühlt es sich sogar vollkommen normal an, mit ihm hier zu sein.

Ich sehe zu, als er sich bückt und einen Stock aus dem Sand aufhebt. Ein paar Sekunden später wirft er ihn ins Wasser. »Ich denke darüber nach, mir einen Hund anzuschaffen«, sagt er. »Es ist so einsam in dem Haus, wenn ich allein da bin. Ich glaube, ein Hund würde mir gute Gesellschaft leisten.«

»Das ist eine tolle Idee.« Ich weiß nicht, was ich sonst sagen könnte. Ich habe Mitgefühl mit ihm, aber ich kann einfach nicht mit ihm zusammenleben, nicht jetzt.

»Ich dachte, ein Hund wäre besser als eine Katze. Ich glaube nicht, dass es Samson gefallen würde, wenn ich eine Katze mit nach Hause brächte.«

»Samson?«

»Unser Vogel. Er ist ein Regenbogenpapagei. Wir haben ihn geerbt.«

»Oh.«

Er hält an und dreht sich zu mir. »Ich möchte es zwar nicht, aber ich muss akzeptieren, dass du vielleicht nie wieder zurück nach Hause kommst.«

Ich lächele ihn mitfühlend an. »Ich glaube nicht, dass irgendjemand von uns ahnen kann, wie die Zukunft aussieht, Braxton.«

Ich kann ihm keine Hoffnung machen, wenn es keine Hoffnung gibt.

DREIZEHN

Jemma

Ich liege auf dem Bett und starre auf die Muschel, die Braxton am Felstümpel gefunden und mir geschenkt hat. Sie liegt auf dem Nachttisch, weil ich sie in der Nähe haben wollte. Ich greife danach und befühle die glatte Porzellanoberfläche.

Mit geschlossenen Augen hebe ich sie ans Ohr. Ich muss lächeln, als ich den Geräuschen des Meeres darin lausche. Bei dem Gedanken an diesen Moment am Strand muss ich sogar noch breiter lächeln. Ich war nicht sicher, was passieren würde, aber überrascht habe ich festgestellt, dass der Felstümpel voller Meereslebewesen war. Meine Lieblinge waren ein kleiner Seestern und eine Krabbe, nicht größer als mein Daumennagel – ich war ganz verzaubert, als sie auf ihrer Reise zurück ins Meer seitlich lief.

Ich sah zu, als Braxton zu einem kleinen sandigen Fleck zwischen den Felsen lief. Der Bereich war voller angeschwemmter Überreste. Er hob ein paar Dinge auf und fühlte mit dem Finger darüber. »Nope«, sagte er immer, als er jedes davon als unpassend einstufte. »Nee, hat einen Riss.« Ich bin mir ziemlich sicher, dass er mit sich selbst redete, und es war amüsant, ihn dabei zu beobachten. »Ja … Perfekt.« Er kletterte zu mir zurück und öffnete seine Hand, in der eine Muschel lag.

»Für mich?«, fragte ich, als er die Hand auf mich zubewegte.

»Ja.«

»Danke. Sie ist wirklich hübsch.« Ich nahm die weiße Muschel, die wie ein Kegel geformt war, und sah sie mir genauer an.

»Halt sie dir ans Ohr«, sagte er. »Dann hörst du das Meer darin.«

Als wir wieder am Auto ankamen, taten meine Wangen schon ganz weh vom vielen Lächeln. Auf dem Weg nach Hause hielt ich die Muschel fest in der Hand. Es war meine erste wertvolle Erinnerung. Ich hatte nicht nur die Muschel, die ich davon behalten konnte, sondern ich habe die Erfahrung selbst machen können. Jede wunderschöne Sekunde davon.

Auf dem Weg zu Christines Haus passte ich besonders auf. Ich wollte mir den Weg dahin einprägen. Sogar ein paar Straßennamen habe ich mir gemerkt und sie aufgeschrieben, sobald ich zu Hause war. Ich weiß zwar noch nicht, wie genau ich wieder zum Strand kommen soll, aber ich werde einen Weg finden.

Als es an meiner Zimmertür klopft, werde ich aus meinen Gedanken gerissen. »Ich bin's, Kleines«, ruft Christine. »Ein Päckchen ist für dich angekommen.«

Ich setze mich so schnell auf, dass mir schwindelig wird, deswegen warte ich, bis mein Kopf aufhört, sich zu drehen, bevor ich aufstehe.

»Ich komme.«

Ich glaube, Christine erschreckt sich, als ich die Tür so eifrig aufreiße.

»Hi.«

»Hi. Das ist gerade angekommen.« Sie lächelt und hält mir ein Päckchen entgegen. Es ist viel größer als das letzte und ungefähr zehnmal so groß wie das, in dem das Armband war. Aber das ist es nicht, was mich in Aufregung versetzt. Es ist der Brief, den ich daran befestigt sehe. *Er hat mir noch einen Brief geschrieben.* »Da wird aber jemand verwöhnt.«

»Ja, das stimmt«, antworte ich und nehme ihr das Päckchen aus der Hand.

»Es ist schön, dich wieder lächeln zu sehen. Braxton war der einzige Junge, der dich jemals so zum Lächeln bringen konnte. Ich bin froh, dass sich das nicht geändert hat.«

»Ich öffne es jetzt mal«, sage ich und hebe das Paket an.

»Natürlich.«

»Danke, dass du es mir hochgebracht hast.«

»Gerne. Rachel müsste gleich da sein, und ich habe einen Kuchen für unseren Nachmittagstee gebacken. Nach dem Rezept deiner Großmutter. Er war immer einer deiner Lieblingskuchen.«

»Klingt gut. Ich komme gleich runter.«

Ich warte, bis sie die Treppe wieder hinabgeht, bis ich die Zimmertür schließe und zum Bett eile. Anders als bei den letzten zwei Briefen bin ich bei diesem nicht vorsichtig, sondern reiße ihn sofort auf. Dieses Mal suche ich nicht nach dem Anhänger darin. Es sind die geschriebenen Worte, die ich nicht erwarten kann zu lesen.

Erwartungsvoll und mit leicht zitternden Händen falte ich den Brief auseinander.

DRITTER BRIEF

Liebste Jemma,
der 21. Dezember 1998. Ich erinnere mich nur noch an das genaue Datum, weil es ein Tag nach meinem zehnten Geburtstag war. Es war ein elendig heißer Tag. Dein Vater und meine Eltern waren alle arbeiten, deswegen hast du deine Mum überredet, mit uns zum Strand zu fahren.

Zu dritt nahmen wir den Bus, und du warst so aufgeregt, dass du praktisch den ganzen Weg gehüpft bist. Mir hat es immer un-

glaublich viel Spaß gemacht, dich zu beobachten. Im Gegensatz zu dir bin ich am Wasser aufgewachsen, also war es nichts Besonderes für mich. Du hingegen warst ein Mädchen vom Land. Die ersten sechs Jahre deines Lebens hast du auf einer Farm verbracht. Deine Familie ist nur in die Stadt gezogen, weil deinem Vater eine Beförderung von der Bank angeboten wurde, bei der er arbeitete. Er sollte die Leitung der örtlichen Filiale übernehmen. Deine Eltern hatten gezögert, das Landleben hinter sich zu lassen und in die Großstadt zu ziehen, aber sie wussten auch, dass es eine große Chance war.

Als wir am Strand ankamen, zogen wir uns bis auf die Badesachen aus und legten die Handtücher auf den Sand unter dem großen Sonnenschirm deiner Mutter, bevor wir zum Wasser rannten.

Da es an dem Tag so heiß war, war es richtig voll. Du warst damals noch keine große Schwimmerin, deswegen durftest du nur im seichten Wasser planschen. Für mich war das okay. Manchmal saßen wir am Wasserrand und bauten Sandburgen oder buddelten tiefe Löcher in den Sand und vergruben uns selbst, bis nur noch die Köpfe herausragten. Am zweiten Weihnachtstag bauten wir mal Schneemänner aus Sand. Wir hatten immer Spaß, egal, was wir taten.

Nach dem Mittagessen kaufte deine Mum uns Eis. Sie sagte, wir müssten bald nach Hause, also nutzten wir die Zeit, um den Strand hinunter zum Felstümpel zu laufen. Da lagen die ganzen guten Muscheln. Das war unser Ding. Bei unserem ersten Strandausflug hatte ich eine hübsche Muschel gefunden, die angespült worden war, und sie dir geschenkt. Du warst so begeistert davon, dass ich es zu meiner Mission machte, bei jedem Strandausflug eine für dich zu finden. Selbst damals gab es nichts, was ich nicht getan hätte, um dich lächeln zu sehen.

Ich kletterte zuerst auf die Felsen und nahm dann deine Hand. »Vorsicht, die Felsen können rutschig sein«, warnte ich dich. Ich bin mir ziemlich sicher, dass ich das jedes Mal zu dir sagte. Ich war mal auf etwas Moos ausgerutscht, als ich mit meinem Vater von den Felsen aus geangelt habe, und die scharfen Kanten hatten in meinen Arm tiefe Wunden gerissen, die genäht werden mussten. Ich wollte nicht, dass dir dasselbe passierte.

Du hast dich hingekauert und mit einem kleinen Stock in dem Tümpel herumgestochert, während ich zu der sandigen Stelle ging, um dir eine Muschel auszusuchen.

»Komm mal her und guck dir das an, Brax. Es ist so blau und so hübsch.«

Ich steckte die Muschel, die ich gerade gefunden hatte, in die Tasche und ging auf dich zu. »Nicht!«, rief ich, sobald ich sah, was du tun wolltest, aber bevor ich weitersprechen konnte, hast du deine Hand in das Wasser gestreckt und dir das hübsche blaue Ding auf die Handfläche gelegt. Es war nicht hübsch. Es war eine Portugiesische Galeere – eine Qualle.

Dein Aufschrei war schrill, als du die Qualle auf die Felsen fallen gelassen hast. Ich hatte es zuvor schon bei anderen gesehen, deswegen wusste ich, dass es dir bald wieder besser gehen würde, aber ich verabscheute den Gedanken, dass du Schmerzen haben würdest.

Ich versuchte, dich zu deiner Mum zurückzubringen, aber du warst so aufgeregt. Ich erinnere mich daran, dass ich dich hochheben wollte, aber ich bin nur zwei Schritte weit gekommen, bevor ich dich wieder absetzen musste. Ich war gerade erst zehn geworden, und es würde noch ein paar Jahre dauern, bevor ich einen Wachstumsschub bekommen würde. Stattdessen setzte ich dich also auf einem Felsen ab und rannte los, um deine Mum zu holen.

»Jemma hat sich an einer Qualle verbrannt«, brach es aus mir heraus, sobald ich bei ihr ankam. »Ich renne schnell zum Surfclub und hole einen der Rettungsschwimmer.«

»Wo ist sie?«, fragte deine Mutter panisch, ließ das Buch, das sie gerade gelesen hatte, fallen und stand auf.

»Bei den Felsen.« Ich drehte mich um und zeigte in deine Richtung.

Ich war außer Atem, als ich am Aussichtsturm ankam, aber erleichtert, als der Typ dort einen der Rettungsschwimmer anfunkte. Sobald ich wusste, dass er unterwegs war, eilte ich den Strand wieder hinunter. Aber meine Knie wurden weich, als ich nah genug kam, um zu hören, wie deine Mutter panisch schrie: »Hilfe! So helft mir doch … meine Tochter kann nicht atmen.«

Wir hatten nicht gewusst, dass du extrem allergisch auf Quallen reagierst, und du hast einen anaphylaktischen Schock erlitten.

Ich hielt deine Hand, während deine Mutter versuchte, dich zum Atmen zu bewegen. Der entsetzte Ausdruck in deinen Augen und die blaue Färbung um deine Lippen herum – diesen Anblick werde ich nie vergessen.

Es fühlte sich an, als wäre eine Ewigkeit vergangen, bis endlich Hilfe kam. Sie haben uns alle ein Stück weggeschickt, damit sie besser an dich rankamen. Ich saß auf einem Felsen ein paar Meter entfernt und vergrub den Kopf in den Händen, als sie dir eine Sauerstoffmaske aufsetzten. Noch nie hatte ich solche Angst gehabt, ich musste mich anstrengen, nicht zu weinen. Ich hatte unendlich Angst, dich zu verlieren.

Mein Körper zitterte bereits, als sie dich auf eine Trage hoben und über den Sand zum wartenden Rettungswagen brachten. Dir wurde Adrenalin verabreicht, und als wir am Krankenhaus ankamen, hatte sich deine Lage schon erheblich verbessert, aber trotzdem machte ich mir weiter Sorgen und fühlte mich verantwortlich.

Das Krankenhaus nahm dich auf und behielt dich ein paar Stunden zur Beobachtung da. Die meiste Zeit hast du geschlafen. Ich saß auf einem Stuhl in der Ecke, während deine Eltern sich über dein Bett beugten. Dein Vater war sofort zum Krankenhaus gekommen, als er die Nachricht erhalten hatte. Die Sorge auf ihren

Gesichtern, als sie dich ansahen, verursachte mir ein ganz mieses Gefühl im Magen.

Meine Eltern kamen ein paar Stunden später vorbei, um mich abzuholen, aber ich weigerte mich zu gehen. Ich brach sofort in den Armen meiner Mutter zusammen. Solange ich konnte, war ich für dich stark geblieben, aber immer, wenn meine Mutter mich umarmte, war es vorbei. Sie gab die besten Umarmungen. Nachdem ich sie angebettelt hatte, mich nicht mit nach Hause zu nehmen, durfte ich bleiben. Ich konnte dich nicht dalassen … das konnte ich einfach nicht.

Als du schließlich aufgewacht bist, hast du deine Eltern als Allererstes gefragt: »Wo ist Braxton?« Du hast keine Ahnung, wie glücklich mich das machte. Erst recht, als ich an dein Bett kam und dein Gesicht aufleuchten sah.

Zu Hause ließ deine Mutter dich das Haus erst mal nicht verlassen, also lagen wir die nächsten paar Tage nur bei dir rum, haben geredet und Fernsehen geguckt.

♥

Der fünfundzwanzigste Dezember 1998, der Weihnachtsmorgen. Ich war gerade aus dem Bett, als du wie wild an meine Haustür geklopft hast.

»Frohe Weihnachten, mein liebes Mädchen«, sagte meine Mum und umarmte dich. Sie nannte dich immer so. Ich glaube, sie sah in dir die Tochter, die sie nie hatte.

»Frohe Weihnachten, Mrs Spencer.«

Ich war so aufgeregt, dir dein Geschenk zu geben. Normalerweise tauschten wir nur selbst gebastelte Karten aus, aber in dem Jahr hatte ich dir etwas Besonderes gemacht.

In der Woche zuvor hatte deine Familie ein paar Tage bei deinen Großeltern verbracht. Ich war in der Zeit bei meinem Vater im Eisenwarenladen gewesen, wo er mir mit deinem Geschenk geholfen hatte.

»Frohe Weihnachten, Jem«, sagte ich, holte das große, eingepackte Geschenk unter dem Weihnachtsbaum hervor und reichte es dir.

»Du hast mir ein Geschenk gekauft?«

Ich strahlte, als sich deine Augen weiteten.

»Nein, ich habe es selbst gemacht«, antwortete ich stolz. Mein Blick traf kurz den meines Vaters am anderen Ende des Zimmers, und er zwinkerte mir zu. Sosehr ich dich auch in den Tagen vermisst habe, in denen du weg warst, ich habe trotzdem die Zeit mit meinem Vater genossen. Davon gab es nie genug. Er war so lieb und geduldig, und ich habe es immer sehr genossen, Zeit mit ihm zu verbringen.

Ich habe den Atem angehalten, als du das Papier abgerissen hast.

»Braxton«, flüstertest du, als du auf die Holzkiste blicktest, die ich dir gemacht hatte. Ich hatte JEMS SCHATZKISTE in den Deckel geschnitzt.

»Es ist eine Kiste, in der du deine Muscheln aufbewahren kannst.«

»Sie ist großartig«, hast du gesagt, mir die Arme um den Hals geworfen und mich fest gedrückt. »Sie gefällt mir wirklich sehr.«

Als du mich losgelassen hast, sah ich Tränen in deinen Augen. Ich war so froh, dass du mein Geschenk mochtest. Ich war so stolz darauf.

»Ich habe nur eine Karte für dich«, sagtest du.

Du sahst traurig aus, als du mir sie gabst.

»Das ist okay.« Mir war es ehrlich egal. Ich liebte die Karten, die du mir gebastelt hast. Ich habe sie immer noch. Jede einzelne.

Diese hatte einen großen, mit bunten Kugeln geschmückten Weihnachtsbaum vorne drauf. FROHE WEIHNACHTEN stand in bunten Buchstaben darunter, und der große gelbe Stern auf der Spitze hatte viel zu viele Zacken. Sterne zu malen war nicht deine Stärke, aber ich fand die Karte trotzdem wunderschön. Diese Karte wird immer eine besondere Bedeutung für mich haben, weil du in diesem Jahr etwas anderes hineingeschrieben hast.

»An meinen besten Freund Braxton,

ich liebe dich.

Von deiner besten Freundin Jemma.«

Du hast sogar mit drei Küssen unterschrieben.

Deine Worte haben jedes Geschenk, das du mir hättest geben können, bei Weitem übertroffen. »Sie ist toll, Jem. Danke.«

Du hast gelächelt, als ich das sagte.

Ich wusste schon, dass ich dich auch liebe, aber ich war nicht gut darin, meine Gefühle auszudrücken. Taten sagen mehr als Worte, hat meine Mutter immer gesagt. Es sollten noch viele Jahre vergehen, bevor du diese drei magischen Worte von mir hörtest.

Was wir hatten, ist viel zu schön, um vergessen zu werden.

Immer dein,

Braxton

Ich sitze lange da und versuche, seine Worte zu verarbeiten. Ich liebe seinen anschaulichen Erzählstil. Braxton beschreibt gerade genug Details, damit ich mir die Szene richtig gut vorstellen kann.

Als ich den Brief schließlich hinlege, nehme ich den Umschlag und suche nach dem Anhänger. Ich bin überrascht, zwei zu finden – ein kleines Herz, auf dem *Beste Freunde* steht, und eine Körbchenmuschel. Ich nehme sie beide in die Hand und lächele.

Ich bin gleichzeitig nervös und freudig gespannt, als ich das Papier von dem großen Päckchen abreiße. Ich keuche, als ich den Inhalt erblicke. Das Erste, was mir ins Auge fällt, sind die Worte *JEMS SCHATZKISTE*. Es ist die Kiste, die er mir vor all den Jahren gemacht hat. Mir steigen Tränen in die Augen, als ich die

Kiste öffne und Hunderte, vielleicht Tausende Muscheln in allen Formen, Farben und Größen darin sehe. Zusammen sehen sie genau danach aus … nach einem *Schatz*.

Ich nehme ein paar Muscheln heraus und sehe sie mir an. Erst als ich sie wieder hineinlegen will, finde ich etwas direkt unter der Oberfläche. Es ist in schlichtem weißem Papier verpackt. Als ich es auseinanderfalte, finde ich eine kleine rosa Muschel darin. Auf dem Papier steht etwas, und ich streiche es mit der Hand glatt, damit ich es besser lesen kann.

Das ist die Muschel, die ich dir an dem Tag ausgesucht habe, an dem du dich an der Qualle verbrannt hast. Ich fand sie am Abend in meiner Tasche, als ich vom Krankenhaus nach Hause kam, und hab sie all die Jahre behalten. Ich habe sie dir nie gegeben, weil es damals ein Moment für mich war, an den ich dich nicht erinnern wollte. Jetzt sehe ich es anders. Ich lerne langsam, jede Sekunde zu schätzen, weil ich nie weiß, wann sie mir wieder weggenommen werden kann. Ob gut oder schlecht, es war ein Kapitel in deinem Leben, und deswegen ist es bedeutsam. X

Er liegt falsch. Seine Worte sind genauso schön wie seine Taten.

VIERZEHN

Jemma

»Es freut mich so, dass dein Appetit wiederkommt«, sagt Christine, als sie einen Teller mit Rührei vor mich hinstellt. »Du hast immer gern gegessen.«

Ich wette, wenn Rachel hier wäre, hätte sie mich das Essen selbst machen lassen. Es ist nicht so, dass ich nicht gewillt wäre, neue Dinge auszuprobieren. Ich fühle sogar, wie mein Selbstbewusstsein wächst. Auch wenn ich noch einen weiten Weg vor mir habe, verspüre ich Hoffnung, dass ich wieder irgendeine Form von Normalität finden werde. Eines Tages würde ich gerne wieder arbeiten gehen, aber was für eine Arbeit – mal sehen. Ich bin nicht mehr sicher, ob Innendesign wirklich mein Ding ist.

Ich sehe zu Christine auf und lächele. »Danke.«

Sie legt die Hand auf meine Schulter und beugt sich herab, um mir einen sanften Kuss auf den Kopf zu geben. Es ist das erste Mal, dass sie so etwas tut, und trotzdem wirkt diese Handlung so normal.

Ich nehme etwas Rührei auf die Gabel und ziehe die Zeitung heran. Das plötzliche Klingeln des Telefons erschreckt mich. Mein Blick folgt Christine, als sie die Hände am Geschirrtuch abwischt und dann den Hörer von der Gabel an der Wand nimmt.

»Hallo«, sagt sie und sieht mich dabei an. Ich lächele kurz, bevor ich mir mehr Rührei in den Mund schaufele. »Braxton.« Schon die Erwähnung seines Namens versetzt mich in Alarmbereitschaft. Sie wird still und hört sich an, was auch immer er zu sagen hat. Ich ertappe mich bei dem Wunsch, ihn auch hören zu können. »Oh, Braxton.« Mein Magen zieht sich zusammen, als ich sehe, wie ihre Miene düster wird. »Es tut mir so leid, das zu hören. Wird er wieder gesund?« Als sie seiner Antwort lauscht, habe ich das seltsame Bedürfnis, ihr den Hörer aus der Hand zu reißen. »Lass es mich wissen, wenn ich irgendetwas für dich tun kann.« Sie hält wieder inne, und ich nehme den Teller und stehe vom Tisch auf. »Natürlich, ich hole sie.« Sie hält den Hörer vor sich. »Es ist Braxton. Er möchte mit dir sprechen.«

»Okay.« Ich stelle den Teller auf der Anrichte ab und nehme ihr das Telefon aus der Hand. »Hallo.«

»Hey, Jem. Es tut mir leid, aber ich kann dich heute nicht zur Reha bringen.«

»Oh. Okay.« Es überrascht mich, wie groß meine Enttäuschung darüber ist. Ich hatte heute so viele Fragen an ihn. »Soll ich mal schauen, ob ich den Termin auf später heute Nachmittag verschieben kann?«

»Später kann ich auch nicht. Ich habe ein Taxi organisiert, das dich bringt. Es sollte in fünfzehn Minuten da sein. Der Fahrer wird dir eine Karte geben, wenn er dich abgesetzt hat. Es ist schon bezahlt. Du musst nur Olivia an der Rezeption die Karte geben, und sie ruft ihn an, wenn du fertig bist, sodass er dich wieder nach Hause bringen kann.«

»Ist alles okay, Braxton? Du klingst … gestresst.«

Ich höre durch das Telefon, wie er seufzt. »Ich bin im Krankenhaus bei meinem Dad. Er ist heute Morgen gefallen und hat sich am Kopf verletzt.«

»Dein Dad?« Er hat seine Eltern in den Briefen erwähnt, aber abgesehen davon weiß ich nichts über sie. »Das tut mir leid. Geht es ihm denn einigermaßen?« Ich frage mich, warum ich sie noch nicht getroffen habe. Bei mir im Krankenhaus waren sie nie. Hassen sie mich? Der Gedanke gefällt mir gar nicht.

»Es geht ihm den Umständen entsprechend gut. Kommst du alleine zurecht? Ich fühle mich furchtbar, dass ich dich so im Stich lasse, aber mein Dad braucht mich. Ich bin alles, was er noch hat.«

»Ich komm schon klar, ehrlich«, sage ich, obwohl ich mir da eigentlich nicht so sicher bin. Aber ich möchte ihn beruhigen.

»Oder soll ich stattdessen deinen Vater anrufen? Ich weiß, er ist schon bei der Arbeit, aber vielleicht kann er sich ja davonschleichen.«

»Ach, Unsinn, das ist kein Problem.«

Es wird kurz still in der Leitung. »Nimmst du wenigstens das Handy mit, das ich dir gekauft habe? Hast du es aufgeladen?«

»Ja. Ich habe es noch nie benutzt, aber es ist aufgeladen. Wenn es dich beruhigt, nehme ich es mit.«

»Gut. Du weißt ja noch, wie man jemanden anruft, oder?«

»Ja.«

Zumindest glaube ich das. Es wirkte auf jeden Fall leicht, als er es mir erklärt hat.

»Ruf mich an, wenn es ein Problem gibt. Das meine ich ernst, Jem.«

»Okay.« Ich weiß jetzt schon, dass ich das nicht tun werde. Ich bin eine erwachsene Frau, und wie Rachel mir ständig predigt, muss ich mich jetzt langsam auch wieder wie eine verhalten. »Ich hoffe, dass es deinem Vater bald wieder besser geht.«

»Danke, das hoffe ich auch.«

»Bis dann.«

»Bis dann, Jem. Viel Glück heute.«

Christine nimmt mir das Telefon ab und hängt es wieder auf die Gabel. »Braxton hat es in letzter Zeit echt schwer. Er tut mir wirklich leid, und der arme John. Er war immer so ein liebenswerter Mann. Das Leben war nicht sehr gut zu ihm.«

Ich weiß, dass sie mit Braxtons schwerer Zeit auch meint, was er meinetwegen durchmacht. Sicherlich wollte sie mich damit nicht verletzen, aber trotzdem versetzt mir ihr Kommentar einen Stich.

»Ich hole mal das Handy aus meinem Zimmer. Braxton meinte, das Taxi kommt gleich.«

»Okay, Liebes. Ich räume noch den Geschirrspüler ein. Ich brauch auch nicht lang, um mich umzuziehen.«

»Warum willst du dich umziehen?«

»Dieses alte Ding behalte ich nicht zu deinem Termin an.«

»Du musst mich nicht begleiten.«

»Ich lasse dich nicht alleine gehen.«

»Braxton hat gesagt, das Taxi setzt mich ab und sammelt mich später wieder ein. Das krieg ich schon hin. Ich bin kein Kind.«

Ich fühle mich zwar nicht zu hundert Prozent wohl bei dem Gedanken, allein zu gehen, aber ein Teil von mir möchte es zumindest versuchen. Es ist der Anstoß, den ich brauche. Jetzt wird es Zeit, dass ich wieder auf eigenen Füßen stehe. Ich kann mich nicht für den Rest meines Lebens auf andere Menschen verlassen. Ich habe ihre Leben schon genug durcheinandergebracht.

♥

»Sind Sie bereit für Ihr Taxi, Mrs Spencer?«, fragt Olivia, als ich wieder in die Eingangshalle komme. »Ihr Mann hat schon zweimal angerufen. Es ist wirklich toll, wie gut er sich um sie kümmert.«

Ich lächele höflich, statt zu antworten. Ich möchte sie nicht korrigieren, meine persönlichen Angelegenheiten sind meine Sache. Immerhin ist er offiziell wirklich mein Mann. Olivia muss annehmen, dass wir noch ein Paar sind, weil er jeden Tag mit mir herkommt.

Aber sie hat recht, er ist toll. Braxton, Christine, Stephen und Rachel sind alle großartig zu mir. Obwohl ich Stephen nicht mehr gesehen habe, seit ich bei Christine eingezogen bin. Es ist offensichtlich, dass meine Eltern sich nicht sehr mögen, und es würde mich sehr interessieren, warum.

Ich schaue flüchtig zum Ausgang. Trotz meiner anfänglichen Bedenken habe ich meine Unabhängigkeit heute genossen, und ich möchte das Beste aus meiner begrenzten Freiheit machen. Es hat mich meine gesamten Überredungskünste gekostet, Christine davon zu überzeugen, zu Hause zu bleiben. Sie kann sehr beharrlich sein. Es ist nicht so, dass ich sie nicht gern dabeigehabt hätte, aber ich möchte mich selbst auch fordern. Rachel wird stolz auf mich sein, weil ich allein gegangen bin.

»Ähm … Ich glaube, ich spaziere ein bisschen durch die Stadt, wenn ich schon mal hier bin. Ist das okay?«

»Natürlich. Kommen Sie einfach zurück, wenn Sie so weit sind, dann organisiere ich Ihnen das Taxi.«

»Danke schön.«

»Gar kein Problem, Mrs Spencer. *Marcy's Boutique* hat im Moment ein paar tolle Schnäppchen im Angebot.«

Lächelnd nicke ich und werfe mir die Handtasche über die Schulter. Ich fühle eine Mischung aus freudiger Erregung und Nervosität, als ich durch die Automatiktüren nach draußen auf die Straße gehe. Meine neugierige Seite wollte die Gegend schon länger erkunden, ich weiß gar nicht, warum. Ich nehme an, jede Erfahrung ist eine Entdeckung und ein Schritt zu meinem neuen Selbst. So wie ich es sehe, habe ich zwei Möglichkeiten: Ich kann in Selbstmitleid versinken oder wieder anfangen zu leben. Ich wähle das Leben. Zwar habe ich Angst vor der Zukunft, aber ich habe zu viel durchgemacht, um einfach aufzugeben.

Ich lasse die Mittagssonne auf meine Haut scheinen. Es ist ein wunderschöner Herbsttag, und plötzlich verspüre ich Dankbarkeit, am Leben zu sein. Das allein sagt so viel aus. Vor gar nicht langer Zeit wünschte ich noch, bei dem Unfall gestorben zu sein. Die ersten Wochen waren eine dunkle Zeit für mich, aber endlich sehe ich wieder Licht.

Auf meinem Gesicht breitet sich ein Lächeln aus, als ich tief einatme und meine Lunge mit Luft fülle. Heute wäre ein perfekter Tag, um am Strand zu sitzen, aber der ist am anderen Ende der Stadt, und auch wenn mein Bein mit jedem Tag besser wird, kann ich so einen weiten Weg noch nicht gehen. Aber ich bin zuversichtlich, dass ich es irgendwann wieder kann.

Als ich auf die Hauptstraße abbiege, werde ich von der Menschenmasse geschluckt. Es dauert nicht lang, bis die Menge an Gesichtern, die auf mich zurast, mein Blut in Wallung bringt und ich mir immer wieder gut zureden muss, um nicht in Panik auszubrechen. Ich muss es einfach schaffen.

Ich gehe noch mal zehn Meter oder so, bevor es mir fast zu viel wird. Was, wenn ich an jemandem vorbeikomme, den ich kennen sollte, aber jetzt nicht erkenne? Was, wenn derjenige mich anspricht? Was soll ich dann sagen? Tausend Fragen schwirren mir im Kopf umher. Ich dachte, ich wäre bereit, das hier mit aller Kraft anzugehen, aber offenbar bin ich es nicht.

Schnell quetsche ich mich durch die Menschenmenge, bis es etwas leerer wird. Ich lehne mich an eine Wand und atme ein paarmal tief durch. Es war dumm von mir zu denken, ich könnte mich kopfüber hineinstürzen. Ich brauche einen Schlachtplan.

In meiner Tasche krame ich nach dem Handy. Ich schalte es an und starre auf den Bildschirm, während es hochfährt. Dann sehe ich, dass es zwölf Uhr siebzehn ist. Wie auf Kommando knurrt mein Magen. Die Hydrotherapie regt meinen Appetit an, und normalerweise hat Christine Sandwiches fertig, wenn ich von der

Physio wiederkomme. Seit ich Braxtons Brief gelesen habe, esse ich mein Sandwich am liebsten mit Schinken, Käse und Gurke.

Mein Blick wandert nach links zu den Läden vor mir. Ich sehe die Außenterrasse eines Restaurants weiter unten an der Straße und setze mich in Bewegung. Christine hat mir einen Fünfzigdollarschein in die Tasche gesteckt, bevor ich das Haus verlassen habe. *Falls mal was ist*, hat sie gesagt.

Genau wie Braxton ist sie sehr gut zu mir. Ich erinnere mich zwar nicht an mein Leben mit ihnen, aber ich weiß es zu schätzen, wie sie sich um mich kümmern. Mir ist klar, wie froh ich sein kann, dass ich sie habe. Ich will mir gar nicht ausmalen, wo ich ohne ihre Unterstützung jetzt wäre.

Als ich am Restaurant ankomme, lese ich das Neonschild über dem Eingang: *Callaghan's Burger and Grill*. Ich weiß nicht mehr, wie ein Burger schmeckt oder ob ich ihn mag, aber der köstliche Geruch, der aus dem Gebäude kommt, lässt meinen Magen schon wieder knurren.

Deswegen entscheide ich mich hineinzugehen. Heute ist mein Entdeckertag, also werde ich einen Burger probieren und einfach selbst herausfinden, ob ich ihn mag.

Drinnen lasse ich meinen Blick über die Einrichtung schweifen. Das Restaurant ist nicht besonders schick, wirkt aber sauber. Die hellgrünen Wände ziehen meine Aufmerksamkeit als Erstes auf sich. Es ist nicht die schönste Farbe, aber durch die großen, strategisch positionierten Schwarz-Weiß-Drucke und die schwarzen Holztische und -stühle stimmt das Gesamtbild.

Wieder überfällt mich die Unsicherheit, als ich mich im Restaurant umschaue und überlege, was ich als Nächstes tun soll. Einige Leute sitzen schon, aber eine Frau und ein junges Paar stehen auch vor einem Verkaufstresen. Erleichterung durchströmt mich, als ich ein Schild sehe, auf dem steht: *Bitte bestellen und zahlen Sie hier, bevor Sie Platz nehmen.*

Ich stelle mich hinter das Paar, das gerade bestellt. Die Menütafel erstreckt sich über die ganze Wand hinter dem Tresen, und die riesige Auswahl erschlägt mich. Ich bin so damit beschäftigt, mich zu entscheiden, dass ich nicht bemerke, wie das Paar bezahlt und sich an einen der Tische setzt.

»Nächster«, sagt die männliche Bedienung in schroffem Tonfall. Unsere Blicke treffen sich kurz, als ich mich an den Tresen stelle, und überrascht bemerke ich den Unmut in seinen Augen. Als ich mich wieder auf das Menü konzentriere, fühle ich die Panik von vorher wieder aufsteigen, und verzweifelt versuche ich, eine Entscheidung zu fällen. Als er sich ungeduldig räuspert, schaue ich ihn wieder an.

»Ähm …«

»Kommen Sie schon, ich hab nicht den ganzen Tag Zeit.«

»Kann ich … ähm … einen …« Ich verstumme wieder.

»Können Sie … ähm … *was?*«, äfft er mich nach. Seine grobe Art trifft mich, und ich merke, wie mir Tränen in die Augen steigen. Ich will ihm gerade sagen, dass ich meine Meinung geändert habe, als ein älterer Herr auf uns zukommt. Sein freundliches Lächeln beruhigt mich etwas.

»Gibt es ein Problem, Mr Wilson?« Als ich den Namen höre, regt sich etwas in mir, und ich starre den Mann vor mir an.

»Nein, kein Problem«, antwortet die Bedienung lächelnd. Es muss sich um seinen Boss handeln, denn seine unfreundliche Haltung verschwindet sofort.

Der ältere Herr nickt zustimmend und lächelt mich noch einmal an, bevor er wieder geht. Ich möchte rufen, dass es sehr wohl ein Problem gibt und dass sein Angestellter ein Vollidiot ist, aber das tue ich nicht. Stattdessen konzentriere ich mich wieder auf Mr Wilson. Wieso kommt mir der Name so bekannt vor? Und dann weiß ich es. Larry Wilson, *der Plünderer*. Das kann doch nicht sein. Ich schaue mir das Namensschild auf seinem T-Shirt an und erstarre, als ich den Namen LARRY in schwarzen Großbuchstaben darauf gedruckt sehe.

Mit den Augen suche ich sein Gesicht ab, während meine Gedanken rasen. Wie viele Larry Wilsons, die zwischen zwanzig und dreißig Jahre alt und ziemlich unverschämt sind, wird es hier geben? Er ist groß, genau wie Braxton geschrieben hat, und ungefähr in meinem Alter. *Das muss er sein.* Der Gedanke bringt meinen Puls zum Rasen. Ich erkenne nichts an ihm wieder, als ich mir sein molliges Gesicht ansehe. Die zurückgehenden Haare lassen das Gesicht nur noch runder aussehen.

Er öffnet den Mund, um etwas zu sagen, und mir fällt auf, dass seine Zähne braun sind und verfault aussehen. Dieser Typ punktet nicht mit seinem Aussehen, und seine Persönlichkeit lässt ebenfalls zu wünschen übrig.

Braxtons Geschichte verleiht mir den Mut, mich nah zu Larry hinüberzulehnen. Es mag zwanzig Jahre zu spät dafür sein, aber ich nehme an, ich habe nie Rache genommen für das, was er mir angetan hat, und den Ärger, den er Braxton verursacht hat. Jetzt sehe ich mich fast genötigt, ihn in seine Schranken zu weisen.

Ich hebe die Hand an meinen Mund und fahre mit der Fingerspitze über meine Schneidezähne. »Sie haben da Dreck zwischen den Zähnen«, flüstere ich und bemühe mich, dabei ernst zu bleiben. Seine Augen werden schmal, als er mich angestrengt anschaut, offensichtlich verwirrt. »Genau da.« Wieder streiche ich mir mit dem Finger über die Zähne. »Dreck … zwischen den Zähnen.«

Seine Augen weiten sich, und sein Gesicht nimmt eine hellrote Farbe an. »Das ist kein Dreck«, blafft er.

Ich unterdrücke mein Lächeln nicht mehr. Es ist schon lustig: Vor ein paar Minuten hätte ich fast geweint, und jetzt habe ich Schwierigkeiten, mir das Lachen zu verkneifen. Ohne Braxtons Brief hätte ich die Bedeutung dieses Augenblicks nicht zu schätzen gewusst. Worte können nicht ausdrücken, wie dankbar ich dafür bin oder wie befriedigend sich dieser Moment anfühlt.

»Verrückte Schlampe«, murmelt er leise, als ich mich umdrehe und zum Ausgang marschiere. Sein fieser Kommentar geht mir nicht unter die Haut, obwohl dieses Wort – *verrückt* – meinem jetzigen Zustand ziemlich nahekommt.

Stattdessen fühle ich mich fast *erleuchtet* und bin extrem stolz auf mich. Es ist eindeutig, dass der Hass, den Larry Wilson als Kind mit sich herumgeschleppt hat, ihn ins Erwachsenenalter verfolgt hat. Es ist traurig, aber irgendwie ist das wie ein lauter Weckruf für mich. Das bekräftigt noch einmal alles, was ich in letzter Zeit gefühlt habe. Ich muss die Wut und die Feindseligkeit, die ich mit mir herumgeschleppt habe, loslassen. Ich möchte nicht, dass sie mich zerstören.

Ich habe vielleicht meine Vergangenheit verloren, aber das heißt nicht, dass ich nicht eine wundervolle Zukunft vor mir habe. Ich habe die Macht, mich nicht nur selbst neu zu erfinden, sondern mein eigenes Ende zu schreiben.

FÜNFZEHN

Braxton

»Mein Sohn«, sagt mein Vater, als er die Augen öffnet und mich neben dem Bett sitzen sieht. So beschissen ich mich auch gerade fühle, diese zwei Worte bringen mich trotzdem zum Lächeln. Er erinnert sich an mich. Diese Momente dauern zwar manchmal nur ein paar Minuten, trotzdem koste ich sie aus. Sie werden mit der Zeit immer seltener, was mich trauriger macht, als ich mir selbst eingestehen will, vor allem seit der Sache mit Jem.

»Hi, Papa. Wie fühlst du dich?«

»Ein bisschen wund.«

Als er versucht, sich aufzusetzen, stehe ich schnell auf und helfe ihm. Die hässliche Prellung auf seiner Stirn ist im Laufe des Tages dunkler geworden, und die Schwellung muss erst noch zurückgehen.

»Das glaube ich dir«, sage ich und glätte sein Kissen. »Du bist gefallen und hast dich am Kopf verletzt.«

»Wirklich?« Der verwirrte Ausdruck, wenn er sich nicht an das erinnert, was ich ihm erzähle, versetzt mir jedes Mal einen Stich.

»Ja. Die Ärzte haben vorher ein paar Tests gemacht, und abgesehen von ein paar Nähten und Prellungen ist alles in Ordnung.«

»Ich habe Nähte?« Er hebt seine zitternde Hand und streicht sich über den bandagierten Kopf.

»Nur ein paar.«

Auf meiner Armbanduhr sehe ich, dass es erst kurz nach vier ist. Die letzten Schmerzmittel hat er am Vormittag bekommen. »Ich hole mal die Schwester, damit sie dir was gegen die Schmerzen gibt.«

Die Röntgenaufnahmen haben zu meiner großen Erleichterung gezeigt, dass sein Schädel nicht gebrochen ist. Er hat allerdings eine fiese Gehirnerschütterung sowie eine große Beule und eine Wunde, die mit sechs Stichen genäht werden musste. Das Personal im Pflegeheim hat mir gesagt, dass er im Speisesaal gestolpert sei und sich beim Fallen den Kopf an der Tischkante gestoßen habe. Ich fühle mich schuldig, weil ich nicht da war, weiß aber auch, dass ich nichts hätte tun können.

»Du bist ein guter Junge«, sagt er und tätschelt mir die Hand. »Das warst du schon immer.«

Lächelnd gehe ich zur Schwesternstation. Ich würde alles geben, damit er wieder so ist wie früher, aber genau wie Jemma nehme ich auch ihn so, wie er ist. Er ist hier, und dafür bin ich dankbar.

In den ersten Jahren nach dem Tod meiner Mutter war es hart für uns. Ich war erst elf, als sie gestorben ist, und habe versucht, so viel wie möglich für meinen Dad da zu sein. Ihn so gebrochen zu sehen hat meine Schuldgefühle noch verstärkt. Wir haben nie darüber geredet, was passiert ist, aber ein Teil von mir wünscht sich, dass wir es getan hätten. Er hat mir meine Handlungen in jener Nacht nie vorgeworfen, aber oft habe ich mir gewünscht, dass er mir vergibt. Ich weiß, dass es jetzt nicht mehr passieren wird, also bleibt mir jetzt nur ein ewiges Reuegefühl.

Es ist ungefähr sechs Uhr, als ich das Krankenhaus verlasse. Ich bin noch geblieben, um sicherzugehen, dass mein Vater etwas von seinem Abendessen isst, aber jetzt, da er schläft, habe ich mich leise hinausgeschlichen.

Ich werde die Nacht im Krankenhaus verbringen. Die Ironie bleibt mir nicht verborgen. Erst vor ein paar kurzen Monaten habe ich dasselbe für Jem getan.

Erst muss ich aber nach Hause, um zu duschen und mich umzuziehen. Aber noch wichtiger: Ich muss bei Jemma vorbeischauen. Obwohl Christine mir auf meinen Wunsch hin sofort Bescheid gesagt hat, als Jem sicher von der Reha wiedergekommen ist, möchte ich sie selbst sehen. Ich fühle mich, als hätte ich sie im Stich gelassen, weil ich heute nicht mit ihr gehen konnte.

»Hey, Kumpel«, sage ich, als ich eine Schüssel mit frischem Wasser in Samsons Käfig stelle. »Tut mir leid, dass ich in letzter Zeit so selten da bin.« Er hüpft auf seiner Stange auf und ab und knabbert an meiner Fingerspitze. In den letzten Wochen hat er kaum ein Wort gesprochen, und ich bin mir sicher, es liegt daran, dass er Jemma vermisst. Sie wurde sein Rettungsanker, als mein Vater ihn abgeben musste. »Ich gehe jetzt *meine Hübsche* besuchen.« Als wir ihn bekommen haben, habe ich ihm beigebracht, sie so zu nennen.

»Meine Hübsche«, wiederholt er und hüpft dabei auf und ab. Allein ihren Namen zu hören muntert ihn schon auf. Wir wissen beide, dass dieses Haus ohne sie nicht dasselbe ist.

♥

Als ich die Stufen zu Christines Haus hochgehe, zieht sich mein Magen vor Nervosität und auch vor Freude zusammen. Ich bin mir nie sicher, wie ich empfangen werde, wenn ich an die Haustür klopfe.

»Ich geh schon«, ruft Jemma von drinnen. Es beruhigt mich immer, ihre Stimme zu hören. Ihre Augen leuchten auf, als sie die Haustür öffnet und mich auf der Veranda stehen sieht, und das bewirkt wiederum, dass ich wie ein Idiot grinse. Diese Reaktion habe ich schon länger nicht bei ihr gesehen. »Braxton.«

»Hey. Ich bin auf dem Weg zurück ins Krankenhaus, aber ich wollte mal nachsehen, ob bei dir alles okay ist.«

»Wie geht's deinem Dad?«

»Ganz gut so weit.«

»Das freut mich«, sagt sie. »Kommst du noch rein?«

»Ich kann zwar nicht lange bleiben, aber wenn du möchtest, gerne.« Ich werde sicher keine Gelegenheit auslassen, Zeit mit ihr zu verbringen.

»Natürlich möchte ich, dass du reinkommst, Dummerchen.«

Atemlos beobachte ich, wie sie verspielt zu lächeln beginnt. Dieses Lächeln hat mich schon immer schwach gemacht.

»Tut mir leid, dass ich heute Morgen nicht mit zu deinem Termin konnte. Wie war's?«

»Das muss es nicht. Es hat mir gutgetan, mal auf meinen eigenen Beinen zu stehen. Ich hatte einen spannenden Tag.« Sie wirft mir noch einen kurzen Blick über die Schulter zu, während sie durch den Flur in Richtung Küche vorangeht.

»Morgen kann ich dich wieder fahren.«

»Oh.« Sie bleibt stehen und dreht sich zu mir um.

»Was denn?«, frage ich, als sie die Stirn runzelt. »Möchtest du das nicht?« Das Glücksgefühl verschwindet schnell wieder.

»Es ist nur, dass Stephen vorhin angerufen hat und wir ausgemacht haben, dass er mich fährt. Ich habe ihn nicht mehr gesehen, seit ich aus der Reha entlassen wurde.«

»Okay, klar. Ich bin froh, dass du ein bisschen Zeit mit deinem Dad verbringen kannst.« Ich zwinge mich zu einem Lächeln und versuche meine Enttäuschung zu verbergen. Sie zur

Reha zu bringen war meine einzige sichere Möglichkeit, sie zu sehen.

»Er bringt mich nur hin. Wenn du möchtest, kannst du mich ja abholen?«

Und so einfach kommt meine Euphorie wieder. Ich bin mir nicht sicher, was diese Veränderung in ihr bewirkt hat, aber mir gefällt's.

»Gerne.«

»Super.«

»Schau mal, wer hier ist«, sagt sie zu Christine, als wir in die Küche kommen, und ihre Tonlage lässt mein Herz tanzen. *Sie ist wirklich froh, dass ich hier bin.* »Setz dich, ich mach dir Kaffee. Du magst doch Kaffee, oder? Sonst kann ich auch Tee kochen.«

»Kaffee ist gut«, sage ich schmunzelnd.

Ich schaue Christine an, als sie zu mir kommt. Sie zwinkert, als sich meine Augen erstaunt weiten. »Sie ist schon den ganzen Nachmittag so«, flüstert sie, als ich mich leicht zu ihr hinabbeuge und ihr einen Kuss auf die Wange gebe. Ich weiß zwar nicht, was in den letzten vierundzwanzig Stunden passiert ist, aber ich kann mich sicherlich nicht darüber beklagen. Da scheint meine alte Jem durch. »Wie geht's deinem Vater?«

»Okay.«

Christine sieht mich kurz an und lächelt sanft. Sie versteht, dass ich gerade nicht darüber sprechen möchte. »Lass es mich wissen, wenn ich irgendetwas tun kann.«

»Danke«, sage ich.

Christine ist so etwas wie eine Mutter für mich. Nachdem meine Mutter gestorben ist, hat sie sich wirklich gut um mich gekümmert. Sie war *immer* für mich da, und dafür liebe ich sie sehr.

Ich setze mich an den Küchentisch, an dem ich im Laufe der Jahre schon tausendmal gesessen habe. »Oh mein Gott, du glaubst nie, wem ich heute über den Weg gelaufen bin!«, sagt

Jemma aufgeregt und stellt den Kaffee vor mir ab, bevor sie sich neben mich setzt. Ich mag meinen Kaffee lieber schwarz, aber ich werde mich garantiert nicht über die Milch beschweren, die sie dazugegeben hat.

Kurzzeitig bin ich fassungslos über die Begeisterung in ihrer Stimme. Das hier ist meine Jem, die unbekümmerte, gesprächige, lebensfrohe Frau, in die ich mich vor all den Jahren hoffnungslos verliebt habe. Ihr Anblick reicht schon aus, um mein Herz zum Rasen zu bringen. Momente wie dieser geben mir den Glauben daran, dass die richtige Jem noch irgendwo da drin ist.

»Wen?«

»Den Plünderer«, sagt sie lachend. »Larry Wilson.«

»Nein!« Ich lehne mich vor. »Wo?«

»Er arbeitet in diesem Burgerladen in der Stadt. Callaghan's. Er hat sich nicht groß verändert. Er ist immer noch so unverschämt wie eh und je.«

Ich starre sie an. »Du erinnerst dich an ihn?«

»Nur aus deinen Briefen«, antwortet sie. »Er ist immer noch fett und wird langsam kahl.«

»Jemma«, tadelt Christine. Sie sieht ihre Mutter nur kurz an, bevor sie ihre Aufmerksamkeit wieder auf mich richtet.

»Ich weiß nicht mehr, wie seine Zähne aussahen, als er noch in der Schule war, aber jetzt sind sie alle verrottet. An den Zähnen hat er überall dunkelbraune Stellen.« Sie lehnt sich vor und kommt mir dabei näher. »Du glaubst mir nie, was ich zu ihm gesagt habe.«

Ich lächele erneut, als sie die Hand über den Mund legt, um ihr Lachen zu dämpfen.

»Was denn?« Ich trinke einen Schluck von meinem Milchkaffee und versuche, meine eigene Belustigung zu verbergen.

»Ich habe ihm gesagt, er habe Dreck zwischen den Zähnen«, flüstert sie.

Ich lege den Kopf in den Nacken und lache lauthals los. Das habe ich schon sehr lange nicht mehr getan. Es fühlt sich gut an.

♥

»Wie geht's deinem Dad?«, fragt Jemma, als ich ihr ins Auto helfe.

»Heute schon etwas besser. Es geht ihm gut genug, dass die Ärzte darüber sprechen, ihn morgen zu entlassen.«

Die Nacht habe ich an seinem Bett verbracht, und es war wie ein schreckliches Déjà-vu. Es ist ja noch nicht lang her, dass ich genau so an Jems Bett gesessen habe. Das hat mir ganz schön zugesetzt … meine Welt rinnt mir durch die Finger, und ich kann nichts dagegen tun.

»Wie kommt es, dass ich deine Eltern noch nicht getroffen habe?«, fragt sie, als ich auch im Auto sitze. »Wann sind sie weggezogen?«

»Das Haus wurde vor ein paar Jahren verkauft.«

»Oh.«

Ich hoffe, dass ihre Neugier erst einmal gestillt ist, weil ich müde bin und ziemlich erschöpft von allem, was zurzeit passiert. Es kann nichts Gutes dabei rumkommen, dieses Thema auszukramen.

»Wo sind sie hingezogen?«, fragt sie unschuldig. »Ist es weit weg?«

Ich atme langsam aus und fahre vom Parkplatz des Rehazentrums. Sieht so aus, als müssten wir es doch auskramen. »Meine Mum ist gestorben, als ich elf war.«

Ich halte den Blick auf die Straße vor mir gerichtet, setze den Blinker und biege ab. In Zeiten wie diesen bräuchte ich meine alte Jem am dringendsten. Sie hat immer genau die richtigen Dinge gesagt, um mich zu trösten. Mit ihr an meiner Seite habe ich mich nie allein gefühlt, weil wir alles zusammen durchgestanden haben.

»Oh Braxton«, sagt sie und legt mir kurz die Hand auf den Oberschenkel. »Das tut mir sehr leid.«

»Danke.«

Ich lehne mich vor und drehe die Lautstärke am Radio auf. Sie versteht den Hinweis, denn sie wird leise, aber ich spüre ihren Blick auf mir, während wir weiterfahren.

Erst als wir uns Christines Haus nähern, spricht Jemma wieder. »Was weißt du über meine Zeit auf dem Land? Bin ich jemals wieder dorthin zurückgekehrt?«

Ich drehe das Radio wieder leiser, erleichtert und erpicht darauf, wieder mit ihr ins Gespräch zu kommen. »Ja, du bist oft dorthin gefahren. Deine Großeltern lebten in demselben Ort, bis sie gestorben sind. Dein Großvater war Farmer. Sie besaßen eine Apfelplantage.«

»Meine Großeltern sind gestorben?«, fragt sie schockiert.

»Ja.«

Plötzlich fällt mir auf, wohin diese Unterhaltung führen könnte. Es war so eine düstere Zeit in all unseren Leben. Ihre Großeltern waren tolle Menschen und spielten eine große Rolle in unserem Leben, während wir aufwuchsen. Ihr plötzlicher Tod war ein Schock für uns. Ein Teil von mir ist froh, dass Jemma sich nicht daran erinnert. Sie hat es schwer getroffen, als ihre Großeltern gestorben sind, aber nicht so schwer wie Christine. Es war ein Wendepunkt für sie, der einen riesigen Dominoeffekt auf ihr Leben hatte. Danach war es nie wieder so wie vorher.

SECHZEHN

Jemma

Mir raucht der Kopf, als ich aus Braxtons Auto steige. Die Fragen, die ich gestellt habe, haben nur noch mehr Fragen aufgeworfen. Normalerweise ist er derjenige, der die Unterhaltung anstößt, aber heute nicht.

Nun, ich hoffe, da steckt nichts anderes dahinter. Als er gestern gefahren ist, war die Stimmung zwischen uns gut, aber heute war er definitiv anders.

Ich fühle mich irgendwie leer, als ich in die Küche komme. Vielleicht kann Christine ein paar der Fragen beantworten, die ich habe. Was ist mit seiner Mum passiert? Und was ist mit meinen Großeltern?

»Ich bin wieder da«, sage ich, als ich sie vorm Kühlschrank entdecke, aus dem sie gerade etwas herausholt.

Sie richtet sich auf, und in dem Moment, in dem sie sich zu mir umdreht, kann ich schon sehen, dass auch mit ihr etwas nicht stimmt. Das Lächeln, mit dem sie mich sonst begrüßt, ist verschwunden.

»Ich wusste nicht, dass dein Vater dich heute zu deinem Termin fährt.«

Ich bin verwirrt, ist das ein Problem? »Er hat mich gestern angerufen«, fange ich an, halte dann jedoch inne, als ich das Stirnrunzeln bemerke, das sich bei ihr vertieft. »Ich … ähm … habe erwähnt, dass ich ein Taxi genommen habe, und da hat er angeboten, mich heute zu fahren.«

»Hm«, schnaubt sie. »Nun, ich würde es begrüßen, wenn du ihn zukünftig nicht in dieses Haus einlädst. Er ist hier nicht willkommen.«

Ich bin erstaunt über ihre giftige Antwort. Es ist offensichtlich, dass sie Probleme hatten, sie sind ja nicht mehr zusammen, aber ich weiß nicht warum. Stephen wirkt wie ein wunderbarer Mann. Ich mag ihn wirklich gern. Er ist liebenswürdig und nett, auch wenn er etwas traurig wirkte, als er heute Morgen gefragt hat, wie es Christine gehe.

»Okay.« Seit ich hier lebe, habe ich schon ein paar Stimmungsschwankungen bei ihr miterlebt, aber das ist das erste Mal, dass sie wütend auf mich ist. Gestern war ein guter Tag, ich habe mich seit dem Erwachen aus dem Koma nicht so gut gefühlt, aber jetzt fühle ich mich geradezu beschissen.

Normalerweise essen wir mittags zusammen, aber plötzlich habe ich den Appetit verloren. »Ich bin in meinem Zimmer, falls du mich brauchst«, sage ich und gehe zur Treppe. Ich wünschte, ich wüsste, warum sie so eine Abneigung gegen Stephen hat, aber andererseits ist es vielleicht auch besser, wenn ich es nicht weiß.

♥

Den restlichen Tag bleibe ich in meinem Zimmer. Mein Kopf pocht, und ich liege auf dem Bett und starre die Decke an. Ich denke, es ist eine Mischung aus Stress und Hunger, aber ich finde einfach nicht den Mut, nach unten zu gehen und etwas zu essen zu holen. Die Vernunft sagt mir, dass ich nicht für immer hier oben bleiben kann, früher oder später muss ich etwas essen. Ich hoffe einfach, dass Christine sich bis dahin beruhigt hat.

Als es an der Tür klopft, werde ich aus meinen Gedanken gerissen. »Jemma, ich bin's.« Ihr Ton ist sanfter als zuvor. »Kann ich reinkommen?«

»Ja«, antworte ich und setze mich langsam auf. Ein Teil von mir fühlt sich schlecht, weil ich einfach so weggelaufen bin. Es steckt ganz offensichtlich mehr dahinter, als ich weiß, aber ich muss den Mut erst noch finden, sie danach zu fragen.

Sie öffnet meine Zimmertür, und erleichtert entdecke ich ein Lächeln auf ihren Lippen. »Ich dachte, du wärst vielleicht hungrig, weil du nicht zu Mittag gegessen hast. Tut mir leid wegen vorhin.« Sie kommt ans Bett und reicht mir einen Teller mit einem Sandwich. »Zwischen deinem Vater und mir ist viel vorgefallen.« Ich rücke ein Stück zur Seite, als sie sich neben mich setzt. »Ich hätte nicht wütend auf dich sein dürfen. Ich weiß ja, dass du dich an nichts davon erinnerst.«

»Schon okay«, sage ich und lege die Hand auf ihr Bein. »Entschuldige. Ich hätte ihn nicht hergebracht, wenn ich gewusst hätte, dass dich das wütend macht. Was ist zwischen euch passiert? Ihr habt euch ja offenbar mal geliebt.«

Ihr ganzer Körper sackt bei meiner Frage zusammen, und Traurigkeit macht sich in mir breit. »Dein Vater war die Liebe meines Lebens … und ich dachte, umgekehrt wäre es ebenso.«

»Was hat sich geändert?«, frage ich vorsichtig.

»Er hat mir das Herz gebrochen.« Ich sehe Tränen in ihren Augen, bevor sie das Gesicht von mir wegdreht.

»Es tut mir leid, dass er dir wehgetan hat.«

Ich habe so viel mehr Fragen, habe aber das Gefühl, dass jetzt nicht der richtige Zeitpunkt ist, sie zu stellen.

»Iss dein Sandwich«, sagt sie und steht vom Bett auf. »Du musst am Verhungern sein.« In der Tür hält sie noch einmal an. »Oh, das hätte ich jetzt fast vergessen. Der hier ist gerade für dich angekommen.«

Ich muss lächeln, als sie einen Brief aus der Hosentasche holt.

Liebste Jemma,
der erste Teil dieses Briefs ist vielmehr ein Geständnis als eine Erinnerung. Über das hier habe ich noch nie gesprochen, nicht einmal mit dir. Es ist eine Bürde, die ich seit fast fünfzehn Jahren mit mir herumtrage, und vielleicht ist es an der Zeit, Farbe zu bekennen.

Der achtzehnte Juli 2000. Ich erinnere mich nicht mehr an viel von diesem Tag, nur, dass es meiner Mum nicht gut ging. Als sie mich an diesem Abend ins Bett brachte, beugte sie sich über mich und küsste mich.

»Träum süß«, flüsterte sie und strich mir mit der Hand über die Stirn. Das sagte sie jede Nacht zu mir.

»Nacht, Mama«, antwortete ich. »Ich hab dich lieb.«

»Ich dich auch, mein lieber Junge.«

Sie lächelte kurz, aber dann verzog sich ihr Gesicht, als hätte sie Schmerzen. Als sie die Hand auf den Unterbauch legte, setzte ich mich schnell auf.

»Was ist los?«, fragte ich. »Alles in Ordnung?«

»Nur etwas Schmerzen«, antwortete sie und winkte ab. »Mir geht's gut, mein Schatz.«

Ihre Worte reichten, um mich zu beruhigen, und schnell glitt ich in den Schlaf. Kurz nach Mitternacht kam mein Vater in mein Zimmer, um mich zu wecken.

»Braxton«, sagte er. »Du musst aufstehen, Junge.« Ich war so müde und verschlafen, ich stöhnte nur und drehte mich auf die andere Seite. »Braxton«, wiederholte er, diesmal strenger. »Deiner Mutter geht es nicht gut. Ich bringe sie ins Krankenhaus.«

»Ich möchte nicht aufstehen«, jammerte ich. »Ich bin müde.«

»Bitte, Junge. Deine Mutter hat schlimme Schmerzen.« Mein Vater war schon immer ein sehr geduldiger Mann und hat sehr

selten mir gegenüber die Beherrschung verloren. »Wenn du nicht mit ins Krankenhaus willst, kann ich die Robinsons anrufen und fragen, ob sie auf dich aufpassen, bis wir wiederkommen. Komm runter, wenn du angezogen bist.«

Er ging aus dem Zimmer, und ich tat etwas unglaublich Selbstsüchtiges: Ich schlief wieder ein. Ich bin nicht sicher, wie viel Zeit verging, aber diesmal schrie mein Vater. »Braxton, steh sofort auf!« Er riss die Decke weg und zog mich am Arm. »Ich habe dir doch gesagt, dass du aufstehen und dich anziehen sollst. Deine arme Mutter hat schreckliche Schmerzen.«

Dieses Mal zögerte ich nicht. Am Ton meines Vaters merkte ich, dass er sich große Sorgen um meine Mutter machte.

Als ich runterkam, krümmte sie sich vor Schmerzen. Sie stöhnte laut, und da setzte die Panik bei mir ein. So hatte ich sie noch nie gesehen.

»Mama!«, schrie ich und rannte zu ihr an die Haustür. »Ist alles okay?«

»Das geht gleich wieder, Kleiner«, antwortete sie atemlos und lächelte gezwungen. Aber der ängstliche Ausdruck in ihren Augen zeigte mir, dass es nicht so schnell wieder gehen würde. Es war mitten im Winter, aber ihre blonden Locken klebten an der verschwitzten Stirn.

»Komm, Grace«, sagte mein Vater sanft und legte den Arm um sie. »Ich helf dir ins Auto.« Sie kam nur bis zur ersten Stufe, bis ein furchterregendes Stöhnen aus ihrem Mund brach. »Oh, lieber Gott«, murmelte mein Vater, hob sie in die Arme und stürmte zum Auto. »Klingel nebenan, mein Junge, die Robinsons erwarten dich. Sie kümmern sich um dich, bis wir wieder zu Hause sind.«

Während mein Vater das sagte, ging das Verandalicht bei euch an. Dein Vater kam aus dem Haus, einen gestreiften Morgenmantel über den Schlafanzug gezogen, doch ich stand nur da, vor Angst wie gelähmt.

An die nächsten Minuten erinnere ich mich nur verschwommen.

»Ich liebe dich, Mama!«, rief ich, während mein Vater sie ins Auto bugsierte.

»Es wird alles wieder gut«, sagte dein Vater neben mir und legte mir die Hand auf die Schulter. Ich erschrak, weil mir nicht bewusst gewesen war, dass er neben mir stand. Mein Blick war auf das Auto fixiert. Mein Vater fuhr mit quietschenden Reifen aus der Einfahrt und raste die Straße hinab. Ich erinnere mich noch daran, dass ich mit den Tränen kämpfte, als dein Vater mich in euer Haus führte. »Christine macht dir gerade ein Bett auf dem Sofa fertig.«

Ich konnte nicht wieder einschlafen, weil ich mir zu viele Sorgen um meine Mum machte. Stattdessen starrte ich die Uhrenanzeige auf dem Videorecorder an, bis es 3:56 Uhr war. Dann hörte ich das Auto meines Vaters in die Einfahrt fahren. Auch wenn ich auf seine Rückkehr gewartet hatte, war mir ganz schlecht. Es war, als ob ein Teil von mir wusste, dass mein Leben sich ab diesem Zeitpunkt für immer verändern würde.

Als er an eure Haustür klopfte, ging kurze Zeit später das Flurlicht an, und ich lag nur da, zu verängstigt, um mich zu bewegen. Ich sah, wie dein Vater die Arme in seinen Morgenmantel steckte, als er in den Flur lief, und deine Mutter folgte ihm.

»Wie geht es Grace?«, fragte sie, als sie meinen Dad hereinließen. Von dem Sofa aus konnte ich sie alle sehen, und das leere Starren in seinem Gesicht ist ein Anblick, den ich nie vergessen werde.

Er schüttelte den Kopf, bevor er sprach, und ich beobachtete, wie die Hand deiner Mutter an ihren Mund flog. »Ihr Blinddarm ist durchgebrochen, bevor wir am Krankenhaus ankamen. Sie haben sie sofort operiert, aber sie hat es nicht geschafft … sie ist auf dem OP-Tisch gestorben.«

Ich hörte deine Mutter nach Luft ringen, dann fiel mein Vater auf die Knie. Tränen liefen mir still die Wangen hinunter, während er sein Gesicht mit den Händen bedeckte und schluchzte. Es war das erste und einzige Mal, dass ich ihn schluchzen hörte.

Das ist der Grund, weshalb ich heute das Radio lauter gedreht habe. Es ist eine Zeit in meinem Leben, die zu schmerzhaft ist, um daran zu denken. Wenn ich nur aus dem Bett gekommen wäre, als mein Vater mich das erste Mal gefragt hat, hätten wir es vielleicht noch rechtzeitig ins Krankenhaus geschafft, und dann wäre sie vielleicht heute noch am Leben.

Bis heute schmerzt es mich, an sie zu denken. Ich vermisse sie so sehr. Sie war erst dreiunddreißig; viel zu jung und schön, um zu sterben.

Der Brief ist noch zwei Seiten länger, aber ich muss ihn erst mal weglegen. Durch meinen Tränenschleier hindurch kann ich die Worte nicht mehr erkennen. Mein Herz bricht bei dem Gedanken an den kleinen Jungen, der er mal war, und an das, was seine Familie durchmachen musste. Es macht mich unglaublich traurig, dass er die Schuldgefühle all diese Jahre mit sich herumgetragen hat. Ich beuge mich vor und zupfe zwei Taschentücher aus der Box auf dem Nachttisch.

Dann wische ich mir über die Augen und gehe zum Schreibtisch unter dem Fenster. Mit den Fingern umfasse ich die Stuhllehne, während ich das Haus nebenan anstarre; das Haus, in dem er und seine Familie gelebt haben. Dabei denke ich über seinen Vater nach und frage mich, warum er nicht mehr dort lebt. Hat er nach dem Tod seiner Frau wieder geheiratet?

Ich greife nach meiner Handtasche und wühle auf der Suche nach meinem Handy darin herum. Ich habe so viele Fragen, und ich möchte Braxton gerade so viel sagen. Dann drücke ich den Knopf an der Seite und schalte es an. Als ich die Nachrichten-App öffne, finde ich nur eine einzige darin, von Braxton: *Test.*

Er hat sie mir geschickt, als er mir das Handy erklärt hat. Ich klicke darauf und tippe eine Antwort. *Es tut mir so leid, was mit deiner Mum passiert ist.*

Dann schicke ich sie ab. Ich bin nicht sicher, was ich ihm sonst noch sagen will, aber ich möchte, dass er weiß, wie leid es mir für ihn tut. Wirklich leid. Ich wünschte, ich würde Worte finden, die tief genug gehen, um seinen Schmerz zu lindern.

Ein paar Sekunden später erschrecke ich mich, als die Antwort piepsend eintrifft. *Danke. Ich sollte dich nicht mit meinen Problemen belasten, und ich schäme mich, so lange gebraucht zu haben, um dir reinen Wein einzuschenken. Ich fühle mich aber ein Stück weit leichter, weil ich endlich die Wahrheit erzählt habe.*

Ich antworte schnell und ohne lange darüber nachdenken zu müssen, so fühle ich einfach. *Ich bin dankbar, dass du dich entschieden hast, mir davon zu erzählen. Das hat sicher eine Menge Mut gebraucht. Du solltest dich nicht für ihren Tod verantwortlich fühlen. Es war einfach ein sehr unglücklicher Umstand. Du warst nur ein Kind, Braxton.*

Seine Antwort kommt ein paar Sekunden später. *Es bedeutet mir viel, dass du das sagst.*

Es ist die Wahrheit. Ich würde dich gerade wirklich gerne umarmen.

Es dauert fast eine Minute, bis mein Handy wieder piept. *Das würdest du?*

Ja, ehrlich.

Ich könnte gerade echt eine Umarmung von dir gebrauchen, schreibt er. *Du gibst die besten Umarmungen. Ich bin gerade mitten in einem wichtigen Meeting, und dann muss ich wieder ins Krankenhaus, aber können wir das auf morgen verschieben?*

Ich grinse, als ich seine Antwort lese, und freue mich tatsächlich darauf, ihn zu umarmen. Eigentlich möchte ich ihn fragen, als was er arbeitet, aber er ist in einem Meeting, deswegen lasse ich es. Es erscheint mir egozentrisch, dass ich diese Dinge nicht über ihn weiß.

Tut mir leid, dass ich bei der Arbeit störe. Genieß deinen Tag. Ich werde jetzt den Rest deines Briefes lesen.

Er antwortet sofort. *Du störst nie. Von dir zu hören hat mir den Tag versüßt. Ich sitze hier gerade mit einem albernen Grinsen im Sitzungszimmer, und Lucas sieht mich schon ganz seltsam an. Schreib mir zu jeder Tages- und auch Nachtzeit. Ich bin immer für dich da, Jem. Immer.*

Mein Grinsen wird breiter. *Danke. Wie schön, dass du das sagst. Bis morgen.*

Ich freue mich auf unser Treffen – und auf die Umarmung.

Obwohl ich mein eigenes Gesicht nicht sehe, bin ich mir ziemlich sicher, dass ich dasselbe alberne Grinsen trage.

Ich gehe wieder zum Bett, lege das Handy auf den Nachttisch. In meinem Magen kribbelt es, ein Gefühl, das ich so noch nie erfahren habe.

Zuerst esse ich mein Sandwich. Ich bin halb verhungert und brauche ein paar Minuten, um mich zu sammeln. Dann wende ich mich dem Rest des Briefes zu.

Der Tod meiner Mutter und die vielen Stunden, die mein Vater arbeitete, hatten zur Folge, dass ich viel mehr Zeit bei euch verbrachte. Deine Mutter hatte angeboten, meinem Dad zu helfen, wo sie nur konnte. In den darauffolgenden Monaten ging mein Vater völlig zugrunde, und sein Anblick verstärkte meine Schuldgefühle nur noch.

Da kam deine Mutter ins Spiel. Sie hat sich um mich gekümmert, als wäre ich ihr eigener Sohn. In vielen Nächten ist sie mit mir aufgeblieben und hat mich im Arm gehalten, während ich geweint habe. Sie hat sich aufopferungsvoll um mich gekümmert, und dafür werde ich sie immer lieben. Deine Eltern waren großartig zu mir, und in den darauffolgenden Jahren wurdet ihr alle zu meiner Familie. Ich weiß nicht, was mein Vater und ich ohne die Unterstützung deiner Familie getan hätten.

♥

Der dritte Januar 2002. Es war Sommer, und wir hatten Ferien. Deine Großeltern hatte ich kennengelernt, als sie mal in die Stadt gekommen waren, um deine Familie zu besuchen, aber in diesen Ferien habe ich zum ersten Mal ihre Farm auf dem Land besucht. Du hast sie Ma und Pa genannt und ich später auch.

Deine Großeltern, Albert und Isabella Griggs, waren zwei der nettesten, aufrichtigsten Menschen, die ich je kannte. Im Laufe der Jahre habe ich sie sehr ins Herz geschlossen.

Du hast sie angehimmelt, genau wie sie dich anhimmelten. Du warst ihr einziges Enkelkind, und sie nannten dich liebevoll ihre kleine Jem-Jem. Pa hat immer gesagt, du seist sein Augapfel, das fanden wir total witzig, weil er ein Apfelbauer war. In seiner Obstplantage wuchsen mehr als zweihundert Apfelbäume. Während der Erntezeit hat er immer Pflücker eingestellt, aber er hat auch uns ein paar Dollar gezahlt, um die Äpfel aufzusammeln, die von den Bäumen gefallen waren. Mit dem Geld, das wir daran verdient haben, sind wir mit dem Fahrrad zum Tante-Emma-Laden im Ort gefahren und haben uns Eis und Lutscher gekauft.

Du hast Pa oft angefleht, dass wir auf die Leitern klettern durften wie die Arbeiter, aber davon wollte er nichts hören. Es war selten, dass er dir etwas verboten hat, vor allem wenn du die Unterlippe geschürzt und mit deinen großen braunen Augen zu ihm aufgeschaut hast, aber in diesem Fall ließ er sich nicht umstimmen. Dir hat das gar nicht gefallen, aber er sagte nur Nein, weil er nicht wollte, dass wir uns verletzten. Ich wiederum war erleichtert.

Da ich dir in diesem Brief anscheinend meine dunkelsten Ge-

heimnisse beichte, kann ich dir genauso gut sagen, dass ich Höhenangst habe. Höhenpanik würde es noch eher treffen. Ich weiß, das ist nicht gerade männlich, und ich hoffe, du hältst deswegen jetzt nicht weniger von mir, aber es ist die Wahrheit. Konfrontier mich mit Spinnen, Schlangen, Achterbahnfahrten (solange sie nah der Erde sind) und sogar schnellen Autos, aber nicht mit Höhen, niemals mit Höhen. Es ist ironisch, wenn man bedenkt, was ich beruflich mache, aber ich habe mich weiter oben noch nie wohlgefühlt. Wenn ich dir das früher gestanden hätte, hätte ich mich vielleicht nicht durch all die Furcht einflößenden Dinge quälen müssen, zu denen du mich über die Jahre gebracht hast.

Auf der Farm hat es uns immer richtig gut gefallen. Vor allem mir als Stadtmenschen. Der Lebensstil auf dem Land ist so anders. Du hast die Fahrten mit Pas Trecker geliebt. Er hat oft Heuballen in den Anhänger gelegt und uns nur zum Spaß über sein vierzig Hektar großes Grundstück gefahren.

Ich habe dich beobachtet, wenn er uns herumkutschiert hat – dein schönes, langes braunes Haar flog im Wind, aber am meisten gefiel mir die pure Freude in deinem Gesicht. Du hast ein atemberaubendes Lächeln – für mich eines der schönsten Dinge auf der Welt.

Wir hatten immer genug zu tun, und während der Zeit dort erlebte ich einige der schönsten Momente meines Lebens.

Du hast es auch geliebt, zum Fluss runterzulaufen. Er verlief durch den hinteren Teil des Grundstücks, und wir haben oft am Wasser gepicknickt. Ma war eine der besten Köchinnen, die ich kenne. Sie hat uns köstliche Sandwiches aus selbst gemachtem, frischem Brot zubereitet und noch Süßigkeiten oder Stücke ihres selbst gebackenen Apfelkuchens – der war zum Reinlegen – als besonderes Extra mit in den Korb gelegt. Pa hat uns sogar eine Schaukel aus einem alten Reifen gebaut und ihn an die riesige alte Weide am Flussufer gehängt. Wir haben im Sommer immer etliche

Stunden damit zugebracht, darauf schwungvoll zu schaukeln und dann ins Wasser zu springen.

In den kälteren Monaten haben wir Forellen geangelt oder sind auf Pas kleinem Ruderboot losgefahren. Normalerweise habe ich das Rudern übernommen, weil du offen gestanden miserabel darin warst. Egal wie sehr du es versucht hast, du hast das Boot nie in die gewünschte Richtung bekommen.

An deinem zwölften Geburtstag haben deine Großeltern dir eine wunderschöne braune Fuchsstute geschenkt, die vorher einem Freund von Pa gehört hatte. Du hast sie Tilly-Girl genannt, und du hast sie sehr geliebt. Du hast mich stundenlang auf ihr herumgeführt. Sie war vier Jahre alt, als du sie gekriegt hast, und sie hat genauso ein sanftes Wesen wie du.

Ihr zwei hattet eine besondere Verbindung. Jedes Mal, wenn wir auf der Farm ankamen, bist du zur Koppel gerannt und hast nach ihr gerufen, so laut du konntest. Egal, wo sie sich zu dem Zeitpunkt befand, sie kam immer sofort auf dich zugeschossen und hat so einen lustigen, lebhaften Tanz aufgeführt, wenn sie dich sah. Dann, wenn sie sich beruhigt hatte, kam sie zu dir und rieb den Kopf an dir. Die Verbindung, die ihr zwei hattet, war einfach schön.

Eines Nachmittags kamen wir nach unserer Schwimmrunde vom Fluss zurück. Du bist zum Baum gelaufen, um Tilly-Girls Zügel vom Ast loszubinden, während ich die Decke und den Picknickkorb holte. Ich sah gerade rechtzeitig hinüber, um mitzubekommen, wie Tilly-Girl sich auf die Hinterbeine stellte und dich umwarf.

Schockiert stand ich kurz still – das passte so gar nicht zu ihr –, aber dann ließ ich den Korb fallen und rannte zu dir. In dem Moment bemerkte ich die große Braunschlange im Gras, bereit zuzubeißen. Ihr Körper war eingerollt und ihr Kopf erhoben und direkt auf dich gerichtet. Das sind die zweitgiftigsten Schlangen auf der ganzen Welt, sie haben das Potenzial, Menschen innerhalb von Minuten zu töten.

»Nicht bewegen, Jem«, flüsterte ich. »Bleib jetzt ganz still.«

Deine Augen weiteten sich, als ich auf die Schlange deutete, die weniger als einen Meter von dir entfernt war. Den Ausdruck nackter Angst in deinen Augen werde ich nie vergessen.

Ich wusste, dass ich schnell handeln musste, und es wäre noch untertrieben zu sagen, dass mir Adrenalin durch den Körper schoss, während ich mit dem Blick die Umgebung absuchte. Ein paar Meter weit weg entdeckte ich einen kleinen Felsbrocken und bewegte mich langsam und zielstrebig darauf zu. Er war schwer, aber ich habe es geschafft, ihn aufzuheben.

»Ich werde jetzt bis drei zählen«, sagte ich, als ich in Position war. »Bei drei stehst du auf und rennst so schnell du kannst zum Fluss. Okay?« Du hattest zu viel Angst, um auch nur zu nicken, deswegen hast du stattdessen ein paarmal geblinzelt.

Mit all meiner Kraft hob ich den Felsbrocken hoch in die Luft. »Eins. Zwei. Drei!« In dem Moment, als ich aus dem Augenwinkel wahrnahm, wie du dich in Bewegung setztest, warf ich den Felsbrocken. Gott sei Dank hatte ich genau richtig gezielt, weil die Schlange dich gerade angriff, als der Stein hart auf ihrem Kopf landete.

Ich bin sofort zu dir gerannt, und du bist mir in die Arme gefallen und hast geweint. »Du hast mir das Leben gerettet«, hast du gesagt.

Ich tat, was nötig war, um dich zu retten, aber du hast mir das Gefühl gegeben, ein Held zu sein.

Ma und Pa waren sehr bestürzt, als wir ihnen davon erzählten, aber Ma hat mir an dem Abend als Belohnung für meine Tapferkeit ein Extrastück Apfelkuchen gegeben. Tilly-Girl hat einen Apfel dafür bekommen, dass sie dich umgeschubst hatte, bevor du auf die Schlange getreten wärst.

Wir schliefen in einem Etagenbett im Gästezimmer, wenn wir bei deinen Großeltern waren. Als ich an dem Abend in den Schlaf sank, hörte ich dich in die Dunkelheit flüstern: »Ich liebe dich,

Braxton Spencer.« Es war das erste Mal, dass du diese Worte laut ausgesprochen hast.

Ich tat, als ob ich schliefe, damit ich nicht antworten musste, aber lass mich es einfach so formulieren: In dieser Nacht schlief ich mit einem riesigen Grinsen auf dem Gesicht ein.

Was wir hatten, ist viel zu schön, um vergessen zu werden.

Immer dein,

Braxton

Ich lese den Brief noch einmal, bevor ich gespannt in dem Umschlag nach den Anhängern suche. Ich muss lächeln, als ich einen winzigen Apfel und ein wunderschönes Pferd finde.

Ich frage mich, was wohl mit meinem Tilly-Girl geschehen ist.

SIEBZEHN

Braxton

Nachdem der Arzt seine Morgenvisite bei meinem Dad beendet hat, fahre ich nach Hause, um zu duschen und mich umzuziehen. Ich kann es kaum erwarten, zu Christines Haus zu kommen und mein Mädchen zu sehen. Sie hat mir heute eine Umarmung versprochen, und auch wenn ich mir nicht allzu große Hoffnungen mache, dass ich auch eine kriege, haben die Nachrichten von gestern gereicht, um meine Stimmung zu heben.

Auf der Fahrt bleibe ich relativ ruhig. Ich versuche, nicht zu viel zu erwarten, in den vergangenen Monaten wurde ich oft genug enttäuscht. Aber ich bin dankbar, dass sie mich noch in ihrem Leben haben möchte.

»Morgen«, sage ich, als ich aus dem Auto steige und zum Haus gehe.

»Morgen«, antwortet sie und kommt die Stufen herunter. Das süße Lächeln auf ihren Lippen wärmt mir das Herz. Wenn ich sie anschaue, tut es mittlerweile nicht mehr so weh, weil sie glücklicher wirkt. Die Traurigkeit, die sie nach dem Unfall mit sich herumtrug, war schwer mit anzusehen. Das ist alles, was ich je für sie wollte: Zufriedenheit.

Ich biete ihr meine Hand an, als sie an der letzten Stufe angelangt ist, und sie nimmt sie bereitwillig.

»Wie geht's dir heute?«

»Gut. Ich fühle mich wirklich gut.« Ihr Blick wandert zu dem Weg unter uns, als sie neben mir stehen bleibt. »Ich glaube, ich schulde dir eine Umarmung.« Sie sieht unsicher aus, als sie den Blick hebt und mich mit großen braunen Augen ansieht.

»Du musst mich nicht umarmen, wenn du dich dabei unwohl fühlst, Jem.«

»Ich möchte aber. Aus so vielen Gründen. Ich möchte dich für den Verlust deiner Mutter umarmen. Ich möchte dich dafür umarmen, dass du mich vor der Schlange gerettet hast. Ich möchte dich für alles umarmen, was du seit dem Unfall für mich getan hast. In den Wochen nach meinem Koma … gab es keine Hoffnung. Ich kann nicht mal in Worte fassen, wie ich mich damals gefühlt habe. Es gab Zeiten, da habe ich mir gewünscht, nicht überlebt zu haben.«

»Jem«, sage ich mit einem Kloß im Hals. Ich wusste, dass es ihr schlecht ging, aus gutem Grund, aber ich hätte nie gedacht, dass sie so verzweifelt war.

»Dann hast du angefangen, mir die Briefe zu schreiben.« Obwohl Tränen in ihren Augen glitzern, lächelt sie beim Sprechen. »Du hast keine Ahnung, wie viel die Briefe mir bedeuten. Sie haben mir Hoffnung gegeben, wo vorher keine war.«

Bei ihren Worten muss ich auch lächeln. »Es freut mich, dass sie dir helfen.«

»Das tun sie.« Sie errötet, und ihr Gesichtsausdruck wirkt hoffnungsvoll. »Also, kann ich dich dann jetzt umarmen?«

»Jederzeit«, sage ich und breite die Arme aus.

Sie kichert nervös, als sie die Arme um meine Taille schiebt, und ihre Berührung erweckt all meine Nervenenden zum Leben.

Ich schließe die Arme um sie und zieh sie nah an mich heran. »Du musst mich nie um Erlaubnis bitten, mich zu umarmen, Jem. Niemals. Betrachte mich einfach als deine eigene, persönliche Umarmungsmaschine.«

Ein niedliches Lachen bricht aus ihr heraus, und sie vergräbt das Gesicht an meiner Brust. »Hm. Du riechst total gut.«

Mein Lächeln wird breiter. Die alte Jemma hat das ständig gesagt.

Alles in mir möchte das Gesicht in ihren Haaren vergraben und tief einatmen. Sie hatte schon immer einen berauschenden Duft, aber ich möchte sie nicht abschrecken. Stattdessen schließe ich die Augen und koste das Gefühl aus, sie wieder in den Armen zu halten.

»Ist die Farm meiner Großeltern weit von hier weg?«, fragt sie, sobald wir im Auto sitzen.

»Ein paar Stunden«, antworte ich. »Mein Vater wird heute aus dem Krankenhaus entlassen, deswegen habe ich keine Zeit, mit dir hinzufahren, aber wenn du möchtest, können wir am Wochenende mal einen Ausflug dorthin machen.«

Als ich mich zu ihr drehe, sehe ich sie grinsen. »Das wäre toll, und es freut mich, dass es deinem Vater besser geht. Ich würde ihn gern mal treffen.«

»Wenn du das möchtest, musst du es nur sagen.«

»Ich weiß, dass ich ihn schon mal getroffen habe, aber …«

»Du könntest mit mir zum Krankenhaus kommen, wenn du dich dafür bereit fühlst.«

»Okay. Das wäre schön.«

Da kann ich ihr nur zustimmen.

♥

»Ich muss dich warnen«, sage ich zu Jemma, als wir den langen Flur entlang zum Zimmer meines Vaters gehen. »Es kann sein, dass er sich nicht an dich erinnert. Sei nicht enttäuscht, wenn das so ist.« Ich schätze, das gilt für sie beide, denn sie wird sich auch nicht an ihn erinnern.

»Warum sollte er sich nicht an mich erinnern können?«

»Er leidet an Alzheimer.«

»Oh, Braxton«, sagt sie mitfühlend. »Das tut mir so leid.«

Ich zwinge mich zu einem knappen Lächeln, statt zu antworten. Mir tut es auch leid. Dadurch, dass ich diese Krankheit nicht aufhalten kann, fühle ich mich hilflos, aber hauptsächlich sehne ich mich nach ihm. Es ist so unfair.

Als wir in sein Zimmer kommen, sitzt er im Bett und trinkt Tee. »Hi, Papa«, sage ich und gehe mit Jemma auf das Bett zu.

»Hallo«, antwortet er, aber ich sehe schon an dem verwirrten Blick, dass er nicht weiß, wer wir sind.

»Du kommst heute aus dem Laden hier raus.« Ich halte die kleine Tasche in meiner Hand hoch, in der seine Kleidung ist. »Ich habe dir ein paar Klamotten mitgebracht.«

Sein Blick gleitet zu Jemma, und als ich sie ansehe, starrt sie ihn konzentriert an. »Und wer ist diese hübsche kleine Lady?«, fragt mein Vater.

»Das ist Jemma.«

»Es freut mich, Sie kennenzulernen, Mr Spencer«, sagt sie und hält ihm die Hand hin.

»Die Freude ist ganz meinerseits, junge Dame.«

Ich ziehe Jem einen Stuhl heran, und sie sitzt nur da und sieht ihn aufmerksam an.

Als er die Tasse Tee getrunken hat, helfe ich ihm vom Bett und bringe ihn ins Badezimmer, damit er sich umziehen kann. Ich habe Sorge, dass er wieder fallen könnte. Das Traurige ist, dass sein Körper noch ziemlich fit und stark für sein Alter ist. Nur sein Geist lässt ihn im Stich.

Ich gehe hinter Jemma und meinem Vater, als wir am Pflegeheim ankommen. Sie hat sich bei ihm eingehakt, und sie plaudern. Es erinnert mich an die guten alten Zeiten, als sie sich so gut verstanden haben.

Früher habe ich alles für selbstverständlich genommen, aber jetzt nicht mehr. Ich würde alles geben, damit die Dinge wieder so wie früher wären.

»Dein Vater ist wirklich liebenswürdig«, sagt Jemma, als ich etwas später ausparke.

Das Personal im Pflegeheim mag ihn auch gern, er verursacht ihnen nie Probleme. Zwei Schwestern haben sich um ihn gekümmert, als wir gingen, und er hat dabei gelächelt. Ich glaube, er genießt die ganze Aufmerksamkeit, was es immer ein bisschen leichter für mich macht, ihn dazulassen.

»Er ist ein guter Mann. Ihr zwei standet euch mal sehr nahe.«

»Ich mag ihn wirklich gern. Ist er schon lange krank?«

»Es wurde vor fast drei Jahren festgestellt. Erst hat er nur kleine Dinge vergessen, zum Beispiel, wo er die Brille hingelegt hat oder ob er seine Medikamente genommen hat. Als er anfing, dieselben Fragen immer wieder zu stellen oder sich ständig zu wiederholen, wussten wir, dass er ein Problem hatte. Die Medikamente, die der Arzt verschrieb, halfen eine Weile, aber seitdem ist seine Krankheit sehr schnell fortgeschritten.«

»Das ist wirklich traurig.«

»Ja. Es ist mir unendlich schwergefallen, ihn ins Pflegeheim zu bringen, aber es ist für ihn der beste Ort. Das versuche ich mir immer wieder zu sagen.«

»Ich kann mir gut vorstellen, dass die Entscheidung schwer war.«

»Das war sie. Du warst allerdings eine große Hilfe dabei. Du wusstest immer, was du tun musstest, damit es mir besser ging. Ich glaube nicht, dass ich es ohne dich durchgezogen hätte.«

Kurz lenke ich meinen Blick von der Straße und zu ihr. Gott, wie sehr ich meine Frau vermisse! Ich weiß, dass sie immer noch hier ist, aber andererseits ist sie es eben auch nicht. Es ist nicht ansatzweise so wie früher, und ich weiß nicht, ob es das jemals wieder sein wird.

Den Großteil des Rückweges sind wir still, und dann spricht sie leise.

»Braxton?«

»Ja?«

»Hast du wirklich Höhenangst?«

Wir biegen gerade in Christines Straße ein. Ich räuspere mich. Ich kann nicht glauben, dass ich es ihr nach all dieser Zeit gebeichtet habe. »Ja.« Unruhig rutsche ich auf meinem Sitz herum. Ich weiß nicht, warum ich mich deswegen weniger männlich fühle, aber es ist so.

»Das hättest du mir sagen sollen. Ich wette, ich hätte Verständnis gehabt.« Sie hat recht, das hätte sie wahrscheinlich, aber meine Unsicherheit hat mich davon abgehalten, ihr meine tiefsten Ängste zu gestehen. In ihren Augen konnte ich nichts falsch machen. Sie gab mir immer das Gefühl, ihr Held zu sein, obwohl ich in Wirklichkeit alles andere als das war. »Ich hoffe, ich habe dich nicht zu sehr gequält.«

Ihre Antwort bringt mich zum Schmunzeln. Wenn sie nur wüsste. Es ist schon irgendwie lächerlich, zu wie vielen Dingen ich mich in den ganzen Jahren gezwungen habe, weil ich zu viel Angst hatte, ihr die Wahrheit zu sagen.

»Stehen unsere Pläne für das Wochenende noch? Wir können Samstagmorgen aufs Land fahren, wenn du möchtest«, sage ich in dem Versuch, das Thema zu wechseln.

»Das klingt sehr gut.«

»Super.«

Ich fahre in Christines Einfahrt, und Jemma hebt ihre Tasche vom Boden auf.

»Danke, dass du mit zu meinem Dad gekommen bist«, sage ich, als sie den Türgriff in die Hand nimmt.

»Danke, dass du mich mitgenommen hast.« Sie hält kurz inne, bevor sie erneut spricht. »Wäre es okay, wenn ich dich auf deinen Besuchen manchmal begleite?«

»Das wäre schön, und mein Dad würde sich bestimmt auch freuen. Er erinnert sich zwar nicht an uns, aber trotzdem habe ich das Gefühl, er weiß noch, dass wir zu ihm gehören.«

Sie lächelt, dann öffnet sie die Tür. »Bis morgen.«

Mir ist nur allzu bewusst, dass sie nicht auf meine Aussage eingeht. Die Situation meines Vaters und ihre ähneln sich sehr, aber ich glaube nicht, dass sie noch das Gefühl hat, zu uns zu gehören.

»Lass mich die Tür für dich öffnen.«

»Ist schon okay, ich mach schon.«

♥

Ich lehne mich im Stuhl zurück und lese den Brief in meiner Hand noch einmal.

FÜNFTER BRIEF

Liebste Jemma,
der neunte August 2002. Es war dein dreizehnter Geburtstag, und weil es so ein wichtiger war, hat deine Mutter etwas Besonderes organisiert – eine Teeparty mit all deinen Freundinnen aus der Schule. Es sollte eine große Feier werden. Die handgeschriebenen Einladungen sahen eher nach einer Hochzeit als nach dem Geburtstag eines dreizehnjährigen Mädchens aus.

Sie hatte dir ein hübsches rosa Partykleid gekauft – es war aus spitzenbesetztem Satin mit Rüschen und Schleifen. Im Garten hatte sie ein großes weißes Zelt aufgestellt und die Tische mit rosa Heißluftballons geschmückt.

Deine Großmutter kam auch zu Besuch, um mit dem Essen zu helfen. Es gab winzige Quiches, feine Marmeladentörtchen, kunstvolle Cupcakes und Gurkensandwiches, die in mundgerechte Stücke geschnitten waren. Sie wurden auf Etageren herausgebracht. Es war alles sehr vornehm.

Deine Mum hatte dir sogar einen Termin bei einer Kosmetikerin gemacht, die dir die Haare frisiert und die Nägel lackiert hat. Dreizehn zu werden bedeutete, dass du zu einer jungen Frau wurdest, und sie wollte das groß feiern. Du warst kein jungenhaftes Mädchen, aber auch nicht sehr mädchenhaft, also sagen wir mal so: Du warst ziemlich angepisst von ihren Plänen.

»Ich möchte keine doofe Teeparty«, hast du mir erzählt. »Du solltest mal das alberne Kleid sehen, das ich tragen soll, Brax.« Ich musste mich zusammenreißen, nicht loszulachen, als du deinen Finger in den Mund gesteckt und so getan hast, als würdest du dich übergeben. »Ich sehe damit bestimmt so aus wie diese hässliche Häkelpuppe, die bei Ma auf der Klopapierrolle sitzt.« Ich musste zugeben, dass diese Puppe wirklich grässlich war und mir tierisch Angst machte, aber ich wusste auch, dass du unmöglich hässlich aussehen konntest. »Ich möchte Jeans und ein T-Shirt tragen und mit dir zu McDonald's gehen, Cheeseburger futtern, bis ich mich übergeben muss, und Eistorte essen. Jede Menge Eistorte.«

Du hast mir leidgetan. Normalerweise hast du dich immer auf deinen Geburtstag gefreut. Jedes Jahr am ersten Januar ging dein Countdown los. Ich musste bis Dezember warten, deswegen machte ich mir selbst nie die Mühe zu zählen.

»Es wird bestimmt nicht so schlimm«, sagte ich zu dir. Ich hatte keine Ahnung, was zu einer Teeparty überhaupt dazugehörte, aber deine Mutter hat immer alles Erdenkliche für dich getan, deswegen wusste ich, dass ihre Pläne besonders waren. Auch um meinen Geburtstag hat sie immer einen großen Wirbel gemacht, nachdem meine Mutter gestorben war. Sie ist wirklich wundervoll.

»Ich weiß, das ist nicht so dein Ding, Mäuschen«, sagte dein Vater etwas später, als er nach dir suchte. Er nannte dich immer Mäuschen. »Aber deine Mum hat sich viel Mühe mit dieser Party gegeben. Sie plant sie schon seit Monaten. Kannst du nicht einfach mitmachen? Es sind ja nur ein paar Stunden. Das würde sie wirklich glücklich machen.« Als er dich in die Arme nahm und auf den Kopf küsste, konnte ich an deinem grimmigen Gesichtsausdruck sehen, dass die Party stattfinden würde.

Deine Mum hat alle Mädchen aus deiner Klasse eingeladen. Natürlich war ich auch eingeladen, aber ich war der einzige Junge. Es kam für mich nicht infrage, da mit einem Haufen Mädchen herumzusitzen, die wie lebensechte Versionen von Mas Klopapierpuppe aussahen, pinke Limonade zu trinken und Gurkensandwiches zu essen. Für einen fast vierzehn Jahre alten Jungen ist das der Stoff, aus dem Albträume gemacht sind. Zum Glück sah dein Vater das genauso – auch wenn er es nicht wagte vorzuschlagen, die Party abzusagen. Er würde zwar alles für dich tun, aber die Liebe, die er deiner Mutter gegenüber empfand, war auch etwas ganz Besonderes – also schmiedeten wir den Plan, an diesem Tag die Kellner zu spielen. Deine Mum hat uns sogar Smokings geliehen, damit wir angemessen gekleidet waren.

Ich hatte ein paar Gelegenheitsarbeiten erledigt, um Taschengeld zu verdienen, von dem ich dir ein Geschenk kaufen konnte. Ich habe dir einen Drachen gekauft. Du hast so gerne mit meinem gespielt, wenn wir zum Strand gegangen sind. Deiner war bunt wie ein Regenbogen und hatte die Form eines Schmetterlings.

Ich war im Garten und half deinem Vater dabei, einen Eiskübel zu befüllen, als du durch die Schiebetüren auf die Terrasse kamst.

»Braxton, du verteilst das Eis ja überall«, sagte er, aber seine Worte kamen nicht bei mir an. Ich war vollkommen von dir in den Bann gezogen. Es gab noch nie einen Moment, in dem ich dich

nicht schön fand, aber das war das erste Mal, dass mir bei deinem Anblick der Atem stockte. In den nächsten Jahren würden noch so viele solcher Momente folgen, aber an das erste Mal erinnert man sich immer noch am besten.

Dein langes braunes Haar hast du offen getragen, genauso, wie ich es mochte. Die Kosmetikerin hatte dir leichte Locken gemacht und eine hübsche rosa Schleife darin befestigt, die zu deinem Kleid passte. Du sahst überhaupt nicht aus wie eine Klopapierpuppe. Du warst das Hübscheste, was ich je gesehen hatte, und so erwachsen. In dem Moment bin ich mir meiner wahren Gefühle für dich endgültig sicher gewesen. Ich war nicht nur in dich verknallt, ich war hoffnungslos in dich verliebt.

»Du kannst den Mund jetzt wieder zumachen, Junge«, sagte dein Vater amüsiert.

Sein Kommentar brachte mich wieder zurück in die Realität. In dem Moment wurde mir bewusst, dass die Plastiktüte in meiner Hand jetzt leer war und das Eis sich um meine Füße herum aufgetürmt hatte.

Die Party lief gut, und du schienst Spaß zu haben. Na ja, zumindest, bis Sonia Mitchell mich ins Visier genommen hat. Sie war das gemeinste Mädchen in deiner Klasse, und du mochtest sie wirklich nicht.

Ich stand an der Theke, füllte die pinke Limonade nach und stellte die Gläser auf ein Tablett. Dabei tat ich mein Bestes, Sonia zu ignorieren. Es war unhöflich von mir, aber sie folgte mir schon seit über einer Stunde, und langsam ging es mir auf die Nerven. Auf dieser Party gab es nur ein Mädchen, an dem ich Interesse hatte, und das warst du.

Ein paar Minuten später kamst du auf uns zu und nahmst dir ein Glas vom Tablett. Ich war sowohl erfreut als auch erleichtert, als du dich neben mich stelltest. Beiläufig hast du ein Blickduell mit Sonia gewonnen, während du deine pinke Limonade getrun-

ken hast. Doch das hat sie nicht davon abgehalten, sich an mich heranzumachen.

»Dir wird bestimmt langsam langweilig, wenn du immer nur mit Jemma rumhängst«, sagte sie zickig, während sie dich von oben herab musterte. Ich hörte dich nach Luft schnappen, biss mir jedoch auf die Zunge. Ich wollte nichts sagen oder tun, was deine Party ruinierte. Es war dein besonderer Tag, und deine Mutter hatte sich so viel Mühe gegeben.

Meine Antwort kam ohne Zögern. »Niemals! Mit Jemma hänge ich am allerliebsten rum.«

»Soso«, gab sie höhnisch zurück, sah dich aus zusammengekniffenen Augen an und richtete ihre Aufmerksamkeit dann wieder auf mich. Lächelnd zwirbelte sie sich in einer gespielt unschuldigen Geste das lange blonde Haar um die Finger, was ironisch war, weil sie alles andere als unschuldig war und ich nicht eine Sekunde lang darauf hereinfiel. »Du solltest mal zu Daddys Restaurant kommen, Brax. Wir könnten dich zu unserem Ehrengast machen.«

Wieder warf sie dir einen gemeinen Blick zu, und ich hatte Mühe, ruhig zu bleiben. »Würdest du da mitkommen, Jem?«, fragte ich.

»Ich meinte nur dich … alleine«, schnappte Sonia. Es wäre noch untertrieben zu behaupten, dass ich deine Reaktion nicht erwartet habe. Du bist plötzlich vorgestürzt, als wärest du gestolpert, was so ziemlich unmöglich war, wenn man bedenkt, dass du vorher still gestanden hattest.

»Oh weh, das tut mir aber leid, Sonia«, sagtest du, als die pinke Limonade aus deinem Glas sich über ihr weißes Seidenkleid verteilte.

»Ahhh! Das hast du mit Absicht getan!«, schrie sie, drehte sich um und rannte weinend ins Haus.

Ich versuchte nicht zu lachen, ehrlich, aber in dem Moment, als ich dich ansah und bemerkte, wie du dir ein Lächeln verkneifen musstest, kam ich nicht mehr dagegen an. Es war eines der lustigsten Dinge, die ich je gesehen habe. Und es war mal an der Zeit, dass jemand Sonia Mitchell in die Schranken wies.

Ihr Daddy holte sie zehn Minuten später ab. Die Party wurde nur noch besser, nachdem sie weg war. Sonia hat nach diesem Tag nie mehr mit dir gesprochen, aber das schien dich nicht im Geringsten zu stören.

Am nächsten Morgen hast du früh an meine Tür geklopft. Ich war noch im Schlafanzug und aß Cornflakes vorm Fernseher.

»Kannst du mir dabei helfen, den Drachen zusammenzubauen?«, hast du aufgeregt gefragt. »Dad hat angeboten zu helfen, aber ich möchte, dass du es tust.«

Du hast zum Geburtstag Schmuck, Kleidung, Parfum und jede Menge Mädchenkram geschenkt bekommen, aber du meintest, der Drachen sei dein Lieblingsgeschenk. Du hast ja keine Ahnung, wie glücklich mich das machte.

Wir haben ihn im Nullkommanichts zusammengesetzt, und du hast ungeduldig auf dem Sofa gewartet, während ich hochgerannt bin, um mich umzuziehen.

Es war ein trister, wolkenverhangener Wintertag, aber der Wind war stark genug, um dieses Baby in die Luft zu heben. Ich sah zu, während du Runden durch deinen Garten ranntest und der Drachen hinter dir herflog. Dich so glücklich zu sehen hat mein Herz immer zum Lächeln gebracht. Bis heute hat es noch dieselbe Wirkung auf mich.

Alles lief bestens, bis ein starker Windstoß kam und den Drachen in den großen Baum in deinem Garten pustete, sodass er sich in einem Ast verhakte. Ich versuchte immer wieder, ihn für dich zu befreien, aber es klappte nicht.

Deine Unterlippe zitterte, als du versuchtest, die Tränen zurückzuhalten. Plötzlich schmerzte mir das Herz. Der Drachen konnte nur befreit werden, wenn jemand hochkletterte, um ihn zu holen.

Er hing so hoch oben, und ich betete, dass dieser Jemand nicht ich sein würde.

»Ich schau mal, ob dein Dad uns helfen kann«, sagte ich und rannte ins Haus. Du kannst dir ja jetzt vorstellen, wie ich mich fühlte, als deine Mum mir sagte, er sei losgegangen, um eine Zeitung zu kaufen.

Ich schlurfte zurück nach draußen, um dir die schlechten Neuigkeiten zu überbringen.

»Ich klettere hoch und hol ihn«, sagtest du.

»Nein, Jem. Das ist zu hoch.« Ich hielt dich am Ellbogen fest.

»Lass mich gehen«, hast du gesagt und den Arm aus meinem Griff gezogen. »Ich klettere da jetzt hoch.« Du warst so stur, und sosehr mich der Gedanke auch ängstigte, auf diesen Baum zu klettern, hatte ich eigentlich keine Wahl. Ich hätte dich niemals klettern lassen.

»In Ordnung. Dann mach ich das.«

Mir war schlecht, als ich auf den ersten Ast stieg. Sieh nicht hinab … sieh nicht hinab, sagte ich mir immer wieder im Stillen, während ich hochkletterte.

»Sei vorsichtig, Brax«, hast du von unten gerufen.

Ich schwöre dir, mein ganzer Körper hat gezittert, als ich das Bein anhob und mich auf den letzten Ast zog. Dort saß ich sehr lange, starr vor Angst. Sieh nicht hinab … sieh nicht hinab, sagte ich mir wieder und wieder.

»Alles okay?«, hast du gerufen.

»Klar.« Überhaupt nicht, aber das hätte ich dir gegenüber nie zugegeben.

Ich langte in meine Hosentasche, holte das Schweizer Taschenmesser heraus. Es hatte meinem Großvater gehört. Er hatte es meinem Dad zu seinem dreizehnten Geburtstag geschenkt, und dieser hatte die Tradition fortgeführt, indem er es mir geschenkt hatte. Ich nahm es überall mit hin, außer zur Schule.

»Was machst du?«

Um genau zu sein, schindete ich Zeit. In dem Moment fand ich nicht den Mut, mich weiterzubewegen. »Ich ritze meinen Namen in den Baum.«

Das war gelogen. Ich ritzte mein Herz in diesen Baum. Mein tiefstes Geheimnis – meine Angst, dich zu verlieren, hat mich davon abgehalten, es dir zu sagen.

In Wirklichkeit waren es wahrscheinlich nur zehn Minuten, aber es kam mir vor wie eine Ewigkeit, die verging. Und du wurdest langsam ungeduldig. »Komm schon, Brax, ich möchte meinen Drachen wiederhaben.«

»Okay.« Ich steckte das Messer wieder weg und zwang mich, mich zu bewegen, während ich mit dem Gesicht nach unten auf dem Ast lag. Sieh nicht hinab … sieh nicht hinab.

Ich war gerade mal einen Meter weitergekommen, als ich das erste Knacken hörte. Mein Herz schlug so schnell, dass ich es in den Ohren pochen hörte.

»Bitte sei vorsichtig«, hast du erneut gerufen.

Ich hörte die Angst in deiner Stimme, die meine Panik nur noch mehr anfachte. Tief atmete ich durch und kroch weiter, einen gruseligen Zentimeter nach dem anderen. Ich war nur etwa fünf Meter von der Erde entfernt, aber es fühlte sich eher an wie einhundert.

Dann hörte ich noch ein Knacken, gefolgt von einem weiteren. Mein Griff um den Ast wurde fester, und bevor ich überhaupt bemerkte, was passierte, fiel ich schon. »Braaaaaaax!«, hörte ich dich schreien, kurz bevor ich hart auf dem Boden aufprallte.

Danach erinnere ich mich nicht mehr an viel.

Mein Vater war bei der Arbeit, aber deine Eltern haben mich ins Krankenhaus gefahren. Meine Verletzungen waren nicht sehr schlimm, doch an zwei Stellen war der Arm gebrochen. Das Gute: Dein Drachen war mit mir hinuntergefallen.

Das Krankenhaus behielt mich noch ein paar Stunden zur Be-

obachtung da, weil ich mich beim Fallen am Kopf gestoßen hatte. Du hast an meinem Bett in der Notaufnahme gesessen und meine Hand gehalten, während sie mir den Arm verbanden. Irgendwann hörte ich auf zu zählen, wie oft du dich entschuldigtest.

Mein Dad schloss den Laden und kam sofort zu mir, als deine Eltern ihn anriefen. Ich fühlte mich schlecht, als ich den Kummer in seinem Blick sah. Du hast dich geweigert, mit deinen Eltern zu gehen, genau wie ich es Jahre zuvor getan hatte, als du dich an der Qualle verbrannt hattest. Du bist die ganze Zeit an meiner Seite geblieben.

Als wir nach Hause kamen, ordnete mein Vater an, dass ich mich hinlegen sollte. Abgesehen von dem dumpfen Schmerz im Arm fühlte ich mich gut, tat aber trotzdem wie geheißen. Ich spürte, dass er einerseits sauer auf mich war, weil ich den Baum so leichtsinnig hochgeklettert bin, aber andererseits auch unglaublich erleichtert, dass es mir gut ging. Ich verstehe es jetzt eher. Nach allem, was meiner Mum passiert ist, war ich alles, was er noch hatte.

Du bist mir in mein Zimmer gefolgt, und als mein Vater vorschlug, du solltest nach Hause gehen, damit ich mich ausruhen konnte, hast du abgelehnt. Ich war dankbar, dass er dir erlaubte zu bleiben. Du hast auf meiner Bettkante gesessen, während sich mein Vater um mich kümmerte, aber als er aus dem Raum war, hast du sofort die Decke angehoben und bist zu mir ins Bett gekommen. So etwas hattest du noch nie zuvor getan.

»Es tut mir so leid, Brax«, hast du zum tausendsten Mal gesagt. Dabei hast du mir den Arm um die Hüfte gelegt und dich an meine Brust gekuschelt. Als ich dich schniefen hörte, wusste ich, dass du weintest, deswegen zog ich dich näher an mich heran.

»Hör auf, dich zu entschuldigen, Jem. Es ist nicht deine Schuld, es war ein Unfall.«

»Als du vom Baum gefallen bist, da dachte ich, dass … dass …

dass ich dich verlieren würde«, hast du geschluchzt. »Ich hatte noch nie solche Angst.«

»Nicht weinen.« Ich fuhr dir mit der Hand über den Rücken, in dem Versuch, dich zu trösten.

»Ich könnte mir ein Leben ohne dich nicht vorstellen, Braxton Spencer«, flüstertest du.

Ich konnte mir ein Leben ohne dich auch nicht vorstellen, das kann ich immer noch nicht. Du bist mein Leben, Jem.

Ich hielt dich fest im Arm, bis du schliefst. Es war das erste Mal, dass du in meinen Armen geschlafen hast. Bevor ich die Augen schloss, küsste ich dich sanft aufs Haar, und erst da wagte ich die Worte zu sagen, die ich mich noch nie zuvor getraut hatte auszusprechen: »Ich liebe dich von ganzem Herzen, Jemma Isabella Rosalie Robinson.«

Was wir hatten, ist viel zu schön, um vergessen zu werden.

Immer dein,

Braxton

Ich falte den Brief zusammen und stecke ihn in den Umschlag, dann lege ich den kleinen Baumanhänger dazu. Ich wollte ihr auch einen Drachen holen, aber den gab es beim Juwelier nicht.

Es ist fast Mitternacht, als ich den Laptop ausschalte und die Aktentasche vom Schreibtisch nehme. Dann mache ich das Licht aus und verlasse das Büro. An den Gedanken, in ein leeres Haus zu gehen, werde ich mich wohl nie gewöhnen.

Ich bin fast zu Hause, als ich mich entschließe, einen Umweg zu machen. Ich weiß, dass sie schon im Bett sein wird, aber der Drang, in ihrer Nähe zu sein, ist überwältigend.

Ich werfe den Brief in ihren Briefkasten, gehe dann ein paar Schritte zurück und schaue zu Jemmas Fenster hinauf. Ich bin nicht sicher, wie lange ich dort vor Christines Haus stehe, aber es ist schon eine ganze Weile.

Obwohl sich mein Herz schwer anfühlt, lächele ich, als ich an den ersten Tag denke, an dem ich sie dort oben gegen die Scheibe gedrückt gesehen habe, wie sie mich beobachtete. In dem Moment hätte ich nie vorhersehen können, wie nahe wir uns in den folgenden Jahren kommen würden.

Ich würde alles dafür geben, dort oben zu sein, neben ihr zu schlafen und sie in den Armen zu halten.

Alles.

ACHTZEHN

Braxton

Ich kann meine Aufregung nicht verbergen, als ich die Treppenstufen zu Christines Haustür hochsprinte. Seit fünf Uhr morgens bin ich wach, bin ziellos durch das Haus gewandert und habe nur darauf gewartet, dass es Zeit wird zu gehen. Ich habe sogar mein morgendliches Training und den Kaffee auf der Terrasse ausfallen lassen, weil ich keine Geduld hatte.

»Guten Morgen, Christine.« Ich beuge mich vor und küsse sie auf die Wange, als sie die Tür öffnet.

»Guten Morgen«, antwortet sie strahlend. »Das Glücksgefühl, das mein Mädchen ausstrahlt, scheint ansteckend zu sein.«

»Wir verbringen den Tag zusammen. Du kannst dir nicht vorstellen, wie glücklich mich das macht.«

»Ich glaube schon«, gibt sie zurück und streicht mir voller Zuneigung über den Arm. »Es freut mich, dass ihr beiden Fortschritte macht.«

»Wir haben noch einen langen Weg vor uns, aber langsam kommen wir voran.«

Sie lächelt und lässt mich herein.

»Jemma!«, ruft sie vom Fuß der Treppe hinauf. »Braxton ist hier.«

»Komme!«, schreit Jemma.

Ich versuche stillzuhalten, während ich gespannt auf sie warte.

Ein paar Sekunden später atme ich scharf ein, als sie oben an der Treppe erscheint. Als Erstes bemerke ich, dass sie ihre Frisur verändert hat. Ihre braunen Locken sind jetzt kürzer und reichen ihr nur noch bis zu den Schultern. Es ist anders, als es sonst immer war, aber es gefällt mir.

Sie kommt die Treppe herunter, und ein wunderschönes, aber auch unsicheres Lächeln ziert ihr Gesicht. Sie trägt ein hübsches weißes Kleid, das ihren schlanken Körper und die gebräunte Haut betont. Am liebsten würde ich nach ihr greifen und sie berühren. Sie hatte immer einen bronzenen Schimmer – vor allem im Sommer, wenn wir viel am Strand waren –, aber es ist jetzt Monate her, dass sie in der Sonne war.

Ich strecke die Hand aus, als sie in Reichweite ist. »Du siehst toll aus«, sage ich. »Und der Haarschnitt gefällt mir.«

»Wirklich?«, fragt sie, und eine leichte Röte kriecht ihre Wangen hinauf. Ich finde diese Schüchternheit, die für mich ganz neu an ihr ist, liebenswert.

»Ja.«

Sie streicht sich eine Haarsträhne hinter das Ohr und lächelt noch breiter.

Mein Blick landet auf den gezackten roten Narben an ihrem Haaransatz. Sie mindern ihre Schönheit nicht im Geringsten, aber dennoch versetzen sie mir einen Stich ins Herz. Sie werden mich immer daran erinnern, was wir alles verloren haben.

»Ich habe es gestern schneiden lassen, als ich unterwegs war. Das hier habe ich da auch gekauft«, sagt sie und deutet auf das Kleid.

»Sieht sehr gut aus.«

»Danke.«

Ich wusste nicht, dass sie gestern in der Stadt war, aber ich weiß eigentlich sowieso nicht, was sie tagsüber macht, wenn wir nicht gerade zur Reha und zurück fahren. Christine hat mir gesagt, dass sie die meiste Zeit in ihrem Zimmer verbringt, was mich traurig macht. Sie war immer gerne draußen und hasste es, eingesperrt zu sein.

»Ich bin mit dem Bus in die Stadt gefahren.«

»Wow, das ist super.« Auch wenn ich mir wünschte, sie würde ihre Zeit mit mir verbringen, bin ich dennoch froh, dass sie aus dem Haus geht und anfängt, wieder zu leben. »Ich bin stolz auf dich.«

»Ich wollte zu dem Strand, an den du mich gebracht hast.«

»Ah, das erklärt deine Hautfarbe.«

»Ich bin nicht ins Wasser gegangen, sondern habe nur in der Sonne gesessen und die Wellen beobachtet. Ich liebe es dort wirklich«, sagt sie und seufzt.

»Es war schon immer dein Lieblingsort.«

»Willst du nicht noch etwas essen, bevor du gehst, Jemma?«, fragt Christine, als wir in die Küche gehen. »Es gefällt mir nicht, dass du mit leerem Magen losfährst.«

»Kein Problem«, sagt Jemma, küsst ihre Mutter auf die Wange und schnappt sich einen Korb vom Küchentisch. »Vergiss nicht, wir haben ja den hier?« Dann sieht sie mich an. »Ich habe uns einen Picknickkorb zum Mittagessen gepackt. So wie damals, wenn wir am Fluss auf Mas und Pas Farm waren.«

Ich nehme ihr den Korb grinsend ab. Der heutige Tag fühlt sich schon jetzt nach alten Zeiten an.

♥

»Es ist wunderschön hier«, sagt Jemma, als wir durch den kleinen Ort auf die grünen Hügel in der Landschaft zufahren. Er hat sich in den letzten Jahren nicht verändert. »Es ist so grün … so malerisch. Ich verstehe, warum meine Großeltern sich entschieden haben, nicht wegzuziehen.«

»Sie haben es hier geliebt. Dein Großvater ist hier aufgewachsen. Ma ist hergezogen, als sie geheiratet haben.«

»Erzähl mir von ihnen, Braxton. Ich weiß nur, was du mir in den Briefen geschrieben hast. Christine spricht nie über sie.«

»Sie waren wundervolle Menschen … wirklich wundervoll. Ich weiß nicht, wie sie sich kennengelernt haben, aber ich wette, das kann deine Mutter dir erzählen. Ich weiß aber, dass Ma ein Stadtmädchen war, bevor sie geheiratet hat. Sie liebte das Leben hier mit Pa.«

»Ich wünschte, ich könnte mich an sie erinnern.« Das wünschte ich auch. Ich wünschte, sie könnte sich an mich erinnern und daran, wie sehr wir uns geliebt haben. »Was ist mit ihnen passiert? Wann sind sie gestorben?«

Ich wusste, dass diese Frage heute aufkommen würde. Es gibt keine schonende Art und Weise, darauf zu antworten.

»Dein Pa ist zuerst gestorben.« Ich werfe ihr einen Blick zu. »Es war unerwartet und sehr plötzlich.«

Sie zögert mit ihrer Antwort. »Wie?«

»Er hatte einen Herzinfarkt, als er in der Obstplantage war. Als er nicht zum Mittagessen ins Haus kam, ging Ma ihn suchen und fand ihn unter einem der Apfelbäume liegend vor. Sie versuchte, ihn wiederzubeleben. Der Arzt sagte, er sei seit über einer Stunde tot gewesen, als sie ihn fand.«

Jem schlägt sich die Hand vor den Mund und dreht sich von mir weg. »Arme Ma«, höre ich sie flüstern. Da hat sie recht. Pas Tod hat Ma gebrochen, und der beste Beweis dafür war das, was in den Tagen danach geschah.

Die Reifen knirschen, als ich von der Hauptstraße abbiege und den langen Schotterweg zum Farmhaus entlangfahre. Die Äste der großen Palisanderholzbäume zu beiden Seiten der Straße treffen sich in der Mitte und formen eine Art Torbogen. Es ist so schade, dass sie gerade nicht blühen, denn der Teppich aus heruntergefallenen Blüten ist wirklich sehenswert. Jemma liebte den Anblick. Ich hoffe, ich kriege die Chance, sie im Frühling noch mal herzubringen, damit sie das noch einmal erleben kann.

Als wir das Ende des Weges erreichen, kommt das Farmhaus in Sicht. Ich war vor drei Jahren das letzte Mal hier, aber es hat sich nicht viel verändert. Die Gärten sind nicht so farbenfroh und üppig, wie sie mal waren, aber allein die Tatsache, wieder hier zu sein, zaubert mir ein Lächeln ins Gesicht. Ma liebte ihren Garten und beschäftigte sich immer stundenlang darin, während Pa auf dem Land hinten arbeitete. Dieser Ort weckt so viele wunderschöne Erinnerungen in mir, genau wie er es früher bei Jemma tat.

»Alles okay?«, frage ich und lege die Hand auf Jemmas Bein, als ich den Motor ausstelle.

»Ja«, antwortet sie und sieht mich an. Sie lächelt, aber ich sehe, dass es erzwungen ist.

»Es war eine schreckliche Zeit für uns alle.«

»Das kann ich mir vorstellen.«

»Das ist ihr Haus«, sage ich und zeige durch die Windschutzscheibe. »Möchtest du dich umsehen?«

»Dürfen wir das? Lebt hier niemand anderes?«

»Nein. Deine Großeltern haben deiner Mutter das Grundstück vererbt.«

Christine war seit Mas Tod noch nicht wieder hier, aber sie verkauft es auch nicht. Sie wurde von den Geschehnissen an diesem Tag gezeichnet, aber es war trotzdem mal ihr Zuhause. Es ist alles, was sie von ihren Eltern noch hat, und ich weiß, dass sie sich niemals davon trennen wird.

Ich hatte erst darüber nachgedacht, Christine nach dem Hausschlüssel zu fragen, damit wir reingehen können, aber ich wollte mein Glück nicht herausfordern. Jem hier zu haben ist schon ein Riesenschritt. Ich habe nach Mas Tod monatelang versucht,

Jemma zu überreden hierherzukommen, aber sie hat sich strikt geweigert.

Wir gehen den Weg zum Haus entlang – Jems Blick schweift umher, als wir auf der großen umlaufenden Veranda stehen. Ma und Pa saßen hier abends oft zusammen. In den Sommermonaten tranken sie Eistee, und für Jem und mich gab es selbst gemachte Limonade von Ma. An kälteren Abenden saßen sie unter den bunten Decken, die Ma häkelte. Jem und ich hatten auch eigene Decken.

»Das waren Mas und Pas Schaukelstühle«, sage ich, als sie mit der Hand über den Rücken eines der Stühle fährt. »Wir haben immer auf der Schaukel da hinten gesessen.« Ich drehe mich leicht und zeige auf das andere Ende der Veranda, wo eine lange hölzerne Sitzbank an dicken Ketten von der Decke hängt. »Oder manchmal lagen wir im Gras und sahen zu den Sternen auf.« Ich gebe ihr einen Moment, um alles in sich aufzunehmen. »Komm, sieh dir mal die Aussicht von der Rückseite des Hauses an. Von hier oben kann man über die gesamte Obstplantage gucken.«

»Okay.«

Sie lächelt, als ich die Hand auf ihren Rücken lege und sie in die Richtung führe. Wir kommen zur Hausrückseite, und sie hält abrupt an.

»Wow.«

Ich bin mir ziemlich sicher, genauso staunend ausgesehen zu haben, als ich das erste Mal hier war. Sie geht ein paar Schritte vor und umfasst mit den Händen das Verandageländer, während sie den Anblick in sich aufnimmt. Man kann von hier nicht nur die Reihen der perfekt ausgerichteten Apfelbäume sehen, sondern auch die grünen Hügel dahinter. Die Aussicht von hier oben hat Postkartenpotenzial. »Es ist atemberaubend schön.«

»Ja, das ist es«, antworte ich, aber im Gegensatz zu ihr spreche ich nicht über die Landschaft. Mein Blick ruht auf ihr.

Als ich ihren Magen knurren höre, sehe ich auf die Uhr und bemerke, dass es schon fast Mittag ist. »Sollen wir unten am Fluss picknicken? Man läuft von hier nur fünf Minuten, und dann wird es wie früher sein.«

Sie lächelt. »Sehr gerne. Ich habe gehofft, dass wir den Fluss anschauen.«

Es gibt so viel, das ich ihr zeigen möchte. Ich werde den Tag in die Länge ziehen, so gut es geht. Wer weiß, wann ich so eine Chance erneut bekomme.

Sie wartet auf der Veranda, während ich den Picknickkorb und die Decke aus dem Auto hole.

Als wir über die Wiese zu den Apfelbäumen gehen, zeigt sie auf die große Holzhütte. »Was ist da drin?«

»Da hat Pa seine Geräte und die Äpfel nach der Ernte gelagert.«

»Sie ist riesig.«

Obwohl die Bäume seit ein paar Jahren nicht mehr gepflegt werden, sind sie in einem überraschend guten Zustand. Ich finde es allerdings traurig, die ganzen verrotteten Äpfel auf dem Boden zwischen den Bäumen zu sehen, das ist so eine Verschwendung.

»Was war das?«, fragt Jemma und greift nach meinem Arm.

»Was denn?«

»Dieses Rascheln.« Ich halte an und horche, dann drehe ich den Kopf in die Richtung, aus der das Geräusch kommt. »Glaubst du, es ist eine Schlange?«, fragt sie und rückt näher an mich heran.

»Nicht zu dieser Jahreszeit, dafür ist es nicht warm genug«, sage ich und schmunzele. »Bleib hier, ich geh mal nachsehen.«

»Ich komme mit.« Die Art, wie sie sich an meinen Arm klammert, zeigt mir, dass sie sich fürchtet.

»Du musst keine Angst haben.«

»Habe ich nicht«, sagt sie und strafft die Schultern.

»Genau.« Ich lache leise, weil ich weiß, dass das nicht stimmt.

Wir bewegen uns ein paar Reihen weiter, und das Geräusch wird immer lauter. Ich gebe Jemma ein Zeichen, und sie bleibt stehen. Dann gehe ich leicht in die Hocke und lächele, als ich sehe, wie eine Babyziege sich die Äpfel schmecken lässt, die vom Baum gefallen sind.

»Schh.« Ich lege den Finger auf die Lippen und bedeute Jemma mit der anderen Hand, mir zu folgen. »Komm mit«, flüstere ich.

Jedes Anzeichen von Angst verschwindet in dem Moment, als sie die Babyziege sieht. »Oh mein Gott, ist die süß«, sagt sie leise. »Sie ist so winzig.«

Ein lautes Blöken hinter uns lässt Jemma aufschreien und hinter mich springen. Ich lege den Kopf zurück und lache, als ich zwei größere Ziegen ein paar Meter entfernt entdecke.

»Das ist nicht lustig«, sagt sie und schlägt mir leicht auf den Arm. Ich bin anderer Meinung, ich finde es zum Schreien komisch. Als die größere Ziege einen Schritt näher kommt und noch einmal blökt, bohren sich Jemmas Finger in mein Fleisch. »Scheuch sie weg. Bitte, scheuch sie weg.«

»Du hast doch keine Angst vor Ziegen, oder?«

»Nein! Ähm, ja. Scheiße, Braxton, beißen die?«

»Es müssen wilde Ziegen sein. Wahrscheinlich versuchen sie, zu ihrem Baby zu kommen.«

Sie bewegt den Kopf etwas, sodass sie an mir vorbei nach vorn schauen kann. »Die haben Hörner.« Wir hören ein Blöken und sehen noch mehr Ziegen, die aus der anderen Richtung kommen. »Scheiße, da sind noch mehr. Sie umzingeln uns, gleich greifen sie an.« Ich höre die Anspannung in ihrer Stimme, aber dennoch muss ich lachen.

»Sie werden uns nicht angreifen«, versuche ich sie zu beruhigen.

»Scheuch sie weg!« Sie wird panisch, also werde ich aktiv.

»Haut ab!«, rufe ich, gehe einen Schritt vor und wedele mit der freien Hand vor mir herum.

Ich erwarte, dass sie rennen, aber das tun sie nicht. Stattdessen, zu meinem völligen Erstaunen, fallen sie alle mit ausgestreckten Beinen auf die Seite wie ein Set Dominosteine. Es ist so ein witziger Anblick, dass ich keine Kontrolle mehr über das laute Lachen habe, das aus mir hervorbricht. Bis Jemma spricht.

»Oh mein Gott, ich glaube, du hast sie umgebracht«, ruft sie entsetzt. Für den Bruchteil einer Sekunde glaube ich das auch, bis ein paar von ihnen sich bewegen, strampeln und versuchen aufzustehen. Die restlichen Ziegen folgen schnell. So etwas Merkwürdiges habe ich noch nie gesehen. Wurde ich gerade von einer kleinen Herde Ziegen verarscht?

»Was zur Hölle war das?«, frage ich.

»Ich habe keine Ahnung.« Ich drehe mich zu Jemma um und sehe denselben erstaunten Ausdruck in ihren Augen.

»Du hast das auch gesehen, oder?« Wenn sie nicht hier wäre, hätte ich schwören können, mir das eingebildet zu haben. »Haben sie ihren eigenen Tod vorgetäuscht?«

»Ich glaube, sie sind ohnmächtig geworden«, sagt sie. Ein breites Grinsen zuckt um ihre Lippen, bevor sie den Mund mit der Hand bedeckt und lacht. Es fängt als Kichern an, wird dann jedoch zu einem unkontrollierten Lachkrampf. Es ist ansteckend. Als sie prustet, kann ich mich nicht mehr zurückhalten, mir kommen die Tränen vor Lachen, und die Seiten tun mir weh. Es fühlt sich so gut an, wieder richtig zu lachen, aber noch wichtiger, Jemma wieder lachen zu hören.

Wir gehen kichernd weiter zum Fluss und hören bald das Plätschern des Wassers.

»Wow«, sagt sie, als der Fluss in unser Blickfeld kommt. »Er ist sogar noch schöner, als ich erwartet habe.«

»Er ist ziemlich besonders«, stimme ich ihr zu, breite die Picknickdecke aus, stelle den Korb ab und folge ihr zum Wasser.

»Das liebe ich so an deinen Briefen«, sagt sie, als ich mich neben sie stelle. »Deine Beschreibungen … wenn ich die Augen schließe, kann ich mir fast alles vorstellen.«

»Es ist schön, dass sie dir Freude bereiten. Möchtest du etwas Interessantes hören?«

»Klar.«

»Nach dem Unfall habe ich Recherchen über das menschliche Gehirn angestellt und herausgefunden, dass wir uns nur an zwanzig Prozent unseres Lebens erinnern. Und davon sind es normalerweise die bedeutenden Momente unserer Vergangenheit, die wir in Erinnerung behalten … Dinge, die zu der Zeit hervorstachen. Du warst so ein wichtiger Teil meines Lebens, Jem, dass meine bedeutenden Momente dich alle einschließen.«

»Wow. Nur zwanzig Prozent? Ich hätte gedacht, es wären mehr.«

»Ich auch.«

Ich beuge mich hinab und hebe einen Kieselstein auf, dann lasse ich ihn über das Wasser hüpfen. Als Kinder haben Jem und ich Wettbewerbe veranstaltet, bei wem der Stein am häufigsten springt. Normalerweise gewann ich, aber manchmal warf ich auch extra schlecht, damit sie mich schlagen konnte. Das würde ich ihr allerdings nie gestehen. Sie hatte immer einen gesunden Ehrgeiz und hätte den Gedanken gehasst, nicht fair gewonnen zu haben.

Sie hebt ebenfalls einen Kieselstein auf. »Kannst du mir beibringen, wie man das macht?«

»Klar. Halt ihn zwischen Zeigefinger und Daumen.« Ich versuche, die Gefühle zu ignorieren, die aufkommen, als ich meine Finger um ihre Hand schließe, um den Stein zu positionieren.

Mein Blick zuckt zu ihr, und ich merke, dass sie mich anstarrt, doch dann schaue ich weg. Es ist so leicht, sich in diesen großen braunen Augen zu verlieren, und ich habe Angst, dass ich etwas Dummes tue, etwa sie zu küssen. »Versuch ihn in diesem Winkel zu halten, wenn du ihn wirfst, damit er über die Oberfläche des Wassers springt, statt zu sinken.«

Ihr erster Wurf misslingt, und der Stein geht sofort unter, aber die stählerne Entschlossenheit meiner alten Jem scheint durch, als sie Stein um Stein aufhebt und wirft, bis sie es schließlich schafft. Ich bin froh, dass immer noch Charakterzüge ihrer alten Persönlichkeit durchschimmern, obwohl sie jetzt eine andere Person ist.

»Hast du Hunger?«, fragt sie und führt mich zurück zur Picknickdecke.

»Ich bin halb verhungert.«

»Gut. Ich habe jede Menge eingepackt.« Sie langt in den Korb und holt eine Dose heraus, die bis zum Anschlag mit dreieckig geschnittenen Sandwiches gefüllt ist. »Ich war nicht sicher, was du magst, also habe ich Schinken, Käse und Gurke genommen.« Sie grinst.

»Ich bin richtig froh, dass meine Briefe dir ein Stück deiner Vergangenheit zurückgegeben haben.«

»Ich habe sie öfter gelesen, als ich zählen kann.« Sie seufzt, und ihr Blick wandert zur Dose auf ihrem Schoß. »Ich möchte nicht, dass sie nur Worte auf einem Stück Papier sind … ich möchte, dass sie Erinnerungen sind, die mir so vertraut sind, dass sie fast echt wirken.«

»Sie sind echt«, sage ich und nehme ihre Hand. Als sie ihr Gesicht wieder hebt und sich unsere Blicke treffen, bedrückt mich die Traurigkeit in ihren Augen. »Alles, was wir hatten, war echt, Jem.« Ich atme tief aus und bemühe mich um eine feste Stimme. »Es war echt«, wiederhole ich und drücke ihre Hand.

Wir essen schweigend und genießen einfach nur die Umgebung, den Sonnenschein und unsere gegenseitige Gesellschaft.

»Ich habe dir etwas Besonderes mitgebracht«, sagt sie, als die Sandwiches aufgegessen sind. Dann langt sie erneut in den Korb und holt etwas heraus, das in ein rot-weißes Tuch gewickelt ist.

»Ich habe Christine nach Mas Rezept gefragt …« Sie wickelt es aus und enthüllt einen köstlich aussehenden Apfelkuchen.

»Es ist Mas Rezept?«, frage ich, setze mich auf und reibe die Hände.

»Die Äpfel sind vielleicht nicht so gut wie die hier auf der Farm, aber ich habe das Rezept bis auf den Teelöffel genau befolgt. Christine hat mir allerdings mit dem Teig geholfen. Ich hoffe, er schmeckt dir.«

»Er ist bestimmt lecker.« Ich lächele. »Danke, dass du dir die Mühe gemacht hast.«

»Du bist so gut zu mir, und ich wollte gern auch etwas Nettes für dich tun.«

Ich sehe zu, wie sie ein großes Stück abschneidet und es auf einen der roten Plastikteller legt, die sie mitgebracht hat. »Warte mal, ich such dir eben eine Gabel«, sagt sie und wühlt auf dem Boden des Picknickkorbs herum.

»Danke.« Ich weiß nicht, ob es daran liegt, dass es Mas Rezept ist oder an der Tatsache, dass Jemma ihn gebacken hat, aber als ich hineinbeiße, entfährt mir ein genüssliches Stöhnen. »Hmmm.«

Sie lächelt, während wir essen, und das macht mich noch glücklicher.

Nach meinem zweiten Stück Kuchen packen wir alles wieder in den Korb.

»Möchtest du am Flussufer spazieren gehen? Das haben wir als Kinder auch immer gemacht.«

»Gerne.«

Ich stelle mich hin und helfe ihr auf.

»Siehst du den Reifen unter dem Baum liegen?«, frage ich. »Das war unsere Schaukel. Das Seil muss vom Wetter beschädigt worden sein.«

»Wie schade. Der Baum ist aber wirklich schön.«

»Es ist eine Weide.«

»Das wäre ein super Baum zum Hochklettern … na ja, für dich vielleicht nicht.« Ich muss über ihren Kommentar lachen, und über mich selbst. »Irgendwie mag ich es, Dinge über dich zu wissen, die mein altes Ich nicht wusste.«

»Es ist viel leichter, seine Ängste auf einem Stück Papier zu beichten, schätze ich.«

Sie hält an und zeigt auf das Wasser. »Ich glaube, ich habe gerade einen Fisch an der Oberfläche schwimmen sehen.« Mein Blick folgt ihrer Hand. »Da ist er wieder.«

Als ich die Aufregung in ihrer Stimme höre, muss ich grinsen. Ein Fisch? Als sie das als Kind zum ersten Mal gesehen hat, hat sie etwas ganz anderes gedacht.

»Das ist ein Schnabeltier, kein Fisch oder das Monster von Loch Ness.« Ich lächele vor mich hin, als ich an den Tag vor vielen Jahren zurückdenke.

Ihr Blick ist immer noch auf den Fluss gerichtet, während sie darauf wartet, dass das Tier wieder auftaucht. »Das Monster von Loch Ness?«

»Nur ein Mythos«, antworte ich lächelnd. »Halte den Blick auf die Uferböschung gerichtet, dann siehst du vielleicht eins außerhalb des Wassers. Normalerweise haben sie dort ihren Bau.«

»Okay.« Sie sieht mich an und lächelt zurück, bevor sie wieder zum Fluss schaut.

Wir gehen einige Minuten schweigend nebeneinanderher, bis sie mir die Frage stellt, vor der ich mich gefürchtet habe. »Braxton … Was ist mit Ma passiert?«

Meine Antwort wird sie bestürzen, aber ich muss es ihr sagen. »Pas Tod hat sie gebrochen.« Ich zupfe am Kragen meines Shirts, als ich daran denke. »Die Beerdigung war furchtbar. Dein Vater und ich mussten ihr in die Kirche helfen, sie konnte kaum laufen.«

»Das ist wirklich traurig«, sagt Jemma.

»Das war es. So aufgelöst hatte ich sie noch nie gesehen. Sie war immer so eine glückliche Person. Auf der Beerdigung, als der Sarg in den Boden gesenkt wurde …« Ich atme langsam aus, bevor ich weiterspreche. »Sie hat sich darauf geworfen und ihn angefleht, sie mitzunehmen.«

»Oh mein Gott.«

»Deine Mum ist einige Tage mit ihr auf der Farm geblieben. Sie hat versucht, Ma dazu zu überreden, in die Stadt zu kommen und bei euch zu leben, aber sie weigerte sich zu gehen. Die Farm war ihr Zuhause und ihre Verbindung zu Pa.«

»Wie traurig.«

»Wir sind an dem Abend mit deinem Vater zurück in die Stadt gefahren. Ich hielt dich in den Armen, während du dich in den Schlaf weintest.« Sie hält an und dreht sich zu mir um. »Später in der Woche rief deine Mutter an.« Ich werde still. Dieser Morgen verfolgt mich immer noch.

Stephen war bei der Arbeit in einem Meeting, also rief Christine bei uns an. Jem war gerade duschen, deswegen nahm ich den Anruf an. Ich bin sehr dankbar dafür, da Christine hysterisch ins Telefon schrie. Ich konnte kaum verstehen, was sie sagte. So verzweifelt hatte ich sie noch nie erlebt. *Sie wacht nicht auf … Sie wacht einfach nicht auf*, schrie sie ins Telefon. *Oh Gott! So helfe mir doch jemand … Sie wacht nicht auf.*

Ich hatte mich noch nie so hilflos gefühlt wie in jenem Moment. Wir sammelten Stephen ein und fuhren dann zu dritt zur Farm.

»Was hat sie gesagt?«

»Sie war an dem Morgen zu Ma ins Zimmer gegangen, um sie zu wecken, und sie …« Jem weiß schon, worauf meine Geschichte hinausläuft, denn ihre Hand bewegt sich wieder zum Mund. »Sie war … ähm … im Schlaf gestorben. Der Arzt sagte, sie habe einen Herzinfarkt erlitten, genau wie Pa. Sie wollte bei ihrem Mann sein und hat diesen Wunsch erfüllt bekommen.« Ich schlucke hart, als ich sehe, wie Jemma sich die Tränen aus den Augen wischt. Instinktiv nehme ich sie in den Arm und lege das Kinn auf ihren Kopf. »Nach diesem Tag war deine Mutter nie wieder dieselbe.«

Sie antwortet nicht, hält mich aber noch fester.

♥

»Unglaublich, wie viele Sterne heute am Himmel stehen«, sagt Jemma, als wir auf der Decke liegen und in den Himmel schauen. Sie scheint nicht in Eile zu sein, und ich genieße meine Zeit mit ihr viel zu sehr, um an den Aufbruch zu erinnern.

»Ich weiß. So viele Sterne sieht man in der Stadt nie.«

Ich höre das ruhige Plätschern des Flusses und das ferne Zirpen von Grillen. So entspannt habe ich mich schon seit Monaten nicht gefühlt.

»Oh, hast du das gesehen?«, fragt sie und deutet nach oben.

»Eine Sternschnuppe.« Sie wird dicht von einer anderen gefolgt. »Du darfst dir was wünschen.«

»Warum?«

»Es ist ein Brauch, sich etwas zu wünschen, wenn man eine Sternschnuppe sieht.«

»Oh.«

Ich drehe mein Gesicht zu ihr, und im Mondschein sehe ich, dass sie die Augen fest geschlossen hat. Da denke ich an das erste

Mal, als sie eine Sternschnuppe sah, in unserer Kindheit. Der einzige Unterschied ist, dass sie ihren Wunsch an dem Tag laut äußerte – ich würde alles geben, um zu wissen, was sie sich jetzt wünscht.

Es stimmt mich traurig, als wir uns dann endlich entschließen, zu packen und zurückzufahren. Ich habe diesen Ort vermisst, und es hat mir etwas Frieden gegeben, hier mit Jemma zu sein. Außerdem glaube ich, dass es ihr genauso geht. Ich kann nur hoffen, dass ich sie noch mal herbringen darf. Im Herzen weiß ich, dass Ma und Pa uns hierhaben wollen würden.

»Wie gut, dass Vollmond ist«, sage ich, als wir zurück zum Farmhaus gehen.

»Warum?«

»Weil wir sonst nichts sehen würden. Ich hab nicht mal an eine Taschenlampe gedacht. Ich wäre kein guter Pfadfinder.«

Sie reagiert nicht auf meine Antwort. Der Witz geht völlig an ihr vorbei, aber vielleicht kann ich ihn eines Tages mit ihr teilen. Eines Tages.

♥

»Was machst du?«, fragt sie, als ich an den Straßenrand fahre und so anhalte, dass die Scheinwerfer in die Koppel vor uns leuchten. Ich hatte gehofft, vor Einbruch der Dunkelheit hier zu sein, aber unsere Zeit am Fluss war zu perfekt, um sich zu beeilen.

»Ich möchte dir noch etwas zeigen, bevor wir wieder fahren.«

Sie antwortet nicht, steigt aber aus dem Auto und lässt sich von mir zum Stacheldrahtzaun führen.

»Was willst du mir zeigen?«

Es ist dunkel, aber das Mondlicht und die Scheinwerfer sollten zum Sehen reichen. Ich hoffe, das hier läuft nach Plan.

»Kannst du mir einen Gefallen tun?«

»Sicher …«

»Leg die Hände an beide Seiten deines Mundes … so.« Ich bewege meine Hände ans Gesicht und mache vor, was sie tun soll. Zögerlich kommt sie meiner Bitte nach, aber es ist offensichtlich, dass sie verwirrt ist. »Perfekt. Und jetzt ruf ›Tilly-Girl‹, so laut du kannst.«

Als sich ihre Augen weiten, muss ich lächeln. »Sie lebt noch?« Ihr Kopf fährt in meine Richtung. »Ich hatte zu viel Angst, um dich zu fragen, was mit ihr geschehen ist.«

»Sie ist alt, aber noch putzmunter. Das Paar, dem diese Farm gehört, Mr und Mrs Talbot, sind Freunde deiner Großeltern. Sie haben angeboten, sich um Tilly-Girl zu kümmern, bis du bereit bist wiederzukommen.«

Sie lässt die Arme zu den Seiten hinabfallen. »Ich habe sie einfach zurückgelassen?«

»Nein, hast du nicht. Du hast fast täglich angerufen, um dich nach ihr zu erkundigen. Und du hattest die feste Absicht, zu ihr zurückzukommen, sobald du so weit bist.«

Sie senkt den Blick auf das Gras unter uns. »Ich kann nicht glauben, dass ich ihr das angetan habe.«

»Hey, ist schon okay.« Ich nehme ihre Hand und drücke sie tröstend. Jede Faser meines Seins möchte sie wieder in den Arm nehmen, aber ich lasse es. Ich will nicht riskieren, den Tag zu versauen, indem ich die Grenze überschreite. »So war das nicht. Du hast nie aufgehört, sie zu lieben, Jem. Es gab keine Möglichkeit, sie zu uns nach Hause zu holen. Du hast getan, was das Beste für sie war, und hier hat sie Platz, um herumzurennen.«

Sie zuckt mit den Schultern, aber ich sehe, dass sie nicht überzeugt ist. Es war eine der schwersten Entscheidungen, die sie je getroffen hat.

»Ruf nach ihr«, ermuntere ich sie.

Sie hebt die Hände wieder an den Mund. »Tilly-Girl!«, ruft sie.

Wir hören das Geräusch ihrer Hufe auf dem Boden, bevor wir sie sehen. Kurze Zeit später kommt sie über einen kleinen Hügel gesprungen, direkt auf uns zu. Jemmas Blick ist fest auf das Pferd gerichtet, und meiner auf sie. Angesichts der Freude auf ihrem Gesicht grinse ich bis über beide Ohren.

»Mein Tilly-Girl«, flüstert sie mit einem strahlenden Lächeln.

Das Pferd hält ein paar Meter von uns entfernt an und starrt Jemma kurz an, bevor es seinen vertrauten Tanz aufführt und gleichzeitig springt und sich dreht. Es ist witzig, ihr zuzuschauen, und ich höre Jemma neben mir kichern. Tilly-Girl hat nicht mehr die Energie, die sie mal hatte, aber ich freue mich riesig, dass sie den Tanz immer noch aufführt.

Schließlich hört Tilly-Girl auf und läuft langsam zum Zaun. Jemma tut es ihr nach, diese unsichtbare Verbindung zwischen ihnen zieht sie an. Ich höre ihr niedliches Lachen, als die Stute ihr Gesicht an Jems reibt. Als sie mit der Begrüßung fertig ist, wirft Jemma die Arme um den Hals des Pferdes und küsst es. Genau, wie sie es früher immer getan hat.

»Tilly-Girl.« Ich sehe eine einzelne Träne an Jems Wange hinablaufen. »Mein Tilly-Girl.«

NEUNZEHN

Jemma

»Morgen«, sagt Christine, als ich in die Küche komme.

»Morgen.«

Sie beugt sich über mich und küsst mich auf den Kopf. »Dein Lächeln zu sehen macht mich richtig glücklich.«

»Ich hatte gestern einen tollen Tag.« Ich bin immer noch gut gelaunt von dem Tag auf der Farm mit Braxton.

Ohne zu antworten, dreht sie sich um, geht zum Herd und macht mir Frühstück. Ich erkenne, dass sie der Verlust ihrer Eltern selbst nach all dieser Zeit noch schmerzt.

Sie hat merkwürdig reagiert, als ich ihr erzählt habe, dass Braxton und ich hinfahren, und ein paar Minuten später fand ich sie weinend in der Küche vor. Nach dem, was mir Braxton gestern erzählt hat, verstehe ich besser, warum sie sich so fühlt.

Ich höre mein Handy piepsen, weil eine Nachricht eingetroffen ist, und muss lächeln. Zwar bekomme ich auch gelegentlich Nachrichten von Rachel oder Stephen, aber ich hoffe schon, dass sie von Braxton ist. In meinem Bauch kribbelt es, als ich seinen Namen auf dem Bildschirm sehe.

Morgen. Hoffe, du hast gut geschlafen. Ich wollte mich nur für gestern bei dir bedanken. Es war echt schön.

Ich antworte sofort. *Ich hatte einen großartigen Tag. Danke. Bin immer noch am Lächeln.*

Wenige Momente später piept mein Handy erneut. *Freut mich zu hören. Ich habe es schon immer genossen, dich lächeln zu sehen.*

Christine unterbricht meine Gedanken, als sie eine Tasse Kaffee vor mir abstellt.

Bevor ich antworten kann, kommt noch eine Nachricht durch. *Als ich gestern Abend nach Hause kam, habe ich zu diesen verrückten Ziegen recherchiert. Sie heißen Fainting Goats, in Ohnmacht fallende Ziegen. Offenbar haben sie ein mutiertes Gen, und wenn sie aufgeregt sind oder sich erschrecken, erstarren ihre Muskeln kurzzeitig, sodass sie umfallen.*

Ich denke an den Moment und muss kichern. »Was ist so lustig?«, fragt Christine.

»Braxton«, antworte ich. »Er hat mich nur gerade an etwas Witziges erinnert, das gestern passiert ist, das ist alles.«

Ich gehe nicht ins Detail. Christine war sehr still, als ich letzte Nacht nach Hause kam. Normalerweise fragt sie mich nach meinem Tag, gestern aber nicht. Anscheinend ist es immer noch zu schwer für sie, irgendetwas über ihre Eltern zu hören.

»Es ist so schön zu sehen, dass ihr zwei euch wieder versteht.«

Ich nicke und trinke meinen Kaffee. Es stimmt, ich genieße die Zeit mit ihm. Wir sind immer noch weit weg von dem, was wir offenbar mal waren, aber es ist nicht schwer zu sehen, warum ich ihn mal geliebt habe.

Ich stelle die Tasse ab und tippe meine Antwort. *Genau das ist gestern bestimmt passiert, als du sie erschreckt hast.*

Ich habe sie nur erschreckt, weil du mich darum gebeten hast. Seine Antwort bringt mich zum Lachen. Ich weiß gar nicht, warum ich solche Angst vor ein paar dummen Ziegen hatte.

Danke, dass du mein Retter in der Not warst.

Sofort kommt seine Antwort. *Gern geschehen.* Kurz darauf trifft die nächste Nachricht ein. *Ich muss jetzt gleich los, habe heute etwas vor. Hab einen schönen Tag.*

Danke, du auch.

Ich stecke das Handy wieder in die Jackentasche, und obwohl ich noch immer lächele, frage ich mich gleichzeitig, was er wohl vorhat. Abgesehen von den Zeiten, in denen er mich zu den Terminen fährt, oder seinen gelegentlichen Besuchen habe ich keine Ahnung, was er in seiner Freizeit macht.

Christine stellt zwei Teller mit Rührei und Toast auf den Tisch und setzt sich neben mich. »Es war spät, als du letzte Nacht nach Hause gekommen bist.«

»Stimmt. Es war schon dunkel, als wir die Farm verlassen haben.« Ich sehe, wie sie sich auf ihrem Stuhl windet. »Es sieht toll dort aus. Stephen … ich meine, Dad bezahlt jemanden dafür, sich um die Farm zu kümmern.« Sie scheint nichts davon gewusst zu haben, denn ihre Augen weiten sich. »Braxton sagt, Dad möchte, dass alles perfekt ist, wenn du dich entschließt zurückzugehen.«

»Das ist nett von ihm«, sagt sie schnippisch, »aber das wäre nicht nötig gewesen. Ich habe nicht die Absicht, wieder dorthin zu fahren.«

Wenn ich daran denke, was Braxton mir gestern über Mas Tod erzählt hat, verstehe ich sie jetzt viel besser. *Vor allem die Stimmungsschwankungen.*

»Was ist zwischen dir und Dad vorgefallen?«

Christine atmet tief aus, dann steht sie auf. »Ich möchte nicht darüber reden«, blafft sie, nimmt ihren Teller und geht zur Spüle. Sie hat nicht einmal aufgegessen.

Obwohl sie mit dem Rücken zu mir steht, sehe ich, dass sie die Hand hebt, um sich über die Augen zu wischen, und ich weiß, dass sie weint. Sie leidet eindeutig immer noch darunter, was zwischen ihr und Stephen passiert ist.

Ich stehe auf und gehe zu ihr. Ihr Körper spannt sich an, als ich sie von hinten umarme.

»Was immer es war, es tut mir leid, Mum.« Sie entspannt sich wieder, als ich die Wange an ihren Rücken lehne. »Und das mit Ma und Pa tut mir auch leid.« Ich fühle einen Kloß in meinem Hals aufsteigen, als ich spreche. Es fällt mir schwer, das alles zu verstehen. Ich wünschte, ich könnte mich an sie erinnern; nun, vielleicht nicht an diesen Teil, aber an die guten Zeiten.

»Das liegt alles in der Vergangenheit, und da muss es auch bleiben«, flüstert sie.

♥

Für den Rest des Morgens sitze ich auf der Terrasse und genieße den Sonnenschein. In mir hat sich definitiv was geändert, und ich bin tatsächlich dankbar, am Leben zu sein. Ich möchte mich nicht mehr abschotten und vor der Welt verstecken.

Da Sonntag ist, muss ich nirgendwo sein. Es ist merkwürdig, in meinem Alter keine Arbeit mehr zu haben. Ich denke oft darüber nach und überlege, wie mein Leben vor dem Unfall ausgesehen haben muss.

Ich habe Christine sich selbst überlassen. Es ist deutlich, dass sie ein bisschen Zeit für sich braucht. Braxton hatte Pläne, also werde ich allein sein, bis Rachel heute Nachmittag vorbeikommt.

Meine Gedanken wandern zu Braxton. In letzter Zeit denke ich viel an ihn. Ich war überrascht von meinem Wunsch, den Besuch der Farm so weit in die Länge ziehen zu wollen wie möglich. Ich habe in jedem Fall eine Verbindung zu dem Ort gespürt, das war wunderschön, aber ich glaube, das hatte mehr mit seiner Gesellschaft zu tun.

Ich setze die Kaffeetasse auf den kleinen Tisch neben mich, hebe die Briefe von Braxton hoch und nehme das Gummiband ab, mit dem ich den Stapel zusammenhalte. Dann öffne ich den ersten Brief und fange noch einmal ganz von vorne an. Ich lese sie, sooft ich kann. Sie sind alles, was mir von meiner Vergangenheit bleibt, und ich hoffe, wenn ich sie nur oft genug lese, werden meine Erinnerungen zurückkommen und für immer in meinem Gedächtnis verankert bleiben. Seine Geschichten sind zu meinem Rettungsanker geworden.

Sobald ich den letzten Brief gelesen habe, falte ich ihn vorsichtig zusammen und stecke ihn wieder in den Umschlag. Ich seufze zufrieden, als ich mich im Stuhl zurücklehne. Dann schaue ich auf den großen Baum im Garten. Es ist der einzige, also muss es der sein, von dem Braxton gefallen ist. Plötzlich ist die Neugier in mir geweckt.

Ich laufe zum Baum und sehe in die Äste hinauf. Es ist viel zu hoch für mich, um zu klettern. Ohne weiter nachzudenken gehe ich in die Garage. Ich weiß noch, dort einmal eine Schiebeleiter an der Wand gesehen zu haben. Vorsichtig hebe ich sie hoch und lege sie auf den Betonboden. Sie ist viel schwerer als erwartet. Ich versuche, leise zu sein, als ich sie wieder aufhebe und in den Garten trage. Wenn Christine bemerkt, was ich tue, wird sie bestimmt an die Decke gehen. Ihr übertriebener Drang, mich zu beschützen, ist mir schon aufgefallen. Aber um fair zu sein, wäre ich bei meinem Kind wahrscheinlich genauso.

Ich lege die Leiter ins Gras und brauche ein paar Minuten, um herauszufinden, wie ich sie zu voller Größe ausfahren kann, bis sie einrastet. Als ich sie hochhieve und gegen den Baumstamm manövriere, entfährt mir ein kurzes Stöhnen.

Ich vergewissere mich, dass sie sicher steht, bevor ich hochklettere. Dabei fühle ich nichts von der lähmenden Angst, die Braxton in seinem Brief erwähnte. Vor Höhen habe ich also offenbar keine Angst. Je höher ich komme, desto enttäuschter bin ich. Bisher habe ich nichts in den Stamm geritzt gesehen, und ich bin schon fast an der Spitze der Leiter angelangt.

In dem Moment bemerke ich den gebrochenen Ast ungefähr einen Meter über meinem Kopf. Schmetterlinge flattern in meinem Bauch, als ich noch eine Sprosse nehme und vorsichtig von der Leiter auf den großen Ast unter dem gebrochenen klettere. Ich hoffe, er hält mein Gewicht. *Ich ritzte ein Herz in diesen Baum. Mein tiefstes Geheimnis.* Ich muss es sehen.

Meine Fingernägel bohren sich in die Rinde, als ich die Füße richtig positioniere und meinen Körper nach oben recke. Erst sehe ich es nicht, aber dann bemerke ich ein Herz, das über die Jahre mit der Rinde verwachsen ist. In dieses Herz sind Buchstaben und ein Wort eingeritzt: *BS liebt JR.* Der Anblick berührt mich zutiefst.

Er hat es schon zu mir gesagt, kurz nachdem ich aus dem Krankenhaus kam, wodurch ich mich extrem unwohl gefühlt habe. Aber seitdem hat sich die Lage zwischen uns geändert. Unsere erneuerte Freundschaft fängt gerade an zu blühen.

Ich bin mir nicht sicher, ob es daran liegt, dass der junge Braxton sich die Zeit genommen hat, das hier trotz seiner lähmenden Höhenangst zu tun. Oder vielleicht habe ich nur Angst, dass ich nie wieder so fühlen werde wie früher und diese einmalige Liebe nie wieder erleben werde. Jedenfalls bin ich vollkommen überwältigt von meinen Gefühlen. Ich schlinge die Arme um den Baum, umarme ihn mit all meiner Kraft und tue etwas, was ich noch gar nicht getan habe, seit ich aus dem Koma aufgewacht bin. Ich weine mir die Augen aus.

♥

»Hi Dad«, sage ich, als er von seinem Stuhl aufsteht und mich auf die Wange küsst. Er hat mich am vorigen Abend angerufen und zum Mittagessen eingeladen. Es hat gut gepasst, weil Braxton mich nach der Physio vorbeigebracht hat und ich Stephens Gefühle nicht verletzen musste, indem ich ihm sage, dass Christine ihn nicht mehr in der Nähe ihres Hauses haben will.

»Hi, Mäuschen. Du siehst gut aus.«

Ich muss über seinen Kosenamen für mich lächeln. Das würde ich ohne die Briefe nicht wissen.

»Danke. Ich fühle mich auch gut.«

Na ja, zumindest viel besser als vorher. Ich habe jetzt einen Lebenswillen, und sosehr ich mich auch danach sehne, wieder die Person zu sein, die ich mal war, finde ich mich doch langsam damit ab, dass das möglicherweise nie passieren wird. Das heißt aber nicht, dass ich aufhören muss zu leben oder dass ich meine Zukunft nicht genießen kann. Ich fange ja schon an, neue Erinnerungen zu schaffen.

»Wie läuft die Reha?«

»Sehr gut. Ab nächster Woche muss ich nur noch an zwei statt an fünf Tagen gehen.«

»Das sind großartige Neuigkeiten.«

Es sind großartige Neuigkeiten, aber ein Teil von mir ist auch enttäuscht, weil es bedeutet, dass ich Braxton dann nicht mehr jeden Tag sehe.

»Und wie läuft es in der Bank?«

»Super ... es ist viel los.«

Ich lächele, bevor ich wieder spreche. »Kann ich dich um einen Gefallen bitten?«

»Klar, alles, was du willst«, antwortet er.

Ich greife in meine Tasche und hole den Umschlag heraus, in dem mein Armband und die Anhänger liegen. »Könntest du die hier für mich anbringen?« Ich lege die Anhänger auf meine Handfläche, um sie ihm zu zeigen. »Ich hab nicht die Werkzeuge, um es selbst zu tun.«

»Das kann ich auf jeden Fall für dich tun«, sagt er.

Ich habe darüber nachgedacht, Braxton darum zu bitten, aber ich möchte sein Gesicht sehen, wenn er das Armband an meinem Handgelenk bemerkt.

»Im Umschlag ist eine Liste mit der Reihenfolge, in der sie sein sollen. Ich hoffe, dass noch mehr Anhänger dazukommen werden. Können wir dafür Platz lassen?«

»Alles, was du willst, Mäuschen.« Wieder lächele ich über den Kosenamen. »Woher hast du die Anhänger?«

»Braxton.«

Er nickt, nimmt mir den Umschlag ab und steckt ihn sich in die Jackentasche. »Wollen wir bestellen?«

»Ja. Ich habe einen Riesenhunger.«

»Ich auch«, sagt er lächelnd. »Ich habe eine verlängerte Mittagspause genommen, also müssen wir uns nicht beeilen. Mir ist es viel wichtiger, Zeit mit meinem Mädchen zu verbringen.«

Ich nehme die Speisekarte vom Tisch, und plötzlich macht mich die große Auswahl nervös.

»Das Clubsandwich hier ist richtig lecker«, sagt Stephen sanft.

»Klingt gut.« Ich lege die Karte wieder auf den Tisch. »Das nehme ich.« Zwar habe ich keine Ahnung, was ein Clubsandwich ist, aber ich lasse es darauf ankommen.

»Braxton hat mich am Wochenende mit zur Farm genommen«, erzähle ich, sobald wir bestellt haben. »Danke, dass du dich um die Pflege des Grundstücks kümmerst, das ist sehr nett von dir.«

»Es gibt nichts, was ich für deine Mutter nicht tun würde«, sagt er einfach. »Oder für dich.«

Ich schaue auf die weiße Leinentischdecke und denke über meine nächsten Worte nach. Es scheint mir die perfekte Gelegenheit zu sein, die Frage zu stellen, die mir schon die ganze Zeit auf der Seele brennt. »Was ist zwischen euch passiert?«

Mein Vater räuspert sich und senkt den Blick auf den Tisch. Plötzlich bin ich nicht mehr sicher, ob ich für seine Antwort bereit bin, aber irgendwie muss ich es auch einfach wissen. Ich verstehe nicht, woher die ganze Bitterkeit kommt, obwohl es mal eine wunderbare Ehe gewesen sein muss.

»Ich nehme an, es gibt keinen leichten Weg, das zu sagen.« Er hält inne, dann seufzt er. »Ich habe deine Mutter betrogen.«

Ein Keuchen entfährt mir, über das ich keine Kontrolle habe. »Du hast *was*?« Ich fühle, wie sich meine Augen beim Sprechen weiten.

»Es tut mir leid, dass du das alles noch mal durchmachen musst. Es war schlimm genug, dass ich deiner Mutter das Herz brach, aber ich habe deins auch gebrochen. Du hast danach über einen Monat nicht mehr mit mir gesprochen. Die letzten Jahre waren für uns alle hart.«

»Was ist passiert?«

»Es gibt keine Entschuldigung für das, was ich getan habe, aber damit du es verstehst, fange ich am besten ganz vorne an.«

Mir wird schwummrig, als ich auf seine Erklärung warte. *Arme Christine.*

Er zupft an seiner Krawatte, lockert sie etwas. »Nachdem ihr Vater gestorben ist, war deine Mutter am Boden zerstört – zu Recht –, aber beide Eltern so kurz hintereinander zu verlieren, war unvorstellbar.« Ich lege die Hände in den Schoß. »Als wir nach dem Tod ihrer Mutter auf der Farm ankamen, war sie untröstlich. So schlimm, dass sie ins Krankenhaus aufgenommen wurde und Beruhigungsmittel bekommen hat.«

Ich beobachte ihn, unsicher, was ich sagen soll.

»Es war hart, die Frau, die ich liebe, so zu sehen«, fährt er fort. »Wirklich hart.«

»Wenn du sie so geliebt hast, wie konntest du sie dann betrügen?«

Er senkt den Kopf, bevor er antwortet. »Die Wochen, Monate – und das Jahr, das folgte, waren sehr schwer. Der Tod deiner Großeltern hat deine Mutter verändert. Sie wurde schwer depressiv. Sie lächelte nicht mehr, aß kaum etwas, schlief sehr viel und schloss mich mit der Zeit völlig aus. Sie hat uns alle ausgeschlossen.« Er schweigt kurz und fährt sich mit der Hand über das Gesicht. »Sie weigerte sich, Hilfe anzunehmen. Ich habe nie aufgehört, sie zu lieben, aber du musst verstehen, dass es für mich auch schwer war. Du hast damals schon mit Braxton zusammengelebt. Ich fühlte mich unglaublich einsam.«

»Also hast du dir jemand anderen gesucht, der dir geben konnte, was du zu Hause nicht mehr bekommen hast?« Meine Worte kommen aggressiver hervor als beabsichtigt, aber es wirkt, als hätte er meine Mutter im Stich gelassen, als sie ihn am dringendsten brauchte.

»Nein. So war das nicht. Karen war meine Sekretärin. Sie arbeitete seit über fünfzehn Jahren für mich. Sie hat die Veränderung in mir bemerkt ... ich glaube, das hat jeder, mir ging es miserabel. Nach viel Überzeugungsarbeit hat sie mich schließlich dazu gebracht, mich ihr zu öffnen. Die Wahrheit ist, ich musste mit jemandem reden ... mit deiner Mutter konnte ich es nicht. Eine enge Freundschaft entstand. Mehr war es nicht. Bis wir eines Abends nach der Arbeit etwas trinken gingen.« Er atmet aus, und mir gefällt die Richtung nicht, die seine Erzählung einschlägt. »Wir haben uns ein Taxi nach Hause geteilt. Der Fahrer hat sie zuerst abgesetzt, und ich brachte sie zur Tür ... wo ich ihr schließlich einen Gutenachtkuss gab. Und das war auch nicht nur ein Schmatzer.«

»Verstehe.« Ich kann meine Enttäuschung nicht verbergen. »Und dann?«

»Das ist alles. Sie hat mich eingeladen hereinzukommen, und ich habe Nein gesagt. Ich liebte deine Mutter, das tue ich immer noch. Ich bin sofort gegangen, und die Schuld nagte auf dem Nachhauseweg an mir. Deine Mutter war ein paar Monate zuvor aus unserem Schlafzimmer ausgezogen. Sie hatte in deinem alten Zimmer geschlafen. In der Nacht konnte ich nicht schlafen und wälzte mich nur umher, und am Morgen habe ich ihr alles gestanden. Deine Mutter war zu Recht sauer. Sie hat mich geohrfeigt und mich dann rausgeschmissen.«

Ich lasse seine Worte kurz auf mich wirken. »Das heißt, du hast sie nur geküsst? Mehr ist nicht passiert?«

»Nein. Aber das war schlimm genug.« Als seine Stimme bricht, schmerzt mir das Herz. Ich billige nicht, was er getan hat, aber auf eine gewisse Weise kann ich es verstehen. »Ich habe den größten Fehler meines Lebens gemacht und dabei das Beste verloren, das mir je passiert ist.«

»Oh, Dad.« Ich beuge mich über den Tisch und lege meine Hand auf seine.

»Ich vermisse sie so sehr«, gesteht er, neigt den Kopf und wischt sich mit dem Handrücken über die Augen.

Er leidet genauso sehr wie sie. Ich weiß zwar nicht viel von den beiden, aber ein Blinder könnte sehen, dass es ihnen ohneeinander dreckig geht.

Nach unserem langen Mittagessen bietet mein Vater mir an, mich nach Hause zu fahren, aber ich entscheide mich, den Bus zu nehmen. Einmal, weil ich Christine nicht verärgern will, indem ich ihn in die Nähe des Hauses bringe, aber auch, weil ich Zeit brauche, um alles zu verarbeiten, was er mir erzählt hat. Ich weiß zwar nicht wie, aber ich werde einen Weg finden, wie meine Eltern zumindest miteinander sprechen können. Stephen hat gesagt, dass Christine sich geweigert hat, mit ihm zu reden, nachdem sie ihn rausgeworfen hat. Ich werde zwar nicht Partei ergreifen, aber ich glaube, es ist an der Zeit, dass sie einander vergeben und weitermachen. Das Leben ist zu kurz.

Als ich aus dem Bus steige, entscheide ich mich, noch nichts zu erzählen. Ich brauche Zeit, über alles nachzudenken und mir einen Plan zu überlegen.

»Du kommst aber spät nach Hause«, sagt Christine, als ich ins Haus komme.

»Ich bin noch etwas in der Stadt geblieben.«

»Schön. Möchtest du ein Sandwich?«

»Nein, danke, ich habe schon gegessen«, antworte ich und folge ihr in die Küche.

»Das hier ist vorhin für dich angekommen«, sagt sie lächelnd, hebt einen Brief hoch und reicht ihn mir.

Ich lehne mich zu ihr und küsse sie auf die Wange. Überraschung leuchtet in ihren Augen auf. Nach meinem Lunch mit Stephen heute habe ich noch mehr Mitgefühl mit ihr.

Sie hat schwere Zeiten durchgemacht. Erst hat sie ihre Eltern verloren, dann ihren Mann … und wahrscheinlich hat sie das Gefühl, auf gewisse Weise auch ihr einziges Kind verloren zu haben.

»Danke«, sage ich und halte den Brief hoch, aber meine Dankbarkeit ihr gegenüber reicht noch viel tiefer.

SECHSTER BRIEF

Liebste Jemma,
der vierte Juli 2004. Es waren Schulferien, und für uns begann damit der letzte längere Aufenthalt bei deinen Großeltern. In den nächsten Ferien würdest du schon deinen ersten Nebenjob haben. Aber das wussten wir da noch nicht.

Juli bedeutete, dass es Winter war, und an den ersten Tagen auf der Farm hat es geregnet. Die meiste Zeit haben wir damit verbracht, Brettspiele zu spielen und mit Ma Süßes zu backen. Sie hat uns zu ihren offiziellen Geschmackstestern ernannt, und von mir bekam sie keine Beschwerden. Man könnte sagen, ich bin schon immer ein Schleckermaul gewesen.

Am dritten Tag ließ der Regen schließlich nach, deswegen standen wir früh auf und verbrachten eine Stunde damit, im Garten Regenwürmer zu fangen. Als wir fertig waren, nahmen wir unsere

Angelruten – die hatten Ma und Pa uns zum vorigen Weihnachtsfest geschenkt – und machten uns auf den Weg zum Fluss. Ich fand es immer gut, dass du, im Gegensatz zu den meisten anderen Mädchen, keine Angst hattest, die Würmer in die Hand zu nehmen und deinen eigenen Haken mit einem Köder zu versehen. Es gab eigentlich ziemlich wenig, wovor du Angst hattest.

Vom vielen Regen war die Erde matschig, deswegen hat uns Pa empfohlen, Tilly-Girl nicht mit uns zu nehmen. Du warst enttäuscht, weil du dich darauf gefreut hattest, sie zu reiten, also nahmen wir zumindest den langen Weg zum Fluss, der an ihrer Koppel vorbeiführte, damit du sie sehen konntest.

Während wir auf der Farm waren, hat Pa uns sein weißes Holzruderboot am Ufer überlassen. Es war viel zu kalt zum Schwimmen, deswegen konnten wir es während der Wintertage richtig gut gebrauchen. Du hast mir immer dabei geholfen, es umzudrehen und ins Wasser zu schubsen. Ich habe dann die Hosenbeine aufgekrempelt, bin ins eisige Wasser gestiegen und habe dich Huckepack zum Boot getragen, damit du nicht nass wurdest.

Wir sind dann zu unserer üblichen Stelle gerudert und haben den Anker geworfen. An manchen Tagen saßen wir stundenlang dort und fingen nicht einen einzigen Fisch, aber an anderen Tagen waren wir sehr gut. Wenn wir es schafften, ein paar Forellen nach Hause zu bringen, hat Pa sie sauber gemacht, und dann hat Ma sie mit einer fabelhaften Zitronenbuttersoße zum Abendessen zubereitet.

Dieser Tag war einer unserer erfolgloseren. Wir waren schon seit einigen Stunden da, und es hatte noch nichts angebissen.

»Heilige Scheiße«, hast du plötzlich gerufen und bist aufgesprungen. »Hast du das gesehen?«

»Ganz ruhig«, gab ich zurück und versuchte das Boot still zu halten, als es gewaltig von einer Seite zur anderen wackelte.

»Gib mir das Netz!«

»Hast du was gefangen?«

»Nein, aber ich glaube, ich habe gerade das Monster von Loch Ness gesehen.«

Ich lachte, als du vor Aufregung quiektest. »Du bist verrückt. Das Monster gibt es nicht.«

»Ich lüge nicht, Braxton. Ich hab es gesehen.«

»Du hast vielleicht irgendwas gesehen, aber nicht das Monster von Loch Ness.«

»Ich hab es gesehen, verdammt«, hast du geschnauzt und gegen mein Schienbein getreten. Dein Ton brachte mich zum Kichern, was dich nur noch mehr aufregte. »Oh mein Gott, wir werden bestimmt berühmt. Wir kommen in die Nachrichten und alles.«

Ich hatte keine Zweifel, dass du etwas gesehen hattest, aber mir war klar, es konnte nicht das sein, was du glaubtest.

»Da ist es wieder!«, hast du gekreischt. Diesmal hast du nicht nach dem Netz gefragt, du hast dich hastig umgedreht und es dir selbst genommen. Wie du glauben konntest, so eine riesige Kreatur der Tiefsee in so einem kleinen Netz zu fangen, war mir schleierhaft, aber ich ließ dich einfach machen. Du warst unglaublich stur, wenn du dir einmal etwas vorgenommen hast, und hättest sowieso nicht auf mich gehört.

Ich sah über den Bootsrand und erkannte, dass dein sogenanntes Monster in Wirklichkeit ein Schnabeltier war, das unter der Wasseroberfläche schwamm.

Du beugtest dich in dem Versuch vor, es in dem Netz zu fangen. Das war nicht dein weisester Schachzug. Nicht nur das Boot ist dadurch umgekippt, sondern auch wir sind ins eiskalte Wasser gefallen.

Ich kam zuerst an die Oberfläche, und mein Kopf zuckte von rechts nach links, als ich nach dir suchte.

»Jemma!«, schrie ich laut. »Jemma, wo bist du?«

Ich wollte gerade wieder untertauchen, um dich zu suchen, als du an die Wasseroberfläche kamst. Du schnapptest nach Luft, und deine Lippen hatten sich schon leicht blau gefärbt.

Ich schwamm die paar Züge, um zu dir zu kommen, und legte dir den Arm um die Hüfte. »Die Angelruten!«, riefst du, als ich dich zum Ufer brachte.

»Ich gehe sie später holen.« Meine oberste Priorität warst du. Dein ganzer Körper zitterte, als wir schließlich auf dem Trockenen waren. Ich bin mir sicher, mir ging es genauso, aber daran erinnere ich mich nicht, weil ich mir zu viele Sorgen um dich gemacht habe. »Du musst zum Haus gehen und die nassen Klamotten ausziehen. Ich gehe die Angelruten holen.«

»Okay.« Deine Zähne klapperten, und deine Bewegungen waren langsam, deswegen nahm ich dich hoch und rannte los. Ich kam nur ein paar Meter weit, dann rutschte ich im Schlamm aus, und wir beide fielen auf den Boden.

Unter anderen Umständen hätten wir uns schlappgelacht, aber der kalte Wind tat uns gar nicht gut. Meine Sorge für dich stieg nur noch mehr.

Zu meiner Überraschung gab es keine strenge Standpauke von deinen Großeltern, als wir endlich am Farmhaus ankamen. Nur Sorge. Sie schickten uns in verschiedene Räume und wiesen uns an, die nasse, schlammige Kleidung abzulegen, bevor sie uns in Decken einwickelten. Pa setzte uns vor den offenen Kamin im Wohnzimmer, während Ma in die Küche ging, um uns große Tassen mit heißer Schokolade zu machen.

Dann ging Pa zum Fluss, holte das Boot ein und fischte unsere Angelruten heraus, die er weiter flussabwärts fand.

Danach wurde kein Wort mehr darüber verloren, aber Ma ließ uns ein paar Tage lang im Haus bleiben, um sicherzugehen, dass wir uns bei unserem Unglück nicht erkältet hatten. Meine Bewunderung für sie wurde nach diesem Tag nur noch stärker. Sie waren wirklich tolle Menschen.

Am Abend, bevor wir nach Hause zurückfahren mussten, kochte uns Ma ein großes Festessen. Ich konnte sehen, dass sie uns gerne bei sich hatte. Sie bekam immer etwas feuchte Augen, wenn wir wieder gehen mussten.

Danach zogen wir auf die vordere Veranda um. Ma legte Pas farbenfrohe Häkeldecke über seinen Schoß, bevor sie sich neben ihn setzte. Ich sah lächelnd zu, wie er nach ihrer Hand griff und sie in seine eigene nahm. Als sie ihn ebenfalls anlächelte, konnte ich ganz klar die Liebe in ihren Augen erkennen.

Es war eine kühle Nacht, aber am Himmel stand keine einzige Wolke, deswegen legten wir uns ins Gras. Na ja, besser gesagt lagen wir im Winter auf einer Plane, weil der Boden kalt und feucht war. Du hattest deine rosa Häkeldecke und ich meine blaue.

»Heute Nacht sind richtig viele Sterne am Himmel«, sagtest du.

»Hm. So viele sieht man in der Stadt nicht.«

»Oh mein Gott, hast du das Licht gesehen, das gerade über den Himmel gezuckt ist?«, sagtest du, plötzlich alarmiert.

»Ja, das war eine Sternschnuppe.«

»Oh. Ich habe mich schon immer gefragt, wie eine Sternschnuppe aussieht.«

»Du musst dir etwas wünschen«, sagte ich. »Wenn man eine Sternschnuppe sieht, wünscht man sich etwas.«

»Ich wünsche mir …« Du hast kurz innegehalten, und ich wollte dir sagen, dass man nicht sagen darf, was man sich wünscht, weil es sonst nicht wahr wird. Zu dem Zeitpunkt habe ich sowieso nicht daran geglaubt, aber heute bin ich mir nicht mehr so sicher. »Ich wünsche mir, dass du für immer mein Freund bleibst, Braxton Spencer.«

Du hast deine Hand unter meine Decke geschoben und die Finger mit meinen verflochten. Als du dein Gesicht in meine Richtung gedreht hast, schauten wir uns in die Augen, und die Art, wie du mich angesehen hast, war anders als all die anderen Male. Es brachte mein Herz zum Rasen, denn wenn ich mich nicht täuschte, war es genau derselbe Blick, den Ma einige Minuten zuvor Pa zugeworfen hatte.

Für mich war es ein Moment, der mehr Fragen aufwarf als Antworten gab. Konnten wir mehr als beste Freunde werden? Ich wusste, dass du mich liebtest, weil du es mir gesagt hast, aber das gab mir Hoffnung, dass du mich vielleicht, nur vielleicht, genauso liebtest wie ich dich heimlich liebte.

Ich drückte deine Hand, als ein Hoffnungsschimmer in mir aufleuchtete. »Das wünsche ich mir auch, Jem.«

Was wir hatten, ist viel zu schön, um vergessen zu werden.

Dein Freund für immer,

Braxton

Ich seufze, als ich mir den Brief an die Brust drücke. Merkt er überhaupt, wie wundervoll diese Briefe sind? Es gefällt mir, dass er diesen mit »Dein Freund für immer« unterschrieben hat. Ich weiß nicht, was noch vor uns liegt, aber dafür weiß ich mit Sicherheit: Ich wünsche mir, dass er Teil meines Lebens bleibt.

An dem Tag hat mein Wunsch vielleicht wirklich einen Hoffnungsschimmer in ihm aufleuchten lassen, und genau dasselbe tun seine Worte nun für mich. Mein Wunsch bei meiner ersten Sternschnuppe ähnelt meinem letzten. Vielleicht wäre es naheliegend gewesen, mir meine Erinnerung zurückzuwünschen, aber das tat ich nicht. Ich habe mir gewünscht, dass ich Braxton wieder genauso sehr lieben kann wie vor dem Unfall.

Ich hole mein Handy heraus und suche nach Stephens Nummer, um ihm eine Nachricht zu schicken. *Können wir uns morgen oder an einem anderen Tag in dieser Woche noch mal treffen? Ich habe noch zwei Anhänger, die an mein Armband sollen.*

Danach öffne ich die Hand und lächele, während ich den winzigen Angler in einem Boot und die silberne Sternschnuppe betrachte.

ZWANZIG

Braxton

Bella-Rose ist absolut nicht das, was ich erwartet habe, als ich ins Tierheim komme. Ich sage der Leiterin Diane, dass ich einen männlichen, größeren Hund möchte, einen, der leicht zu erziehen ist. Vielleicht etwas mit kurzen Haaren, pflegeleicht. Ein Gefährte in meinen einsamen Nächten.

Die Hündin vor mir ist nichts davon. Sie ist ein kleiner weißer Jack Russell mit braunen Flecken und großen braunen, flehenden Augen. Sie sieht ängstlich, verwirrt und allein aus – genau wie Jemma an dem Tag, an dem sie aus dem Koma erwacht ist.

In dem Moment, als ich die Hündin im Zwinger erblicke, sagt mein Herz mir, dass sie die Richtige ist. Ich war noch nie ein impulsiver Mensch, aber dieses Tier sieht einsam und verängstigt aus, und genauso fühle ich mich auch.

»Hey, Mädchen«, sage ich und knie mich hin, um sie nicht einzuschüchtern. »Du musst keine Angst haben. Ich tue dir nicht weh.« Ich spreche in sanftem Tonfall, als ich den Arm nach ihr ausstrecke. Zuerst ist sie zögerlich, schnüffelt an meiner ausgestreckten Hand und leckt an einem meiner Finger. »Gutes Mädchen«, sage ich und streichele sie sanft am Kopf, woraufhin sie mit dem Schwanz wedelt.

»Wir haben sie gestern aufgenommen«, erzählt mir Diane. »Ihr Besitzer ist gestorben, und es war niemand anderes da, der sie nehmen konnte. Armes kleines Ding. Sie ist so wie jetzt, seit sie angekommen ist. Wahrscheinlich versteht sie nicht, was passiert ist. Aber«, fügt sie mit einem hoffnungsvollen Lächeln hinzu, »vielleicht hat sie ja ein neues Zuhause gefunden?«

Ich lächele als Antwort.

Als wir zu Hause ankommen, setze ich sie auf den Rasen im Vorgarten und gebe ihr ein paar Minuten zum Erkunden. Der Rasen ist umzäunt, und sie kann hier rumtoben, wenn ich im Büro bin. Sie kauert jedoch nur zu meinen Füßen. Wahrscheinlich wird es etwas dauern, bis sie richtig hier ankommt, aber ich bin zuversichtlich, dass es klappen wird.

Im Haus begrüßt sie Samson mit Gebell, und ich mache die beiden miteinander bekannt. Ich stelle den Hundekorb vor das große Glasfenster, von dem aus man aufs Meer blicken kann, und fülle den Wassernapf. Im Kühlschrank sind noch Reste vom gegrillten Hühnchen, und ich mache mir daraus ein Sandwich zum Mittagessen und gebe Bella-Rose den Rest. Sie atmet es praktisch ein, und es freut mich, sie fressen zu sehen. Es gibt mir Hoffnung, dass sie genauso froh ist hier zu sein, wie ich froh bin, sie hier zu haben.

»Möchtest du mit mir am Strand spazieren gehen, Mädchen?«, frage ich und halte die pinke Leine hoch, die ich ihr gekauft habe. Sie hüpft vor Freude, und ich muss lachen. Es sieht aus, als hätte sie Sprungfedern unter den Pfoten.

Wie immer denke ich an Jemma. Ich vermisse sie und wünschte, ich hätte einen Vorwand, um sie zu besuchen. Meine Füße liegen auf dem Beistelltisch, und Bella-Rose sitzt auf meinem Schoß. Der Fernseher läuft, aber ich schaue nicht hin.

Ich bin froh, dass Jemma jetzt seltener in die Reha muss – das bedeutet, dass es ihr besser geht –, aber gleichzeitig bin ich enttäuscht, weil ich sie nur noch wenige Male pro Woche sehe. Ich sehe sie sowieso schon zu selten. In meinem Herzen ist ein Riesenloch, das nur sie ausfüllen kann. Ein Teil von mir fehlt … der beste Teil … *sie.*

Wie gerne würde ich anrufen oder zu Christines Haus fahren und Jemma sehen, aber gleichzeitig möchte ich ihr den Freiraum geben, den sie braucht, deswegen schreibe ich ihr nur eine Nachricht.

Hi.

Es ist so eine lahme Nachricht. Es gibt so viel, das ich sagen möchte – das gibt es immer –, aber ich zwinge mich, mit kleinen Schritten voranzugehen. Wenn sie für mehr bereit ist, wird sie es mich wissen lassen.

Ich erwarte keine Antwort, aber das hält mich nicht davon ab, auf eine zu hoffen. Ein paar Sekunden später wird mein Wunsch erfüllt, als mein Handy piepst. *Hi. Wie geht's?*

Gut. Und dir?

Auch gut. Ich habe gerade in den sauren Apfel gebissen und Christine gefragt, ob sie Fotos von Ma und Pa hat.

Und?

Ich warte auf ihre Antwort, aber statt einer Nachricht klingelt mein Handy plötzlich. Mit einem idiotischen Grinsen hebe ich ab. »Hey.«

»Hi«, antwortet sie mit der schönen Stimme, die ich so vermisse. »Ich dachte, es wäre einfacher, dich eben anzurufen. Ich brauche immer ewig, um eine Antwort zu tippen.« Sie hält inne, und ich höre, wie sie verärgert seufzt. »Ich muss mich immer noch an dieses blöde Ding gewöhnen. Es stört dich doch nicht, dass ich anrufe, oder?«

»Überhaupt nicht. Du kannst immer anrufen, das weißt du doch. Also, was hat Christine gesagt?«

»Sie ist nach oben gegangen, um sie rauszusuchen.« Ich höre die Freude in ihrer Stimme. »Nach allem, was du mir letztens erzählt hast, mochte ich sie kaum fragen. Jetzt verstehe ich, warum es im Haus keine Fotos von ihnen gibt. Es sind offensichtlich zu schmerzhafte Erinnerungen.«

»Ja. Es ist schade, aber ich schätze, wir alle tun, was wir tun müssen, um mit so etwas zurechtzukommen.«

»Was machst du gerade?«, fragt sie. »Rachel hat mir abgesagt. Sie musste für eine Videokonferenz mit einem Kunden in New York zurück ins Hotel.«

»Nichts Besonderes, warum?« Innerlich hoffe ich, dass ihre Frage zu einer Einladung führt.

»Komm doch rüber und sieh dir die Bilder mit uns an. Christine sagt, dass sie oben eine ganze Kiste mit Kram hat. Ähm … also, natürlich nur, wenn du möchtest. Du musst nicht. Du hast bestimmt viel zu tun. Ich dachte nur … ähm, ich weiß ja, dass sie dir viel bedeutet haben.«

Ihr nervöses Gebrabbel bringt mich zum Lächeln. Versteht sie nicht, dass mich keine zehn Pferde davon abhalten könnten? Ich bekomme nicht nur die Chance, sie zu sehen, sondern kann mich auch noch gemeinsam mit ihnen an Ma und Pa erinnern. Sie waren für mich auch wie Großeltern, und ich finde es sehr schade, dass das Thema seit ihrem Tod tabu war.

»Sehr gerne.«

»Wirklich?«

»Ja.« *Ich würde alles tun, um dich zu sehen*, will ich hinzufügen, lasse es aber. Wir haben uns seit unserer Kindheit nicht mehr gegenseitig verschwiegen, wie wir uns wirklich fühlen, deswegen muss ich mich noch daran gewöhnen.

»Super. Wir warten, bis du hier bist. Ich mache mir etwas Sorgen, wie Christine damit umgehen wird.«

Sie hat recht, es könnte in alle Richtungen gehen, aber es ist

Zeit, dass sie sich an die guten Momente erinnert und nicht immer nur an die schlechten denkt. Das ist auch die einzige Art, wie ich die Situation mit Jem überlebe.

Als ich gehe, kaut Bella-Rose fröhlich auf einem Kauknochen herum, und eine halbe Stunde später parke ich in Christines Einfahrt.

»Hi«, flüstert Jemma, als sie mir öffnet.

»Hi.« Gott, es ist so schön, sie zu sehen.

Sie tritt zur Seite und lässt mich hinein. »Christine ist im Wohnzimmer.«

»Warum flüstern wir?«, frage ich mit einem neugierigen Grinsen.

Sie zuckt mit den Schultern. »Ich bin mir nicht sicher, ob das hier eine gute Idee ist. Sie ist sehr still geworden und starrt die Kiste auf dem Tisch nur an, als ob sie jederzeit aufgehen und sie beißen könnte.«

»Das hier ist eine gute Sache, Jem. Ja, vielleicht wühlt es sie auf, aber ich glaube, dass es ihr richtig guttun wird, sich an die guten Zeiten zu erinnern, anstatt sich immer nur auf die schlechten zu konzentrieren.«

»Weißt du was, du hast recht.« Sie lächelt mich an. »Ich bin froh, dass du hier bist.«

Dann legt sie mir die Hand auf den Arm. Eine einfache Berührung von ihr reicht aus, um jedes einzelne Nervenende bei mir in Brand zu setzen.

»Hi, Christine«, sage ich, als ich ins Wohnzimmer komme und auf sie zugehe. Jemma hat recht, sie sieht ängstlich aus.

»Hi.«

Sie bleibt sitzen, also beuge ich mich hinab und küsse sie auf die Wange.

»Ich mach uns mal einen Kaffee, bevor wir loslegen«, sagt Jemma und reibt sich nervös die Hände.

»Klingt gut. Brauchst du Hilfe?«

»Nein, das geht schon.« Sie lächelt mich angestrengt an und geht dann aus dem Raum.

»Wie geht's dir?«, frage ich Christine und setze mich neben sie.

»Ich weiß nicht, ob ich das hier tun kann«, sagt sie leise.

»Du weißt, dass du es kannst.« Ich lege meine Hand auf ihre. »Es ist an der Zeit. Deine Eltern würden das nicht wollen. Sie würden wollen, dass du dich an die schönen Momente erinnerst, und davon gab es sehr viele.«

Sie dreht sich zu mir, und ich sehe Tränen in ihren Augen glitzern. Ich verstehe, was sie durchmacht, ich habe auch einen Elternteil verloren. Auf gewisse Weise habe ich beide verloren. Ich glaube nicht, dass ich jemals richtig über den Tod meiner Mutter hinwegkommen werde, versuche aber, mich nicht auf diesen furchtbaren Tag zu konzentrieren und mich stattdessen an das zu erinnern, was wir mal waren. Das hat mir geholfen weiterzuleben.

»Es gab wirklich viele gute Momente«, stimmt sie mir zu. Ihre Lippen deuten ein Lächeln an.

»Tu das nicht nur für Jem, tu es auch für dich selbst. Genieße diese wunderbaren Erinnerungen, denn sie sind jetzt alles, was du noch hast. Es hilft … ich weiß das.«

»Du hast recht.«

Ich lasse ihre Hand los, und sie lehnt sich vor und greift nach der großen, schokoladenfarbenen, mit Leder bezogenen Kiste auf dem Tisch. Dann atmet sie tief durch und hebt langsam den Deckel.

»Meine Mutter hat mir diese Kiste an dem Abend gegeben, bevor sie gestorben ist. Ich glaube, sie wusste schon, dass sie uns verlässt, um bei meinem Vater zu sein. Sie hat sie mir gegeben, bevor sie ins Bett gegangen ist. ›Ich möchte dir das hier geben‹, hat sie gesagt. Sie hat mich ganz fest umarmt und mir gesagt, wie sehr sie mich liebt. Ich habe nicht einen Moment daran gedacht, dass es das letzte Mal sein könnte, dass sie diese Worte zu mir sagt.« Sie legt den Deckel neben die Kiste und wischt sich die Tränen aus den Augen. »Ich habe keine Ahnung, was hier drin ist. Ich habe nie hineingesehen.«

»Nun, vielleicht ist es jetzt Zeit, das zu ändern. Sie hat dir die Kiste aus einem bestimmten Grund gegeben.«

»Ihr habt schon ohne mich angefangen?«, sagt Jemma, als sie mit einem großen Holztablett mit den Kaffeetassen und einem Teller Keksen hereinkommt.

»Warte, ich helfe dir.« Ich gehe ihr entgegen und nehme ihr das Tablett ab.

»Ich habe die Kekse gestern Abend gebacken. Wahrscheinlich können sie denen von Mrs Gardener nicht das Wasser reichen, aber ich hoffe, dass du sie trotzdem magst.«

Ich bin so gerührt, dass ich es kaum schaffe, normal zu klingen, als ich antworte: »Sie schmecken bestimmt gut.«

Vorsichtig stelle ich das Tablett auf den Tisch, und Jemma gibt Christine eine der Tassen. »Hier, Mum.« Ich sehe, dass mein Kaffee auch mit Milch ist, bringe es aber wieder nicht übers Herz, etwas dazu zu sagen. »Der hier ist deiner«, sagt sie zu mir.

»Danke.« Ich nehme mir einen Keks und setze mich wieder neben Christine, und Jemma setzt sich an ihre andere Seite. Dann tunke ich den Keks ein paar Sekunden lang in den Kaffee und stecke ihn mir in den Mund. »Hmm.« Als ich Jemma anschaue, bemerke ich, dass sie mich gebannt beobachtet. »Sie sind superlecker.«

Sie lächelt mich schüchtern an, bevor sie einen Schluck Kaffee trinkt. »Tunkst du dein Essen immer in deine Getränke?« Dabei zieht sie eine komische Grimasse, als wäre es eine merkwürdige Angewohnheit. Wenn sie nur wüsste, dass sie diejenige war, die mir diesen Trick beigebracht hat.

»Du solltest es nicht verurteilen, bevor du es selbst probiert hast.« Genau das hat sie vor all diesen Jahren zu mir gesagt.

Sie zuckt mit den Schultern, bevor sie sich vorbeugt und einen Keks nimmt. Sie hat sich noch nie davor gescheut, Neues auszuprobieren. Das war eines der Dinge, die ich so an ihr liebe.

Ich vergesse zu erwähnen, dass man den Keks nicht zu lange drinlassen sollte. Als sie ihn herausnimmt und die Hälfte fehlt, muss ich lachen. Ihr Gesichtsausdruck ist unbezahlbar. Ihre Augen weiten sich, und sie runzelt die Stirn, als sie in die Kaffeetasse schaut.

»Es gibt da eine Zwei-Sekunden-Regel. Wenn du ihn länger drinlässt, besteht die Gefahr, dass er zu einer breiigen Pampe wird und auf den Tassenboden sinkt.«

»Oh.«

Das niedliche Kichern aus ihrem Mund ist Musik in meinen Ohren. Sie hatte schon immer einen tollen Sinn für Humor.

Schließlich holt Christine einen Stapel Fotos aus der Kiste. Das obere ist ein Schwarz-Weiß-Bild von Ma und Pa, als sie noch jünger waren. Sie halten ein Baby im Arm, wahrscheinlich Christine. Ein ersticktes Schluchzen entfährt Christine, als sie mit den Fingern leicht über das Bild streicht. Es ist das erste Mal, dass ich ein Bild von Ma und Pa in ihrer Jugend sehe. Sie sind ein hübsches Paar. Jemma lehnt sich vor und lächelt mich kurz an, als wir beide automatisch von rechts und links eine Hand auf Christines Beine legen, um sie zu trösten.

»Erzähl mir von ihnen«, sagt Jemma, als Christine durch die Bilder blättert, bevor sie uns sie weiterreicht. »Wie war deine Kindheit?«

»Ich habe sehr schöne Erinnerungen an meine Kindheit.«

Wieder lehnt sich Jemma vor und schaut mich an. Ich frage mich, ob sie an unsere Kindheitserinnerungen denkt – die, von denen ich in den Briefen geschrieben habe.

»Das ist dein Großvater«, sagt Christine und hält ein Foto von einem jungen Pa in seiner Armeeuniform hoch. »Er hat im Zweiten Weltkrieg gedient. Da hat er meine Mutter kennengelernt. Hier müsste auch noch ein Foto von ihr drin sein. Ich weiß noch, dass ich es früher mal gesehen habe.« Sie geht die Fotos durch, bis sie fündig wird. »Hier. Sie war eine Krankenschwester beim Roten Kreuz.«

»Ich kenne sie«, sagt Jemma und nimmt das Bild aus Christines Hand, bevor ich es zu sehen bekomme. »Ich kenne sie aus dem Krankenhaus.«

»Das ist unmöglich. Dieses Foto wurde über vierzig Jahre vor deiner Geburt aufgenommen.« Sie nimmt ihrer Tochter das Bild aus der Hand. Sie lächelt kurz, als sie es ansieht. »Sie hatte ein Lächeln, das einen ganzen Raum erhellen konnte … ich vermisse sie so sehr.« Sie reicht mir das Foto. »Hier ist noch eins von ihr während des Krieges.«

»Das ist sie, definitiv«, flüstert Jemma.

Christine winkt ab. »Unmöglich. Wie gesagt, du warst noch nicht einmal geboren, als die aufgenommen wurden. Das hier war während des Zweiten Weltkrieges.«

Jemma ignoriert ihre Mutter und wendet sich an mich. »Erinnerst du dich daran, diese Schwester im Krankenhaus gesehen zu haben?« Sie reicht mir das Foto. »Sie hat oft die Nachtschicht gemacht und dabei meine Hand gehalten und mir etwas vorgesungen. Du erinnerst dich doch an sie, oder?«

Der hoffnungsvolle Blick zerreißt mir das Herz, aber ich muss ihr die Wahrheit sagen. »Nein, ehrlich gesagt nicht.«

»Natürlich nicht«, blafft Christine, steht auf und verlässt das Zimmer. Mein Blick wandert zu Jemma, und ich sehe, wie sie sich auf die Unterlippe beißt, um das Beben zu verbergen.

Ich nehme ihre Hand.

»Ich lüge nicht«, flüstert sie.

EINUNDZWANZIG

Jemma

Sobald ich in Braxtons Auto sitze, hole ich das Tagebuch heraus, das ich mir in die Handtasche gesteckt habe. Ich habe die halbe Nacht damit verbracht, den Rest der Kiste durchzugehen. Christine war alles zu viel geworden, deswegen ist sie ins Bett gegangen.

»Was ist das?«, fragt Braxton.

»Mas Tagebuch. Sie hat es während des Krieges geführt.«

»Wow.«

»Ich möchte dir einen Ausschnitt daraus vorlesen. Das ist von dem Tag, als sie Pa kennengelernt hat, am siebzehnten Mai 1941. Es beweist, dass ich mir das nicht einbilde.«

Es ist über eine Woche her, dass ich das letzte Mal die Gelegenheit hatte, mich hinzusetzen und zu schreiben. Ich bin sowohl körperlich als auch geistig völlig erschöpft. Die Tage werden länger, und die Verluste steigen in alarmierender Geschwindigkeit. Der Krieg ist sinnlos, das habe ich während meiner Zeit hier in England gelernt. Wegen des Platzmangels auf der Station reihen sich die Betten in den Fluren aneinander, und wenn es so weitergeht, dauert es nicht mehr lang, bis wir überhaupt keinen Platz mehr haben. Ich bete, dass dies nie passieren wird.

Ich habe mir fest vorgenommen, die Patienten nicht nah an

mich heranzulassen, aber ich fürchte, in einem Fall habe ich leider versagt.

Gefreiter Albert Griggs war bewusstlos, als er vor drei Tagen eingeliefert wurde, und ich sollte einem der Ärzte dabei helfen, sich um seine Wunden zu kümmern. Ich legte gerade einen Druckverband auf die klaffende Wunde an seiner Stirn, als er zum ersten Mal seine Augen öffnete.

»Sind Sie ein Engel?«, fragte er und sah mich aus großen braunen Augen an. »Sie sind so wunderschön, genau so stelle ich mir einen Engel vor.«

»Ich bin eine Schwester im Krankenhaus.«

»Dann bin ich nicht tot?«

»Nein, Sie sind sehr lebendig. Sie wurden in einem Granatenangriff verletzt, aber hier sind Sie in guten Händen. Doktor Adams ist einer der Besten.«

Sein Gesicht leuchtete auf, als er nach meiner Hand griff, nur Augenblicke, bevor er wieder ohnmächtig wurde.

Seine ist nicht die erste Hand, die ich gehalten habe. Es gab schon viele Anlässe, zu denen ich Soldaten trösten musste, wenn sie Angst oder Schmerzen hatten, oder in diesen fürchterlichen Momenten, wenn sie verstehen, dass sie ihre Verletzungen nicht überleben werden. Ich glaube, ich werde mich nie vollständig davon erholen, die Hände von Menschen gehalten zu haben, wenn sie ihren letzten Atemzug taten.

Gefreiter Griggs ist jedoch irgendwie anders. Als er nach meiner Hand griff, spürte ich ein leichtes Flattern im Magen. Das ist mir noch nie passiert.

In den Tagen danach fühlte ich mich zu ihm hingezogen. Einige meiner ruhigeren Momente verbrachte ich an seinem Bett. Er war immer noch bewusstlos, aber ich hielt seine Hand, genau wie am ersten Tag, und sang ihm etwas vor; und als er meine Hand drückte, kehrte das Flattern zurück.

»Das ist genau das, was sie mit mir getan hat, Braxton«, sage ich und sehe vom Tagebuch auf. »Sie hielt meine Hand und sang mir etwas vor. Du glaubst mir doch, oder?«

Braxtons Augen weiten sich leicht, bevor er spricht. »Meinst du, es besteht auch die Möglichkeit, dass du das geträumt hast? Ich habe mal von meiner Mum geträumt, Jahre, nachdem sie gestorben ist.«

»Ich weiß nicht. Vielleicht. Aber es hat sich so echt angefühlt.« In meinem Herzen möchte ich glauben, dass es mehr als nur das war. Ich habe das Gefühl, dass ich einen Teil meiner Großeltern kennengelernt habe, den mein altes Ich nicht kannte, und das schenkt mir ein bisschen Frieden. »Woher konnte ich wissen, dass sie Pa etwas vorgesungen hat?«

»Dafür habe ich keine Erklärung, Jem. Vielleicht ist das eine Geschichte, die dir als Kind mal erzählt wurde.«

Ich zucke mit den Schultern. »Möglich.«

»Wenn es dich tröstet, der Traum von meiner Mutter erschien mir sehr realistisch. Und er hat mich getröstet.«

»Es tröstet mich auch zu glauben, dass Ma zu mir gekommen ist.«

Er greift über die Mittelkonsole und legt die Hand auf mein Bein, was mich beruhigt. »Dann ist das alles, was zählt, Jem.«

Seine Worte bringen mich zum Lächeln, obwohl sich meine Laune nur Momente danach verschlechtert, als Braxtons Handy klingelt und ich die Nachricht mit anhöre, die von der Mailbox abgespielt wird.

»Hi, Braxton, hier ist Diane.« Sofort überlege ich, wer sie ist. »Ich wollte nur mal hören, wie es mit Bella-Rose läuft. Ihr zwei schient euch letztens gut verstanden zu haben. Ruf mich doch bitte mal zurück, wenn du die Gelegenheit hast, das wäre toll.«

»Bella-Rose?« Ich habe so viele Fragen, aber mehr kriege ich nicht heraus.

Er sieht mich kurz an, bevor er sich wieder auf die Straße konzentriert. »Ich war sehr einsam ohne dich«, sagt er leise, und mir wird schwer ums Herz.

Ich weiß, dass ich diejenige war, die ihn auf Abstand gehalten hat, aber seine Worte tun richtig weh. Ich kann Bella-Rose auf Anhieb nicht leiden, wer auch immer sie ist.

Ich bin dankbar, als wir ein paar Minuten später auf den Parkplatz des Rehazentrums fahren, denn ich fühle mich den Tränen nahe, was dumm ist. Ich habe mich ja schon gefragt, was er in seiner Freizeit tut, jetzt weiß ich es.

Die Vernunft sagt mir, dass es unfair ist zu erwarten, dass er auf mich wartet, bis ich bereit bin. Ich weiß nicht mal, ob ich jemals bereit sein werde, aber jetzt gerade kann ich nicht mal all die Gefühle verarbeiten, die ich wahrnehme: Schmerz, Traurigkeit, Eifersucht, Enttäuschung und Verwirrung. In einem kurzen Augenblick ist meine Welt um mich herum zusammengebrochen.

»Es hat keinen Sinn, dass du auf mich wartest«, sage ich, als er den Motor ausstellt und sich abschnallt. »Ich habe heute Nachmittag sowieso was vor.«

Bei meiner Antwort zieht er die Brauen zusammen. »Schon okay. Ich kann dich dort hinbringen, wo du hinmusst, wenn du hier fertig bist.«

»Ist nicht nötig.« Ich kann ihm nicht mal in die Augen schauen, als ich nach dem Türgriff fasse. »Danke fürs Bringen. Hab einen schönen Tag.«

»Hey.« Er berührt mich am Ellbogen. »Ist alles okay, Jemma?«

Ich werfe ihm einen Blick über die Schulter zu und sehe die Verwirrung in seinen Augen.

»Alles gut«, lüge ich und zwinge mich zu einem Lächeln. »Bis dann, okay?«

»Okay. Ich hole dich Freitagmorgen ab, aber ich hoffe, dass

ich dich vorher noch sehe.« *Das bezweifele ich*, ist mein erster Gedanke. »Wenn du bis dahin irgendetwas brauchst, ruf einfach an.«

Ich nicke, steige dann schnell aus dem Auto und eile ins Gebäude. Heute Abend werde ich ihm eine Nachricht schreiben, dass ich ab jetzt einen Bus zu meinen Terminen nehmen werde.

♥

Zwei Tage vergehen, und ich habe keinen Kontakt zu Braxton. Na ja, er hat ein paarmal angerufen und Nachrichten geschrieben – er kam gestern sogar zu uns nach Hause, aber ich tat, als würde ich schlafen, als Christine in mein Zimmer kam –, aber ich habe ihn vollkommen ignoriert. Ich fühle mich furchtbar deswegen, aber so ist es einfacher.

Er hat auf dem Weg meiner Genesung mehr als genug für mich getan. Es ist an der Zeit, dass ich ihn ziehen lasse und ihn das Leben leben lasse, das er verdient. *Ein Leben ohne mich.* Warum weckt dieser Gedanke in mir das Verlangen zu weinen?

Ich höre Schritte auf der Treppe, also lege ich mich schnell hin und drehe mich zur Wand. Christine hat die Veränderung in mir bemerkt, und ich weiß, dass sie sich Sorgen macht. Ich bin zu meiner alten Art zurückgekehrt, mit allem fertigzuwerden … indem ich mich vor dem Rest der Welt verstecke. Wahrscheinlich ging alles zu schnell. Ich wurde von dem ganzen Trubel mitgerissen, bevor ich auf den harten Boden der Realität gestürzt bin, und habe mir dabei mein Herz gewaltig verletzt.

»Jemma, ich bin's«, höre ich Rachel von draußen sagen. »Bist du wach?«

Ich drehe mich auf den Rücken, bevor ich mich schließlich aufsetze. Sie habe ich auch gemieden, aber so kann ich nicht weitermachen. Ich muss mit jemandem reden, und sie ist alles, was ich habe. Christine mit meinen Problemen zu belasten ist keine Option. Sie muss zurzeit selbst genug durchmachen.

»Ja, ich bin wach. Komm rein.«

»Hey.« Sie öffnet die Tür und steckt ihren Kopf ins Zimmer. »Ich habe langsam gedacht, dass du mir aus dem Weg gehst.«

Ich zucke mit den Schultern und verschränke die Beine. »Ich bin allen aus dem Weg gegangen.«

Sie setzt sich auf die Bettkante. »Ist alles okay?« Als sie die Hand auf mein Bein legt, hebe ich den Blick und schaue sie an. »Herrje«, sagt sie, als sie die Tränen in meinen Augen sieht. Ohne zu zögern, nimmt sie mich in den Arm. »Was ist los? Sprich mit mir.«

Ich werde nicht zugeben, dass mich der Gedanke an Braxton und wie-heißt-sie-noch-gleich … Bella-Rose zur Verzweiflung bringt. Was ist das überhaupt für ein Name? Ich ziehe mich zurück und wische mir über die Augen. »Ich glaube, mir wird einfach alles zu viel. Ich dachte, ich käme gut zurecht, aber das ist offensichtlich nicht der Fall.«

»Ich verstehe, dass das alles schwer für dich ist, aber du hast wirklich Fortschritte gemacht. Geh jetzt nicht wieder einen Schritt zurück … du musst weitermachen.«

»Leichter gesagt als getan.« Ich seufze. »Ich weiß überhaupt nicht mehr, wer ich bin.«

»Und das wirst du nie herausfinden, wenn du dich in diesem Zimmer einsperrst und schmollst.« Manchmal klingen ihre Worte hart, aber sie ist direkt, und das mag ich an ihr. Und das ist es auch, was ich gerade brauche. »Die Jemma, die ich kenne, ist eine Kämpferin. Sie ist eine Wahnsinnsfrau. Sie lässt sich nie unterkriegen.«

»Du sagst das, als wäre es keine große Sache. Wie würdest du dich fühlen, wenn du alles verloren hättest? Nicht nur deine Erinnerung, sondern dein ganzes Leben. Deinen Ehemann, deine

Eltern, deine Freunde, dein Zuhause deine Karriere … *alles*. Ich habe es alles verloren.«

»Aber das ist es ja gerade. Du hast nichts davon verloren. Deine Erinnerung, ja … und deinen Job, aber das ist kein großer Verlust, dein Boss war ein Arschloch. Aber was den Rest angeht, wir sind alle noch hier. Und wir gehen nirgendwohin. Ich weiß, dass das hier eine riesige Sache ist. Wirklich. Gib dir etwas Zeit, dann wird sich schon alles regeln.«

»Ich hoffe es.«

Rachel lehnt sich zurück und sieht mich mit einem immer breiter werdenden Lächeln an. »Weißt du, was du jetzt brauchst?«

»Was?«

»Einen Mädelsabend. Wir zwei gehen aus. Wie früher. Wir können etwas essen gehen und vielleicht danach noch tanzen. Du liebst es zu tanzen.«

»Ja?« Es fühlt sich komisch an, dass ich das nicht weiß.

»Ja. Du bist ziemlich grottig darin, aber du liebst es trotzdem.«

»Ich bin nicht grottig«, sage ich und klapse ihr aufs Bein, und sie lacht. »Bin ich wirklich grottig?«

»Na ja, lass es mich so sagen: Als wir das erste Mal zusammen tanzen waren, dachte ich, du hättest einen Krampfanfall.«

»Was?«, kreische ich.

»War nur ein Witz«, antwortet sie, während sie sich vor Lachen den Bauch hält und aufs Bett zurückfallen lässt. Als noch ein lautes, übermütiges Lachen von tief in ihrer Kehle kommt, gebe ich ihr noch einen Klaps.

»Du Miststück.«

Mein Kommentar lässt sie nur noch lauter lachen, und obwohl ich versuche, ernst zu bleiben, ist es ansteckend.

Als wir uns schließlich wieder unter Kontrolle haben, versichert sie mir, dass mein Tanzen nicht so schlimm ist, wie sie vorgegeben hat – obwohl mich die Tatsache, dass sie dabei ein Lächeln unterdrückt, skeptisch werden lässt.

»Also … Samstagabend haben wir dann ein Date? Abendessen, Tanzen und viel, viel Spaß.«

»Das mit dem Tanzen werden wir ja noch sehen, aber ja, ich bin dabei.«

»Das hätte ich fast vergessen: Christine hat mich gebeten, dir das hier zu geben.« Sie zieht einen Brief aus der hinteren Tasche ihrer Jeans, und sofort erkenne ich Braxtons Handschrift. Die übliche Aufregung bleibt diesmal aus. Vielleicht, weil ich immer noch verletzt bin, oder vielleicht, weil ich nicht sicher bin, was darin sein wird. Ist es über meine Vergangenheit – unsere Vergangenheit – oder ist es ein Brief, in dem er mir ein schönes Leben wünscht, damit er mit Bella-Rose in den Sonnenuntergang fahren kann?

»Danke.« Ich nehme ihr den Brief aus der Hand und lege ihn auf den Nachttisch. Ganz sicher werde ich ihn nicht vor ihr öffnen … Ich bin nicht mal sicher, ob ich ihn überhaupt öffnen werde.

SIEBTER BRIEF

Liebste Jemma,
der siebzehnte September 2004. Für mich ein Tag der gemischten Gefühle. Als wir an dem Nachmittag aus dem Schulbus stiegen, hüpfte ich beim Gehen. Es war immerhin ein Freitagnachmittag, und das bedeutete, dass ich dich das ganze Wochenende für mich hatte. Seit du meine Nachbarin geworden warst, waren das meine liebsten Tage in der Woche.

Deine Mum hatte Getränke und Snacks für uns fertig, als wir nach Hause kamen. Ich war inzwischen alt genug, um für mich selbst zu sorgen – ich war fast sechzehn –, ging aber jeden Tag nach der Schule mit zu dir. Mein Vater arbeitete immer noch lange, deswegen blieb ich auch zum Abendessen, und Christine machte ihm auch einen Teller fertig, wenn er nach Hause kam. Vier Jahre waren seit dem Tod meiner Mutter vergangen, und trotzdem kümmerte sich deine Mum weiterhin um uns beide.

Du und ich saßen am Küchentisch und machten unsere Hausaufgaben, als das Telefon klingelte. Deine Mutter nahm ab.

»Ist für dich«, flüsterte sie mit einer Hand auf dem Hörer. »Ich glaube, das ist er.«

Sofort war meine Aufmerksamkeit geweckt.

»Oh mein Gott!«, hast du gekreischt. Dann bist du von deinem Stuhl aufgesprungen und zum Hörer gerannt. Wer zur Hölle war ›er‹? Ich war völlig verwirrt und zugegebenermaßen auch wütend. Wenn ich ehrlich war, war es mehr Eifersucht als sonst irgendetwas. Ich war nicht bereit, dich mit einem anderen Typen zu teilen. »Hallo? … Ja, hier ist Jemma … Mhmm … Wirklich? … Ja, das wäre wunderbar.« Die einseitige Unterhaltung half nicht, meinen ansteigenden Blutdruck zu senken. »Okay, natürlich … Nein, morgen habe ich Zeit.«

Dein Blick schoss zu mir, und ich bin ziemlich sicher, dass ich finster dreinblickte.

Das Lächeln auf deinem hübschen Gesicht war riesig, als dein Blick wieder zu deiner Mutter wanderte. Dich glücklich zu sehen bereitete mir normalerweise selbst Freude, aber ich lernte gerade, dass dies nicht der Fall war, wenn der Grund für dein Glück ein anderer Mann war. Na ja, außer, es war dein Vater oder meiner oder Pa, oder sogar der alte Jenkins vom Zeitschriftenladen … der war lustig und brachte uns mit seinem verrückten Sinn für Humor oft zum Lachen.

Wenn einer dieser Männer dich zum Lachen brachte, störte es mich nicht, aber der hier … störte mich sehr.

Ich höre auf zu lesen und lege den Brief auf meinen Schoß. Seine Gefühle in dem Moment kann ich sehr gut nachempfinden, weil ich mich ganz genauso gefühlt habe, als ich die Nachricht von Diane gehört habe. Ein Teil von mir möchte nicht wissen, was als Nächstes passiert oder mit wem ich am Telefon spreche. Ich möchte nicht, dass es ein Junge ist. Ich möchte nicht, dass irgendjemand zwischen unsere Freundschaft kommt, was verrückt ist. In dem Brief geht es um die Vergangenheit; egal, wer es war, es ist schon passiert. Es gibt nichts, was ich tun könnte, um das jetzt noch zu ändern.

Du hast aufgelegt und so laut gequietscht, dass mein Ohr geklingelt hat. »Er möchte mich morgen treffen.«

Ich sah nur fassungslos zu, wie du dich in die Arme deiner Mutter geworfen hast. »Das sind ja wunderbare Neuigkeiten, Liebes«, sagte sie. »Ich freue mich so für dich.«

»Wer will dich morgen treffen?«

Ich war nie ein gewalttätiger Mensch, aber in dem Moment bereitete ich mich schon darauf vor, ihn auseinanderzunehmen.

»Mr Jefferies«, hast du geantwortet. »Er führt die Eisdiele in der Stadt.«

»Was? Der ist doch alt. Um die fünfzig«, sagte ich schroff.

»Fünfzig ist doch nicht alt«, warf Christine ein, aber keiner von uns achtete auf sie.

»Na und? Was hat sein Alter damit zu tun?«

Darauf hatte ich keine Antwort. Um ehrlich zu sein, war ich durcheinander. Ich war mir sicher, dass du einen der Jungs aus der Schule erwähnen würdest, oder zumindest jemanden in deinem Alter. Deswegen brachte mich Mr Jefferies irgendwie aus dem Konzept.

Ich konnte anderen Jungs nicht vorwerfen, dich zu wollen. Du warst wunderschön – für mich warst du das schönste Mädchen in der Schule, und ich wusste auch, dass ich das nicht als Einziger so sah.

»Ich habe mich bei ihm für einen Job beworben. Nur für den Sommer … und ich habe ihn bekommen. Er möchte, dass ich morgen zur Einweisung komme.«

Du hast die Hände vor dir zu Fäusten geballt und bist vor Freude auf und ab gehüpft, und mein Ärger verwandelte sich schnell in Enttäuschung. Ich konnte nicht verstehen, dass du das vor mir geheim gehalten hattest. Wir haben uns sonst immer alles gesagt.

»Du hast was?«

»Ich hab einen Job bekommen. Freust du dich nicht für mich?«

Erfreut wäre nicht das Wort, mit dem ich mich beschrieben hätte. Ich war verletzt, sauer, aber sicher nicht erfreut. Ich knallte mein Schulbuch zu und stand so hastig vom Tisch auf, dass mein Stuhl hintenüber auf den Boden fiel.

»Braxton, warte!«, hast du gerufen, als ich aus dem Raum lief, aber ich hielt nicht an. Meine Gedanken rasten. »Braxton.« Ich war schon bis zum Vorgarten gekommen, als du mich einholtest. »Braxton, halt an.« Du hast die Hand nach mir ausgestreckt, aber ich habe sie abgestreift.

»Lass mich in Ruhe, Jemma.«

»Was zur Hölle ist denn plötzlich dein Problem? Vor ein paar Minuten war doch noch alles gut.«

Ich hielt an und drehte mich zu dir um. »Warum hast du mir nicht erzählt, dass du dich für diesen Job beworben hast?«

Dein Blick drückte eine Mischung aus Kränkung und Unmut aus. »Weil ich dich überraschen wollte. Um ehrlich zu sein habe ich nicht einmal damit gerechnet, ihn zu kriegen.«

»Tja, Überraschung«, sagte ich mit vor Sarkasmus triefender Stimme.

»Warum führst du dich denn jetzt auf wie ein Vollidiot?«

Ich wollte dir sagen, dass ich verletzt war, weil du es mir nicht er-

zählt hast, und wütend, dass ich jetzt die Wochenenden nicht mehr mit dir verbringen konnte. Diese beiden Tage waren das Highlight meiner Woche. Ich benahm mich egoistisch, aber ich hatte keine Kontrolle über meine Gefühle. Also stand ich nur da und schwieg.

»Du kannst mich mal, Braxton Spencer.«

Ich weiß nicht, was schlimmer war – die Traurigkeit in deinem Gesicht oder die Wut, als du mich gegen die Brust gestoßen hast.

Es war das erste Mal, dass du mich jemals wirklich beschimpft hast. So nahe waren wir einem Streit noch nie gekommen. Ich wusste nicht wirklich, was ich sagen oder tun sollte, also drehte ich mich von dir weg und stürmte in mein Haus.

Ich knallte die Tür hinter mir zu und ging direkt in mein Zimmer. So wie in dem Moment hatte ich mich noch nie gefühlt. Ich setzte mich aufs Bett und begrub das Gesicht in den zitternden Händen.

In der Nacht schlief ich kaum. Ich habe mich schrecklich schuldig gefühlt. Mir war klar, dass ich mich wie ein totales Arschloch benommen hatte. Ich hätte mich für dich freuen sollen, stattdessen fühlte ich mich jämmerlich – ich konnte mir nicht vorstellen, wie meine Wochenenden ohne dich aussehen würden.

Als es endlich Morgen wurde, saß ich an meinem Schlafzimmerfenster und sah zu, wie du an deinem ersten Arbeitstag das Haus verließest. Dein Dad fuhr dich, und als du zum Auto gegangen bist, hast du dich umgedreht und zu meinem Haus geguckt. Du hättest glücklich sein sollen, sogar aufgeregt, aber wegen mir sahst du richtig traurig aus. Ich wusste, dass es alles meine Schuld war, und trotzdem habe ich es nicht über mich gebracht, hinauszugehen und dir viel Glück zu wünschen. Es ist dumm, aber in dem Augenblick hatte ich das Gefühl, das wäre unser Ende. Als ob sich die Dinge ändern würden und du mir entgleiten würdest. Ich fand die Dinge genauso gut, wie sie waren, und ich wollte dich nicht verlieren … und das, was wir hatten.

Stunden später – es war Mittag, und ich blies immer noch Trübsal – klopfte es an der Tür. »Kann ich kurz mit dir reden?«, fragte deine Mutter.

Ich trat zur Seite, damit sie hereinkommen konnte. »Ich habe dir Mittagessen mitgebracht, dachte, du hättest vielleicht Hunger.« Sie reichte mir einen Teller mit einem eingepackten Sandwich.

»Danke.«

Auch wenn ich keinen Appetit hatte, wusste ich die Geste zu schätzen.

»Gerne, aber deswegen bin ich nicht hier.« Ich setzte mich auf das Sofa, und deine Mutter nahm neben mir Platz. »Ich weiß, dass du dich ärgerst, weil Jemma einen Job angenommen hat, aber ich wollte dir sagen, dass ich sie letzte Nacht im Arm gehalten habe, während sie sich in den Schlaf geweint hat.« Ich senkte den Kopf. Es war hart, der Grund für deine Tränen zu sein. Dich zu verletzen war das Letzte, was ich wollte. »Weißt du, warum sie diesen Job angenommen hat?«

»Nein.«

Ich konnte sie immer noch nicht angucken und sah stattdessen auf den Teppich.

»Sie wollte Geld haben, um dir ein Weihnachtsgeschenk zu kaufen. Sie wollte dir von ihrem eigenen Geld etwas Besonderes kaufen. Das ist der einzige Grund. Es ist nur ein zeitlich begrenzter Job über den Sommer.«

»Das wusste ich nicht«, flüsterte ich.

»Ehrlich gesagt sind Stephen und ich nicht besonders glücklich darüber, dass sie arbeitet. Wir finden beide, dass sie dafür noch etwas zu jung ist, und hätten es lieber, wenn sie sich erst mal auf die Schule konzentrieren würde. Aber das war ihr wichtig … du bist ihr wichtig.« Sie legte die Hand auf mein Bein und drückte es kurz, bevor sie aufstand. »Ich dachte nur, dass du das vielleicht wissen solltest.«

Ich war froh, dass sie es mir gesagt hat, aber dadurch fühlte ich mich mieser als je zuvor.

Als sie weg war, machte ich mich auf den langen Weg in die Stadt. Ich hatte kein Geld für den Bus, aber das störte mich nicht – für dich wäre ich bis ans Ende der Welt gelaufen.

Du hast gerade Kunden bedient, als ich kam, also blieb ich auf der Straße stehen und beobachtete dich durch das große Fenster. Du sahst süß aus in der Uniform: winzige pinke Shorts, ein weißes Poloshirt mit passenden pinken Punkten und ein weißes Stirnband. Dein wunderschönes braunes Haar war zu einem hohen Pferdeschwanz zurückgebunden.

Ich versuchte sehr, nicht auf deine langen, schlanken Beine zu starren, aber das war unmöglich. Du hattest schon immer so wahnsinnig schöne Beine.

Ich höre wieder auf zu lesen und starre meine Beine an. Das würde er jetzt nicht mehr sagen. Vielleicht hatte ich mal schöne Beine, aber jetzt nicht mehr. Sie sind furchtbar entstellt von diesen grässlichen Narben, die mich für immer an den Unfall erinnern werden.

Je älter wir wurden, desto schwerer war es, meine wahren Gefühle für dich zu verstecken. Du warst nicht mehr das kleine Mädchen mit den fehlenden Schneidezähnen, das mein Herz gestohlen hat; du warst zu einer wunderschönen jungen Frau herangewachsen, der ich rettungslos verfallen war.

Ich muss dort etwa fünfzehn Minuten gestanden haben, bis alle Kunden gegangen waren. Du hast gerade über die Theke gewischt, als ich eintrat. Deine Augen weiteten sich überrascht, als du mich in der Tür bemerktest. Ich hatte Angst, wie du bei meinem Anblick reagieren würdest, aber die hätte ich nicht haben müssen. Du hast strahlend gelächelt, und mein Herz fing an zu rasen.

»Braxton«, sagtest du, als ich an die Theke kam. »Was machst du hier?«

»Ich bin gekommen, um mich zu entschuldigen. Ich war gestern ein Vollidiot.«

»Stimmt«, sagtest du, als dein Blick wieder zur Theke wanderte. »Aber ich verzeihe dir.«

Ich kann nicht in Worte fassen, wie erleichtert ich war, das zu hören.

»Möchtest du Eis?«

»Ich habe kein Geld dabei«, antwortete ich.

»Schon okay. Ich habe noch etwas Wechselgeld von meinem Mittagessen übrig. Eigentlich habe ich nicht zu Mittag gegessen. Ich hatte keinen Hunger.«

Ich sah Traurigkeit in deinen Augen, und sofort fühlte ich mich wieder schuldig, wie schon den ganzen Tag. Ich wusste genau, wie du dich fühltest, denn ich hatte auch nichts gegessen.

»Es tut mir leid, Jem.«

»Ist schon okay. Du bist ja jetzt hier. Das ist es, was zählt.«

Du bist zur Vitrine gegangen, in der die ganzen verschiedenen Eissorten lagerten. »Ich möchte, dass du meine selbst erfundene Kreation probierst, sie heißt ›Der Braxton‹.«

»Du hast sie nach mir benannt?«

»Ja. Ich wollte sie erst ›Dreifacher Schwachkopf‹ nennen, dachte aber, dass mein neuer Boss das bestimmt nicht gutheißen würde.«

Ich lachte, als du mit dem Metalllöffel die erste Kugel herausnahmst. »Diese Sorte hier heißt ›Apfelkuchenfreude‹. Ich weiß ja, wie sehr du Mas Apfelkuchen liebst.« Du hast die Kugel in die Waffel gegeben und den Löffel gesäubert, bevor du ihn in die nächste Sorte gesteckt hast. »›Vanilletraum‹, weil du keinen Apfelkuchen ohne Vanilleeis essen kannst. Sie sind füreinander gemacht.«

»Ganz genau«, antwortete ich, als mein Grinsen breiter wurde. Sie waren füreinander gemacht, genau wie wir.

»Und zuletzt ›Sündhafte Schokolade‹, weil ich weiß, wie gern du Schokolade magst.« Du hast stolz gegrinst, als du mir die Waffel gegeben hast. »Tada … Der Braxton.«

Man sagt, Liebe gehe durch den Magen, aber ich verliebte mich nicht in diesem Moment Hals über Kopf in dich – weil ich schon seit Jahren hoffnungslos in dich verliebt war.

Was wir hatten, ist viel zu schön, um vergessen zu werden.

Immer dein,

Braxton

Ich sehe auf den kleinen Eiskugel-Anhänger in meiner Hand und tue etwas, was ich die ganze Woche noch nicht getan habe … *ich lächele.*

ZWEIUNDZWANZIG

Jemma

Ich schaue auf die Uhr neben meinem Bett, es ist erst Viertel nach fünf am Morgen. Letzte Nacht habe ich kaum geschlafen. Mir geht zu viel im Kopf herum. Ich komme einfach nicht zur Ruhe.

Deswegen werfe ich die Decke zurück, stehe auf und gehe ins Bad. Ich ertrage es nicht mehr, in diesem Haus eingesperrt zu sein. Ich muss rausgehen und frische Luft atmen.

Ich lehne mich über das Waschbecken und spritze mir Wasser ins Gesicht. Im Spiegel sehe ich, dass ich dunkle Ringe unter den Augen habe.

Nachdem ich mir die Zähne geputzt und die Haare gekämmt habe, kehre ich zurück in mein Zimmer. Ich ziehe das Nachthemd über den Kopf und werfe es aufs Bett. Heute gehe ich raus, und ich weiß schon genau wohin. An den Ort, wo ich mich am meisten mit mir selbst im Reinen fühle … den Strand.

Die Sonne ist noch nicht einmal aufgegangen, als ich Christine eine Notiz hinterlasse und dann die Haustür hinter mir schließe. Es wird allerdings langsam heller, als ich mich auf den Weg zur Bushaltestelle mache.

Der Bus hält bereits, bevor ich da bin, und ich muss das letzte Stück rennen, um ihn nicht zu verpassen. Ich humpele immer noch leicht, aber damit kann ich leben.

Ich hoffe, vor Sonnenaufgang am Strand zu sein. Laut meinem

Handy sollte die Sonne heute gegen halb sieben aufgehen. Das müsste ich schaffen.

Als ich über den Sand laufe, mache ich den Reißverschluss meiner Jacke zu und ziehe die Kapuze über den Kopf. Die Luft ist frisch heute Morgen.

Der Bus hat zwar weiter unten am Strand gehalten, aber wie beim letzten Besuch merke ich, dass ich von meinem Lieblingshaus angezogen werde, das hübsche weiße mit den himmelblauen Fensterläden und Rahmen.

Sobald ich an meinem Ziel ankomme, starre ich ein paar Sekunden das Haus an, bevor ich mich dem Meer zuwende. Ich komme gerade rechtzeitig: Die Sonne geht auf. Tief atme ich die frische Meeresluft ein und setze mich in den Sand.

Als die Sonne am Horizont erscheint, hole ich mein Handy heraus und mache ein paar Schnappschüsse. Es ist genauso schön, wie ich es mir vorgestellt habe.

Ich ziehe mir die Kapuze noch tiefer über den Kopf und seufze, während ich das Meer anschaue. Hierherzukommen ist genau das, was ich jetzt brauche, ich fühle mich schon langsam besser. Ich ziehe die Beine an die Brust und umarme sie, dann lege ich das Kinn auf die Knie, schließe die Augen und lasse das Geräusch der Wellen meine Seele beruhigen. Ich bin so im Moment verloren, dass ich die Schritte gar nicht höre, bis ich fast überrannt werde. Ich reiße die Augen auf, als ein süßer kleiner Hund auf meinen Schoß springt und mir das Gesicht leckt.

»Hallo, du«, sage ich und kichere über seine Freude.

»Bella-Rose!«, höre ich jemanden aus der Ferne rufen, und sofort spannt sich mein Körper an. Ich erkenne nicht nur den Namen wieder, sondern auch die Stimme.

Schnell stehe ich auf und nehme meine Tasche, während der Hund an meinem Bein hochspringt.

»Bella-Rose«, sagt er atemlos. Die Stimme ist jetzt hinter

mir, aber ich kann mich nicht entschließen, mich umzudrehen. »Komm her, Mädchen.« Er beugt sich hinunter und hebt den Hund auf, und ich würde am liebsten davonrennen. »Entschuldigen Sie bitte meine Hündin, das hat sie noch nie getan.«

Ich habe die Kapuze auf und stehe mit dem Rücken zu ihm, deswegen kann er mein Gesicht nicht sehen. Aber es nützt nichts, es gibt kein Entkommen.

Als ich mich umdrehe, drückt seine Miene Überraschung aus. »Jemma.«

»Hey.« Ich lasse meinen Blick schweifen. Er ist allein. Dann sehe ich den Hund in seinem Arm an, und es dämmert mir. *Ich bin so eine Idiotin.*

»Was machst du hier?«, fragt er. Auf seinem Gesicht breitet sich ein Lächeln aus.

»Ich brauchte nur etwas frische Luft. Ich war die ganze Woche in Christines Haus.«

»Ich weiß. Letzte Tage war ich mal da. Du hast meine Anrufe und Nachrichten nicht mehr beantwortet, langsam habe ich mir Sorgen gemacht. Ich dachte, dass du mich meidest.«

Ich zucke mit den Schultern. Ganz sicher werde ich nicht zugeben, dass ich dachte, seine Hündin sei seine Freundin. »Ich brauchte nur für eine Weile etwas Raum für mich. So langsam habe ich mich von allem überwältigt gefühlt.«

»Verständlich«, sagt er und streicht mir mit der Hand über den Arm. Seine Berührung hinterlässt ein Kribbeln. Warum muss er so verständnisvoll sein?

»Tut mir leid, dass ich dir nicht geantwortet habe.«

»Du musst dich nicht entschuldigen.«

»Das ist also dein Hund?«, frage ich und versuche locker zu wirken, wobei ich bestimmt versage. »Ich erinnere mich jetzt daran, wie du mal erwähnt hast, du wolltest dir einen holen.«

»Ja, das ist Bella-Rose.« Er streichelt sie liebevoll. »Ursprünglich hatte ich geplant, einen Welpen zu holen, aber als ich sie gesehen habe, wusste ich, dass sie mit mir nach Hause kommen würde.«

»Liebe auf den ersten Blick, hm?«

Er lächelt, bevor er antwortet. »Nicht ganz.« Dann erzählt er mir, wie er sich gefühlt hat, als er erfahren hat, dass Bella-Roses Besitzer gestorben war; wie er sie nicht *nicht* mitnehmen konnte.

Ich kraule Bella-Rose unter dem Kinn. »Armes Mädchen.« Dann schaue ich wieder Braxton an. »Du bist ein toller Mensch, Braxton Spencer.«

»Ich habe auch meine Macken«, sagt er schulterzuckend.

»Nun, die muss ich erst noch kennenlernen.«

Das bringt ihn zum Lächeln. »Ich wollte mir gerade einen Kaffee machen. Möchtest du mitkommen?«

»Ich sollte besser gehen. Ich habe Christine eine Nachricht hinterlassen, dass ich rechtzeitig zum Frühstück wieder da bin, und mein Bus kommt bestimmt gleich.«

»Nur einen schnellen, dann bringe ich dich auf dem Weg zu meinem Dad nach Hause.«

»Okay.« Die Wahrheit ist: Ich habe ihn vermisst.

Er dreht sich um und bedeutet mir zu folgen, aber zu meiner Überraschung geht er nicht in die Richtung, die ich vermutet hatte. Er läuft direkt auf mein Lieblingshaus zu.

»Wohin gehst du?«

»Zu meinem Haus. Hier lebe ich … hier hast du gelebt.«

»Das ist unser Haus? Ich habe hier gelebt?«

»Jap. Ich habe es für dich gebaut.«

»Du hast dieses Haus gebaut?« Ich bleibe stehen und starre ihn verwundert an.

»Na ja, nicht auf handwerklicher Ebene, aber ich habe es entworfen. Es war dein Traumhaus, als du noch ein Kind warst.«

»Wow«, flüstere ich und senke den Blick auf den Sand an meinen Füßen. Kein Wunder, dass ich mich von diesem Ort so angezogen gefühlt habe.

Wir nehmen die Treppenstufen, die zur hinteren Terrasse führen, und plötzlich bekomme ich Angst, hier zu sein. Es ist zu früh. Ich bin noch nicht bereit. Ich halte an, als er seine nackten Füße auf der Matte vor der großen Glasschiebetür abreibt.

»Kommst du rein?«

Ich schüttele den Kopf. Seine Schultern sinken etwas, aber er versucht es mit einem Lächeln zu überspielen. »Na ja … ähm … mach's dir hier draußen gemütlich, ich gehe eben den Kaffee holen.« Er zeigt auf die Terrasse und geht dann ins Haus. Ein Teil von mir möchte hineingehen und sich umsehen, aber davor habe ich zu große Angst. Es würde sich merkwürdig anfühlen, all die Dinge zu sehen, die mir vertraut sein sollten, es aber nicht sind.

Ich gehe über die Terrasse zu der langen weißen Holzbank. Darauf liegen verschiedene Kissen: Manche sind blau-weiß gestreift, manche in demselben Blauton wie die Fensterrahmen, und manche sind blau mit weißen Paspeln. Sie gefallen mir. Sie nehmen den Stil des Hauses auf. Wenn ich mir meine Umgebung angucke, denke ich an meine alte Karriere. Ich frage mich, ob die Leidenschaft, die ich mal für Design empfunden habe, mich je wieder ergreifen wird.

Die Bank steht nah am Haus, unter dem einzigen überdachten Teil der Terrasse. Das ist sinnvoll, weil sie hier vor dem Wetter geschützt ist. Links steht ein großer Holztisch mit sechs Stühlen, in der Mitte drei weiße Windlichter, in denen jeweils eine halb heruntergebrannte Kerze steht. Mein Blick wird von den Lichterketten angezogen, die die Terrasse umgeben. Ich wünschte, es wäre dunkel, damit ich sehen kann, wie sie leuchtend aussehen, und ich stelle mir vor, wie wundervoll es wäre, hier bei Kerzenlicht zu Abend zu essen.

Auf der rechten Seite der Terrasse steht ein Grill mit einer kompletten kleinen Outdoorküche, der von Palmen in großen himmelblauen Töpfen flankiert wird. Ich sehe einen großen dekorativen Anker an der Wand hängen.

Als ich mich setze, nehme ich den kleinen weißen Beistelltisch vor mir wahr. Ein rechteckiger Weidenkorb steht in der Mitte, darin eine blaue Kerze, die von Muscheln und dekorativen blauen Seesternen umgeben ist. Ich liebe die Detailfreude überall, wohin ich sehe. Es ist alles sehr einfach und doch effektiv. Habe ich es dekoriert? Bei dem Gedanken macht mein Magen einen Purzelbaum. Ich wünschte, ich könnte mich daran erinnern.

Ich lehne mich zurück und versuche, nicht zu viel zu analysieren. Ich kann immer noch nicht glauben, dass dies mein Zuhause ist oder dass es das war. Die Tatsache, dass ich mich vom ersten Moment an von diesem Haus angezogen gefühlt hab, gibt mir Hoffnung. Ich bete, dass die Erinnerungen eines Tages ganz zurückkommen werden. Wenn nicht, bin ich mir nicht sicher, wie ich damit umgehen soll. Abgesehen von dem, was ich aus Braxtons Briefen weiß, fehlt mir ein Riesenteil meines Lebens.

»Hier, bitte schön«, sagt Braxton und unterbricht damit meinen Gedankengang. Er stellt ein Tablett auf dem Tisch ab, und mein Blick wandert zu seinen Händen. Er hat schöne Hände, so stark und männlich. Plötzlich überlege ich, wie sie sich an meinem Körper anfühlen würden, und der Gedanke schockiert mich.

Schnell schießt mein Blick zu seinem Gesicht hoch, und ich sehe, dass er grinst. Ich liebe es, wenn er so grinst, denn dann kommt sein niedliches Grübchen zum Vorschein. Seine blauen Augen strahlen im morgendlichen Sonnenschein, als er mir meinen Kaffee reicht.

»Ich habe ihn so gemacht, wie du ihn gerne magst.«

»Danke.« Ich trinke einen Schluck, und es schmeckt köstlich. »Was ist da drin?«, frage ich.

»Karamellsirup. Den nimmst du normalerweise statt Zucker.«

»Es schmeckt göttlich. Ich muss etwas davon kaufen und mit zu Christine nehmen.«

»Du kannst diese Flasche hier haben. Ich kann mehr davon kaufen.«

Er nimmt seinen Kaffee und setzt sich neben mich, und Bella-Rose kommt dazu und legt sich an seine Füße. Ich versuche es zu ignorieren, dass er so nah ist, dass ich die Hitze spüre, die von seinem Körper ausgeht. Genauso versuche ich zu ignorieren, wie gut er riecht.

»Es ist so schön hier«, sage ich.

»Das stimmt. Wir saßen hier jeden Morgen und haben unseren Kaffee getrunken.« Ich antworte nicht, denn wieder denke ich, wie sehr ich es hasse, mich nicht daran erinnern zu können. Mein altes Leben scheint ein gutes gewesen zu sein, aber es ist in unendlicher Ferne. »Hast du Hunger?« Er beugt sich vor und hebt einen Teller mit zwei Muffins hoch. »Das sind Blaubeermuffins, die magst du mit am liebsten.«

»Hast du die gebacken?«

»Wohl kaum«, sagt er spöttelnd. »Es sei denn, sie in der Mikrowelle aufzutauen zählt als Backen. Ich kann absolut nicht kochen. Du warst in diesem Haus der Chefkoch. Ich habe manchmal bei den Vorbereitungen geholfen, aber im Grunde war ich der Spüler. Das Kochen habe ich immer dir überlassen … das war sicherer.«

Ich überlege, wie er wohl zurechtkommt, jetzt, da ich nicht mehr für ihn koche. Diese Situation liegt zwar völlig außerhalb meiner Kontrolle, aber dennoch tut es mir leid für ihn.

Ich schaue auf die Tasse in seiner Hand. Die, die er mir gegeben hat, sieht neu und stylish aus, aber seine ist eindeutig alt. Da steht etwas drauf, aber ich kann es nicht lesen, weil seine Hand im Weg ist.

»Dein Kaffee ist schwarz. Habe ich den letzten Rest Milch bekommen?«

»So trinke ich meinen Kaffee normalerweise«, sagt er schmunzelnd.

»Ich habe bei Christine Milch in deinen Kaffee getan.«

»Ich weiß.«

»Du hättest etwas sagen sollen.«

»Ich wollte deine Gefühle nicht verletzen.«

»Hättest du nicht, du Dussel«, sage ich und stoße ihn mit dem Bein an. »Zumindest weiß ich es jetzt für nächstes Mal.«

Wir trinken schweigend unseren Kaffee. Es ist nicht seltsam oder unangenehm – überraschenderweise fühlt es sich … richtig an.

Ich weiß nicht, wie viel Zeit vergeht, aber irgendwann sieht Braxton auf seine Armbanduhr. »Okay, sosehr ich es auch genieße, dich hier zu haben: Ich glaube, ich bringe dich besser nach Hause. Um zehn habe ich ein Meeting, und vorher wollte ich noch meinen Dad besuchen.«

Mir kommt eine Idee, und die Worte verlassen meinen Mund, ehe ich es gemerkt habe. »Kann ich mitkommen?«

»Meinen Dad besuchen?«

»Ja, ich würde ihn gerne wiedersehen.«

Seine Augen leuchten auf. »Natürlich. Gerne.«

Wir machen uns auf den Weg, und dabei lächeln wir beide.

♥

»Lass mich die tragen«, sage ich zu Christine, als wir die Einkaufstüten aus dem Taxi holen.

Wir hatten einen schönen Morgen zusammen. Nachdem wir einkaufen waren, haben wir in einem Café zu Mittag gegessen, in dem ich mir einen Kaffee mit Karamellsirup bestellt habe. Ich habe das Gefühl, dass wir solche Dinge wieder öfter machen sollten. Christine hat mir geholfen, wieder ins Leben zurückzufinden, und dabei möchte ich ihr jetzt umgekehrt auch helfen.

Christine sieht im Briefkasten nach der Post, und ich gehe zum Haus und stelle die Einkäufe auf der vorderen Veranda ab. »Ich muss dir mal einen Schlüssel für die Haustür nachmachen lassen«, sagt sie und steigt die Stufen hoch.

»Ja, das fänd ich gut.«

Es wäre schön, kommen und gehen zu können, wie ich möchte. Jetzt, da ich nur an wenigen Tagen pro Woche zur Reha muss, habe ich sehr viel Freizeit. Ich habe keinen Job mehr, und ohne jegliche Erinnerung an meine Fähigkeiten als Innenarchitektin und an meinen Geschmack ist es unmöglich, wieder zur Arbeit zurückzukehren. Vielleicht sollte ich darüber nachdenken, mir einen anderen Job zu suchen.

Christine schließt auf, und ich hebe die Einkaufstüten wieder auf und trage sie in die Küche.

»Das hier ist für dich gekommen.« Sie reicht mir einen Brief und ein kleines Päckchen. Mein Herzschlag beschleunigt sich. Sie sind von Braxton.

Ich lege Brief und Päckchen neben mir ab und packe eilig die Einkäufe aus, damit ich möglichst schnell den Brief lesen kann.

»Lass mich das machen«, sagt Christine. »Geh du deinen Brief lesen.«

»Bist du sicher?«

»Ja.«

Ich umarme sie und drücke sie dabei fest. »Danke für heute … es war schön.«

»Es war genau wie früher.« Christine lächelt.

Liebste Jemma,
der vierundzwanzigste Dezember 2004. Die Eisdiele war über Weihnachten geschlossen, und ich freute mich darauf, die nächsten zwei Tage mit dir zu verbringen. Du hast vor Weihachten fast jeden Tag der Schulferien gearbeitet, und ich vermisste dich sehr. Ich verbrachte viel Zeit im Eisenwarenladen, um meinem Vater zu helfen. Er hat das nicht von mir verlangt, aber mich freute es, ihm helfen zu können, und ehrlich gesagt war ich ohne dich völlig verloren.

Deine Schicht endete um vier Uhr nachmittags, deswegen achtete ich darauf, den Eisenwarenladen früh genug zu verlassen, um dich abholen zu können. Das tat ich jeden Tag, und dann fuhren wir zusammen mit dem Bus nach Hause. Es war Sommer, also boomte das Eisgeschäft, und du hast dir die Hacken abgelaufen. Du warst immer total müde, wenn ich dich abholte, das gefiel mir gar nicht, aber andererseits schmolz mir das Herz, wenn ich sah, wie sich deine Miene aufhellte, wenn du mich entdecktest.

»Versprich mir, dass du mir in den nächsten zwei Tagen nicht von der Seite weichen wirst«, hast du gesagt, als wir im Bus saßen. »Ich habe dich total vermisst.«

»Ich dich auch.« Wenn du nur gewusst hättest, wie sehr.

»Versprich es mir, Braxton.«

»Ich verspreche, dass ich dir nicht von der Seite weichen werde.« Ich hebe die Hand aufs Herz, um den Effekt zu verstärken. »Außer natürlich, wenn ich ins Badezimmer gehe. Es sei denn, du bestehst darauf, auch da mit mir hinzugehen.«

»Ihh, bah. Auf keinen Fall!«, hast du geschrien und mich mit der Schulter angestupst. »Badezimmerbesuche sind ausgenommen.«

Ma und Pa waren schon bei dir zu Hause, als wir ankamen. An Weihnachten kamen sie immer. Wir verbrachten Heiligabend damit, den Baum zu schmücken, während deine Mutter und Ma in der Küche damit beschäftigt waren, das Festessen für den nächsten Tag vorzubereiten.

Weihnachten wurde in unserem Haus nicht mehr gefeiert. Seit dem Tod meiner Mutter hatte mein Vater das Interesse verloren. Er gab mir am Weihnachtsmorgen immer ein eingepacktes Geschenk und kam zu unserem Weihnachtsessen dazu – darauf bestanden deine Eltern –, aber das war alles. Für ihn gab es ohne meine Mum kein Weihnachten.

Es war ungefähr zehn Uhr, als wir den Baum fertig dekoriert hatten. Deine Eltern und Großeltern versammelten sich im Wohnzimmer, um offiziell die Weihnachtsbeleuchtung einzuschalten. Normalerweise übernahm das dein Vater, als Mann des Hauses, aber in diesem Jahr wurde mir diese Ehre zuteil. Du weißt gar nicht, wie viel mir das bedeutete.

Ich stand neben dem Baum, im Hintergrund spielte leise Weihnachtsmusik. In dem Moment, als dein Vater mir zunickte, legte ich den Schalter um und sah zu, wie sich auf all euren Gesichtern ein Lächeln breitmachte. Ich liebte meine Zeit mit deiner Familie, wirklich, aber es war auch eine ständige Erinnerung an alles, was ich verloren hatte.

Ich lächelte mit euch allen, aber gleichzeitig kämpfte ich die ganze Zeit mit den Tränen. Wenn ich euch alle zusammen und so glücklich sah, merkte ich immer, wie sehr ich meine Mum vermisste. Auch mein Vater tat mir dann immer leid. An dem Tag, an dem sie gestorben ist, haben wir beide viel verloren.

Meine Mum liebte Weihnachten, es war ihre Lieblingsjahreszeit. Der Laden meines Vaters schloss für ein paar Tage, und wir verbrachten Zeit in der Familie. In den Wochen davor dekorierte sie das ganze Haus, und wenn sie zu Hause war, ließ sie Weihnachtslieder laufen und sang mit. Wenn ich zufällig in der Nähe war, schnappte sie sich mich und tanzte mit mir.

Ich sehe immer noch ihr Lächeln vor mir, wenn wir durch das Zimmer tanzten. Ich liebte es, sie so lächeln zu sehen. Heiligabend blieb sie lange auf, um Kuchen für den nächsten Tag zu backen und ihre spezielle englische Creme zu machen, die sie selbst zubereitete. Sie hasste diese Fertigmischungen aus den Läden. Ihr honigglasierter Schinkenbraten war zum Reinlegen.

»Ich kann es kaum erwarten, dir morgen dein Geschenk zu geben«, hast du gesagt und dich bei mir eingehakt, während du mich zur Tür brachtest. Du bist praktisch vor Freude gehüpft. »Ich hoffe, dass es dir gefällt.«

»Das wird es.« Du hattest so hart gearbeitet, um das Geschenk zu kaufen; das allein war schon genug. Es bedeutete mir viel, dass du solche Anstrengungen für mich unternommen hast.

Am Weihnachtsmorgen wachte ich von einem lauten Klopfen an unserer Haustür auf. »Braxton«, hörte ich meinen Vater ein paar Minuten später rufen. »Jemma ist hier.«

Ich sprang aus dem Bett und wühlte in meiner obersten Schublade nach dem kleinen verpackten Geschenk, das ich darin gelagert hatte. Mein Vater hatte mir fünfzig Dollar für meine Arbeit im Eisenwarenladen gegeben. Ich wollte sein Geld nicht, aber er bestand darauf.

Ich nutzte es dafür, dir ein Geschenk zu kaufen.

Mein Vater stand an der Treppe, als ich hinunterkam, aber mein Blick war fest auf dich gerichtet. Du hast an der Haustür gestanden und warst noch in deinem rosa Pyjama. Deine Haare standen in alle Richtungen ab, aber für mich hast du nie schöner ausgesehen.

»Frohe Weihnachten, Paps«, sagte ich zu ihm, als er mich mit einem Arm umarmte.

»Frohe Weihnachten, mein Sohn.«

Das Lächeln auf deinem Gesicht wurde breiter, als ich auf dich zuging. Ich trug nur eine Schlafanzughose und musste mir das

Grinsen verkneifen, als dein Blick langsam an meinem Körper herabwanderte, bevor er sich wieder mit meinem traf.

In den neun Jahren, in denen wir befreundet waren, war ich viel gewachsen. Inzwischen war ich groß und durchtrainiert, und es gefiel mir, dass du mich gerade völlig ungeniert gemustert hattest.

»Frohe Weihnachten, Brax«, hast du gesagt, als du die kleine quadratische Geschenkebox hinter deinem Rücken hervorgeholt hast.

»Frohe Weihnachten, Jem.« Ich gab dir dein Geschenk.

Mein Magen machte einen doppelten Salto, als deine Augen aufleuchteten.

»Du hast mir ein Geschenk geholt?«

»M-hm.«

»Mach du deins zuerst auf.« Ich hörte die Aufgeregtheit in deiner Stimme und hielt den Atem an, als ich das Papier aufriss und eine schwarze Schachtel zum Vorschein kam. Langsam öffnete ich den Deckel und traute meinen Augen kaum.

»Eine Uhr?« Ich hatte noch nie zuvor eine Uhr besessen.

»Ja. Gefällt sie dir?«

»Sie ist der Wahnsinn«, antwortete ich und zog dich in meine Arme. »Sie gefällt mir richtig gut, Jem. Danke.«

Als ich dich wieder freigab, verriet mir dein breites Lächeln, wie sehr du dich darüber gefreut hast, dass mir dein Geschenk gefiel.

Ich band sie sofort um mein Handgelenk. Sie war perfekt und nicht nur das beste Geschenk, das ich je bekommen habe, sondern auch das wertvollste – und damit meine ich nicht den materiellen Wert. Es war ein Geschenk von dir, ein Geschenk, das von Herzen kam und für das du hart gearbeitet hast. Es ist etwas, das ich bis heute schätze.

»Mach du jetzt dein Geschenk auf.«

Ich sah zu, wie du es auspacktest. Im Gegensatz zu mir hast du dir Zeit gelassen und aufgepasst, das Papier nicht zu zerreißen. Ich wollte unbedingt, dass du das Geschenk sahst, und die Spannung machte mich verrückt.

Du hast gekeucht, als du den Deckel von der kleinen rosa Schachtel genommen hast. »Oh mein Gott, Braxton.« Als du mich ansahst, war ich überrascht, Tränen in deinen Augen zu sehen. Ich sah zu, wie du mit den Fingerspitzen über die winzigen silbernen Ohrringe in Muschelform gestrichen hast. »Sie sind wunderschön.«

»Als ich die Muscheln gesehen habe, habe ich sofort an dich gedacht.«

»Sie sind toll«, hast du geflüstert und dir über die Augen gewischt. »Danke.«

Später an dem Tag haben mein Vater und ich mit deiner Familie gegessen. Ma und deine Mum haben es immer ein bisschen übertrieben, aber von mir gab es keine Beschwerden. Ich stopfte mich so voll, bis mir schlecht wurde. Das Beste am Tag war aber, wenn ich die Veränderung bei meinem Vater bemerkte. Sobald er und dein Vater den Portwein tranken, kam eine andere Seite an ihm zum Vorschein. Er entspannte sich und wirkte nicht mehr von den Umständen bedrückt. Es gefiel mir, ihn so sorgenlos und glücklich zu sehen, selbst wenn es nur an diesem einen Tag im Jahr war.

Den zweiten Weihnachtstag verbrachten wir meistens am Strand, so auch in diesem Jahr. Dein Dad brachte uns vormittags hin, mit der strengen Vorgabe, dass er uns um zwei Uhr abholen würde. Ich hatte meine neue Uhr dabei. In der Weihnachtsnacht habe ich sie sogar beim Schlafen getragen … ich wollte sie nicht abnehmen.

Wir waren jetzt älter und brauchten keine Aufsichtsperson mehr, die uns überallhin begleitete. Wir waren vernünftig, und außerdem wussten deine Eltern, dass ich auf dich achtgeben würde, so wie ich es immer tat.

Wegen deiner Arbeit war es jetzt zwei Wochen her, dass wir das letzte Mal hier waren, und als wir zu unserer Lieblingsstelle liefen, hast du auf die Häuserreihe am Strand gezeigt.

»Oh, schau mal, sie haben das alte Haus abgerissen.«

Ich lief in die Richtung, um es mir genauer anzuschauen. Da war etwas an Gebäuden, das mich faszinierte. Die verschiedenen Formen, Größen und Stile. Das Gerüst des neuen Hauses stand bereits, und ich versuchte mir vorzustellen, wie es wohl fertig aussehen würde.

Ich wusste, wenn ich die Schule verlassen würde, würde ich entweder Häuser bauen oder sie entwerfen. Nur die Entscheidung, was von beidem, stand noch aus.

»Wie schön es wäre, so nah am Strand zu leben«, hast du gesagt. »Ich wünschte, ich wäre reich.«

»Wenn ich je in der Lotterie gewinne, kaufe ich dir eines dieser Häuser.«

»Das ist lieb.« Du hast mich mit der Schulter angestupst, und ein Lächeln hat sich auf deinem hübschen Gesicht ausgebreitet.

»Welches hättest du am liebsten?«

»Keins von ihnen«, hast du zurückgegeben. »Ich würde mein Traumhaus bauen.«

»Du hast ein Traumhaus?«

»Allerdings.« Du hast dich bei mir eingehakt, und wir sind weiter den Strand entlanggegangen. »Ich habe sogar ein Bild davon gezeichnet. Das zeige ich dir, wenn wir zu Hause sind.«

Den Großteil des Vormittages verbrachten wir mit schwimmen, und als wir fertig waren, bauten wir einen Schneemann aus nassem Sand – komplett mit Seetang-Haaren, Armen aus Zweigen und Augen aus Muscheln. Das taten wir seit so vielen Jahren, dass es eine Weihnachtstradition geworden war.

Später am Nachmittag, als mein Vater die Folgen seines großen Tages ausschlief, an dem er mit deinem Vater getrunken hatte, faulenzte ich in eurem Wohnzimmer vor dem Fernseher herum. Als ich nach deiner Zeichnung fragte, wirktest du erfreut und bist in dein Zimmer gerannt, um sie zu holen.

»Eines Tages werde ich in genau so einem Haus wohnen«, hast du angekündigt, als du mir sie gereicht hast. Es war ein zweistöckiges, weißes, mit Schindeln verkleidetes Haus mit einem weißen Lattenzaun im Vorgarten. Die Zeichnung war sehr detailliert, bis hin zu den blauen Fensterläden und Rahmen. Du hast sogar einen bunten Garten hinzugefügt, der bis zur vorderen Veranda ging.

»Das sieht toll aus.«

»Ein Mädchen kann ja mal träumen«, hast du seufzend geantwortet, aber ich habe es nicht für eine Sekunde bezweifelt. »Träume kosten nichts, weißt du.« Ich gab dir die Zeichnung zurück, und ich bin mir ziemlich sicher, dass genau das der Moment war, in dem meine Zukunft feststand. Ich würde Architekt werden. Du wolltest dieses Haus, und ich würde dafür sorgen, dass du es bekamst. Es gab nichts, was ich nicht getan hätte, um dir deine Träume zu verwirklichen. »Du kannst das Haus nebenan kaufen, und dann können wir Nachbarn sein, genau wie jetzt.«

Ich lächelte und nickte, aber ich hätte mich niemals damit zufriedengegeben, nur dein Nachbar zu sein. Eines Tages würde ich dich heiraten, und dann würden wir zusammen in dem Haus leben.

Ein Junge kann auch träumen …

Was wir hatten, ist viel zu schön, um vergessen zu werden.

Immer dein,

Braxton

Ich lege den Brief neben mich und nehme das kleine Päckchen in die Hand. Als ich die rosa Schachtel sehe, muss ich lächeln. Ich weiß schon, was drin ist: die Muschelohrringe, die er mir gekauft hat, als wir Teenager waren.

Sie sind wunderschön und sehen so ähnlich aus wie der Muschel-Anhänger an meinem Armband. Ich nehme sie aus der Schachtel und stecke sie mir an, um dann im Briefumschlag nach meinem Anhänger zu suchen.

Ich finde drei Stück: ein Haus, ein eingepacktes Geschenk und einen Schneemann.

Außerdem liegt in dem Umschlag noch ein Stück Papier. Als ich es auseinanderfalte, muss ich noch breiter lächeln. Es ist das Bild, das ich von meinem Traumhaus gezeichnet habe. Es ist nicht nur ein Kasten mit einem Dreieck als Dach obendrauf, wie ich es mir vorgestellt habe. Da sind so viele Details in der Zeichnung. Aber die größte Überraschung für mich ist, dass es fast identisch mit dem Haus ist, in dem Braxton lebt.

Er hat mir wirklich mein Traumhaus gebaut.

DREIUNDZWANZIG

Braxton

»Hey, Papa«, begrüße ich ihn, als ich in sein Zimmer komme. Das Lächeln, das bei meinem Anblick auf seinem Gesicht erscheint, stimmt mich glücklich. Meistens erhalte ich nur ein leeres Starren.

»Hi, Sohn.« Bei seinen Worten muss ich grinsen. Heute ist ein guter Tag, heute erinnert er sich an mich. Er lehnt sich in seinem Stuhl vor und sieht hinter mich. Mein erster Gedanke ist, dass er nach Jem sucht, aber leider ist sie heute nicht mitgekommen.

Ich warte jeden Morgen auf der hinteren Terrasse, seit ich sie das letzte Mal gesehen habe. Ich bin sogar mit Bella-Rose am Strand spazieren gegangen, in der Hoffnung Jem zu treffen, aber bisher ohne Erfolg.

»Wo ist deine Mum? Sie ist ja gar nicht bei dir.«

Mir wird schwer ums Herz. Er fragt nicht oft nach ihr, aber wenn er es tut, endet das immer schlimm.

»Nein, ist sie nicht«, sage ich und umarme ihn.

»Oh. Wo ist sie denn? Kommt sie mich später besuchen?«

Kurz denke ich darüber nach, mir eine Geschichte auszudenken, aber ich habe ihn noch nie angelogen und werde heute nicht damit anfangen. »Sie … ähm … kommt nicht, Paps.«

Ich fühle mich schrecklich, als er mich ganz enttäuscht ansieht.

»Warum nicht?«, fragt er.

Ich kratze mich am Kopf, während ich überlege, wie ich es am besten formuliere, aber eigentlich gibt es keinen guten Weg, ihm zu sagen, dass er seine Frau verloren hat.

»Sie ist vor langer Zeit gestorben.«

Sein ganzer Körper sackt in sich zusammen, und ich hasse den verwirrten Ausdruck auf seinem Gesicht. »Was? Wie? Warum hast du mir das nicht gesagt? Ich wäre doch zur Beerdigung gegangen.«

Ich setze mich neben ihn und lege ihm die Hand auf die Schulter. »Es tut mir leid, Paps.«

Es bildet sich ein Kloß in meiner Kehle, als er das Gesicht mit den Händen bedeckt und weint. Es war schwer genug, ihn das durchmachen zu sehen, als er sie verloren hat. Es ist so schlimm, dass er es all die Jahre später wieder durchleben muss.

»Ich kann nicht glauben, dass sie fort ist. Nicht meine Grace. Wie soll ich ohne sie weitermachen?«

Ich weiß nicht, was ich dazu sagen soll, deswegen streiche ich ihm stattdessen über den Rücken. Die nagende Schuld, die ich seit Mums Tod empfinde, kommt wieder in mir hoch.

»Es ist alles meine Schuld«, flüstere ich.

Er hört auf zu weinen und schaut zu mir hoch. Sein tränenüberströmtes Gesicht verstärkt mein Schuldgefühl noch mehr. »Was meinst du damit?«

Wir haben noch nie darüber gesprochen, aber vielleicht ist es an der Zeit. »Du hast mich mitten in der Nacht aufgeweckt, weil du sie zum Krankenhaus bringen musstest. Ich sollte aufstehen, bin aber wieder eingeschlafen …« Ich halte kurz inne, zwinge mich aber dann dazu weiterzusprechen. »Ihr Blinddarm ist auf dem Weg zum Krankenhaus durchgebrochen, und sie ist etwas später auf dem OP-Tisch gestorben. Wenn ich nur sofort aus dem Bett gekommen wäre und euch nicht aufgehalten hätte …«

Er starrt eine lange Zeit aus dem Fenster, und ich wüsste gerne, was er denkt. Wahrscheinlich versteht er nichts von dem, was ich gerade gesagt habe. Ich wünschte, wir hätten diese Unterhaltung schon vor seiner Krankheit geführt.

»Stimmt ja ... ich erinnere mich«, höre ich ihn flüstern. Minuten verstreichen, bis er mir wieder in die Augen sieht. »Braxton.« Es ist ewig her, dass ich ihn meinen Namen habe sagen hören. »Denkst du wirklich, es wäre deine Schuld?«

»Das weiß ich.«

Er setzt sich aufrecht hin und räuspert sich. »Nun, da liegst du falsch. Deine Mutter hatte seit zwei Tagen solche Schmerzen. Ich habe ihr immer wieder gesagt, dass sie zum Arzt muss, aber sie hat sich geweigert. Sie war so stur. Sie hasste Ärzte. Die einzigen Male, die sie widerstandslos gegangen ist, waren mit dir.«

»Du erinnerst dich?«

»Natürlich«, sagt er und macht eine wegwerfende Handbewegung. Es bringt mich fast zum Lachen. Er hat offensichtlich vergessen, dass er Alzheimer hat und sich an den meisten Tagen nicht einmal an seinen Namen erinnert. Ich weiß nicht, was ich von seinen Worten halten soll, weil er manchmal so verwirrt ist, aber ich erinnere mich tatsächlich daran, dass sie keine Ärzte mochte. »Sie ist gestorben, weil sie zu lange gewartet hat. Es hatte nichts mit dir zu tun.«

»Ich fühle mich verantwortlich.«

»Nun, das bist du aber nicht. Hast du die Schuld all die Jahre mit dir herumgetragen?« Er seufzt, als er mich anblickt. »Ich wünschte, du hättest mit mir darüber gesprochen. Ich hätte das geraderücken können.« Er legt mir den Arm um die Schulter und zieht mich an sich heran. »Es tut mir so leid, dass du dich so gefühlt hast, mein Sohn. Es war nicht deine Schuld.«

Er spricht mit solcher Überzeugung, und ein Teil von mir möchte ihm glauben. Aber letzten Endes ist es irrelevant, es wird mein Verlustgefühl nicht ändern und mir meine Mutter auch nicht wiederbringen.

Ich bleibe etwas länger als sonst, und als ich gehe, bin ich froh, dass seine Erinnerung an mich wieder erloschen ist – denn das heißt, dass er auch unsere Unterhaltung vergessen hat. Es wäre mir unmöglich gewesen zu gehen, wenn er immer noch aufgebracht gewesen wäre.

♥

Lucas bemerkt es sofort, als ich im Büro ankomme. »Hey, Kumpel«, sagt er und folgt mir in mein Büro. »Möchtest du darüber reden?«

»Worüber reden?« Ich verstaue meine Aktentasche neben dem Schreibtisch und setze mich in den Ledersessel.

»Über das, was dich so düster dreinschauen lässt. Hat es mit Jemma zu tun?«

Ich muss ein bisschen lächeln, er kann mich lesen wie ein offenes Buch. »Nein … mit meinem Dad.«

Es hat keinen Sinn, es zu leugnen, er wird so lange bohren, bis ich mit ihm spreche.

»Scheiße.« Er lässt sich auf die Ecke meines Schreibtisches sinken. »Er ist nicht wieder hingefallen, oder?«

Ich reibe mir über das Gesicht. »Nein. Er hat … heute Morgen hat er gefragt, wo Mum sei. Es ist so schwer, mit anzusehen, was er durchmacht. Er hat seine Frau in ihren besten Jahren verloren und sein ganzes Leben lang für einen verdammten Job gearbeitet, den er überhaupt nicht mochte. Er sollte den Rest seiner Tage nicht so leben müssen.«

»Das Leben kann manchmal echt unfair sein.«

»Wem sagst du das.« Ich fühle, dass er mich beobachtet, während ich den Laptop hochfahre. Nach ein paar Momenten der

Stille spricht er wieder. »Ich glaube, wir müssen Samstagabend mal was trinken gehen.«

»Mir ist nicht wirklich danach, auszugehen.«

»Tja, dann fang schon mal an, dich trotzdem drauf einzustellen. Ich hol dich um sieben ab.« Er schlägt mit der Hand auf den Schreibtisch, dann steht er auf. »Ein Nein akzeptiere ich nicht, Spencer.«

Damit dreht er sich um und geht. Ich lehne mich im Stuhl zurück und merke, dass ich grinse. Ein Abend in der Stadt mit ihm wird mir vielleicht wirklich guttun.

♥

Als ich später am Abend zu Hause ankomme, bin ich überrascht, eine Besucherin auf meiner Veranda vorzufinden. »Rach. Was machst du denn hier? Ist alles okay?«

Sie kommt auf mich zu. »Alles in Ordnung«, sagt sie und küsst mich auf die Wange. »Ich bin hier, um Jemmas Kleiderschrank zu plündern. Ich gehe Samstagabend mit ihr aus, und ich will, dass sie schön aussieht.« Mein Gesicht muss meine Angst widergespiegelt haben, denn sie fügt schnell hinzu: »Es ist ein Mädelsabend. Sie braucht das jetzt, Braxton.«

Plötzlich fällt mir das Atmen schwer, und ich lockere meine Krawatte. Ich stimme ihr zu, dass sie das braucht, aber trotzdem fühle ich mich dabei nicht wohl. Diese Unsicherheit habe ich nie gespürt, als wir zusammen waren, aber das sind wir nicht mehr; na ja, zumindest nicht in ihren Augen. Was ist, wenn sie jemand anderen kennenlernt?

Ich hole meine Aktentasche von der Rückbank. »Lucas und ich gehen Samstagabend auch aus. Wir können uns ja später treffen.«

Sofort verfinstert sich ihr Gesichtsausdruck. »Wenn Lucas dabei ist, dann nicht.«

Ich sehe sie an. »Was zur Hölle ist zwischen euch vorgefallen? Ihr wart doch mal befreundet.«

Ich verstehe es einfach immer noch nicht. Meine letzte Erinnerung an die beiden zusammen ist, wie sie auf unserer Hochzeit miteinander gelacht und getanzt haben.

»Ich möchte lieber nicht darüber sprechen«, sagt sie, als wir zur Haustür gehen. Bevor ich antworten kann, kommt Bella-Rose aus der Hundeklappe geschossen, die ich ihr gebaut habe.

»Hey, Mädchen«, sage ich, als sie aufgeregt an mir hochspringt.

»Oh mein Gott. Du hast einen Hund? Wann hast du ihn bekommen?«

»Jap.« Ich beuge mich hinab und nehme sie auf den Arm. Als sie meine Wange leckt, muss ich lachen. »Das hier ist Bella-Rose. Ich habe sie aus dem Tierheim geholt.«

»Oh, sie ist supersüß!« Rachel krault Bella-Rose strahlend unter dem Kinn.

»Sie ist meine neue Gefährtin. Es ist einsam so ganz allein in diesem großen Haus.«

Rachels Lächeln wird weicher, als sie mich ansieht. »Es tut mir leid.« Mehr sagt sie nicht, und ich weiß es zu schätzen, dass sie mir keine falschen Hoffnungen macht. Genau wie ich weiß sie, dass es keine Garantie dafür gibt, dass Jemma und ich jemals das zurückbekommen, was wir mal hatten.

♥

»Ich möchte heute nicht zu unserer Stammkneipe«, sage ich zu Lucas, als er rückwärts aus meiner Einfahrt fährt. Ich wette, dass Jemma und Rachel dorthin gehen, und so gerne ich sie auch sehen würde, möchte ich nicht, dass Lucas' Verhalten ihnen den Abend versaut – oder uns.

»Kein Problem. Wir können in diese Bar gehen, in der wir letztes Mal waren.«

»Klingt gut.«

Ich sage ihm gar nicht, warum, denn ich möchte seine Laune nicht verderben. Ich wünschte, ich wüsste, was bei den beiden los ist, aber keiner von ihnen will darüber reden, also halte ich mich fürs Erste raus.

Wir setzen uns in eine der Nischen an der Seite. Nachdem wir mexikanisches Bier und Abendessen bestellt haben, lehnt sich Lucas zurück und sieht mich an.

»Und, wie läuft es bei dir und Jemma?«, fragt er.

»Immer noch so wie vorher eigentlich. Wir haben ein paar Fortschritte gemacht, denke ich.« Ich atme aus. »Aber ich habe das Gefühl, immer wenn wir einen Schritt vorgehen, machen wir sofort wieder zwei Schritte zurück.«

»Halt durch, Kumpel.«

»Ich warte für immer, wenn ich es muss.«

»Was ist mit deinem Dad?«

Ich zucke mit den Schultern. »Nichts Neues. Er hat gute Tage und weniger gute.«

Die Kellnerin bringt uns die Getränke, und Lucas hebt sein Bier. »Auf bessere Zeiten«, sagt er und stößt mit mir an.

»Auf bessere Zeiten.«

Wir haben schon mehrere Biere getrunken, als das Essen kommt. Zum Glück ist die Unterhaltung leichter geworden und dreht sich um Sport und die Arbeit.

»Kann ich euch noch was zu trinken holen?«, fragt die Kellnerin, als sie das Essen vor uns abstellt.

»Nur noch ein Bier für ihn«, sagt Lucas und deutet auf mich. »Ich fahre.«

Ich lache während des Essens gerade über etwas, was Lucas gesagt hat, als ich sehe, wie seine Gabel auf dem Weg zum Mund stehen bleibt. Sein Mund ist noch geöffnet, aber ich sehe seinen Gesichtsausdruck innerhalb einer Millisekunde von schockiert zu wütend wechseln. »Was zum Teufel macht sie denn hier?«, flucht er und legt das Besteck auf den Teller. Ich muss nicht fragen, wen er meint.

Obwohl mich sein Verhalten Rachel gegenüber immer noch verwundert, fängt mein Herz an schneller zu schlagen. Wenn Rachel hier ist, bedeutet das, dass Jemma ebenfalls hier ist.

Ich schaue über die Schulter und sehe sie beide zur Bar gehen und sich auf die Stühle setzen, auf denen Lucas und ich bei unserem ersten Mal in dieser Bar auch gesessen haben. Mein Blick klebt an Jemma, sie sieht wunderschön aus in diesem stahlblauen Kleid. Rachel hat es ihr zum Geburtstag geschenkt, es war speziell für sie designt. Ich habe ihr eine Kette gekauft, die dazu passte – einen herzförmigen Saphir-Anhänger, der von kleinen Diamanten umrandet ist.

Mein Blick folgt jeder ihrer Bewegungen, als sie den Raum um sich herum betrachtet. Der staunende Ausdruck in ihren Augen zeigt mir, dass es ihr hier gefällt, genau wie ich angenommen habe. Ich muss lächeln, als ich sie betrachte. Zweifellos steckt die Innenarchitektin noch irgendwo in ihr drin.

Bestürzt merke ich, dass Lucas aufsteht, und kurz nehme ich an, dass er zu ihnen gehen und eine Szene machen wird. Aber er zieht zwei Fünfzigdollarscheine aus der Tasche und schmeißt sie auf den Tisch.

»Du gehst doch nicht, oder?«

»Doch. Genau das tue ich.«

»Setz dich hin und iss zu Ende. Sie haben nicht mal bemerkt, dass wir hier sind.«

»Ich habe plötzlich den Appetit verloren«, sagt er und greift nach seiner Jacke. »Tut mir leid, Mann, aber ich kann einfach nicht mehr in ihrer Nähe sein.«

Er wartet nicht mal auf mich, bevor er zum Ausgang stolziert. Schnell lege ich mein Besteck ab und trinke einen Schluck Bier, bevor ich ihm folge. Mein Blick ist auf Jemma gerichtet, als ich vorbeigehe. Ich bin froh, dass sie eine gute Zeit zu haben scheint.

Ich lächele, weil Jemma über etwas lacht, das Rachel sagt, aber das Lächeln gefriert mir auf den Lippen, als ich sehe, wie der Barkeeper mit ihr flirtet, während er ihr grinsend ein Glas Wein reicht.

Meine Gedanken wandern zum ersten Mal, dass sie Wein getrunken hat, nicht lange nachdem sie mit Rachel zusammengezogen ist. Es war ein Freitagabend, und Lucas und ich waren in der Wohnung der Mädchen zu Besuch. Damals unternahmen wir alles zu viert. Jemma und Rachel schafften es, zweieinhalb Flaschen zu zweit zu trinken. Es war kein schöner Anblick und endete damit, dass ich Jemmas Haare zurückhielt, während sie für den Rest des Abends die Toilettenschüssel umarmte.

Ich würde den Mädels gerne Hallo sagen – und dem Barkeeper die Botschaft vermitteln, dass er sich zurückhalten soll –, aber ich muss herausfinden, was zur Hölle mit meinem besten Freund los ist.

»Lucas, warte mal«, rufe ich, als ich an die frische Luft trete. Er hält nicht an, und ich muss rennen, um aufzuholen. »Was ist heute Abend los mit dir?«

»Lass mich in Ruhe«, murrt er.

»Jetzt *warte* doch.« Ich greife nach seinem Ellbogen und halte ihn an. Diesmal werde ich nicht lockerlassen, bis ich zum Kern des Ganzen gelange. In all den Jahren unserer Freundschaft habe ich so ein Verhalten noch nie bei ihm gesehen. »Was ist denn los bei euch?«

Er entzieht mir den Arm und fährt zu mir herum. »Es ist bloß … Ahh!« Frustriert fährt er sich mit den Händen durchs Haar. »Ich kann nicht mehr in ihrer Nähe sein.«

Ohne ein weiteres Wort dreht er sich wieder um und geht zu seinem Auto.

»Hey«, sage ich und folge ihm. »Sprich mit mir, Mann.«

»Da gibt es nichts zu sagen.«

»Lucas, hör auf damit.« Er geht noch ein paar Schritte, bevor er wieder anhält.

»Womit?«

»Hör auf, mich auszuschließen.«

Als er sich dieses Mal zu mir umdreht, stelle ich überrascht fest, dass er den Tränen nahe ist. »Was soll ich dir denn sagen? Dass ich wahnsinnig verliebt in sie bin und sie meine Gefühle nicht erwidert? Dass sie mich verarscht hat? Dass sie mir das verdammte Herz rausgerissen hat und wie ein kaltherziges Miststück darauf herumgetrampelt ist? Willst du das hören?«

Seine Enthüllung haut mich um. »Wenn das die Wahrheit ist, dann ja.«

Ich sehe schon an seinem Gesichtsausdruck, dass es die Wahrheit ist. Perplex stehe ich da, völlig sprachlos. Es stimmt, was man sagt: Liebe und Hass liegen nah beieinander. Ich habe ihn noch nie so wütend gesehen.

VIERUNDZWANZIG

Jemma

»Bist du wach, Liebes?«, fragt Christine und klopft leise an meine Tür.

»Ja. Komm rein.«

Ich bin schon seit einer Weile wach, liege aber nur im Bett herum. Es war nach ein Uhr morgens, als das Taxi mich zu Hause abgesetzt hat. Ich hatte einen tollen Abend mit Rachel – es macht Spaß, Zeit mit ihr zu verbringen, und sie ist mir sehr ans Herz gewachsen.

Sie hat mich letzte Nacht fest gedrückt und mir gesagt, wie sehr sie mich vermisst hat.

»Wie war euer Abend?«, fragt Christine und stellt mir einen Kaffee auf den Nachttisch.

»Es war richtig schön.«

»Das freut mich. Ihr zwei hattet immer Spaß zusammen.«

»Rachel hat mir gestern Abend gesagt, dass sie wieder nach New York geht.« Ich setze mich auf und greife nach dem Kaffee.

»Wirklich? Wann?«

»In ein paar Tagen. Sie hat gesagt, sie müsse noch ein paar Dinge klären. Ich weiß nicht, wann sie wiederkommt.«

Christine setzt sich auf die Bettkante. »Ich wusste, dass es nur eine Frage der Zeit ist. Sie liebt ihren Job in New York.«

»Ich weiß. Ich werde sie vermissen.«

»Sie wird wiederkommen. Sie kommt immer wieder.«

Ich lächele und versuche, meine wahren Gefühle zu verbergen. Der Gedanke, dass sie geht, macht mich traurig. Ich habe mich daran gewöhnt, sie in meiner Nähe zu haben.

»Wir geben ein besonderes Abendessen, bevor sie geht«, schlägt Christine vor.

»Das wäre schön, das würde ihr gefallen.«

Christine legt kurz ihre Hand auf mein Knie und lächelt, dann steht sie auf. »Das hier ist vorhin für dich gekommen.« In mir brodelt es vor Aufregung, als sie einen Brief und eine pinke Sporttasche hochhält. »Braxton hat ihn vorbeigebracht, genau wie die Tasche.«

»Was ist in der Tasche?«, frage ich und greife danach.

»Deine Lauf-Ausrüstung.«

»Ich laufe?«

»Hast du mal. Du hast es geliebt. Du hast sogar eine Zeit lang an Wettkämpfen teilgenommen, als du jünger warst.« Sie steht auf, geht zu meinem Schreibtisch und kommt mit drei Medaillen wieder. »Die hast du in der High School gewonnen.« Als ich am Anfang in dieses Haus gekommen bin, habe ich sie mal an einem Haken unter einem Regal gesehen, auf dem ein paar Trophäen und Dekostücke stehen, aber ich habe mir sie nie genauer angeguckt.

Ich nehme sie in die Hand und betrachte sie. Auf der Rückseite von einer von ihnen ist etwas eingraviert: *Jemma Robinson – Cross Country State Champion 2005*.

»Du warst unglaublich schnell. Wenn du gewollt hättest, hättest du mit dem Laufen Karriere machen können.«

»Und warum habe ich das nicht getan?«

»Du bist aus Spaß gelaufen. Der Wettkampf hat dich nie interessiert.«

»Also habe ich einfach aufgegeben?« Ich öffne die Sporttasche und sehe, dass sie recht hat: Darin sind Shorts, Leggins, ein Trikot und ein Paar neonfarbene Sneaker.

»Du hast mit den Wettkämpfen aufgehört, aber gelaufen bist du täglich, bis zu dem Tag deines Unfalls.«

»Wow.« Es gibt immer noch so viel von mir, das ich nicht weiß.

Sie steht auf und läuft zur Tür. »Lies deinen Brief, und wenn du fertig bist, komm runter, dann mache ich dir Frühstück.«

NEUNTER BRIEF

Liebste Jemma,
der zwölfte Februar 2005. Es war ein Samstag und der Tag der Cross-Country-State-Championships. Ich wusste schon immer, dass du eine schnelle Läuferin bist. Als wir Kinder waren, hast du mich in jedem Rennen besiegt, und du hast die meisten Rennen auf den Sportfesten der Schule gewonnen. Langstreckenrennen mochtest du am meisten, aber außerhalb der Schule hast du diesen Sport nie verfolgt, bis einer der Lehrer mal vorschlug, dass du an einem lokalen Cross-Country-Wettkampf teilnehmen könntest. Es brauchte ein bisschen Überredung von mir und deinen Eltern, aber schließlich hast du die Formulare ausgefüllt und angefangen, dafür zu trainieren.

Jeden Morgen und Nachmittag bist du ein paar Kilometer gelaufen. An den Wochenenden hat uns dein Vater am Meer abgesetzt, damit du über den Sand laufen konntest. Er war weich und bot damit eine gute Möglichkeit, deine Beine zu trainieren.

Du hast sowohl den lokalen als auch den regionalen Wettkampf gewonnen und es sogar geschafft, den Rekord des Bundesstaats zu brechen, den ein Mädchen namens Natasha Wilkinson aufgestellt hatte. Du warst vorher noch nie gegen sie angetreten, aber beim State-Championship war es dann so weit.

Wir waren an dem Morgen früh auf und sind den weiten Weg zu dem Event gefahren. Deine Eltern und Großeltern haben ihre Sitze auf der Haupttribüne eingenommen, und ich saß am Zaun neben der Wiese, wo du dich aufgewärmt hast.

Du warst gerade dabei, dich zu dehnen, als ein blondes Mädchen zu dir kam. Du hast sofort gelächelt – das war nichts Ungewöhnliches, du warst zu jedem freundlich – und hast nicht gezögert, ihr deine Hand hinzuhalten. Sie hat sie nicht genommen. Von meinem Platz aus konnte ich nicht hören, was sie zu dir sagte, aber dein Gesichtsausdruck verriet mir, dass es nichts Nettes war.

Ich sprang auf und ging auf euch beide zu. Aber als sie mich kommen sah, drehte sie sich schnell um und lief davon.

»Was war los?«, fragte ich.

»Das war Natasha Wilkinson«, hast du augenverdrehend geantwortet.

»Wer?«

»Das Mädchen, das den Rekord gehalten hat. Bis ich ihn gebrochen habe.« Ich konnte an deinen zusammengezogenen Brauen erkennen, dass sie dich wütend gemacht hatte. »Sie hat mir gesagt, ich solle gut auf mich aufpassen, und sie hoffe, dass ich den Geschmack von Staub mag, weil ich sehr bald ihren schlucken würde.«

»Was?«

»Krass, oder?«

Du hast dich weiter gedehnt und wirktest unbeirrt von dem, was sie gesagt hatte. Ich hingegen war stocksauer. Ich sah mich um und versuchte zu sehen, in welche Richtung sie gegangen war.

»Sie sollte es besser nicht wagen, dir während des Rennens etwas zu tun.«

»Ich fürchte mich nicht vor ihr. Sie versucht bloß, mir Angst zu machen. Wenn sie nur wüsste, dass ihre Worte mich eher anspornen … jetzt werde ich große Freude daran haben, sie zu schlagen.«

Du warst immer so ehrgeizig, und ich habe nicht eine Sekunde an deinen Worten gezweifelt, hatte aber trotzdem ein ungutes Gefühl in der Magengegend.

Als die Wettkämpfer zur Startlinie gerufen wurden, habe ich mich zu deiner Familie auf die Haupttribüne gesetzt. Man hätte meinen können, ich würde selbst in dem Wettkampf starten, so wild flatterten mir die Schmetterlinge im Magen.

Wir hatten eine tolle Sicht auf die Start- und die Ziellinie, aber für den Rest des Rennens warst du außer Sichtweite. Es war eine vier Kilometer lange Geländestrecke, die querfeldein über Gras, Erde und Schotter führte.

Die fiese Natasha, wie wir sie schließlich nannten, funkelte dich böse an, als ihr alle an der Startlinie standet, und ein stolzes Lächeln breitete sich auf deinem Gesicht aus, als du ihr frech zugezwinkert hast. Du wirktest überhaupt nicht von ihr eingeschüchtert.

Die nächsten zwanzig Minuten waren eine qualvolle Wartezeit für uns, und als wir den ersten Jubel hörten, wussten wir, dass jemand das Stadion erreicht hatte, und wir sprangen alle auf.

Ich war so stolz, als ich dich auf die Ziellinie zusprinten sah. Die fiese Natasha war fünf bis zehn Meter hinter dir, und Tränen strömten ihr über das Gesicht.

»Sie führt, Stephen!«, schrie deine Mutter aufgeregt. Dabei hüpfte sie auf und ab.

»Los, Jemma!«, rief ich.

»Los, Jem-Jem! Los, du schaffst das!«, hörte ich Pa ein paar Sekunden später schreien.

Ma drehte sich zu den Leuten hinter uns um. »Das ist meine Enkelin«, verkündete sie stolz.

Wir umarmten uns alle, als du schließlich die Ziellinie überschritten hast, und auch wenn er es bestimmt nie zugeben würde, bin ich mir sicher, Tränen in den Augen deines Vaters gesehen zu haben.

Du hast dich vornübergebeugt, die Hände auf den Knien, als du versuchtest, zu Atem zu kommen, und Natasha brach schluchzend auf dem Boden zusammen.

Ein paar Minuten später beobachtete ich staunend, wie du zu ihr gegangen bist und ihr die Hand angeboten hast. Wieder nahm sie dein Angebot nicht an, aber dieses Mal ging sie sogar noch weiter und schlug deine Hand weg. Ich hörte ein paar Zuschauer nach Luft schnappen, einschließlich deiner Mutter und Ma.

Später auf dem Heimweg hielten wir an einem schönen Restaurant, um deinen Sieg zu feiern. Ma und Pa waren nicht dabei, weil sie einen langen Weg zur Farm vor sich hatten.

Ich weiß noch, dass ich dich beim Essen beobachtet habe, als wir an dem Tisch in dem kleinen italienischen Restaurant saßen, das du ausgesucht hattest. Du warst sehr still, seit wir losgefahren waren. Dein Blick wanderte ständig zwischen mir und deinen Eltern hin und her. Dein Gesichtsausdruck hat mich demütig werden lassen. Wir drei strahlten immer noch, waren immer noch auf einem Freudenhoch nach deinem Sieg. Aber deine Freude schien von woanders herzurühren – davon, die Leute glücklich zu sehen, die du liebtest. Ich kannte dich gut und fragte mich, ob du das eher für uns als für dich getan hast. Du hast dem Wettkampf nur zugestimmt, weil wir dich praktisch angebettelt haben.

Einen Monat später fanden die australischen Meisterschaften statt. Deine Mutter hasste es zu fliegen, deswegen sind wir ein paar Tage früher losgefahren und die zwölf Stunden mit deinen Eltern im Auto gefahren.

Der erste, zweite und dritte Platz der State-Championships war für diesen Wettkampf qualifiziert, das bedeutete, dass die fiese Natasha auch dabei war.

Als das Rennen anfing, durchlebte ich dieselben Emotionen wie bei der letzten Veranstaltung. Und wie beim letzten Mal sprangen wir alle auf, als die ersten Läufer zum Endspurt ins Stadion kamen.

Aber diesmal warst du nicht die Erste. Es war ein Mädchen, das ich noch nie gesehen habe, gleichauf mit Natasha.

Ich habe nicht mal gesehen, wer zuerst über die Linie lief, meine Aufmerksamkeit war auf den Tunnel gerichtet, aus dem sie kurz zuvor gekommen waren. Nacheinander erschienen die Wettkämpfer, aber immer noch sahen wir kein Zeichen von dir.

»Wo ist sie?«, hörte ich deine Mutter fragen. Ich konnte nicht antworten, ich hatte kein gutes Gefühl. Ich wollte dich gerade suchen gehen, als du plötzlich auftauchtest. Du hast gehumpelt, Blut tropfte dein Bein hinab, und du hast einen deiner Schuhe fest in der Hand gehalten. Ich hatte das Gefühl, dass die fiese Natasha dahintersteckte.

Die ganze Menge stand auf und feuerte dich an, als du zur Linie humpeltest. Im Gegensatz zu Natasha strömten dir keine Tränen übers Gesicht, aber ich sah, dass du am Boden zerstört warst, und das tat mir in der Seele weh.

Nachdem ein Sanitäter deine Wunden gesäubert hatte, kam ein Kampfrichter und sprach mit dir. Wie ich vermutete, steckte Natasha dahinter. Ein paar der anderen Läufer hatten gesehen, wie sie dich in eine kleine Schlucht geschubst hatte.

Sie gewann das Rennen in einem Fotofinish, aber noch am selben Tag wurde sie disqualifiziert, und die Medaille wurde ihr wieder abgenommen. Außerdem musste sie einige Wochen später vor eine Richterschaft und wurde für ein Jahr von den Wettkämpfen ausgeschlossen.

Am stolzesten machte es mich zu hören, dass du dich weigertest, das Rennen zu beenden, als die Kampfrichter dich wegen deiner Verletzung rausnehmen wollten. Ich liebe es, dass du immer für das gekämpft hast, was du wolltest, und allen Widrigkeiten zum Trotz nie aufgegeben hast.

Als wir an diesem Abend im Hotel im Bett lagen, hast du in die Dunkelheit geflüstert: »Braxton, bist du wach?«

Wir lagen in Einzelbetten, und deine Eltern teilten sich ein Doppelbett einige Meter von uns entfernt.

»Ja, ich bin wach«, flüsterte ich zurück.

Ich drehte mich auf die Seite, um dich anzuschauen, und du drehtest dich ebenfalls zu mir. Dein Gesicht konnte ich nicht sehen, aber dafür deine Silhouette in dem Mondlicht, das durch das Fenster schien.

»Ich möchte das nicht mehr.«

»Was?«, fragte ich.

»An Wettkämpfen teilnehmen. Ich möchte noch laufen, den Teil liebe ich, aber nur für den Spaß.«

»Lass Natashas Aktion dich nicht davon abhalten, etwas zu tun, das du liebst.«

»Aber das ist es ja. Ich liebe es zu laufen, aber die Wettkämpfe überhaupt nicht.«

»Eigentlich habe ich das sogar vermutet«, gab ich zu.

»Weil du mich verstehst, Braxton. Niemand kennt mich so gut wie du.«

Deine Worte brachten mich zum Lächeln. »Du kannst ja auch ohne Wettkämpfe noch laufen.«

»Hast du Mum und Dad auf dem Weg zum Hotel zugehört?« Du seufztest. »Sie haben immer wieder gesagt, wie ich es ihnen nächstes Jahr zeigen werde. Nächstes Jahr werde mein Jahr.«

»Ja, hab ich gehört.«

»Ich habe Angst, sie zu enttäuschen, aber ich möchte nächstes Jahr wirklich nicht teilnehmen.«

»Sag ihnen einfach die Wahrheit, Jem, das verstehen sie schon. Wir können es ihnen zusammen sagen, wenn du willst.«

»Ich bin so froh, dich auf meiner Seite zu haben«, hast du gesagt und deine Hand nach mir ausgestreckt. Ich nahm sie und verschränkte meine Finger mit deinen.

»Immer.«

»Nacht, Brax.«

»Nacht, Jem.«

Unsere Finger blieben ineinander verschränkt, als wir einschliefen.

Was wir hatten, ist viel zu schön, um vergessen zu werden.

Immer dein,

Braxton

Die Laufausrüstung, die Braxton vorbeigebracht hat, ergibt jetzt Sinn. Ich frage mich: Versucht er, eine Erinnerung zu teilen, oder möchte er meine Leidenschaft wieder anfachen? So oder so bringt es mich zum Nachdenken. Wenn ich vor dem Unfall so gerne gelaufen bin, ist es vielleicht etwas, was ich noch mal probieren sollte. Es ist ja nicht so, als hätte ich viel anderes zu tun. Ich könnte in der Nachbarschaft joggen oder am Strand.

Auch wenn ich beim Gehen immer noch leicht humpele, führe ich in der Reha kleine Sprints auf dem Laufband durch, um meine Muskeln zu stärken. Vielleicht könnte ich das nächste Mal, wenn ich am Strand bin, mal probieren zu rennen. Wahrscheinlich sollte ich es aber mit meinem Physiotherapeuten abklären.

Ich lächele, als ich den kleinen Laufschuh-Anhänger im Umschlag finde. Dann sehe ich auf das Armband an meinem Handgelenk. Es ist so voller Erinnerungen an meine Vergangenheit, aber es ist immer noch Platz für mehr.

Ich möchte nicht, dass diese Briefe jemals aufhören.

♥

»Du bist aber früh auf«, sagt Christine, als sie in die Küche kommt und sich die Augen reibt.

»Tut mir leid, wenn ich dich geweckt habe. Ich habe dir gerade eine Nachricht geschrieben.«

Sie mustert mich, und ich sehe, wie sich ein Lächeln auf ihren Lippen ausbreitet. »Du gehst laufen?«

»Ja.« Ursprünglich hatte ich die Shorts angezogen, aber damit waren die grässlichen Narben an meinen Beinen zu sehen, deswegen habe ich mich stattdessen für die Dreiviertelleggins entschieden. »In fünfzehn Minuten kommt ein Bus.«

»Ein Bus?«

»Ja, ich möchte am Strand laufen.«

»Das war schon immer dein Lieblingsort. Es ist noch dunkel draußen, kommst du zurecht?«

»Die Sonne müsste gerade aufgehen, wenn ich ankomme.«

»In solchen Momenten wünschte ich, ich hätte einen Führerschein«, sagt sie.

»Warum hast du eigentlich keinen?«

»Ich bin eine furchtbare Fahrerin.« Sie schüttelt lachend den Kopf. »Auf dem Land brauchte man nicht unbedingt einen Führerschein. Ich bin überall mit meinem Pferd hingeritten.«

»Du hattest auch ein Pferd?«

»Ja, ihr Name war Frostie«, sagt sie, und ihr Lächeln wird breiter. »Ich habe dieses Pferd geliebt. Mein Vater hat sie mir einmal zu Weihnachten geschenkt.«

Ich seufze zufrieden. »Pa scheint ein toller Mann gewesen zu sein.«

»Das war er.«

»Es erklärt aber immer noch nicht, warum du eine schlechte Fahrerin bist. Wenn du nie gefahren bist, woher willst du das dann wissen?«

»Dein Dad dachte, ich sollte einen Führerschein machen, als er herausfand, dass ich schwanger mit dir war. Ich habe ein paar Stunden genommen, aber ich war furchtbar. Niemand wollte mit mir ins Auto steigen. Selbst der Fahrlehrer, den dein Vater eingestellt hatte, hat nach der ersten Stunde gekündigt.«

»Oh mein Gott.« Ich kichere. »Dann musst du wirklich furchtbar gewesen sein.«

»Nun, der Apfel fällt nicht weit vom Stamm, fürchte ich. Du warst nicht viel besser, als du das erste Mal hinterm Lenkrad gesessen hast.«

»Wirklich?«

»Ja, wirklich. Du hast Glück, dass dein Vater so eine Engelsgeduld mit dir hatte, sonst hättest du bestimmt auch nie einen Führerschein bekommen.«

Als ich aus der Haustür gehe, gefriert mir das Lächeln auf den Lippen, weil mir ein Gedanke kommt: Waren meine schlechten Fahrkünste der Grund, dass ich den Unfall hatte? Niemand hat mir erzählt, was an dem Tag wirklich passiert ist.

♥

Als ich am Strand ankomme, geht die Sonne gerade auf. Auf dem Sand halte ich an und atme die frische, salzige Luft tief ein.

Ich beginne in einem langsamen Tempo, den Strand entlangzujoggen – auch wenn ich das offenbar schon tausendmal gemacht habe, ist es ein neues Gefühl, und ich muss mich erst daran gewöhnen. Einige Minuten später fühle ich schon, dass meine Beinmuskeln anfangen zu brennen. Mein Herz rast, und das Atmen fällt mir schwer, aber ich fühle mich wunderbar. Mein Blick ist auf Braxtons Haus gerichtet, als ich näher komme, und ich fühle einen Stich der Enttäuschung, weil ich ihn nicht auf der Terrasse sitzen sehe.

Ich brauche etwa zwanzig Minuten, bis ich das Ende des Strandes erreicht habe. Ich überlege anzuhalten, um zu Atem zu kommen, bin aber gerade zu euphorisch dabei. Jetzt verstehe ich voll und ganz, warum ich immer gerne gelaufen bin, und ich bin Braxton dankbar, dass er mich daran erinnert hat.

Wieder werfe ich einen Blick auf sein Zuhause, als ich den Weg zurücklaufe. Immer noch kein Zeichen von ihm. Ich versuche, mich nicht damit aufzuhalten, aber dann setzt mein Herz einen Schlag aus, als ich näher komme und die Terrassentür aufgleitet. Bella-Rose erscheint als Erstes draußen, dicht gefolgt von Braxton. Schmetterlinge flattern in meinem Bauch, als ich ihn sehe. Ich kann die ganzen Gefühle nicht erklären, die mich überfallen, wenn ich bei ihm bin, aber sie gefallen mir. Sie gefallen mir sehr.

Wie von einer magnetischen Kraft angezogen sieht er direkt zu mir. Ohne nachzudenken, hebe ich die Hand und winke, und er winkt zurück. Auch wenn es aus der Distanz schwer zu beurteilen ist, glaube ich, dass er lächelt. Ich jedenfalls tue das.

In dem Moment, als Bella-Rose mich entdeckt, kommt sie die Treppe heruntergesprungen und rennt über den Sand auf mich zu.

Ich halte an und bücke mich. »Hey, Mädchen«, sage ich und versuche zu Atem zu kommen, als sie mir das Gesicht abschleckt.

Ich bin noch damit beschäftigt zu kichern und sie zu streicheln, als ein Schatten über mich fällt. Da sehe ich auf und erblicke Braxtons gut aussehendes Gesicht, das mich anlächelt.

»Guten Morgen.«

»Morgen«, antworte ich, und meine Stimme hört sich komisch in meinen Ohren an. Ich stehe auf und wische mir nervös die Handflächen an der Hose ab. Obwohl ich gehofft hatte, ihn heute Morgen zu sehen, ist mir plötzlich mein Auftreten unangenehm. Ich schwitze und muss furchtbar aussehen. Schnell wische ich mir das feuchte Haar weg, das an meiner Stirn klebt, und klemme mir die losen Strähnen hinters Ohr.

»Es ist schön, dich wieder laufen zu sehen.«

Ich lächele nervös. »Dein Brief hat mich inspiriert.«

»Das freut mich. Du bist jeden Morgen über diesen Strand gejoggt.«

»Ehrlich?«

»Ja. Jeden Tag, außer wenn es zu stark geregnet hat. Du hast immer gesagt, das sei der perfekte Start in den Tag.«

»Bist du jemals mit mir gekommen?«

»Nie. Ich konnte nicht mit dir mithalten«, sagt er schmunzelnd.

Ist es verrückt, dass ich mein altes Leben vermisse, obwohl ich mich nicht mal daran erinnere? Alles schien früher so viel einfacher gewesen zu sein.

»Hast du Zeit für einen Kaffee?« Seine Frage bringt mich zum Strahlen. Ich hatte gehofft, dass er mich einladen würde. »Ich wollte mir gerade einen machen.«

»Sehr gerne.«

»Sollen wir dann?« Er deutet auf das Haus und hält mir seinen Ellbogen hin. Ich hake mich bei ihm ein und versuche nicht rot zu werden bei dem Blick, den er mir daraufhin zuwirft.

Wir gehen schweigend, Bella-Rose folgt uns. Mir ist das Gefühl von meiner Haut an seiner extrem bewusst, aber wieder schäme ich mich, dass ich eklig und verschwitzt bin. Oh Gott, ich hoffe, ich stinke nicht.

Dieses Mal lädt er mich nicht nach drinnen ein, und ich bin froh darüber. Ich hoffe, eines Tages bin ich dazu bereit, aber fürs Erste bin ich vollkommen zufrieden damit, auf der Terrasse zu sitzen und die Aussicht zu genießen – und die Gesellschaft.

Ich setze mich auf die Bank, und mein Blick wandert durch die Gegend. Ich liebe es hier wirklich.

Als er sich setzt und einen Schluck Kaffee trinkt, beobachte ich ihn; er hat schön volle Lippen. Er trinkt wieder aus dieser alten Tasse, und heute kann ich die Schrift darauf lesen: *Du bist niedlich, kann ich dich behalten?* Ich bin mir sicher, dass da eine Geschichte hinter steckt, und hoffe, dass er mir sie eines Tages erzählen wird.

»Was ist?«, fragt er, als er merkt, dass ich ihn beobachte.

»Nichts.« Ich hebe die Tasse an die Lippen, um nicht mehr sagen zu müssen.

♥

»Kann ich dich was fragen?«

Kurz sieht er von der Straße auf und mich an. »Klar. Du kannst mich alles fragen.«

»Hatten meine schlechten Fahrkünste etwas mit meinem Unfall zu tun?«

»Deine schlechten Fahrkünste?«

»Ja, Christine hat gesagt, ich war eine schlechte Fahrerin, genau wie sie.«

Ich sehe, wie er versucht, ein Lächeln zu unterdrücken. »Am Anfang warst du ziemlich schlecht, aber du wurdest mit der Zeit besser.«

»Also hatte mein Unfall nichts mit meinen Fahrkünsten zu tun?«

Er atmet lange aus, bevor er antwortet. »Du hast ein Stoppschild überfahren, aber das Wetter war an dem Tag richtig mies, und man konnte nur schlecht sehen.«

»Der Unfall war meine Schuld?« Meine Augen weiten sich, und mein Mund bleibt offen stehen.

»Ja.« Erneut schaut er mich an, bevor er sich wieder auf die Straße konzentriert. »Ja, das war er.«

»Wurde noch jemand verletzt?« Ich fühle mich unendlich egoistisch, weil ich das nicht wusste und vorher nicht danach gefragt habe.

»Der andere Fahrer wurde leicht verletzt, ist aber mehr oder weniger unbeschadet davongekommen.«

»Verstehe.«

»Sein Auto hat deins seitlich gerammt, deswegen hattest du den größten Schaden.« Er langt über die Mittelkonsole und nimmt meine Hand. »Es war ein Unfall, Jem. Du warst eine gute Fahrerin.«

Für den Rest der Fahrt bleiben wir still. Er lässt meine Hand aber nicht los, und dafür bin ich dankbar.

FÜNFUNDZWANZIG

Braxton

»Du hast mir Frühstück gemacht?«, fragt Jemma am nächsten Morgen überrascht, als sie die Stufen hochsteigt, die zur Terrasse führen.

Als ich sie gestern abgesetzt habe, nachdem wir meinen Dad besucht haben, sagte sie, dass wir uns wahrscheinlich heute Morgen nach ihrem Lauf sehen würden. Deswegen habe ich vorsichtshalber ihr Lieblingsessen geholt. Ich habe den Tisch so gedeckt, wie sie es früher mochte. Ich vermisse es, meine Morgen mit ihr zu teilen. Eigentlich vermisse ich es, alles mit ihr zu teilen. Die Nächte sind am schlimmsten, es fällt mir immer noch schwer, ohne sie an meiner Seite einzuschlafen.

»Oh ja. Müsli, Joghurt und frisches Obst. Das Frühstück der Champions, hast du immer gesagt.«

»Wow. So esse ich nie bei Christine. Sie macht mir normalerweise Toast mit Ei.«

»Manchmal gab es bei uns an den Wochenenden Eier, aber du hast sie gekocht.« Ich ziehe ihr einen Stuhl heran.

»Es sieht lecker aus. Und richtig gesund.«

»In unserer Familie warst du immer diejenige mit dem Gesundheitsbewusstsein.«

»Daran habe ich keine Zweifel«, sagt sie und lacht. »Ich weiß alles über Ihre Vorliebe für Süßes, Mr Spencer.«

»Schuldig im Sinne der Anklage«, antworte ich grinsend.

»Wie bleibst du so … ähm … fit?« Ich sehe, wie sie leicht errötet.

»Training. Ich trainiere normalerweise an den meisten Tagen. In der Garage habe ich mir einen Fitnessraum gebaut.« Sie lächelt, bevor sie auf das Essen vor sich starrt. »Du hast immer gerne den Joghurt über dein Müsli gegeben, aber ich kann auch Milch holen, wenn dir das lieber ist.«

»Nein. Joghurt klingt gut.«

»Na dann, leg los. Ich gehe nur schnell den Kaffee holen.«

Ich beobachte sie durch das Küchenfenster, als ich darauf warte, dass der Kaffee fertig wird. Sie lächelt, als sie sich eine Scheibe Melone und ein paar Erdbeeren nimmt und sie auf den kleinen Teller neben ihrem Müsli legt. Für die nächste halbe Stunde möchte ich einfach so tun, als hätte sich nichts zwischen uns geändert und als wären die Dinge immer noch genau wie immer – als würde sie mich immer noch genauso sehr lieben wie ich sie.

»Danke«, sagt sie, als ich ihr den Kaffee hinstelle. »Das ist lecker.«

»Freut mich, dass es dir schmeckt. Ich mache dir liebend gern jeden Tag Frühstück, wenn du das willst.«

»Das ist lieb, aber du musst dir nicht so viele Umstände machen.«

»Du bist es mir wert«, sage ich und setze mich ihr gegenüber.

Ich bestreiche meinen Toast mit Butter und Erdbeermarmelade, und als ich aufschaue, merke ich, dass sie mich beobachtet. »Was denn? Marmelade ist gesund – die ist aus Erdbeeren gemacht.«

»Und einer Menge Zucker, wette ich«, sagt sie und lacht auf die Art, die mich immer zum Lächeln bringt.

Ich zucke mit den Schulten und beiße ab. »Was ich dich schon die ganze Zeit mal fragen wollte: Hat Rachel irgendwas über Lucas zu dir gesagt?«

»Nein, warum?«

»Schon gut.«

»Meine Güte. Du kannst doch nicht einfach so anfangen und mir das dann nicht sagen, Braxton!«

Mein Lächeln wird breiter. Sie war schon immer neugierig, ich konnte noch nie ein Geheimnis vor ihr verbergen. »Da war nur etwas, was Lucas letztens gesagt hat.«

»Was hat er denn gesagt?« Sie lehnt sich auf ihrem Stuhl vor und wartet gespannt auf die Antwort.

»Ich glaube, dass hinter unseren Rücken etwas zwischen ihm und Rachel gelaufen ist.«

Ihre Augen weiten sich schockiert. »*Nein.* Wirklich? Warum glaubst du das? Rachel hat ihn mir gegenüber nicht mal erwähnt.«

»Du hast es vielleicht nicht bemerkt, aber er ist in letzter Zeit richtig aggressiv, wenn es um sie geht. Das ist total untypisch für ihn. Sie haben sich immer gut verstanden.«

»Und?«

»Und als ich ihn letztens darauf angesprochen habe, hat er gestanden, in sie verliebt zu sein.«

»Nein! *Wirklich?*«

Die Art, wie sie das sagt, bringt mich zum Lachen. »Er hat gesagt, dass sie seine Gefühle nicht erwidert.«

»Ich frage sie einfach. Sie kommt morgen Abend zu einem Abschiedsessen vorbei.«

»Ein Abschiedsessen?« Ihre Bemerkung überrascht mich.

»Ja. Sie geht zurück nach New York.«

Ich kann an ihrem Gesichtsausdruck lesen, dass sie traurig darüber ist. Sie war immer etwas geknickt, wenn Rachel in den Ferien hier war und dann wieder abreiste. Sie hasste es, dass Rachel so weit von ihr weg wohnte, verstand aber auch, dass Rachel für ihre Karriere nun mal in New York sein musste.

»Sag ihr aber nicht, was ich dir gerade erzählt habe. Herrje, Lucas würde mich umbringen, wenn er das wüsste.«

»Mach ich nicht, aber ich werde auf jeden Fall mal schauen, was ich herausfinden kann. Frauen haben da so ihre Methoden bei solchen Dingen.«

»Was du nicht sagst«, sage ich kichernd.

Als ich das Geschirr vom Frühstückstisch nehme und in die Spülmaschine räume, stecke ich mir den nächsten Brief in die hintere Hosentasche, damit ich ihn ihr geben kann, wenn ich sie absetze. Unser Gespräch am Vortag im Auto hat mich dazu inspiriert. Gestern habe ich mich bei der Arbeit davongeschlichen, um ihr den passenden kleinen Auto-Anhänger zu kaufen.

ZEHNTER BRIEF

Liebste Jemma,
spät im August, 2005. Ich weiß das genaue Datum nicht mehr, aber in dem Monat hast du deinen Führerschein gemacht. Ein Monat, in dem ich nicht nur um deine Sicherheit besorgt war, sondern auch um die aller anderen Verkehrsteilnehmer … einschließlich der Fußgänger. Okay, das ist vielleicht leicht übertrieben, aber sagen wir mal so: Deine Fahranfänge waren nicht besonders gut.

Wir saßen beide auf den Stufen vor deinem Haus und warteten darauf, dass dein Dad von der Arbeit kam. Wir hatten nach der Schule den Bus in die Stadt genommen, damit du den Theorietest ablegen konntest. Du hattest nicht erwartet, beim ersten Versuch zu bestehen, hast es aber trotzdem geschafft. Wie wir später am Tag herausfinden sollten, war das praktische Fahren dafür nicht so leicht.

Sobald dein Vater in die Einfahrt bog, bist du aufgesprungen und zu ihm gerannt. »Ich hab meine Learners-Plakette!«, hast du geschrien und die Plakette mit dem »L«, die dich als Fahranfänger auszeichnete, hochgehalten.

»Das ist wunderbar, Mäuschen«, sagte er, umarmte dich und küsste dich auf die Stirn. »Ich bin stolz auf dich.«

»Kannst du mit mir fahren … bitte?« Du hast die Hände wie zum Gebet gefaltet und hochgehalten, um die Dringlichkeit deines Wunsches zu betonen.

Er lachte über deine Mätzchen. »Nach dem Abendessen.«

»Oh, bitte, Daddy«, hast du gefleht. Genau wie ich konnte dein Vater dir keine Bitte abschlagen. »Nur eine Runde um den Block.«

»Okay, eine Runde.«

»Ich hab dich lieb, Daddy«, hast du freudig gerufen und bist ihm in die Arme gesprungen.

Er ging ins Haus, um seine Aktentasche abzulegen und deiner Mum Hallo zu sagen, bevor er dir zeigte, wie du die Plakette vorne und hinten am Auto anbringen konntest.

»Komm schon, Brax«, hast du gerufen, als wir ins Auto steigen konnten. Wir saßen gut zwanzig Minuten in der Einfahrt, während dein Vater dir alle Vorrichtungen erklärte. Schließlich hast du den Schlüssel im Zündschloss gedreht und vor Aufregung gequiekt, als das Auto ansprang.

»Drück den Fuß fest auf das Bremspedal«, sagte dein Dad, »und lös die Handbremse. Gut so. Lass den Fuß auf der Bremse und leg den Rückwärtsgang ein … Genau. Und jetzt beweg den Fuß von der Bremse und leg ihn ganz leicht auf das Gaspedal.«

Ich weiß nicht, ob du das »ganz leicht« nicht gehört hast oder ob du an dem Tag Blei in den Schuhen hattest, aber das Auto flog so schnell rückwärts, dass wir nach vorn geschleudert wurden. Zum Glück waren wir angeschnallt, sonst wären wir bestimmt alle durch die Windschutzscheibe geflogen.

»Breeeemsen! Herrgott noch mal! Ich habe gesagt ganz leicht«, schimpfte dein Vater. Du kamst seiner Aufforderung nach, bist dabei aber so fest auf die Bremse getreten, dass wir alle wieder zurück in die Sitze gedrückt wurden.

»Tut mir leid, Daddy.«

Dein Vater kniff sich in die Nasenwurzel, während er einen langgezogenen Seufzer ausstieß. »Ist okay, Mäuschen. Probieren wir es noch mal. Leg den Rückwärtsgang ein und drück diesmal sanft aufs Gaspedal. Sanft!« Dieses Mal betonte er das letzte Wort besonders. »Benutz die Spiegel, um dich zu orientieren.«

Das Auto bewegte sich ungefähr einen Meter und ruckte dann abrupt, als du wieder gebremst hast. So ging es den ganzen Weg die Einfahrt hinunter. Zu dem Zeitpunkt war ich ziemlich sicher, mit einem Schleudertrauma aus dieser Fahrstunde zu gehen.

»Pass auf!«, warnte dein Vater, aber es war schon zu spät. Es knirschte fürchterlich, als du den Briefkasten umfuhrst.

»Scheiße«, fluchtest du, als du weiter rückwärtsfuhrst. Ich legte mir die Hand auf den Mund, um mein Lachen zu verbergen.

Du hast die Auffahrt komplett verfehlt, und unsere Körper wurden wieder herumgeschleudert, als der Wagen Rad für Rad über den Bordstein fuhr. Von der Straße aus konnte ich jetzt den platt gefahrenen Briefkasten auf dem Boden liegen sehen.

»Es tut mir leid, Daddy«, sagtest du wieder. In den nächsten Tagen murmeltest du genau diese Worte bestimmt hundertmal.

»Ich fand den Briefkasten sowieso scheußlich«, antwortete er, aber man konnte ihm anhören, dass er nicht begeistert war. Deine Mum hatte ihn auf einem Kunsthandwerkermarkt gekauft. Er war wie ein Vogelhaus geformt, und obendrauf saßen unechte Vögel. »Fahr noch ein Stück weiter zurück«, wies er dich an. »Dann lenk wieder gerade.« Du bist weiter rückwärtsgefahren, etwas zu weit. Es war der Abend, bevor die Müllabfuhr kam, und die Mülleimer standen an beiden Seiten der Straße. Du fuhrst direkt in den von

Mr Drake hinein, der Eimer fiel um, und der Müll verteilte sich überall.

»Halt den Wagen an«, sagte dein Vater frustriert, bevor er sich abschnallte und ausstieg. Du und ich folgten ihm beide. »Ich glaube, das ist genug Autofahrerei für einen Tag.« Wieder musste ich mir das Lachen verkneifen. Ich fühlte mich etwas schlecht, dass ich die Situation so lustig fand, als ich sah, dass du den Tränen nahe warst. »Wir müssen erst mal hier aufräumen.«

Am nächsten Nachmittag gewährte dein Vater dir noch einen Versuch. Er war mutiger als ich, denn ich überlegte mir schon Ausreden, warum ich nicht mitkonnte. Aber am Ende entschied ich, mein Leben zu riskieren, wenn das bedeutete, dich damit zu unterstützen. Aus Liebe tut man die verrücktesten Dinge.

»Ich muss nur kurz nach Hause und etwas holen«, sagte ich, als du die Plaketten am Auto befestigtest.

Als du den Fahrradhelm auf meinem Kopf gesehen hast, hast du erst die Augen aufgerissen und dann zusammengekniffen. »Sehr lustig, Mistkerl«, hast du geschimpft und mich spielerisch in den Arm gezwickt.

Dein Dad lachte, als ich hinten einstieg. »Schlauer Junge«, flüsterte er, als du zur Fahrerseite gegangen bist.

Dieses Mal konntest du den Briefkasten nicht umnieten, weil er schon weg war. Mit den Fingern krallte ich mich in den Lederbezug des Rücksitzes, als der Wagen die Straße entlangholperte, aber ich entspannte mich etwas, als ich bemerkte, dass du auf gerader Strecke eigentlich ganz okay fahren konntest. Das hielt jedoch nicht lange an.

»Setz den rechten Blinker«, sagte dein Vater, als wir uns dem Ende der Straße näherten. »Jetzt brems vorsichtig,« – es war eher ein abruptes Rucken – »dann drehe das Lenkrad nach rechts, um die Kurve zu nehmen.«

Du hast es nicht genug gedreht, und wir rammten den Bordstein und nahmen noch fast eine Fußgängerin und ihren kleinen Hund mit.

Nach einer Fahrt um den Block mit dir waren dein Vater und ich ein einziges nervliches Wrack. »Ich muss mir auch mal so einen Helm besorgen«, flüsterte mir dein Vater zu.

Als wir ins Haus kamen, sahst du vollkommen ernüchtert aus und bist sofort in dein Zimmer gegangen.

»Ihr zwei seid weiß wie Gespenster«, sagte deine Mutter, als wir in die Küche kamen.

»Sie ist definitiv deine Tochter«, antwortete dein Vater seufzend. Dann ging er zum Kühlschrank und holte sich ein Bier heraus. Ich war fast siebzehn und noch minderjährig, aber ich sag's dir, ich hätte auch eins gebrauchen können.

Für die nächste Zeit verbot dir dein Vater, auf der Straße zu fahren. Stattdessen nahm er dich in den nächsten vier Wochen mit auf Felder oder nachts auch auf leere Parkplätze. Er machte erst mit den richtigen Fahrstunden weiter, als er sich sicher war, dass du gut genug fuhrst, um auf die Straße zu können.

Je mehr du fuhrst, desto sicherer wurdest du, und es dauerte nicht lang, bis wir uns alle im Auto wohlgefühlt haben, wenn du hinter dem Steuer warst.

Ein Jahr später, am elften August 2006, war es Zeit für die Fahrprüfung. Dein Vater wusste nicht, dass du dich angemeldet hattest. Du hast mir gesagt, du wolltest ihn nicht enttäuschen, falls du durchfielst. Er hatte so viel Zeit investiert, um sicherzustellen, dass deine Autofahrkünste allen Anforderungen genügten.

Ich begleitete dich und sah, wie schlimm deine Hände zitterten, als der Prüfer dich aufrief. »Viel Glück, Jem«, sagte ich und umarmte dich kurz. »Du machst das mit links.«

Während ich an der Anmeldung auf dich wartete, lief ich auf und ab. Dreißig Minuten später spaziertest du mit einem riesigen Lächeln auf dem Gesicht durch die Tür.

»Ich hab bestanden!«, hast du gesagt und bist mir in die Arme gesprungen.

»Ich bin so stolz auf dich.« Ich legte dir die Arme um die Hüften und wirbelte dich herum.

An diesem Abend führten uns deine Eltern zum Abendessen aus, um deinen Erfolg zu feiern. Sie ließen dich fahren. Dein Vater konnte den ganzen Abend nicht aufhören zu lächeln.

Am folgenden Samstagmorgen hast du nach dem Aufstehen einen kleinen roten Gebrauchtwagen in deiner Einfahrt vorgefunden. Es war ein Ford Laser von 1999, geschmückt mit einer riesigen weißen Schleife.

»Fahr vorsichtig«, sagte dein Vater und überreichte dir den Schlüssel. »Denk immer an alles, was ich dir beigebracht habe.«

»Versprochen, Daddy«, hast du gesagt und dir eine Träne aus dem Auge gewischt.

An dem Wochenende fuhren wir viel durch die Gegend. Manchmal hast du mich auch fahren lassen. Mein Vater konnte es sich nicht leisten, mir ein Auto zu kaufen, aber das war okay für mich. Ich brauchte jetzt eh keins – wenn du irgendwo hinfahren würdest, wäre ich immer direkt neben dir. So, wie es immer war.

Was wir hatten, ist viel zu schön, um vergessen zu werden.

Immer dein,

Braxton

SECHSUNDZWANZIG

Braxton

Jetzt, da Jemma wieder laufen geht, sehe ich sie fast jeden Tag. Das Beste daran ist, sie in unserem Zuhause zu haben, wenn auch nur für kurze Zeit. In diesen Momenten kann ich so tun, als wären wir wieder das, was wir mal waren. Und es gibt mir Hoffnung, dass wir es eines Tages sein werden.

Nach der Physiotherapie heute haben wir die bestmöglichen Nachrichten erhalten: keine weiteren Sitzungen.

»Sieht aus, als hätten diese morgendlichen Läufe am Strand mir gutgetan«, sagt Jemma lächelnd, als wir das Rehazentrum zum letzten Mal verlassen.

Sie haben mir auch gutgetan. Sie haben *uns* gutgetan. Ich habe das Gefühl, dass wir seitdem einen Riesenschritt nach vorne gemacht haben.

»Ich kann nicht glauben, dass ich jetzt zum letzten Mal hier war. Jetzt kann ich endlich versuchen, das Ganze hinter mir zu lassen, und mit meinem Leben weitermachen«, sagt sie, als wir zum Auto gehen.

Ich kann nur denken: *Bitte lass das kein Leben ohne mich sein.*

»Wir sollten das feiern«, schlage ich vor, rechne aber gleichzeitig mit einer Absage.

»Wie feiern?«

»Wir könnten heute Abend essen gehen.«

Als sie die Stirn runzelt, weiß ich die Antwort schon. »Tut mir leid, ich kann nicht.«

»Oh.« Wie erwartet. »Egal, war ja nur eine Idee.«

Ich entferne mich von ihr und gehe zur Beifahrertür, um sie ihr zu öffnen.

»Braxton, warte mal.« Sie hält mich am Ellbogen fest.

»Ist schon okay, Jemma.« Ich drehe mich zu ihr um und zwinge mich zu lächeln. »Vergiss den Vorschlag.«

»Ich will ihn nicht vergessen«, sagt sie. »Heute Abend geben wir das Abschiedsessen für Rachel bei Christine. Du kannst gerne auch kommen, wenn du willst … oder wir gehen morgen Abend zusammen essen.«

»Wirklich?«

»Ja, wirklich.«

Ich versuche nicht zu zeigen, wie glücklich mich das macht, versage dabei aber gänzlich.

Ich helfe ihr ins Auto, dann gehe ich um den Wagen herum zur Fahrerseite. Dabei pfeife ich.

»Braxton«, sagt Jemma schüchtern und zupft eine imaginäre Fluse von ihrer Hose. »Christine hat mir gesagt, dass du mir nicht von der Seite gewichen bist, als ich im Koma lag, und, na ja … seitdem hast du mich auf jedem Schritt des Weges begleitet. Falls ich es noch nicht gesagt habe, wollte ich dir noch Danke sagen.«

Schließlich hebt sie den Blick. »Du musst mir nicht danken, Jem. Ich habe versprochen, dich in Gesundheit und Krankheit zu lieben, und ich stehe zu jedem Wort.«

Sie lächelt, dann greift sie nach dem Anschnallgurt. »Nur, damit du es weißt, wenn ich eine einzige Person aussuchen müsste, mit der ich feiern würde, dann wärst das du.«

Sie sagt diese Worte mit großer Ernsthaftigkeit.

»Warum siehst du so vergnügt aus?«, fragt Lucas, als ich in sein Büro marschiere.

»Ich gehe heute früher.«

»Okay … weil?«

»Ich habe ein Date. Na ja, genau genommen ist es kein Date, aber ich führe Jemma heute Abend zum Essen aus. Sie ist endlich fertig mit der Reha, deswegen feiern wir.«

Seine Miene hellt sich auf. »Ernsthaft? Das freut mich, Kumpel.«

Ich lasse mich in den Ledersessel vor seinem Schreibtisch plumpsen. »Ich habe wirklich das Gefühl, dass wir Fortschritte machen.«

»Um deinetwillen hoffe ich, dass du recht hast. Aber mach dir bitte nicht zu große Hoffnungen. Dann wäre es noch schlimmer, wenn du wieder enttäuscht wirst.«

»Ich weiß. Aber solange sie mich in ihrem Leben haben will, gebe ich uns nicht auf.«

»Etwas anderes hätte ich von dir auch nicht erwartet.«

»Und, wie geht es dir so?«, frage ich.

»Super, warum?« Die Art, wie er auf seinem Stuhl herumrutscht, zeigt mir, dass er genau weiß, warum ich diese Frage stelle.

»Tust du jetzt einfach so, als hättest du mir letztens nicht erzählt, dass du in Rachel verliebt bist?«

Er zuckt mit den Schultern. »Es war nur dummes Betrunkenen-Gerede. Ich wusste nicht, was ich da sagte.«

»Genau. Du hattest wie viele Biere? Zwei? Ich kenne dich, Mann – selbst der besoffenste Lucas sagt nichts, was er nicht so meint.«

Sein Körper versteift sich, als er mich flehentlich ansieht. »Können wir das Thema einfach auf sich beruhen lassen?«

»Okay. Sag mir nur eins: Seit wann läuft das zwischen euch?«

»Ich weiß nicht. Fünf oder sechs Jahre, schätze ich«, sagt er und sinkt in seinem Stuhl zurück.

»Fünf oder sechs *Jahre*? Scheiße. Wie konnte das an mir vorbeigehen?«

»Weil du immer zu beschäftigt damit warst, Jemma wie ein verlorener Welpe hinterherzutrotten.« Ich muss lächeln, er hat wahrscheinlich recht. »Erst war es nur ein bisschen Spaß. Ich meine, sie ist heiß, sie ist lustig … wie könnte man sie nicht mögen? Wir sind immer mal wieder miteinander ins Bett gestiegen. Nachdem sie nach New York gezogen ist, habe ich sie vermisst, und da habe ich erkannt, dass ich echte Gefühle für sie entwickelt habe.«

»Und diese Gefühle wurden nicht erwidert?«

»Ich dachte, wir lassen das Thema«, seufzt er und fährt sich mit den Fingern durchs Haar.

»Tut mir leid, Kumpel.«

»So ist das Leben. Sie ist nicht die Erste, und sie wird mit Sicherheit auch nicht die Letzte sein.« Er versucht es mit einer wegwerfenden Handbewegung abzuhaken.

Warum nur habe ich das Gefühl, dass er das nicht so meint?

♥

Es ist etwa vier Uhr, als ich das Büro verlasse. Ich hole Jem nicht vor sechs Uhr ab, habe vorher aber noch ein paar Dinge zu erledigen. Als Erstes muss ich die Wäsche von der Reinigung holen, dann zum Floristen, um Blumen für Jemma zu kaufen. Nicht einfach irgendeinen Strauß, sondern ihre Lieblingsblumen.

Ich habe einen Tisch in unserem Lieblingsrestaurant reserviert, dem *Sea Shanty*. Da hatten wir unser erstes Date. Sie erinnert sich natürlich nicht daran, aber ich kann nur hoffen, dass es irgendeine Art von Wiedererkennung aufkeimen lässt, vor allem, wenn man bedenkt, dass sie die Inneneinrichtung entworfen hat.

Das Essen ist dort großartig – das beste Fischrestaurant der Stadt –, aber als wir anfingen, dorthin zu gehen, war die Einrichtung altmodisch und passte nicht zusammen. Es hat Jemma in den Wahnsinn getrieben, und als das neue Management den Laden vor ein paar Jahren übernahm, war sie hocherfreut, dass sie beauftragt wurde, die Innenausstattung neu zu gestalten.

Ich kann ihre Reaktion kaum erwarten, wenn sie es sieht. Den Besitzern, Matt und Trish, habe ich schon von Jemmas Erinnerungsverlust erzählt, als ich den Tisch reserviert habe. Ich möchte nicht, dass sie Jemmas Distanziertheit persönlich nehmen oder dass sie etwas sagen, das Jemma aufregen könnte. Der heutige Abend soll perfekt werden.

Ich gehe mit Bella-Rose am Strand spazieren, nachdem ich zu Hause ankomme. Danach springe ich unter die Dusche. Als ich gerade vor dem Waschbecken im Bad stehe und mich rasiere, höre ich das Handy im Schlafzimmer piepsen; eine Nachricht ist eingegangen.

Schnell wasche ich mir das Gesicht und gehe ins Schlafzimmer. Das Handtuch hängt tief um meine Hüfte. Die schwarze Hose und das blaue Hemd, das Jemma mir während unserer Flitterwochen auf Hawaii gekauft hat, liegen auf dem Bett. Sie hat gesagt, es passe gut zu meinen Augen. Dies wird die erste Gelegenheit sein, zu der ich es anziehen kann.

Als ich Jemmas Namen auf dem Bildschirm sehe, kriege ich ein ungutes Gefühl im Magen und mir kommt der Gedanke, dass sie vielleicht absagt.

Ich freue mich auf heute Abend. Rachel und ich sind gestern Nachmittag shoppen gegangen. Hab ein neues Kleid gekauft. Ich hoffe, es gefällt dir.

Ich tippe lächelnd eine Antwort. Die Tatsache, dass es sie

überhaupt interessiert, ob ich es mag, macht mich glücklich. Ich will mir nicht zu große Hoffnungen machen, weil das hier eigentlich nur ein Abendessen zum Feiern ist, aber ich habe ein gutes Gefühl.

Ich freue mich auch schon, antworte ich. Kann es nicht erwarten, dein neues Kleid zu sehen. Ich bin mir jetzt schon sicher, dass du wunderschön aussehen wirst.

♥

Mein Bauch kribbelt vor Aufregung und Nervosität, als ich in Christines Einfahrt biege. Nicht mal vor unserem allersten Date war ich so aufgeregt, aber jetzt liegen die Dinge anders.

Der junge, naive Braxton hat alles für selbstverständlich genommen. Damals nahm ich an, dass sie für immer zu mir gehören würde, aber jetzt weiß ich es besser.

Ich sage mir, dass es albern ist. Es ist nur ein Abendessen mit Jem, da gibt es nichts, weswegen ich nervös sein müsste. Wir haben über die Jahre schon Tausende von Malen zusammen zu Abend gegessen.

Als die Tür sich öffnet und ich von der lächelnden Jem begrüßt werde, verfliegt die Nervosität sofort. Ich trete einen Schritt zurück, und mein Blick wandert ihren Körper hinunter. Ihr Anblick raubt mir den Atem.

Sie trägt ein rotes, ärmelloses Seidenkleid, das kurz über den Knien endet. Es ist einfach und doch unglaublich sexy und setzt ihren sinnlichen, schlanken Körper perfekt in Szene. Es passt wunderbar zu ihrem dunklen Haar und der olivfarbenen Haut.

»Wow!«

»Gefällt es dir?«, fragt sie und legt die Hand über ihre Narbe am Arm. Es macht mich traurig, dass sie wegen ihrer Narben befangen ist.

»Es ist der Wahnsinn«, antworte ich und nehme ihre Hand sanft von ihrem Arm. Diese Narben werden uns immer an den Unfall erinnern, aber sie sind jetzt ein Teil von ihr. »Du musst dich nicht vor mir verstecken, Jem.«

Sie lächelt angespannt. »Dein Hemd gefällt mir. Es betont deine blauen Augen.«

»Du hast es mir in unseren Flitterwochen gekauft.«

Ihr Lächeln ist mir die Zeit wert, die ich zum Bügeln gebraucht habe. »Ich habe einen guten Geschmack.«

»Natürlich, schließlich hast du mich geheiratet.« Sie lacht und klapst mir spielerisch auf den Arm. »Oh, das hätte ich fast vergessen«, sage ich und halte ihr die Blumen hin. »Die sind für dich.«

Als ihre Augen aufleuchten, singt mein Herz. Genau auf diesen Blick habe ich gehofft. Er bestätigt, dass meine alte Jem immer noch irgendwo da drin ist.

»Sie sind wunderschön, danke.« Ich stehe wie gelähmt da, als sie die Blumen an die Nase hebt und die Augen schließt. Sie inhaliert den Duft tief ein, und meine Mundwinkel heben sich. »Hmm. Sie riechen himmlisch. Und mir gefällt das Lila und Gelb zusammen.«

»Das waren immer deine Lieblingsblumen.«

Sie lächelt und tritt zur Seite. »Komm rein, ich stelle sie eben in eine Vase, bevor wir gehen.«

Als sie sich umdreht und zur Küche läuft, will ich erst folgen, bleibe dann aber wie angewurzelt stehen. Das rote Kleid, das sie trägt, ist rückenfrei. *Komplett rückenfrei.* Der Stoff endet gerade über der Kurve ihres perfekt gerundeten Pos. Innerlich stöhne ich, als ich die Hände in die Hosentaschen schiebe. Alles in mir will sie berühren – es wird an ein verdammtes Wunder grenzen, wenn ich die Nacht überstehe, ohne genau das zu tun.

Auf dem Weg zum Restaurant plaudern wir, aber meine Gedanken sind immer noch mit dem Kleid beschäftigt. Wenn sie es angezogen hat, um mich verrückt zu machen, hat sie Erfolg.

Als wir aussteigen, will ich schon instinktiv die Hand auf ihren Rücken legen, überlege mir das aber schnell anders. Ihre seidene, weiche Haut zu berühren wird es nur noch schlimmer machen.

Ich fühle mich jetzt schon zutiefst frustriert … Schon seit Monaten verzehre ich mich nach ihr.

»Wow, es ist wunderschön hier drin«, sagt sie, als wir das *Sea Shanty* betreten. »Oh, schau mal die Reihe runder Fenster da vorne an. Sie sehen aus, als wären sie von einem Schiff.«

»Sind sie auch.«

»Was für eine tolle Idee … so eine hübsche Einrichtung.« Ihr Kommentar bringt mich zum Lächeln.

Trish, die Besitzerin, kommt kurz darauf in den Empfangsbereich gelaufen.

»Braxton, wie schön, dich wiederzusehen.« Sie umarmt mich und wendet sich dann Jemma zu. Sie lächelt, aber ich sehe auch eine Andeutung von Traurigkeit in ihrem Ausdruck, sie weiß von Jemmas Unfall und ihrem Verlust. »Hi, ich bin Trish.«

»Hi. Freut mich, Sie kennenzulernen«, sagt Jemma und hält ihr die Hand hin, doch Trish ignoriert diese und zieht sie stattdessen in eine Umarmung. Ich bin froh, Jemma lächeln zu sehen, als Trish sie loslässt. »Sie haben ein tolles Restaurant.«

»Dafür können wir uns bei dir und deinem Auge fürs Detail bedanken.«

Jemma ist eindeutig verwirrt und sieht mich kurz an. Ich habe Mitgefühl mit ihr. Ich kann mir nur vorstellen, wie es sein muss, in eine Welt geworfen zu werden, an die man sich nicht länger erinnert. In den letzten Monaten habe ich gelernt, die Dinge mit Jemma sanft anzugehen, sonst ist sie überwältigt.

»Matthew, beweg deinen sexy Hintern hierher«, ruft Trish über die Schulter zurück. »Braxton und Jemma sind hier.«

Ihr Ausruf bringt mich zum Lachen, und ich bemerke, dass auch Jemma lächelt. Ich liebe diese beiden, und Jemma ging es früher genauso.

Seine Miene leuchtet auf, als er in den Empfangsbereich tritt. Er schüttelt mir energisch die Hand, bevor er Jemma mit seiner Umarmung fast erdrückt. Als er sie schließlich loslässt, nimmt er ihr Gesicht in die Hände.

»Wie geht's dir, Mädchen? Wir haben gehört, was dir passiert ist, und waren beide wirklich erschüttert.«

Jemma lächelt verlegen und geht einen Schritt zurück. Ich sehe, wie Trish ihn mit dem Ellbogen anstößt, und muss mir das Lachen verkneifen. »Alles okay«, sagt sie und streicht sich eine Haarsträhne hinter das Ohr. Da bemerke ich, dass sie nicht nur das Armband von mir trägt, sondern auch die Muschelohrringe, die ich ihr geschenkt habe, als wir Kinder waren.

»Komm, Matthew«, sagt Trish. »Lassen wir sie in Ruhe. Ich habe euren Tisch fertig.« Sie dreht sich zu mir.

»Der beste Tisch des Hauses für unsere Lieblingskunden«, sagt Matt.

Sie führen uns zu einem ruhigen, allein stehenden Tisch auf dem Balkon, von dem aus man einen freien, ungestörten Blick auf das Meer hat. Es war kein Scherz, dass wir den besten Platz im Haus bekommen.

Ich hatte genau diesen Tisch für unser neunzehntägiges Jubiläum gebucht, den Tag von Jemmas Unfall. Es hat länger gedauert als geplant, dass wir herkommen, aber jetzt ist es endlich so weit.

Ich ziehe Jemmas Stuhl für sie hervor.

»Immer so ein Gentleman«, sagt Trish und stößt Matthew wieder mit dem Ellbogen an. »Du könntest noch ein, zwei Dinge von ihm lernen, Matthew Sutherland.«

»Kennen wir diese Leute gut?«, fragt Jemma, als wir endlich allein sind.

»Wir haben hier sehr oft gegessen.«

»Oh. Okay. Ich mag sie gern.«

»Ich auch. Sie sind sehr nett.«

Ich sehe zu, als sie ihren Blick umherwandern lässt. Die alte Jem tat das überall, wo wir hingingen. »Die Aussicht von hier ist der Wahnsinn.«

»Sie ist atemberaubend«, antworte ich und sehe sie dabei direkt an.

»Ich bin richtig begeistert davon, wie das Restaurant eingerichtet ist.«

»Wärst du überrascht, wenn ich dir sage, dass du es eingerichtet hast?«

Ihre Augen weiten sich. »Nein – wirklich?«

»M-hm.«

Sie sieht sich staunend um. »Ich bin beeindruckt, dass ich das hier gemacht habe. Es hat so eine maritime Atmosphäre. Die perfekte Einrichtung für ein Fischrestaurant.«

»Genau diesen Effekt wolltest du erreichen.« Sie hatte es so ähnlich eingerichtet wie unser Zuhause: weiß, blau und hier und da eine Andeutung von Gelb. Sie hat weiße Fischernetze von der Decke gehängt und einige nautische Erinnerungsstücke ausgesucht.

»Du hast ein bewundernswertes Talent für Inneneinrichtung.«

Sie wird still und senkt den Blick, also lange ich über den Tisch und nehme ihre Hand.

»Ich wusste insgeheim schon, dass du dich unbedingt an diesem Restaurant versuchen wolltest, als Trish und Matt es übernommen haben. Du fandst es furchtbar, wie schlecht die alte Einrichtung zusammenpasste.«

Sie kichert, dann drückt sie meine Hand. »Danke.«

»Wofür?«

»Für alles. Ich weiß nicht, wo ich jetzt ohne dich wäre. Du hast für meine geistige Gesundheit gesorgt.«

Ich lasse ihre Hand los und lehne mich im Stuhl zurück, als die Kellnerin ankommt. Sie stellt ein mexikanisches Bier mit einem Limettenschnitz vor mich und ein hohes Glas mit Eis und einer dunkelorangefarbenen Flüssigkeit vor Jemma. Es ist mit einem Stück Zitrone und einem dieser winzigen Schirmchen garniert. Wir danken ihr beide, bevor sie sich umdreht und geht.

»Haben wir die bestellt?«, fragt Jemma.

»Nein. Wir sind oft hier, und Trish weiß, was wir mögen, deswegen machen sie sich nie die Mühe, unsere Bestellungen aufzunehmen.«

Sie hebt ihr Glas und nippt daran. »Lecker. Was ist das?«

»Wodka, Zitrone, Limette und Bitterlikör.«

»Da ist Alkohol drin?«

»Ja.«

»Es schmeckt besser als dieser grässliche Wein, den Rachel und ich letztens abends getrunken haben.«

»Wein bekommt dir nicht wirklich gut«, sage ich schmunzelnd. Ich gehe nicht näher darauf ein, weil es sie nur in Verlegenheit bringen würde. Diese Geschichte hebe ich für ein anderes Mal auf.

Die Vorspeise kommt, und kurze Zeit später folgt die Hauptspeise. »Wow, was ist das?«, flüstert Jemma mir über den Tisch hinweg zu, als die Kellnerin geht.

»Hummer mit Sauce Mornay. Dein Lieblingsgericht.«

Sie senkt den Kopf, als sie die Schale des Hummers betrachtet.

»Man isst nur das Hummerfleisch und die Soße«, sage ich.

Ein amüsiertes Lächeln umspielt ihre Lippen, als ihr Blick wieder meinen trifft. »Hast du wirklich gedacht, ich würde die Schale probieren?«

Ich zucke mit den Schultern und lächele. Dann nehme ich mein Bier und trinke einen Schluck.

Im Hintergrund spielt leise Musik, als wir uns über Gott und die Welt unterhalten, genau, wie wir es immer taten. Obwohl wir so viel Zeit miteinander verbrachten, hatten wir uns immer viel zu sagen.

»Ich habe das Gefühl, erst mal laufen gehen zu müssen, um ein bisschen was von dem Fett zu verbrennen«, sagt sie zufrieden.

Vor dem Unfall war Laufen nicht das Mittel unserer Wahl, um Fett zu verbrennen, aber ich weiß schon, dass die heutige Nacht nicht so enden wird. Stattdessen fordere ich sie zum Tanzen auf. Nicht weil ich gerne tanze, aber es gibt nichts, was ich mehr liebe, als Jemma in den Armen zu halten.

Ein Lächeln bringt ihr Gesicht zum Strahlen. »Okay.«

Ich nehme die Serviette vom Schoß, stehe auf und führe sie auf die Tanzfläche. Dabei kann ich den Blick nicht von ihrem Rücken nehmen. Es macht mich völlig verrückt. Das Kleid ist mein Untergang, ich habe ihren langen, schlanken Rücken immer geliebt. Es gibt nicht einen einzigen Teil von ihr, den ich nicht liebe. Die Augen, die Lippen, die perfekte kleine Nase, das hübsche Gesicht, die langen Beine, die zarten Hände, die weiche Haut … ich könnte ewig so weitermachen. Ich erinnere mich an das Gefühl unter meinen Fingerspitzen und die Empfindung, wenn unsere nackten Körper miteinander verschmelzen und eins werden.

Ich sehne mich so sehr danach. *Nach jedem verdammten Zentimeter.*

Mitten auf der Tanzfläche hält sie an und dreht sich zu mir um. Ich sehe ein nervöses Lächeln auf ihren Lippen und ziehe sie sofort in die Arme. Ihr Atem geht stoßweise, und ich muss das Stöhnen unterdrücken, das tief aus meiner Kehle aufsteigen will, als sich meine Hände um ihre Taille legen und sich um ihren nackten Rücken schließen.

Sie legt die Arme um meinen Nacken, und sofort verschmilzt ihr Körper mit meinem. Ich schließe die Augen und genieße den Moment. Wenn sie in meinem Arm ist, fühlt es sich an, als wäre sie zu Hause.

Sie fängt an, sich zu der Musik zu wiegen, und mein Körper kann gar nicht anders, als darauf zu reagieren. Ich merke, wie ich darum kämpfe, meine Erektion zu unterdrücken, aber mittlerweile sollte ich wissen, dass ich darüber keine Kontrolle habe. Wenn es um sie geht, hatte ich die nie. Ich presse die Augen fester zusammen, aber es nützt nichts. *Bitte lass sie es nicht bemerken.*

Ich reiße die Augen auf, als ich sie ein paar Sekunden später keuchen hören. *Scheiße, sie hat es bemerkt.*

»Es tut mir leid«, flüstere ich in ihre Haare. »Es ist so lange her, dass ich dich das letzte Mal so gehalten habe.«

Sie legt den Kopf zurück und sieht mir in die Augen. Die Traurigkeit in ihrem Blick tut mir in der Seele weh. Es war ein Fehler, sie zum Tanzen aufzufordern, sie ist noch nicht so weit. Ich war egoistisch, aber nur, weil ich verzweifelt bin.

Ich lasse die Arme heruntersinken, aber als ich einen Schritt zurückmachen will, hält sie mich auf. »Nicht. Es ist okay.« Ich fühle, wie sich mein Körper entspannt, als ich sie wieder umarme. »Oh Braxton«, sagt sie kurze Zeit später und begräbt ihr Gesicht an meiner Brust. Als ich gedämpftes Kichern höre, ziehe ich den Kopf zurück.

»Lachst du über mich?«

»Nein.« Aber dann verliert sie die Kontrolle. Ich fühle, wir ihr Körper vor Lachen bebt. Als sie losprustet, muss ich mitlachen. »Das ist doch mal ein peinliches erstes Date«, sagt sie und nimmt einen Arm von meinem Nacken, um sich die Tränen aus den Augen zu wischen.

»Peinlich ist gar kein Ausdruck«, murmele ich.

Der Moment fühlt sich für mich wie ein Déjà-vu an, weil uns

dasselbe passiert ist, als wir in der High School das erste Mal miteinander getanzt haben. Ich denke kurz darüber nach, die Pfadfinder-Taschenlampen-Ausrede zu verwenden, die ich damals genutzt habe, aber das würde sie nicht verstehen. Ich zucke innerlich immer noch zusammen, wenn ich an den Abend denke, aber gleichzeitig war es ein Ereignis, das unsere Beziehung endgültig aus der Freundschaftszone hinausbeförderte.

»Möchtest du dich hinsetzen?«, frage ich.

»Noch nicht. Außerdem glaube ich, dass es nicht klug wäre, wenn wir uns jetzt voneinander lösen.«

Ich höre immer noch die Belustigung in ihrer Stimme. Die alte Jem hätte genauso reagiert, aber die Dinge liegen jetzt anders, und ich habe ständig Angst, irgendetwas zu tun, womit ich sie von mir stoße.

»Stimmt wohl. Nicht, dass irgendjemandem nachher die Augen ausfallen«, antworte ich.

Sie legt den Kopf in den Nacken und lacht.

Ich halte sie noch fester und seufze zufrieden. »Danke, dass du heute Abend mit mir hergekommen bist, Jem. Du weißt gar nicht, wie viel mir das bedeutet.«

Sie antwortet nicht, aber das ist für mich okay. Stattdessen lehnt sie die Seite ihres Gesichts gegen mein unstet schlagendes Herz.

Das Lied geht zu Ende, aber sie hält mich weiter fest. »Noch ein Lied.« Ich werde mich sicher nicht beschweren. »Es ist schön, mit dir zu tanzen.«

»Finde ich auch, Jem.«

So wie jetzt haben wir oft zu Hause getanzt. Wenn Musik spielte, zog ich sie oft in meine Arme oder umgekehrt.

Als Nächstes läuft plötzlich unser Lied, und ich frage mich, ob Trish dahintersteckt oder ob es Schicksal ist. Egal, was es ist, ich nehme es als Zeichen. *The First Time Ever I Saw Your Face* lief im

Radio, als wir das erste Mal miteinander getanzt haben. Und es war das Lied zu unserem Hochzeitstanz.

Es ist das perfekte Lied für uns. Es beschreibt alles, was ich gefühlt habe, seit ich sie das erste Mal gesehen habe, unseren ersten Kuss, das erste Mal, dass wir miteinander geschlafen haben, und alles dazwischen.

Heute Abend habe ich gemischte Gefühle, und es ist ein bittersüßes Gefühl, dem Songtext zuzuhören. Meine Liebe ihr gegenüber ist seit dem Unfall kein bisschen weniger geworden, aber jetzt ist es einfach ganz anders zwischen uns.

Als der letzte Ton des Liedes verklingt, hebt sie den Kopf von meiner Brust und schaut mich an, und überrascht stelle ich fest, dass Tränen ihr hübsches Gesicht hinablaufen.

»Jem, was ist los?«

Sie lacht nervös. »Dieses Lied … es war so wunderschön. Die Worte haben mein Herz berührt.«

Ich lächele, als ich ihr mit dem Daumen über die Wange streichele. Ich sage ihr nicht, dass es unser Lied ist, auch wenn ich nicht weiß, warum nicht.

Alles in mir will ihren wunderschönen Mund küssen, als sie mich mit diesen eindringlichen braunen Augen ansieht, aber stattdessen beuge ich mich vor und lege ihr nur die Lippen auf die Stirn. Das ist genug.

SIEBENUNDZWANZIG

Jemma

Auf unserer Fahrt zu Christines Haus merke ich, wie ich lächelnd in die Nacht starre. Ich bin so glücklich – und gleichzeitig so traurig, dass es endet. Es war ein perfektes erstes Date.

Als wir in die Einfahrt biegen, weiß ich schon, dass Braxton mir die Tür öffnen wird, während ich noch mit dem Anschnallgurt beschäftigt bin. Ich mag es, wie er sich immer um mich kümmert.

In meinem Bauch flattern die Schmetterlinge, als er mir seine Hand hinhält. »Ich fand den Abend wirklich schön«, sage ich auf dem Weg zur Haustür.

»Ich auch.« Er lässt die Hände in die Hosentaschen gleiten, als wir an der Treppe stehen bleiben. »Hoffentlich können wir das irgendwann noch mal machen.«

»Das wäre toll.«

Es fühlt sich merkwürdig an, als wir dastehen und uns schweigend angucken. Ich wüsste gern, was ihm gerade durch den Kopf geht. Was durch meinen geht, weiß ich jedenfalls: Ich will, dass er mich küsst. Genau so habe ich mich gefühlt, als er mich nach unserem letzten Tanz im Restaurant angesehen hat. Ich verstehe die ganzen Gefühle noch nicht, die ich in seiner Gegenwart empfinde … ich weiß nur, dass er mich dazu bringt zu *fühlen*.

Nervös streiche ich mir die Haare hinter die Ohren. Sein Blick folgt jeder meiner Bewegungen und richtet sich dann auf mein Armband.

»Ich finde es schön, dass du es heute Abend getragen hast«, sagt er und berührt es.

»Ich liebe dieses Armband.« Ich sehe auf mein Handgelenk und streiche mit dem Finger über die Anhänger, berühre das winzige Fahrrad, dann die Muschel, bevor ich am Baum verharre. »Der ist für den Tag, an dem du aus dem Baum gefallen bist, als du meinen Drachen retten wolltest.« Ich sehe zu ihm auf, und obwohl er lächelt, entdecke ich Traurigkeit in seinem Blick. Daraufhin steigen mir die Tränen in die Augen. »Ich habe Stephens Leiter benutzt, um an dem Baum hochzuklettern. Ich wollte sehen, was du dort eingeritzt hast.«

»Echt? Aber das war so weit oben.«

»Höhen machen mir nichts aus.«

»War es noch da?«

»Ja. *BS liebt JR*, in einem Herzen.«

Eine einzelne Träne löst sich und fließt meine Wange hinab. Braxtons Hand bewegt sich schnell an mein Gesicht, und mit dem Daumen fängt er die Träne sanft auf.

»Darf ich dich küssen, Jem?«

»Ja«, antworte ich, ohne zu zögern. In diesem Moment gibt es nichts, was ich mehr will.

Mein Herz schlägt wild in meiner Brust, als er einen Schritt auf mich zugeht und die Lücke zwischen uns schließt. Seine Finger fahren in meine Haare, als er vorsichtig meinen Kopf zurücklegt. Dann bewegt sich sein Gesicht Zentimeter vor, und in dem Moment, als seine Lippen auf meine treffen, steht die Welt still. Meine Hand krallt sich in sein Shirt, als mein Körper instinktiv mit seinem verschmilzt.

Er öffnet den Mund ganz leicht und vertieft den Kuss, und ich habe keine Kontrolle über das leise Stöhnen, das mir über die

Lippen kommt. Sein Kuss weckt Empfindungen in meinem ganzen Körper, und plötzlich fühle ich mich so … *lebendig.*

Als er sich zurückzieht, spüre ich sofort den Verlust. »Wow«, hauche ich. Er lehnt seine Stirn gegen meine, und obwohl ich seinen Mund nicht sehe, weiß ich, dass er lächelt.

Ich bekomme eine Gänsehaut, als sein Daumen mir zärtlich über die Wange streicht. »Gute Nacht, Jem.«

»Gute Nacht.«

Ich schließe die Tür hinter mir, lehne mich dagegen und seufze. Mit den Fingern streiche ich mir über die Lippen und lächele. Es ändert sich gerade definitiv etwas zwischen uns, und zu meiner Überraschung macht es mir überhaupt keine Angst … ich verspüre nur freudige Aufregung.

Ich kann es nicht erwarten, ihn morgen früh zu sehen.

♥

Ich reiße die Augen auf und schließe sie dann sofort wieder, als ich von dem Licht, das mein Zimmer durchströmt, geblendet werde. Ich setze mich auf, reibe mir die Augen – und stelle enttäuscht fest, dass es schon 9:34 Uhr ist. Ich habe meinen Lauf verschlafen, aber noch viel schlimmer: Ich habe das Frühstück mit Braxton verschlafen.

Schnell werfe ich die Decke zurück und springe aus dem Bett. Als ich die Zimmertür öffne, steht Christine ein paar Meter davor.

»Mein Gott«, sage ich und greife mir an die Brust. »Ich habe nicht erwartet, dich da stehen zu sehen.«

»Tut mir leid, Liebes. Ich bin nur hochgekommen, um nach dir zu schauen.«

»Ich habe verschlafen … und meinen Lauf verpasst.«

Meine Enttäuschung wird schnell von Freude abgelöst, als ich einen Brief in ihrer Hand entdecke. »Es scheint, als hättet ihr beide gestern einen schönen Abend gehabt. Braxton konnte nicht aufhören zu lächeln, als er den hier vorbeigebracht hat. Sein Gesichtsausdruck sah deinem ganz schön ähnlich.«

»Danke.« Ich nehme ihr den Brief ab. »Wir hatten einen wundervollen Abend.«

»Das ist so schön zu hören.« Sie drückt meine Hand. »Ihr zwei seid füreinander gemacht.«

Langsam glaube ich das auch.

Soviel ich aus meiner Vergangenheit weiß, waren meine Eltern auch füreinander gemacht. »Meinst du, du kannst Dad jemals verzeihen, was passiert ist?«

Meine Frage überrascht sie. Sie ist kurz still, dann antwortet sie mit einem sehr bestimmten »Nein«. Ich seufze, als sie sich umdreht und die Treppe hinuntergeht. Ich weigere mich, das zu glauben.

Nachdem ich die Zimmertür wieder geschlossen habe, sehe ich auf den Brief in meiner Hand und lächele schon wieder. Ich freue mich, von einem weiteren Abenteuer meines Lebens zu lesen.

ELFTER BRIEF

Liebste Jemma,
der zehnte November 2006. Es war ein Freitag und zwei Wochen vor meinem Abschlussball an der High School. Im nächsten Jahr würde ich zur Universität gehen. Du hattest noch ein weiteres Jahr High School vor dir, und auch wenn ich aufgeregt war, diese neue Reise in meinem Leben anzutreten, gab es da trotzdem ein riesiges Problem: Ich würde eine eineinhalbstündige Autofahrt von dir entfernt sein. Bei dem Gedanken wurde mir ganz schlecht.

»Ich muss morgen zur Anprobe meines Smokings für den Ball, willst du mitkommen?«, fragte ich, als wir nach der Schule in deiner roten Rakete nach Hause fuhren. So hast du dein Auto liebevoll genannt.

»Oh ja. Ich muss mitkommen, um sicherzugehen, dass du auch wirklich einen kriegst.«

Du warst diejenige, die mich überhaupt dazu überredet hat, zum Ball zu gehen. Du sagtest, eines Tages würde ich bereuen, nicht hingegangen zu sein, aber ich bezweifelte das.

Unsere Schule hatte die bescheuerte Regel, dass man nur jemanden aus dem eigenen Jahrgang als Begleitung nehmen durfte, was bedeutete, dass ich dich nicht fragen konnte.

Am nächsten Morgen nach dem Frühstück machten wir uns auf den Weg in die Stadt.

»Muss ich das wirklich durchziehen?«

»Ja, musst du.« Ich hörte, wie der Schneider kicherte, als du das sagtest.

»Irgendwie habe ich das Gefühl, mir viel zu viele Umstände zu machen, nur um dann herumzustehen und mich zu langweilen.«

»Du stehst doch nicht herum, Mister. Du wirst tanzen und viel Spaß haben.«

»Ich werde nicht tanzen.«

»Oh doch, das wirst du.«

»Ich würde doch total dämlich aussehen, wenn ich da alleine tanze.«

»Du tanzt nicht alleine, du kannst doch mit deinem Date tanzen.« Das waren Neuigkeiten für mich. »Es ist dein Abschlussball. Einen, an den du dich später gern erinnern wirst.«

»Nein, werde ich nicht. Ich werde daran zurückdenken und dich dafür verfluchen, dass du mich gezwungen hast hinzugehen.«

Als die Anprobe vorbei war, machte ich eine Anzahlung, und mir wurde gesagt, dass ich den Smoking am Mittwoch vor dem Ball abholen könne.

Ich war dankbar, dass du es an dem Wochenende nicht wieder erwähntest, aber am folgenden Dienstag kamst du in der Mittagspause zu mir. »Ich habe dir diese Liste aufgestellt«, hast du gesagt und sie mir gegeben.

Ich sah darauf und fand eine Reihe von Namen. Alles Mädchen aus meinem Jahrgang. Ich musste nicht mal fragen, mir war schon ziemlich klar, worum es ging.

»Ich habe herumgefragt, und keines dieser Mädchen hat ein Date für den Abschlussball.«

»Ich habe dir doch gesagt, dass ich mit niemandem hingehen will.«

Ich wollte dir die Liste wieder in die Hand drücken, aber du gabst sie mir sofort zurück. »Du musst jemanden fragen. Es wird blöd aussehen, wenn du alleine hingehst. All deine Freunde haben Dates.«

»Es ist mir egal, ob ich blöd aussehe.«

»Komm schon Braxton, tu's für mich, okay?«

Ich seufzte gereizt, bevor ich die Liste zusammenknüllte und in die Hosentasche steckte. »Ich denk darüber nach.«

In den nächsten zwei Tagen hast du mich so lange bedrängt, bis ich schließlich Samantha Murphy gefragt habe. Es würde sich noch herausstellen, dass das ein Riesenfehler war. Sie kreischte nicht nur, als ich sie fragte, sondern verfolgte mich die nächsten eineinhalb Wochen wie ein verirrter Welpe. Im Unterricht saß sie neben mir und wurde in der Pause zu meinem dauerhaften Schatten. Irgendwie kam sie sogar an meine Handynummer. Dazu kann ich nur sagen: Gott sei Dank gibt es die Anrufer-Erkennung.

Am Tag des Abschlussballs schloss mein Vater den Laden früh – was eine Seltenheit war –, damit er rechtzeitig nach Hause kommen konnte, um mich noch zu sehen, bevor ich losging. Er lieh mir für den Abend auch sein Auto. Ich konnte wirklich nicht erwarten, dass Samantha mit mir den Bus zum Ball nehmen würde, und es ist nicht so, als hätte mein Vater das Geld gehabt, mir so einen schicken Wagen zu leihen wie die Väter einiger meiner Freunde.

Als ich fertig war, stellte ich mich vor den Spiegel und war überrascht davon, wie gut ich in meinem Smoking aussah. Ich putzte mich nicht oft so heraus. Eigentlich waren die Beerdigung meiner Mum und dein dreizehnter Geburtstag die einzigen Anlässe, zu denen ich jemals einen Anzug getragen hatte.

»Du siehst toll aus, mein Sohn«, sagte mein Vater, als ich nach unten kam. »Mein Junge ist jetzt ein Mann. Wo ist all die Zeit hin? Es fühlt sich an wie gestern, als ich dich auf den Knien geschaukelt habe.« Ich war erstaunt, als er mich in eine feste Umarmung zog. »Ich bin so stolz auf dich, und wenn deine Mutter noch hier wäre, wäre sie das auch.«

»Danke, Paps«, war alles, was ich antworten konnte.

Als mein Vater mich schließlich losließ, drehte er sich von mir weg und wischte sich die Tränen ab. Mein Dad zeigte seine Gefühle nie, und seine Reaktion berührte mich. Ich schluckte hart und versuchte den Kloß loszuwerden, der sich nun in meiner Kehle gebildet hatte.

»Ich bin auf dem Weg hierher beim Blumenladen reingesprungen und habe das hier für dich geholt.« Er drehte sich um und holte eine durchsichtige Plastikschachtel vom Beistelltisch. Darin war ein kleines weißes Blumengesteck. »Es ist ein Ansteckstäußchen für dein Date. Ich weiß nicht, welche Farbe ihr Kleid hat, deswegen habe ich weiß genommen, um auf der sicheren Seite zu sein. Ich habe deiner Mutter auch eins gekauft, als wir zusammen zum Abschlussball gegangen sind.«

»Danke, Papa«, sagte ich wieder.

»Und das hier wollte ich dir auch geben.« Dabei holte er einen Scheck aus der Hosentasche und reichte ihn mir.

»Für die Gebühren an der Uni.«

»Diese Summe kannst du dir nicht leisten.« Ich gab es ihm zurück. »Ich kann das nicht annehmen.«

»Du kannst es annehmen, und das wirst du auch.« Er schob meine Hand mit dem Scheck wieder weg. »Deine Mutter und ich haben jede Woche etwas Geld für deine Ausbildung zur Seite gelegt, aber dann …« Sein Satz versiegte, aber ich wusste schon, was er sagen wollte. »Am Ende musste ich damit ihre Beerdigung bezahlen.« Ich senkte den Blick auf den Teppich, und der Kloß in meiner Kehle wurde noch größer. »Das Leben kann manchmal unfair sein, aber man muss einfach das Beste daraus machen.«

»Aber das hier ist Geld, das du nicht hast.«

»Ich habe einen Kredit auf das Haus aufgenommen. Ich möchte nicht, dass du dein Erwachsenenleben mit einer riesigen Schuldenlast im Nacken beginnen musst.«

»Papa …«

»Bitte. Es würde mir viel bedeuten, wenn du das annehmen würdest. Ich möchte, dass du all die Chancen ergreifen kannst, die ich nicht hatte. Ich möchte, dass du etwas tust, wofür dein Herz brennt, und dass du eine erfolgreiche Karriere hast; eine Karriere, die du magst. Sei jemand, mein Sohn … sei der Mann, zu dem du bestimmt bist.«

Ich seufzte schwer, bevor ich nickte. »Ich werde dich nicht enttäuschen, Papa. Ich werde der beste Architekt werden, den diese Stadt je gesehen hat.«

»Das ist mein Junge«, sagte er und klopfte mir auf die Schulter.

Ich stimmte nur zu, das Geld zu nehmen, weil ich wusste, wie viel es ihm bedeutete. Aber ich fühlte mich schrecklich dabei. Das würde mein Gewissen noch eine ganze Zeit lang belasten. Ich wusste, wie schwer er es sowieso schon hatte, und dieser zusätzliche Kredit, den er abbezahlen musste, würde es nur noch schwerer machen.

»Ich habe das Auto heute gewaschen, damit es sauber für dich ist«, fügte er hinzu, nahm den Schlüssel vom kleinen Tisch an der Tür und reichte ihn mir. »Lass mich nur noch eben die Kamera holen. Ich würde gern ein paar Fotos von dir machen, bevor du gehst.«

Ich holte mein Handy heraus und schrieb dir eine Nachricht. Ich wollte nicht gehen, ohne dich gesehen zu haben. Du warst in den letzten Tagen etwas distanziert zu mir gewesen, was mich beunruhigte, aber ich dachte, du würdest vielleicht noch eben herüberkommen, um mich zu sehen, bevor ich ging.

Mein Vater wollte, dass ich mich vor den großen grünen Busch im Vorgarten stellte, während er ein paar Fotos knipste. Ich schaute immer wieder auf mein Handy, aber du hattest immer noch nicht geantwortet. Als ich mich gerade von Papa verabschieden wollte, kam deine Antwort an – und mir wurde schwer ums Herz. Du seist beschäftigt und könntest nicht rauskommen, schriebst du. Es sah dir gar nicht ähnlich, und als ich zu Samantha fuhr, ließ ich die letzten Tage vor meinem geistigen Auge Revue passieren. Ich wusste, dass du sauer auf mich sein musstest, weil du dich mir gegenüber noch nie so verhalten hattest. Ich war völlig ahnungslos und hatte keine Idee, was ich falsch gemacht haben könnte.

Auf dem Ball zwang ich mich zu einem Lächeln und tat so, als würde ich mich prächtig amüsieren, aber in Wahrheit fühlte ich mich furchtbar. Ich konnte die ganze Zeit nur an dich denken.

Während Samantha mit ihren Freundinnen auf der Tanzfläche war, verzog ich mich nach draußen, um etwas frische Luft zu schnappen. Als Erstes holte ich dort mein Handy heraus, um zu sehen, ob du mir geschrieben hattest. Hattest du nicht. Ich lehnte mich gegen eine Backsteinmauer, schloss die Augen und seufzte.

»Braxton.«

Meine Augen sprangen auf, als ich meinen Namen hörte. Ein paar Meter von mir entfernt, wie eine wunderschöne Erscheinung, standst plötzlich du. Du hattest legere Kleidung an, Jeans und ei-

nen weißen Pullover. Deine Kleidung stand in starkem Kontrast zu den Ballkleidern der anderen Mädchen drinnen, aber ich weiß noch, dass ich dachte, wie schön du aussahst.

»Jem. Was machst du denn hier?« Ich drückte mich von der Wand ab und ging auf dich zu.

»Ich wollte mich dafür entschuldigen, wie ich mich in den letzten Tagen verhalten habe.«

»Du hättest mir einfach schreiben sollen. Wie bist du überhaupt hergekommen?«

»Ich hab den Bus genommen.«

»Im Dunkeln … alleine.«

»Ich wusste, dass ich nicht schlafen können würde, bis ich dich sehe. Ich musste kommen.« Du hast geseufzt und den Blick auf den Boden gesenkt.

»Was ist los, Jem?«

»Ich weiß es nicht«, antwortetest du und zucktest mit den Schultern.

»Hey.« Ich legte meinen Finger unter dein Kinn und hob dein Gesicht an, damit du mich ansahst. Ich hatte nicht erwartet, Tränen in deinen Augen zu sehen. »Sprich mit mir.«

Meine Gedanken verschwammen, als ich versuchte, das Ganze zu verstehen. Ich wusste, dass sich bei uns etwas änderte, dadurch, dass ich wegziehen und zur Uni gehen würde, aber das hier schien mir mehr zu sein.

»Ich habe gehört, wie Samantha einigen Mädchen in der Schule erzählt hat, dass sie nach dem Abschlussball Sex mit dir haben wird.«

»Was?« Das war so lächerlich, dass ich fast gelacht hätte. Ich hatte nicht mal vorgehabt, sie zu küssen.

Bevor du noch etwas anderes sagen konntest, erschien Samantha an meiner Seite. »Braxton«, sagte sie und hakte sich bei mir ein. »Kommst du wieder rein?«

Meine Aufmerksamkeit war immer noch auf dich gerichtet, aber du sahst jetzt sie an. Der Blick, mit dem du sie bedachtest, verwirrte mich. War es möglich, dass du eifersüchtig warst?

»Ich hätte nicht kommen sollen«, sagtest du, als dein Blick meinen wieder traf. »Viel Spaß noch heute Abend.«

Samantha zog an meinem Arm, aber ich schob sie sanft davon. Ich würde dich auf gar keinen Fall um diese Uhrzeit alleine mit dem Bus nach Hause fahren lassen.

»Es tut mir leid«, sagte ich zu Samantha. »Ich muss hinterher.« Sie sah traurig aus, als sie sich umdrehte und wieder nach drinnen ging. Ich fühlte mich schlecht, ihr den Abend ruiniert zu haben, aber meine oberste Priorität warst und wirst immer du sein.

»Jemma, warte.«

Ich musste wissen, warum du so aufgebracht deswegen warst. Ich hielt dich am Arm fest, sodass du stehen bliebst. Als du dich zu mir umgedreht hast, liefen Tränen an deinen Wangen hinab.

»Lass mich in Ruhe.«

»Nein, ich möchte wissen, warum es dich so aufregt.«

»Deswegen.«

»Weswegen?«

»Weil ich nicht möchte, dass du Sex mit ihr hast.« Du hast mir gegen die Brust gestoßen.

»Genug jetzt«, sagte ich und hielt deine Handgelenke fest. »Sprich mit mir, Jem. Hilf mir, das zu verstehen, denn ich habe keine Ahnung, was los ist.«

Ein gequälter Ausdruck machte sich auf deinem Gesicht breit, als du es mir schließlich gestanden hast. »Ich dachte, es wäre okay für mich, wenn du heute Abend ein Date hättest … wie sich aber herausgestellt hat, ist es das nicht. Ich möchte dich nicht an sie verlieren … oder an irgendjemanden sonst.«

»Du wirst mich nie verlieren. Niemals. Du wirst immer meine beste Freundin sein.«

»Verstehst du es nicht? Ich möchte nicht mehr einfach nur mit dir befreundet sein«, hast du geflüstert. »Ich möchte die Person sein, mit der du tanzt, diejenige, die du küsst … diejenige, mit der du Sex hast.«

Ich starrte dich nur an, konnte deine Worte kaum glauben. Du warst alles, was ich je wollte, und ich brachte lediglich ein »Was?« heraus.

»Ich liebe dich, Braxton. Nicht nur wie einen Freund. Richtige Liebe. Ich glaube, das tue ich schon seit Jahren und wusste es nur nicht. Als ich gehört habe, wie Samantha sagte, sie würde Sex mit dir haben, hatte ich wirklich das Gefühl, nicht mehr atmen zu können. Ich habe den Gedanken nicht ertragen, dass du mit jemand anderem als mir zusammen sein könntest.«

Ich stand lange nur da. Ich wollte so sehr, dass es wahr war, konnte aber nicht ganz glauben, was ich hörte.

»Sag was«, hast du gefleht und mein Gesicht betrachtet.

Aber plötzlich rückte alles an die richtige Stelle. Ich wusste, dass es kein Moment für Worte war, es war ein Moment für Taten. Ich würde jetzt etwas tun, das ich schon seit Jahren tun wollte.

Ich nahm dein Gesicht in meine Hände und bog deinen Kopf leicht zurück. Dann legte ich meine Lippen auf deine. Ich kann dir gar nicht sagen, wie oft ich dir über die Jahre auf die Lippen gestarrt und überlegt hatte, wie sie wohl schmecken.

Sie schmeckten süß, wie Honig, genau wie ich es mir vorgestellt hatte.

Schließlich zog ich mich zurück und legte meine Stirn an deine. »Wow«, hörte ich dich flüstern, und obwohl ich immer noch schockiert darüber war, dass wir uns gerade geküsst hatten, breitete sich ein großes Grinsen auf meinem Gesicht aus, und ich sah es auf deinem gespiegelt.

»Möchtest du von hier weg?«

»Was ist mit dem Ball?«

»Ich wollte doch sowieso nicht hin, weißt du noch? Du hast mich überredet.«

Meine Hände hielten immer noch dein Gesicht fest, und deine lagen auf meiner Hüfte. »Nächstes Mal, wenn ich dich überreden möchte, etwas zu tun, auf das du keine Lust hast, ignorier mich.«

»Ich nehme dich beim Wort.«

Du hast dich bei mir eingehakt und den Kopf an meine Schulter gelehnt. Ich gebe zu, dass ein kleiner Teil von mir besorgt war, dass dies unsere Freundschaft ruinieren würde, aber ich wollte der Liebe eine Chance geben, weil du diejenige warst, die ich immer gewollt hatte.

»Ich will noch nicht nach Hause gehen«, sagtest du, als wir vom Parkplatz fuhren. »Können wir einfach eine Weile herumfahren?«

Wir landeten am Aussichtspunkt. Als Kinder sind wir oft mit unseren Fahrrädern hergefahren, aber dies war das erste Mal, dass wir nachts da waren.

»Wow, die Stadt sieht so beleuchtet richtig schön aus«, sagtest du.

»Stimmt.« Aber ich dachte, dass die Stadt nicht halb so schön aussah wie du.

Ich nahm deine Hand, und wir verschränkten unsere Finger. »Bist du sicher, dass du das hier willst?«

»Zu einhundert Prozent«, antwortetest du. »Und du?«

»Einhundertfünfzig Prozent.«

Du hast gelächelt und deinen Körper näher an meinen geschoben. »Küss mich noch mal.«

Darum musstest du mich nicht zweimal bitten.

Als wir schließlich um Atem rangen, schaltete ich durch die Radiosender.

»Oh, lass den an«, sagtest du. »Lieder für die Liebe.«

»Was?«

»Freitag- und Samstagabends können die Leute da anrufen und der Person, die sie lieben, ein Lied widmen. Ich höre mir das ständig an.« Du hast mir gegen den Arm geschlagen, als ich darüber lachte. »Es ist echt süß.«

Ich öffnete die Tür und stieg aus dem Wagen.

»Wohin gehst du?«, fragtest du.

Ich antwortete nicht.

Stattdessen lief ich um den Wagen herum, öffnete die Tür und streckte die Hand aus. »Tanz mit mir, Jem.« Du hast mich angesehen, als hätte ich den Verstand verloren. »Du hast gesagt, du willst diejenige sein, mit der ich tanze, also lass uns tanzen.«

Ich umfasste deine Taille, und du legtest deine Hände um meinen Nacken. Das Lied endete, aber keiner von uns ließ los.

»Das nächste Lied möchte ich der Liebe meines Lebens widmen«, sagte eine männliche Stimme im Radio. »Wir sind seit unserer Kindheit befreundet, und in wenigen Wochen wird sie meine Frau sein. Ich weiß, dass sie heute zuhört, und ich möchte nur sagen: Ich liebe dich, mein Schatz.«

»Das könnte auch unser Lied sein«, sagtest du. »Bis auf die Hochzeit klingen sie genau wie wir.«

»Ich muss die Worte erst hören«, antwortete ich.

Das Lied hieß: The First Time Ever I Saw Your Face.

Und du hattest recht, es war das perfekte Lied für uns.

Ich lasse die Hände fallen und lege den Brief in meinen Schoß. Ich kann nicht glauben, dass wir zu genau demselben Lied gestern Abend getanzt haben. Es hat etwas tief in mir berührt, als ich es hörte, und jetzt weiß ich auch warum.

Dein Körper bewegte sich langsam an meinem, als sich unsere Lippen berührten. Plötzlich bemerkte ich eine Regung etwas weiter unten und kniff die Augen zusammen. Ich wusste, was jetzt pas-

sieren würde, aber egal wie sehr ich versuchte, die Reaktion meines Körpers auf dich aufzuhalten, es half nicht.

Ich wollte, dass der Boden sich öffnete und mich verschluckte, und betete, dass du es nicht bemerktest. Aber selbst ich wusste, dass das unmöglich war; unsere Körper waren eng aneinandergepresst.

Ein paar Sekunden später hörtest du auf, mich zu küssen, und sahst mich an. Ich wusste, dass mein Gesicht die Farbe von roter Bete hatte.

»Ist das ein Dolch in Ihrer Hose, Mr Spencer?« Du musstest ein Lächeln unterdrücken. »Oder freust du dich nur, mich zu sehen?«

Beschämt vergrub ich mein Gesicht in deiner Halsbeuge. »Nein, das ist eine Taschenlampe.« Es war das Erste, was mir einfiel. »Man weiß nie, wann man mal eine braucht. Als Pfadfinder habe ich gelernt, allzeit bereit zu sein.«

Du hast den Kopf zurückgeworfen und gelacht. »Du warst nie ein Pfadfinder.«

Ich löste mich gedemütigt von dir. So etwas wie jetzt hatte ich noch nie erlebt – du warst die erste Person, die ich je so in den Armen gehalten habe, die erste Person, die ich je geküsst habe.

»Es wird spät, ich sollte dich nach Hause bringen.«

»Braxton.« Du strecktest deinen Arm nach mir aus, als ich mich umdrehte und zum Auto ging. »Lauf nicht von mir weg.«

»Lass es einfach gut sein, Jem.«

»Bitte.« Von hinten hast du mich mit den Armen umschlungen und festgehalten. Ich seufzte, als du dein Gesicht seitlich gegen meinen Rücken lehntest. »Das ist doch eine normale Reaktion. Tut mir leid, dass ich gelacht habe. Eigentlich gefällt es mir sogar, dass ich der Grund dafür bin, dass es passiert ist.« Ich atmete scharf ein, als deine Hand tiefer wanderte.

Ich mochte diese schamlose Seite an dir.

»Wirklich?«, fragte ich und drehte mich in deinen Armen um, um dich anzuschauen.

»Ja.« Du legtest mir die Arme um den Nacken. »Du löst bei mir dieselben Gefühle aus, aber im Gegensatz zu dir habe ich keine Taschenlampe, die es beweisen könnte. Solche Dinge bringen sie den Pfadfinderinnen nicht bei.«

Dieses Mal lachte ich. Ich beugte mich vor und küsste dich sanft auf die Nase. Du wusstest immer genau, was du sagen musstest, damit ich mich wieder besser fühlte.

»Das hier ist für uns beide ein Lernprozess, aber du bist die Einzige, mit der ich diese Erfahrungen machen will, Jem.«

Du lächeltest, und plötzlich war wieder alles perfekt. »Gut, jetzt, da wir das geklärt haben, müssen wir mit unserem ersten Tanz weitermachen. Unser Lied ist noch nicht vorbei.«

Und genau das taten wir. Ein paar Minuten später öffneten sich die Schleusen des Himmels, aber selbst das reichte nicht, um uns auseinanderzutreiben.

Wir waren zufrieden damit, uns in den Armen zu halten, auch wenn wir dabei völlig durchnässt wurden.

Als dein Körper anfing zu zittern, schob ich dich ins Auto.

»Du musst nach Hause und trockene Klamotten anziehen. Ich kann nicht verantworten, dass meine Freundin krank wird.« Ich zwinkerte dir zu, als ich die Tür schloss.

Wir waren beide pitschnass, aber ich machte mir mehr Sorgen um dich als um mich. Ich nahm meine Anzugjacke vom Rücksitz, breitete sie über dir aus und drehte die Heizung voll auf.

Du legtest die Hand auf mein Bein, was mich zum Lächeln brachte. Ich konnte immer noch nicht glauben, dass dies wirklich passierte. Gestern waren wir noch beste Freunde, aber in diesem Moment waren wir schon so viel mehr als das.

»Bin ich jetzt wirklich deine feste Freundin?« Du strahltest beim Reden.

»Ich hoffe es. Ich hab dich schließlich meine Taschenlampe spüren lassen, falls du dich erinnerst? Das darf nicht jeder.«

Du lehntest dich im Sitz zurück und lachtest. »Stimmt, hast du. Und ich hoffe von Herzen, dass du die wirklich nicht einfach jeden mal spüren lässt, vor allem jetzt, da du mein Freund bist.«

Ich räusperte mich, dann drehte ich das Radio auf. Das ganze Gerede über Taschenlampen war gefährlich.

Den ganzen Weg nach Hause hielt ich deine Hand, und als ich dich zu eurer Haustür gebracht hatte, gab ich dir einen Gutenachtkuss. »Träum süß, Jem«, sagte ich und streifte deine Lippen ein letztes Mal mit meinen. Ich hätte bis zum Sonnenaufgang so stehen und dich küssen können, aber du warst kalt und nass, deswegen ließ ich dich gehen.

»Ich werde von dir träumen«, hast du geflüstert.

Diese Nacht hatte für mich ziemlich mies angefangen, aber geendet hat sie als eine der besten Nächte meines Lebens.

Was wir hatten, ist viel zu schön, um vergessen zu werden.

Immer dein,

Braxton

Diese Briefe erzählen mir so viel über mich selbst, aber durch sie kann ich auch Braxton besser kennenlernen. Ich habe darin so viel über ihn gelernt – Dinge, die bestimmt nicht mal mein altes Ich wusste.

Ich lege den Brief neben mich und suche im Umschlag nach meinem Anhänger. Stattdessen finde ich ein kleines Stück Papier.

Ich hatte noch keine Zeit, die Anhänger zu diesem Brief zu kaufen, weil ich ihn letzte Nacht geschrieben habe, nachdem ich dich abgesetzt habe. Ich gebe sie dir aber, wenn wir uns morgen beim Frühstück sehen.

ACHTUNDZWANZIG

Braxton

Ich gehe auf der Terrasse hin und her, in der Hoffnung, Jemma zu entdecken. Als ich den Brief gestern Morgen vorbeigebracht habe, hat Christine mir gesagt, dass Jem noch schlafe, aber jetzt frage ich mich, ob sie wirklich geschlafen hat. Oder hat sie sich nur in ihrem Zimmer versteckt, um mich zu meiden? Habe ich die Grenze überschritten, indem ich sie geküsst habe? Sie hat allerdings Ja gesagt, als ich sie gefragt habe, und sie hat mich auch zurückgeküsst.

Als die Unsicherheit meine Gedanken immer mehr umwölkt, fahre ich mir mit den Händen durchs Haar. Es war noch nie so kompliziert bei uns. Ich wusste bei ihr immer, woran ich war.

Gestern bin ich panisch geworden, als ich aufgewacht bin und gesehen habe, dass es fast neun Uhr war. Ich dachte, ich hätte sie verpasst, dass sie zum Frühstück gekommen war und ich nicht da gewesen bin.

Nachdem ich sie am Abend vorher nach Hause gebracht hatte, konnte ich nicht schlafen. Ich wälzte mich einige Male hin und her und bin schließlich aufgestanden, um ihr noch einen Brief zu schreiben. Es war eine unchristliche Zeit, zu der ich wieder ins Bett gekrochen bin und ihr Kissen umarmt habe – so wie ich es seit dem Unfall jede Nacht tue. Ich habe die Bettbezüge seitdem schon oft gewaschen und gewechselt, ihr Kissen jedoch nicht. Es riecht immer noch nach ihr. Es ist das einzige Mittel, das mir beim Einschlafen hilft.

Als ich gestern aus dem Bett gesprungen bin, habe ich nur ein T-Shirt und eine Jogginghose angezogen, bevor ich mit Bella-Rose den Strand entlanggelaufen bin. Jemma war nirgendwo zu sehen. Ich rannte zurück ins Haus, duschte und zog mich in Rekordzeit um, bevor ich schnell zu Christines Haus fuhr.

Dieser Kuss … selbst heute ist er noch total präsent in meinen Gedanken. Sie hat mich genauso geküsst wie früher. Es ist jetzt zwei Tage her, und ich grinse immer noch deswegen.

Ich werde aus meinen Gedanken gezogen, als ich jemanden sprechen höre. »Guten Morgen.«

Schnell drehe ich mich um. Erleichterung durchspült mich, als ich Jemma auf dem Sand unten an der Stufe stehen sehe.

Sie ist gekommen.

»Morgen.« Ich gehe zum Rand der Terrasse. Sie trägt heute nicht ihre Laufkleidung. »Ich war mir nicht sicher, ob du kommen würdest.«

»Tut mir leid, dass ich es gestern nicht geschafft habe. Ich hab verschlafen.«

»Ich auch.«

Ich muss daran denken, ihr die Anhänger zu geben, bevor sie geht. Ich habe einen Jungen, der ein Mädchen küsst, und einen winzigen Regenschirm gekauft, um den Regen zu symbolisieren. Ich habe sogar darüber nachgedacht, als Scherz einen Taschenlampen-Anhänger zu kaufen, aber das ist ein Moment, an den sie sich meinetwegen auch nicht unbedingt erinnern muss.

»Hast du Hunger?«, frage ich und nehme ihre Hand.

»Und wie.«

Ich weiß nicht, was ich tun soll. Soll ich sie küssen? Am Morgen nach unserem allerersten Kuss gab es keine Verunsicherung darüber, wie wir uns verhalten sollten. Jetzt ist alles so anders.

Damals wusste ich, dass sie mir gehörte, aber jetzt bin ich mir da nicht mehr sicher.

In dem Sekundenbruchteil entscheide ich, es zu lassen. Auch wenn ich sie unbedingt küssen will, möchte ich sie auch nicht bedrängen. Unser Kuss nach dem Date hat unsere irgendwie angespannte Beziehung auf ein ganz anderes Level katapultiert, und ich möchte nichts tun, um das zu gefährden.

Dafür halte ich ihre Hand weiterhin in meiner, als ich sie auf die Terrasse und zum Tisch führe. »Setz dich«, sage ich und ziehe ihr den Stuhl hervor. »Ich gehe uns Kaffee machen.«

»Danke«, antwortet sie und lächelt zu mir hoch.

Beim Essen führen wir eine leichte Unterhaltung. Sie hört zu, als ich über die Arbeit rede, über die kleinen Alltäglichkeiten, aus denen mein Leben besteht. Es ist genau die Art von Unterhaltung, die wir beim Frühstück oft hatten.

»Wo wir gerade von der Arbeit sprechen, ich sollte jetzt besser aufräumen, damit wir loskönnen.« Ich würde den Tag zwar viel lieber hier mit ihr kuschelnd auf der Bank verbringen, wie wir es oft an den Wochenenden getan haben, aber ich zwinge mich aufzustehen und das Geschirr einzusammeln.

»Warte, ich helfe dir«, sagt sie.

»Das musst du nicht.«

»Ich möchte aber.«

Ich lasse ihr den Vortritt und lächele, als sie das Haus betritt. Sie hält im Türrahmen an, während sie den großen Raum vor sich betrachtet. Dieses Haus war mal so lebendig, voller Gelächter und Fröhlichkeit, jetzt wirkt es nur noch viel zu groß und still.

Als wir die Inneneinrichtung planten, wollten wir viel Platz, nicht nur, damit unsere Freunde übernachten konnten, sondern auch für die Familie, die wir gründen wollten – aber ich schiebe diese Gedanken zur Seite. Ich bin einfach glücklich, dass sie jetzt den Mut gefunden hat, ins Haus zu kommen.

»Wow«, sagt sie leise. »Es ist wunderschön hier drin.«

Die Fenster an der Hausrückseite lassen reichlich natürliches Licht herein, wodurch der Raum größer wirkt und das Innere beleuchtet wird. Das verstärkt nur noch mal die Schönheit des Zimmers. Die Erinnerungen daran, wie wir das Haus zusammen geplant haben, gehören zu meinen wertvollsten Erinnerungen, die ich von uns habe.

Ich stelle das Geschirr auf die Küchentheke und gehe zu Jemma. »Lass mich die nehmen«, sage ich und will ihr die Kaffeetassen abnehmen, die sie hält. »Schau dich ruhig um, wenn du möchtest.«

Sie hält die Tassen fest. »Ich helfe dir mit dem Geschirr.«

Ich glaube, das ist ihre höfliche Art, mir nein danke zu sagen, und das ist okay für mich. Kleine Schritte.

»Du kannst das Geschirr vorspülen.«

»Okay.«

Ich sehe, dass sie etwas überwältigt ist, aber sie lächelt. Lächeln ist ein gutes Zeichen.

Wir machen uns an die Arbeit, und ich muss sie einfach beobachten, als sie innehält und aus dem Fenster schaut. Sie so zu sehen – wie sie entspannt das Frühstücksgeschirr abspült – ist so ein vertrauter Anblick. Es ist etwas, was ich vorher für selbstverständlich gehalten habe. Jetzt aber nicht mehr.

»Die Aussicht von hier ist atemberaubend. Ich würde liebend gern jeden Tag Geschirr spülen, wenn ich es hier tun könnte.«

Ich räume die Spülmaschine ein, während sie das Geschirr säubert, und wir sind in Nullkommanichts fertig.

»Ich gehe noch eben den Schlüssel von oben holen, dann können wir los«, sage ich.

»Könnte ich das Bad benutzen, bevor wir gehen?«

»Klar.«

Ich führe sie durch das Wohnzimmer, und wieder sehe ich

ihren Blick überallhin wandern und alles aufsaugen. Dann erblickt sie Samson.

»Oh, ist das der Vogel, den du erwähnt hast? Der, der deinem Vater gehört hat?«

»Ja. Samson. Komm doch mal rüber und sag ihm Hallo. Er vermisst seine Hübsche.«

»Seine was?«

»So nennt er dich. *Meine Hübsche.*«

»Nein, oder?«, sagt sie lächelnd.

»Komm und sieh's dir an.«

Sobald er uns erblickt, fliegt er an die Vorderseite des Käfigs und krallt sich an den Gitterstäben fest. Seine Augen sind fest auf Jemma gerichtet, und er fängt an auf und ab zu wippen, als wir näher kommen. Dann schreit er heiser. »Meine Hübsche.«

»Siehst du, hab ich doch gesagt.«

»Meine Hübsche … meine Hübsche … wer ist meine Hübsche? …« Wieder krächzt er.

»Oh mein Gott!« Sie legt sich die Hand vor den Mund und kichert.

»Genau, deine Hübsche ist hier«, sage ich zu Samson, stecke den Finger zwischen die Käfigstangen und kraule ihm den Nacken.

»Ich kann gar nicht glauben, dass er mich so nennt.«

»Es könnte sein, dass ich ihm das so beigebracht habe.«

Sie lacht und steckt den Finger auch in den Käfig. Samson bewegt sich ein paar Stangen weiter, bis er sein Gesicht gegen ihren Finger reiben kann. »Er ist so bunt.«

»Er ist ein Regenbogenpapagei.«

»Du bist so ein hübscher Kerl, Samson«, flüstert sie.

Genau das hat sie immer zu ihm gesagt.

»Das Bad ist hinter der zweiten Tür rechts«, sage ich und zeige in die Richtung. »Ich brauch nicht lange.«

Als ich ein paar Minuten später die Treppe hinunterkomme, bleibe ich wie angewurzelt stehen, als ich sie vor dem Kamin stehen sehe, wie sie die große Leinwand an der Wand betrachtet. Es ist mein Lieblingsbild von uns am Tag unserer Hochzeit. Es hat das Wesen unserer Liebe eingefangen. Wir sehen so verliebt aus – weil wir es waren. Es ist hart für mich, es jeden Tag anzuschauen und daran erinnert zu werden, was ich alles verloren habe, aber ich fühle mich gezwungen, es hängen zu lassen. Egal, ob sie zurückkommt oder nicht, dieses Haus hier wird immer unseres sein. Es ist genauso ein Teil von ihr, wie es ein Teil von mir ist.

Ich beobachte sie einen Moment, bevor ich spreche. Ich würde alles dafür geben zu wissen, was sie denkt. »Bist du bereit?«

Sie wirbelt herum und sieht mich an, dann streicht sie sich eine verirrte Haarsträhne hinter das Ohr. Das ist eine Gewohnheit, die sie sich von vor dem Unfall bewahrt hat. »Klar.«

Bis jetzt haben wir nur den Seiteneingang benutzt, aber dieses Mal verlassen wir das Haus durch die Vordertür und kommen so am Garten vorbei.

»Es ist total schön hier«, sagt sie, als ich die Haustür abschließe.

»Du hast an den Wochenenden immer viel Zeit hier verbracht und die Blumenbeete stundenlang gepflegt. Ich sollte wahrscheinlich darüber nachdenken, jemanden einzustellen, der den Garten in Schuss hält. Ich selbst weiß rein gar nichts darüber, wie man Rosen schneidet oder wie man auch nur ein Unkraut erkennt.«

»Wenn du mal am Wochenende Zeit hast, könnte ich ja auch rüberkommen und mich darum kümmern.«

Ich lächele. »Das wäre schön.« *Junge, wär das schön!*

Die Hoffnung, die ich in den letzten Tagen in mir spüre, leuchtet gerade hell auf. Das, was wir jetzt haben, ist zwar nichts im

Vergleich zu früher, aber es ist tausendmal besser als in der Zeit direkt nach dem Unfall.

»Oh, bevor ich es vergesse«, sage ich und wühle in meinen Taschen. »Hier sind die Anhänger, die im letzten Brief gefehlt haben.«

Sie öffnet die Handfläche, und ich sehe, wie sich ihre Mundwinkel heben, als sie die Anhänger ansieht. »Sie sind perfekt.«

»Das hier habe ich auch.« Ich ziehe den nächsten Brief aus der Tasche und gebe ihn ihr. In dem Umschlag ist ein Anhänger, auf dem *Ich liebe dich* steht. Sie wird den Grund dafür verstehen, wenn sie meine Worte gelesen hat.

»Danke. Ich freue mich immer sehr darauf, deine Briefe zu lesen.«

»Mir macht es Spaß, sie zu schreiben. Die Vergangenheit mit dir wieder zu durchleben ist schön.«

Ich nehme ihre Hand, als wir die Verandastufen hinuntergehen und zum Auto laufen. Der Druck, den ich seit dem Unfall in der Brust spüre, ist in diesem Moment so leicht, dass ich es kaum bemerke.

ZWÖLFTER BRIEF

Liebste Jemma,
der fünfundzwanzigste November 2006. Ein Samstag, der Morgen nach meinem Abschlussball. Den Großteil der Nacht hatte ich wach gelegen. Meine Stimmung war auf einem Hoch, aber wieder hatte ich dieses quälende Gefühl, dass es jetzt anders zwischen uns sein könnte. Ich hätte mir keine Sorgen machen müssen.

Gegen sechs Uhr wachte ich davon auf, dass mein Handy klingelte. Ich setzte mich sofort kerzengerade auf. Meine Vorhänge waren zugezogen, deswegen konnte ich das Handy mit dem leuch-

tenden Display leicht in der Dunkelheit finden. Ich lächelte, als ich deine Nummer sah.

»Guten Morgen, Boyfriend«, sagtest du, sobald ich abgenommen hatte. An deiner rauen Stimme erkannte ich, dass du gerade erst aufgewacht warst, aber deine Worte lösten sofort Erleichterung bei mir aus.

»Guten Morgen, Girlfriend«, antwortete ich und rieb mir die Augen. Es hatte etwas Besonderes, sich im Dunkeln mit dir zu unterhalten. Es erinnerte mich an all die Male, in denen wir uns als Kinder ein Zimmer geteilt haben. Da haben wir immer stundenlang geredet, bevor wir schließlich eingeschlafen sind.

»Also ist es wahr. Ich hab es nicht geträumt.«

»Na ja, wenn du es geträumt hast, muss ich denselben Traum gehabt haben.«

»Dann haben wir uns wirklich geküsst, im Regen getanzt, und ich hab deine Taschenlampe gespürt.«

Obwohl ich über deine Antwort lachen musste, zog sich mein Inneres gleichzeitig zusammen.

»Wir haben uns auf jeden Fall geküsst und im Regen getanzt, aber von einer Taschenlampe weiß ich nichts. Das musst du wohl geträumt haben.« Ich hörte, wie du am anderen Ende der Leitung kichertest und musste lächeln. »Und, was willst du heute tun?«

»Rumknutschen.«

Mein Grinsen wurde breiter. »Okay, das können wir auf jeden Fall tun. Was noch?«

»Wir könnten zum Strand gehen.«

Ich hatte so ein Gefühl, dass du das sagen würdest. Du wolltest immer zum Strand. »Klingt gut. Ich frühstücke eben, dann komme ich rüber.«

»Brax?«, hast du schnell gesagt, bevor ich auflegte.

»Was?«

»Iss möglichst schnell, ich kann es nicht erwarten, dich wieder zu küssen.«

»Okay«, sagte ich schmunzelnd. Diesen Wunsch konnte ich sehr gut nachvollziehen – mir ging es genauso.

Zwanzig Minuten später klopfte ich an deine Haustür. Du warst schon in Bikini und einem weißen Sommerkleid gekleidet. Dein langes braunes Haar trugst du in einem hohen Pferdeschwanz. Du sahst wunderschön aus – und endlich fühlte ich mich mal nicht schuldig für diesen Gedanken. Jetzt warst du meine Freundin, und ich durfte diese Dinge denken.

Du hast einen Blick über die Schulter geworfen, um dich zu vergewissern, dass deine Eltern nicht in der Nähe waren, dann hast du mich am T-Shirt gepackt und für einen unglaublich heißen Kuss zu dir gezogen. Du hast nach süßer Minze geschmeckt.

Ich saß mit dir und deinem Vater am Küchentisch, während deine Mutter dir Frühstück machte. »Hast du schon gegessen, Braxton?«, fragte sie und stellte deinem Vater einen Kaffee hin.

»Danke, Liebling«, sagte er, sah von seiner Zeitung auf und lächelte sie an.

»Ja, ich hab schon gegessen«, antwortete ich, ohne den Blick von dir zu lösen. Du hast mich auch angestarrt, und ich wette, wir haben beide verträumt gegrinst.

»Was ist denn mit euch beiden los?«, fragte deine Mutter, während sie uns abwechselnd ansah. Dein Vater faltete seine Zeitung zusammen, um uns ebenfalls anzuschauen.

»Nichts«, hast du gesagt und auf deinen Orangensaft geguckt.

»Ihr seht beide aus wie die Katze, die den Vogel gefressen hat.«

»Nee, das war ich nicht«, sagte ich. »Du, Jem – hast du den Vogel gefressen?«

»Ganz sicher nicht«, hast du geantwortet und vehement den Kopf geschüttelt. »Ich mag Vögel nicht, die schmecken mir zu … fluffig.«

Ich musste lachen. Dein Vater schüttelte nur den Kopf und lächelte, bevor er sich wieder seiner Zeitung widmete. Deine Mutter jedoch sah uns beide weiterhin skeptisch an.

Als du fertig mit dem Frühstück warst, hast du Sonnencreme, Snacks und kalte Getränke für uns eingepackt.

Du gabst mir deinen Autoschlüssel, als wir durch den Vorgarten liefen. Du hattest es früher lieber, wenn ich fuhr. Obwohl du dich verbessert hattest, muss ich zugeben, dass ich mich sicherer fühlte, wenn ich selbst hinter dem Lenkrad saß.

Ich nahm deine Hand, sobald wir auf der Straße fuhren. Daran, dass ich dich berühren durfte, musste ich mich erst noch gewöhnen, aber ich war glücklich und konnte sehen, dass du es auch warst.

»Fahr rechts ran«, sagtest du, als ich um die Ecke gefahren war.

»Warum? Hast du was vergessen?«

»Fahr einfach rechts ran«, fordertest du.

Sobald wir angehalten hatten, schnalltest du dich ab und beugtest dich zu mir herüber. »Ich will dich einfach küssen.«

Wir küssten uns an diesem Tag viel … sehr viel. Und es wäre gelogen zu sagen, dass ich nicht jede einzelne Minute davon genossen habe.

Nach unserer unglaublich heißen Knutschrunde im Auto kamen wir irgendwann am Strand an. Wir liefen Händchen haltend zu unserer Lieblingsstelle und legten die Handtücher auf den Sand. Du hast dir das Sommerkleid ausgezogen und ich mir das T-Shirt über den Kopf gezogen.

Meistens cremten wir uns selbst die Arme, Beine und das Gesicht ein, und dann cremte ich dir den Rücken ein und du mir. Normalerweise machte ich das schnell – ich wollte nicht, dass du wusstest, wie gerne ich meine Hände an deiner Haut hatte –, aber jetzt war es anders. Ich musste meine Gefühle nicht mehr verstecken.

Ich ließ mir sehr viel Zeit, als ich die Creme sanft in deine seidig glatte Haut massierte. Du wusstest genau, was ich da tat.

Du hast keck gegrinst, deinen Pferdeschwanz zur Seite gehalten und mir über die Schulter Blicke zugeworfen. Wir sahen uns an, als ich die Hände an deinen Seiten entlang bis zu deinem Bauch gleiten ließ. Deine hübschen braunen Augen schlossen sich, und ein leises Stöhnen entkam deinen Lippen, als ich die Hände langsam und genüsslich über deinen Oberkörper gleiten ließ.

In dem Moment bemerkte ich, dass ich aufhören musste, also ließ ich die Hände sinken. Ich wusste, wenn ich es nicht getan hätte, hätte ich mit einer Beule in der Hose geendet, genau wie die Nacht davor. Sosehr ich mich auch nach dem Tag sehnte, an dem ich deinen Körper so erkunden konnte, wie ich wollte – das hier waren weder die Zeit noch der Ort dafür.

Ich lachte, als du einen Schmollmund zogst.

Dann nahm ich deine Hand, verschränkte meine Finger mit deinen und rannte mit dir zusammen ins Wasser. Als wir etwa bis zu den Hüften im Wasser standen, tauchten wir beide unter einer Welle hindurch. Du tauchtest direkt vor mir wieder auf.

Du legtest mir die Arme um den Nacken, als deine Lippen sich auf meine legten. Diese Situation war neu für uns, aber der Übergang von besten Freunden zu einem Liebespaar schien uns mühelos zu gelingen. Eine Sache, die ich seit letzter Nacht schon über dich gelernt hatte, war, dass du gerne küsst.

Als meine Arme deine Mitte umschlangen und dich an mich heranzogen, hast du unter Wasser deine Beine um meine Hüfte geschlungen. Ich stöhnte in deinen Mund, als du anfingst, dich an mir zu reiben. Dein teuflisches Grinsen, als du dich zurückgezogen hast, zeigte mir, dass du genau wusstest, was du da tatest.

Deine Hände legten sich an mein Gesicht, und unsere Blicke trafen sich. »Ich möchte, dass du mein Erster bist. Ich möchte alle Erfahrungen mit dir machen.«

»Ich will das auch, Jem, aber nicht hier. Nicht mit einem Publikum. Unser erstes Mal soll etwas Besonderes sein.«

Du hast gelächelt und meine Lippen dann noch einmal mit deinen gestreift. »Ich liebe dich, Braxton Spencer.« Dein Gesicht wurde ernst, als du auf meine Antwort gewartet hast. Doch sie kam nicht. »Liebst du mich denn nicht auch?«

»Natürlich tu ich das.«

»Warum sagst du es dann nicht? Du hast mir noch nicht ein Mal gesagt, dass du mich liebst.«

»Nur weil ich es nicht sage, heißt das nicht, dass ich es nicht tue.«

Du hast verletzt ausgesehen und deine Beine von mir gelöst. Dann hast du im Wasser dagestanden, mit hängenden Armen. »Nun, es wäre schön, es zu hören.«

Du hast versucht, dich mir zu entziehen, aber meine Arme lagen immer noch um deine Taille, und ich würde nicht so bald loslassen. »Die letzte Person, zu der ich das gesagt habe … ist gestorben.«

Du hast die Stirn gerunzelt und versucht, aus meinen Worten schlau zu werden. Dann hast du es verstanden.

»Deine Mum?«

»Ja.« Ich senkte den Kopf und konzentrierte mich auf das Wasser um uns herum, in dem Versuch, die Erinnerungen an diese Nacht nicht hochkommen zu lassen.

»Oh Braxton«, hast du gesagt und mich umarmt. Du hast mich festgehalten und dein Gesicht an meine Brust gelegt. »Du musst mir diese Worte nie sagen, wenn du dich dabei unwohl fühlst. Solange ich weiß, dass du mich liebst, reicht mir das.«

Ich küsste dich sanft auf den Kopf. »Du sollst wissen, dass ich das tue, Jem … das habe ich immer … und das werde ich immer.«

Was wir hatten, ist viel zu schön, um vergessen zu werden.

Immer dein,

Braxton

NEUNUNDZWANZIG

Jemma

»Das Taxi müsste in etwa fünf Minuten hier sein, Mum.« Ich stecke den Kopf ins Badezimmer, wo sie sich gerade schminkt.

»Danke, Liebes.« Sie steckt den Deckel wieder auf den Lippenstift, dann dreht sie sich zu mir um. »Sieht das okay aus?«

»Du siehst toll aus.«

»Es ist so lange her, dass ich irgendwo nett essen gegangen bin oder dass jemand anders für mich gekocht hat.« Ich lächele über ihren Kommentar, aber innerlich zieht es mir den Magen zusammen. Ich fühle mich richtig mies, sie so zu täuschen, aber es war die einzige Möglichkeit. »Das wird so ein schöner Abend. Vielleicht erlaube ich mir sogar ein Glas Wein.«

Eine halbe Stunde später wippt mein Bein auf der Fahrt ins Restaurant nervös auf und ab, und ich knete meine Hände im Schoß. »Alles okay?«, fragt Christine und drückt meine Hand.

»Mir geht's gut, Mum«, lüge ich und zwinge mich zu einem Lächeln. Die Idee erschien mir so gut, als ich sie hatte, aber jetzt überdenke ich meinen teuflischen Plan gerade.

Christine beugt sich zum Vordersitz und reicht dem Fahrer einen Zwanzigdollarschein. »Stimmt so«, sagt sie.

Sie lächelt breit und hakt sich bei mir unter.

»Guten Abend«, grüßt der Oberkellner, als wir das Restaurant betreten.

»Wir haben einen Tisch auf den Namen Robinson reserviert«, sage ich.

»Ah ja, da ist es.« Sein Finger fährt die Liste vor ihm entlang. »Drei Gäste. Die dritte Person wartet bereits.«

»Dritte Person?«, fragt Christine verwundert. Ich greife nach ihrer Hand und folge dem Kellner zu unserem Tisch.

In dem Moment, in dem sie abrupt anhält, weiß ich, dass sie ihn gesehen hat.

»Was macht der denn hier?«, blafft sie. Der Blick, den sie mir zuwirft, drückt sowohl Schmerz als auch Verärgerung aus.

»Es tut mir leid, Mum.«

»Warum tust du mir das an?« Ihr steigen Tränen in die Augen. Sie wirbelt herum und will zum Ausgang gehen.

»Bitte«, sage ich und halte sie am Ellbogen fest. »Ich wollte nur mit meinen Eltern zusammen essen. Ich möchte Geschichten über mein Leben als Kind hören, als wir eine Familie waren.« Sie bleibt stehen, dreht sich aber nicht um. »Bitte, Mum, es würde mir so viel bedeuten.« Ich fühle mich schrecklich und vollkommen selbstsüchtig, diese Karte auszuspielen, aber ein bisschen Wahrheit steckt dennoch in meiner Bitte.

Schließlich dreht sie sich wieder zu mir um. »In Ordnung, aber erwarte nicht, dass ich mit diesem Mann spreche. Sobald wir gegessen haben, möchte ich gehen.«

»Okay.« Ich nehme sie in den Arm. »Danke.«

Wir gehen wieder zum Tisch, und Stephen steht auf. Sein verwirrter Blick wandert von mir zu meiner Mutter. Im Grunde genommen habe ich ihn nicht angelogen, ich habe ihn nur gefragt, ob er mit mir zu Abend isst, und dabei nicht erwähnt, dass sie auch kommt.

»Mäuschen«, sagt er und beugt sich vor, um mich auf die Wange zu küssen.

»Hi, Dad.«

Dann wendet er sich an meine Mutter. »Christine, du siehst toll aus.«

»Hm«, schnaubt sie und umfasst eine Stuhllehne.

»Lass mich das machen«, sagt mein Vater.

»Ich kann mich schon selbst hinsetzen, vielen Dank auch.«

Innerlich winde ich mich, als sie seine Hand wegschnipst. Ich sehe ihm in die Augen. Sein gepeinigter Blick lässt mich erkennen, wie dumm ich war zu glauben, dass es funktionieren würde. Ich habe noch nicht einmal gegessen und leide schon an einer Magenverstimmung.

Als der Kellner zum Tisch kommt, wendet er sich an Stephen. »Möchten Sie mit den Getränken beginnen, Sir?«

»Das wäre wunderbar.« Er sieht Christine an, aber sie senkt den Kopf und starrt in ihren Schoß. »Magst du immer noch so gerne Sauvignon Blanc?«

»Möglich«, sagt sie, ohne ihn anzusehen.

»Was ist mit dir, Mäuschen?«

»Ich nehme einen Drink aus Wodka, Zitrone, Limette und Bitterlikör, bitte … Obwohl, machen Sie mir bitte einen doppelten.« Ich brauche ihn. Der Kellner nickt, bevor er meine Bestellung auf seinen Notizblock schreibt.

»Und eine Flasche Ihres besten Sauvignon Blanc«, sagt Stephen mit einem Blick zum Kellner. »Und zwei Gläser, bitte.«

Hurra, sie mögen beide denselben Wein. Das ist doch ein Anfang.

Wir drei sitzen nur schweigend da, bis der Alkohol ankommt. Ich trinke davon wie ein Verdurstender in der Wüste. Ich würde alles tun, um der Situation die Schärfe zu nehmen. Ich hoffe, meine Eltern tun es mir gleich, aber der Kellner schenkt ihnen nur einen kleinen Schluck Wein in die Gläser ein. Ich hebe mein Glas und signalisiere, dass ich noch einen Wodka möchte. Bis der ankommt, werde ich diesen leer getrunken haben.

Stephen nippt nur im Vergleich zu Christines großem Schluck.

»Also«, sage ich in dem Versuch, den Stein ins Rollen zu bringen. »Ich habe euch heute Abend beide hergebracht, weil ihr meine Eltern seid – wie ihr wisst – und wir mal eine Familie waren.« Mein Blick senkt sich auf die weiße Tischdecke, und plötzlich erkenne ich, dass ich es besser hätte planen sollen. Als ich den Blick wieder hebe, habe ich ihre volle Aufmerksamkeit. »Wie ihr beide wisst, hat Braxton mir viele Briefe über meine Vergangenheit geschrieben, mit Geschichten, die wir zusammen erlebt haben, während wir aufgewachsen sind. Von heute Abend erhoffe ich mir, einige Einblicke in mein Leben zu bekommen, bevor wir hierhergezogen sind.«

Wenn das nicht funktioniert, bin ich nicht sicher, was ich als Nächstes tun soll.

Ein aufrichtiges Lächeln erscheint auf Stephens Gesicht, bevor er spricht. »Du warst so ein fröhliches Baby … nicht wahr, Chris?«

Meine Mum wirft ihm einen finsteren Blick zu, dann sieht sie mich an. »Das stimmt«, sagt sie und lächelt schließlich auch. »Du hast gut geschlafen und gegessen und uns nie Ärger gemacht.«

»Du hast deinen Schnuller geliebt, als du klein warst.«

»Oh ja, und wie«, stimmt Christine zu.

»Weißt du noch, diese Geräusche, die sie gemacht hat, wenn sie daran genuckelt hat?«, fragt Stephen und sieht dabei wieder Christine an. Ich warte auf den nächsten bösen Blick, aber stattdessen sehe ich sie lächeln.

»Ja. Das war so süß.«

»Deine Mutter und ich konnten dir stundenlang beim Schlafen zusehen.«

»Stimmt. Irgendwann haben wir dir den Schnulli weggenommen, kurz vor deinem zweiten Geburtstag, weil deine Zähne anfingen hervorzustehen.«

»Oh Gott, wie sie danach geweint hat, weißt du noch, Chris?«

»Drei lange, qualvolle Tage«, sagt sie und sieht ihn dabei an.

»Mir tat es für meine beiden Mädchen leid. Du konntest es nicht ertragen, sie so aufgebracht zu sehen. Am dritten Tag hast du mich angefleht, ihr auf dem Nachhauseweg von der Arbeit einen Ersatzschnuller zu kaufen.«

»Ja, daran erinnere ich mich«, sagt sie und lacht leise. »Stattdessen hast du ihr eine Puppe mitgebracht und ihr gesagt, da sie jetzt ein großes Mädchen sei, könne sie sich um ihr eigenes Baby kümmern.«

Ein strahlendes Grinsen breitet sich auf meinem Gesicht aus, als ich sie beobachte.

»Sie hat diese Puppe wirklich geliebt«, sagt Stephen.

»Allerdings. Sie hat sie überall mit hingenommen.«

»Wie hieß sie noch gleich?«

»Annabelle«, sagt Christine und nickt bei der Erinnerung. »Sie hat die Puppe Annabelle genannt.«

Die Unterhaltung verläuft jetzt ausschließlich zwischen den beiden. Es ist, als säße ich nicht einmal mehr mit am Tisch, und mein Herz lächelt bei diesem Anblick.

»Stimmt, Annabelle. Weißt du noch, als die Puppe verloren gegangen ist?«

»Wie könnte ich das vergessen? Sie hat sich in der Nacht in meinen Armen in den Schlaf geweint.«

»Sie tat mir so leid«, antwortet Stephen.

Als Nächstes kommen sie auf die lustige Geschichte zu sprechen, wie ich ans Töpfchen gewöhnt wurde. Sie lachen beide. Sie sehen so glücklich aus, genauso, wie Braxton meine Eltern in den Briefen beschrieben hat, nicht so, wie ich sie in der letzten Zeit erlebt habe.

Sie sind so in die Unterhaltung vertieft, dass ich die Gelegenheit ergreife aufzustehen. »Ich gehe mal eben auf die Toilette«, sage ich.

»Okay, Mäuschen.«

Statt zu den Toiletten zu gehen, laufe ich zum Ausgang und hinaus in die frische Abendluft. Bisher hat mein Plan sogar besser funktioniert, als ich zu hoffen gewagt habe.

Es ist inzwischen vollkommen dunkel draußen, und es ist ganz schön kalt. Ich reibe mir über die Arme, weil ich die Jacke über der Stuhllehne im Restaurant hängen lassen habe – aber ich werde nicht wieder reingehen, um sie zu holen.

Ich bin mir nicht mal sicher, wo die nächste Bushaltestelle ist, deswegen hole ich mein Handy aus der Tasche.

»Jemma«, meldet sich Braxton. »Ist alles okay?« Schon seine Stimme genügt, um mich zum Lächeln zu bringen.

»Alles bestens. Ich habe mich nur gefragt, ob du beschäftigt bist.«

»Ich wollte mir gerade eine Pizza zum Abendessen bestellen.«

»Oh. Dann hat sich das schon erledigt, ich nehme einen Bus nach Hause. Hier ist bestimmt irgendwo eine Haltestelle.«

»Wo bist du?«

»In der Stadt.«

»Ich hol dich ab. Ich möchte nicht, dass du zu dieser Zeit alleine einen Bus nimmst.«

Zehn Minuten später sehe ich seinen Wagen auf mich zufahren. Ich stelle mich an die Bordsteinkante und winke, damit er mich sieht.

»Hey«, sagt er, als ich einsteige.

»Hi.«

»Du siehst gut aus.«

»Danke, du aber auch.« Er ist noch im Anzug, und der steht ihm richtig gut.

»Darf ich dich fragen, warum du nachts alleine in der Stadt

unterwegs bist?« Kurz treffen sich unsere Blicke, als er wieder vom Bordstein wegfährt.

»Eigentlich war ich nicht allein.«

»Oh.« Ich höre den Schock in seiner Stimme.

»Ich war mit meinen Eltern essen.«

»Christine und Stephen … zusammen?« Er wirft mir einen ungläubigen Blick zu.

»Ich habe sie ausgetrickst, damit sie beide kommen. Keiner von ihnen wusste, dass der andere auch da sein würde.«

»Autsch.« Er verzieht das Gesicht. »Das ist bestimmt nicht gut ausgegangen.«

»Zu meiner Überraschung haben sie zusammen gelacht und sich unterhalten, als ich das Restaurant verlassen habe.«

»Niemals.«

»Oh doch.«

»Hast du ihnen was in die Getränke getan oder so? Deine Mum hält es nicht einmal aus, im selben Zimmer zu sein wie er.«

»Ich weiß. Als wir dort ankamen, war sie ziemlich sauer auf mich, aber dann haben sie angefangen, in Erinnerungen an meine Kindheit zu schwelgen.«

»Na ja, dann hoffe ich für dich, dass dein teuflischer Plan klappt.«

»Ich auch«, sage ich. Dann schreibe ich Stephen eine Nachricht.

Hi Dad, hier ist Jemma. Ich bin nicht auf der Toilette, hab mich davongeschlichen. Ihr zwei scheint einigermaßen miteinander auszukommen, und ich wollte euch ein bisschen Zeit zu zweit lassen, hoffentlich, um über ein paar Dinge zu sprechen. Mum würde es nie zugeben, aber sie liebt dich immer noch, das weiß ich. Mach dir um mich keine Sorgen, ich bin bei Braxton im Auto, er fährt mich nach Hause. Tut mir leid, dass ich euch beide getäuscht habe, ich hoffe, du bist nicht sauer auf mich. Kannst du darauf achten, dass Mum sicher nach Hause kommt?

Ein paar Minuten später bekomme ich eine Antwort.

Deine Mutter ist gerade nach dir gucken gegangen. Und ich bin nicht sauer. Ich bin dankbar, extrem dankbar. Du hast heute Abend das Unmögliche vollbracht, Mädchen. Ich kann dir gar nicht genug danken. Auch wenn ich versuche, mir nicht zu viele Hoffnungen zu machen: Das ist das erste Mal seit Jahren, dass deine Mutter mit mir gesprochen hat. Danke, Mäuschen. Ich bringe sie sicher nach Hause. Alles Liebe, Dad.

»Was schreibt er?«, fragt Braxton.

»Es läuft gut.«

Ich sehe ihn lächeln, während er auf die Straße schaut. »Ich bin stolz auf dich, dass du das getan hast.« Er langt über die Mittelkonsole und nimmt meine Hand. Schmetterlinge flattern in meinem Bauch, als wir unsere Finger ineinander verschränken.

»Also, ich hab mich rausgeschlichen, bevor wir überhaupt bestellt haben … Kann ich was von deiner Pizza abhaben? Ich bin am Verhungern.«

»Na klar«, sagt er mit freudigem Gesichtsausdruck. »Möchtest du mit ins Strandhaus kommen, oder würdest du lieber zu Christine nach Hause?«

Ich merke, wie ich strahle. Ich würde nichts lieber tun, als den Rest meines Abends mit ihm zu verbringen. »Ich komme mit ins Strandhaus.«

Es ist fast Mitternacht, als Braxton in Christines Einfahrt biegt. Das Haus ist in Dunkelheit getaucht, also ist sie entweder noch mit meinem Vater unterwegs oder im Bett. Für mich ist beides okay – ich will ihr heute Abend nicht entgegentreten, nur für den Fall, dass sie sauer auf mich ist.

Am Strandhaus habe ich endlich die Terrassenbeleuchtung in Form von Laternen und der Lichterkette gesehen. Es war genauso schön, wie ich es mir vorgestellt habe.

Wir haben eine Pizza bestellt und draußen bei Kerzenlicht gegessen. Wir sind auf der Terrasse geblieben, bis der Wind schärfer wurde und Braxton vorgeschlagen hat reinzugehen. Am Ende haben wir zusammen einen Film auf dem Sofa geschaut. Es war nett – wir haben uns nicht geküsst oder rumgeknutscht, aber das war okay. Dafür war ich mir seines Beins an meinem die ganze Zeit über nur allzu bewusst.

»Danke, dass du mich heute retten gekommen bist, und auch für die Pizza und den Film«, sage ich, als wir zur Haustür kommen.

»Sehr gerne. Danke für die Gesellschaft.«

Er beugt sich vor und gibt mir einen sanften Kuss auf die Wange. Es ist schön, aber es hätte mir wirklich nichts ausgemacht, wenn er stattdessen meine Lippen geküsst hätte. »Träum süß, Jem.«

»Gute Nacht.«

»Liebes«, sagt Christine und streicht über mein langes braunes Haar, als ich ins Kissen schluchze. »Wir finden Annabelle schon, sie ist bestimmt in einem der Kartons.«

»Daddy hat gesagt, er hat da drin geguckt, und Annabelle war nicht da.«

»Sie taucht bestimmt wieder auf.«

»Nein, tut sie nicht ... sie ist für immer weg. Mit wem spiele ich denn jetzt?«

»Was ist denn mit Bradley von nebenan, er scheint ein netter Kerl zu sein«, sagt sie sanft. »Ich wette, ihr werdet noch die besten Freunde.«

Ich hebe den Kopf aus dem Kissen und drehe mich zu ihr, kann aber vor Tränen nichts sehen. »Er heißt Braxton«, antworte ich. »Nicht Bradley.«

»Tut mir leid. Braxton.« Christine nimmt meinen kleinen Körper in den Arm und wiegt mich sanft hin und her.

»Ich hab sie gefunden!«

Schnell zucke ich zurück und sehe einen atemlosen Stephen in meiner Zimmertür stehen. Er hält Annabelle in die Luft und grinst breit. »Sie war unter dem Autositz.«

»Annabelle!«, schreie ich freudig und springe aus dem Bett.

♥

Ich komme in den Flur und muss lächeln, als ich Christine in der Küche summen höre. Das ist ein gutes Zeichen ... *hoffe ich.*

»Morgen«, sage ich und stecke den Kopf durch die Küchentür.

»Morgen, Liebes. Komm, setz dich, ich wollte gerade etwas Toast machen.«

Ich schmunzele, als sie mir einen Stuhl anbietet. »Du bist nicht sauer auf mich?«

»Ein bisschen schon.« Christine versucht, streng zu schauen. »Ich mag es nicht, in die Irre geführt zu werden.«

»Tut mir leid. Dad liebt dich noch, und ich weiß, dass es dich verletzt hat, was er gemacht hat, aber wenn du ehrlich zu dir selbst bist, musst du zugeben, dass du auch noch Gefühle für ihn hast.«

Sie seufzt und setzt sich neben mich. »Du hast recht, die habe ich noch. Er war die Liebe meines Lebens, und so intensive Gefühle verschwinden nicht einfach über Nacht. Ich bin aber nicht sicher, ob ich jemals über den Verrat hinwegkomme.«

Ich möchte sie daran erinnern, dass es nur ein Kuss war, tu es aber nicht. Ich wäre auch total sauer, wenn mein Ehemann eine andere Frau geküsst hätte. Stattdessen lege ich meine Hand auf ihre. »Ich verstehe, warum du getan hast, was du getan hast, aber du hast auch deinen Teil dazu beigetragen. Du hast ihn vernachlässigt. Du hast ihn ausgeschlossen, als du ihn am meisten gebraucht hättest.«

Sie seufzt. »Ich weiß, aber es ging mir richtig schlecht. Ich habe Ma und Pa innerhalb von einer Woche verloren.«

»Das verstehe ich, ehrlich. Und es tut mir leid, dass du das durchmachen musstest. Demnach zu urteilen, was Braxton mir erzählt hat, hattest du guten Grund, depressiv zu sein, aber Dad liebt dich. Du hättest ihn dir helfen lassen sollen. Ihn auszuschließen hat die Dinge nur schlimmer gemacht. Siehst du das denn nicht?«

»Ich …«

Als ihr Tränen in die Augen steigen, nehme ich sie in den Arm. »Ist schon okay, Mum. Alles wird wieder gut. Ich wünschte einfach nur, du würdest diese ganze Wut und den Schmerz hinter dir lassen. Das zerstört dich.«

Innerhalb von Sekunden werden aus den Tränen herzzerreißende Schluchzer, aber ich lasse sie nicht los. Ich versuche auch nicht, sie aufzuhalten. Sie muss sie rauslassen und endlich trauern, um dann weiterzumachen.

Eine lange Zeit vergeht, bevor sie schließlich aufhört. »Entschuldige, dass ich dich zum Weinen gebracht habe, aber ich wette, jetzt fühlst du dich besser.« Ich greife nach der Taschentuchbox, die auf dem Tisch steht, und gebe sie ihr. »So toll ich es auch fände, euch beide wieder als Paar zu sehen, ich würde mich auch mit einer Freundschaft zufriedengeben.«

Sie lächelt mich hoffnungsvoll an. »Freundschaft könnte funktionieren. Wir hatten gestern sogar echt eine schöne Zeit zusammen.«

»Das freut mich zu hören.«

Als sie aufstehen will, halte ich sie fest. »Bleib sitzen, ich mache dir heute Frühstück.«

»Danke«, sagt sie liebevoll, und ich weiß, dass sie mir für mehr dankt als nur für das Frühstück. Diese Menschen sind meine Familie, und sie haben so viel für mich getan. Ich möchte ihnen irgendetwas zurückgeben. Nur weil ich mich nicht mehr an mein Leben mit ihnen erinnere, heißt das nicht, dass ich nicht echte Gefühle für sie entwickelt hätte.

Erinnerungen meines Traums von letzter Nacht flattern mir im Kopf herum. War es nur Zufall? Meine Eltern haben gestern Abend im Restaurant über Annabelle gesprochen. Sie haben aber nie erwähnt, wie sie verloren gegangen ist.

»Kann ich dich was fragen?«, sage ich, als ich darauf warte, dass der Toast hochspringt.

»Klar.«

»Habt ihr je herausgefunden, was mit Annabelle passiert ist?«

»Deiner Puppe?«

»Ja.«

»Dein Vater hat sie im Auto gefunden, wenn ich mich recht erinnere … ich glaube, sie ist unter den Rücksitz gefallen.«

Unwillkürlich breitet sich ein riesiges Lächeln auf meinem Gesicht aus, als ich mich wieder von ihr wegdrehe. Ich möchte nicht, dass sie es sieht. Ich will weder mir selbst noch irgendjemand anderem Hoffnung machen. Aber vielleicht, nur vielleicht … könnte dies das erste Zeichen sein?

DREISSIG

Braxton

»Ich fahre jetzt mal nach Hause«, sagt Lucas, der in meinem Büro vorbeischaut.

»Ich gleich auch.« Ich sehe auf. »Ich will nur noch den Brief an Jemma fertigkriegen.«

Er lächelt mich nachdenklich an. »Wie läuft es bei euch?«

»Ganz okay.« Ich merke, wie ich schon grinse, wenn ich nur an sie denke.

»Freut mich.« Er stößt sich vom Türrahmen ab. »Bis morgen.«

»Gute Nacht.«

Ich rufe auf dem Laptop den Kalender aus dem Jahr 2006 auf, damit ich die genauen Daten für diesen Brief finden kann.

DREIZEHNTER BRIEF

Liebste Jemma,
der erste Dezember 2006. Wir hatten es geschafft, unsere Beziehung für eine Woche geheim zu halten, aber wir knutschten zu jeder Gelegenheit, die sich uns bot. Es war nur eine Frage der Zeit, bis wir erwischt wurden. Wenn ich jetzt an den Tag zurückdenke, bin ich dankbar, dass uns deine Mum erwischte und nicht dein Dad.

Es war ein Freitag. Ich hatte den ganzen Tag darauf gewartet, dass du nach Hause kamst. Ich saß auf unserer vorderen Veranda, als ich dich auf der Straße entdeckte, und rannte dir sofort entgegen. Ich wollte dich unbedingt küssen, konnte aber nicht das Risiko eingehen, dass uns einer der Nachbarn sah.

Als wir zu deinem Haus kamen, hast du meine Hand genommen und mich an die Seite eures Hauses gezogen, hinter die Mülleimer.

Ich drückte dich gegen die Wand und presste meine Lippen auf deine. Mein Verhalten war das eines verzweifelten Mannes. Wir hatten noch nicht mehr getan als uns zu küssen, aber meine Taschenlampe schien ich jetzt ständig dabeizuhaben. Wir waren beide mehr als bereit, den nächsten Schritt zu gehen, aber wir lebten noch bei unseren Eltern, deswegen war es unmöglich. Und ich würde dich dein erstes Mal auf gar keinen Fall auf der Rückbank eines Autos erleben lassen.

Ich hatte ohne dein Wissen einen Nebenjob angenommen, bei dem ich Rasen mähte. Damit wollte ich genug Geld verdienen, um mit dir an einen schönen Ort zu fahren, und es sollte eine Überraschung sein. Deswegen legte ich die Termine in deine Schulzeit und hatte vor, in den Ferien während deiner Schichten in der Eisdiele zu arbeiten.

Ich schob die Hand unter dein Top, als deine Küsse heißer und intensiver wurden.

»Oh mein Gott! Was im Himmel macht ihr zwei denn da?«, hörten wir deine Mutter kreischen.

Ich löste mich von dir, aber es war zu spät: Wir waren erwischt worden. Ich erinnere mich noch an die Miene deiner Mutter. Sie war weiß wie ein Gespenst, ihre Augen weit vor Schock, und ihr Mund stand offen.

»Lass es mich erklären, Mum«, sagtest du und gingst ein paar Schritte auf sie zu.

Dann hast du vor ihr gestanden, aber nichts gesagt. Ich weiß nicht, ob du über eine Ausrede nachgedacht hast, aber falls du ihr nicht gerade erzählen wolltest, dass du am Ersticken warst und ich meine Zunge benutzt habe, um dich von dem Fremdkörper zu befreien, war die Wahrheit die beste Lösung.

»Ich warte«, antwortete sie und tippte ungeduldig mit dem Fuß auf den Boden.

Du schienst immer noch nicht die richtigen Worte zu finden, deswegen trat ich einen Schritt vor. »Jemma ist meine Freundin«, sagte ich. »Seit einer Woche sind wir zusammen. Wir haben beide festgestellt, dass unsere Gefühle füreinander tiefer sind als bei guten Freunden. Es tut mir leid, dass wir das noch nicht gesagt haben, aber das hatten wir vor, Mrs Robinson. Wir wollten uns nur selbst an den Gedanken gewöhnen, dass wir jetzt ein Paar sind, bevor wir die Neuigkeiten mit dem Rest der Welt teilen.«

»Verstehe.« Sie schwieg kurz, als ihr Blick zwischen uns hin und her wanderte. »Na ja, eigentlich wusste ich, dass es früher oder später passieren würde. Ihr habt nur Glück, dass ich es war, die euch erwischt hat, und nicht mein Mann. Ich schlage vor, dass ihr ihm die Neuigkeiten heute Abend erzählt, wenn er von der Arbeit kommt. Wenn er euch so erwischt wie ich gerade, wird es nicht so glimpflich ausgehen.«

Damit drehte sie sich um und ging zurück ins Haus.

»Scheiße«, sagtest du, sobald sie außer Sichtweite war. »Dann ist die Katze wohl aus dem Sack.«

»Scheint so. Ich freue mich allerdings nicht gerade darauf, es deinem Dad zu sagen.«

»Warum? Er mag dich total.«

»Keine Ahnung, ist einfach so.«

»Das wird kein Problem.« Du hast die Arme um meine Mitte geschlungen und mich verschlagen angegrinst. »Also, wo sind wir stehen geblieben?«

Ich war nicht mehr in der Stimmung. »Kein Knutschen mehr, bis wir mit deinem Vater gesprochen haben.«

Du hast meinen Arm gehoben und auf die Uhr an meinem Handgelenk gesehen. »Das ist erst in über zwei Stunden«, sagtest du schmollend. »Ich weiß nicht, ob ich es bis dahin überlebe.«

Ich beugte mich vor und saugte an deiner Unterlippe. »Ich bin mir ziemlich sicher, dass du das wirst.«

Mein Bein wippte nervös unter dem Tisch, als wir in der Küche saßen und darauf warteten, dass dein Vater von der Arbeit nach Hause kam. Deine Mutter war hinter uns damit beschäftigt, das Abendessen auf dem Herd umzurühren.

Mir wurde schlecht, als wir das Auto deines Vaters in der Einfahrt hörten. Als er hereinkam, hast du meine Hand genommen und sie beruhigend gedrückt.

Er küsste dich auf den Kopf. »Hey, Mäuschen.«

»Hi, Daddy.«

»Brax, mein Junge«, begrüßte er mich, als er an mir vorbeikam, und zerzauste mir dabei das Haar.

»Mr Robinson.«

»Hi, Liebling«, sagte er, als er bei deiner Mum ankam, und küsste sie sanft auf den Mund. »Das Essen riecht köstlich. Wir hatten heute in der Bank so viel zu tun, dass ich nicht zum Mittagessen gekommen bin. Ich bin am Verhungern.«

»In zehn Minuten ist es fertig«, antwortete sie.

Das war mein Stichwort, jetzt oder nie. »Mr Robinson«, sagte ich, stand auf und atmete tief ein. »Kann ich kurz mit Ihnen sprechen?«

Kurz trafen sich unsere Blicke. Mit den Lippen hast du die Worte »Ich liebe dich« geformt, und in dem Moment wusste ich, dass es jede Strafe, die ich gleich von deinem Vater bekommen würde, wert war.

»Natürlich.« Er sah mich prüfend an, als er mir ins Wohnzimmer folgte. »Ist alles okay, Junge?«

»Ich muss Ihnen etwas sagen.«

»Schieß los.« Sein Blick war weiterhin skeptisch, und er schob sich die Hände in die Hosentaschen.

»Jemma und ich haben gemerkt, dass unsere Gefühle füreinander mehr als nur freundschaftlich sind.«

Seine Miene wurde ernst. »Verstehe.«

»Wir haben uns zu einer Beziehung entschieden.«

Er ließ sich Zeit damit, über meine Worte nachzudenken. Die ganze Zeit über war sein Gesichtsausdruck gleichmütig, deswegen konnte ich nicht abschätzen, was er wirklich dachte.

»Liebst du sie?«, fragte er schließlich.

»Sehr.«

»Jemma, kannst du bitte reinkommen?«, rief er. Ich war mir nicht sicher, ob das ein gutes oder ein schlechtes Zeichen war.

»Ist schon irgendetwas bei euch gelaufen, wovon ich wissen müsste?«

»Nein, Sir, aber wir haben uns geküsst.«

Er räusperte sich, antwortete aber nicht.

»Ja, Daddy?«, sagtest du und stelltest dich neben mich. Der Blick deines Vaters wanderte zu unseren Händen, als du deine Finger mit meinen verhaktest.

»Ich würde gerne wissen, was du zu dieser … Beziehung zu sagen hast.«

Du hast mich bei der Antwort angesehen. »Ich liebe ihn, und er liebt mich. Ich weiß nicht, was ich sonst dazu sagen soll.«

»Das ist genug«, sagte er und nickte. Er ging ein paar Schritte auf mich zu. »Solange du meine Tochter mit Respekt behandelst und ihr nicht das Herz brichst, werden wir kein Problem haben. Verstanden?«

»Ja, Sir.«

»Gut.« Er hielt mir seine Hand hin, und ich schüttelte sie. »Ich würde dich schon in der Familie willkommen heißen, aber du bist ja seit Jahren ein Teil der Familie.«

♥

Der neunzehnte Dezember 2006. Unser erstes offizielles Date. Es war entweder Zufall oder Schicksal, dass es ausgerechnet am neunzehnten war. Das Restaurant war schon Wochen im Voraus ausgebucht, und dies war der einzige Tag, für den ich einen Tisch bekommen hatte. Es war ein Dienstag, aber du hattest Schulferien, und ich musste erst in einigen Monaten zur Uni. Außerdem war es zufällig der Tag vor meinem achtzehnten Geburtstag.

Ich hatte uns einen Tisch im Sea Shanty reserviert. Das war das Lieblingsrestaurant meiner Mutter gewesen. Früher hat uns mein Vater zu besonderen Anlässen hier zum Essen eingeladen. Es war auch der nobelste Laden, den ich kannte.

Nachdem ich dich an dem Morgen bei der Arbeit abgesetzt hatte, ging ich ein neues Hemd und Blumen für dich kaufen.

Als wir am Nachmittag in deine Einfahrt bogen, stellte ich den Motor aus. »Kann ich dich auf ein Date einladen, Jem? Ein richtiges Date?«

»Wirklich?«

»Ja.«

Wir waren schon fast seit einem Monat ein Paar, und obwohl wir jeden Tag zusammen verbracht hatten, hatte ich dich noch nie ausgeführt.

»Okay, ich gehe eben hoch und zieh mich um.«

»Ich glaube, du verstehst nicht ganz. Ich meine ein Date-Date. Ich lad dich in ein schickes Restaurant ein. Du kannst dich in Schale werfen.«

»Okay«, sagtest du, und deine Miene hellte sich auf.

Ich löste den Anschnallgurt und lehnte mich zu dir, um dich zu küssen. »Ich hol dich um sieben Uhr ab.«

Als ich dir aus dem Auto half, hast du über das ganze Gesicht gestrahlt. »Ich bin so aufgeregt! Unser erstes offizielles Date.«

Zuerst duschte und rasierte ich mich, dann zog ich meine neuen Klamotten an. Ich wollte gut für dich aussehen. Ich schlich mich sogar in Dads Schlafzimmer und benutzte sein Rasierwasser.

Kurz vor sieben klopfte ich an eure Haustür. Erstaunlicherweise war ich nicht nervös. Genau wie du war ich gespannt, und ich freute mich darauf, dich herausgeputzt zu sehen.

Dein Vater öffnete die Tür.

»Komm rein«, sagte er. »Sie sind oben. Christine hilft Jemma dabei, sich fertig zu machen. Du weißt ja, wie Frauen sind.« Ich schmunzelte, als er die Augen verdrehte.

»Jemma, Braxton ist da!«, rief er die Treppe hinauf.

Ein Prickeln lief meine Wirbelsäule entlang, als du ein paar Minuten später die Treppe herunterkamst. Ich kann nicht mal in Worte fassen, wie wunderschön du aussahst. Zum ersten Mal hatte ich dich an deinem dreizehnten Geburtstag so zurechtgemacht gesehen, aber heute Abend sahst du nicht wie ein hübsches junges Mädchen aus, du sahst wie eine verdammt begehrenswerte Frau aus.

Deine Mum hatte dein langes braunes Haar gelockt und eine Seite mit einer gelben Blume zurückgesteckt. Auf deinem Gesicht lag ein Hauch Make-up, das dich älter aussehen ließ als deine siebzehn Jahre. Das Kleid, gelb und wahnsinnig sexy, lag perfekt an deinem Körper an. Es ging bis zur Mitte deiner Oberschenkel und betonte deine langen, gebräunten Beine. Mein Blick wanderte langsam deinen Körper entlang und nahm jeden Zentimeter von dir auf.

Ich schluckte hart, bevor mir auffiel, dass ich den Atem angehalten hatte. »Du kannst den Mund jetzt wieder zumachen, Junge«, murmelte dein Dad, bevor er in die Küche marschierte.

»Du siehst umwerfend aus«, sagte ich, als du vor mir stehen bliebst. »Die hier sind für dich.« Die Blumen passten sogar zu deinem Kleid.

»Die sind wirklich schön.« Deine Augen leuchteten auf, als du den Strauß betrachtetest, und mein Herz schlug bei dem Anblick schneller. »Das sind die schönsten Blumen, die ich je gesehen habe.«

Aber selbst diese Blumen konnten deiner Schönheit nicht das Wasser reichen. Nachdem du sie an die Nase gehoben und ihren Duft eingeatmet hast, hast du dich vorgelehnt und mir einen zarten Kuss auf die Lippen gegeben.

Auf dem Weg zum Auto hast du in deiner Tasche gekramt.

»Hast du was vergessen?«

»Nein, ich suche nur nach einem Taschentuch, damit ich den Lippenstift abwischen kann. Ich will dich unbedingt richtig küssen.«

Das brachte mich zum Lachen. Langsam fing ich an zu glauben, wenn es dir möglich wäre, permanent an meinen Lippen zu kleben, würdest du es tun.

»Wow, hier scheint ja viel los zu sein.«

Als wir im Restaurant saßen, beobachtete ich dich, während dein Blick die Umgebung scannte. Das hast du schon immer getan, egal, wo du hinkamst; schon, seit wir Kinder waren.

»Ist dir aufgefallen, dass hier nichts zusammenpasst?«

Das war mir nicht aufgefallen, aber es war offensichtlich, dass die Innenarchitektin bereits in dir schlummerte, obwohl du dich noch für einen Karriereweg entscheiden musstest.

Die Kellnerin brachte die Speisekarten, und wir bestellten zwei Gläser Cola. »Du solltest mal den Hummer mit Sauce Mornay probieren«, schlug ich vor. »Den hat meine Mum immer bestellt. Sie hat gesagt, es sei der beste, den sie je probiert habe.«

»Hmm, lecker«, hast du geantwortet, während du immer noch

die Karte gelesen hast. »Oh. Der kostet neunundfünfzig Dollar. Ich glaube, ich nehme einfach Fish and Chips.«

»Du liebst Hummer.«

»Ich weiß, aber der ist zu teuer.«

»Das hier ist ein Date, Jem, ich zahle. Bestell den Hummer.«

»Brax«, hast du gesagt und über den Tisch hinweg nach meiner Hand gegriffen. »Du hast nicht so viel Geld, um es einfach mal so herauszuschmeißen. Es ist nicht wichtig, was ich esse. Ich würde mich mit einer Brotscheibe und einem Glas Wasser zufriedengeben, solange du derjenige bist, mit dem ich zusammen esse.« Ich zog deine Hand an meinen Mund und küsste deine Knöchel sanft. Du hast immer die schönsten Dinge gesagt, aber ich hatte schon entschieden, dass du den Hummer nehmen würdest, ob du nun wolltest oder nicht. Ich hätte dir die Welt zu Füßen gelegt, wenn ich es gekonnt hätte.

♥

Der zwanzigste Dezember 2006. Das war der Tag danach, also mein Geburtstag. Als ich dich am Abend zuvor zur Tür gebracht hatte, nach dem besten ersten Date, das man sich wünschen konnte, hattest du ebenfalls eine Überraschung für mich.

»Du musst mich hier um fünf Uhr treffen«, sagtest du.

»Fünf Uhr früh? Das ist schon in sechs Stunden. Warum so früh?«

»Weil mein Freund Geburtstag hat und ich einen besonderen Tag geplant habe.«

Um fünf Minuten vor fünf schloss ich leise unsere Haustür, um meinen Dad nicht zu wecken. Dein Haus war in Dunkelheit gebadet, aber ich sah, dass in deinem Zimmer Licht brannte, und wusste daher, dass du wach warst.

Ich lehnte mich an dein Auto und wartete. Dabei fragte ich mich die ganze Zeit, was du wohl geplant hattest. Im Rückblick, wenn ich es gewusst hätte, wäre ich wahrscheinlich zurück ins Haus gerannt und hätte alle Türen verriegelt. Mir wird immer noch schlecht, wenn ich nur daran denke.

Ein paar Minuten später kamst du aus eurem Haus gerannt und hast dich mir in die Arme geworfen. »Herzlichen Glückwunsch!«

Du hast nach Pfefferminz geschmeckt, als wir uns geküsst haben. Es war der perfekte Start in meinen Geburtstag.

»Und, sagst du mir, wohin wir gehen?«, fragte ich, als du in der Dunkelheit rückwärts aus der Einfahrt fuhrst.

»Nee. Du siehst es ja, wenn wir ankommen.«

Als du in Richtung der Autobahn fuhrst, dachte ich, wir fahren zu Ma und Pa, aber dann bist du in entgegengesetzter Richtung auf die Autobahn gefahren.

Die Sonne war aufgegangen, bis wir unserem Ziel näher kamen. Wir fuhren durch eine Gegend mit viel Farmland, in der ich noch nie zuvor gewesen war, deswegen hatte ich immer noch keine Ahnung, wohin es ging. Du hast den Blinker gesetzt und vor einer großen Koppel am Straßenrand gehalten.

»Überraschung!«, hast du gesagt und auf das Beifahrerfenster gedeutet. Ich drehte den Kopf, und mir rutschte sofort das Herz in die Hose. Auf der Wiese lag ein riesiger Heißluftballon, der noch aufgeblasen werden musste. »Bist du aufgeregt? Das wird episch!«

Ich wollte dir sagen, dass ich um keinen Preis in der Welt in diesem Ding aufsteigen würde, aber ich konnte mich einfach nicht dazu bringen, deine Traumblase zum Platzen zu bringen.

»Wow«, war alles, was ich herausbrachte. Aber dann drehte ich den Kopf, um dich anzuschauen, und dein Gesicht strahlte. Ich wusste, dass du für diese Überraschung lange gespart haben musstest. »Das wird großartig«, log ich.

Als wir über das Gras liefen, war mir richtig schlecht, aber ich gab mein Bestes, es nicht zu zeigen.

»Du musst Jemma sein«, sagte der junge Ballonfahrer und hielt dir die Hand hin. Er sah nicht viel älter aus als wir, was mich ganz und gar nicht beruhigte.

»Ja, und das ist Braxton, mein Freund. Er hat heute Geburtstag.«

»Hey«, sagte er und sah mich kurz an, bevor er seine Aufmerksamkeit wieder auf dich richtete. Die Art, wie sein Blick deinen Körper entlangwanderte, machte mich sofort wütend. Ich hatte in der Vergangenheit schon etliche Male gesehen, wie Jungs dich so ansahen, das hieß aber nicht, dass es mir gefiel.

Der Ballonfahrer ging die Liste der Verhaltensregeln durch und erklärte, wie wir uns bei einem Notfall in der Luft verhalten mussten, aber das Einzige, was ich wahrnahm, war das laute Geräusch meines Pulses im Ohr.

Meine Knöchel waren weiß, als ich mich am Rand des Korbs festkrallte. Du standst neben mir und lehntest dich über den Rand, während du dabei zusahst, wie wir uns immer weiter vom Boden entfernten. Ich zwang meine Hände dazu, sich aus dem Todesgriff am Korb zu lösen und dich in die Sicherheit meiner Arme zu ziehen.

»Das ist der Wahnsinn.«

Ich lächelte verkrampft, war aber vollkommen anderer Meinung.

Du hast dem Ballonfahrer einen Blick über die Schulter zugeworfen. »Wie hoch fliegen wir?«

»Wir haben perfekte Wetterbedingungen … leichter Wind und gute Sicht, also können wir etwa sechshundert Meter hochsteigen, wenn ihr wollt.«

Ich hatte schon Probleme damit, nur ein paar Meter von der Erde entfernt zu sein. Es war ein Wunder, dass ich nicht ohnmächtig wurde oder an einem Herzinfarkt starb.

Ich brauchte eine Ablenkung, schnell. Ich umfasste dein Gesicht und presste meine Lippen auf deine. Unsere Münder blieben eine lange Zeit aneinandergedrückt, aber leider nicht lang genug. Wir waren immer noch in der Luft und stiegen mit einer erschreckenden Geschwindigkeit.

»Nicht bewegen«, flüsterte ich, als du versuchtest, dich aus der Umarmung zu lösen.

»Warum nicht?«

»Ein Wort: Pfadfinder.«

Du begrubst das Gesicht in meiner Brust und kichertest.

Ich drehte dich in meinen Armen, jetzt war meine Vorderseite an deinen Rücken gepresst. Dann klammerte ich mich am Rand des Korbs fest.

Ich kann gar nicht beschreiben, wie erleichtert ich war, als wir endlich wieder landeten. In Lichtgeschwindigkeit kletterte ich aus dem Korb, bevor ich dir heraushalf. Am liebsten wäre ich auf die Knie gefallen und hätte den verdammten Boden geküsst, aber das hätte mich endgültig verraten, deswegen nahm ich stattdessen dein Gesicht in die Hände und gab dir einen sanften Kuss.

»Das war großartig … einfach großartig«, riefst du und sprangst in meine Arme. »Ich fühle mich so berauscht.«

»Ich mich auch.« Das war nicht gelogen, ich fühlte mich auch wie in einem Rausch. Aber nur, weil ich endlich wieder auf dem Boden war.

»Das müssen wir irgendwann noch mal machen … nein, als Nächstes müssen wir mit einem Flugzeug fliegen.« Die Aufregung in deiner Stimme brachte mich trotz allem zum Lächeln. »Ich wollte schon immer mal mit dir an einen exotischen Strandort fliegen.«

Darauf hatte ich keine Antwort. Ich wäre gern mit dir in ein Flugzeug gestiegen – solange es nur auf der Rollbahn fuhr und nicht abhob.

Aber tief in meinem Herzen wusste ich schon, dass wir eines Tages losfliegen würden. Vor allem jetzt, da ich wusste, dass du dir das schon immer gewünscht hast. Bei dir zu sein, selbst wenn es neuntausend Furcht einflößende Meter über der Erde waren, war immer noch besser, als nicht in deiner Nähe zu sein.

Es gibt nichts, was ich nicht tun würde, um dich glücklich zu machen.

Was wir hatten, ist viel zu schön, um vergessen zu werden.

Immer dein,

Braxton

Ich stecke die Anhänger in den Umschlag, bevor ich ihn verschließe. Eine Rose, um die Blumen zu symbolisieren, die ich ihr bei unserem ersten Date schenkte. Und ein Heißluftballon, mein Geburtstagsgeschenk aus der Hölle.

EINUNDDREISSIG

Braxton

Es ist Sonntag, und obwohl es mein freier Tag ist, bin ich bei Tagesanbruch schon aufgestanden. Ich bin zu aufgewühlt, um zu schlafen. Jemma kommt heute vorbei, um im Garten zu arbeiten.

Letzte Nacht haben wir fast zwei Stunden telefoniert. Es hat mich an alte Zeiten erinnert. Als ich an die Universität gegangen bin, haben wir das jeden Abend getan. Sie hat mir dann bis ins letzte Detail von ihrem Tag erzählt und ich ihr von meinem. Obwohl ich eine eineinhalbstündige Fahrt von ihr entfernt war, verpassten wir so keine Minute vom Tag des jeweils anderen. So blieben wir in Verbindung. Allerdings hat es mich nicht davon abgehalten, sie zu vermissen.

Das Schwierigste an unserer Unterhaltung letzte Nacht war es, sich zu verabschieden und dann zu versuchen, ohne Jem in meinen Armen einzuschlafen. Zumindest musste ich lächeln, als ich dort lag und an sie dachte. Ich werde positiv gestimmt bleiben, bis es einen Grund für das Gegenteil gibt. Jeder Schritt nach vorn bringt mich einen Schritt näher dahin, sie zurückzubekommen.

Nach einem langen Strandspaziergang mit Bella-Rose trampele ich einen Pfad in den Holzboden, während ich darauf warte, dass Jemma ankommt. Die arme Bella-Rose stapft erst neben mir her, gibt aber irgendwann auf und rollt sich auf ihrer Decke zusammen.

Mit einem Blick auf die Uhr stelle ich fest, dass es schon fast elf ist. Ich will sie anrufen, will aber auch nicht zu eifrig wirken. Wir haben uns auf keine genaue Zeit geeinigt, aber sie sprach vom Vormittag.

Ein paar Minuten später klopft es an der Tür, und meine Sorge, dass sie vielleicht ihre Meinung geändert hat, löst sich in Luft auf. Stattdessen macht sich Euphorie in mir breit. »Hey«, sage ich, als ich die Haustür öffne. Sie hat sich passend für die Gartenarbeit angezogen, Leggins und ein T-Shirt. Ihre Haare sind in einem tiefen Pferdeschwanz zurückgebunden. Mir ist aufgefallen, dass sie seit dem Unfall einen seitlichen Pony trägt, statt alle Haare aus dem Gesicht zurückzunehmen. Mein Verdacht ist, dass sie damit die Narben verdecken will.

»Tut mir leid, dass ich so spät bin. Ich war noch in den Geschäften und hab ein paar Dinge geholt.«

Sie hebt einen Arm, an dem die Einkaufstüten hängen.

»Lass mich die Tüten nehmen.« Ich greife nach ihnen. »Du hättest nichts mitbringen müssen. Ich hab mich schon ums Mittagessen gekümmert.«

»Das hier ist fürs Abendessen«, sagt sie lächelnd. »In einem deiner Briefe hast du erwähnt, dass es bei deiner Mum sonntags oft einen Braten gab. Es ist Sonntag, deswegen habe ich einen mitgebracht, um ihn für dich zuzubereiten … natürlich nur, wenn du willst.«

Mein Lächeln ist genauso breit wie ihres. »Das wäre toll.« Ich lehne mich vor und gebe ihr einen sanften Kuss auf die Wange. »Danke.«

Sobald die Einkäufe weggepackt sind, gehen wir in den Garten und holen ihr Werkzeug und den Eimer.

Gärtnern hat mir noch nie Spaß gemacht, aber Jemma hat es geliebt; sie empfand es als therapeutisch. »Ich könnte mit dem Rasenmähen anfangen, wenn das okay ist.«

»Ja klar, ich komme hier zurecht. Das ist eigentlich sogar ziemlich entspannend.«

Ich gehe schnell ins Haus und hole ihren iPod aus unserem Schlafzimmer. Sie hat immer gerne Musik gehört, wenn sie im Garten gearbeitet hat.

»Was ist das?«, fragt sie, als ich ihn ihr reiche.

»Dein iPod. Darauf sind all deine Lieblingslieder. Du hast immer Musik gehört, während du hier gearbeitet hast. Manchmal hast du ihn auch zum Joggen mitgenommen. Ich wollte ihn dir eigentlich sowieso schon längst geben.« So viele ihrer Dinge sind noch hier im Haus, aber ich zögere, sie alle herzugeben. »Du kannst dir eine Playlist aussuchen, wenn du hoch- und runterscrollst. Dann musst du nur auf Play drücken. Den iPod kannst du an deiner Kleidung befestigen … so.« Ich nehme ihn ihr aus der Hand und klemme ihn an ihr T-Shirt. »So hast du die Hände frei.«

»Danke«, sagt sie lächelnd.

Sie widmet sich wieder dem Gärtnern, und ich hole den Rasenmäher und den Kantenstecher aus der Garage. Ich habe mich in meinem ganzen Leben noch nie so sehr darauf gefreut, den Rasen zu mähen.

♥

»Das sieht fabelhaft aus«, sagt sie, als ich den Krabben-Avocado-Salat auf den Tisch stelle. Für mich sieht er eher nach Kaninchenfutter aus – ich habe extra noch ein paar Brötchen dazu gekauft –, aber Jemma hat ihn immer gerne gegessen.

»Es ist eins deiner Lieblingsgerichte.«

Der Garten und der Rasen sind fertig, und alles sieht wieder so toll aus wie früher.

Jemma stellt die Teller und das Besteck auf den Tisch und setzt sich dann.

»Ich habe heute Morgen über Skype mit Rachel gesprochen.«

»Wie schön. Ich freue mich, dass ihr das wieder macht. Früher habt ihr ständig geskypt, bevor …« Ich lasse den Satz in der Luft hängen. Mit dem Salatbesteck gebe ich ihr etwas Salat auf den Teller.

Sie isst eine Krabbe, bevor sie weitererzählt. »Jedenfalls habe ich Lucas erwähnt. Bei unserem Abschiedsessen hat sich die Gelegenheit nicht ergeben, sie darauf anzusprechen.«

Diese Bemerkung weckt meine Neugier. »Und?«

»Sie ist in Tränen ausgebrochen. Oh Braxton, das war furchtbar«, sagt sie seufzend.

»Scheiße. Du hast ihr aber nicht erzählt, was Lucas mir gesagt hat, oder?«

»Nein, das würde ich nie tun. Ich habe über das Shoppingzentrum gesprochen, das ihr beide entworfen habt. Aber sobald ich seinen Namen erwähnt habe, hat sie die Krise gekriegt. Als sie schließlich aufhörte zu weinen, hat sie mir alles erzählt.«

Ich warte darauf, dass sie es weiter ausführt, aber das tut sie nicht.

»Du musst mir nicht sagen, was sie dir erzählt hat, wenn du nicht willst.« So gerne ich es auch wüsste, ich möchte sie nicht in eine unangenehme Lage bringen.

»Ich vertraue darauf, dass du nichts davon Lucas weitererzählst.«

»Du weißt, dass ich das nie tun würde. Was wir besprechen, bleibt immer unter uns. Ich würde nie etwas tun, was deine Freundschaft zu Rachel belasten könnte.«

»Ich möchte deine Freundschaft mit Lucas auch nicht belasten.«

»Ich weiß.«

Sie lächelt, dann fährt sie fort. »Sie hat mir gesagt, dass sie seit Jahren heimlich miteinander schlafen. Wusstest du das?«

»Vor Lucas' Geständnis hatte ich keine Ahnung davon.«

»Im Grunde wurde es erst nach unserer Verlobungsparty ernst bei ihnen.«

»So lange schon?«

»Ja. Er hat die Nacht bei ihr im Hotel verbracht, und als er sie am nächsten Tag zum Flughafen gebracht hat, hat er sie gefragt, ob er sie anrufen könne. Sie meinte, dass er zuerst nicht oft angerufen hat, seine Anrufe mit der Zeit dann aber immer öfter kamen. Manchmal haben sie sich stundenlang unterhalten. Offenbar haben sie einen Pakt geschlossen, es uns nicht zu erzählen.«

»Warum?«

»Sie hat gesagt, wir wollten sie ständig verkuppeln, und sie wollten einfach nur Spaß haben.«

»Das wollten wir wirklich«, sage ich kichernd. »Sie haben sich immer so gut verstanden.«

»Na ja, um es kurz zu machen: Nach unserer Hochzeit hat er sie mit zu sich nach Hause genommen. In der Nacht hat er ihr gesagt, dass er sie liebt, und sie hat ihm gesagt, dass sie ihn auch liebt. Er hat sie angefleht, nicht nach New York zurückzugehen.«

»Das konnte ja nicht gut ankommen – sie liebt den Job.«

»Ich weiß. Sie hat gesagt, dass sie in dem Moment Panik bekommen hat. Sie hat gewartet, bis er eingeschlafen ist, und hat sich dann davongeschlichen.«

»Autsch!«

»Am nächsten Tag ist er zum Flughafen gekommen, und sie hat ihm gesagt, dass sie nicht bereit ist, ihren Job aufzugeben. Und er erwiderte, dass er kein Interesse an einer Fernbeziehung hat. Sie hatten einen schlimmen Streit und haben seitdem nicht mehr miteinander gesprochen.«

Ich lehne mich im Stuhl zurück, trinke einen Schluck Bier und denke über ihre Worte nach. »Jetzt ergibt alles Sinn.«

»Wir müssen etwas machen, Braxton. Wenn sie sich lieben, sollten sie nicht getrennt voneinander sein.«

Ich versuche nicht zu zeigen, wie sehr mich ihre Bemerkung berührt. *Wir* lieben einander, sind aber getrennt. Na ja, ich liebe sie; sie weiß nur nicht mehr, dass sie mich genauso sehr liebt.

»Ich weiß nicht, ob wir überhaupt etwas tun können.«

»Wir müssen versuchen, sie zum Reden zu bringen. Sie tat mir wirklich leid heute Morgen.«

»Lucas tut mir auch leid, aber ich weiß nicht, wie wir das in Ordnung bringen können, wenn sie am anderen Ende der Welt ist.«

»Das ist es ja: Sie hat mir erzählt, dass sie darüber nachdenkt, zu kündigen und zurück nach Australien zu ziehen.«

Das habe ich sicher nicht erwartet. »Nun, ich denke, das ändert alles.«

»Ich sollte den Braten langsam mal in den Ofen schieben«, sagt Jemma, als sie das Geschirr vorspült und es mir dann reicht, damit ich es in die Spülmaschine stecken kann. »Christine hat gesagt, er braucht etwa drei Stunden, um gar zu werden.«

»Das kommt hin. Ich helfe dir mit der Vorbereitung, wenn wir hier fertig sind. Ich bin ein Profi-Kartoffelschäler.«

»Ist das so?«, fragt sie lachend. »Du bist ein Mann mit vielen Talenten.«

Früher einmal hätte ich sie mir über die Schulter geworfen und nach oben getragen, um ihr zu zeigen, *wie* talentiert ich bin, aber diese Tage sind lange vorbei. Es ist seltsam, denn als wir jünger waren, war ich damit zufrieden, mit ihr befreundet zu sein, aber jetzt weiß ich nicht, ob ich dazu je wieder in der Lage sein werde – nicht nach allem, was wir hatten. Ich versuche es, ich versuche es wirklich, aber je näher wir uns kommen, desto schwieriger wird es.

Ich schalte den Ofen an, während sie alles aus dem Kühlschrank holt. Sie ist zum dritten Mal seit dem Unfall im Haus, scheint sich aber schon wie zu Hause zu fühlen.

Als der Braten im Ofen ist, stellt sie den Timer ein, dann gehen wir mit dem Hund nach draußen, um am Strand spazieren zu gehen.

»Sie scheint sehr gerne bei dir zu leben«, sagt Jemma, als ich den Stock aufhebe, den Bella-Rose mir zu Füßen gelegt hat.

»Ja, stimmt. Das gilt aber für uns beide, ich bin auch dankbar für die Gesellschaft.«

Jemma antwortet nicht, stattdessen bin ich freudig überrascht, als sie nach meiner Hand greift. Wir gehen schweigend weiter, aber ihre Hand bleibt fest in meiner. Sie lässt nur einmal los, als ich mich bücke, um eine Muschel aufzuheben.

»Für deine Sammlung«, sage ich und gebe sie ihr.

»Sie ist hübsch, danke.«

Den Rest des Nachmittags verbringen wir damit, die Sonne auf der Terrasse zu genießen, während wir darauf warten, dass der Braten gar wird. Das Haus riecht himmlisch. Der heutige Tag war bisher schon perfekt. Mich stört lediglich, dass er so schnell vergeht. Bald schon muss sie gehen, und mein volles Herz wird sich wieder einmal leer anfühlen.

Nach dem Abendessen frischt der Südwind auf, deswegen ziehen wir ins Wohnzimmer um, wo es wärmer ist. Sie scheint es nicht eilig zu haben.

Ich entscheide mich, den Fernseher nicht anzumachen, weil ich lieber einfach nur reden möchte.

Obwohl Jemmas Aufmerksamkeit ganz auf mich gerichtet ist, bemerke ich, wie ihr Blick ab und zu auf das Bild von uns über dem Kamin huscht. Sie hat das Hochzeitsalbum noch nie gesehen – es ist nach dem Unfall angekommen –, und ich bin hin- und hergerissen, ob ich es ihr zeigen soll. Ich bin mir nicht sicher, warum ich solche Angst vor ihrer Reaktion habe. Vielleicht schicke ich es ihr zusammen mit einem der Briefe.

»Hast du Bilder von deiner Mum?«, fragt Jemma aus heiterem Himmel. »Wenn ja, würde ich sehr gern eins sehen.«

Ich stehe auf und gehe zu dem niedrigen Fernsehregal, in dem Jemma unsere Alben aufbewahrt hat.

Vor vielen Jahren habe ich ihr mal meine Angst gestanden, dass meine Erinnerungen an meine Mutter verblassen würden, und ihr gesagt, wie schuldig ich mich deswegen fühlte. Wie konnte ich sie nur vergessen? Ich konnte mich vage an den Duft ihres Parfums erinnern und mir vorstellen, wie sie lächelt, aber mit der Zeit verschwamm das Bild, und das gefiel mir gar nicht.

Etwa eine Woche später hat Jemma mir ein Album voller Bilder meiner Mutter gegeben, die sie von meinem Vater hatte.

»Wenn du jemals wieder das Gefühl hast, dass die Erinnerung an deine Mutter verblasst, sieh dir das hier einfach an«, sagte sie nur, als sie es mir gab.

Als ich es öffnete, sah ich als Erstes ein Bild von meiner Mum, auf dem sie mich Minuten nach meiner Geburt im Arm hielt. Sie lächelte strahlend und sah mich liebevoll an. Ein Kloß bildete sich in meiner Kehle, und sofort schloss ich das Album wieder und zog Jemma in eine feste Umarmung.

»Danke«, habe ich geflüstert, als ich mit den Tränen kämpfte.

Nun huscht mein Blick zu unserem Hochzeitsalbum, nachdem ich die Schublade geöffnet habe. Es liegt ganz oben. Ich habe es so viele Male durchgeblättert, und bei jedem Mal ist mein Herz ein bisschen mehr gebrochen.

Ich lege es zur Seite, nehme das Album meiner Mutter heraus und gebe es Jemma.

Das erste Mal habe ich es mir an dem Tag angesehen, an dem

Jemma es mir schenkte. Dafür habe ich mich in meinem Zimmer eingeschlossen und mir beim Umblättern die Tränen aus den Augen gewischt. Die ganzen glücklichen Erinnerungen, die von ihrem Tod überschattet worden waren, sind dabei zurückgekommen.

In der folgenden Nacht habe ich von ihr geträumt. Sie kam im Schlaf zu mir und forderte mich zum Tanzen auf, genau wie sie es früher immer getan hatte. Aber ich war kein kleiner Junge mehr, dieses Mal überragte ich ihre kleine Gestalt. Es lief keine Musik, aber sie summte eine Melodie, die mir nicht bekannt war. Auch wenn ich wusste, dass es nur ein Traum war, fühlte ich in dem Moment einen inneren Frieden.

»Oh wow, sie sieht dir so ähnlich«, sagt Jemma, nachdem sie die erste Seite des Albums geöffnet hat.

Ich habe den Körperbau und die Kinnpartie meines Vaters, aber die Nase, Augen und Haarfarbe meiner Mutter. Ich bin nicht immer so traurig wie beim ersten Mal, als ich die Fotos ansah. Manchmal lächele ich auch und bin dankbar für die Zeit, die wir zusammen hatten. Ich hoffe, dass heute einer dieser Tage ist.

Mein Herz fühlt sich schwer an, als ich Jemma die Geschichten zu den Bildern erzähle. Über die Zeit habe ich gelernt, mit dem Verlust zu leben, aber die Sehnsucht, wieder mit meiner Mutter zusammen zu sein, nimmt nie ab.

Schließlich kommen wir zur letzten Seite. Das Foto zeigt unser letztes gemeinsames Weihnachtsfest. Ich sitze auf dem Boden, umgeben von Geschenken und weggeworfenem Geschenkpapier. Meine Mum trägt eine Weihnachtsmannmütze und hält ein Stück Mistelzweig über meinen Kopf, als sie meine Wange küsst. Ich ziehe ein finsteres Gesicht, und heute hasse ich mich dafür. Ich war erst elf und in diesem merkwürdigen Alter, aber jetzt würde ich alles dafür geben, noch mal so von ihr geküsst zu werden.

»Hey«, sagt Jemma und legt die Hand auf mein Bein, während ich das Bild anstarre.

»Ich habe alles für selbstverständlich gehalten«, flüstere ich. »Ich hatte keine Ahnung, dass es unser letztes gemeinsames Weihnachtsfest sein würde.«

»Das konntest du nicht wissen … keiner von uns weiß, was als Nächstes geschehen wird, Braxton. So ist das Leben, es ist unvorhersehbar.«

Mir steigen Tränen in die Augen, als sich unsere Blicke treffen. »Wie wahr.«

Wenn man mir vor ein paar Monaten gesagt hätte, dass meine Frau und ich in verschiedenen Häusern leben würden, hätte ich es nicht geglaubt. Ich habe gedacht, dass uns nichts jemals trennen könnte, dass unsere Verbindung dafür zu stark wäre.

Sie hebt die Hand von meinem Bein und legt sie an mein Gesicht. Als ihr Blick zu meinem Mund wandert, zögere ich nicht, meine Lippen auf ihre zu legen. Dieses Mal frage ich sie nicht um Erlaubnis, ich muss Trost bei ihr finden. Sie hat mir immer Trost gespendet, hat mich immer aufgemuntert.

Zu meiner Überraschung verlagert sie ihr Körpergewicht und klettert dann auf meinen Schoß, um sich rittlings auf mich zu setzen. Es fällt mir schwer, mich zurückzuhalten und nicht die Führung zu übernehmen, aber ich weiß, dass ich sie das Tempo bestimmen lassen muss.

Als ihre Lippen meine treffen, gleiten meine Finger in ihre Haare. Ich biege ihren Kopf leicht zurück und vertiefe den Kuss.

»Braxton«, haucht sie in meinen Mund.

Durch die Zurückhaltung, zu der ich jetzt gezwungen bin, fühle ich mich wieder wie ein kleiner Junge, nicht wie ein Erwachsener, der schon öfter mit seiner Frau intim geworden ist, als er zählen kann. Es ist jetzt sogar noch schwieriger, ihr zu widerstehen, weil ich weiß, was ich verpasse.

Ich stöhne, als sie ihre Hüften vorbewegt und sich an mir reibt. Meine Hände legen sich an ihre Hüften, als ich sie langsam auf mir vor- und zurückschiebe. Ich weiß schon, dass ich heute Nacht wieder einmal eine kalte Dusche brauche, aber hier geht es nicht um mich, sondern um sie. Ich möchte, dass sie diese Erfahrung macht. Davon konnte die alte Jem nicht genug bekommen.

»Braxton.« Ihre Fingernägel krallen sich schmerzhaft in meine Schultern, als sie anfängt, das Tempo selbst zu bestimmen. Dann zieht sie sich aus dem Kuss, wirft den Kopf zurück und formt mit den Lippen ein perfektes kleines »O«. Ich weiß, was gleich passiert, weil ich diesen Ausdruck schon oft gesehen habe. »Oh Gott«, stöhnt sie, während sie sich weiter an mir bewegt. »Hmm.« Sie wimmert geradezu, als sie eine neue Welle trifft. Es kostet mich jedes bisschen Stärke, das ich habe, nicht aufzustehen und sie in unser Schlafzimmer zu tragen.

Ihr Körper wird steif und sinkt dann an meinem zusammen. »Was ist da gerade passiert?«

Der Moment kommt mir vor wie ein Déjà-vu.

»Du hattest einen Orgasmus.«

Ich merke, dass sie sich schämt, als sie ihr Gesicht tiefer an meiner Brust vergräbt. »Du musst mich für eine totale Idiotin halten.«

»Überhaupt nicht.« Ich lege ihr den Finger unters Kinn und hebe ihr Gesicht an, damit ich sie angucken kann. »Dein allererster Orgasmus ist genauso passiert.«

»Wirklich?«

»Ja. Wir haben auf der Rückbank deines Autos rumgemacht. Du hast so auf meinem Schoß gesessen wie jetzt.«

»Wusste ich, was passiert ist?«

»Nein. Du hast mich genau dasselbe gefragt.«

»Es tut mir leid.« Ihre Miene drückt aufrichtige Sorge aus.

»Was tut dir leid?«

»Das, was gerade passiert ist.«

»Das muss dir niemals leidtun. Ich liebe es, dir dabei zuzusehen, wie du kommst. Der Blick völliger Ekstase auf deinem Gesicht«, sage ich und klemme ihr eine Haarsträhne hinter das Ohr. »Die Art, wie du auf deiner Unterlippe herumbeißt. Die sexy Geräusche, die du dabei machst.« Sanft fahre ich ihr mit dem Daumen über die Lippen, während ich spreche. »Das leichte Erröten. Der Ausdruck purer Lust in deinen Augen. Du hast keine Ahnung, was das mit mir macht.«

»War es mir damals auch peinlich?«

Ich hebe sie von meinem Schoß und setze sie neben mich. Ich kann diese Unterhaltung nicht führen, während sie so auf mir sitzt.

»Wohl kaum«, sage ich schmunzelnd. »Du hast mich gefragt, ob wir das noch mal machen können.«

»Oh Gott, war ich dreist«, sagt sie, und ihr Gesicht nimmt noch einen dunkleren Rotton an.

Ich muss über ihre Bemerkung lachen. »Überhaupt nicht. Wir waren jung und haben noch herumexperimentiert. Ich habe deine Art geliebt. Ich habe alles an dir geliebt.« Ich möchte hinzufügen *das tue ich immer noch*, lasse es dann aber. »Wir sind noch nie mit jemand anderem zusammen gewesen, nur miteinander.«

Unsere Blicke treffen sich, und sie lächelt. »Das finde ich schön.«

»Du bist alles, was ich je wollte, Jem. Niemand hat es je mit dir aufnehmen können.«

Sie zieht die Beine unter das Kinn, und ich lehne mich im Sofa zurück und überkreuze die Beine, um meine Erektion zu verstecken.

»Hatten wir … du weißt schon … oft Sex?«

Ich muss ein Lächeln unterdrücken, weil ich sehe, dass ihr die Frage unangenehm ist. Es ist sehr niedlich.

»Ja. Ungefähr zwanzig Mal am Tag«, antworte ich und versuche angestrengt, ernst zu bleiben.

»*Nein*, sicher nicht«, sagt sie und stößt mich mit der Schulter an. Ich muss lachen.

»Okay, vielleicht sind zwanzig Mal leicht übertrieben.«

»Leicht übertrieben! Ich bezweifele, dass ich noch laufen könnte, wenn ich jeden Tag so viel Sex gehabt hätte, ganz zu schweigen davon, dass ich den Tag über gar nicht mehr funktionieren würde … oder überhaupt zur Arbeit gehen könnte. Ich hätte dauerhaft auf dem Rücken liegen müssen.«

»Als wir jünger waren, haben wir es getrieben wie die Karnickel.«

»Oh mein Gott, Braxton!«, quiekt sie und vergräbt das Gesicht in den Händen. »Hör auf!«

In Momenten wie diesen bemerke ich die Veränderung in ihr richtig. Wir hatten eine sehr offene Beziehung, und die alte Jem wusste, dass sie mit mir über alles sprechen konnte.

»Na ja, das ist nur die Wahrheit«, sage ich. »Wir haben Monate gewartet, bis wir den Schritt gewagt haben, aber als wir das einmal gemacht hatten, gab es kein Halten mehr. Wir haben es zu jeder Gelegenheit getan. Wir konnten gar nicht genug voneinander kriegen.«

So ist es auch geblieben, bis zum Unfall.

»Hat es mir … ähm … gefallen?«, fragt sie, und ihr Gesicht nimmt einen schönen Rosaton an.

»Natürlich. Ich bin ein außergewöhnlicher Liebhaber.«

»Natürlich bist du das«, sagt sie kichernd.

»Du hast mich immer unwiderstehlich gefunden, konntest deine Hände gar nicht von diesem Prachtexemplar von einem Mann lassen.« Ich fahre mir dabei mit den Händen über den Oberkörper.

Bei diesem Kommentar lacht sie richtig los, und Sekunden

später stimme ich ein. Als sie sich die Tränen aus den Augen wischt, muss ich nur noch mehr lachen.

So war es vor dem Unfall zwischen uns, so waren wir zusammen – wir hatten Spaß, waren unbeschwert, vollkommen albern … immer zu haben für einen guten Lacher.

Das ist der perfekte Abschluss eines perfekten Tages.

Zweiunddreissig

Jemma

Es war spät, als Braxton mich letzte Nacht abgesetzt hat, deswegen habe ich ihm gesagt, dass ich es heute Morgen nicht zum Frühstück schaffen werde. Jetzt bereue ich diese Entscheidung, ich hatte gestern so viel Spaß mit ihm. Ich möchte ihn wiedersehen.

Als ich meine Mum nicht in der Küche vorfinde – und mir ist durchaus bewusst, dass ich jetzt über sie als meine Mutter nachdenke und nicht mehr als Christine –, gehe ich sie suchen. Zu meiner Überraschung finde ich sie auf dem Sofa eingerollt, neben ihr eine Box mit Taschentüchern. Als Erstes denke ich, dass sie bestimmt krank ist, dann bemerke ich Mas Tagebuch in ihrer Hand. Sofort muss ich lächeln.

»Morgen«, sage ich und setze mich neben sie.

Instinktiv kuschele ich mich an sie. Es fühlt sich nicht merkwürdig oder erzwungen an, es fühlt sich ganz natürlich an, wie etwas, was Mutter und Tochter eben tun.

»Morgen, Liebes«, antwortet sie und küsst mich sanft auf die Stirn.

»Du liest Mas Tagebuch?«

»Ja. Ich bin so dankbar, dass du mich dazu ermutigt hast. Ich lerne dabei total viel über meine Eltern. Es hilft …« Sie hält kurz inne, bevor sie weiterspricht. »Es hilft mir dabei, die schlechten

Erinnerungen zu vergessen und mich mehr auf die guten zu konzentrieren.«

»Das freut mich. Es tut mir leid, was du durchmachen musstest, aber Ma würde nicht wollen, dass du dich so an sie erinnerst. Sie hat Pa geliebt und wollte einfach bei ihm sein. Das finde ich verständlich.«

»Du hast recht. Sie haben sich sehr geliebt.«

Ich hake mich bei ihr ein und lege den Kopf auf ihre Schulter. »Genau wie es bei dir und Dad mal war … und bei mir und Braxton.«

»Es ist traurig, wie die Lebensumstände sich ändern können.«

»Ja. Aber ich glaube daran, dass alles möglich ist, solange man die Hoffnung nicht verliert.«

»Es ist wirklich schön, dich hier zu haben«, sagt sie und legt mir die Hand aufs Bein. »Als du deinen Unfall hattest, dachte ich erst, ich würde dich verlieren, genau, wie ich alle verloren habe – meine Eltern, meinen Ehemann. Ich glaube nicht, dass ich dann hätte weitermachen können. Aber ich hätte dich nie unterschätzen sollen. Du warst schon immer so stark. Du hast hart gekämpft, nicht nur, um weiterzuleben, sondern auch, um irgendeine Form der Normalität zu finden. Ich bin so stolz auf dich, weil du nicht aufgegeben hast.«

»Es gab Momente, in denen ich aufgeben wollte«, gebe ich zu.

»Hast du aber nicht. Deine Stärke hat mir mehr geholfen, als ich mir je hätte vorstellen können.«

Ein Kloß bildet sich in meiner Kehle, und ohne nachzudenken, platze ich heraus: »Ich hab dich lieb, Mum.«

»Oh, Liebes!« Ihre Augen füllen sich mit Tränen. »Ich wusste nicht, ob ich diese Worte jemals wieder von dir hören würde. Ich hab dich auch lieb.«

Ich sitze lange nur da und genieße es, bei ihr zu sein.

»Möchtest du eine Tasse Kaffee?«, frage ich schließlich.

»Sehr gerne. Oh, das hätte ich fast vergessen, vorhin ist ein Brief für dich angekommen.«

Sie deutet auf den Briefumschlag auf dem Beistelltisch, den ich mir auf dem Weg in die Küche schnappe.

VIERZEHNTER BRIEF

Liebste Jemma,

der dreizehnte Januar 2007. Diesen Tag werde ich nie vergessen, ich war schrecklich nervös. Es war der Tag, an dem ich deinen Vater fragen musste, ob ich übers Wochenende mit seinem kleinen Mädchen verreisen durfte.

Ich hatte lange gespart und brauchte nur noch die Erlaubnis deiner Eltern, um die Flüge zu buchen.

Es war ein Samstag, und du warst arbeiten, aber deine Eltern waren beide zu Hause. Mir drehte sich der Magen um, als ich durch euren Vorgarten lief.

»Braxton«, sagte deine Mum überrascht, als sie mir die Haustür öffnete.

»Haben Sie und Mr Robinson vielleicht ein paar Minuten Zeit für mich? Ich würde Sie gerne etwas fragen.«

»Natürlich, mein Lieber, komm rein.« Ich folgte ihr ins Wohnzimmer. »Stephen ist hinten im Garten, ich gehe ihn eben holen.«

»Danke.« Nervös rieb ich die Hände gegeneinander und setzte mich aufs Sofa.

»Alles okay?« Sie hob die Augenbrauen.

»Ja«, log ich.

Ein paar Minuten später kam sie zurück ins Wohnzimmer, dein Vater an ihrer Seite. Ich stand auf und schüttelte ihm die Hand, bevor wir uns alle setzten. Sie saßen auf dem Sofa mir gegenüber, und ich war dankbar für den Abstand.

»Christine hat gesagt, du möchtest mit uns über etwas sprechen«, eröffnete er das Gespräch.

»Ja … Ich … ähm … möchte nächstes Wochenende mit Jemma verreisen.«

»Nur ihr zwei?«

»Ja. Ich habe in den letzten Monaten gespart. Ich würde sie gern überraschen und mit ihr nach Queensland reisen.«

»Würdet ihr im selben Zimmer übernachten?«

»Ja«, antwortete ich und schluckte hart. Ich wollte ihn nicht anlügen.

»Das wird nicht passieren«, sagte dein Vater und stand auf. »Sie ist erst siebzehn und damit viel zu jung, um alleine … mit dir … zu verreisen.«

»Jetzt warte mal«, klinkte sich deine Mutter ein, als er den Raum verlassen wollte.

»Ich habe Nein gesagt, Christine«, blaffte er. »Und ich will nichts mehr davon hören.«

»Sie ist auch meine Tochter, oder hast du das vergessen?«

»Nein, das habe ich nicht vergessen.« Er drehte sich zu ihr um, aber seine Schultern sackten ein bisschen zusammen. »Sie ist noch so jung.«

»Sie ist fast achtzehn«, gab sie zurück und verdrehte die Augen. »Wir wussten, dass es früher oder später passieren würde, wir waren doch auch mal in ihrem Alter.«

Deine Mutter hatte dich einen Monat zuvor zum Frauenarzt geschleppt, damit dir die Pille verschrieben wurde, deswegen wusste ich schon, wie sie über das Thema dachte.

»Aber sie ist mein kleines Mädchen.«

»Und ich war das kleine Mädchen meines Vaters, als du und ich …« Ihr Blick wanderte kurz zu mir, und ich war dankbar, dass sie den Satz nicht zu Ende führte. Auch wenn ich deine Eltern sehr liebte, gab es bestimmte Dinge, die ich über sie nicht wissen wollte.

Damit drehte sich dein Dad um und stürmte aus dem Zimmer, und meine Hoffnung schwand. Ich hätte ihn auf keinen Fall hintergangen, indem ich den Plan ohne seine Erlaubnis durchgezogen hätte.

Ich stand auf. »Danke, dass Sie es versucht haben, Mrs Robinson.«

»Überlass mir das mal«, antwortete sie und brachte mich zur Tür.

Ich hatte das Gefühl, dass alle Hoffnung verloren war, als ich mich auf mein Sofa setzte und den Kopf in den Händen begrub. Ich saß lange so da und dachte nach. Ich wollte dir das so gerne möglich machen.

Als ich meinen Namen hörte, wurde ich aus den Gedanken gerissen. Ich sah auf und war gleichzeitig überrascht und ein bisschen besorgt, deinen Vater an der Haustür stehen zu sehen.

»Mr Robinson, kommen Sie rein.« Ich öffnete die Tür, um ihn einzulassen, obwohl ich mir nicht sicher war, wie weise das von mir war.

»Ich bleibe nicht. Was ich sagen will, kann ich auch von hier aus sagen.«

»Okay.« Das klang nicht gut.

Er räusperte sich und schob sich die Hände in die Hosentaschen. »Ihr habt meine Erlaubnis.« Damit drehte er sich um und lief die Stufen wieder hinunter.

»Danke«, rief ich ihm hinterher, als er auf euer Haus zuging, aber er antwortete nicht mehr.

Obwohl ich mich beeilte und sofort alles buchte, falls dein Vater seine Meinung wieder änderte, würde es noch mal fünf Tage dauern, bis ich es dir erzählte. Ich hasste es, Geheimnisse vor dir zu haben, aber deine Reaktion war es wert.

Mittwochnachmittag holte ich dich dann von der Arbeit ab. »Ich muss morgen wieder arbeiten«, hast du mit einem lauten Seufzen gesagt, als du dich auf den Beifahrersitz im Auto meines Vaters gesetzt hast. »Das ist dann der sechste Tag in Folge.«

Ich hatte am Samstag zuvor mit deinem Boss, Mr Jefferies, gesprochen, während du im Personalraum warst, um deine Tasche zu holen. Er hatte deine Schichten getauscht, damit du am Wochenende freihaben konntest.

»Wenigstens musst du dann Freitag, Samstag und Sonntag nicht arbeiten«, antwortete ich. »Dann haben wir drei ganze Tage zusammen.«

»Wenn er mich nicht fragt, ob ich spontan einspringen kann.«

Ich grinste innerlich, weil ich wusste, dass er dich nicht fragen würde. »Wir können was Schönes machen, wenn er es nicht tut«, sagte ich und nahm deine Hand.

»Das wäre toll.« Du hast mich angesehen und gelächelt. »Können wir eine Weile zum Aussichtspunkt fahren? Ich will noch nicht nach Hause.«

»Klar.«

»Ich will dich nur noch für ein paar Stunden küssen … oder vielleicht für immer.«

»Okay«, sagte ich schmunzelnd. Du hast meinem Ego immer gutgetan. »Da hätte ich nichts gegen. Ich muss meinen Dad erst nach sechs abholen.«

»Wir müssen noch fünf Tage aufholen. Fünf lange Tage. Das sind viele Küsse, weißt du.«

♥

Ich hatte den Wagen kaum geparkt, als deine Lippen auch schon auf meinen waren.

»Können wir nach hinten gehen?«, hast du ein paar Minuten später gefragt.

»Warum?«

Ich wartete schon darauf, dass du wieder das Thema Sex zur Sprache brachtest. Es war zu einem heiklen Thema geworden. Du hast es immer öfter erwähnt, während ich es mied wie die Pest. Zu deiner Verteidigung muss man sagen, dass du keine Ahnung von meinen Plänen hattest.

»Keine Sorge, ich werde dich nicht zwingen, Sex mit mir zu haben, ich will dich nur küssen können, ohne dass der Schaltknüppel mir die ganze Zeit in die Seite sticht.«

»Jem, du musst mich nicht dazu zwingen, mit dir zu schlafen. Du weißt genau, dass ich es genauso gerne möchte wie du, ich will nur ...«

»Dass es perfekt ist«, hast du meinen Satz beendet. »Ich will es zwar wirklich sehr, aber ich liebe dich dafür, dass ich dir so wichtig bin, dass du es zu etwas Besonderem machen willst.«

Du hast dich vorgelehnt und mir einen Kuss gegeben, bevor du zwischen den Sitzen nach hinten geklettert bist.

Sobald ich bei dir war, hob ich dich auf meinen Schoß, sodass du rittlings auf mir saßest. »Also, wo waren wir?«

»Genau hier«, hast du geantwortet und deine Lippen auf meine gedrückt.

Es dauerte nicht lang, bis unsere Küsse heißer wurden und sogar die Fenster im Wagen beschlugen. Du hast dich an mir gerieben. Normalerweise ließ ich es nicht so weit kommen, weil es für uns beide immer schwerer wurde, uns zurückzuhalten, aber es würde nur noch ein paar Tage dauern, bis es endlich so weit war, deswegen ließ ich es dieses Mal zu.

Deine Bewegungen wurden schneller, und du stöhntest in meinen Mund. Obwohl ich genau wie du eine Jungfrau war, wusste ich genau, was gerade passierte. Ich hatte Freunde, die schon Sex gehabt hatten, und sie sprachen viel und detailliert über ihre Eroberungen.

Deine Finger krallten sich in meine Schultern, als du deinen

Kopf zurückzogst. Du hast dir auf die Unterlippe gebissen, und ich sah, wie du die Augen verdreht und dein Gesicht zur Autodecke gewandt hast.

»Oh Gott, Braxton«, hast du gewimmert. »Das fühlt sich so gut an.« Du hast noch ein langes Stöhnen ausgestoßen, bevor du still wurdest. Deine Wangen waren gerötet und dein Blick glasig, als wir uns schließlich ansahen. »Ich weiß nicht, was gerade passiert ist, aber ich will das noch mal tun.«

Ich musste lachen. »Wenn ich mich nicht irre, hattest du gerade einen Orgasmus.«

Dein Gesicht leuchtete auf vor Staunen. »Wow … einfach nur wow. Das war unglaublich. So habe ich mich noch nie gefühlt. Wenn Sex sich so gut anfühlt, will ich es jetzt sofort tun.«

Ich hob dich von meinem Schoß. Noch zwei Tage, sagte ich mir immer wieder. Zwei Tage.

Ich lehnte mich vor und holte die Flugtickets aus dem Handschuhfach. Eigentlich hatte ich vorgehabt, dich am nächsten Tag nach der Arbeit damit zu überraschen, aber dieser Moment kam mir perfekt dafür vor.

»Was ist das?«, fragtest du, als ich dir den Umschlag gab.

»Eine Überraschung.«

Ein Lächeln breitete sich auf deinem Gesicht aus, als du dich über den Umschlag hermachtest. »Oh mein Gott! Wir fliegen in einem Flugzeug?«

Die Erwähnung reichte schon aus, damit mir schlecht wurde. Ich hätte dich auch locker an einen Ort mitnehmen können, an den wir mit dem Auto hätten fahren können, aber dein Traum war es, an einen exotischen Strandort zu fahren, deswegen wollte ich das für dich machen.

»Ja, Freitag geht es los, nur wir zwei. Wir fliegen nach Gold Coast in Queensland und bleiben bis Sonntag in einem Hotel am Strand.«

Du hast dich kreischend in meine Arme geworfen und mich feste gedrückt. »Ich kann gar nicht glauben, dass ich wirklich endlich in ein Flugzeug steige!« Dann hast du dich zurückgezogen, um mich anzuschauen, und dein Gesichtsausdruck wurde ernst. »Wir werden Sex haben, oder?«

Ich lächelte. »Ja, wir werden Sex haben.«

Der neunzehnte Januar 2007. Auf den Tag genau elf Jahre, nachdem wir uns kennengelernt haben.

»Du wirkst nervös«, sagtest du im Aufzug auf dem Weg zu unserem Zimmer. Es überraschte mich, dass du das jetzt erkanntest, auf dem Flug zuvor aber nichts gemerkt hattest.

»Bin ich auch.«

Zum Glück durfte ich jetzt legal Alkohol trinken, deswegen hatte ich mir vor dem Boarding ein Bier bestellt, und noch eins im Flugzeug. Es hatte mir ein Stück weit geholfen, mich zu beruhigen.

Am Abend, bevor wir aufgebrochen sind, hatte mein Vater ein Von-Mann-zu-Mann-Gespräch mit mir geführt, bevor er mir eine Packung Kondome gegeben und einen Vortrag über geschützten Sex gehalten hatte. Am nächsten Morgen hatte dein Vater dasselbe noch einmal getan. Im Flugzeug fand ich heraus, dass deine Mutter dir ebenfalls eine Packung Kondome gegeben hatte. So unangenehm alle drei Unterhaltungen auch gewesen waren, wir fanden es trotzdem witzig, dass wir jetzt drei Packungen mit Kondomen dabeihatten. Was dachten sie denn, wie viel Sex wir haben würden?

»Ich bin auch nervös, Brax, aber ich bin mehr als bereit … wir sind bereit dafür. Nicht wahr?«

»Ich will das mehr, als ich je irgendetwas in meinem Leben wollte.« Und das war die Wahrheit. Ich wollte dir zeigen, wie sehr

ich dich liebte, da ich nicht in der Lage war, es mit Worten auszudrücken.

»Das wird wunderschön«, sagtest du, nahmst meine Hand und verschränktest deine Finger mit meinen. Ich hatte keine Zweifel daran, aber ein Teil von mir machte sich Sorgen, dass ich dich enttäuschen würde.

Ich legte unsere verschränkten Hände an mein Gesicht und küsste deine Finger.

Als wir auf unserer Etage ankamen, ließ ich deine Hand los und nahm unsere Koffer hoch. Ich hatte das Hotel zuvor angerufen und eine Überraschung organisiert, die in unserem Zimmer auf dich wartete. Und ich hatte dafür gesorgt, dass wir ein Zimmer mit Meerblick bekamen.

»Oh mein Gott! Man kann ja von hier aus das Meer sehen«, hast du gesagt, als wir unser Zimmer betraten. Ich stellte die Taschen innen neben die Tür und sah zu, als du zu den bodentiefen Fenstern eiltest, um den Ausblick zu bewundern. »Ich finde es hier jetzt schon toll.«

Ich durchquerte das Zimmer und lächelte, als ich die Überraschung für dich auf dem Bett sah. Du warst so mit der Aussicht beschäftigt gewesen, dass du es noch nicht bemerkt hattest.

Nachdem wir die gläsernen Schiebetüren geöffnet haben, sind wir auf den kleinen Balkon gegangen. Wir konnten das Meer riechen. »Es ist atemberaubend.«

Als du dich zu mir umgedreht hast, sah ich Tränen in deinen Augen glitzern. »Ich liebe dich so sehr, Braxton Spencer«, hast du gesagt und die Arme um mich geschlungen. Ich wollte dir sagen, dass ich dich auch sehr liebte, aber wieder bekam ich die Worte nicht heraus.

»Lass uns das Zimmer ansehen.« Ich nahm deine Hand, als wir wieder hineingingen.

Du bliebst wie angewurzelt im Türrahmen stehen, und ich hörte dich nach Luft schnappen, als du das Bett sahst. »Braxton«, hast du geflüstert. »Hast du das organisiert?«

»Ich wollte, dass es besonders wird … etwas, an das du dich immer erinnern wirst.«

Du bist zum breiten Doppelbett gegangen und hast eine der blutroten Rosenblüten, die über das Bett verstreut waren, in die Hand genommen. Das Hotelpersonal hatte angezündete Kerzen auf die Nachttische gestellt, und auf der breiten dunkelbraunen Polsterbank am Fußende des Bettes stand eine rechteckige Keramikschale mit in Schokolade getunkten Erdbeeren.

Unsere Blicke trafen sich, und du lächeltest. »Jetzt bin ich froh, dass wir gewartet haben. Danke, dass du dir so viel Mühe gegeben hast, um mein erstes Mal zu allem zu machen, was sich ein Mädchen wünschen kann.« Ich sah schweigend zu, wie du eine der Erdbeeren hochnahmst. »Hmm«, hast du gestöhnt, als du abgebissen hast.

Dann kamst du zu mir und hast mir die andere Hälfte an den Mund gehalten. Ich biss einmal ab, bevor ich deinen Körper eng an meinen heranzog und meine Lippen auf deine legte. Unser Kuss schmeckte nach Schokolade und Erdbeeren.

»Möchtest du am Strand spazieren gehen, oder vielleicht etwas zu Mittag essen?«

»Später«, antwortetest du. »Jetzt gerade will ich mich erst mal ganz ausziehen.«

Meine Erwartungen an diesen Ausflug waren riesig – in den letzten Wochen hatte ich an nichts anderes gedacht –, aber jetzt, da der große Moment da war, war ich starr vor Angst. Ich wollte dich nicht enttäuschen.

Du gingst einen Schritt zurück und fingst an, deine Bluse quälend langsam aufzuknöpfen, Knopf für Knopf. Als du fertig warst, schobst du sie über die Schultern und deine Arme hinab. Sie fiel auf den Boden neben deine Füße. Mein Blick wanderte zu den Wöl-

bungen deiner Brüste, die von der rosa Spitze deines BHs verdeckt waren. Ich schluckte hart, als deine Hände sich an deinen Rücken bewegten, um den Verschluss zu öffnen.

»Du hast zu viel an«, hast du in dem Moment gesagt und ihn zu Boden fallen lassen. Ich musste mein Stöhnen herunterschlucken, als ich den Anblick deiner nackten Brüste in mir aufnahm. Sie waren perfekt, genau, wie ich sie mir vorgestellt hatte.

Ich knöpfte mir das Hemd auf. Dabei war ich etwas schneller als du. Meine Bewegungen waren verzweifelter, weil ich es nun kaum erwarten konnte, dich zu berühren.

Als du den Knopf deiner Jeans öffnetest, tat ich es dir gleich. Ein paar Sekunden später stand ich nur in meinen Boxershorts da, und du trugst nur noch dein rosa Spitzenhöschen.

Wir standen da und starrten einander ein paar Augenblicke lang einfach nur an, bevor du die Daumen in dein Höschen haktest. Dieses Mal konnte ich mein Stöhnen nicht verbergen, als du es an deinen langen, schlanken Beinen hinunterzogst.

»Du bist wunderschön«, flüsterte ich und saugte deinen Anblick auf.

Dein Blick wanderte zu meinen Boxershorts, und dann hast du eine Augenbraue gehoben. Das brachte mich zum Grinsen. Du warst schon immer ungeduldig, wenn du etwas wolltest.

Ich beugte mich beim Ausziehen leicht nach vorn, und das Lächeln auf deinem hübschen Gesicht wurde breiter, als ich mich wieder gerade hinstellte. Jetzt war die Show vorbei. Meine Lüge war entlarvt. Es war keine Tasche mehr in Sicht, und dennoch stand ich hier mit meiner hell leuchtenden Taschenlampe. Ich war gar nicht der allzeit bereite Pfadfinder, der ich zu sein vorgegeben hatte. Ich war ein junger Mann, der völlig berauscht von der exquisiten Schönheit war, die vor ihm stand. Das Mädchen, mit dem ich mein Leben verbringen wollte. Die Person, die meinen Körper, mein Herz und meine Seele besaß.

Ich ging ein paar Schritte auf dich zu und verkürzte den Abstand zwischen uns. Sanft fuhr ich mit meiner zitternden Fingerspitze an deinem Gesicht entlang, über dein Schlüsselbein und deinen Arm hinab, bevor ich meine Finger mit deinen verschränkte.

Du hast scharf eingeatmet, und deine Augen schlossen sich flatternd. »Braxton«, hast du gewimmert, als sich meine Lippen sanft auf deine legten. Die andere Hand schlang ich um deine Taille und zog deinen Körper damit eng an mich heran. Haut an Haut.

Ich vertiefte den Kuss und schob dich rückwärts zum Bett. Dabei löste ich meine Lippen nicht ein Mal von deinen. Als deine Beine an die Matratze stießen, legte ich dich vorsichtig hin und legte mich dann über dich. Als ich tief in deine großen braunen Augen schaute, verschwand jede Unsicherheit.

»Ich liebe dich, Jemma Isabella Rosalie Robinson.«

»Ich liebe dich auch«, antwortetest du, und deine Augen füllten sich mit Tränen. »Ich liebe dich so sehr, dass mir manchmal das Herz davon wehtut.«

An dem Tag gaben wir uns einander völlig hin. Unsere Körper und Herzen wurden eins.

Was wir hatten, ist viel zu schön, um vergessen zu werden.

Immer dein,

Braxton

Zufrieden seufzend falte ich den Brief zusammen. Ich bin dankbar, dass er mein Erster war und dass er sich so viel Mühe gegeben hat, um es zu etwas Besonderem zu machen. Diese Briefe zeigen mir, wie viel Glück ich habe, dass er mich liebt.

Ich nehme die Anhänger aus dem Umschlag und lege sie mir auf die Handfläche. Zwei miteinander verbundene Herzen und ein winziges Flugzeug. Ich muss lächeln, als ich sie anschaue. Obwohl wir nicht mehr als Ehepaar zusammenleben, weiß ein Teil von mir, dass mein Herz ihm immer noch gehört.

DREIUNDDREISSIG

Braxton

»Er scheint hier glücklich zu sein«, sagt Jemma, als wir das Pflegeheim verlassen und zu meinem Auto gehen. »Aber bist du traurig, ihn hier zurückzulassen? Ich nämlich irgendwie schon.«

»Ich auch, jedes Mal«, gebe ich zu. »An manchen Tagen ist es schwerer als an anderen, aber leicht ist es nie.«

»Wie kommt es, dass er nicht bei uns eingezogen ist?«

»Wir hatten beide Jobs und mussten Schulden abbezahlen. Und auch wenn ich ihn lieber bei uns gehabt hätte als in einem Pflegeheim, konnte es sich keiner von uns leisten, zu kündigen und ihm die Vollzeitpflege zu ermöglichen, die er braucht.«

»Das Leben kann so unfair sein.«

»Stimmt, aber ich schätze, man muss wohl das Beste aus dem machen, was man hat.«

»Das ist wahr.«

»Kommst du denn jetzt ohne mein Einkommen mit dem Abbezahlen der Schulden zurecht?«

»Ja, das ist schon okay.« Ich lächele, als ich ihr die Tür öffne. Es war lieb, dass sie gefragt hat, aber seit unserem Shoppingzentrum-Deal ist Geld kein großes Thema mehr. »Das erinnert mich daran, dass vor ein paar Tagen der Scheck von der Autoversicherung kam. Ich hab es auf dein Konto eingezahlt, aber es ist wahrscheinlich nicht vor Ende der Woche da.«

»Okay.«

»Ich weiß nicht, ob du jemals wieder fahren willst, aber falls du dir ein neues Auto kaufen möchtest, ist das Geld dafür da.«

»Kann ich mit meinem Erinnerungsverlust überhaupt noch fahren?«

»Das müssten wir mal prüfen. Vielleicht musst du noch mal einen Test oder ein paar Unterrichtsstunden machen.«

»Ich bin mir nicht sicher, ob ich für so etwas schon bereit bin. Es macht mir auch nichts, den Bus zu nehmen. Außerdem, wenn ich wieder bei null anfangen muss, könnte das gefährlich sein.«

»Da ist was dran«, sage ich und lache. »Und ich bin ja auch noch da, um dich durch die Gegend zu chauffieren.«

»Stimmt.« Sie sieht mich lächelnd an. »Hast du dieses Wochenende schon was vor?«

»Nein, warum?«

»Bitte fühl dich jetzt nicht verpflichtet, Ja zu sagen, aber ich würde am Samstag echt gerne Tilly-Girl besuchen fahren.«

»Ich bin dabei.«

»Und vielleicht könnte ich Sonntag wieder rüberkommen und mich noch mal an einem Braten versuchen? Wir könnten deinen Dad an dem Tag abholen.«

»Das würde ihm bestimmt gefallen … und mir auch.«

Ich nehme ihre Hand, und sie lässt mich sie den ganzen Weg zu Christines Haus halten. Als ich in der Einfahrt anhalte, bleibt sie sitzen und macht keine Anstalten zu gehen. Ich nehme das als Zeichen. Ich möchte sie nicht bedrängen, aber ich werde jede mögliche Chance nutzen, um sie zurückzugewinnen.

Ich lehne mich zu ihr, nehme ihr Gesicht in die Hände und lege meine Lippen sanft auf ihre. Ich weiß nicht, was genau wir jetzt sind, aber wir sind auf jeden Fall jenseits der Freundschaftszone. Es ist ein weiterer Schritt nach vorn, und solange wir uns in die richtige Richtung bewegen, bin ich glücklich.

Meine Stirn lehnt gegen ihre, als ich mich schließlich aus dem Kuss ziehe. »Ich habe noch einen Brief für dich.«

Ihre Lippen verziehen sich zu einem Lächeln, als ich den Brief aus dem Handschuhfach hole. Ich habe eine kleine Kaffeetasse als Anhänger hineingelegt.

FÜNFZEHNTER BRIEF

Liebste Jemma,
der neunte Februar 2007. Obwohl du eine tapfere Miene aufgesetzt hast, habe ich mehrmals am Tag gesehen, wie du dir die Tränen aus den Augen gewischt hast. Wir packten das Auto meines Vaters voll, weil ich zur Universität aufbrechen musste. Mein Herz war schwer, und genau wie du hatte ich Schwierigkeiten, mich zu beherrschen.

Ein großer Teil von mir war aufgeregt, mich zu diesem neuen Abenteuer aufzumachen, aber die Aufregung wurde von Schmerz überschattet, weil ich dich zurücklassen musste. Obwohl ich nur eineinhalb Stunden Autofahrt von dir entfernt war, würde ich dich nur noch an den Wochenenden sehen, und das gefiel mir gar nicht. Du warst in den letzten elf Jahren ein Teil meines Alltags gewesen. Ich war nicht sicher, wie ich ohne meine tägliche Dosis deines hübschen Anblicks überleben würde.

Mein Vater hatte uns und deine Eltern am Abend zuvor zu einem Abschiedsdinner im Sea Shanty eingeladen. Du hast den Kopf währenddessen gesenkt gehalten und das Essen auf deinem Teller nur herumgeschoben. Ab und zu sah ich, wie du über deine Augen wischtest, und es brach mir das Herz.

Unter dem Tisch hielt ich deine Hand fest umklammert. Dich so zu sehen steigerte nur mein ungutes Gefühl, weil ich fortging. Allerdings war ich dankbar, dass deine Eltern dir erlaubten, die Nacht bei mir zu verbringen. Wir schliefen kaum; stattdessen redeten wir nur, liebten uns, und ich hielt dich fest, während du weintest. Obwohl ich körperlich immer noch da war, vermisste ich dich schon.

Ich hatte schon entschieden, alleine zu fahren. Dich und meinen Vater dabeizuhaben, hätte mir nicht geholfen, dort richtig anzukommen. Mein Dad bestand darauf, dass ich für diese Woche sein Auto nahm. Er sagte mir, es sei seine Art, dafür zu sorgen, dass ich auch wirklich am folgenden Wochenende nach Hause kommen würde, was ironisch war, weil mich nichts davon hätte abhalten können, zurückzukommen und dich zu sehen. Ich bezweifelte schon, dass ich auch nur eine Woche ohne dich aushalten würde.

Ich fuhr gegen ein Uhr mittags los, nachdem deine Mutter uns Mittagessen gekocht hatte, das weder du noch ich angerührt hatten.

Ihr standet zu viert am Auto, und ich verabschiedete mich zuerst von deinen Eltern. Deiner Mum kamen die Tränen, als sie mich fest drückte. »Können Sie ein bisschen auf meinen Dad achten, während ich fort bin?«, flüsterte ich ihr zu.

Ich wusste, dass sie das eh tun würde, fühlte mich aber verpflichtet, sie zu fragen. Ich hatte kein gutes Gefühl dabei, ihn alleine zu lassen.

Dein Vater schüttelte mir die Hand und sagte mir, wie stolz er auf mich sei, was mir viel bedeutete. Es war schwer, mich von deinen Eltern zu verabschieden, aber meine nächsten beiden Abschiede fürchtete ich am meisten. Still betete ich, dass ich es schaffen würde, mich zusammenzureißen.

»Bye, Paps«, sagte ich und streckte meine Hand aus, aber er zog mich stattdessen in eine Umarmung.

»Mach mich stolz, mein Sohn.«

»Das werde ich.« Ich kämpfte mit den Tränen, als er mich im Arm hielt. »Ich hab dich lieb, Paps.« Ich hatte diese Worte seit dem Tod meiner Mutter nicht mehr zu ihm gesagt, dafür hatte ich zu viel Angst.

»Ich hab dich auch lieb, mein Sohn.«

Er ließ mich los und trat zurück, dann holte er einen Bündel Geldscheine aus seiner Tasche und steckte mir sie zu. »Nein, Papa«, sagte ich und versuchte, ihm das Geld zurückzugeben. »Ich habe noch Geld vom Rasenmähen.« Außerdem hatte ich ein paar Bewerbungsgespräche für Nebenjobs vor mir, um mich über Wasser zu halten.

»Nimm es … bitte.«

Dein gequälter Gesichtsausdruck, als ich auf dich zuging, ließ den Kloß in meiner Kehle noch größer werden.

Ich zog dich in die Arme und hielt dich fest, und die Tränen, gegen die du den ganzen Tag angekämpft hattest, kamen an die Oberfläche, als du an meiner Brust geschluchzt hast. Ich kniff die Augen zusammen und hielt meine eigenen Tränen zurück.

»Ich werde dich so vermissen«, flüsterte ich in dein Haar.

»Ich dich auch.«

Als ich dich schließlich losließ, nahm ich dein Gesicht in die Hände und wischte dir mit den Daumen die Tränen von den Wangen. »Ich ruf dich an, wenn ich da bin, und wir können jeden Abend skypen.«

»Okay«, sagtest du, während dir noch mehr Tränen über die Wangen strömten.

Ich legte meine Lippen an deine und hielt sie lange einfach dort. Wie sollte ich eine ganze Woche ohne deine Küsse überstehen?

»Ich liebe dich, Jem.« Mittlerweile fiel es mir leicht, meine Liebe auszudrücken.

»Ich liebe dich auch.«

»Ich bin Freitagnachmittag wieder da.«

»Ich warte auf dich.«

Ich sah die vier an, als ich den Motor anließ. Die vier wichtigsten Menschen in meinem Leben … meine Familie. Es war unglaublich schwer, an diesem Tag wegzufahren. Ich ließ das Fenster herunter, als ich rückwärts aus der Einfahrt fuhr. Mein Dad hatte den Arm um dich gelegt, und dein Kopf lag an seiner Schulter.

Ich winkte euch zu, als ich an der Straße war. »Fahr vorsichtig«, rief deine Mum und wischte sich eine Träne aus dem Auge.

Du formtest mit dem Mund die Worte »Ich liebe dich«, als ich dich ansah. Ich warf dir einen Kuss zu, und du tatest so, als würdest du ihn fangen, bevor du deine geschlossene Faust über dein Herz hieltest.

Dann drückte ich aufs Gaspedal und fuhr los. Erst da ließ ich meinen Gefühlen freien Lauf. Ich wischte mir mit dem Handrücken die Tränen aus dem Gesicht, als ich über die Straße fuhr, bereit, ein neues Kapitel meines Lebens zu beginnen.

♥

Der vierzehnte Februar 2007. Es war ein Mittwoch. Ich hatte gesagt, ich sei nicht vor Freitag wieder da, aber niemals hätte ich unseren ersten Valentinstag ohne dich verbracht.

Ich hatte einen Job in einem kleinen Pub in der Nähe der Universität ergattert. Die ganze Woche wurde ich abends eingewiesen, um für meine erste Schicht am kommenden Montag vorbereitet zu sein, deswegen würde ich am selben Tag nach Hause und wieder zurück fahren müssen.

Ich setzte mich auf die Motorhaube deines Autos, als ich an der Schule ankam. Du hattest keine Ahnung, dass ich kam. Meine Aufregung stieg, als ich die Klingel hörte, die das Ende deines Schultages verkündete. In der Hand hielt ich einen Strauß roter Rosen, und unter den Arm hatte ich mir einen weißen Teddybären geklemmt, der eine große rote Schleife um den Hals trug. Er spielte »You Are My Sunshine«, wenn man auf seinen Bauch drückte.

Du warst immer mein Sonnenschein, Jem. Dein bloßer Anblick erhellt meinen Tag.

Es war nur ein paar Tage her, dass ich dich das letzte Mal gesehen hatte, fühlte sich aber an wie ein ganzes Leben. Du bist neben einigen deiner Schulfreundinnen gegangen, als eine von ihnen dich mit dem Ellbogen in die Seite stieß und in meine Richtung zeigte. Ich atmete scharf ein, denn deine Schönheit raubte mir immer den Atem. Du bist wie angewurzelt stehen geblieben, als du mich sahst. Eine Zeit lang hast du einfach nur dagestanden und mich angestarrt, und für einen Sekundenbruchteil war ich unsicher, ob du dich überhaupt freutest, mich zu sehen.

Erleichterung durchströmte mich, als sich ein Lächeln auf deinem Gesicht ausbreitete. Du hast deinen Rucksack fallen gelassen und bist zu mir gerannt.

»Braxton«, hast du gesagt und bist in meine Arme gesprungen. »Was machst du hier?« Ich vergrub mein Gesicht in deinem Haar und atmete deinen süßen Geruch tief ein.

Tränen glitzerten in deinen Augen, als du dich losmachtest und mich ansahst.

»Es ist unser erster Valentinstag«, sagte ich, »und ich musste mein Mädchen einfach sehen.«

Du drücktest deinen Mund auf meinen. Gott, wie ich das Gefühl deiner weichen Lippen vermisst habe. Ein paar der anderen Schüler pfiffen im Vorbeigehen, aber das hielt uns nicht im Geringsten auf. Wir hatten fünf Tage ohne Küsse wieder aufzuholen.

Als wir die Schule verließen, hast du mich gebeten, dich nach Hause zu fahren, damit du mir mein Geschenk geben konntest. Du hattest mir eine Tasse gekauft, auf der stand: »Du bist niedlich, kann ich dich behalten?«

Bis heute ist es immer noch meine Lieblingstasse, und ich trinke jeden Tag aus ihr.

Was wir hatten, ist viel zu schön, um vergessen zu werden.

Immer dein,

Braxton

Das Wochenende kommt schnell heran. Ich habe gestern Abend bei Stephen im Apartment angerufen und die Ersatzschlüssel für Mas und Pas Haus geholt, falls Jemma hineingehen möchte. Außerdem habe ich Tilly-Girls Sattel in den Kofferraum gepackt.

Es ist ein schöner Herbsttag, perfekt für einen Ausritt.

Kurz nach acht komme ich an Christines Haus an. Je früher wir losfahren, desto mehr Zeit kann ich mit Jem verbringen.

Bevor ich überhaupt an der Veranda bin, kommt Jemma schon aus dem Haus. Ich sauge ihren Anblick in mich auf. Ihr jadegrünes Top hängt an einer Seite so, dass ihre schlanke Schulter freigelegt ist. Ich kann mich nicht daran erinnern, sie schon mal in diesem Top gesehen zu haben, es muss neu sein. Sie trägt kniehohe hellbraune Stiefel über einer engen Jeans, die ihre langen Beine perfekt zur Geltung bringt. Beine, die sich mal bereitwillig um mich geschlungen haben. Die frische Erinnerung, wie sie auf meinem Schoß saß, kommt mir in den Sinn.

»Du siehst toll aus«, sage ich.

»Danke. Du siehst aber selber auch ganz schön schneidig aus.«

Ich halte ihr die Hand hin, als sie die Stufen herunterkommt, und ziehe sie in die Arme. »Guten Morgen.« Damit schiebe ich mein Gesicht vor und streife ihre Lippen mit meinen. Ich küsse sie jetzt immer, wenn wir uns sehen, zur Begrüßung und zum Abschied. Solange sie nichts dagegen hat, werde ich damit nicht aufhören.

»Guten Morgen«, antwortet sie und schlingt mir die Arme um die Taille.

»Bist du bereit, zu Tilly-Girl zu fahren?«

»Ich kann es kaum erwarten, sie zu sehen. Letzte Nacht konnte ich kaum schlafen, so aufgeregt war ich.«

Ich küsse sie sanft auf die Stirn, bevor ich mich von ihr löse, und eine Bewegung am Fenster springt mir ins Auge. Es ist Christine. Sie beobachtet uns mit einem breiten Grinsen im Gesicht. Ich winke ihr schnell zu, bevor ich nach Jemmas Hand greife.

»Ich habe Tilly-Girls Sattel mitgenommen, falls du Lust hast zu reiten.«

»Ich würde wahnsinnig gerne auf ihr reiten.«

Als wir uns auf den Weg zur Autobahn machen, schaue ich kurz von der Straße auf und sehe sie lächeln, als sie sich entspannt in den Sitz zurücksinken lässt. Dann legt sie die Hand auf meinen Oberschenkel. Es wirkt wie eine völlig normale Reaktion, das hat sie immer gemacht. Sie dreht leicht den Kopf und schaut aus dem Fenster. Dabei wirkt sie so zufrieden.

»Bin ich zu derselben Uni gegangen wie du?«

»Ja. Du hast im Jahr nach mir angefangen.«

»Haben wir zusammengewohnt?«

»Nein. Na ja, zumindest nicht offiziell. Deine Eltern haben dir eine Wohngemeinschaft außerhalb des Campus organisiert. Dein Apartment war nicht weit von meinem entfernt. So sind du und Rachel so gute Freundinnen geworden, sie war deine Mitbewohnerin.«

Sie dreht sich zu mir. »Warum habe ich nicht bei dir gewohnt?«

»Deine Eltern fanden, dass wir zu jung für so eine Verpflichtung waren, aber wir haben trotzdem fast jede Nacht zusammen verbracht. Wenn du nicht bei mir übernachtet hast, war ich bei dir.«

Sie lächelt und dreht den Kopf wieder, um aus dem Fenster zu schauen.

Wir verbringen über eine Stunde in Mas und Pas Haus. Jemma möchte gerne hineingehen und sich umsehen. Es ist noch ganz genauso, wie ich es in Erinnerung habe, wenngleich ein wenig staubiger.

Ich halte mich zurück und beobachte Jemma, während sie von Raum zu Raum läuft. Dabei beantworte ich alle Fragen, die sie stellt. »Ich bin wirklich dankbar, dass du mich wieder hierhergebracht hast. Es ist schön, das Innere dieses Hauses auch wirklich mal zu sehen, statt es mir immer nur vorzustellen.« Sie wirft mir einen Blick über die Schulter zu. »Die Küche, in der wir Ma beim Backen geholfen haben, den Kamin, vor dem wir nach unserem Unglück mit dem Monster von Loch Ness saßen, und das Zimmer, in dem wir als Kinder übernachtet haben …«

Ihre Worte berühren mein Herz. Das waren alles Momente unserer Vergangenheit, die ich in meinen Briefen beschrieben habe. Es ist ein weiterer Hinweis darauf, wie schwer das Leben für sie geworden ist. Der Unfall mag mir sie weggenommen haben, aber sie hat an diesem Tag wesentlich mehr verloren. Meine Geschichten können ihr Schnipsel ihrer Vergangenheit zurückgeben, aber die Vorstellungen, Eindrücke und Gefühle, die sie mal mit diesen Zeiten verbunden hat, sind für immer verloren.

Sie hebt Gegenstände auf, streicht mit der Hand über Holzmöbel und betrachtet die gerahmten Bilder auf dem Kaminsims und an der Wand.

»Meinst du, es wär okay, wenn ich ein paar von diesen Bildern mit nach Hause nähme?«, fragt sie, als sie vor dem alten Kamin steht. »Es ist so eine Verschwendung, sie hier stehen zu haben, wo sie niemand anschaut.«

»Ich glaube nicht, dass es deine Mutter stören würde. Wenn doch, können wir sie immer noch zurückbringen.«

Von den etwa zehn Bildern wählt sie drei aus: Auf einem sitzt sie auf Pas Schoß, während er den Traktor fährt, eins zeigt ihre Eltern an ihrem Hochzeitstag, und auf einem sind wir beide als Kinder mit Ma zu sehen.

Sie drückt sich die drei Bilderrahmen an die Brust, als ich das Farmhaus wieder abschließe. »Nächstes Mal, wenn wir wiederkommen, würde ich hier gerne mal richtig putzen«, sagt sie.

»Vielleicht saugen, Staub wischen und ein paar Fenster öffnen, um frische Luft hineinzulassen. Es ist ganz schön muffig da drin.«

Gestern habe ich Mr Talbot angerufen und ihm gesagt, dass wir vorbeikommen würden, um Tilly-Girl zu besuchen. Einerseits besorgt mich der Gedanke etwas, dass Jemma wieder reiten will, aber andererseits hat sie es immer so geliebt, und ich möchte auch, dass sie diese Erfahrung noch einmal macht. Seit dem Unfall wirkt sie zerbrechlich, aber in Wirklichkeit ist sie alles andere als das. Sie ist eine der stärksten, mutigsten Personen, die ich kenne.

Als das Pferd gesattelt ist, helfe ich ihr hoch und klettere dann hinter sie. Ich möchte sichergehen, dass sie sich wohlfühlt, bevor sie Tilly-Girl alleine reitet. Es ist Jahre her, dass ich hinter ihr auf diesem Pferd gesessen habe.

Nachdem wir ein paar Runden in der Koppel geritten sind, hüpfe ich hinunter und übergebe ihr die Zügel. Die nächsten Stunden verbringe ich damit, am Zaun zu lehnen und ihr lächelnd zuzusehen. Es ist richtig schön, sie so glücklich und sorglos zu sehen. Die Verbindung zwischen Jemma und dem Pferd ist so stark wie immer, selbst wenn sie sich nicht daran erinnert.

Ich sehe, dass ihr der Abschied schwerfällt, verspreche ihr aber, dass ich sie jedes Wochenende wieder herfahren kann, wenn sie das möchte.

»Ich hatte einen wundervollen Tag«, sagt sie, als wir die lange Straße zur Hauptstraße entlangfahren.

»Mein Angebot steht, wir können jederzeit am Wochenende wiederkommen.«

Sie legt wieder ihre Hand auf mein Bein. »Danke für heute … danke für alles.«

Es fängt an zu nieseln, als wir aus der Stadt fahren. »Hast du Hunger, oder würdest du lieber zurück zu Christine?«

Ich kann mich immer noch nicht dazu überwinden, dieses Haus als ihr Zuhause zu bezeichnen.

»Ich bin am Verhungern. Das Reiten auf Tilly-Girl hat meinen Appetit ganz schön angeregt.«

»Es gibt hier ein Restaurant in der Nähe … *Mama's Country Kitchen*. Ma und Pa haben uns als Kinder manchmal mit dorthin genommen. Zu jedem Gericht gibt es Süßkartoffeln dazu. Sie werden am Stück und in der Schale gekocht und dann mit aufgeschlagener Zimtbutter serviert. Du hast sie geliebt.«

Sie liebte sie so sehr, dass sie manchmal auch meine geklaut hat.

»Das klingt perfekt.«

Sie isst nicht nur alle ihre Süßkartoffeln, sondern verputzt auch die Hälfte von meinen, genau wie früher. Sie sieht es vielleicht nicht, aber manche Dinge an ihr haben sich nicht verändert.

Als ich die Rechnung zahle und wir das Restaurant verlassen, gießt es in Strömen. »Warte hier«, sage ich. »Ich fahr den Wagen vor, dann wirst du nicht nass.«

Ich ziehe mir meine Jacke über den Kopf und sprinte zum Auto. Als ich schon den halben Parkplatz überquert habe, fasst mich jemand am Arm. Plötzlich steht Jemma neben mir. Der Regen hat ihre Haare schon durchnässt, und sie blinzelt, als die schweren Tropfen gegen ihr Gesicht prasseln.

»Willst du mit mir tanzen?«

Ein Teil von mir möchte sie nur trocken und warm halten, aber wie könnte ich Nein sagen? Es ist fast zehn Jahre her, dass wir das getan haben, und wenn sie mit mir im Regen tanzen will, dann werde ich genau das tun. Ihr durch die Briefe Stücke ihrer Vergangenheit wiederzugeben ist nicht im Ansatz dasselbe wie sie diese Momente aus erster Hand erleben zu lassen.

Ich drehe mich um und ziehe ihren Körper an meinen. »Wir haben keine Musik«, sage ich und erwidere ihr Lächeln.

»Wir brauchen keine Musik.«

Ihr Gesicht liegt seitlich an meiner Brust, und sie hält mich fest.

Erinnerungen an unseren allerersten Tanz im Regen kommen mir in den Sinn. Damals war alles so neu für uns, und auf gewisse Weise ist das jetzt genauso. Es ist ein Neuanfang. Eine Chance, die ganze Magie, die uns mal ausmachte, erneut zu erleben.

VIERUNDDREISSIG

Jemma

Es ist erst kurz nach sieben, als ich aus dem Bett steige. Ich bin müde, aber aufgeregt. Braxton holt mich um neun ab, und wir gehen alles einkaufen, was wir für den Braten brauchen, den ich heute zubereite, und dann sammeln wir auf dem Rückweg seinen Vater ein.

Es war spät gestern Nacht, als ich nach Hause kam. Das Haus war dunkel, deswegen bin ich hochgeschlichen und habe nur schnell warm geduscht, bevor ich ins Bett gestiegen bin. So müde ich auch war, ich brauchte trotzdem eine Ewigkeit zum Einschlafen. Ich war wie berauscht von dem Tag, den ich mit Braxton und Tilly-Girl verbracht habe.

Jetzt kann ich es kaum erwarten, meiner Mum von gestern zu erzählen. Sie macht sprunghafte Fortschritte in dem Prozess, mit dem Tod ihrer Eltern fertigzuwerden. Es war, als wäre ein Teil von ihr mit ihnen gestorben und als hätte sie dann aufgehört, richtig zu leben. Ich bin sicher, dass sie nie ganz darüber hinwegkommen wird, aber wenigstens spricht sie wieder über ihre Eltern.

Ich biege lächelnd um die Ecke in die Küche, aber dann bleibe ich wie angewurzelt stehen. »Dad?«, frage ich.

Er steht mit dem Rücken zu mir an der Spüle und trägt den rosa Morgenmantel meiner Mutter. Das Kleidungsstück ist viel zu klein und sieht lächerlich an ihm aus. Ich lege die Hand auf den Mund, um mein Kichern zu dämpfen.

Er dreht sich zu mir um, und ich glaube, sein überraschter Gesichtsausdruck wird von meinem gespiegelt. »Mäuschen!«

»Was machst du hier?«

»Ich … ähm … bin über Nacht hiergeblieben. Ich hoffe, das ist für dich okay.« Er geht ein paar Schritte auf mich zu. »Ich habe deine Mutter gestern zum Essen ausgeführt, und …«

Ich unterbreche ihn mit erhobenen Händen, bevor ich zu ihm gehe und die Arme um ihn lege. Ich brauche keine Details. »Das ist mehr als okay für mich«, sage ich. »Ich freue mich richtig, dich hier zu sehen.«

»Und ich freue mich, hier zu sein … du hast ja keine Ahnung, wie sehr. Wir können uns bei dir dafür bedanken, dass du uns den Anstoß gegeben hast, den wir beide brauchten.«

»Ich wäre ja schon zufrieden gewesen, wenn ihr zwei einfach wieder miteinander gesprochen hättet, aber das hier …« Ich trete zurück und wische mir über die Augen.

»Ich weiß, Mäuschen … Ich weiß.«

»Du siehst in dem Morgenmantel albern aus, nur mal so nebenbei.«

Er räuspert sich, und ich kichere, als er versucht, ihn zurechtzuziehen. »Ich wollte deiner Mum eine Tasse Kaffee machen. Als ich noch hier gewohnt habe, habe ich ihr jeden Morgen eine gebracht.«

»Nun, vielleicht solltest du beim nächsten Mal deinen eigenen Morgenmantel mitbringen.«

Er lacht, als er sich nach vorne beugt und mir einen Kuss auf die Stirn gibt. »Das ist eine gute Idee.«

♥

Als Braxton mich später abholt, kann er kaum glauben, dass mein Vater über Nacht bei uns war, aber er ist darüber genauso froh wie ich. Wir verabschieden uns, als meine Eltern gerade planen, wie sie den Tag zusammen verbringen.

Mein Rausch von gestern geht weiter, und in den nächsten Stunden fangen meine Wangen irgendwann an, vom vielen Lachen zu schmerzen. Meine Familie ist auf gutem Weg, wieder eine richtige Familie zu werden. Am meisten gefällt es mir, dass sie sich jetzt wirklich wie eine Familie für mich anfühlen.

Obwohl ich immer noch keine Erinnerung an meine Vergangenheit mit ihnen habe, gehören sie in meinem Herzen zu mir und ich zu ihnen. Das leere Gefühl, nirgendwo dazuzugehören, als ich aus dem Koma aufgewacht bin, ist jetzt nichts mehr als eine entfernte Erinnerung.

»Das riecht köstlich und sieht auch so aus«, sagt John, als ich sein Abendessen vor ihm abstelle. Ich habe heute einen Schweinebraten gemacht. »Es erinnert mich an die Sonntagsbraten von Grace.«

Heute hat er einen guten Tag, was seine Erinnerungen angeht, und das hebt meine gute Laune nur noch mehr. Als Nächstes gehe ich zu Braxton und stelle den Teller vor ihm ab. »Ich habe dir ein Stück mit extradicker Kruste gegeben, weil ich ja weiß, wie gerne du das magst.«

Seine Augen weiten sich, als er mich ansieht. »Daran erinnerst du dich?«

Ich weiß es nicht. Hat er es mir erzählt, oder erinnere ich mich daran? Ich kann darauf nicht ehrlich antworten. Es stand in keinem der Briefe, das weiß ich, weil ich sie auswendig kann. »Scheint so«, sage ich schulterzuckend. Ich habe keine richtige Erinnerung daran. Es ist etwas, das sich vertraut anfühlte, als ich das Essen auf seinen Teller gelegt habe.

Das hoffnungsvolle Lächeln auf seinem Gesicht, als er nach

meiner Hand greift, geht mir zu Herzen. Ich weiß nicht, ob meine Erinnerungen jemals wieder zurückkommen, aber ich werde die Hoffnung nie aufgeben.

John scheint seinen Tag mit uns zu genießen, aber als der Nachmittag fortschreitet, wird er müde und verwirrt, und wir bringen ihn gegen sieben zurück ins Pflegeheim. Wir bleiben noch eine Weile da, bis er wieder ruhig ist. Ich beobachte Braxton, wie er sich um seinen Vater kümmert und versucht, es ihm so bequem wie möglich zu machen. Es ist offensichtlich, dass er es genossen hat, seinen Vater im Haus zu haben. Er ist ein toller Sohn und ein außergewöhnlicher Mensch. Es wärmt mir das Herz, ihnen zuzusehen.

Das Auto meines Vaters steht in der Einfahrt, als Braxton und ich an Christines Haus ankommen. Das bringt mich augenblicklich zum Lächeln. Ich werfe Braxton einen Blick zu und sehe, dass er ebenfalls lächelt. »Möchtest du reinkommen und Hallo sagen?«

»Vielleicht ein andermal.«

»Okay.« Ich versuche, meine Enttäuschung zu verbergen, als ich den Anschnallgurt löse. Ich denke, es liegt eher daran, dass unsere gemeinsame Zeit zum Ende kommt, als daran, dass er meine Eltern nicht sehen will.

Er schnallt sich auch ab und wendet sich mir zu. »Gib ihnen Zeit. Das ist alles neu für sie … ein bisschen wie bei uns. Wer weiß, vielleicht zieht er sogar wieder ein.«

»Ich hoffe es.«

Braxton sagt nichts darüber, dass wir möglicherweise auch irgendwann wieder zusammenziehen könnten, aber ich habe das Gefühl, dass er das andeutet. Es gibt auf jeden Fall einen Teil von mir, der die Idee in Betracht zieht. Aber wie er gerade gesagt hat, es ist alles neu für uns, und es ist viel zu früh, um große Entscheidungen zu treffen.

Er küsst mich sanft und zieht sich dann zurück. »Das wollte ich schon den ganzen Tag tun«, gibt er zu, bevor er mich erneut küsst. Minuten verstreichen, vielleicht sogar viele, bevor wir schließlich wieder nach Luft schnappen, und ich spüre sofort den Verlust, als er seine Lippen von meinen löst.

Er öffnet das Handschuhfach. »Ich habe noch einen Brief für dich«, sagt er und reicht ihn mir, und mein Lächeln kehrt zurück.

»Danke.«

Ich gebe ihm einen letzten Kuss, bevor ich aus dem Auto steige, und er wartet in der Einfahrt, bis ich drinnen bin.

An der Tür zum Wohnzimmer bleibe ich stehen und sehe meine Eltern Händchen haltend nebeneinandersitzen, während sie fernsehen. Es ist ein Bild, das sich so anfühlt, als hätte ich es schon tausendmal gesehen, und wieder frage ich mich, ob das eine reale Erinnerung ist.

»Komm, setz dich zu uns, Mäuschen«, sagt mein Dad und klopft auf den Platz neben sich.

Ich denke daran, was Braxton gerade im Auto gesagt hat, und obwohl ich mich gern zu ihnen setzen würde, entscheide ich mich dagegen.

»Ich bin müde, das war ein aufregender Tag. Ich glaube, ich lege mich lieber hin.«

»Okay. Gute Nacht, Liebes«, sagt meine Mum.

»Nacht, Mäuschen.«

»Gute Nacht.«

Ich renne die Treppe zu meinem Zimmer hoch, gierig darauf, Braxtons Brief zu lesen.

SECHZEHNTER BRIEF

Liebste Jemma,
der vierzehnte Dezember 2009. Es war ein Montag und sechs Tage vor meinem einundzwanzigsten Geburtstag. Du hattest die Nacht in meinem Apartment verbracht, bist aber früh aufgebrochen, weil du Unterricht hattest. Ich musste nicht vor Mittag in der Uni sein.

Ich lächelte, als ich in die Küche ging und eine Notiz von dir fand, die du an den Kühlschrank gehängt hattest. Das hast du oft getan.

Guten Morgen, mein hübscher Freund,
ich habe dich nicht geweckt, weil du so friedlich ausgesehen hast. Ich hab ewig lang dagelegen und dein umwerfendes Gesicht betrachtet, bevor ich meinen Hintern endlich aus dem Bett bewegt hab. Schreib mir, wenn du auf dem Campus bist. Rach und ich kochen heute Abend, also bring Lucas mit.

Ich liebe dich.
Bis später,
Jem xx

Ich habe diese Notiz immer noch, genau wie jede andere, die du mir hinterlassen hast. Ich konnte mich nicht dazu durchringen, sie wegzuwerfen.

Vor meiner ersten Stunde hatte ich noch etwas zu erledigen, deswegen machte ich mich sofort fertig. Ich nahm den Geldbeutel vom Nachttisch, aber meine Uhr war nicht da. Nachdem ich in den Schubladen, unterm Bett und daneben gesucht hatte, wurde ich panisch. Ich stellte das ganze Apartment auf den Kopf, aber meine Uhr war nicht zu finden. Dann versuchte ich, mir meine Schritte vom Abend zuvor in Erinnerung zu rufen – ich war mir sicher, dass ich sie genau da hingelegt hatte, wo ich sie immer hinlegte –, aber ich fand sie trotzdem nicht.

Ich weckte Lucas auf, der überhaupt nicht begeistert war. Er hatte ein Date mit irgendeinem Mädchen gehabt und war erst am frühen Morgen nach Hause gekommen.

»Hast du meine Uhr gesehen?«

»Was?«

»Meine Uhr.«

»Dieses alte Ding mit dem gesprungenen Glas?«, murmelte er.

»Ja. Ich liebe diese Uhr … Jem hat sie mir geschenkt. Hast du sie gesehen?«

»Nee«, antwortete er, drehte sich auf die Seite und zog sich ein Kissen über den Kopf.

Ich schnappte mir den Ersatzschlüssel für dein Apartment, machte mich auf den Weg dorthin und war völlig entsetzt, als ich mit leeren Händen wieder gehen musste. Das war das erste Mal in fünf Jahren, dass die Uhr nicht an meinem Handgelenk war, und ich fühlte mich ohne sie vollkommen verloren.

Sobald ich am Campus war, suchte ich in meinem Schließfach, danach ging ich zum Fundbüro. Ich schrieb dir an diesem Tag überhaupt nicht. Mir war ganz schlecht, und ich wusste nicht, wie ich dir sagen sollte, dass ich die Uhr verlegt hatte.

Die Tage vergingen, und langsam bezweifelte ich, dass ich die Uhr je wiedersehen würde. Du hast mich ein paar Mal gefragt, ob alles okay sei oder warum ich mich so komisch benähme. Ich habe gelächelt und es heruntergespielt. Mir war bewusst, dass ich es nicht ewig vor dir geheim halten konnte. Ich spielte schon mit dem Gedanken, einen Ersatz zu kaufen, aber ich wollte genau die Uhr, die du mir geschenkt hattest, und kein Imitat.

Am Abend vor meinem Geburtstag ist Rachel mit ein paar Freunden ausgegangen, deswegen hast du uns beiden ein romantisches Abendessen in deinem Apartment gekocht. Es war auch der

Abend, an dem ich es dir beichten wollte. Ich rieb die Hand über mein Handgelenk, als ich über die beste Art nachdachte, es dir beizubringen, aber die gab es einfach nicht.

»Jem«, sagte ich und nahm über den Tisch hinweg deine Hand. »Ich muss dir was beichten.«

»Beichten?« Du runzeltest die Stirn.

»Ich … Ich, ähm …«

»Mensch, Braxton, du machst mir Angst. Was hast du getan?«

Es war nicht leicht, dir das zu sagen. »Ich habe meine Uhr verloren … die, die du mir geschenkt hast.«

»Oh, Gott sei Dank«, sagtest du und atmetest erleichtert aus. »Ich dachte, du würdest jetzt etwas viel Schlimmeres sagen.«

»Ich weiß nicht, ob es noch schlimmer sein könnte. Ich liebe diese Uhr.«

Du hast gekichert und bist aufgestanden, was mich verwirrte. Das war nicht lustig. Du hattest hart gearbeitet, um das Geld für diese Uhr anzusparen.

Ich folgte dir mit dem Blick, als du in dein Zimmer gegangen und kurze Zeit später mit einer kleinen verpackten Schachtel wiedergekommen bist.

»Das hier ist nur ein kleiner Teil deines Geschenks. Den Rest kriegst du erst morgen.«

Ich war baff. Ich hatte die Uhr verloren, und du gabst mir ein Geschenk?

Als ich die Schachtel öffnete, dämmerte es mir. Ich traute meinen Augen kaum. Gemischte Gefühle durchströmten mich: Erleichterung, Verwirrung und Wut.

»Das ist meine Uhr!« Das Glas war ersetzt, und sie hatte ein neues, glänzendes Armband.

»Ganz genau«, hast du freudig erwidert. »Überraschung.«

»Du hattest sie die ganze Zeit?«

»Ja, ich wollte dich überraschen.«

Ich konnte nur an all den Stress denken, den ich in der letzten Woche wegen dieser Uhr hatte. »Dachtest du, es würde mir nicht auffallen, wenn sie nicht mehr da ist? Ich habe sie jeden Tag getragen, seit du sie mir geschenkt hast.«

»Bist du sauer?« Du zogst einen Schmollmund.

»Ja … nein.« Ich seufzte und knetete mir die Nasenwurzel. »Mir ist klar, dass du etwas Nettes tun wolltest, aber ich liebe diese Uhr und alles, wofür sie steht. Diese Woche war ein richtiger Albtraum. Ich war am Boden zerstört, weil ich dachte, ich hätte sie verloren.«

»Tut mir leid.« Du kamst auf mich zu und nahmst mich in den Arm. »Verzeihst du mir?«

»Natürlich.« Es war unmöglich, dir böse zu bleiben. »Ich bin einfach froh, sie wiederzuhaben.«

»Sie haben das toll hingekriegt.«

»Stimmt.« Sie sah genauso glänzend und neu aus wie am Tag, als du sie mir geschenkt hast.

»Ich habe auf der Rückseite etwas eingravieren lassen.«

Meine Mundwinkel hoben sich, als ich sie umdrehte und die Gravur las.

»Das ist großartig … danke.« Ich hatte diese Uhr schon vorher geliebt, aber jetzt bedeutete sie mir sogar noch mehr.

»Alles Gute zum Vorgeburtstagsabend, Brax.«

Ich konnte nicht aufhören zu grinsen, als ich sie mir ums Handgelenk band. Es fühlte sich an, als hätte ein Teil von mir gefehlt und als wäre ich erst jetzt wieder komplett.

»Vergiss nicht, dass du morgen Abend mir allein gehörst. Ich führe dich an deinem Geburtstag aus.« Ich konnte mir keine schönere Weise vorstellen, meinen einundzwanzigsten Geburtstag zu feiern, obwohl ich auch gerne meinen Dad gesehen hätte. Ich hatte an dem Tag schon mit ihm telefoniert, aber gesehen hatte ich ihn das letzte Mal vor Wochen. Ich vermisste ihn. »Du kannst mich um sechs abholen.«

»Abgemacht.«

Ich kam um vier Minuten vor sechs bei dir an. Das weiß ich, weil ich auf meine glänzende Armbanduhr geguckt habe, bevor ich klopfte. In der Nacht davor hatte ich sie sogar am Handgelenk gelassen, weil ich so froh war, sie wiederzuhaben.

Ich hatte keine Ahnung, wohin wir zum Abendessen gehen würden, aber ich hatte meine beste Jeans und ein nettes Hemd angezogen, das du mir gekauft hattest. Obwohl du mich ausführen wolltest, hatte ich dir trotzdem Blumen gekauft – deine Lieblingsblumen, die gelben Rosen und lila Schwertlilien.

»Komm rein, es ist offen«, hast du von innen gerufen.

Ich öffnete die Tür, drinnen war es vollkommen dunkel.

»Überraschung!«

Ich erschrak über die plötzlichen lauten Geräusche, dann ging das Licht an und blendete mich. Die erste Person, die ich sah, war mein Dad. Er trug ein albernes Lächeln im Gesicht, das zum albernen Partyhut auf seinem Kopf passte. Der ganze Raum war mit Fahnenbändern und Ballons dekoriert. Auf dem Couchtisch stand ein Stapel Geschenke.

Ich fühlte die Gefühle in mir aufwallen, als ich den Blick durch den Raum schweifen ließ. Alle wichtigen Menschen in meinem Leben waren da: du, mein Dad, Lucas, Rachel, deine Eltern, sogar Ma und Pa.

»Herzlichen Glückwunsch, Brax«, hast du gesagt und dich zu mir gestellt. »Ich hoffe, das ist okay für dich. Ich wollte an deinem einundzwanzigsten etwas Besonderes machen.«

»Das ist mehr als okay«, antwortete ich und beugte mich zu dir hinab, um dich zu küssen. Mir war noch nie zuvor eine Geburtstagsparty geschmissen worden, und es bedeutete mir die Welt.

Was wir hatten, ist viel zu schön, um vergessen zu werden.

Immer dein,
Braxton

Ich habe ein breites Lächeln auf den Lippen, als ich den Brief wieder zusammenfalte. Es ist kaum zu glauben, dass es einundzwanzig Jahre gedauert hat, bis ihm jemand eine Geburtstagsparty organisiert hat. Ich bin so froh, dass ich das für ihn getan habe.

Ich ziehe den kleinen Uhren-Anhänger aus dem Umschlag und merke, dass ich mir insgeheim wünsche, er hätte im Brief geschrieben, was ich in die Uhr habe gravieren lassen.

Dann nehme ich das Armband und fahre mit dem Finger über die Anhänger. Es ist fast voll, was mich etwas traurig macht. Die Briefe werden irgendwann aufhören müssen, wenn Braxton nichts mehr zu erzählen hat. Ich werde sie vermissen, wenn es so weit ist – sie waren mein Rettungsanker.

FÜNFUNDDREISSIG

Braxton

Ich sehe, wie sie beim Frühstück auf meine Uhr starrt. »Ist das die Uhr, die du im Brief erwähnt hast?«, fragt sie schließlich.

»Genau das ist sie«, antworte ich strahlend. Ich liebe diese Uhr. »Es ist noch kein Tag vergangen, an dem ich sie nicht getragen habe … außer in der Woche, als du sie mir gestohlen hast.«

»Ja, tut mir echt leid«, sagt sie mit einem frechen Grinsen, und ich weiß, dass es ihr überhaupt nicht leidtut. Dann wird sie still und bewegt sich leicht auf dem Stuhl. »Was habe ich auf die Rückseite eingravieren lassen? Das hast du im Brief nicht erwähnt, und ich will es unbedingt wissen.«

Ihre Frage bringt mich zum Grinsen. Ich habe gehofft, dass sie fragen würde. »Willst du es sehen?«

»Bitte.« Ihr hoffnungsvoller Blick berührt mein Herz. Ich finde es zwar schlimm, was aus uns geworden ist, aber trotzdem ist es unschätzbar wertvoll, unsere Vergangenheit mit ihr erneut zu durchleben und ihre Reaktionen zu erleben, wenn sie alles zum ersten Mal erfährt.

Ich nehme die Uhr vom Handgelenk und reiche sie ihr. Sie stöhnt, als sie die Gravur liest. *Du bist das Tick zu meinem Tack.*

»Oh Gott, das ist superkitschig. Habe ich diesen Mist wirklich geschrieben?«

Ich muss mir das Lachen verkneifen, als ihr Gesicht rot anläuft. »Ich finde es niedlich.«

»Quatsch. Du bist nur höflich. Es überrascht mich, dass du mich sogar geheiratet hast … Ich bin ja so peinlich.«

»Du bist alles andere als peinlich. Jeden Morgen, wenn ich es lese, bringt es mich zum Lächeln.« Ich schmunzele, als sie mir die Uhr wiedergibt und ich sie mir wieder umlege.

»Wahrscheinlich machst du dich über mich lustig.«

»Überhaupt nicht … Ich bin gerne das Tick zu deinem Tack.«

»Kann mich jetzt bitte jemand erschießen?«, sagt sie und bedeckt das Gesicht mit den Händen.

»Hey.« Ich nehme die Hände von ihrem hübschen Gesicht. »Wenn es dich tröstet: Du bist auch das Tick zu meinem Tack. Warst du immer und wirst du immer sein.«

Ich sehe die Andeutung eines Lächelns auf ihrem Gesicht, als sie ihren Löffel in die Hand nimmt.

»Ach übrigens, mein Vater hat letzte Nacht schon wieder bei uns übernachtet.« Ich bin mir ziemlich sicher, dass sie mir das erzählt, um das Thema zu wechseln. »Bisher hat noch niemand etwas dazu gesagt, dass er wieder einzieht, aber ich glaube, es ist zu erwarten.«

»Ich hoffe es.«

»Mum schwebt praktisch nur noch durchs Haus.«

Jem kichert und schiebt sich einen Löffel Müsli in den Mund. Aber was mir auffällt, ist, dass sie *Mum* gesagt hat, nicht Christine. »Ich habe sie noch nie so glücklich gesehen.«

»Das macht die Liebe mit einem.«

Es ist Mittag, als ich den Zettel zusammenfalte und in den Umschlag stecke. Ich bin immer noch geteilter Meinung über das, was ich am Ende dieses Briefs geschrieben habe, aber tief im Herzen weiß ich, dass Jem es wissen wollen würde. Es war eine schreckliche Zeit für uns beide, aber auch ein einschneidender Moment in unserer Beziehung. Ich hoffe nur, dass diese Erinnerung sie nicht so niederschmettert, wie es in der Vergangenheit der Fall war.

Ich füge das kleine Schmuckkästchen und den winzigen Ring-Anhänger hinzu und stecke dann vorsichtig das Bild in den Brief.

SIEBZEHNTER BRIEF

Liebste Jemma,

der sechste Juli 2012. Es war ein Freitag, und wir sind beide übers Wochenende nach Hause gefahren. Ich habe dir in der Einfahrt einen Abschiedskuss gegeben, bevor du zu deinen Eltern gegangen bist und ich zu meinem Dad.

»Ich bin zu Hause, Paps!«, rief ich, als ich durch die Tür ging.

Ein paar Sekunden später kam er die Treppe herunter und zog mich in eine Umarmung. »Wie schön, dich zu sehen, mein Sohn. Ich habe dieses Wochenende gar nicht mit dir gerechnet.«

»Jem und ich wollten euch überraschen. Ich habe dich vermisst.«

»Ich dich auch. Komm rein, ich setz uns einen Kaffee auf.«

»Wie geht's dir?«, frage ich, als ich mich an den Küchentisch setze.

»Gut. Wirklich gut. Wie läuft's in der Uni?«

»Super. Ich kann gar nicht glauben, dass es nur noch ein paar Monate bis zu meinem Abschluss sind.«

»Hast du schon darüber nachgedacht, wo du arbeiten willst?«

»Ja. Ich habe schon ein paar Bewerbungen verschickt.«

Ich war hin- und hergerissen. Im Grunde wollte ich gern wieder in meiner Heimatstadt arbeiten, aber das würde bedeuten, dass ich dich zurücklassen müsste. Du musstest noch ein Jahr studieren.

»Schön. Ich bin stolz darauf, wie gut du dich machst. Ich glaube nicht, dass du Schwierigkeiten haben wirst, einen Job zu finden.«

»Wie läuft's denn im Laden, Paps?«, fragte ich. Er stellte eine Tasse Kaffee vor mich und setzte sich hin.

Dann fuhr er sich mit den Fingern über das Kinn. »Eigentlich wollte ich darüber mit dir reden. Der Stadtrat hat die Gegend zu einer R4-Zone gemacht.«

»Oh, echt? Dort sollen Wohnungen gebaut werden?«

»Ich wurde schon von ein paar Bauunternehmern angesprochen.«

»Und was denkst du? Hast du Interesse zu verkaufen?«

Ich persönlich fand, dass er schon genug in seinem Leben für diesen Laden geopfert hatte, aber ich wusste, dass ich ihn auch unterstützen würde, wenn er nicht verkaufen wollte.

»Erst wollte ich nicht, aber je mehr ich darüber nachdenke, desto mehr erwärme ich mich für die Idee. Mario hat schon entschieden, die Schlosserei nebenan zu verkaufen, und die Autowerkstatt auf der anderen Straßenseite hat vor ein paar Tagen ein Zu-Verkaufen-Schild aufgestellt. Und ich habe jetzt viel mehr Konkurrenz, seit dieser Baumarkt in der Stadt geöffnet hat.«

»Um welchen Betrag geht es denn? Haben sie dir ein Angebot gemacht?«

Er sah mir zu, wie ich einen Schluck Kaffee trank, bevor er antwortete. »Das ist es eben. Sie haben mir eineinhalb Millionen angeboten.«

Ich sog scharf die Luft ein, sodass ich mich am Kaffee verschluckte und so heftig husten musste, dass ich ihn auf dem ganzen Tisch verteilte – und auf meinem Vater. »Dollar?«, fragte ich, als ich endlich wieder zu Atem kam.

Er lachte, als er sich den Kaffee aus dem Gesicht wischte. »Ich weiß. Ich wäre dumm, es mir nicht zumindest zu überlegen. Das ist mehr Geld, als ich in einem ganzen Leben verdienen könnte.«

»Na ja, wenn du es tun willst, weißt du ja, dass ich dich voll und ganz unterstützen werde. Das Geld würde dir Sicherheit für dein ganzes Leben geben.«

»Es könnte uns beiden Sicherheit geben. Ich würde dir gern die Hälfte geben.«

Meine Augen weiteten sich ungläubig. »Nein, Paps. Es ist dein Geld, du hast es verdient. Ich arbeite bald, ich kann mein eigenes Geld verdienen.«

Er hatte diesen bestimmten Ausdruck in den Augen, als er antwortete. Es war ein Ausdruck, den ich gut kannte. »Ich habe mich schon entschieden, mein Sohn. Ich werde die Bauunternehmer morgen früh anrufen.«

♥

Der zehnte September 2012. Mein Vater war schon immer stur. Kein Protest von mir konnte ihn davon abhalten zu tun, was er wollte. Als er die Hypotheken, die er auf das Haus und das Geschäft genommen hatte, abbezahlt hatte, blieben ihm noch achthunderttausend Dollar, von denen er mir die Hälfte gab. Ich fühlte mich immer noch nicht gut dabei, aber er bestand darauf.

Dir erzählte ich das nicht, aber nicht, weil ich nicht wollte, dass du von dem Geld wusstest. Ich hatte große Pläne damit und wollte dich überraschen.

Wir waren übers Wochenende zu Hause, und ich hatte an dem Montag keinen Unterricht. Als du also am Sonntagabend zurück zur Uni gefahren bist, bin ich noch zu Hause geblieben. Ich erzählte dir, dass ich meinem Dad helfen würde, die letzten paar Sachen aus dem Laden zu holen. Das war eine Lüge, wir waren am Tag vorher damit fertig geworden.

Stattdessen gingen mein Vater und ich auf Haussuche. Strandhaussuche, um genau zu sein. Es war dein Traum, am Strand zu wohnen, deswegen war ich entschlossen, dir das zu ermöglichen. Oder zumindest alles dafür zu geben.

Die ersten Grundstücke am Strand, die uns die Maklerin zeigte, lagen alle außerhalb meiner Preisklasse. Ich war Student, und auch, wenn ich eine große Anzahlung leisten konnte, hatte ich nur einen Nebenjob. Obwohl dein Vater der Manager der Bank war, wusste ich, dass es keine Möglichkeit gab, mir einen Kredit zu gewähren.

Die Maklerin und mein Vater versuchten mich zu überreden, mir auch Grundstücke anzusehen, die weiter vom Meer entfernt lagen, aber ich gab nicht nach. Ich wollte nicht, dass der Strand fünf Minuten weit weg war oder man aus der Ferne einen Blick auf ihn erhaschen konnte. Ich wollte, dass er direkt vor deiner Nase war. Ein Ort, an dem du aus der Hintertür direkt auf den Sand treten konntest.

Am Ende des Tages war ich desillusioniert. Ich ging zurück zum Haus meines Vaters, um meine Tasche zu packen. Meine Überraschung für dich würde wohl noch warten müssen.

Als ich meinen Rucksack ins Auto packte und die Hand meines Vaters schüttelte, klingelte mein Handy in der Tasche. Ich erwartete, deinen Namen auf dem Bildschirm zu sehen, aber stattdessen war es die Maklerin.

»Ich glaube, ich habe Ihr Strandhaus gefunden. Das Haus ist zwar klein, eher wie eine Hütte, aber die Lage ist perfekt und liegt in Ihrer Preisklasse … es ist genau das, wonach Sie gesucht haben.«

»Wann kann ich es besichtigen?«, fragte ich aufgeregt.

»Das Gebäude ist unbewohnt, also jetzt gleich, wenn Sie wollen.«

Mein Puls raste, als ich mir die Adresse notierte. Als sie erwähnte, dass es die Hausnummer neunzehn war, wusste ich tief in mir, dass es ein Zeichen war … es war dazu bestimmt, unser Haus zu werden.

Ich nahm meinen Dad mit ins Auto, und wir fuhren los. Sie hatte nicht gelogen, als sie sagte, es gleiche eher einer Hütte. Es war ein Fertighaus aus den frühen Vierzigerjahren mit einem Schlafzimmer. Es war dringend renovierungsbedürftig, aber irgendwie war es auch perfekt. Denn sobald wir es uns leisten konnten, konnten wir es abreißen und dein Traumhaus bauen. Ich hatte schon angefangen, die Pläne dafür zu entwerfen.

Offenbar war der alte Mann, der hier gelebt hatte, vor Kurzem verstorben, und seine zwei Söhne wollten möglichst schnell verkaufen. Der Preis war höher als die vierhunderttausend Dollar, die ich hatte, aber mein Vater war einverstanden, mir ein zinsfreies Darlehen für den Rest zu gewähren, bis ich auf eigenen Füßen stand.

Abgesehen von den Ausgaben für eine kurze Schiffsreise würde er sein Geld auf dem Konto lassen. Ich schätze, wenn man so lange finanzielle Schwierigkeiten hatte wie er, gibt man sein Vermögen nicht leichtfertig aus.

Das Haus lag weiter unten am Strand, als ich es eigentlich wollte, aber die Aussicht … war atemberaubend. Mein Herz raste, als ich nur über deine Reaktion nachdachte. Ich wusste, dass du es lieben würdest.

♥

Der neunundzwanzigste November 2012. Ich hatte nun meinen Abschluss gemacht, und du hattest in diesem Jahr auch keine Uni mehr. Mit dem Gedanken an meinen Hauskauf zog ich vorübergehend wieder zu Hause ein und legte all meine Energie darein, eine Anstellung in unserer Heimat zu finden.

Du hast geweint, als ich dir von meinen Plänen erzählte, weil es bedeutete, dass wir wieder voneinander getrennt wären. »Ich dachte, du würdest dir Arbeit näher am Campus suchen, damit wir uns immer noch jeden Tag sehen können.«

»Das war keine leichte Entscheidung für mich, Jem, aber sie ergibt Sinn. Ich möchte nicht einen Job anfangen und dann in einem Jahr kündigen müssen, wenn du deinen Abschluss machst. Ich möchte, dass wir beide irgendwann wieder nach Hause ziehen. Ich will, dass unsere Kinder in unserer Heimat aufwachsen, genau wie wir.«

»Unsere Kinder?«

Als ich die Kinder erwähnte, hörten deine Tränen auf, und auf deinem Gesicht breitete sich ein großes Lächeln aus.

Ich zog dich in die Arme. »Ja, unsere Kinder. Du bist die Frau meines Lebens, Jem, natürlich sehe ich Kinder in unserer Zukunft.«

Fürs Erste schien ich noch mal davongekommen zu sein, aber ich wusste auch, dass du mir ganz und gar verzeihen würdest, wenn du den wirklichen Grund erfahren würdest.

Den Morgen verbrachtest du mit deiner Mutter beim Friseur, was mir Zeit gab, alles vorzubereiten. Natürlich waren deine Eltern und mein Vater eingeweiht. Sie hatten mir in den letzten Wochen sehr viel geholfen.

Später an diesem Nachmittag fragte ich dich, ob du mit mir am Strand spazieren gehen wolltest. Ich hielt deine Hand, als wir an der Küste entlangliefen.

»Ich würde dir gerne was zeigen«, sagte ich, als wir in der Nähe waren.

Ich führte dich über den Sand zur Hütte. Deine Eltern und mein Vater hatten mir geholfen, das Haus in Schuss zu bringen. Wir hatten das Innere und das Äußere frisch gestrichen; außen war es jetzt weiß mit blauen Rahmen an den Fenstern. Es war noch weit von deinem Traumhaus entfernt, aber zumindest die Farben und die Lage stimmten schon.

Mein Dad hatte die Holzböden drinnen geschliffen, bevor er sie wieder gebeizt hatte. Er hatte sogar ein paar Fliesen im Badezimmer erneuert. Jetzt, wo er nicht mehr in den Laden musste, war er dankbar, etwas zu tun zu haben.

Deine Eltern kauften uns ein kleines Sofa, einen Fernseher, die Schlafzimmereinrichtung und alle neuen Geräte für unsere Küche. Deine Mum war ein paar Wochen zuvor mit dir einkaufen gegangen, unter dem Vorwand, dein Kinderzimmer in ihrem Haus neu dekorieren zu wollen. Sie hat dich die Farben, einen kleinen Teppich, Bettwäsche und Vorhänge auswählen lassen.

»Was machst du?«, fragtest du, als wir zur Hintertür kamen.

»Ich hab doch gesagt, ich möchte dir etwas zeigen.«

»Ich weiß, aber du kannst nicht einfach in ein fremdes Haus einbrechen.«

»Ich hab einen Schlüssel.« Ich zog ihn aus der Tasche und wedelte damit vor dir herum. »Also breche ich eigentlich nicht ein.« Du hast die Stirn gerunzelt, als ich die Tür aufschloss. »Ladies first.«

Dein Kopf schoss zur Seite, um sicherzustellen, dass uns niemand sah, und ich musste schmunzeln, weil du dachtest, wir täten etwas Illegales. Ich nahm deine Hand und führte dich durch die Tür.

Das Haus war winzig, deswegen mussten wir nur ein paar Schritte durch den Flur gehen, an der Küche zur Rechten und der Wäschekammer zur Linken vorbei, bevor wir ins kleine Wohnzimmer kamen. Ich hatte mit deiner Mum ausgemacht, dass sie ins Haus kommen sollte, sobald wir zum Spaziergang aufbrachen, damit sie die dreißig Kerzen anzünden konnte, die ich strategisch im ganzen Zimmer verteilt hatte.

»Braxton!« Du hast nach Luft geschnappt und bist stehen geblieben. »Was ist das hier?«

»Das ist unser neues Zuhause. Ich habe es für dich gekauft, Jem.

Es ist nicht groß, aber ich verspreche dir, dass ich dir dein Traumhaus bauen werde, sobald ich es mir leisten kann.«

Deine Augen weiteten sich, und dein Mund stand offen, aber bevor du antworten konntest, ließ ich mich auf ein Knie sinken. »Vor fast siebzehn Jahren ist ein Engel in mein Leben getreten … du. Über die Monate und Jahre, die dann kamen, wurdest du nicht nur zu einem großen Teil meines Lebens … du wurdest zu meinem Leben … zu dem Grund, aus dem ich mich darauf freue, jeden Tag aufzuwachen. Ich liebe dich. Das habe ich immer und werde ich immer. Dir gehört mein Herz, mein Körper und meine Seele … ich wäre nicht vollständig ohne dich an meiner Seite. Sag mir, dass du meine Frau fürs Leben sein willst, Jem … Willst du mich heiraten?«

Du hast nicht sofort geantwortet, und obwohl dir die Tränen über das Gesicht liefen, lächeltest du. Ich sah, wie du dich ein paar Mal gekniffen hast, während ich auf deine Antwort wartete.

»Was machst du da?«

»Ich gehe sicher, dass ich nicht träume.«

Ich kicherte. »Du träumst nicht, Jem. Das ist alles echt. Also: Antwortest du mir jetzt, oder lässt du mich in der Schwebe hängen?«

Du bist mit solcher Begeisterung vorgesprungen, dass du mich umgeschmissen hast und ich zu Boden ging. Du bist auf mir gelandet und hast mein ganzes Gesicht mit Küssen bedeckt. »Natürlich heirate ich dich! Es gibt niemand anderen für mich … es wird nie jemand anderen geben.«

Wir verbrachten unsere erste Nacht in dem Haus zusammen. Ich gab dir einen Schlüssel, sagte dir aber, dass du dich nicht unter Druck gesetzt fühlen musst, sofort einzuziehen.

»Wirst du hier wohnen?«, fragtest du.

»Ja.«

»Dann wohne ich hier auch. Ich möchte da sein, wo mein Verlobter ist.«

Mein Herz schwoll vor Freude an, als du das sagtest.

Am nächsten Morgen saßen wir hinter dem Haus auf den Stufen und tranken Kaffee. »Ich kann nicht glauben, dass dies jetzt für den Rest meines Lebens meine Aussicht sein wird«, sagtest du.

»Wenn ich genug Geld habe, baue ich hier eine riesige Terrasse hin. Wir können dann jeden Morgen hier sitzen und zusammen frühstücken.«

»Das klingt magisch«, hast du geantwortet und den Kopf an meine Schulter gelehnt. »Ich kann nicht glauben, dass du das alles für mich getan hast.«

»Es gibt nichts, was ich nicht tun würde, um dich glücklich zu machen, Jem.«

♥

Der elfte Januar 2013. Ich habe lange überlegt, ob ich das hier mit in den Brief schreiben soll, aber es ist ein Moment in deinem Leben, von dem du, auch wenn er tragisch ist, wissen wollen würdest, da bin ich sicher.

Du hast nicht viel darüber gesprochen, aber ich habe das Bild, das ich mit in den Umschlag gesteckt habe, im Deckel der Schatzkiste gefunden, die ich dir gemacht habe. Daher weiß ich, dass du es dir oft angesehen hast.

Die letzten sechs Wochen waren perfekt gewesen. Wir hatten noch mehr am Inneren des Hauses gearbeitet und den Hof in Schuss gebracht. Du hattest einen kleinen Vorgarten angelegt. Das Haus machte nicht viel her, aber es gehörte uns, und wir liebten es.

Du hattest noch einen Monat frei, bevor die Uni wieder losgehen würde, und ich hatte endlich eine Stelle bekommen – bei einem kleinen Architekturbüro direkt außerhalb der Stadt –, die ich in der nächsten Woche antreten würde.

An diesem Morgen fand ich dich nach dem Aufwachen im Badezimmer vor, wo du dich übergabst. »Jem, alles okay?«

»Puh, ich fühle mich schrecklich«, antwortetest du.

Du hattest ein starkes Immunsystem und wurdest selten krank, deswegen machte ich mir sofort Sorgen. Als ich dich am nächsten Morgen wieder genauso vorfand, brachte ich dich sofort zum Arzt.

Er sagte, dass du dir wahrscheinlich einen Virus eingefangen hättest, nahm aber sicherheitshalber eine Blutprobe.

Als wir wieder zu Hause ankamen, ging es dir schon viel besser, aber ich überredete dich trotzdem, wieder ins Bett zu gehen.

Am nächsten Morgen hast du dich wieder übergeben. Ich rief den Arzt an, und er sagte, die Blutergebnisse müssten später am Morgen ankommen, und er würde uns anrufen, wenn er sie hätte.

Der Anruf kam am frühen Mittag. Ich saß auf dem Bett, während du mit dem Arzt gesprochen hast. Ich wusste, dass es nicht nur ein Virus war, als ich sah, wie dir die Farbe aus dem Gesicht wich.

»Was hat er gesagt?«, fragte ich dich, als du aufgelegt hattest.

Dein geschockter Blick traf meinen. »Er hat gesagt, dass ich schwanger bin.«

Ich weiß nicht, wie lange ich dasaß und dich anstarrte, nicht in der Lage, einen Ton hervorzubringen. Aber irgendwann zog ich dich in die Arme. »Du bist schwanger?« Ich hörte selbst den Schock in meiner Stimme.

»Scheint so.«

Ich wich ein Stück zurück, um dein Gesicht sehen zu können. »Wie geht es dir damit?«

»Ich bin schockiert … freudig … schockiert.«

Als ich sah, wie sich deine Mundwinkel zögerlich hoben, lächelte ich auch. »Wir werden Eltern.«

»Ja«, hast du geflüstert, während dein Lächeln breiter wurde. Wir wollten dieses Kind, weil es ein Produkt unserer Liebe war.

Am nächsten Tag gingen wir wieder zum Arzt. Er zeigte uns unsere Optionen auf, aber wir versicherten ihm, dass wir dieses Baby wollten, also gab er dir für den Nachmittag einen Ultraschalltermin, um herauszufinden, wie weit du warst.

Du warst fast in der siebten Woche. Sie gaben uns sogar ein kleines Bild von dem Baby, das zu dem Zeitpunkt eher aussah wie ein winziger Punkt. Auf dem Weg nach Hause hattest du ein breites Lächeln auf den Lippen, während du das Bild angestarrt hast.

Wir entschieden uns, die Neuigkeiten noch eine Weile für uns zu behalten, während wir uns an den Gedanken gewöhnten, Eltern zu werden. Ich fing an, nach Wochenendjobs zu suchen, weil wir das zusätzliche Geld brauchen würden.

Fünf Tage später wecktest du mich mitten in der Nacht auf. »Braxton, ich fühle mich nicht gut. Ich habe schlimme Bauchkrämpfe.«

Ich setzte mich auf und machte das Licht auf dem Nachttisch an. »Was meinst du mit Krämpfen? Ist das normal?«

»Nein. Ich glaube, ich muss ins Krankenhaus.«

Ich sprang auf, zog mir ein T-Shirt und eine Jogginghose über und ging dann zu deiner Bettseite. Ich zog die Decke weg, um dir aufzuhelfen, und hielt inne, als ich sah, dass du in einer Blutlache lagst.

Ich nahm dich auf den Arm und rannte zum Auto. Du hast laut gestöhnt, als ich dich vorsichtig auf den Beifahrersitz setzte. »Alles wird gut, Jem«, sagte ich. »Ich bin bei dir.«

Ich versuchte, stark zu bleiben, aber innerlich sah es ganz anders aus. Ich konnte die ganze Zeit nur an meine Mum denken und wie sie zum Krankenhaus musste und nie wiederkam. Ich sorgte mich um unser Baby, aber ich hatte panische Angst, dass ich dich verlieren würde.

Als wir an der Notaufnahme ankamen, machten sie noch einen Ultraschall und teilten uns dann die niederschmetternden Neuig-

keiten mit: Du hattest eine Fehlgeburt erlitten. Eine Stunde später fuhren sie dich im Rollstuhl den langen Flur zum OP-Saal entlang, um eine Ausschabung vorzunehmen.

Bis zum Ende riss ich mich zusammen, aber als du durch die Türen verschwunden warst, brach ich endgültig zusammen.

Am nächsten Morgen wurdest du aus dem Krankenhaus entlassen. Seit du aufgewacht warst, hattest du kein einziges Wort gesprochen. Auch auf der Rückfahrt nach Hause nicht. Ich war besorgt. Es war, als wäre ein Teil von dir mit unserem Kind gestorben. In gewisser Weise war das wahrscheinlich auch so.

Du hast nicht mal protestiert, als ich dich vom Auto ins Haus trug. In dir war kein Kampfgeist mehr, was mich nur noch mehr besorgte.

Als wir im Badezimmer ankamen, half ich dir, dich auszuziehen und stellte dann die Dusche an. Ich ließ dich allein, während ich das Bett neu bezog. Deinen blutgetränkten Schlafanzug und die Bettlaken steckte ich sofort in die Waschmaschine.

Du warst fertig mit duschen, als ich zurückkam, also half ich dir beim Abtrocknen und zog dir dann ein Nachthemd über den Kopf. Ich schlug die Decke auf dem Bett zurück, und du klettertest hinein. Immer noch hattest du kein Wort gesagt, und ich wusste nicht, was ich sagen sollte.

»Kann ich irgendetwas für dich tun, Jem?«

»Nein«, hast du geflüstert.

Ich setzte mich aufs Bett. »Bist du sicher, dass alles okay ist?« Es war eine dämliche Frage, natürlich war es das nicht.

Du schütteltest nur den Kopf, und als ich die Tränen in deinen Augen aufsteigen sah, zog ich mir das T-Shirt über den Kopf, stieg aus der Jogginghose und legte mich neben dich.

Ich nahm dich in die Arme. »Wenn du so weit bist, können wir es noch einmal versuchen.«

Sobald die Worte meinen Mund verlassen hatten, fingst du an zu schluchzen. Mein schon gebrochenes Herz brach noch ein bisschen mehr.

Wir blieben für den Rest des Tages in dieser Position. Wir weinten, wir redeten, und dann weinten wir noch mehr. Wir betrauerten unseren Verlust und unser Kind. Den ersten Atemzug, den es niemals nehmen würde. Das lange, erfüllte Leben, das es niemals leben würde. Unsere endlose Liebe, die es niemals spüren würde.

Was wir hatten, ist viel zu schön, um vergessen zu werden.

Immer dein,

Braxton

SECHSUNDDREISSIG

Jemma

Tränen laufen mir übers Gesicht, als ich auf der Bettkante sitze und das Ultraschallbild in meiner Hand betrachte. Das Bild meines Babys, eines Babys, an das ich mich nicht erinnere.

Meine Brust zieht sich zusammen, der Verlust ist herzzerreißend und schmerzhaft.

Ich greife nach dem Handy. Ich habe das Gefühl, Braxton anrufen zu müssen, aber er ist bei der Arbeit, und ich will ihn nicht stören. Er ist der Einzige, der verstehen kann, was ich fühle.

Hi, tippe ich. *Ich wollte mich nur dafür bedanken, dass du es mir erzählt hast.*

Ein paar Minuten vergehen, bevor ich eine Antwort bekomme. *Ich dachte, du würdest es wissen wollen. Ist alles okay?*

Nein. Ich habe das Gefühl, dass mein Herz erneut bricht.

Ein paar Sekunden später schrecke ich auf, als mein Handy klingelt. »Tut mir leid, Jem«, ist das Erste, was er sagt. »Ich hätte warten sollen, bis ich in der Nähe bin, um dir den Brief zu geben. Ich stecke in einem Meeting fest und kann nicht gehen.«

»Ist schon okay«, sage ich schniefend. »Das habe ich gar nicht erwartet. Ich wollte mich nur bedanken. Ich komme aber zurecht, ehrlich.«

»Ich müsste hier in einer halben Stunde fertig sein. Danach komme ich sofort zu dir, dann können wir reden.«

»Du musst nicht kommen, Braxton, aber danke für das Angebot.«

Nachdem ich den Anruf beendet habe, wische ich mir die Tränen vom Gesicht, bevor ich den Deckel meiner Schatzkiste öffne und das Bild behutsam hineinlege. Ich nehme den kleineren Umschlag, in dem der Brief war, in die Hand und finde einen kleinen Verlobungsring-Anhänger darin. Er hat auch eine Schachtel ins Paket gelegt, die ich als Nächstes herausnehme.

Ich atme scharf ein, als ich den Deckel der weißen Samtschachtel öffne und meinen Verlobungsring entdecke. Er glänzt wie neu, und ich frage mich, ob er ihn reinigen lassen hat, bevor er ihn mir geschickt hat.

Ich stecke ihn auf den Finger und bewundere meine Hand. Er ist nicht besonders groß, aber schön. *Außergewöhnlich schön.* Andererseits bin ich mir ziemlich sicher, dass ich auch ein Stück Draht geliebt hätte, wenn er von Braxton gekommen wäre.

Ich lasse den Ring erst einmal auf dem Finger und lege mich aufs Bett. Dann schließe ich die Augen und versuche, mich zu erinnern.

♥

»Hast du daran gedacht, die Tomaten mitzubringen, Schatz?«, rufe ich, als ich eine Tür in der Ferne höre.

Ich stehe in einer kleinen Küche, die ich nicht wiedererkenne, und rühre in einem Topf auf dem Herd. Ich werfe einen Blick in den Topf … es sieht aus wie Spaghettisoße. Zu meiner Rechten sehe ich eine Reihe Muscheln auf der Fensterbank über der Küchenspüle. Dann muss ich lächeln, als ich aus dem Fenster schaue und mich in dem Anblick des Meeres verliere.

»Ja, ich habe die Tomaten.« Ich schrecke auf, als ein paar starke Hände um meine Taille fassen.

Mit einem Blick über die Schulter erkenne ich Braxtons gut aussehendes Gesicht, das mich anlächelt. Er küsst mich zart auf die Lippen und lässt mich dann los. Ich rühre weiter in der Soße und sehe ihm dabei zu, wie er die Einkäufe auf der Küchenanrichte auspackt.

»Salat, Gurke, Tomaten, rote Zwiebeln und eine Avocado. War das alles?«

Er grinst, als er mich ansieht. Meine Augen konzentrieren sich auf sein niedliches kleines Grübchen. Ich liebe dieses Grübchen.

»Ja, das war alles.«

Er schaut in die Tasche, die er immer noch hält. »Die hier habe ich auch noch mitgebracht.«

Er greift hinein und holt winzige weiße Söckchen mit einer rosa Borte heraus. Mir steigen Tränen in die Augen, als ich den Schriftzug darauf sehe. *Ich liebe meine Mummy.*

»Braxton, die sind ja schön«, sage ich und nehme sie ihm aus der Hand.

»Und die hier«, sagt er und zieht ein weiteres Paar heraus. Sie haben eine blaue Borte, und auf ihnen steht: *Ich liebe meinen Daddy.*

Ich schniefe, als ich beide Paar Socken in die Hand nehme. »Sie sind richtig toll. Ich kann immer noch nicht glauben, dass wir Eltern werden.«

»Du wirst eine großartige Mutter sein«, sagt er mit leuchtenden Augen.

Als sich sein Gesicht mir nähert, fühle ich eine Hand, die sanft über mein Haar streichelt. Ich öffne die Augen und liege nicht länger in seinen Armen in der kleinen Küche. Ich liege in meinem Bett im Haus meiner Eltern, und Braxton sitzt auf der Bettkante und sieht mich an. Er lächelt zärtlich, und wieder muss ich auf sein Grübchen schauen.

»Tut mir leid, ich wollte dich nicht wecken.«

»Mir war gar nicht bewusst, dass ich eingeschlafen bin.«

»Du musst schön geträumt haben, denn du hast die ganze Zeit gelächelt.« Ich setze mich auf, antworte aber nicht. »Ich habe es vermisst, dir beim Schlafen zuzusehen, Jem.«

Sein Blick flackert kurz zu meiner Hand, zum Verlobungsring.

»Ich habe ihn nur anprobiert. Er ist so hübsch.«

Als ich ihn abnehmen will, legt er seine Hand auf meine. »Bitte nimm ihn nicht ab, Jem.«

»Ich …«

»Bitte. Ich will keinen Druck aufbauen, und keine Sorge, es wird nicht den falschen Eindruck bei mir erwecken, wenn du ihn trägst. Ich möchte ihn einfach an deiner Hand sehen. Egal, ob wir noch mal als Mann und Frau zusammenleben, ich habe ihn dir gekauft, damit du ihn trägst … er gehört dir.«

Er blickt in seinen Schoß, und die Traurigkeit in seinem Gesicht versetzt mir einen Stich ins Herz. Ich hebe die Hand und streiche ihm über die Wange. »Ich lasse ihn dran«, flüstere ich.

♥

Braxtons Blick bewegt sich immer wieder zwischen meinem Gesicht und dem Ring an meinem Finger hin und her, während ich frühstücke. Ich bin froh, dass ich ihn noch trage, weil ich jetzt sehe, wie glücklich ihn das macht. Ich wollte den Ring nicht unbedingt abnehmen, aber ich hatte Angst, dass es Braxton falsche Hoffnungen macht, wenn ich ihn trage. Ich kann nicht leugnen, dass ich Gefühle für ihn habe, dass ich unaufhörlich an ihn denke. Wenn wir zusammen sind, bin ich richtig glücklich, und wenn wir es nicht sind, vermisse ich ihn. Aber es liegt immer noch ein weiter Weg vor mir, bis ich für etwas in der Art bereit bin. Was ich fühle, ist nicht genug. Ich möchte wieder so fühlen können, wie ich es vor dem Unfall getan habe.

Er war so lieb, als er gestern Abend zu mir gekommen ist. Er hat mich gefragt, wie ich mich fühle, und als ich antwortete, dass ich traurig sei, hat er mir signalisiert, ein Stück zu rutschen, und sich dann neben mich gelegt. Ich blieb in seinen Armen liegen und fragte mich, ob er mich auch so gehalten hat, als wir den Verlust das erste Mal durchlebten.

Am Ende bin ich wieder eingeschlafen, habe aber dieses Mal nicht geträumt. Ich wollte ihn unbedingt fragen, ob er mir diese Babysocken geschenkt hat, aber ich bin noch nicht bereit, diese Information zu enthüllen. Ein diffuser Traum hier und da rechtfertigt es nicht. Ich möchte niemandem falsche Hoffnungen machen, bis ich mir sicher bin.

Nachdem ich ihm beim Abwasch geholfen habe, besuchen wir seinen Vater, und dann bringt er mich zurück zu meiner Mum. »Ich habe noch einen Brief für dich«, sagt er, als wir in der Einfahrt im Auto sitzen. »In diesem steht nichts Trauriges, versprochen«, fügt er mit einem warmen Lächeln hinzu.

Er schiebt die Hand in mein Haar und zieht mich zu sich heran. Ich öffne die Lippen, als unsere Münder sich treffen. Inzwischen verstehe ich vollkommen, warum ich ihn immer so viel küssen wollte. Ich bin offiziell süchtig nach seinen Küssen.

Er zieht sich etwas zurück. »Ich hoffe, du hast noch einen schönen Tag. Ruf mich an, wenn du irgendetwas brauchst.«

»Mach ich«, flüstere ich.

Keiner von uns bewegt sich. Es wird immer schwerer, mich von ihm zu verabschieden.

Liebste Jemma,
der einunddreißigste Dezember 2014, und die Uhr schlug gerade Mitternacht. Ich schlang meine Arme von hinten um deine Taille. »Frohes neues Jahr, Jem«, sagte ich und küsste dich auf die Wange. Wir standen auf unserer Terrasse und betrachteten das Feuerwerk in der Ferne. Ich liebte es, wie die Neonfarben des Himmels im Meer gespiegelt wurden.

»Frohes neues Jahr, Brax«, hast du geantwortet. Dann hast du den Kopf gedreht und mich geküsst.

Wir lebten seit fast sechs Monaten in unserem Traumhaus. Wir liebten es dort, aber ein Teil von uns vermisste auch unsere kleine Hütte. Du hast dir an dem Tag, als sie abgerissen wurde, die Augen ausgeweint.

In der Zeit, in der das neue Haus gebaut wurde, lebten wir für fünf Monate bei deiner Mutter. Es war manchmal anstrengend, weil sie tief in ihrer Depression steckte. Ihre Eltern waren vor einiger Zeit gestorben, und dein Vater war ausgezogen. Es war unglaublich hart, diesen Schatten der alten Christine zu sehen, zu dem sie geworden war.

»Dieses Jahr wird ein wundervolles Jahr«, sagtest du und drehtest dich ganz um. »Überleg mal, in neunzehn Tagen werde ich Mrs Braxton Spencer sein.«

»Sag das noch mal.«

»Mrs Braxton Spencer.«

»Klingt gut«, sagte ich und strich dir das Haar aus dem Gesicht. »Ich kann es kaum erwarten, dass du endlich meine Frau bist.«

»Und ich kann es nicht erwarten, dass du mein Mann bist.«

Wir mussten nur noch eine Woche arbeiten, dann würden wir einen Monat freihaben. Ich freute mich riesig darauf, jede Sekunde dieser Zeit mit dir zu verbringen.

Das Leben war gut … es war sogar perfekt. Manchmal sorgte ich mich, dass es zu perfekt war. Meine Eltern waren glücklich gewesen, bis meine Mutter starb. Deine Eltern waren auch glücklich gewesen, bis alles auseinanderbrach.

Obwohl unsere Zukunft vielversprechend aussah, beunruhigte mich tief in meinem Inneren etwas. Es war die Sorge, was möglicherweise vor uns lag. Jetzt erscheint es mir so ironisch.

♥

Der neunzehnte Januar 2015. Lucas legte die Hand auf mein Bein. Wir saßen in der vordersten Kirchenbank. »Hör auf damit«, beschwerte er sich. »Dieses Gewippe macht mich nervös.«

Ich war nicht nervös, ich war voll Vorfreude. In wenigen Minuten würdest du ankommen. Ich sah auf die Uhr und lächelte. In zwei Minuten, um genau zu sein. Du hattest mir am Tag zuvor versprochen, dass du dich nicht verspäten würdest, und du hast noch nie ein Versprechen gebrochen.

Als der Pfarrer seinen Platz vor dem Altar einnahm, bedeutete er Lucas und mir, aufzustehen. »Viel Glück, mein Sohn«, sagte mein Vater, als ich an ihm vorbeikam. Ich brauchte kein Glück, ich war schon der glücklichste Mann auf Erden, weil ich dich hatte.

Schauder liefen mir über den Rücken, als die Musik einsetzte. »Endless Love«, gesungen von Stan Walker und Dami Im. Du hattest mir gesagt, dass du es im Radio gehört hast und es dich zum Weinen gebracht hat. »Es ist, als wäre es für uns geschrieben worden«, hattest du gesagt.

Rachel erschien zuerst in der Tür. Sie sah schön aus in ihrem jadegrünen Kleid, das sie selbst designt hatte; sie hat auch dein Brautkleid designt. Ich sollte es erst noch sehen, aber du hattest mir schon gesagt, wie toll du es fandst.

Ich lehnte mich leicht nach links in dem Versuch, einen Blick auf dich zu erhaschen, aber ich sah nur etwas Weißes aufleuchten.

Ich lächelte Rachel an, als sie langsam den Gang entlang auf mich zuschritt. Sie hatte ein Viertel des Weges hinter sich, bevor du ganz in Sicht kamst. Mein Herz setzte einen Schlag aus, als unsere Blicke sich trafen.

Obwohl der Schleier über deinem Gesicht lag, sah ich, dass du mich ebenfalls anschautest. Ich werde nie deinen Gesichtsausdruck vergessen, als du den Gang entlanggeschritten bist. Du sahst so glücklich aus, so glücklich, wie ich mich fühlte.

Mein Blick blieb auf dich gerichtet, bis du vor mir standst.

»Wer übergibt die Braut?«, fragte der Pfarrer.

»Ich übergebe die Braut«, antwortete dein Vater.

Er schüttelte mir die Hand, bevor er sich neben meinen Vater setzte. Deine Mutter hatte ein ziemliches Theater veranstaltet, weil Stephen zur Hochzeit kam. Sie bestand darauf, dass wir ihn so weit von ihr entfernt hielten wie möglich. Du hast immer noch unter ihrer Trennung gelitten, aber du hättest dich auf keinen Fall ohne seine Anwesenheit trauen lassen, deswegen hatten wir einen Kompromiss geschlossen.

Ich nahm deine Hand und zog dich ein kleines bisschen näher zu mir. »Du siehst wunderschön aus«, flüsterte ich.

»Du auch«, gabst du zurück.

Ich half dir, den Schleier zurückzulegen, und verschränkte dann meine Finger mit deinen. In dem Moment wollte ich dich unbedingt küssen, wusste aber, dass ich noch warten musste.

Zu unserer Überraschung konnten wir uns beide zusammenreißen, als wir unsere Ehegelübde sprachen.

»Ich liebe dich, Mr Spencer«, hast du geflüstert, als ich dich auf der Feier danach zu unserem ersten Tanz als Mann und Frau an mich zog.

»Ich liebe dich auch, Mrs Spencer«, antwortete ich und küsste dich.

♥

Der einundzwanzigste Januar 2015. Es war der Tag, an dem wir auf Hawaii ankamen, am Tunnels Beach auf Kauai, und uns in unsere wunderschöne Villa am Meer zurückzogen.

Wir kosteten unsere Flitterwochen aus und genossen jeden Moment unserer gemeinsamen Zeit. Wir unternahmen lange Spaziergänge am Strand und aßen exquisites Essen, das uns jeden Tag per Kanu zu unserer Villa gebracht wurde. Wir schwammen in unserem privaten Meerwasserpool und liebten uns in den frühen Morgenstunden. Wir waren so weit entfernt vom Rest der Welt, und keiner von uns wollte, dass es aufhörte. Wenn ich gewusst hätte, welche Gräuel uns nach unserer Rückkehr erwarteten, wäre ich einfach ewig mit dir auf dieser Insel geblieben.

Man sagt, dass sich nach einer Hochzeit eigentlich nichts ändere, dass es nur ein Stück Papier sei. Ich sehe das anders, denn für mich fühlten sich die Dinge auf jeden Fall anders an. Ich fühlte mich dir näher als je zuvor. Du warst nicht mehr nur eine Verlängerung meiner selbst, du warst jetzt ein Teil von mir.

Was wir hatten, ist viel zu schön, um vergessen zu werden.

Immer dein,

Braxton

Ich finde zwei Dinge im Umschlag: einen kleinen Auto-Anhänger, auf dessen Rückseite die Worte *Just Married* stehen, und meinen Ehering. Ich stecke ihn mir neben meinen Verlobungsring an den Finger. Braxton sagte, dass in diesem Brief nichts Trauriges stehe, aber das Wort traurig beschreibt am besten, wie ich mich in diesem Moment fühle.

SIEBENUNDDREISSIG

Jemma

Ich habe Braxtons Nummer an diesem Tag schon unzählige Male aufgerufen, habe aber jedes Mal gekniffen und ihn doch nicht angerufen. Es ist drei ganze Tage her, dass ich ihn das letzte Mal gesehen habe, und er hat keinen Kontakt zu mir aufgenommen. Seit Mittwoch regnet es, deswegen konnte ich nicht am Strand joggen gehen. Das bedeutet, dass ich auch jedes Mal mein Frühstück mit ihm verpasst habe.

Je länger ich nichts von ihm höre, desto mehr Sorgen mache ich mir. Ich vermisse ihn sehr. So sehr, dass ich mich geradezu nach ihm verzehre.

Ich stehe auf und gehe in meinem Zimmer auf und ab. Ich komme einfach nicht zur Ruhe. Dann öffne ich den Laptop auf meinem Schreibtisch. Es ist fast sieben Uhr abends hier, also muss es in New York früh am Morgen sein. Ich weiß, dass Rachel früh aufsteht, um vor der Arbeit Yoga zu machen, deswegen riskiere ich es und rufe sie über Skype an.

»Mensch, Jem, hier ist es fünf Uhr morgens«, sagt sie, als ihr Gesicht auf dem Bildschirm erscheint. Ihre Augen blinzeln im hellen Licht des Bildschirms, und ihre Haare stehen in alle Richtungen ab. Sie sieht ganz schön verschlafen aus.

»Tut mir leid. Ich … ich weiß nicht … ich musste einfach mit dir reden.«

»Hey, was ist denn los? Ist alles okay?«

»Ja … nein. Ich habe seit drei Tagen nichts von Braxton gehört.«

»Oh. Habt ihr euch gestritten? Es schien doch so gut bei euch zu laufen.«

»Das ist es ja gerade, es lief auch alles wunderbar … er war wunderbar zu mir.«

»Na ja, vielleicht hat er bei der Arbeit einfach viel zu tun. Du hast doch selbst gesagt, dass es bei ihnen gut läuft.«

»Vielleicht. Ihn erst jeden Tag zu sehen und dann plötzlich gar nicht mehr … das ist hart. Ich vermisse ihn.«

»Schreibt er dir immer noch Briefe?«

»Ich bin mir nicht sicher. In dem, den er mir vor drei Tagen gegeben hat, ging es um unsere Hochzeit und die Flitterwochen … das war direkt vor dem Unfall. Vielleicht war es der letzte Brief.«

»Verstehe.« Sie denkt kurz darüber nach. »Vielleicht verliert er langsam die Hoffnung.«

Darüber habe ich so noch nicht nachgedacht. Könnte es sein, dass er uns aufgibt? »Möglich«, sage ich und fühle mich plötzlich ernüchtert.

»Ruf ihn an, Jem. Seit dem Unfall hat er die ganze Zeit hart dafür gekämpft, dich zurückzugewinnen. Er war so geduldig und hat dir immer den Abstand gegeben, den du brauchtest. Komm ihm ein Stück entgegen, das hat er nach der ganzen Mühe verdient, die er sich gegeben hat.«

»Du hast recht«, sage ich und senke dabei den Blick auf den Teppich. Er hat sich so um uns bemüht, jetzt wird es Zeit, dass ich ihm auch mal etwas zurückgebe. »Ich werde ihn anrufen. Danke, Rach. Entschuldige, wenn ich dich geweckt habe … geh wieder schlafen.«

»Ja, genau! Jetzt bin ich hellwach.«

»Tut mir leid.«

»Schon gut. Ich kann dich ja in meiner Mittagspause zurückrufen … wie spät ist es dann bei euch? Oh, ja genau, zwei Uhr nachts.«

»Wag es nicht«, sage ich kichernd.

»Wenigstens habe ich dich zum Lächeln gebracht.«

»Danke.«

»Bis in zehn Tagen.«

»Ich kann es kaum erwarten.«

Sie hat sich endlich entschieden, nach Hause zu kommen. Sie hat schon bei der Arbeit gekündigt und angefangen, ihre Sachen zu packen. Ich freue mich darauf, sie wieder hier zu haben. Mit Braxtons Hilfe möchte ich das Problem zwischen ihr und Lucas angehen.

Nachdem wir uns verabschiedet haben, logge ich mich aus und nehme mein Handy in die Hand. Dieses Mal zögere ich nicht, die Anruftaste zu drücken.

»Jem. Ist alles okay?«, sagt er, als er den Anruf annimmt.

»Hi. Es ist alles gut. Ich hab schon seit ein paar Tagen nichts von dir gehört … seit drei Tagen, genau genommen … Ich, ähm, wollte nur mal hören, wie es dir geht.«

»Mir geht's ganz gut. Und dir?« In meinen Ohren passt seine Stimme nicht zu seiner Aussage.

»Ja, alles okay.«

»Freut mich.«

Obwohl er höflich ist, wirkt er distanziert. Oder vielleicht ist das nur meine Paranoia. »Und, was machst du so?«

»Arbeiten. Alles wie immer.«

»Wie sieht es später heute Abend aus? Hast du schon was vor?« Nervös kaue ich auf dem Fingernagel, während ich auf seine Antwort warte.

»Tatsächlich, ja.«

»Oh. Okay.«

»Ich gehe mit Lucas aus. Es ist schon eine Weile her, dass wir einen Männerabend gemacht haben.«

»Das ist toll. Den hast du dir verdient.« Ich meine es auch wirklich so, aber dennoch kämpfe ich mit den Tränen. »Gut, dann viel Spaß gleich.«

»Danke. Dir auch.«

Ich will ihm sagen, wie sehr ich ihn vermisse, aber die Worte wollen nicht kommen. »Tschüss.«

»Tschüss, Jem.« Ich höre, wie seine Stimme beim Sprechen leicht bricht. Warum wirkt dieser Abschied so endgültig?

Mein Magen zieht sich zusammen, als ich nach unten gehe. Ich werde panisch – ich will ihn nicht verlieren.

Meine Eltern sind zum Abendessen ausgegangen. Sie haben mich auch eingeladen, aber ich habe Nein gesagt. Sie brauchen Zeit für sich, es gibt noch so viel für sie aufzuholen. Mein Dad kommt jetzt jeden Abend zum Essen, bleibt aber nur an den Wochenenden. Ich erwarte jeden Tag eine Ankündigung, dass er wieder einzieht. Es ist offensichtlich, wie vernarrt sie ineinander sind, und es macht mich glücklich, sie wieder zusammen zu sehen.

In der Küche gehe ich direkt zum Kühlschrank. Ich habe nicht mal Hunger, wühle aber darin herum. Am Ende mache ich mir einen Kaffee und setze mich vor den Fernseher aufs Sofa. Das gefürchtete Gefühl der Einsamkeit, das ich gespürt habe, als ich aus dem Koma aufgewacht bin, nistet sich tief in mir ein. Ich mag dieses Gefühl ganz und gar nicht.

Es ist ungefähr zehn, als ich einen Wagen höre, gefolgt von dem Geräusch einer Autotür. Ich gehe zum Fenster, um zu sehen, wer es ist. Ich hoffe, dass es Braxton ist, glaube aber eigentlich nicht, dass er um diese Uhrzeit unangekündigt kommen würde. Wahrscheinlich sind es nur meine Eltern, die vom Essen wiederkommen.

Ich ziehe den Vorhang zur Seite und spähe in die Nacht. Da sehe ich eine dunkle Gestalt durch den Vorgarten zur Beifahrertür eines Autos rennen, das dort steht. Ein paar Augenblicke später fährt es weg und verschwindet in die Nacht, und plötzlich fühle ich mich unwohl, weil ich das Auto nicht erkennen konnte.

Ich gehe in den Flur, um nachzusehen, ob die Haustür abgeschlossen ist, und da entdecke ich den Umschlag auf dem Boden. Jemand hat ihn durch den Türschlitz geschoben.

Als ich ihn aufhebe und umdrehe, erkenne ich Braxtons Schrift. Es hebt meine Laune nicht gerade, dass er nicht geklopft hat und auch nicht Hallo sagen wollte.

Ich schalte den Fernseher aus, spüle meine Tasse und gehe dann in mein Zimmer.

NEUNZEHNTER BRIEF

Liebste Jemma,
während ich hier sitze und über alles nachdenke, was wir mal waren und was wir heute sind, wird mir plötzlich bewusst, dass dies nicht nur der neunzehnte, sondern auch der letzte Brief ist.

Es ist unheimlich, dass sie genau bei dieser Zahl enden. Zweifellos hat die Zahl Neunzehn eine besondere Bedeutung für uns.

Wir haben uns an einem Neunzehnten kennengelernt. Ein Tag, der mein Leben für immer verändert hat.

Es war der Neunzehnte, als wir unser erstes offizielles Date hatten.

Es war der Neunzehnte, als wir unsere Beziehung auf die nächste Ebene hoben, der Tag, an dem unsere Körper und Herzen vereint wurden.

Unser Haus, der Ort, an dem ich um deine Hand angehalten

habe und dir versprochen habe, dich bis zu meinem letzten Atemzug zu lieben, hat auch die Nummer Neunzehn, ob Schicksal oder Zufall. Ich möchte glauben, dass es Schicksal war.

Nicht nur waren es auf den Tag genau neunzehn Jahre nach unserem Kennenlernen, dass du mich geheiratet hast und mich damit zum glücklichsten Mann der Welt gemacht hast; es war auch der Neunzehnte.

Deswegen habe ich dir neunzehn Tage später diese Kette mit der Nummer Neunzehn geschenkt. Ich dachte, die Neunzehn wäre die Zahl, die alles symbolisiert, was wir waren. Jeder wichtige Meilenstein, den wir zusammen erreicht haben. Die Zahl, die uns nicht nur zusammengebracht, sondern uns auch für immer miteinander verbunden hat. Aber ich lag falsch.

Diese Nummer hat nämlich auch dazu beigetragen, dass du mir genommen wurdest und meine Welt und alles, was mir wichtig war, auseinandergebrochen ist. Du warst mein Leben, und ohne dich an meiner Seite konnte ich nicht mehr atmen.

Wenn mir nur neunzehn Jahre gegönnt sind, dann nehme ich sie. Dich getroffen zu haben hat mein Leben auf so viele Arten bereichert, und ich werde immer jede Sekunde schätzen, die ich mit dir hatte.

Nicht einmal in meinen wildesten Träumen hätte ich jemals gedacht, dass der Tag kommen würde, an dem ich nicht mehr der Mann deines Lebens sein würde.

Braxton

Ich schaue mir die Kette in meiner Hand und den wunderschönen, mit Diamanten besetzten Anhänger mit der Zahl Neunzehn an. Ich weiß nicht, ob ich die Tränen überhaupt aufhalten könnte, die mir jetzt aus den Augen strömen, selbst wenn ich es versuchen würde.

Mein Herz fühlt sich an, als läge es in tausend Scherben. Ich hasse den Gedanken, dass er glaubt, nicht mehr der Mann meines Lebens zu sein, den Gedanken, dass dies unser Ende ist.

Die ganze Wut, die ich direkt nach meinem Koma gespürt habe, kommt wieder an die Oberfläche. Wut darüber, wie unfair das Leben ist, erfüllt jeden Zentimeter von mir, bis sie mir aus den Poren tropft.

Ich will mein altes Leben zurück. Ich möchte mich an jede wertvolle Sekunde erinnern … aber mehr als alles andere möchte ich sie spüren. Ich möchte diese alles verzehrende Liebe spüren, die ich mal für ihn empfunden habe. Ich will all das, kann es aber nicht haben. Das Leben ist scheiße, und in diesem Moment hasse ich es. Ich hasse es so sehr, dass ich schreien will. Aber stattdessen begrabe ich mein Gesicht im Kissen und weine. Ich weine um mich selbst. Um Braxton. Aber mehr als alles andere weine ich um uns – um das, was uns auf so grausame Weise genommen wurde. Das ist die wahre Ungerechtigkeit hier. Erst als ich einschlafe, versiegen die Tränen endlich …

Plötzlich bin ich an einem Ort, der mir bekannt vorkommt, obwohl ich ihn noch nie gesehen habe. Ich bin in einem großen Badezimmer. Um mich herum sind himmelblaue Wände und glänzende weiße Fliesen. Vor mir hängt ein langer weißer Spiegel. Mein Blick fällt auf die schöne weiße Muschel, die zwischen den zwei Waschbecken liegt.

Ich weiß nicht, wo ich bin, werde aber panisch, als ich die Make-up-Tasche vor mir durchwühle. Ich scheine nicht zu finden, was ich suche. Ich öffne die Schublade unter dem Spiegel und schiebe eine rosa Bürste zur Seite. »Da bist du ja«, flüstere ich, als ich den Lipgloss hochnehme, der darunterlag.

Mein Blick wandert wieder zu dem langen, rechteckigen Spiegel vor mir. An seinem Rand sind Lampen eingelassen, die mein Spiegelbild beleuchten. Ich beeile mich jetzt, als ich meinem Make-up den letzten Schliff gebe.

In dem Moment erhasche ich einen Blick auf jemanden im Spiegel. Es ist Braxton. Er lehnt sich an den Türrahmen und beobachtet mich. Er trägt eine graue Jogginghose und kein Shirt. Mein Puls beschleunigt sich, während mein Blick über seine nackte Brust wandert, über jeden Muskel, der seinen Oberkörper definiert – vom perfekten V über dem Hosenbund bis zum Waschbrettbauch und der starken Brust. Er hat einen wunderschönen Körper, wie die Skulptur eines griechischen Gottes.

Erst dann treffen sich unsere Blicke, und der bewundernde Ausdruck in seinen Augen bringt die Schmetterlinge in meinem Bauch zum Flattern. Die Liebe, die ich in diesem Moment für ihn empfinde, strömt durch jede Faser meines Körpers. So etwas habe ich noch nie gefühlt. Es nimmt mir fast den Atem.

»Wie lange stehst du schon da?«, frage ich, während sich meine Mundwinkel zu einem Lächeln heben.

»Ich bewundere bloß meine wunderschöne Frau.«

Er stößt sich vom Türrahmen ab und pirscht sich an mich heran. Seine Arme legen sich um meine Taille, und er zieht mich an sich. Ein leises Stöhnen entfährt mir, als seine Lippen sich einen Weg über meinen Nacken bahnen. Ich lege den Kopf zur Seite, damit er besseren Zugang hat.

»Ich bin jetzt schon spät dran«, hauche ich.

»Ich wünschte, du müsstest nicht gehen.« Sein warmer Atem auf meiner Haut verursacht mir Gänsehaut.

»Ich auch.«

»Die nächsten acht Stunden werden sich wie eine Ewigkeit anfühlen.«

Ich seufze zustimmend. »Ich weiß.«

Seine Zunge gleitet über die empfindliche Stelle hinter meinem Ohr und schickt mir Schauer über den Rücken. Das hat er mit Absicht getan. »Nimm dir für heute Abend nichts vor, ich möchte dich zum Essen ausführen.«

»Du führst mich aus? Wohin?«

»Ins *Sea Shanty.*« Er stöhnt, als er an meinem Ohrläppchen saugt.

»Gibt es dafür einen besonderen Anlass?«

»Unser Jubiläum.«

Ich reiße die Augen auf, und im Spiegel schauen wir uns an. »Unser was?« Meine Gedanken rasen. *Welches Jubiläum?*

Er dreht mich in seinen Armen, damit ich ihn direkt ansehe, und zieht eine kleine schwarze Schachtel aus der Hosentasche. »Das hättest du eigentlich heute Abend bekommen sollen, aber ich möchte, dass du es jetzt schon hast. Alles Liebe zum neunzehnten Jubiläum, Süße.«

Meine Hände zittern leicht, als ich ihm die Schachtel abnehme. Jetzt fällt mir ein, dass wir heute seit neunzehn Tagen verheiratet sind, und ich lächele breit. Die Zahl Neunzehn hatte schon immer eine besondere Bedeutung für uns.

Mir kommen Freudentränen, als ich den Deckel öffne. In der Schachtel liegt eine Kette aus Weißgold mit einem diamantenbesetzten Anhänger, auf dem die Zahl Neunzehn abgebildet ist.

»Oh, Braxton, sie ist wunderschön … Ich liebe dich.«

Er lächelt und streicht mir eine Haarsträhne hinters Ohr. »Ich kann es nicht erwarten, den Rest meines Lebens mit dir zu verbringen, Jem.«

»Gleichfalls.«

Ein Kloß formt sich in meiner Kehle, und ich muss die Tränen zurückhalten. Mit der Hand fächere ich mir Luft zu. Ich habe keine Zeit, mein Make-up zu erneuern.

Er nimmt mir die Schachtel aus der Hand und holt die Kette heraus. »Dreh dich um und halt die Haare hoch.« Ich komme seinem Wunsch nach und halte meine langen braunen Haare auf dem Kopf fest, damit er die Kette schließen kann. »Perfekt«, sagt er und gibt mir einen sanften Kuss auf die Haut am unteren Nacken.

Meine Fingerspitzen tasten nach dem Anhänger, während ich ihn im Spiegel bewundere. »Danke … Ich werde gut darauf achtgeben.«

Er schlingt mir wieder die Arme um die Taille, legt sein Kinn auf meine Schulter und sieht mich durch den Spiegel an. »Weißt du, ich habe nachgedacht …«

»Das könnte gefährlich werden.«

Ich lache, als er mich in die Seite knufft.

»Ich möchte, dass du die Pille absetzt.«

Ich fühle, wie sich mein Herzschlag beschleunigt, und drehe mich zu ihm um. »Wirklich?«

»Ja. Es ist Zeit, es noch mal zu versuchen, Jem. Ich möchte unser Baby in dir wachsen sehen.«

Als ich die Augen öffne, setze ich mich kerzengerade auf. Ich erinnere mich. Schnell werfe ich die Decke zurück, springe aus dem Bett und flitze in der Dunkelheit herum, auf der Suche nach meinem Handy. Meine Gedanken rasen. Ich muss Braxton anrufen. Ich muss wissen, ob das wirklich so passiert ist an dem Morgen oder ob es nur ein Traum war.

Als ich das Handy endlich finde, schalte ich es an. Ich sehe, dass es 1:19 Uhr ist. Schon wieder die Zahl Neunzehn. Wahrscheinlich sollte ich ihn um diese Uhrzeit nicht anrufen, aber ich will unbedingt Antworten haben. Ich kann auf keinen Fall wieder schlafen gehen, bevor ich es weiß.

»Hi, hier ist Braxton. Ich kann den Anruf gerade leider nicht entgegennehmen, aber wenn Sie mir Ihren Namen und die Telefonnummer hinterlassen, rufe ich so schnell wie möglich zurück …« Enttäuscht lege ich auf.

Ich schalte das Licht an, gehe in meinem Zimmer umher, und dann entscheide ich: *Scheiß drauf, ich fahre da jetzt hin!*

Ich mache mir nicht mal die Mühe, den Schlafanzug auszuziehen, stattdessen schlüpfe ich nur schnell in eine Jeans und ziehe eine Jacke aus dem Schrank. Während ich die Treppe hinuntereile, rufe ich schon ein Taxi an und schlüpfe dann hinaus in die Dunkelheit. Fünfundzwanzig Minuten später biegt der Fahrer in Braxtons Straße ein. »Es ist die Nummer Neunzehn«, sage ich ihm und muss lächeln.

Ich befühle meine Taschen, als wir vor dem Haus zum Stehen kommen. »Verdammt!«

»Das macht neunzehn Dollar und fünf Cent, aber machen wir einfach eine gerade Neunzehn daraus«, sagt er. Natürlich sind es neunzehn Dollar. Dadurch wächst mein Grinsen nur noch. Es ist ein Zeichen, das weiß ich.

»Ich habe mein Geld zu Hause vergessen, können Sie mir eine Sekunde geben? Mein Mann kümmert sich um die Rechnung.« *Mein Mann*, diese Worte sind mir sehr bewusst.

Sein Haus ist dunkel, als ich an der Haustür ankomme, und plötzlich kommen mir Zweifel. Es ist mitten in der Nacht. Dennoch hebe ich die Hand und klopfe. Ich höre Bella-Rose von drinnen bellen, und ein paar Minuten später geht das Licht auf der Veranda an.

Als Erstes nehme ich Braxtons überraschten Gesichtsausdruck wahr, als er die Tür öffnet. »Jemma.« Ich schaue seinen Körper an, er trägt kein T-Shirt, und eine graue Jogginghose hängt tief auf seinen Hüften. Er sieht genauso schön aus wie in meinem Traum. »Jemma … ist alles okay?«

Mein Blick schießt wieder zu seinem Gesicht hinauf. »Ich brauche Geld, um den Taxifahrer zu bezahlen.« Ich deute über die Schulter. »Ich kann es dir zurückgeben, ich habe nur mein Portemonnaie vergessen.«

»Klar, eine Sekunde, ich hol eben meins.« Er tritt zurück und öffnet die Tür weiter. »Komm rein, es ist kalt draußen.« Eine Minute später kommt er die Treppe wieder herunter, jetzt trägt er ein T-Shirt. »Bleib hier. Ich bin sofort wieder da.«

Braxton schließt die Haustür hinter sich, als er wiederkommt, und bleibt vor mir stehen. Er schiebt die Hände in die Hosentaschen.

Es ist so schön, ihn zu sehen.

»Hi.«

»Hi«, antwortet er mit einem Lächeln.

»Ich habe dich vermisst.«

»Hast du?«

»Sehr.« Sein Gesicht leuchtet bei meiner Aussage auf.

»Ich habe dich auch vermisst, Jem, aber es ist Viertel vor zwei morgens. Du bist doch bestimmt nicht den ganzen Weg hierhergekommen, um mir das zu sagen.«

»Nein.« Ich senke den Blick auf den Boden. »Ich muss das Badezimmer sehen, wo ich mich immer fertig gemacht habe.«

»Unser Bad?« Er runzelt die Stirn. »Warum?«

»Kann ich es einfach sehen?« Ich möchte ihm nicht sagen warum, nur für den Fall, dass es vollkommen anders aussieht als das in meinem Traum.

»Sicher.«

Er dreht sich um und läuft zu einer freitragenden Treppe. »Ist es das Badezimmer, in dem ich mich an dem Morgen fertig gemacht habe, als du mir die Kette geschenkt hast?«

»Ja.«

Ich schau mich um, als ich ihm in das Zimmer folge, das vermutlich unser Schlafzimmer ist. An der hinteren Wand steht das große Doppelbett. Die Decke ist auf einer Seite zurückgeschlagen, und ich sehe den Abdruck im Kissen an der Stelle, an der Braxton noch vor ein paar Minuten gelegen hat.

»Das ist unser Bad«, sagt er und bedeutet mir mit der Hand einzutreten, während er in der Tür stehen bleibt.

Ich schnappe nach Luft, als ich den Raum betrete. »Ich erinnere mich an die Wandfarbe … und an diesen Spiegel«, sage ich, als ich darauf zustürme. Der Spiegel mit der Beleuchtung ist genau derselbe wie in meinem Traum. »Ich erinnere mich an diese Muschel«, flüstere ich und hebe sie auf. Als ich sie wieder hinlege, öffne ich die Schublade und sehe die rosa Bürste dort liegen.

Ich wirbele zu ihm herum. »An dem Morgen, als du mir die Kette gegeben hast, hast du in der Tür gestanden und mir dabei zugesehen, wie ich Make-up aufgelegt habe. Du hattest kein Shirt an und hast genau so eine Jogginghose getragen wie jetzt. Du sahst richtig sexy aus, nebenbei bemerkt.« Das Lächeln auf seinem Gesicht wird breiter, als er ein paar Schritte auf mich zugeht. »Du hast mir gesagt, dass ich kündigen soll, damit wir eine Familie gründen können, stimmt's?«

»Stimmt.«

»Braxton, ich erinnere mich«, sage ich und springe ihm in die Arme. »Ich erinnere mich.« Freudentränen laufen mein Gesicht hinab, und er nimmt mich hoch und wirbelt mich herum.

Als er mich schließlich wieder abgesetzt hat, umfasst er mein Gesicht. »Jem«, flüstert er.

»Ich habe mich sogar an meine Liebe zu dir erinnert. Das Gefühl war … euphorisch.« Ich lege mir eine Hand aufs Herz. »Es hat mich völlig erfüllt.«

»Ich liebe dich so sehr, Jem«, sagt er, und eine einzelne Träne läuft ihm über die Wange.

»Ich liebe dich auch.«

Er drückt stürmisch seine Lippen auf meine, und instinktiv verschmilzt mein Körper mit seinem, während ich die Arme um seine Taille lege. Dann vertieft er den Kuss, und ein leises Stöhnen entfährt mir.

Als er sich zurückzieht und lächelt, lächele ich ebenfalls.

»Möchtest du immer noch versuchen, ein Baby zu bekommen?«

»Auf jeden Fall«, sagt er, ohne zu zögern. »Wenn du das auch willst?«

»Ich hätte wahnsinnig gerne ein Kind mit dir, Braxton.«

»Nun, sobald du bereit bist, können wir es probieren.«

»Kann ich heute Nacht hierbleiben? In unserem Bett ... mit dir?«

»Bist du sicher, dass du so weit bist?«

»Ja.« Meine Antwort klingt fast schon verzweifelt. »Ich will alles, was wir mal hatten, und so viel mehr. Ich habe sehr viel darüber nachgedacht, seitdem ein gewisser Jemand damit angegeben hat, was für ein außergewöhnlich guter Liebhaber er sei – ich muss herausfinden, ob er die Wahrheit gesagt hat.«

Er legt den Kopf in den Nacken und lacht, dann hebt er mich hoch und trägt mich ins Schlafzimmer. »Er hat die Wahrheit gesagt. Eigentlich bin ich mir sogar ziemlich sicher, dass er untertrieben hat.«

Ich kichere bei seiner Antwort, aber wenn er ansatzweise so gut im Bett ist wie er küsst, dann bezweifele ich seine Aussage nicht für eine Sekunde.

Sanft setzt er mich neben dem Bett ab.

»Das würde ich gern selbst beurteilen«, sage ich.

»Wahrscheinlich wirst du ihn jetzt enttarnen.«

»Wirklich? Glaubst du, er hat sich vielleicht doch etwas aufgespielt?«

»Nie im Leben«, antwortet er, und ich muss lachen. »Er ist nur ein bisschen eingerostet, das hier hat er schon länger nicht getan.«

»Es tut mir leid«, sage ich und streiche mit der Hand über seine Wange. »Es tut mir leid, dass ich dich verletzt habe ... dass ich mich nicht daran erinnern konnte, wie sehr ich dich liebe.«

»Es ist okay, Jem. Selbst in den schweren Zeiten habe ich niemals die Hoffnung aufgegeben, dass du den Weg zu mir zurückfindest.«

»Danke, dass du mich nicht aufgegeben hast … dass du uns nicht aufgegeben hast.«

»Das wäre nie passiert. Wir sind füreinander bestimmt.«

Er legt seine Lippen auf meine, bevor er nach dem Reißverschluss meiner Jacke greift. Kurz verspanne ich mich, als er ihn öffnet. »Können wir das Licht ausmachen?«

Er zieht sich von mir zurück und sieht mich aufmerksam an. »Warum?«

»Meine Narben«, sage ich und senke den Kopf.

Er legt einen Finger unter mein Kinn und hebt mein Gesicht an, bis sich unsere Blicke wieder treffen. »Deine Narben sind ein Teil von dir, Jem, und an dir gibt es nichts, was ich nicht liebe.«

Er streicht mir das Haar aus dem Gesicht und küsst mich zart auf die Narbe an meiner Schläfe. Ich lege den Kopf zurück und stöhne, als seine Lippen sanft über meinen Kiefer und den Nacken hinunterwandern.

Vorsichtig zieht er mir den Stoff von der Schulter und küsst die Narbe, die meinen Arm hinabverläuft, dort, wo der Chirurg meine gebrochenen Knochen geklammert hat.

»Du bist perfekt«, flüstert er, als seine Lippen wieder den Weg zu meinen finden.

Und einfach so löst sich meine ganze Unsicherheit in Luft auf, weil ich weiß, dass er jedes Wort so meint. Seine Liebe zu mir ist bedingungslos … *das spüre ich.*

EPILOG

Braxton

Vier Jahre später …

Ich halte vollkommen still, als sie den letzten Eimer Sand auf meiner Brust entleert und ihn fest zusammendrückt, genau, wie ich es ihr beigebracht habe. Ich bin bis zum Hals begraben. Sie strahlt, als sie aufsteht und ihr Werk bewundert. Die Freude, die ich in ihren wunderschönen blauen Augen sehe, bringt mich zum Lächeln. Sie hat die Augen meiner Mutter, und immer, wenn ich sie anschaue, fühlt es sich an, als wäre ein Teil von ihr noch bei mir. Meine wundervolle Tochter trägt sogar ihren Namen … Grace. Grace Isabella Spencer.

Der Moment ihrer Geburt war einer der glücklichsten in meinem ganzen Leben. Ich kann nicht in Worte fassen, wie überwältigt ich war, als ich auf mein kostbares kleines Mädchen in den Armen meiner Frau hinabgeschaut habe. Nachdem wir unser erstes Kind verloren haben und ich beinahe Jemma verloren hätte, fühlte sich dieser Moment fast surreal an.

»Sie sieht dir so ähnlich«, flüsterte Jemma. »Ich weiß, wir haben uns schon für einen Mädchennamen entschieden, aber würde es dir etwas ausmachen, wenn wir sie stattdessen Grace nennen … nach deiner Mutter?«

Ich weiß noch, dass ich mir die Tränen aus den Augen wischte. »Das ist eine wunderschöne Idee.«

»Daddy ist eingegraben«, sagt Grace und holt mich wieder in die Gegenwart zurück.

Das Lächeln auf ihrem niedlichen Gesicht wird breiter, als sie ihre pummeligen kleinen Händchen aneinanderreibt, um den Sand zu entfernen, der daran klebt.

»Das hast du toll gemacht, Prinzessin.«

Ich drehe leicht den Kopf und sehe zu, wie sie zu ihrem Eimer tapst, der voller Muscheln ist. Jedes Wochenende gehen wir zusammen am Strand entlang und sammeln sie. Es ist unser Ritual geworden. Manchmal wache ich morgens auf, und sie steht schon an meinem Bett, ihren rosa Eimer in der Hand.

Sie kichert, als sie sich an mich heranschleicht. Schnell drehe ich den Kopf wieder zurück und schaue in den Himmel, als würde ich sie gar nicht bemerken. Das tut sie jedes Mal. Sie hat einmal gesehen, wie Jem es gemacht hat, und vor Freude gequiekt, als ich mich befreit habe und mich mit ihrer Mutter in den Sand geworfen habe.

»Hey, was machst du da?«, frage ich, als sie zwei kegelförmige Muscheln auf meine Brust legt. Sie begräbt das untere Ende im Sand, sodass die spitzen Enden nach oben zeigen.

»Daddy Busen!« Sie legt sich die Hand vor den Mund und kichert.

»Nein! Kein Busen für Daddy!«

»Doch, Busen!«, sagt sie und geht rückwärts davon.

»Ahhhh!«, brülle ich und befreie mich aus dem Sand. Sie kreischt, nimmt ihren kleinen rosa Eimer in die Hand und rennt auf das Haus zu. Sie ist erst drei, deswegen sind ihre Beine winzig. Ich brauche nur ein paar Schritte, um sie zu fangen. Sie kreischt noch einmal, als ich sie hochhebe.

Ihr Körper windet sich, als ich mein Gesicht in ihrem Nacken vergrabe und gegen ihre Haut puste. »Nein, Daddy!«, schreit sie lachend.

Wir lachen immer noch, als wir an der Terrasse ankommen und ich ihr den Sand von den Füßen streiche und sie wieder absetze. »Mummy, ich hab Muscheln!«, ruft sie und rennt auf die Schiebetür zu. Ich liebe dieses Mädchen so sehr. Ich liebe meine beiden Mädchen.

Nachdem ich mir selbst den Sand abgewischt habe, gehe ich ins Haus. Ich finde Jem am Küchentisch neben meinem Vater vor, wie sie mit ihm das Erinnerungsbuch durchgeht, das sie ihm gebastelt hat. Sie gehen es jeden Tag durch. Es ist ein Album voller Fotos aus seinem Leben. Fotos von seinen Eltern, meiner Mutter, mir, Jemma und Grace. Jeden Tag setzt sie sich mit ihm hin und erzählt ihm Geschichten aus seinem Leben, Dinge, an die er sich von alleine nicht mehr erinnert.

Sein Gedächtnis ist mittlerweile fast vollkommen erloschen. Es gibt keine guten Tage mehr, aber er wirkt trotzdem glücklich, und mehr kann ich mir nicht wünschen. Er lebt jetzt bei uns. Nach der ersten Nacht, die sie mit mir hier verbracht hat, ist Jemma nicht mehr weggegangen. Seitdem sind wir wieder zusammen, in jedem Sinn dieses Wortes. Einen Monat später holten wir meinen Dad nach Hause. Jem war noch nicht wieder bereit zu arbeiten, und sie wollte, dass er hier bei uns wohnt.

Ich habe eine Pflegekraft eingestellt, die dreimal am Tag kommt, um es Jem leichter zu machen, aber sie schenkt ihm trotzdem ihre gesamte Zeit. Als sie mit Grace schwanger wurde, haben wir eine Vollzeit-Pflegekraft eingestellt. Mein Vater wohnt in dem Gästezimmer unten, und ich habe mein Büro in ein Schlafzimmer für seine Pflegerin umgebaut.

Die Verbindung, die meine Frau zu meinem Vater hat, ist stark. Ihre Erinnerung ist nie vollständig zurückgekehrt, deswegen versteht sie ihn.

Ich stehe im Türrahmen und beobachte, wie Grace auf den

Schoß meines Vaters klettert. Dort sitzt sie am liebsten. Sie schauen oft zusammen fern, und manchmal liest sie ihm vor. Na ja, zumindest blättert sie um und sagt, was sie auf den Bildern sieht. Obwohl er meistens keine Ahnung hat, wer sie ist, ist deutlich zu sehen, wie sehr er sie anbetet. Jedes Mal, wenn sie das Zimmer betritt, leuchtet sein Gesicht auf.

»Morgen, Paps.« Ich beuge mich hinab und küsse ihn auf die Stirn. Er sieht mich nur verwirrt an, lächelt aber. Er lächelt immer.

»Das bin ich, Pa«, sagt Grace und deutet auf ein Foto in dem Album auf dem Tisch.

»Stimmt«, sagt er und lächelt sie an.

Ich gehe um den Tisch herum zu Jemma. Bella-Rose liegt zu ihren Füßen. »Morgen, Schatz.«

Ich beuge mich hinab und küsse sie auf den Mund, während meine Hand sanft über ihren geschwollenen Bauch streicht. Die Schwangerschaft steht ihr, und ich liebe es zu sehen, wie unser Baby in ihr heranwächst. Wir haben vor zwei Wochen herausgefunden, dass sie unseren Sohn in sich trägt. Seine bevorstehende Geburt wird unsere Familie perfekt ergänzen.

»Morgen, mein Hübscher«, antwortet sie, und ihr Blick wandert meinen Körper entlang.

»Ich gehe nur schnell duschen und werde den Sand los, dann helfe ich dir, Frühstück zu machen.«

»Okay«, sagt sie und lächelt zu mir hoch. Der Funke, der immer ihre Augen erfüllte, wenn sie mich angesehen hat, ist zurückgekehrt.

♥

»Hey, Kumpel«, sage ich und klopfe Lucas auf die Schulter, als er durch die Haustür marschiert.

»Wo ist mein kleiner Zwerg?« Ich hätte wissen können, dass das seine erste Frage sein würde.

»Oh, hallo auch«, sage ich sarkastisch, und er lacht. »Sie ist mit meinem Dad und Jemmas Eltern auf der Terrasse.« Sofort geht er in die Richtung, deswegen wende ich mich an seine Frau. »Hi, Rach.« Ich lehne mich vor und küsse sie auf die Wange. »Jem ist in der Küche.«

»Okay. Wie geht's dir, Brax?«

»Fantastisch.«

»Du wirkst so glücklich.«

»Bin ich auch.«

Nachdem Grace geboren war, hat sich Rachel beruflich von Frauenmode abgewandt und ihre eigene Kollektion für Kinder entworfen. Die Verkaufszahlen sind wirklich durch die Decke gegangen, und die Kleidung wird jetzt in ganz Australien in den großen Einzelhandelsketten verkauft. Rachel ist glücklich und scheint es nicht zu bereuen, ihren Traumjob in New York aufgegeben zu haben.

Jem und ich haben jeden Trick ausprobiert, um Rachel und Lucas wieder zusammenzubringen, als sie zurück nach Australien gezogen ist. Aber sie waren beide extrem stur, und jeder Versuch scheiterte. Am Ende verzweifelten wir.

Eines Nachmittages haben wir sie beide zu uns eingeladen und sie in eins der Gästezimmer gesperrt. Wir haben ihnen gesagt, dass wir sie nicht mehr rauslassen, bis sie miteinander geredet haben. Es hat funktioniert. Sie sind nicht vor dem nächsten Morgen herausgekommen, und seitdem sind sie ein Paar.

Jemma und Rachel sprechen über Babys, während sie das Essen in der Küche vorbereiten, deswegen küsse ich meine Frau nur kurz auf die Wange und gehe dann auf die Terrasse.

Ich sehe, dass Lucas Grace schon für sich beansprucht hat. Sie laufen Hand in Hand zum Wasser, und Bella-Rose trottet ihnen hinterher. Er wird ein wunderbarer Vater sein. Letzte Woche hat er mir erzählt, dass Rachel und er auch probieren, ein Baby zu bekommen.

»Ich füll mal eure Weingläser wieder auf«, sage ich zu Jemmas Eltern. Ein paar Tage, nachdem Jemma wieder bei mir eingezogen ist, ist Stephen auch wieder bei Christine eingezogen.

Jemma macht sonntags immer noch einen Braten, aber nicht mehr nur für uns, sondern für unsere gesamte Familie. Die Erdachse ist endlich wieder ausgerichtet. Jem und ich waren nicht die einzigen, die ihr Happy End bekommen haben. Lucas und Rachel, Christine und Stephen … in gewisser Weise sogar mein Dad. Er ist nicht mehr im Pflegeheim und stattdessen von Leuten umgeben, die ihn lieben.

Jemma trägt immer noch das Armband, das ich ihr gegeben habe, und liest oft die Briefe. Ich habe auch einen Brief. Sie hat ihn mir gegeben, als wir wieder nach Kauai geflogen sind, wo wir unser Eheversprechen erneuert haben. Sie war zu der Zeit im dritten Monat mit Grace. Rachel und Lucas haben uns begleitet.

Am Morgen vor dem Unfall habe ich versprochen, dass ich sie in den Weihnachtsferien wieder dorthin bringen würde, und ich habe noch nie ein Versprechen ihr gegenüber gebrochen.

Jem hat den Brief als Teil ihres Eheversprechens vorgelesen. Er hat mich damals tief berührt, und das tut er heute immer noch.

Liebster Braxton,
der neunzehnte Januar 1996 war der Tag, an dem ich das beste Geschenk erhielt, das ich je bekommen würde … dich.

Am neunzehnten Januar 2015, genau neunzehn Jahre nach dem Tag, an dem wir uns kennenlernten, wurden wir eins.

Neunzehn Tage später hatte ich einen Unfall und hätte fast alles verloren.

Als ich aus meinem Koma aufgewacht bin, fühlte ich mich in-

nerlich leer, und jetzt weiß ich warum – ich hatte keine Erinnerung an dich, an unsere Liebe und an alles, was wir hatten. Bis zu diesem schicksalhaften Tag warst du mein Herz gewesen und die Luft, die ich geatmet habe. Ohne das hatte mein Leben keine Bedeutung. Ich fühlte mich völlig verloren.

Du hast für uns gekämpft, als ich weder den Willen noch die Kraft zu kämpfen hatte. Du hast mich weiterhin geliebt, selbst, als ich deine Liebe nicht erwiderte. Du hast mich und uns nie aufgegeben, und dafür werde ich dir ewig dankbar sein. Du hast wieder einmal bewiesen, dass du der Mann meines Lebens bist und immer sein wirst. Ich könnte mir mein Leben ohne dich nicht vorstellen, weil du mein Leben bist.

Die neunzehn Briefe, die du mir geschickt hast, wurden mein Rettungsanker. Sie haben mir geholfen, mich an alles zu erinnern, was wir mal geteilt haben, indem sie mir Stücke der Vergangenheit wiedergegeben haben. Sie haben meinem Leben Bedeutung gegeben, einen Sinn und das Versprechen einer Zukunft. Eine Zukunft mit dir an meiner Seite. Eine zweite Chance auf das Leben und die Liebe. Ich werde das, was wir mal hatten und was wir jetzt haben, immer wertschätzen – genau wie dich … immer.

Was wir haben, wird nie vergessen werden.

Die Frau deines Lebens,

Jemma

Das hat meinen Glauben in die Zahl Neunzehn erneuert. Es ist unsere Zahl, das kann man nicht leugnen. Grace wurde sogar ein paar Minuten nach Mitternacht am neunzehnten Juni geboren. Es war Schicksal.

In den Wochen und Monaten nach Jemmas Unfall musste ich nicht nur ohne meine beste Freundin zurechtkommen, meine Seelenverwandte, sondern ich musste auch mit aller Kraft kämpfen, um die Magie wieder aufleben zu lassen, die uns mal ausgemacht hatte. Ich konnte schon froh sein, ihre Liebe einmal für mich gewonnen zu haben, und es war unglaubliches Glück, es geschafft zu haben, dass sie sich ein zweites Mal in mich verliebt hat.

Jetzt sind die Dinge etwas anders als vor ihrem Unfall, aber mit viel Liebe, Ausdauer und Verständnis haben wir es geschafft, eine bessere Beziehung aufzubauen … eine stärkere Beziehung. Deswegen leben wir in jeder Sekunde, jeder Minute, jeder Stunde und jedem Tag.

Liebt mit eurem ganzen Herzen, solange ihr die Möglichkeit habt, denn das Leben ist viel zu wertvoll, um es für irgendeine Unsicherheit zu verschwenden.

Dies war unsere zweite Chance für die Liebe. Unser Happy End.

Ihr genügten neunzehn Briefe, um zu erkennen, dass wir zusammengehören.